U0540458

珞珈子规啼

刘道玉 著

四川人民出版社

图书在版编目（CIP）数据

珞珈子规啼/刘道玉著. —成都：四川人民出版社，2023.4
ISBN 978-7-220-12907-0

Ⅰ.①珞… Ⅱ.①刘… Ⅲ.①随笔-作品集-中国-当代 Ⅳ.①I267.1

中国版本图书馆CIP数据核字（2022）第215802号

LUOJIA ZIGUITI

珞珈子规啼

刘道玉 著

出 版 人	黄立新
责任编辑	唐 婧
封面设计	李其飞
版式设计	戴雨虹
责任印制	祝 健
出版发行	四川人民出版社（成都三色路238号）
网 址	http://www.scpph.com
E-mail	scrmcbs@sina.com
新浪微博	@四川人民出版社
微信公众号	四川人民出版社
发行部业务电话	（028）86361653　86361656
防盗版举报电话	（028）86361653
照 排	四川胜翔数码印务设计有限公司
印 刷	成都东江印务有限公司
成品尺寸	170mm×240mm
印 张	25.75
字 数	420千
版 次	2023年4月第1版
印 次	2023年4月第1次印刷
书 号	ISBN 978-7-220-12907-0
定 价	78.00元

■版权所有·侵权必究

本书若出现印装质量问题，请与我社发行部联系调换
电话：（028）86361656

自 序

在文学作品中，我曾经阅读过两本以物喻人的作品，一本是《会思想的芦苇》，作者是布莱斯·帕斯卡，他是17世纪标志性的天才人物之一。但是，他只活了39岁，他的墓碑上镌刻着：文学家、数学家、物理学家，为了纪念他，物理学上的压力单位以"帕"命名。后来又有两本同名的著作，他们的作者是中国著名诗人邵燕祥和哲学家傅佩荣，说明这本书名具有相当大的影响力。第二本书是《一只会思想的萝卜》，作者是彼得·梅达沃爵士，这是他的自传体作品。他是英国著名的生理学家，因为发现了后天免疫耐受性而获得1960年诺贝尔生理或医学奖，1959年被授予英国皇家勋章。

迄今为止，我曾经三次以畜禽的形象而自喻，它们是拓荒牛、杜鹃鸟和啄木鸟，借以形容我在不同时期所担当的角色。在六畜中，牛对人类的贡献最大，人们常常以孺子牛、老黄牛、拓荒牛等来形容它在农业生产中的作用，尤其是在农耕社会，它是须臾不可缺少的生产力。在我任职校长的近八年时间内，我自喻是一头"拓荒牛"、"躬耕牛"、倔强的牛，躬耕是我事必躬亲的体现，我像一头老黄牛一样，埋头苦干，任劳任怨，执着地改革、开拓、创新，从而开创了武汉大学20世纪80年代的黄金时代。

2013年3月，武汉大学新任党委书记韩进来拜访我，他问道："道玉校长，听说你在离任前还制订了一个教育改革五年规划，你能否透露一点其中的主要内容？"我说："当然可以，我的初衷就是希望进一步推动我国大学的教育改革，知道和践行的人越多越好。"我大约用了一个小时介绍其中的打算，听后韩进书记拍板叫好，说我的那些规划如果实现了，其影响不只是国内，而且是世界性的影响。

在此后的三十多年中，我始终关注着我国高等教育的改革。但遗憾的是，我尚没有看到有谁提出过与我相同或相似的改革措施，似乎人们对于教育改革已经彻底失望了。我虽有心探索这些改革措施，但教育改革需要实验，而实验需要有舞台，没有实验的园地，就等于英雄无用武之地。这时我不得不又从"拓荒牛"转身为"杜鹃鸟"。在我国不少著名诗人的诗词中，都含有杜鹃的佳句，如王维的"千山响杜鹃"，李白的"蜀国曾闻子规名"，白居易的"杜鹃啼血猿哀鸣"，陈允平的"杜鹃枝上杜鹃啼"，等等。大多数古诗词中，杜鹃都是与悲苦之事联系在一起，其声哀怨、凄苦，动人肺腑。

但是，我最欣赏宋朝王令（1032—1059）的《送春》，诗中写道："三月残花落更开，小檐日日燕飞来。子规夜半犹啼血，不信东风唤不回。"他与往常形容杜鹃凄苦的形象不同，以拟人的手法塑造了一个新的杜鹃形象，即进取、积极、执着的精神，表达对春天的眷恋与珍惜，决心要把东风（春天）唤回来，即使昼夜啼唤得吐血，也决不放弃。我喜欢这首诗，偏爱杜鹃的这副形象，自喻为杜鹃，就是不停地要唤回教育改革的春天。本书第一章的标题是"子规啼血春不归"，正反映了我对中国教育改革现状的心情。

关于杜鹃，有神话中的杜鹃，有现实中的杜鹃。中国古代有"望帝啼鹃"的神话传说，望帝是周朝末年蜀地的君主，名叫杜宇。后来，他禅位退隐，不幸国亡身死，死后魂化为鸟，名为杜鹃。他怀念子民，每当暮春时，啼鸣不止，直至啼出鲜血，其声悲哀，其情感人肺腑。在现实中，杜鹃鸟又叫子规、子鹃、布谷鸟（以啼叫声而得名），它分布在热带和亚热带。我国中南和西部都有这种益鸟，它喜爱栖息在山地，颜色呈灰褐色，口舌呈红色，它们受到诗人们的偏爱就不是偶然的了。我自喻为杜鹃，也反映了我对杜鹃精神的仰慕与效仿。

《珞珈子规啼》是一本文集，与《珞珈野火集》是姊妹篇，前者点睛之笔在于"啼"，而后者重点是"野"，它们都是我极为崇尚的精神。这两本书名都冠以"珞珈"二字，这是我挚爱这片山水的见证。这本文集包括五个部分：第一辑是"子规啼血春不归"，收入了近五年撰写和发表的二十七篇文章，这是本书的重心。第二辑是"瞻前顾后看教育"，也收入了二十九篇文章，顾名思义，瞻前顾后就是著作的序言与跋语，它们都是应朋友或学生之邀而撰写的，其中大都与教育改革、人才成长的规律有关。第三部分是"人生修炼大境界"，收入八篇文章，讲述我做事做人的原则是怎样形成的。第四部分是"丹青难写是精神"，收入十四篇文章，它们都是我为先辈、前贤、师长、挚友诞辰或忌日所写的纪念文章，以表示我对他们的怀念。第五部分是"病须爱心作良医"，

⋯ 自 序 ⋯

这是我在夫人病重的近十年中，记录陪伴她、护理她的经过的十二篇随笔，以表达我们"十二同"夫妻的恩爱感情。全书总共九十篇文章，它们长短不同，文风也各异，有的是学术性的论述，有的是有感而发，但它们都是我真实思想的记录。

通览全书纲目，不难发现，第一篇是全书重中之重，它几乎占了全书内容的一半以上。其中，对于大学校长的遴选，对大学招生与考试，对教师的近亲繁殖，大学的行政化、功利化和虚荣心进行了毫不客气的批评。与此同时，也对如何深化大学教育改革提出了诸多积极的建设性的建议，如把大学校园建设成智慧园，怎样办好少年班，怎样指导大学生自学和寻觅志趣，如何建立我国精英体系，呼吁复兴中国古代书院精英模式，等等。

本书的书名用了一个"啼"字，所谓"啼"，就是呼吁、呐喊、鸣放、发声等之意。一个人是否敢于呐喊，这是由他们的性格决定的，这既需要卓识又需要有胆识，前者是指应具有洞察问题的智慧，后者是指要有大无畏的勇气，他们只认得真理，而不晓得利害。

我对教育的挚爱，对教育改革的执着，已经融入我的血液，与我的生命形成了共同体。我不谦虚地说，教育界没有几个人能够达到我这样的境界。这本文集，只是从我的人生经历中摘取的几片花瓣，借以反映我说真话、求真理和做真人的人生价值观。

刘道玉
2021 年 10 月 10 日
于严西湖楚园

第一辑　子规啼血春不归

教育者的真功夫是"读懂人"
　　——福禄贝尔《人的教育》读后感　／ 002
大学是学术共同体　／ 005
大学如何成为创新的发动机　／ 011
让校园成为智慧园
　　——贺《文化校园》专版创刊　／ 014
大学校长应亲事教育改革实验　／ 016
校长要有博爱的胸怀　／ 023
我们应该怎样理解和捍卫大学之道　／ 030
论学习的本质特征与目的　／ 035
论爱在教育中的灵魂作用　／ 048
论大学教师的素质与魅力　／ 057
论教师的自我解放　／ 065
教师的真功夫在于"导"　／ 074
什么样的人可以称为大师　／ 078
呼吁复兴古代书院教育模式　／ 083

中国急需构建精英教育体系　　/ 091

以"智慧"超越"知识"

　　——云时代，大学需要崭新的教育理念　/ 99

大学生怎样觅得自己的志趣　/ 104

学生学习优劣的区别在哪里　/ 111

我们怎样觅得创新创业的灵感　/ 115

怎样培植教师的爱心　/ 120

怎样办好"少年班"　/ 129

恢复高考40年：回顾与展望

　　——恢复高考的关键的座谈会　/ 136

学术研究可以慢下来　/ 142

教育需要乌托邦的想象力　/ 147

如何走出中国出版恶性循环的怪圈　/ 153

教育不能被虚荣心所绑架　/ 158

功利化是中国教育的病根　/ 161

第二辑　瞻前顾后看教育

方法比知识更重要

　　——《科学研究方法学》（代序）　/ 166

自觉认识与运用高等学校管理的规律

　　——《高等学校管理学》（代序）　/ 168

可贵的教育探索精神

　　——《成才主道是家庭》（代序）　/ 176

赞颂教育实验精神

　　——《教育正悄悄发生一场怎样的革命》（代序）　/ 180

《朱永新教育演讲录》序言　/ 182

教材改革有益的探索

目 录

——《教材研究导论》序言 / 185

文化能够影响和改变世界

——《盛隆文化读本》（代序） / 188

一个被耽误了的文学家

——《岁月流沙》（代序） / 191

教育实验的播火者

——《极目新教育》（代序） / 194

为有源头活水来

——《新闻采访写作案例教程》（代序） / 199

家书抵万金

——《枫叶家书》（代序） / 202

一个特殊人才的成长之路

——《一袭香黛：航宇旗袍诗集》（代序） / 204

教育家既要有"见"又要有"行"

——《问家长——一个教育局长的反思》（代序） / 208

珞珈诗派的大旗高高地擎起来

——《珞珈诗派丛书》（代序） / 212

开创社区教育的新天地

——《社区学习共同体》（代序） / 215

知行统一的新教育实验潮

——傅东缨《探路者——新教育实验流金岁月》（代序） / 222

民国教育的本相

——李明杰、徐鸿《暮雨弦歌——西德尼·D·甘博镜头下的民国教育》（代序） / 227

校友是母校的一座"金矿"

——广东省武汉大学校友会《羊城珞珈情》（代序） / 230

余仲廉的博学创业和慈善之路

——余仲廉《博学风韵》（代序） / 234

大学生成才需要回答三个问题

——伍阳《中国教育问题探究》（代序） / 238

课程改革大胆创新的尝试
　　——高泽金《专创融合及其方法论》（代序）　　／241
《珞珈之子文库》总序　／244
《大学的名片》（第二版）自序　／247
《中国高等教育改革论》自序　／251
《教育问题探津》自序与跋语　／253
《论爱的教育》自序与后记　／257
《其命维新》自序与跋语　／262
翱翔在草原的"火凤凰"
　　——傅东缨《草原教育诗——屈惠华和她的圣园传奇》代序　／267
转变教学观念　培育学生的创造力
　　——《转变多种角色　决胜化学课堂》（代序）　／272

第三辑　人生修炼大境界

怎样读懂"我"字　／276
修身养性三题　／282
我的后脑有反骨　／286
怎样做好自己清醒的梦　／290
怎样做一个会读书的人　／295
我恪守的两个信条　／298
我不能写这封推荐信　／300
我对境界的认识与修炼　／302

第四辑　丹青难写是精神

虔诚的教育圣徒
　　——纪念贫民教育家武训先生逝世126周年　/ 308
实事求是，坚持真理
　　——纪念李达校长九十五周年诞辰　/ 312
中国近代化学的开山鼻祖
　　——纪念恩师曾昭抡先生诞辰120周年　/ 317
法学泰斗韩德培晶核再生
　　——纪念韩德培先生诞辰110周年　/ 325
中国当代的亚里士多德
　　——沉痛悼念于光远先生逝世　/ 332
中国教育的一座丰碑
　　——纪念朱九思校长逝世5周年　/ 335
丹青难写是精神
　　——纪念刘介愚校长诞辰110周年　/ 340
他创造了奇迹
　　——沉痛悼念刘绪贻先生仙逝　/ 344
改革敢为天下先
　　——沉痛悼念罗征启校长　/ 347
改革开放的燃灯者
　　——沉痛悼念祖慰先生　/ 349
美学大师刘纲纪真善美的人生
　　——沉痛悼念刘纲纪先生逝世　/ 354
怀念和感恩我的老师们　/ 358
只有相思无尽处
　　——追忆与挚友陶文田一家相处的日子　/ 361

沉痛悼念高等教育学大师潘懋元先生仙逝　/ 365

第五辑　病须爱心作良医

她是我的贤内助　/ 369
半边天突然坍塌　/ 371
灾难再一次袭来　/ 373
我们是"十二同"夫妻　/ 375
自费检查排怀疑　/ 377
我的眼泪哭干了　/ 379
拍打按摩促安眠　/ 382
调理营养保体能　/ 384
想方设法逗她玩　/ 386
婚庆赠诗表爱心　/ 389
住进楚园颐养天年　/ 393
我们共同的遗愿　/ 396

跋　语　/ 399

第一辑　子规啼血春不归

教育者的真功夫是"读懂人"
——福禄贝尔《人的教育》读后感

弗利德里希·福禄贝尔是19世纪德国著名教育家，在世界上被称为"幼儿教育之父"。他首创的幼儿园成为全世界幼儿教育普遍的重要形式，并创立了独立的教育学科分支——幼儿教育学。1817年，他按照新的教育思想创办了凯尔豪学校，在办学的若干年内，他写了很多有关人的教育文章，并于1826年出版了他的代表作《人的教育》一书。约翰·裴斯塔洛齐是瑞士著名教育家，也是世界伟大的三位民主教育家之一，而福禄贝尔在办学的实践中，力求实施裴斯塔洛齐关于自然发展的教育原则，目的是培养"自由的、自觉行动的、有思想的人"。

《人的教育》是一部世界教育经典名著，早在20世纪60年代就有中译本出版，我不止一次阅读过这本书，它对我认识教育的本质，指导我进行教育改革的实践，都起到过指导的作用。我认为，每一个教师和为人父母者，都需要阅读这本书，它是一本教育启蒙书，一方面可以使我们明白教育的真谛，另一方面能够避免许多不应该发生的教育悲剧。

绝大多数在学校工作的人也许并不真正知道学校是什么，学校应该是什么。但是如果读过了福禄贝尔的《人的教育》，我们就会茅塞顿开，从而认识到学校的真正功能。福禄贝尔认为："要明确阐明这两个问题，必须进一步了解如下真理，即：儿童作为一个人，不仅应教给他学习对象的本身，而且还应教给他关于学习对象有关的知识，否则，教也好，学也好，都是没有思想的游戏，它们对人的头脑和心灵、精神和感情不会发生任何作用。"他是最早提出教育应当是思想游戏，而不仅仅是知识游戏。从根本上说，教育最重要的功能是训练头脑、滋润心灵、培育感情和激励创造精神，这些都比单纯地传授知识更为重要，可是中国学校教育在唯分数论的主导下，却把这些心灵教育的内容都忽视了。

在讲到高等教育时，福禄贝尔认为："高等学校的目的之一是让学生很好地进行观察，即打开学生获得外部和内部知识的心灵的眼睛……高等学校将重新成为它们应当成为和想要成为的那样，即成为认识最高精神真理的学校，成为学生自己的生活和在行动中体现这种真理的学校，成为智慧的学校。"福禄贝尔的教育理念是非常超前的，他认识到智慧是人类最高的目的，是人最高尚的自觉行动，无论是教育自己或是教育他人，都必须以这个目标为最高理想。

人是教育的中心，教育的一切活动都是围绕着人进行的，他们既是教育的出发点又是教育的归宿。因此，教育工作者必须"读懂人"，这是做好教育工作的真功夫。那么，究竟怎样才能够"读懂人"呢？我们的祖先造字时，"人"字只有两笔画，一撇一捺、一高一低、左右支撑，虽然字形非常简单，可是其蕴意却十分复杂，要"读懂人"的全部意义甚是不易。我积六十多年教育实践的体会，窃以为至少从以下三个方面深刻解读人的深奥秘密，唯有如此才能是成功的教育。

首先，人是万物之灵，是世界最宝贵的财富，只要有了人，什么人间奇迹都可以创造出来。每一个生理发育正常的人，都具有创造潜力，这是"读懂人"的核心。教育的最高目的，就是启迪人的智慧，开发他们的创造力。我研究创造教育三十多年，在理论研究与实践的基础上，撰写和出版了《创造教育书系》，目的在于推动实施创造教育，开发人人与生俱有的创造力。

其次，人是灵与肉的生命体，他们有情有义，有善恶是非，有自信和自尊。无论是孩子的父母或是学校的教师，在实施教育的过程中，一定要把受教育者当作"独立的人"看待，他们既不是家长的私有财产，也不是教师铸造器中的原材料。这是育人与造器的本质区别，不得以任何借口伤害他们的自尊心和人格，也不得剥夺他们应该享受的童趣、快乐、民主、自由、选择权等。基于这些思想，我在20世纪80年代主持武汉大学工作时，打破了各种条条框框，顶住了各方面的压力，允许学生自由恋爱，允许自由选择专业，自由转系、转校，提倡自学和允许学生不听课，修满学分可以提前毕业，校外自学成才的青年通过考核录取到学校插班学习等，从而营造了武大自由之风劲吹的黄金时代。

再次，只有真正"读懂了人"，才能因材施教。孔子是我国古代一位伟大的教育家，他在游学的实践中，总结出了因材施教的教学原则。但是，实施这一原则的前提是要充分了解受教育者，对他们的个性、爱好、优点、缺点、智商和理想等，都必须了如指掌。实事求是地说，在精英化教育时代，因材施教是可能的，而高等教育大众化以后，都是巨无霸型的大学，教师不仅不了解甚至不认识学生，完全没有可能实施因材施教，所以就培养不出杰出的人才。因此，我认为大众化与精英化的学校应当是并存的，只有采取一对一的精英化教育，才有可能实施因材施教，也才能培育出杰出的人才，并成为培育大师成长的沃土，这是我国跻身于世界先进学术之林的需要！

（本文发表于《书屋》2016年第2期）

大学是学术共同体

"学术共同体"一词，最早是由英国哲学家托马斯·布朗率先提出的，并得到了学术界的认同。他给出的定义是：学术共同体是指具有相同或相近的价值取向、文化生活、内在精神和具有特殊专业技能的人，为了共同的价值理念、目标或兴趣，并遵循一定规范而构成的群体。大学中的教师与学生，以及与校外的学者，通过学术而连接在一起，于是就组成了学术共同体。大学是知识分子最集中的地方，是从事学术研究与传播的主要场所，也是学术真理诞生的园地，因而最能够体现学术共同体的特征。

学术共同体的核心是学术，因而透彻地了解学术、学术任务和学术精神是非常必要的。在我国古籍文献中，"学术"一词早已有之，只是古今的含义却相去甚远。近现代意义上的学术，是自 19 世纪末和 20 世纪初才开始使用的，这与西学东渐是有密切联系的。尤其是在明末清初和清末民国初年这两个时期，欧美国家的各学科知识，诸如哲学、天文学、物理、化学、生物学、医学、美学和应用科技等大量传入中国，对我国学术思想、社会经济的发展都产生了重大影响。

1. "学"与"术"之别

"学术"一词是由"学"与"术"二字组成的，它们在字义上是有区别的。我国清末民初的思想启蒙家、翻译家严复对"学术"二字注疏说："盖学与术异，学者考自然之理，立必然之例；术者据已知之理，求可成之功。学主知，术主行。"梁启超先生也认为："学者术之体，术者学之用。"他们的意思是非常明确的，学是指科学理论，也就是现在所谓的基础学科；而术就是应用技术。

可是，现在实际上并没有把"学"与"术"分开使用，而是作为一个专有名词来使用的，其意义更接近于西方的学术概念，是指系统的学问。英国高级牛津词典的解释是：与学校、学院、学者式的、仅仅注重理论兴趣，而非技术或实用的学问（of school，college etc，scholarly，not technical or practical，of theoretical interest only）。在这里，"学问"与"学术"可以视为同义词。"学问"是一个广泛的概念，它是指各个领域的专业知识，包括已知的、未知的、首创的和系统知识。"学术"一词应用十分广泛，由它又衍生出许多专有名词，如学者、学术职称、学术刊物、学术界、学术会议、学术交流、学术观点、学术诚信、学术规范、学术争鸣等。

从本质上说，学术是没有国界的，这正如"夫学术者，天下之公器"所言明的精神。这句话都认为是清末启蒙代表人物梁启超提出，但实际上最早是出自于明朝《李氏焚书》一书黄节的跋语。"公器说"的观点，历来被我国古时学者所推崇，古人做学问的态度是："求学问道，贵在乐我乐及人之乐。"宋朝是我国古代科学技术发展的鼎盛时期，那时做学问就是秉持"为天下之公器"的精神，不垄断、不自私、不掠人之美。在欧洲中世纪，大学诞生之初，一个学者如果做出了一个新的发明，他们会立即到大街或广场发表演说，将自己的发明与公众分享。那时，既没有保密的限制，也没有专利法的保护，所以古时候的科学发展与传播都很快。世界最早的专利法 15 世纪初诞生于威尼斯，随后逐渐传播到世界各个国家。专利法也是一把双刃剑，虽然起到了保护发明人的权益，但在某种程度上也不利于学术的交流与发展。

2. 无条件地追求真理

学者是学术的主体，学者们的任务就是无条件地追求真理，那么什么样的人堪称学者呢？这里不妨引用德国现代社会学创始人马克斯·韦伯的话予以说明，他认为："没有这种被外人所嘲讽的独特的迷狂，没有这份热情，坚信'你生前悠悠千载已逝，未来还会有千年沉寂的期待'——这全靠你能否判断成功。没有这些东西，这个人便不会有科学的志向，他也不该再做下去了。"这就说明，学术研究是一场冒险的赌博。如果没有为学术而活着的精神，是没有人能够忍受这种寂寞和清苦的。

现在，一般是把学术研究当作纯科学（pure science）。为了说明这个问题，我们不妨回忆一下美国著名物理学家亨利·罗兰的《为纯科学呼吁》这篇文章。这是他于 1883 年 8 月 15 日在美国科学促进会上的演讲，在美国曾经引起了强烈震撼。他一针见血地指出："为了应用科学，纯科学必须存在。假如我们停止了科学的进步，而只留意科学的应用，我们很快就会退化。"在相当长的时期内,我国不重视纯科学研究,正是这个原因,才导致近代科学没有在中国诞生,也致使我国科学理论长期落后于发达国家。

什么是纯科学?对于这个问题,我们只要看一看德国马克斯·普朗克学会与夫琅和费协会的分工就一目了然。按照马克斯·普朗克学会主席彼得·格鲁斯的说法:"前者是在已有的知识平台上进行研究,而后者是创造作为研究平台的知识。"换句通俗的话说,那就是纯科学研究是回答这是什么,或这是为什么,而应用科学研究则是回答这有什么用处。

纯科学也常常称为基础科学,它的研究目的是为了人类长远的福祉,也就是为了追求永恒的真理。从事基础科学研究的学者,既要能忍耐在"象牙塔"的孤独,又要有"十年磨一剑"的耐心,安贫乐道地在追求真理的道路上踽踽独行。格里戈里·佩雷尔曼就是这样一位数学家,他是俄罗斯怪异的天才数学家,16岁获得了国际奥林匹克数学竞赛的金奖,毕业于圣彼得堡国立大学,获得数学博士学位,后在圣彼得堡科学院斯提克罗夫数学研究所工作。从2002年开始,他先后写了三篇文章,从而证明了困惑世界数学家近百年的庞加莱猜想,因而他也名至实归地获得了有"数学诺贝尔奖"之称的菲尔兹奖。

但是,对于这个人们梦寐以求的荣耀,他却表现出不屑一顾的冷漠态度。为了说服他前往西班牙马德里参加授奖大会,世界数学家联合会主席约翰爵士甚至亲自飞到圣彼得堡,用了两天时间说服他赴马德里接受颁奖,但他只说了一句话:"我不需要。"其实,在这之前,他还拒绝了多个奖项,包括奖金100万美元的克莱数学奖。在我看来,这就是一些天才或学痴们的怪异特点,他们淡泊名利,只关注他们的学术兴趣,追求学术真理才是他们所需要的。

3. 独立自由的治学精神

在清华大学工字厅东南侧,矗立着一座王国维墓碑铭,这是在他沉湖遇难两周年时,原清华研究院的同人感怀思念不已,特立碑以永其念。碑铭是国学大师陈寅恪所撰,碑铭最后几句话是:"先生之著述,或有时不彰;先生之学说,或时而可商。唯此独立之精神,自由之思想,历千万祀,与天壤而同久,共三光而永光。"在这里,陈寅恪先生把独立之精神和自由之思想,提高到与天地共存,与日月同光的高度,可见它们对学术研究是多么的重要啊!

最近几十年以来,我国学术界广泛流传着陈寅恪所撰碑文的这两句名言,说明它们获得了人们普遍的认同和向往。可是,我国现实的学术环境与这种精神是不相容的，既没有这样敢于践行的学者，也没有保障它们行使独立自由权利的法治。那么，为什么独立自由对于做学问是如此重要呢？雅克·德里达（J·Jacques derrida，1930—2004）是法国最重要的哲学家之一，是世界结构主义的代表人物，他对于独立自由的重要性是最有发言权的。他曾经明确地提出："大学的独立、自由到什么程度？大学不仅相当于国家是独立的，而且对于市场、公民社会、国家的或国际的市场也是独立的。"他还说："大学存在于它企图思考的世界之中，应当承担起责任，组织一种创造性的抵抗——抵抗一切（对大学）的重占企图，抵抗一切其他形态的主权形态。"

我国科学理论落后，重大原创性的成果寥寥无几，这是我国科学技术发展的最大软肋，是我们不得不承认的事实，究其原因是什么呢？从根本上说就是缺失了做学问的独立自由精神，没有分清楚纯科学与应用科学之间的界限。特别是功利化的思想，在学术研究中还有极大市场。试问：在论文至上主义的导向下，学者们都忙于发表论文，评选高级职称，积极申报成果奖，有谁敢于冒天下之大不韪，躲在"象牙之塔"穷究永恒的真理？有人感叹地说：如果陈景润活到今天，他不是评不上职称，就是被下岗。我国一所重中之重的大学校长，公然提出学校的研究要上主战场（指为经济服务），这是明显以功利化思想指导重点大学的研究，完全背离了研究型大学从事基础科学研究的宗旨，这无疑是对科学的背叛。

汉娜·阿伦特（Hannah Arendt，1906—1975）是德国最具原创性的哲学家、思想家，她尖锐地指出："当大学决心为国家、社会利益集团服务的方针的时候，马上就背叛了学术工作和科学自身。大学如果确定了这样的目标，无疑等同于自杀。"德国教育部部长鲁斯特于1936年在海德堡大学100周年校庆上说："不承认、不依赖、不抱任何偏见是科学探索的基本特征。"

迄今为止，我国还没有一所能够与世界著名大学比肩的一流大学，世界著名大学从事学术研究的经验值得我们学习。我们应把独立之精神和自由之思想作为一个学术方针，以立法的形式确定下来，并且千方百计地营造这种学术氛围。我们要让广大的学术研究者们消除思想顾虑，毫无后顾之忧地从事基础科学研究。原创性的成果只生长在自由的园地里，相信长期坚持下去，一定会催生出一批原创性的重大成果。

4. 当代学术研究潜在的危机

在过去一个世纪里，人们没有创造出任何原创性的学科，个人要想做出开创性的贡献，也更加困难了。因此，自进入 21 世纪以来，人们对科学未来的发展，普遍存在一种悲观情绪。美国加利福尼亚大学戴维斯分校负责人基思·西蒙顿在《自然》杂志上评论文章，他认为："正如命运多舛的渡渡鸟一样，科学天才已经绝灭了。未来的科学进展可能建立在已为人所知的事实上，而并非需要对现有知识的基础做出改变。"

17 世纪被英国哲学家阿尔弗雷德·怀特海称为是天才的世纪，此时期曾经涌现出了人类历史上最伟大的天才科学家，如法国的业余数学之王费马，几何的创始人笛卡儿，多才多艺的科学家帕斯卡；英国的数学和物理学家牛顿，物理学家胡克、化学家波义耳，天文学家雷恩，哲学家培根，戏剧家莎士比亚，医学家哈维；德国的天文学家开普勒，数学家莱布尼兹、哥德巴赫，画家鲁本斯；意大利的天文学家伽利略，画家卡拉瓦乔；荷兰的天文学家惠更斯，画家伦布朗；西班牙画家委拉斯凯兹；等等。

同样的，19 世纪也是天才人物璀璨的时代，尤其是自然科学领域里的三大发现，这个世纪堪称"科学的世纪"。这三大发现是：细胞学说于 19 世纪 30 年代，由德国植物学家施莱登和动物学家施旺所创立；生物进化论由英国生物学家达尔文于 1859 年创立的；而能量守恒和转化定律是由英国和德国的物理学家共同创立的，他们是英国的焦耳、威廉·汤姆生和德国的达尔与赫尔姆茨。这三大发现引起了科学领域的哥白尼式革命，从而带动了其他学科和技术领域的迅猛发展。

20 世纪最伟大的发现，当属阿尔伯特·爱因斯坦创立的相对论，由詹姆斯·沃森、弗朗西斯·克拉克发现的 DNA 双螺旋结构，以及信息论、控制论与系统论的创立，它们带动了物理学、生命科学领域的深刻革命。信息论、控制论和系统论被称为"老三论"，分别是由美国贝尔实验室的数学家香农，美国数学家罗伯特·维纳和奥地利裔美国生物学家贝塔朗菲所创立。这些重大学说的创立，与历史上任何一项发明相比都毫不逊色。可是，从 20 世纪后半叶开始，科学与技术的研究与发展却失去了平衡，以至于到了 21 世纪，技术领域的发明似乎越来越受到重视，而自然科学领域的研究却少有根本性的突破。

我始终认为，天才是不会绝灭的，只是现在失去了天才滋生的土壤。同样的，是否像有些预言家所说，科学重大发现都已经做完了呢？我认为宇宙中未知的事物比已知的要多得多，只要我们找到认识未知事物的方法，就会做出新奇的重大发现或发明。但是，为什么现在却少有重大的科学发现呢？这就是我所说的当今学术研究存在的潜在危机。就中国而言，造成危机的原因主要是三点：第一是功利化的趋势越来越严重，极度追求财富的欲望绑架了绝大多数的学者，现今少有安贫乐道做学术研究的人了；第二是浮躁情绪越来越严重，信奉"板凳一坐十年冷"和"十年磨一剑"的学者越来越少了；第三是象牙塔已经坍塌，少有人再心甘情愿地"独上高楼，望断天涯路"，更是鲜有"皓首穷经"追求真理的学痴了。对此，英国一个记者采访后极为感叹地说："现在，大多数中国学人习惯于安身立命，耐心地等待直至晋升到更高的职称。在中国没有学术独立、自由，往往是以政治代替学术，领导就是学术的评判官。"

俗话说，当事者迷，旁观者清。我们应当从这些批评中吸取教训，正视我国学术研究中存在的问题。尤其是要摆正重点大学学术研究的方向，义不容辞地肩负起学术共同体的使命。我们应当摆正科学与技术的地位，采取果断的措施，大力支持那些短时间看不到应用前景的纯学术研究，争取在不太长的时间里，摆脱我国基础理论研究落后的局面！

（本文发表于《书屋》2018年第4期）

大学如何成为创新的发动机

教育与文化息息相关。从广义上，教育是属于大文化的范畴，而校园文化是文化建设的具体内容之一，是大学精神的具体体现。所谓校园文化，是以校园为主要空间，以学生为主题，以课余的文体活动、文学艺术创作和学术研究与交流活动为主要内容的群体文化。我国历来有"见物不见人"的偏向，即重视学校的硬件条件而忽视软件条件，认为硬件看得见、摸得着，是物质性能够起作用的东西，误以为软件是虚无缥缈的，似乎无足轻重。有鉴于此，我就特别强调校园文化，它是文化力在办学中的表现。从本质上说，文化的价值在于推陈出新，如《礼记·大学》中名句所说："苟日新，日日新，又日新。"因此，文化的生命在于创造，这也是我强调校园文化建设的目的之所在。

英国牛津大学前校长科林·卢卡斯曾深刻地指出："大学可以成为创新的发动机。"在谈到中西教育差别时，他指出："提出挑战性的质疑恰恰是聪明的中国学生所欠缺的。"大学要成为创新的发动机，需要创新校园文化环境的滋润，需要培养独立思考和批判精神。哈佛大学前校长陆登庭也介绍了他们的经验，他说："哈佛大学给予学生最宝贵的财富，就是自由的公共发展空间。"而且，他自问自答地说："什么样的条件才能产生最好的研究和教育？在哈佛，创新的空间随处可见。"他指的空间，就是校园文化环境，是充满创新气息的大学精神。

我们不无遗憾地说，中国没有一所大学能够称为"创新发动机"的学校。目前，我国在科学（物理、化学、生理或医学）领域的诺贝尔奖依然只有屠呦呦获得的一项。不仅如此，几乎在所有的科学和技术领域设立的单项大奖也仍然是零纪录，如菲尔兹奖（数学）、图灵奖（计算机）、沃尔夫奖（物理、化学）、爱因斯坦奖（物理）、推维茨奖（医学）、泰勒奖（环境生态学）、普利策奖（新闻）、格莱美奖（音乐、美术），等等。这绝非疏忽或是对中国不公允，而是我国学术界创造性缺失的表现。

对于中国人缺失创造力的问题，国际各界早有尖锐的评价，只是我们充耳不闻罢了。例如，委内瑞拉驻新加坡大使阿尔弗雷德·托罗·阿迪评价说："中国人的思维受铁的纪律和条条框框的束缚，丧失了自己飞翔的能力，这样一个社会，几乎更适合在明确的指令下繁荣，精英负责思考，其他人负责追随，而不利于鼓励个人的创造力。"他进一步分析说："在这样的模式下，中国永远不会产生像比尔·盖茨和史蒂夫·乔布斯这样的人物。"

那么，中国人为什么缺失批判精神呢？我认为主要原因有三：首先是儒家中庸之道的思想影响很深，许多人无形中接受了"和为贵"和"求同存异"的传统思想。其次，不少人读书蜻蜓点水，不求甚解，也提不出新的见解。再次，中国人思维特点之一是同向思维，也就是趋同思维，他们信奉"附和哲学"。从创造学上说，没有异见，就不可能有创造发明。

创新文化的重要性是显而易见的，它是使大学成为"创造发动机"的必要条件。那么，我们怎样营造创新校园文化呢？首先，在大学开设创造学方面的系列课程。自20世纪30年代，创造学作为一门学科在美国诞生。可是，创造学于20世纪80年代初才传入我国，而且由于传统思想的阻挠，实施创造教育方面困难重重。我国大学毕业生创业者仅有2%，而成功的不到1%，与美国大学生20%—23%的创业率相比，差距实在太大。

其次，普遍开展多学科的讨论会，促进交叉学科的发展。20世纪80年代，武汉大学的学生社团多得像雨后春笋。其中一个叫"快乐学院"的社团，是那时武汉大学校园文化的一个缩影，这个社团实际上是一个多学科讨论会，参加的学生也是一批富有创造力的人。他们每次聚集都带来新颖的见解，又随时准备批驳他人的观点。他们的宗旨是，为了不一致才走到一起，以获得新知为最大的快乐。我是这个社团的顾问，他们经常是一个人讲，其他的人群起而攻之，使主讲人下不了台。但是，他们彼此没有隔阂，彼此都享受争鸣的快乐。

再次，设立创新奖，激励每一个创新者。创新奖应面向学校的每一个人，包括教师和学生，因为在营造创新校园文化方面永远没有旁观者。美国管理学家米切尔·拉伯夫曾发现一个伟大的管理原则，这个原则就是奖励，因为激励是对创新的认同、肯定和支持。

我们还应该奖励那些有价值的失败行为，道理很简单，没有失败哪会有成功呢？美国硅谷之所以为世界各国所效仿，就是因为它是一个"创新谷"和

"创新场"。"场"是物理学的一个概念,它的实质作用是相互作用力的形态。创新一旦形成了场,说明它的作用无处不在。美国硅谷文化鼓励冒险、宽容失败、支持竞争、保护公平。可是,我国的一些教育理念对失败并不宽容,所谓"胜者英雄败者寇"就是这种思想的集中反映。这种思想的社会基础非常深厚,导致许多人因怕失败而不敢冒险。冒险是一连串的追逐想象力的游戏,一旦想象力枯竭,哪里还有创造力呢?

一所大学能否营造创新校园文化,从根本上说取决于大学的校长。创新是校园文化的核心,而校长是大学的灵魂。我国现在有2000多所大学,如果百分之一的大学能够成为"创新的发动机",那么我国就能够提前建成创新型的国家。

(本文发表于《齐鲁晚报》2014年10月12日文化人专版)

让校园成为智慧园
——贺《文化校园》专版创刊

最近,《光明日报》决定创办《文化校园》专版,这是一个非常富有创意的举措。此举措对于促进各级各类学校的创新和创业,以及精神文明建设将起到巨大的作用。作为一个老年教育工作者,我以极大的热情点赞这个新的创意,并对《文化校园》的创刊表示最衷心的祝贺!

根据《西方教育词典》的诠释,校园是指"学校、学院或大学的场地,与周围附近地区相区别"。很明显,这里是指有形的校园,其实文化校园,就是无形的校园,它比有形的校园具有更重要的作用。提到文化校园,自然涉及文化的含义。什么是文化?文化像是流水,刀劈不断;文化是江河,昼夜不息地奔流;文化是灯塔,指引航船驶向彼岸;文化是观念,犹如人类精神原子弹。虽然它不能改变什么,但它能够改变人,而人可以改变世界。

20世纪50年代初的大学校园,是纯朴、宁静的,是一片圣洁的学术园地。我是50年代初的大学生,正赶上实施第一个"五年计划"建设,每个同学都心潮澎湃,有的发誓要当中国的牛顿,有的立志要做门德列耶夫,有的女同学要做中国的居里夫人,而我的梦想是要做一个"诺贝尔式"的发明家,可以说有多少人,就有多少个理想,那时的校园就如一个"梦想剧场"。

70年代末和80年代初,推翻了"两个凡是",出现了思想大解放,从而迎来了改革开放的春天。武汉大学一马当先,争做教育改革的先行者。那时,武大创办了一个"快乐学院",实际上也是一个多学科的讨论会。会员都是一些想成为"九头鸟"的学生,大有舍我其谁的超级自信。每个星期三晚上,他们雷打不动,自发地聚集到学生会的会议室,与会者都带着各个学科的前沿问题,以探讨真理为快乐;也有人提出一些稀奇古怪的问题,并且抱着追求不一致为快乐;讨论不拘一格,往往是一个人主讲,而后群起而攻之,以刁钻的问题使讲演者下不了台为快乐。在这个社团文化氛围的熏陶下,从中走出了众多哲学家、生物学家、经济学家、美学家、作家和企业家等。那时，以"快乐学院"为标志的学生社团多达 400 多个，其氛围就体现了文化校园。

人类已经进入到 21 世纪，大学的文化校园必须与时俱进，应当赋予它崭新的内容。大学校园不能只是书声琅琅的校园，而应当成为富有理想者的智慧园；也不能只是让学生获得知识，而是要解放他们的个性，启迪他们的智慧。那么，怎样才能使大学校园成为智慧园呢？在人类的教育史上，曾经有过不少智慧园，公元前 387 年创办的柏拉图学园，就是一个智慧园，在办学的 900 年间，曾经培养出了大名鼎鼎的哲学家亚里士多德、天文学家哥白尼、数学家欧几里得等巨擘，他们之中的任何一个人的成就和影响，都可以彪炳千秋，也是任何其他研究型大学培养的人才不能望其项背的。

那么，就大学而言，作为智慧园的校园应当具备哪些特征呢？首先，应当是开放的，校园不再是属于一所大学，它应当为一些渴望学习和追求真理的人进行旁听和游学提供方便；大学校园也不能局限地域和国界。三年以前创立的美国密涅瓦（Minieva）大学，其办学理念和模式都是不拘一格的。它没有校园、没有教师、没有考试、不收学费，而是采用复古式的游学制。在四年的学习期间，每个学生要到 7 个国家的大学游学，他们借用世界主要国家的优质教育资源，在游历中学知识、长才干、增智慧。不言而喻，以这种模式培育出来的人，必定是富有创造性的国际通用人才。

其次，必须重建教育价值观，从知识游戏规则转向智慧游戏规则。教育不再是为获取高分、高学历和高学位，而是呵护童年，解放个性，启迪智慧，享受创造的乐趣。唯有这样的人才，才能迎接新时代的挑战，也才能救赎危机四伏的人类社会。

再次，创新应当成为智慧园的圭臬。创新不仅仅是一个口号，而应当成为每个师生的自觉行动。一个创新的文化校园必须具备三个条件：第一是创新的风气浓郁，大学生们不仅谈论创新，而且身体力行地践行创新；第二是形成创新氛围，崇尚冒险，宽容失败，人人以创新为荣；第三是校园中遍布创新实体，既相互竞争又通力合作。当人们内心都有创新的冲动，创新成为每个人朴素的情愫的时候，创新文化不仅自然形成，而且也会由此步入一种高境界。这就是我们所追求的智慧园，相信杰出的人才在这里将会茁壮地成长！

（本文发表于《光明日报》2017 年 1 月 12 日）

大学校长应亲事教育改革实验

怎么看待我国的教育改革，这可能是仁者见仁、智者见智，莫衷一是的问题。据百度学术搜索，评价中国教育改革的文章，竟有 264445 篇，可见人们对我国教育改革期盼之殷，对新教育渴望之切。2013 年 9 月上旬，在凤凰大视野频道播出了《盗火者——中国教育改革调查》，这是由深圳越众影视公司拍制的十集教育纪录片。我也是该纪录片被采访的一个对象。该片播出后反响强烈，普遍认为是一份中国教育现状的真实记录，直指中国教育的痛处，以最直接的方式炙烤我国当下的教育。

也许，人们对于《盗火者》这部纪录片的调查报告评价不尽相同。但是，我们不能不肯定编导们严谨和求实的态度，他们策划了数年时间，拍摄和剪辑就用了一年半的时间，素材时长超过 100 个小时。尤其值得称道的是，它展现了各类教育实验活动，也提出了进行教育实验的某些思考。

我国教育改革步履艰难是不争的事实，虽然不能说完全没有改革，但那只不过是一些添枝加叶式的改良而已。我不无遗憾地指出，凡是涉及教育理念、教育体制、教育模式和教学制度等根本性的问题，几乎没有丝毫撼动。我国各类学校虽说有规模大小之差，有师资素质优劣之分，有学术水平高低之别，但它们却没有个性之不同。这就是长期饱受诟病的千校一面的痼疾，这与其他发达国家教育的多样化形成了鲜明对比。

社会对人才的需要是多层次、多规格、多品种的，因此大学也必须是多样化的，这是由教育与经济、社会发展既相互影响又相互制约的规律决定的。2015 年 10 月 16 日，英国《自然》杂志刊发了封面文章《大学实验：作为实验的校园》，并配发了社论《受到挑战的大学》，其中指出："大学若要生存下去，就必须实验，教育与科学应对挑战的方式虽然不同，但与科学研究一样，都需要实验。因为必须通过实验，才能最终知道哪种方式适合自己的学校。"[①] 众所周知，创刊于 1869 年的英国《自然》杂志，是世界上最权威的科学杂志之一，它以报道科学世界中的重大发现和重大突破性的成果为使命。然而，这份备受科学家推崇的杂志，却以不同凡响的高调刊发"受到挑战的大学"的社论。也许，这是该刊创办近一个半世纪的破例之举，说明科学与教育之间有着内在的联系。这让人们耳目一新，说明教育也是科学，凡科学都必须实验，并由实验来检验其理论的正确与否。大学校长是学校的灵魂人物，唯有校长亲事教育改革实验，方能够通过实践形成自己的教育理念，借以办出有鲜明特色的大学。

其实，教育需要以实验来推动并不是新鲜的话题，在历史上不乏许多教育实验的先驱者。早在公元前387年，古希腊三大哲圣之一的柏拉图，在朋友的资助下，就创办了柏拉图学园。他认为："数学在培养哲学家、政治家中具有重要的作用，数学能够激励心灵上升到最高的理性认识。"[2]因此，他在学园的门口写着"不懂几何者不得入内"的训诫，并以这个理念进行教学改革试验。他亲自主持学园的实验长达40年，而校园前后延续了900多年。在他的教育思想熏陶下，从学园培养出了大名鼎鼎的哲学家亚里士多德、数学家欧几里得和天文学家哥白尼等巨擘，他们其中任何一个人的成就和声誉，都是当今任何一所研究性大学难以望其项背的。

杨·阿姆斯·夸美纽斯是17世纪捷克伟大的教育家，他在担任黎撒中学校长期间，积极推行"泛智教育"（全面的智慧）实验，以实现自己的教育夙愿。他在该校开始了最早的教育实验，也是一次精心设计的实验，寄托了他最初的教育理想。他的实验对象是4～13岁的儿童，学校采用活动课程，以活动为中心，这些教育实验是他的教育理论的重要来源，推动了教育学研究中自然实验法的发展。他也是分班教学的创始人，他的教育思想对欧洲乃至于世界的教育实践都产生了重大的影响。[3]

约翰·杜威是美国著名哲学家和教育家，芝加哥大学哲学学派创始人，也是美国实用主义集大成的代表人物。为了实践他的实用主义教育理念，他于1894年创办了芝加哥实验学校，以4～15岁的儿童作为实验对象，这所学校是他的哲学、心理学和教育学的实验室。他是美国进步教育运动的代言人，他在芝加哥实验学校所进行的实验，被认为是美国教育史上最重要的大胆实验。[3]他认为传统教育的弊端是课程与儿童的生活和经验相分离，认为儿童教育的课程都必须以儿童的兴趣、认知和心理发展为依据，强调以"儿童为中心"和"从做中学"的教育原则。[4]他在芝加哥实验学校进行了10年的实验，直到1904年离开芝加哥大学为止。杜威在中国有多名得意门生，如郭秉文（中央大学师范学院院长、南京师范学院院长）、胡适（北京大学校长、台北"中央研究院"院长）、蒋梦麟（先后任浙江大学和北京大学校长）、陶行知（南京晓庄师范学校校长）、陈鹤琴（东南大学校长）等，他们都是我国近现代教育史上赫赫有名的人物。

伯特兰·罗素是百科全书式的学者，有欧洲亚里士多德之称，他不仅仅是著名的哲学家、数理逻辑学家，也是著名的儿童教育学家。他与妻子于1927年创办了比肯山学校，把自己和邻居的孩子作为实验对象，以把他们的教育理念付诸实践。该校以实施自由和健康教育为目的，培养儿童健全的智力和体魄，后来由于与妻子离异，教育实验被迫中断，但是为后人留下了宝贵的经验。

苏联的阿·苏霍姆林斯基出身于农民家庭，仅仅拥有波尔塔瓦师范学院函授科的毕业文凭，但他却是苏联联邦教育科学院的通讯院士，曾获得国家功勋教师称号，获得了诸多的勋章。虽然他仅享有52岁的生命，但他却留下40部教育著作，600多篇教育论文，1200多部儿童故事。这些骄人的成就和荣誉是如何得来的呢？这一切都源于他是一个执着的教育实验家，他担任了帕甫雷什中学校长，这是一所农村中学，除了体育课以外，他担任了所有课程的讲授，以便进行课堂改革的实验，这该需要何等顽强的毅力呀！

在中国教育近代史上，最成功的教育实验家非陶行知先生莫属。他于1927年先辞去了东南大学教授、教务长的职务，后又谢绝了武昌高师（武汉大学前身）和吉林大学校长的聘请，义无反顾地投入到教育实验中去，创办了南京晓庄师范学校。他们提出的口号是：募集100万元资金、培养100万名乡村晓庄实验学校教师，创办100万所农村学校，改造100万个乡村。[④]这是一个宏大的教育实验计划，如果得到顺利实施，对改造落后和贫穷的乡村将会起到巨大的作用。但是，国民党南京政府惧怕晓庄师范的革命性，由蒋介石下密令，由军队以武力封闭学校，30多名学生被捕，陶行知被通缉，被迫到日本避难。虽然晓庄师范仅仅存在了3年的时间，但实验的成就斐然，培养出了230名学生，成了抗日的骨干力量。晓庄师范的教育实验，既丰富了陶行知的教育思想，又影响了一批致力于乡村教育实验的教育家，如晏阳初、黄炎培、梁漱溟等教育家。

朱永新博士是真正的教育内行，由他率领的新教育实验团队，于2001年在江苏昆山玉锋学校正式启动，2002年新教育实验网站开通，实验取得了丰硕的成果。他致力于推动一项被认为是草根性的改革，他们的核心理念包括："一切为了人，为了人的一切；给学生一生有用的东西；重视精神状态，倡导成功体验；强调个性发展，注重特色教育；让师生与人类崇高精神对话。"目前，全国28个省市自治区的800多所学校致力于新教育实验，在全国产生了巨大的影响。

2014年11月，《教育正悄悄发生一场革命》一书出版了，瞬间引起了巨大反响。这是上海海事大学魏忠教授的著作，他从美国卡内基梅隆大学学成回国，就投身到教育实验中来，他以上海海事大学电子商务和管理学专业学生为对象，后来他在100多所大学和许多中小学进行教学实验，并总结出了一些案例教学的规律。他的另一本书《教育正悄悄发生一场怎样的革命》也即将出版，它与前一本书是姊妹篇。实际上，这些来自民间静悄悄的教育改革实验，是值得重视的一股力量。但是，体制外的力量毕竟是弱小的，似乎很难走得更远，更难以撼动大一统和千校一面的公立学校教育。北京大学和清华大学是我国重中之重的宠儿，他们拥有无与伦比的优质资源，但是他们真正的师范作用在于他们的校长要亲事教育改革实验，并带动全国各类学校的改革实验，营造一种百花争奇斗艳的景观，借以打破我国教育改革万马齐喑的局面。

苏联教育家阿·波利阿耶夫曾说："教育领域是一块伟大的实验场地。"[5]唯有教育实验才能推动教育改革前行，这已是被教育史证明了的一条铁的规律。我国是一个人口众多的大国，根据2014年的统计数据，在校就读的各类学生大约为2.5亿人，其中大学生3559万人。照理说，我国拥有无与伦比的教育实验资源，应该产生更多杰出的教育家。可惜的是，我国并没有产生在世界上有影响的教育家，也没有撰写出在世界上有影响的教育经典著作，这与缺乏有远见的教育实验家不无关系。坦率地说，我国的教育改革仅仅是写在国家的教育发展纲要或规划中，停留在教育部门领导人的口头上，众多的教育学研究者们也基本上是"纸上谈兵"，而鲜有笃志躬行的教育实验者，尤其是立志教育改革实验的大学校长。虽然我国民间不乏教育改革实验者，但在我国公立学校大一统的把持下，如果公立学校不积极进行教育改革实验，那是很难撼动保守的教育世袭领域的。那么，为什么我国公立学校鲜有大胆进行教育改革实验的人呢？原因当然是多方面的，但以下三点却是最主要的：

首先是认识上的盲区，认为实验纯粹是自然科学和工程技术学科的事，而包括教育学在内的人文社会科学，天经地义就是注经和讲说章句，与科学技术老死不相往来。2003年2月27日，我在《光明日报》发表了《为大学文科改革献计三策》一文，其中就提出："设计创建相关实验室，克服文科脱离科学技术实践的状况，这在新的技术革命时代尤为重要。"可惜的是，拙文并没有引起教育界的重视，也未能看到人文社会科学改革有根本性的突破，这是我们不得不承认的事实。

什么叫作教育实验？所谓教育实验，是以人为实验的对象，以某种新的教育理论（或理念）、新的教育模式、新的教学制度、教学内容、教学方法对受教育者实施教育，并观察获得的实验效果。一般来说，用于自然科学的实验方法，大多也都可以用于教育实验，如观察法、对比法、解剖法、统计法、推理法、归纳法等。它们所不同的是，自然科学实验的对象是客观物质世界，而教育实验对象是人，而人是有能动性的，这就增加了教育实验的可变性、复杂性和周期长的特点。教育实验与科学实验一样，都需要接受实践的检验，只有反复得到重复的结果，方能够称为真理，也才具有被推广的价值。

其次，求同不求异的思维方法，阻碍了教育实验创新。中国人与西方人思维方法有着某些重大的区别，一般说中国人"夸多识，而西方人赞新知"，基于这方面的差异，大多数中国人是"求多不求新，求同不求异，求稳不求变"，而西方人则恰恰相反。一个颇能说明问题的例子是美国普林斯顿大学，从该校校长伍德罗·威尔逊的一段话得到证实。1907年他到哈佛大学去参观，在演讲时说："普林斯顿大学不是哈佛，也不希望成为哈佛那样；反之，也不希望哈佛成为普林斯顿。我们相信民主的活力在于多样化，在于各种思想互相补充，互相竞争。"[⑥]这是对大学多样化重要性最经典的诠释，非常值得我们认真思考。后来的实践证明，普林斯顿大学的确完全不同于哈佛，它是一所"小就是美"的袖珍大学，没有美国最吃香的医学院、法学院和商学院，但它的数学和理论物理却令世界其他大学刮目相看。然而，在中国是绝对没有这样有特色的大学，在求同不求异思想的指导下，普通大学一味模仿重点大学，地方大学向中央大学看齐，而民办大学也亦步亦趋地走着公办大学的路子，结果就导致千校一面的局面。我国现在有近3000所大学，虽然他们的师资和学术水平有差别，但他们的办学模式甚至连院系和行政机构的设置都完全一样。在 20 世纪 90 年代初,全国兴起了一窝蜂的改校名和系升格为院的热潮,这就是同向思维最典型的表现。

再次,怕冒险,视教育改革实验为畏途。中国人不敢冒险是众所周知的,在家庭和幼儿教育中表现尤为突出。日本作家中野美代子在《中国人思维模式》一书中曾写道:"与欧美人为了开阔认识世界奔向未知土地而进行鲁莽旅行和冒险的传统不同,中国人的伦理理念是把认识的疆界限定在五官可及、手脚可触摸的领域中……"⑦显然,正是这种思想才使得近代科学没有在中国诞生,也导致我国近代科学理论和探索长期落后于西方国家。

在"文化大革命"中,曾经流传着"两个 99%"的论点,它是指搞自然科学实验的,即使是 99% 的搞错了,只要 1% 成功了,便可一举成名天下知。然而,搞政治或社会科学研究的,即使是 99% 的搞对了,哪怕 1% 搞错了,也可能一错铸成千古恨,甚至是永世不得翻身。显而易见,这是"自然科学保险,人文社会科学危险"的论调。但是,"文化大革命"已经远去半个世纪了,十一届三中全会也正式做出决议,今后不能再搞政治运动。因而,人们应当消除心有余悸的疑虑,解放思想,投入到教育改革的实验中来,这是一块伟大的实验场地,每一个教育工作者都是大有作为的。唯有如此,才能创办我国各具特色的大学,才能产生我国著名的教育家,进而创建我国的教育学学派。这是祖国人民的希望,也是时代的呼唤,我国每一个教育工作者切莫辜负时代对我们的期盼!

(本文发表于《光明日报》2016 年 4 月 12 日)

注释:

① 胡德维:变革时代的大学之道,载于《光明日报》,2014 年 11 月 30 日。

② 刘传德:《外国教育家评传精选》,北京师范大学出版社,1993,第 6~8 页。

③ 单中惠:《教育研究与实验》,2002 年第 2 期。

④ 陶行知:《陶行知全集》(第 2 卷),湖南教育出版社,1985,第 6 页。

⑤ 联合国教科文组织编:《未来教育面临的困惑于挑战》,人民教育出版社,1991,第 87 页。

⑥ 赵阿娜:教育评论:大学应各美其美 [EB/OL],(2012-03-30)。http//

www.hzjsjy.com/cms/NewsInfo.aspx？ID=34001（2012-05-19）。

⑦［日］中野美代子著：《中国人的思维模式》，中国广播电视出版社，1992年2月，第72页。

校长要有博爱的胸怀

在中国，中小学校长的称谓源于1912年，在中华民国教育部颁布的《普通教育暂行办法》中，规定以校长替代从前的"堂长""监督"等称谓。校长不仅是一个职务名称，更是要肩负起领导一所学校的使命，负责学校制度的设计及管理。改革开放以来，我国对中小学校长的要求，也与时俱进，校长的专业化、年轻化和职业化，也就成了对校长的必然要求。

世界大学诞生于何时？国际高等教育界公认，于1088年创建的意大利博洛尼亚大学，被认为是大学之母。自大学诞生，就伴随着大学管理者或叫作首席执行官的出现，其称呼也各不相同，如consul、rector、chancellor、president等。最初，大学校长任职的条件是：成年人、神职人员、大学毕业生、富有、操行无可指责等。中世纪大学校长的主要职责是[①]：维持学校的纪律，主持大学法庭，审判和惩罚犯罪的人员。

近现代意义上的大学校长始于法国巴黎大学，从1245年开始出现大学校长，起初只能由艺术学院的教授担任，并要求候选人具有7年以上教授文法或修辞学的经验，由选举产生，任期长短不一。校长就职仪式非常隆重，除了全校师生员工参加以外，还有省会名流和王室成员参加。如果校长在任职期间逝世，可以享受王室成员的待遇。英国牛津大学的校长，都是王室成员担任，由副校长履行校长的职责，这个传统一直延续至今。

大学校长应当是一所大学的灵魂，对于办好大学和建立自己学校的特色，具有不可替代的作用。要达到这样的目的，大学校长必须具有较高的素质，对此仁者见仁智者见智，谁都可以列出十条或八条。但是，我认为最主要的是：第一，要懂得教育学，按照教育规律办学，特别是要形成自己独特的办学理念；第二，必须具有深厚的人文素质，以人文主义精神引领学校；第三，必须具有专业学养，虽然他不再从事专业教学和研究，但他知道怎样选拔优秀的教师；第四，要有较强的领导、决策和管理能力，密切联系群众；第五，要有博爱的胸怀，热爱教育事业，挚爱教师、学生、员工，把学校营造成充满自由、民主和爱心的智慧园。

什么是博爱胸怀？我亲身遇到一个真实的故事。2005年3月，我的一个学生从北京给我带来一件"贵重"的礼物———一座弥勒佛。在佛的右边有一个圆宝盆，里面种植了一颗"天然灵芝"，栩栩如生，既呈吉祥又十分可爱。这件礼物还附有一份印制精美的说明书，提示每周要用溶解有糖分的白醋擦洗灵芝，既是防虫蛀，又是滋润灵芝的营养。我轻信了，连续擦拭了10年，精心呵护。2015年，家中的保姆做清洁，不慎撞断了这株"天然灵芝"，这才露出了原型，原来它是用纸浆染色铸造而成，底部连接木桩插入盆土中。这时我才恍然大悟，它验证了"无商不奸"这句老话。假灵芝自然是被丢弃了，但那个弥勒佛我却仍然保存着，因为我喜欢弥勒佛和那副对联："大肚能容，容下天下难容之事；开口便笑，笑世间可笑之人。"

在大乘佛教经典中，弥勒佛是真人真事，是贤劫千佛中第五尊佛，也是世尊释迦牟尼佛的继任者。在汉传佛教的寺庙里，常见到一尊袒胸露肚、笑容可掬的布袋和尚，就是以弥勒佛为原型塑造的。在佛教中，作为表法教育，表示"量大福大"，提示世人学会包容。什么是包容？包容是一种胸怀，是人的精神境界，它考量人们的善良和慷慨的程度，也是博爱精神的体现。包容到什么程度？正如弥勒佛所言，能容难容之事，包括你反对的或者是错误的事，甚至是犯罪的人。

对于这一点，我是心领神会的，一个大学校长应当营造宽松的治学环境，对待师生要有宽厚的心态，对待犯错误的人要有宽容的政策。也许有人质疑，宽容犯错误的人就是怂恿错误的行为。这是狭隘的观点，错误固然不能姑息，但犯错误的人是活生生的人，是值得关爱的生命。应该给犯错误的人以出路，而向他们施予爱心，可以促进他们更好的改正错误。下面记载的几个故事的主人，都是有错误的，有的还曾犯罪坐牢，但他们在爱的引导下，都重新开始了自己的人生，分别做出了相应的成就，这些都是博爱精神感染的结果。

(1) 保护失恋的学生

大学生正处于青春发育时期，男女之间的爱慕之情是自然生理现象，是不能用校规或是行政手段禁止的。即使是强行禁止，也必然是禁而不止的。武汉大学20世纪80年代的开明政策，就表现在不仅不禁止谈恋爱，而且还保护失恋的学生，校长还请恋人们到家中喝咖啡，为他们出国送行。

1980年中美之间开启了物理学研究生联合考试，从中选拔优胜者赴美国大学攻读博士学位。1981年我校从物理系和空间物理系共选拔了20人参加考试，结果有13人被美国各知名大学录取。然后他们被集中起来，请美国英语教师给他们补习英语，尤其是口语，为他们赴美后的学习奠定基础。就在这期间，这些已被录取的留美预备生，想趁出国前解决个人问题，以免到了美国后使学习分心。

一个被录取的学生，他相中了比他低三届的一个漂亮女生，她是校学生会文艺部部长，能歌善舞。让他始料不及的是，当他向这个女生敞开心扉时，却遭到她的礼貌拒绝。这一下他似乎觉得无地自容，于是他写了一张字条留在宿舍的桌子上，内容是"我寻长江而去，请不要去找我"。从字面上理解，他有可能轻生，并引起了许多猜测。空间物理系的领导，从档案中查出该生家庭和亲属的地址，派多人去这些地方询问。功夫不负有心人，在大连他姑妈家找到他，并劝说他一起回到了学校，待他情绪安定后，重新开始了正常的学习与生活。

到底怎样处置这个事件呢？校系都有不同的意见，有的主张批评教育，也有的提出取消他出国的资格。意见反映到我这里后，经我冷静思考，这事最好大事化小小事化了。于是我决定：第一，不能在学生中传播此事，也不能对该生进行公开批评；第二，此事不能上报给教育部，以息事宁人为好；第三，不影响他出国，请他继续参加英语培训班，按计划做出国的各种准备工作。

这个学生于1982年8月赴美国纽约大学物理系学习，1984年转到哈佛大学改学生物学。他对生物技术有着痴迷的爱好，为美国公司做过大大小小200多个项目，业绩出众。他在哈佛学习时，深受该校学风的影响，它就是不出版即死亡（publish or perrish）；不当头即平庸（leader or mediocrity）。因此，该生总是思考最前卫的问题。现在他成为海归，受聘担任杭州世平信息公司首席科学家，从事新的生物技术信息安全项目研究，取得了重大的突破。

1986年9月16日，我率代表团访问美国和加拿大十多所大学。9月16日，他邀请我们一行到他家中做客，在波士顿的武大所有留学生都参加了。他们夫妇准备了丰盛的晚餐，我们也一饱口福。那天晚上，师生在异国他乡见面，自然都非常高兴，欢声笑语此起彼落，我们谈话一直到凌晨4点多钟。

第二天，我们代表团要赶往位于康涅狄格的纽黑文，参加耶鲁第20任校长班诺·斯密特的就职典礼。这位研究生与他的同学徐传毅亲自开车，沿着高速公路行驶193公里，耗时3个半小时，顺利到达耶鲁大学所在地，领略了庄严、壮观的美式大学校长就职典礼。

光阴荏苒，转眼37年过去了。2019年7月8日晚上，他与同班同学查乐平来家探望。见面时，我几乎不认识这位高才生了，他略微胖了一些，人也更成熟了，口才更加出色。他滔滔不绝地讲了一个多小时。从初恋到失恋，从物理到生物再到信息学。他最后说道："校长，如果不是您当年的开明态度，我真不知道今天会是什么样子。回首往事，我非常感谢校长的保护。"

我说："校长爱学生，保护学生，是应尽之责，看到你今天的成就，我真的非常高兴。百尺竿头，希望你更进一步！"

（2）宽容偷书的学生

在我国，自古读书人都有爱书、爱购书和爱藏书的习惯，这大概是造就学富五车和才高八斗的大学问家必备的条件。我也是一个爱逛书店和买书、藏书的人，但我并不是大学问家，仅仅只是爱书而已。

有谁能够相信，在武汉大学偌大的校园内，现在居然没有一个书店，而且周边的大学书店、新华书店和外文书店都纷纷倒闭了。这从一个侧面反映出，当代读书的风气已经衰败了，中国人平均读书是世界上读书最少的，说明我国潜伏着严重的文化危机。

可是，在20世纪80年代，武大校园内有多家书店，而且还有不少个体书摊，教师和学生们都可以很方便地买到自己所需要的各种书籍。学生宿舍本来很狭窄，但每个学生的床头都备有一个小书架，存放经常必读之书。因此，大学生们经常逛书店和购书，已是普遍现象。中文系的学生，爱书和爱读书，可能是全校最为突出的，这兴许是他们的专业习惯、学习和创作的需要吧。

据中文系反映，有一个贫困生，他也是书店的常客，但他又没有钱购书，于是他心生歹念。那时，既没有条形码，也没有扫描仪，鉴别购书与否的标志，就是在新书的扉页或尾页盖上刻有"查讫"字样的紫色椭圆形印章，表明是经过检查或是收银的意思。这个学生就用肥皂模仿制作了这样的印章，自带印泥，将书店喜欢的书盖上伪造的印章带回。就这样，他宿舍的书越来越多，从而引起大家的怀疑，后被揭穿他偷书的秘诀。

事情败露以后，中文系的领导和辅导员，准备取消这个学生的学籍，他们将处分的报告呈送学校批准。这份报告转到我的手上，我犹豫了，如果给予处分，那就意味着将终止他的学业，而且最终将毁掉他的前程。这时，我想到了鲁迅先生在《孔乙己》这篇杂文中，借孔乙己之口说的"读书人窃书不能算偷……"

于是，我对该系的领导说："该生的行为肯定是不当的，应当进行批评教育，让他吸取教训，永不再犯这样的错误。但是，开除学籍或给以处分就不必了，也不要在学生中张扬这件事。"我之所以采取宽容的态度，是基于我的教育理念，罚而不教不足取。同时，相信人是会变化的，犯错误的人一旦认识到错误，吸取了教训，可能比没有犯错误的人，更会珍惜自己的人生，也会创造出更大的成就。

当年夏天，该生毕业了，他被分配到北京国家机关工作。据后来的反映，他真的吸取了教训，依然勤奋好学，工作任劳任怨，生活勤俭节约，与同事友好相处，深受领导与群众的赞誉。鉴于他的突出工作能力，后来他成为该部门一名司局级领导干部。现在回想起来，两种不同的处理方法，其结果也是迥异的，孰好孰坏不是明摆着的吗？

（3）探望服刑的学生

张二江是武汉大学历史系78级的学生，曾担任校第20届学生会主席。在校期间，他热心社会工作，积极开展社团活动，曾经倡导成立了快乐学院，支持艾路明漂流万里长江。他领导的那一届学生会是最活跃的，对于创建自由民主和创新的校园文化，协助学校进行教学改革，都曾起到很大的作用。

他毕业后被分配到湖北省纺织工业局工作，后来他先后被任命为湖北省丹江口市长，1993年5月在历史系著名世界史教授吴于廑先生的追悼会上，我们曾经见过一次面。后来，他又被任命为湖北省天门市委书记，大约是在1997年他从天门给我打过一次电话，向我问好。虽然我们师生很少见面，但我对他的工作却始终是关注的，希望他洁身自好，保持清正廉明，为民办实事。

大约是2002年初夏，我从报纸上看到他因为经济等问题被起诉，后被判处有期徒刑18年。对于他的错误，我感到十分意外，也非常痛心。一个人如果不洁身自爱，不严格要求自己，在物欲横流的环境中，随时都会栽跟斗，他的错误具有很重要的警示作用。

从他入狱以后，我就想去探视他，可是我的学生们，都建议我不要去，由他们代我向他表示问候。也有的学生认为，去探视一个判处有罪的学生，是不必要的，也有失校长的身份。但是，我认为，师生关系犹如父母子女，如果自己的孩子犯罪坐牢，难道父母不应当去探视吗？因此，这些年以来，我始终没有放弃想去探视他的念头，作为他昔日的校长、师长，这种探视兴许会给他改正错误增加一分力量。

自 2008 年初，我通过学生皮勇建和刘家清，请他们帮助安排我去看望张二江。最初他们说，初春天寒不便，后来又说奥运会筹备和举行期间不宜安排。本打算国庆节期间去探视，但监狱管理方面说，出于安全考虑，拟安排在国庆节以后。平心而论，监狱管理方面，并不是为难我们，而是想安排一个合适的机会。最后商定于 10 月 8 日去探视，我原本以为是到监狱去看望，但监狱管理方面认为我不宜去那种场合。于是，他们特意安排在汉阳琴断口的"三五大酒店"见面，营造一种和谐、宽松的气氛。

是日，学生皮勇建和刘家清开车过来接我，当我们到达三楼的包房时，汉阳监狱管理所的人和张二江已先于我们到了。相互介绍后，方知参加的人中有管理所的所长曹文强和政委等 6 人，他们既是监督和陪伴张二江的，又是特意要借此机会希望见到我的。曹所长寒暄几句话后，请我们入席，说边吃饭边谈话。

我的右耳听力衰退，曹所长特意安排张二江坐在我的左边，说是为了让二江能够与我交流。我拉着二江一起入席，我说："二江，我们 15 年没有见面了，你比那时老了一些，不过气色还不错，比我想象的要好多了。"他说："校长，我都 54 岁了，很快将到花甲之年，怎么不老呢？"我说："不算老，我 60 岁时写了一篇长文，题目叫作《生命 60 始》，发表在《传记文学》上，我今年已经 75 岁了，还准备至少再活 20 年。"二江说："校长，看到您身体健康，学生感到非常高兴，您这么大的年纪，还惦记和来探视我，令学生十分不安，学生这次所犯的错误是不可饶恕的，一定吸取教训，将重新做人。"我说："认识到错误，吸取了教训，今后的路会走得更稳当，但永远不要丧失生活的信心。"

这时，曹所长接过二江的话介绍说："二江的表现不错，鉴于他年纪偏大，又是一个知识分子，所以我们没有安排他干重活，给他配了一台电脑，他可以利用电脑写书，但不能上网。这些年他已写了 5 本书稿，我们对他比较优待，他可以吸烟、喝酒，只是带进来的酒瓶需要经我们改装成为塑料瓶，这是管理规定。"

对管教所对二江的教育、帮助，我向曹所长表示了感谢。曹所长说："刘校长，您这么大的年纪，看望和关心二江，这是对我们工作的最大支持，本来今天我们吴局长也要来会见您，但他去陪同中央法制工作委员会的领导参观，特地要我们向您表示敬意。"

当日的午宴十分丰盛，不仅鸡鸭鱼肉样样俱全，而且还有甲鱼、鲍鱼汤，五粮液、干红、啤酒、饮料各人自选。时间过得很快，两个小时过去了。皮勇建叫来了服务员，准备付款结账，可是曹所长坚决不肯，说今天刘校长是我们的客人，必须由我们买单，他是大家仰慕已久的教育家，让我们表示一点心意。话既然这样说，皮勇建没有再坚持，代表我们一行向曹所长表示感谢！

在酒店一楼大厅，我准备去洗手间，二江见机跟我去了洗手间。我对二江说："看来，你这辈子从政是无望了，经商恐怕也为时已晚，但你可以发挥自己专业知识的长处，不妨在做学问上下点功夫，干出一番成绩。"二江说："校长，我也是这么想的，我会记住您的教导，一定会努力的，我绝不会虚度时光的。"

到了大厅，我们相互告别，曹所长执意让我们先上车离去。当我们的汽车离开酒店很远时，他们还在酒店门前向我们挥手致意。这次探望的时间不长，但无论是我或是二江，都不会忘记这次特殊的会面！

（本文发表于《同舟共进》2020 年第 8 期）

注释：

①宋文红著：《欧洲中世纪大学的演进》，商务印书馆 2010 年 6 月版，第 188－191 页。

我们应该怎样理解和捍卫大学之道

张帅同学并立人大学武汉游学班的全体同学：

你们好！欣闻立人大学武汉游学班即将开学，我谨致以衷心地祝贺：祝你们学习顺利！希望你们拥有新的收获！增长新的才干！

作为立人大学的支持者，我本应参加你们的教学活动，或与你们面对面进行坦诚交流。遗憾的是，由于我已年迈，加之夫人身体有恙，我不能抽身前往，尚希望你们见谅！但是，我将以这封信与你们做一次交流，希望对你们有某些启发，如果我的认识有不妥之处，也欢迎你们提出来，我们共同切磋。

张帅告诉我，这次游学班的内容有三部分：武汉的租界文化、武汉的古建筑和大学之道。对于前两方面的内容，我是门外汉，还是三句话不离本行，谈谈我对大学之道的认识。

什么是大学之道？首先我们必须分辨清楚，古时的"大学"与近现代教育史上所使用的"大学"的含义是完全不同的，古时的"大学"是"大人之学也"，而"小学"是15岁以下少儿学习的内容。另外，大学也指博学之意。古时《大学》一书中所讲的大学之道，是对于做人的要求，以达到德才完美无缺的最高境界。而近现代的大学是指区别于初级教育（小学）和中等教育（中学）的最高教育机构。在近现代教育中所谓的大学之道，是指办大学的理念、大学精神、校园精神文化、校训和办学方针等。有时候，也把大学之道泛指为研究和掌握高深学问的途径与方法。

近20年以来，我国关于大学之道的研究可谓非常时髦，发表的论著堪为汗牛充栋。其中，比较有代表性的有杨东平教授主编的《大学之道》，2003年由文汇出版社出版；香港科技大学丁学良教授的《什么是一流大学》，由北京大学出版社出版；张跃进的《大学文化与大学精神建设》，由中国社会出版社出版。总的来说，这些学者对大学之道的论述，都没有超越西方大学和我国民国时期对大学精神的阐释。

民国时期，我国大学是比较独立的，因而大学精神体现得也最完整。清华大学梅贻琦校长，是清华大学的功勋校长，被称为清华四大哲人之一（其他三人是潘光旦、陈寅恪和叶企孙）。他在《中国的大学》一书中说："民主、自由、活泼，真正中国大学精神之所在。"蔡元培先生任北京大学校长10年，既是他个人最风光的10年，也是北京大学成就最辉煌的10年，因而他被称为"北大之父"。他在就职演说中，提出北京大学的办学方针是："兼容并包，思想自由。"他在任职的10年中，曾经7次提出辞职，虽然每次辞职的原因各有不同，但中心问题都是维护大学的独立与自由，不愿与独裁政府合作。清华国学院的四位大师之一陈寅恪堪为奇人，他在王国维逝世两周年的碑文中写道："独立之精神，自由之思想"，这两句话被认为是清华大学精神最充分的体现。

其实，我国近代大学是从欧美引进的，而大学精神也基本上是借鉴西方国家的办学理念。欧洲中世纪的大学都是自发诞生的，他们从一开始都不受政府管辖，拥有完全的独立和自由。纵观近千年的世界高等教育，概括起来，大学的理念或大学精神，基本上有三大理念：第一是英国都柏林大学校长约翰·纽曼的理性大学理念，他提出大学为自由而设，而自由教育存在于文化之中，大学的职责是提供智能、理性和思考训练，其途径是实施博雅教育（即通识教育）。第二是德国的威廉·洪堡提出的文化理念，为了推进教育改革，他亲自创办了柏林大学，在教育史上第一次提出教学与科学研究相结合的思想。他提出大学应相对独立，摆脱国家政治和经济的干扰，大学的目的是探求真理，而不是满足社会的需要。第三是美国的克拉克·科尔，他是美国加州大学伯克利分校首任校长，他在其代表作《大学的功用》中，提出了多样化巨型大学的理念，进而又演变成"一流大学"的模式。科尔是20世纪最有影响的教育思想家，他的观点在某种程度上促进了大学的发展和国际化。但是，他完全否定了传统的大学理念，又走上了另一个极端，可能会把大学变成"社会服务站"。

加拿大蒙特利尔大学教授比尔·雷丁斯，从维护大学精神的纯洁性出发，对所谓的"一流大学"理念提出了尖锐的批评。他评论道："'一流'正在迅速成为大学的口号，如果要想理解当代大学，需要反思一下追求一流意味着什么或不意味着什么。"其实，"一流"不是一个标准，而只是工业产品的尺度，把它应用到大学的评估上完全是不适当的。雷丁斯批评说："追求一流标志着这样一个事实，不再有大学理念了，或者更确切地说，这个理念已经失去了它所有的内容。"然而,我国对一流大学趋之若鹜,曾经出现了千军万马争一流的景观。人们明知中国现在没有世界一流大学,于是又衍生出了五花八门的一流,如中国的一流、中部的一流和中西部的一流,这完全是一种玩弄文字游戏的表现。

国际上有许多大学排名机构,他们就是把各种数字加和,如学生占多少比例,教师占多少比例,资金占多少比例,论文占多少比例,图书占多少比例,声誉占多少比例等。看起来量化得很细,但并不科学,好大学一定富有吗?教授多的大学水平一定很高吗?此教授与彼教授有可比性吗?中国的博士与美国常春藤大学的博士有可比性吗?大学排名完全是商业行为,助长了弄虚作假的歪风,满足了某些人虚荣心的需要,因此遭到了美国众多大学的抵制。然而,我国各大学对排名非常重视,北大和清华甚至制定了达到世界一流的时间表,试问如果我国大学没有国际公认的学术大师,没有获得诺贝尔科学奖及世界各学科领域的大奖,没有科学学派,中国大学怎么跻身世界顶级著名大学之列?

我国没有世界著名大学,并不是缺少办学的硬件,而是大学精神缺失。上海复旦大学校长杨玉良先生隐晦地说,现在大学精神虚脱,虚脱是一种病态,说明我国大学精神出了问题。纵观世界各著名大学,均证明了好的大学精神,往往会传承几百年,例如哈佛大学"与真理为友"和斯坦福大学"让自由之风劲吹"的校训,自建校一直延续到今。我国近代创办的一批老大学,也曾经有过非常有创意的大学精神,我认为,这些大学如果不回归原来的大学精神,就不可能成为世界顶尖的大学。

尽管我国各大学都制定了体现大学精神的校训,但不少是雷同的,要么是套话,要么是从古文献中找出的名言骈句,除了装饰门面以外,没有丝毫的针对性。不客气地说,除了把它们束之高阁外,从来就不准备付之于实践。

我国大学精神是怎样丧失的呢?我认为20世纪90年代初是一个分水岭,此后我国高等教育就步入大跃进的高速公路,掀起了大学合并、改名、升格、扩招的狂躁风,同时,我国由计划经济向市场经济转型的过程中,高等教育迷失了方向,被功利主义、形式主义、官本位主义所侵蚀,放弃了维护学术纯洁性、追求真理和社会正义的伟大使命。

当前,我们面临的任务是唤回和捍卫真正的大学精神。人们把大学精神视为大学的灵魂,既然大学失去了灵魂,那么我们就要把大学魂唤回来;如果大学精神遭到篡改或破坏，我们就应当挺身而出捍卫大学精神。怎样捍卫大学精神呢？我认为必须旗帜鲜明地反对几种歪风邪气：

第一，反对金钱主义的腐蚀。有人说，现在的中国人除了金钱以外，什么都不信了，这是"一切向钱看"口号最大的误导。一个著名作家在某重点大学兼职3年，他通过观察得出结论：这个大学就是一个大公司，人人都在赚钱。迈克尔·桑德尔是哈佛大学哲学教授，他讲授《正义》课已经30年，从当初15个人的小教室到容纳千人的桑德斯剧场（哈佛大学的地标），可见受欢迎的程度。他最近出版了一本书《金钱不能买什么》（What Money Can't Buy），尖锐地指出："我们生活的每一个层面，如医疗、教育、政府、法律、艺术、体育，甚至人际关系等，非市场价值准则都已被市场价值准则排挤出局。我们已经从一个市场经济社会蜕变成市场化的社会。"

第二，反对仅图表面的形式主义。我们可以回顾一下这20多年我国的大学都在做些什么，几乎都是在折腾校名的更换。专科、学院都升格为大学，系都改成学院，科室都改成部。更荒唐的是一个科研管理机构，从科—处—部一再拔高，现在居然把人文社科部改成人文社会科学研究院，把科技部改成了科学技术研究院，堪与国家的中科院和中国社会科学院相抗衡了。这些年各大学都以名山秀水命名学者，如黄河学者、泰山学者、湘江学者等多达38个。试问：机构升格了，教授冠以华丽的名字，但大学和教授的水平依然如故，完全是换汤不换药，不是形式主义是什么？

第三，反对各种广告对大学的骚扰。什么是广告？广告纯粹是商业行为，不少广告都华而不实。广告与求实的科学精神是根本对立的，因此必须拒绝广告，清理校园里"牛皮癣"广告，绝不能玷污了圣洁之地。大学本是精神高地，是一块圣洁的领域，绝不能藏污纳垢。有些名校广告很多，有时一天刊登三四个广告，而且都高价收费的，如高级写作班、高级总裁培训班，等等。

第四，让学术研究慢下来。这话似乎不合乎时宜，但对于遏制浮躁心态，提高学术成果质量，防止弄虚作假等都是非常必要的措施。最近看到于1999年成立的国际慢城联盟的宣言，我颇受启发，这对于当今快节奏的发展是一种制衡，也是保持文明生态的重大对策。上了年纪的人都还记得，1958年提出的"多、快、好、省，力争上游"口号，刮起一股瞎指挥和浮夸风，教训是极其深刻的。

我国有许多古训对做学问是非常有借鉴意义的，如十年磨一剑、慢工出细活、精雕细刻、板凳一坐十年冷，等等。学术研究只能在冷环境中，任何浮躁都可能导致造假或粗制滥造。纵观世界重大的科学发现和发明，无一不是长期默默耕耘而获得的。例如，澳大利亚昆士兰大学物理学家进行的沥青滴漏实验，已经坚持85年了，期间只发表了一篇论文，成功地证明了沥青也能像液体一样流动，并且计算出了沥青的黏性是水的2300亿倍；美国加州大学伯克利分校罗百特·福尔研究壁虎40年，发现了壁虎脚掌的攀爬能力是源于分子力；2002年诺贝尔物理学奖获得者雷蒙德·戴维斯研究中微子40年；2004年以色列阿龙·切哈诺沃和阿夫拉姆·赫斯科获得诺贝尔化学奖，他们的研究历时35年，等等。

我国现在科学论文已跃居世界第二，占全球的10.2%。有人讽刺说：中国的论文都世界第二了，为什么还不给个诺贝尔奖？2012年全国专利申请数超过52万件，年增速20%，是专利申请数的第一大国。可是，中国的专利都是些什么类别呢？世界知识产权局报告说，中国大陆已经拥有全球最多的实用型、商标和产品外观设计专利，占到全球总量的61.8%。中国专利的尴尬还表现在知识产权的交易上，美国交易一件专利平均是37万美元，而中国仅仅是3.31万人民币，有着天壤之别的差距。中国也是世界第一出版大国，但同时又是书籍第一库存大国，不少垃圾书籍甚至没有上架就又拉回仓库了。凡此种种，都说明中国是把各种第一当作一种虚荣来炫耀，只求数量不求质量，不考虑效益，也不考虑绝对比值，其恶果今后还将逐渐暴露出来。

大学生是学校的主人，既是受教育者，又是教育改革实效的检验者。我们只有正确地理解了大学之道，才能自觉地践行这些理念的精髓。也许，现在大学的状况令你们失望，虽然你们不能改变现状，但你们能够改变自己的命运。因此，希望你们保持清醒的头脑，绝不能气馁，不要怨天尤人，也不能随波逐流。你们要明白一个道理，成才和成功不决定于名校和名师，而只决定于自己，决定于你们心中的梦想。我希望你们及早发现和形成自己的志趣，走自己认定的道路，矢志不渝地去追求，以梦想带动创造，以创造实现自己的梦想！

（本文发表于《领导科学论坛》2014年第2期）

论学习的本质特征与目的

在公元前500多年，孔子在《论语·学而篇》首句就说："学而时习之，不亦说乎。"[1]在这里，孔子是把学与习分别使用的，它们代表两层意思，反映着主体两个独立的认知活动。学习作为一个词语最早是出现在西汉，就其语言的意义来说，在《礼记·月令》中有言："鹰乃学习。"[2]所谓的学，就是效仿；习是反复、重复和温习之意。每当夏季到来，刚刚孵化出的雏鹰能够独立行动后，就模仿老鹰飞行，反复试飞，最终学会了独立飞行。最早的学习内涵十分简单，就是模仿和反复练习，最后达到掌握某种技能（如飞行）的目的。因此，我们可以这样认为，学习就是效仿与反复练习的过程，无论是学习直接或是间接的知识，都是效仿和重复练习的过程。

在心理学上，有不少学者给学习下了定义，如有人认为："学习是个体后天与环境接触，获得经验而产生的行为变化的过程。"[3]蔡胜铁等人认为："学习是主体与媒体、客体的交互作用，在实践的基础上获得经验，主体逐步发生的思维、行为、品格各方面变化和飞跃的过程。"[4]前者强调后天，而后者强调在实践的基础，似乎都有偏颇之处。其实，实践知识与间接知识都不可偏废，就学校教育而言，大量的还是学习间接知识。法国安德烈·焦尔当认为："学习在日常生活中是一个混合词，在不同的情况下，它既可以指理解、认识、记忆、发现、经验获得，又可以指调动已有的知识。"[5]我经过多年的研究与思考，不揣浅陋对学习提出新的见解，认为学习的本质就是六个字：感知、复习、记忆，多了没有必要，少一个字也是不可以的，我以感知替代认知或认识，是强调感官在学习中的重要作用，无论是直接知识或是间接知识，都是通过感官的作用而获得的。

那么，学习的目的又是什么呢？纵观东西方的学习观是不同的，中国的学校教育强调的是"学以致用"，诸如学习是个体生存的必要手段，学习可以促进人的成熟，学习提高人的素质，学习能够改变人的命运，等等。在这种思想的指导下，致使不少人重视实践而忽视理论，这也是我国教育功利化的主要原因。与之相反的是，西方国家的学习观是学以致知，所谓的知就是不仅知其然，而且还要知其所以然，以探究真理和事物的本源为目的。但是，我认为无论是学以致用或是学以致知，都还没有触及学习的本质。那么，学习的本质特征是什么呢？我认为是学以致慧。这才是我们应当提倡的新学习观，学习是为了获得隐藏在知识后面的智慧，只有拥有智慧的人才能够创建伟业，才能拯救危机四伏的人类。下面，我将围绕着如何增进人的智慧谈三个问题。

方法比知识重要

联合国教科文组织曾批评说："教育中最没有人怀疑的教条是有关学校的说法，即教育等于学校。"⑥我愿意沿着这种思路再补充一句，学习即读书，而读书是为了获得知识。17世纪英国哲学家培根有一句名言："知识就是力量。"这句话在中国影响非常之大，许多人坚信不疑。可是，对这句名言质疑的人越来越多，甚至出版过一本《知识不是力量》的书⑦。我们否定知识不是力量，绝非宣扬知识无用论，而是强调方法比知识更重要，犹如勒内·笛卡儿所说："最有价值的知识是方法知识。"⑧因此，我们重新认识学习的本质，树立方法比知识更重要的观念，一旦掌握了科学的方法，就能够自己搜寻更有用的知识，甚至创造出新知识。

在我国古代典籍中，关于鱼与渔的故事，是许多人都熟知的。据说这个典故出自于《老子》一书，其中说道："授人以鱼，不如授人以渔。授人以鱼，只救一时之饥；授人以渔，可解一生之需。"这个典故的意思非常明确，获得一条鱼不如学会捕鱼的方法，那样就会有源源不断的鱼可以食用，终生不用发愁。可是，我国学校的教育只传授相当于"鱼"的具体知识，而从不向学生传授"捕鱼"的方法，致使塞满脑袋的知识窒息了学生们的想象力，从而成为知识的驮兽。

教育在传承文明的同时，也沿袭了它的保守性，固守各科知识的体系就是表现之一。美国edX总裁阿南特·阿嘎沃尔批评说："教育在过去500年中，实际上没有什么（本质上）的变化，上一次变革，是印刷机和教科书。"《富足·改变人类未来的四大力量》是一部畅销书，它的作者之一是彼特·戴曼迪斯，他更加尖锐地抨击说："标准化的教育规则，统一性是教育预期的结果，同一年龄的所有学生使用相同的教材，参加相同的考试，教学效果也按照同样的考核尺度评估，学校以工厂为效仿的对象，每天都被均匀地分割为若干时间段，每段时间的开始和结束都以敲钟为号。"[9]

德国发明家约翰·古登堡于15世纪中叶发明了西方活字印刷和机械印刷来印刷书籍的方法，而第一部印刷的名著是《古登堡经》。[10]美国阿嘎沃尔所说教育上的重大革命，大概就是指这个事件，至今正好是500多年。但是，以各门学科知识为体系的课程设置，是英国18世纪中叶工业革命以后形成的，至今已有300多年的历史。可是，各个国家和每所大学都是因因相袭，基本上仍然是按照古老的课程体系，即使有些增减也都是添枝加叶式的改良，而几乎没有人敢于挑战以知识为核心的课程体系。

在20世纪80年代中后期，我就感觉到以知识为核心的课程体系已经过时，认为要改变大学局限于传授知识的弊端，必须摒弃以传授知识为核心的课程设置，重新设计新的课程体系。那时，我的雄心壮志是想用5-8年的时间，改革旧的课程体系，以掀起武大第二次教学改革的高潮。可惜壮志未酬被免职，使得这项史无前例的改革胎死腹中。近20年，我一直在留心关于课程体系的改革，但我没有看到有哪个大学意识到这项改革的重大意义。

课程体系既涉及我们究竟应该给予学生们什么，又关系到一个大学的特色，正如美国卡内基促进教学基金会的波伊尔博士所说："每所大学和学院应为自己的特色而自豪，都应要求弥补其他学校的不足，而不是一味地模仿。"[11]其实，课程设置正是反映各校特色的重要环节，也是培养风格各异人才的必要措施。基于方法比知识重要，我设计的新的课程体系，坚持以科学方法为主线，坚持三个原则：一是通识教育与专业教育相结合；二是方法与知识学习相结合；三是文理兼通，全面发展，各有侧重。

在具体做法上，我主张按照四个板块设计课程，即科学方法论；人文科学基础（分文理两个类型：A适用于文科生；B适用于理科学生）；自然科学基础（分理科与文科两个类型，A适用于理科学生；B适用于文科学生）和专业选修课程。我这里说的方法论课程是一个总的概念，具体的方法学知识应该是多种多样的，不同的大学和不同性质的院系，可以有所侧重，既体现自己的特色，又要适应本院系培养目标的需要。但我认为以下方面的课程是需要开设的，如《唯物辩证法》《自然辩证法》《科学思维方法》《创造思维方法》《创造技法》《科学发明简史》《东西方思维模式比较》《学习方法概论》《大脑与学习革命》《自学方法入门》，等等。

　　凡是经过大学学习的人都有体会，大学中所学的课程，毕业以后基本上都是没有用的。既然如此，我们为什么要浪费宝贵的时光呢？我们为何不把学习的重点放在方法的讲授上，掌握科学方法就能够使我们走得更远。在这方面，笛卡儿的成功就为我们提供了重要的经验。他本是在普瓦捷大学学法律，于1616年获得法学博士学位，可是他却成了著名的哲学家、数学家、物理学家、生理学家。他不仅在哲学上开辟了新路，而且成为解析几何学的创始人。他的成功正如他自己所说："凭着这种方法，我觉得有办法使我的知识逐步增长，一步一步提高我的平庸才智和短暂生命所能允许达到的最高水平。"笛卡儿是坦诚的，他以54岁的寿命，创造出了许多人无法企及的成就。因此，每一个生理发育正常的人，如果他们掌握了科学的方法，他们也是能够创造出辉煌的业绩的。

智慧比文凭重要

　　文凭是什么？就实质而言，文凭就是记录一个人学习经历的一张纸（或是一个证书），对于有智慧有能力的人来说，他们向来对此是不屑一顾的，而对于能力低下的人来说，它却是一张身份证或者护身符。著名文学家钱锺书在《围城》中挖苦地描写道："这一张文凭，仿佛是亚当、夏娃下身那片树叶的作用，可以遮羞包丑，小小一方纸能把一个人的空疏、寡陋、愚笨都掩盖起来。"这种形容绝不为过，在对待文凭上，确实反映出智者与愚者决然不同的两种态度。

　　盛田昭夫是日本索尼公司的创始人，是赫赫有名的成功企业家。他于1966年出版了一本畅销书《学历无用论》[12]，这是一本人力资源管理的力作，被日本企业界称为企业管理的《圣经》，几乎人手一册，50年以后的今天仍然在销售。表面上看，好像他是在谈学历有用或无用的问题，实际上他是深刻地阐述了如何吸引、培育、考察、评价和激励员工的管理原则，揭示了索尼风靡全球出奇制胜的秘密。他指出，用学历评价一个人是懒惰的表现，不用动脑筋去考察一个人的实际能力之高低，这就助长了懒汉的公司和领导人。其实，中国的情况比50年前的日本只会有过之而无不及。否则，为什么文凭至上主义在我国大行其道，为什么各用人单位在招聘时，都要限定本科或研究生学历以上的门槛呢？

因此，在我国非常有必要宣传盛田昭夫这本书，取消各单位招聘员工的门槛，真正做到不拘一格降人才。我国大学招生是以分数高低来录取，招聘用人是以文凭高低来取舍，二者如出一辙，其思想根源都是形式主义。我国高考改革，基本上没有走对路子，一直是重考不重录，无论什么形式的考，都没有多大的区别，然而录取的学问就大得多。录取的奥妙就在于：招生工作人员要以智慧把最优秀和最有前途的学生挑选出来，利用大学的优质资源，把他们造就成为杰出人才。

什么是智慧？普通人似乎觉得有些神秘，其实智慧并不神秘，在一切工作领域里都有智慧，只是人们在自觉或不自觉地在运用智慧而已。例如，1984年日本东京举办了马拉松邀请赛，名不见经传的日本选手山田本一意外地获得了冠军。记者采访他时问道："你如何获得如此惊人的成绩？"他只说了一句话，"凭智慧战胜对手。"记者不解，以为他是故弄玄虚，马拉松比赛是体力和耐力的运动，与智慧何干？两年以后，这个邀请赛又在意大利米兰举行，山田本一又一次获得了冠军。记者又问他：你获得冠军的诀窍是什么？他依然还是说："凭智慧战胜对手。"记者仍然一头雾水。十年以后，谜底终于揭开了。山田本一在自传中写道："每次比赛前，我都乘车把比赛路线仔细考察一遍，并把沿途鲜明的标志物记下来，如银行大楼、大树、红房子——比赛开始，我以百米冲刺的速度冲向第一个目标，然后再冲向第二、第三个目标，直到终点。如果把目标定在40公里，跑到一半就吓倒了，也就失去了信心。"

山田本一说的智慧，就是新点子、窍门、巧板眼等，这是我们每个人都有过的经验和体验。如果要给智慧做一个学术性的界定，我认为智慧是不以感官直接感知获得的认识，而是感官综合作用的一种心灵活动，突出的表现是它对事物具有灵活、迅速、正确的理解和判断能力。一般地说，智慧的产生具有突发性、偶然性和创造性的特点。智慧有大小和深浅之分，智慧虽然是普遍存在的，但人类历史上大智慧的人物总是极少数的。纵观一些大智慧的人物，他们有时表现得笨手笨脚，这就是老子所说的大智若愚；有的离群索居，甚至还有的行为怪癖等。我们认识到这些有智慧的人的特点，目的是要尊重他们、保护他们，千万不能苛求和指责他们这些小节，否则将扼杀他们的智慧。

在教育中也有两个约定俗成的语词，一个是学以致用，中国的学校教育极力主张学以致用，这是功利主义渗透到教育一切方面的原因。正是这个原因，才导致我国不重视基础科学研究，致使我国科学理论落后。然而，欧美国家则提倡学以致知，虽然"用"与"知"仅有一字之差，但却反映出做学问的两个迥然不同的境界。经过长期思考，我不揣冒昧，试图超越这两个口号，提出"学以致慧"的理念。我之所以提出这个口号，是基于智慧的重要性，它是建功立业和从事发明创造必不可少的"神器"。

从分类学上来看，我以为智慧可以分为固有智慧和悟得智慧，前者主要表现为先天的禀赋或是本能。这种固有的智慧主要表现在普通人和儿童中，在普通人中主要表现为生存智慧，它与知识掌握的多少没有关系。在儿童中表现的智慧，与灵性有关，其中有些人则表现为天才。例如，德国高斯（C. F. Gauss，1777—1855），被称为"数学王子"，是与阿基米德、牛顿、欧拉齐名的四大数学巨匠。他不仅是数学大师，而且还是著名的物理学家、天文学家和大地测量学家。他从小就在数学方面表现出惊人的灵性。他 7 岁的时候，小学老师出了一道数学考题，让全班同学计算从 1 累加到 100 的得数，当同学们都还在埋头依序累加时，高斯瞬间就算出了得数是 5050。老师感到很惊讶，其诀窍就是高斯悟出了 $1+2+……+100$ 的得数就是 $50×101$。类似的表现在少年儿童中的智慧实例是不胜枚举的，如曹冲秤象、司马光砸缸救儿童、7 岁爱迪生救母，等等。从教育的角度，要十分重视天才少年现象，对他们要因材施教，尽可能把他们的超常智慧发挥出来，使之成为杰出人才。

智慧不是知识，一个人即使读遍了全世界的书籍，也不能给他带来智慧。知识可以传授，而智慧是不能教授和传授的，只能通过自己的心智运动来悟得，这就是我所说的第二类型的悟得智慧。从智慧的开发来说，悟得的智慧最重要，只要进入到悟性境界，人人都能够获得智慧。智慧有高低和大小之分，由于每个人进入悟性境界的不同，他们获得的智慧也就有霄壤之别。

孔子曰："学而不思则罔，思而不学则殆。"他所讲的学，是获得知识，而思则是获得智慧。悟得的智慧重在悟，这就是学必悟，悟而生慧。既然智慧是人类最高的灵性，是人类认识和改造自然的法宝，那么就是我们学校教育工作者必须重视的课题，应当研究如何开发人们的智慧。虽然智慧不能教授，但是能够通过学习者修炼而获得。根据心理学的理论，我认为以下三种方法，是获得智慧的有效途径。

第一是反思索源，认识万物的真理。这是认识事物本质最好的方法。所谓反思就是反反复复地思索，结合自己的经历，对已获得的信息进行反复琢磨、推敲、揣摩，也就是对信息进行再创造，以获得新的认识。其实，这个过程就是悟道，获得的新认识就是智慧。反思就是自学、自问、自疑、自答、自娱的思想自我运动的过程，是在无功利、无压力和无恐惧的心境下进行。

历史上的著名的"龙场悟道"，对于如何通过反思获得智慧，是非常有启发意义的。王守仁（别号阳明）生于明朝中叶，时值政治腐败、社会动荡、学术颓败，他试图力挽狂澜。不料他因反对宦官刘瑾，反遭被流放到贵州偏远荒蛮之地龙场。此行不准他携带任何书籍，并一路遭到追杀，真是九死一生。龙场既是一处安静的原始森林，又是让他处于极端痛苦的场所，他甚至需要采集和耕种以维持生命。

他每日静坐思索，结合自己历年的遭遇，日夜反省，他追问孔孟，追问尧舜：在如此环境下，怎么能够生存？在他的头脑中，经常风起云涌地翻腾，心力交瘁，几乎到了精神崩溃的地步。突然有一天，他从梦中惊醒，像魔鬼附身一样，他惊叫了起来："圣人之道，吾性自足，向之求理于事物者误也。"说完这句话后，他顿觉异常的畅快，如浩瀚的宇宙，无一丝尘埃。据史家称，龙场悟道是一个重大事件，这是一个新的学派"心学"的开端。他精通儒、释、道学说，心学的创立，标志着他是继孔子、孟子、朱熹之后的一位圣人。

第二是静修心悟，获取知识背后的智慧。对于出家人来说，叫作参禅、打坐，而对于普通人来说，就是静修心悟。静修与心悟是因果关系，只有静修才能达到心悟的目的。我们只要看一看，在寺庙和学校的图书馆，都悬挂有"肃静"的告示牌，这些地方都是静心学习或是修炼的地方，绝对是不许喧哗的。对于修炼和思考，轻浮和狂躁都是有害的，正如老子所云："轻则失根，噪则失君。"

在佛教的历史上，六祖慧能的悟道是颇有传奇性的，也具有极大的启示意义。慧能本姓卢，三岁丧父，以砍柴为生。24岁那年，听说湖北黄梅东山寺有金刚经，于是他以行者之身，跋山涉水化缘到东山寺。但是，他目不识丁，无奈被收下安排在厨房当伙夫，每日舂米、挑水供700余名僧人吃喝。慧能任劳任怨，虽然不识字，但他边学识字边听僧人诵经，默记经文，并在心中反复琢磨，努力记住佛祖的教诲。

五祖弘忍考虑到自己年事已高，有意通过考核，以便挑选接自己的接班人。有一天，他要求每个僧人献出一副偈语。神秀是上座讲师和尚，他胸有成竹地写了一副偈语，要小和尚抄写贴了出去，其偈语是：身是菩提树，心是明镜台。时时勤拂拭，莫使惹尘埃。

神秀的偈语招徕众僧人观赏，慧能也前往观看，但他并不认同神秀的偈语。于是，他口授了一副偈语，请小和尚写成大字报贴在神秀偈语的旁边，慧能的偈语是：菩提本无树，明镜亦非台。本来无一物，何处惹尘埃。

慧能的偈语也引来众人观看。五祖弘忍看了慧能的偈语，没有做任何表示，只是在慧能的头顶上拍了三下就离开了。慧能心领神会，在半夜三更时辰去聆听五祖的教诲，五祖说神秀还在佛门外。于是，五祖将衣钵传给了慧能，为防止不测，令慧能星夜逃走。他离开了东山寺，又回到了广东，隐姓埋名15年，最终他成了五祖的继承人。他是释迦牟尼血脉嫡传佛教33代祖师爷，是禅宗的创立者，高举顿悟成佛的大旗。一个目不识丁的樵夫成为屈指可数的伟大思想家，被西方称为东方的耶稣，这种精神现象值得回味，我国教育界应该借鉴顿悟学派思想，以推行"学以致慧"的新教育理念。

第三，开展娱乐活动，从娱乐中获得智慧。古希腊是一个智慧迸发的时代，他们的哲学、数学、艺术等都极大地影响了欧洲，使之成为欧洲文明的源头。古希腊时有一句名言：休闲出智慧。那时的学校被看作是劳作以后休闲的内容之一。因此，娱乐与智慧的关系十分密切，尤其是智慧娱乐。例如，围棋、国际象棋、玩魔方、猜谜语、对对联等，都是富有智慧的娱乐，开展这些活动有利于开发人们的智慧。

在教育心理学上，有一个"波尔加实验"，对于我们开启智慧之窗是颇有启示意义的。这个实验是源于美国著名心理学家约翰·华生的狂想，大约是在20世纪初，他向美国政府提出，给他一打健康的婴儿，他可以把他们培养成天才、学者、医生等，也可以把他们培养成超级罪犯。理所当然的，美国政府不会同意他的要求，任何社会团体也不会支持他的实验。

但是，到了20世纪60年代，匈牙利布达佩斯一所中学的年轻心理学教师拉斯洛·波尔加，对华生的实验产生了兴趣。不过，他没有要求政府给他一打婴儿，而是打算自己生育几个健康的婴儿，把他们作为实验的对象。于是，他写信给俄罗斯姑娘克拉克，请她到布达佩斯做实验。对此，她非常配合，他们先后于1970、1974和1976年生下了三个女儿，分别取名叫苏珊·拉斯洛、索菲亚·拉斯洛和朱迪特·拉斯洛，她们都活泼可爱、健康、智力发育正常。

然而，实验从哪里开始，又将把她们培养成为什么样的人呢？有一天，克拉克惊奇地发现，3岁的苏珊对放在抽屉里的国际象棋木头人和马等十分好奇，爱不释手。于是，他们认为苏珊对国际象棋有悟性，实验就从国际象棋开始，她们经常带她参观国际象棋比赛，用各种方法对她进行启蒙和训练，科目多达几十种。果然不出所料，4岁时她参加11岁少年比赛，一举获得冠军，7岁时又获得了青年组的冠军。苏珊并没有上学，但她却能说5个国家的语言，她的科学、文化和语言全部都是靠家庭教育和自学。

接着，她们先后对索菲亚和朱迪特也进行国际象棋培训，她们在父母的培育下，同样表现出对国际象棋早慧的特点，在少儿时参加各种成年人的比赛，先后获得过多个冠军。尤其是小波尔加（朱迪特），她12岁就获得了国际男子组的冠军，获得国际特级大师称号，被誉为"外星少女"。

"波尔加实验"是大胆的、成功的，它从多个角度给我们以启示：第一，家庭教育是非常重要的，每一个成功的杰出人才，都有良好的家庭教育的背景，作为儿童的父母，放弃自己教育的职责，是不负责任的表现；第二，兴趣是可以培养的，早期智力开发非常重要，甚至是越早越好；第三，教会孩子自学是成才的关键，不是知识决定命运，而是自学能力决定一个人的一生；第四，每一个智力正常的人，都是能够成为杰出的人物，如果没有做到，那都是自己的责任。

汗水比灵感重要

当我们提起灵感，人们不免有些神秘，与它相近的词汇还有灵性、灵光、灵验、灵机等，似乎都沾一点灵气。其实，灵感是一个心理学的专有名词，它与观感是对应的概念。人的认识是通过感官而获得感性知识，而灵感则是不用通过感觉器官而进行精神交流，进而获得的认知。实际上，灵感的产生是靠五官的综合作用，是从感性认识上升到理性认识，进而再提升到悟性阶段的表现。因此，也可以把灵感称为远隔知觉，或指无意识突然显现的能力。

如果给灵感下一个定义，那么它是指在文学、艺术、科学和技术研究活动中突然出现的、具有创造性的思路（或点子、创意、意念）。作为一种心理活动，灵感具有几个特点：一是突然性，它不受意志的控制，突然而来，悠然而去；二是情绪性，当灵感降临时，精神极为紧张、亢奋，甚至会有迷狂的现象伴随；三是创造性，灵感之所以重要是因为它们具有独特性、新颖性，如果及时捕获灵感，并且把它付诸实践，常常能够导致重大的发明创造。

纵观人类的发展史，一切发现、发明和创造，无不是来源于人的灵感，而且最早的灵感是源于个人的新创意。因此，每一个人都应该做一个有心人，一旦灵感闪现，立即捕获它，并努力把它付诸实践，以造福人类社会。

智能手机是现代人须臾不可离开的工具，这种小巧玲珑和外观漂亮的"小不点"，却是一种多功能的工具，用它可以打电话、上网阅读、发邮件、发短信、微信聊天、拍照、购物、付款等，几乎无所不能。可是，1973年4月3日，由马丁·库柏（Martin Cooper, 1928—   ）发明的第一款手机却非常笨重。当初移动电话被称为"蜂窝通信"或"大哥大"。当天，库柏在纽约大街用新发明的移动电话给尤尔·恩格尔打电话，后者是著名的贝尔实验室的研究员，是库柏的竞争对手，当然库柏是胜利者。当初发明的手机，其形丑陋，重量为1.13公斤，充电需要10小时，单一功能，只能通话35分钟。发明手机的灵感来自哪里？库柏说："灵感来自于电视剧《星际迷航》，当我看到考克船长在用一部无线电话时，我立刻就意识到：这就是我需要发明的东西。"这项发明成果的意义在于，它是从无到有，是创造性的重大成果，从而开创了无线通信的新时代！而今天的智能手机，无论它的功能多么齐全，但相对于第一款手机，仅仅只是创新，因为他们都是从旧到新，这就是创造与创新的本质区别。

中国的高铁被宣传为一个世界耀眼的品牌，其实高铁不是中国发明的，早在20世纪70年代末我在法国就乘过高铁，80年代初在日本也坐过新干线的高铁。中国只是模仿，利用自己的资源和人力，把它做得很大而已。这种情况在计算机、超导、纳米技术、太阳能电池板、石墨烯和基因图谱、电视机、汽车、手机等领域也有类似的情况。这种靠仿造和追求量的第一，没有多大的意义。中国最缺少的是具有灵感和异见的杰出人才，由他们自主完成的独一无二的原创成果，再把它做大做强，引领世界新技术的潮流，这才是中国真正需要的第一。

最近看到美国发明了超级高铁，它将令世界震惊。这项发明人是埃隆·马斯克，他被称为科技狂人，创业天才，极端的成功者，乔布斯之后能够改变世界的人。他年方45岁，已经创办了三个顶尖的公司（Zip2、Paypal、Space X），未来的前程无可估量。马斯克发明超级高铁的灵感是来自于"真空管道运输"，这是机械工程师奥斯特的想法，他于1997年申请了专利。马斯克设想，既然真空管道可以运输物品，那也一定能够运送人，于是超级高铁的灵感就诞生了。马斯克经过反复设计，一款最富有狂想的超级高铁设计成功了，因为外形像药丸胶囊，所以也称为"胶囊高铁"。[13]

2016年5月11日，"超回路1号"（Hyper loop one）在内华达完成了户外试验，从而将这一颠覆人类生活方式的运输系统，从设想到运用又向前推进了一步。第一条超级高铁准备建在洛杉矶到旧金山之间，时速将达到每小时1207公里，两城市之间的车程将由6个小时缩短为35分钟，计划2019年运用。而且，更为大胆的设想是，10年之后将在全球建设超级高铁网络。我们仅从这几例可以看出，神奇的灵感导致新的发明，不仅开拓了新型产业市场，而且还将改变人们的生活方式，甚至影响到人们的思维方式。

既然灵感如此重要，为什么说汗水比灵感重要，这岂不是对灵感的贬斥吗？其实，这话是由爱迪生的观点演绎出来的，既然他说："天才是1％的灵感＋99％的汗水"，那无疑就是说汗水是造就天才的基础，也就是说汗水比灵感重要。爱迪生只上了3个月的小学，校长认为他愚笨而将他开除。所幸的是他的妈妈是一位小学教师，对爱迪生百倍呵护，启迪和培育他的好奇心，使他成为举世闻名的发明家。他一生总共获得了1093项发明专利，是世界发明成果最多的人之一。电话、电报和留声机被认为是改变人们生活的三大发明，1874年10月22日，他点燃了第一盏有使用价值的电灯。为了延长灯泡的寿命，他先后实验了6000多种纤维材料，最终选定钨丝，使灯泡的寿命达到25000多个小时，从而给世界带来了光明。可以这样说，爱迪生的每一个发明成果，都是经历千辛万苦，是用汗水浇灌出来的。

我们说汗水比灵感重要，是因为灵感不是天上掉下来的，灵感需要汗水来滋润，没有长期实践的积累，灵感是不会从天而降的。"十年磨一剑"是唐朝贾岛的诗句，常常用来比喻从事艰巨的工作，用功至深，精雕细刻，方可以出精品，这对于经过艰苦磨砺产生灵感也是一个佐证。有人做过统计，每天读书3个小时，读10000个小时的书，大概就是十年的时间，所以天才一定是耐久地等待。

阿尔·温托夫勒（Alvin Toffler，1928—2016）是美国未来学大师，不久前刚刚在家中去世，享年87岁。在20世纪60年代初，他突然产生了一个灵感，对西方国家文化骚动产生兴趣，于是他用5年时间收集美国等国家文化骚动的资料，从而诞生了他的"未来学三部曲"。⑭第一部是《未来的冲击》(1970)，第二部是《第三次浪潮》(1980)，第三部是《权力的转移》(1990)。他十年写一部畅销书，每一部都是十年磨一剑的杰作，被翻译成十多种文字，发行几亿册，现在仍然在热销之中。他书中的观点惊世骇俗，准确地预测到时代变革的趋势。这就是大师的智慧，是他的悟性穿透力的表现，可是他却是自学成才的，这再次证明悟性与学历和学位没有线性关系。

美国人西蒙·拜尔斯是世界著名的女子体操运动员，她16岁就获得了世界冠军。她笑容可掬，活泼可爱，曾经获得个人全能三连冠，是世界女子体操获得金牌最多的人。尤其是，她走平衡木，极其轻松自如，前滚翻和后滚翻各三次，每一个动作都能够做到毫厘不差。如果说她是靠双臂摆动来平衡身体，毋宁说她是靠灵感达到身体的平衡。当然，她的绝技与她刻苦的训练是分不开的，成功的背后是流淌着车载斗量的汗水，这也证明了灵感需要汗水来滋润。

总之，每一个正在求学的青少年，都必须认清学习的本质和目的，进入最佳学习的境界，着力培育自己的悟性，逐步达到"学以致慧"的地步。同时，又要发扬刻苦严谨的学风。一定要纠正文凭至上主义和以学位高低论英雄的错误思想，撕掉虚荣心的伪装，做一个求实求真的学习者。如果做到了这些，每一个人都能够成为有所发现、有所发明、有所创造和有所作为的人。

（本文发表于《中国教育科学》2017年第2期）

注释：

① 杨伯峻注释：《论语注释》，北京：中华书局1980年版，第1页。

② 黄立平主编：《四书五经》，中国友谊出版公司出版，1993年8月，第244页。

③ 韩永昌主编：《心理学》，华东师范大学出版社，1990年。

④蔡胜铁、郭震著：《新学习概论》，福建教育出版社，2001年8月，第5页。

⑤［法］安德烈·焦尔当著《学习的本质》，华东师范大学出版社，2015年7月，第4页。

⑥联合国教科文组织编：《学会生存》，上海译文出版社，1979年10月第1版，第124页。

⑦方伯林著：《知识不是力量》，华东师范大学出版社，2011年9月底1版。

⑧［法］勒内·笛卡儿著：《方法论》，北京：商务印书馆，2007年4月第1版。

⑨《华夏时报》2014年5月24日。

⑩张箭：《历史研究》，1983年第11期。

⑪联合国教科文组织：《未来教育的困惑与挑战》，北京：人民教育出版社，1991年，第46页。

⑫［日］盛田昭夫著：《学历无用论》，赵方方译，华夏出版社，2004年7月第1版。

⑬《光明日报》，2016年5月14日。

⑭《参考消息》2016年7月1日。

论爱在教育中的灵魂作用

爱是什么？这是一个古老、简单和复杂的问题，不同的人有不同的理解，真是见仁见智，莫衷一是。但是要真正理解它的真谛，却不是一件容易的事。在文献中，关于爱的论述和书籍可以说是汗牛充栋，没有比对这个问题论述得更多，但又被践行得更少的了。这是因为人的爱心既不是与生俱有的，也不是天下掉下来的，它需要人们虔诚地修炼，就像教徒那样时时刻刻反省自己，要有菩萨的心肠，乐善好施，普度众生，最终方能够修得爱心。

（一）

为了深刻地理解爱的真谛，我们不妨由汉字的构成入手。许慎《说文解字》的释义是："愛，行皃，从夊。㤅声。"[1]如果说简字爱尚不足于体现爱的蕴意，那么我们不妨从繁体的"愛"字入手，就能够清晰地看懂它的含义。繁体的"愛"字上面是一个爪字头，爪在《说文解字》中的解释是：覆手曰爪，顾名思义手翻过来就是爪。接下来，是一个冖（读音 mi）头（秃宝盖），这是一个形象字，是一块布向下遮盖。然后是一个"心"字，它的意思不言自明，最下面是"友"字，在甲骨文和金文中，"友"字都是两只右手靠在一起的形状，在小篆中是两只手一上一下靠在一起的形状。在拆分之后，我们可以总结一下，那就是：我用手（爪）为你筑一个坚固温暖的巢（冖），让你的心在这里驻扎，不受一点风雨的侵袭，不受一点雷电的恐吓，我牵着你的手，给你的世界最厚重的爱。

从拆字可以看出，爱是不求回报的，我只要你把心交给我管，把手放在我的手心就可以了，牵住你的手就牵住世界的幸福，这就是中国"爱"字所蕴含的意愿。从理论上讲，爱是最纯洁的，爱是尊重，爱是理解，它是教育的灵魂[2]。当父母放开双手让孩子独立自主，这是信任；当老师请学生给自己提意见，这是尊重；当学生在学习上遇到了困难，老师循循善诱予以解惑，这是帮助；当学生犯了错误，教师启发学生总结经验教训，这是爱抚。所以这些施予的爱，都是无私的，是不求回报的，所以爱就是无前提的给予。如果有谁把爱作为交换，那么爱就成了商品，他就玷污了伟大圣洁的爱。

《爱的教育》是意大利著名教育家艾德蒙托·德·亚米契斯（Edmondo DE Amicis，1846－1908）的一部经典名著，曾经畅销一个多世纪，风靡全世界。这本书的中文是由文学家、翻译家夏丏尊翻译的，他在译序中写道："教育上的水是什么？就是情，就是爱。教育没有了情爱，就成了无水的池，任你四方也罢，圆形也罢，总逃不了一个空虚。"③夏丏尊先生用水来比喻爱是十分恰当的，这与老子的"上善如水。水利万物而不争"④的观点是完全一致的，爱与水的性质是一致的。水是无色的，遇红则红，遇黑则黑，遇直则直，遇曲则曲。水是最任性的，也是最无私的。生命起源于水，试想一下，如果没有了水，一切生命都将绝迹，难怪科学家们探索是否存在外星生命，首先从探测月球和火星上是否存在水或冰川入手。

从爱的分类来看，她有各种分类方法，如果以人为对象来分，则有父母之爱、有兄弟姐妹之间的亲情之爱，有朋友之间的友爱，有师生之间的尊师爱生……以物为对象，则有爱自然，爱美丽的山川，爱美丽的画作，爱精美的工艺品，爱独具风格的建筑；以兴趣爱好来分，有爱读书，爱唱歌，爱游泳，爱登山，爱旅游，爱打篮球，等等。如果按照爱的性质来划分，在教育和现实生活中，有溺爱、偏爱和真爱，等等。可以毫不夸张地说，爱的种类无限，爱充满人间的一切领域，没有爱就没有和谐的社会。

爱与教育的关系最为密切，我曾经说过，教师和医生是属于爱心的职业。虽然并不是每一个教师或医生都是富有爱心的人，但一个优秀的教师或一个杰出的医生，一定是最富有爱心的人。在教师或者医疗卫生行业里，都涌现出了许多无私奉献的教师或医生，受业于他们的学生是桃李满天下；受惠于医生的患者，则永远感恩于那些白衣天使。千百年以来，人们都是以"春蚕"和"蜡炬"来颂扬教师无私奉献的精神，他们也理所当然地成为广大教师们的楷模，有了这样的教师，还愁没有好的教育吗？

溺爱是教育上最常见的畸形心态，特别是在实行"独生子女"的年代里。那些只有一个孩子的家庭，往往把孩子当作宝贝看待，百般地娇宠，过着"小皇帝"的生活。媒体曾经报道过一个典型的溺爱事例，一个富有的老板对儿子说，如果你的功课考了100分，就给你买一部宝马轿车。这个读小学的孩子，数学真的考了100分，这个老板爸也真的买回了一部宝马轿车。这轿车有什么用呢，小学生没有到开车的年龄，自然是放着当摆设，反而助长了小孩子的骄傲思想和功利思想，对他的学习不可能起到促进作用。所以，溺爱不是爱而是害，为人父母者应该知道这个浅显的道理。

偏爱在教育上是最普遍的一种现象。什么是偏爱？我所说的偏爱是指爱学习好的学生，不喜欢学习差的学生；爱温顺的学生，不爱调皮捣蛋的学生；爱长相漂亮的学生，不爱丑陋或有残疾的学生。这似乎是一个很普遍的现象，从我读书到现在，都有这种现象，这是极不正常的现象。照理说，学习成绩不好的，调皮捣蛋的或身患残疾的学生，应该对他们施以更多的爱心，爱是巨大的力量，它能够使后进变先进，使顽皮的学生端正操行，使残疾学生的心灵得到抚平，树立学习和生活的信心。我必须指出，受教育者都是平等的，教师对待每一个学生都应当一视同仁。那么，为什么教师会有偏爱的思想呢？偏爱是产生于偏见，是动机不纯的一种表现，也是一种不负责任的行为。持有偏爱的教师，实际上他们没有理解爱的真谛，真正需要爱的人，他们又不愿施爱，他们不能算是富有爱心的人。

教育需要真爱，真爱是没有条件的，践行真爱并不是一件容易的事。我不谦虚地说，自己毕生都在修炼爱心，及至到了耄耋之年，我方顿悟到，一个热爱教育的人，必须做到要像信仰宗教一样信奉教育，像拥抱情人一样拥抱教育，像呵护生命一样呵护教育。我无愧于自己的良心，无论是身处逆境，无论富有或贫穷，也无论是身患疾病，我都一如既往地学习、思考、研究教育，也无后顾之忧地鞭挞我国教育的腐败，义无反顾地呼吁教育改革。我不无遗憾地说，我国教育之所以问题成堆，就是热爱教育的人太少了，无论是校长或是教授，他们无非是把教育或职务当作一个获取薪酬的岗位，他们并不真正热爱学生。造成这种现象的原因是，我国没有建立教师正规的培训和考核制度，致使很多不符合要求的人混入教师队伍中来。现在看来，是到了要解决这个问题的时候了，要把热爱教育作为聘任和考核校长和教师的必备条件，唯有如此，才能改变我国教育落后的面貌。

（二）

过去有两个对立的口号：一个是没有罚就没有教育，另一个是没有爱就没有教育。到底孰对孰错呢？这可能是一个争论不休的问题，虽然公开坚持"没有罚就没有教育"的人不多了，但在骨子里了抱着这种观点的却大有人在，要不然为什么在家庭和学校造成了那么多的悲剧呢？我们看问题要看实质，不能被表面现象所蒙蔽。从表面上看，棍棒教育可能起到临时的威慑作用，但棍棒伤的是皮肉，并没有触及灵魂，也不可能起到持久的作用。然而，爱是心灵的润滑剂，它能够起到触及灵魂的作用，像空气、雨露和阳光一样滋润儿童的心灵，使他们身心健康地成长。

那么，怎样看待爱在教育中的灵魂作用呢？当我们提到灵魂的时候，需要弄清楚，究竟什么是灵魂？古希腊的苏格拉底首创了灵魂这个概念，在古希腊语中，灵魂乃幽灵之意，是人的影子或池塘中的倒影。柏拉图对灵魂不朽进行过充分地诠释，不仅古希腊人，甚至整个古代人都有灵魂不朽和生死轮回的概念。后来，灵魂一词多用于宗教名词，它的英文词汇是 soul 或 spirit。在宗教思想中，灵魂是指人类超自然及非物质的组成部分。然而，科学界是基本上不承认灵魂存在的。但是，随着科学的进步，也有不少科学家利用现代科学仪器试图证明人的灵魂是存在的。英国医生山姆·帕尼尔是世界第一个证明灵魂存在的人，美国也有不少科学家研究证实灵魂的存在。⑤实践是检验真理的标准，对于灵魂的存在，只有通过反复实验证实，方能得出最后结论。

从分类来说，灵魂的定义可以分为狭义和广义之别，狭义的灵魂就是上面所专指人的灵魂，而广义的灵魂是泛指在一切事物中起核心或决定性作用的因素。例如，校训是学校的灵魂，诚信是学术的灵魂，企业文化是企业的灵魂，灵魂是纲、纲举目张，灵魂是水、流水刀劈不断，灵感是创造的灵魂，等等。灵魂之所以重要，就如美国杰出的政治家帕特里克·亨利所说："不自由，毋宁死。"所以我认为，自由是人生的灵魂。法国启蒙思想家卢梭也说："人生来是自由的，但无时不生活在牢笼中。"正因为如此，所以爱和自由是教育中永远不能忽视的问题，每一个教育工作者都要百倍地珍惜自由在教育中的灵魂作用。

那么，爱在教育中怎样发挥其灵魂作用呢？首先是滋润心灵的作用，爱是阳光、空气和雨露，它在教育中具有灵魂的作用。教育是一种充满爱心的事业，爱心是教师最重要的素质，也是教师全部活动的主旋律。什么是心灵？它与心理又有什么区别？心理学是研究感觉、知觉、记忆、情绪、性格、气质等，而心灵学是研究人类生活中发生的超出常规而又暂时不能用科学知识加以解释的精神现象。我们可以这样归纳，心理是心灵的体现，而心灵是心理的主人，二者既有交叉又有重复。但是我个人认为，心灵是人的心脏与大脑的综合体，它具有物质与精神的二重性。这一点人们都有切身体会。如当一个人感情极度悲伤时，既会感到心悸又会出现精神紧张，这就是二重性的证明。

无论是在家庭或是学校中，当孩子受了委屈，用爱便能够抚平他们的心灵；当学生在学习中受到了挫折，爱可以鼓起他们的勇气，引导他们从挫折中走出来；离异家庭的学生，他们会因为单亲而孤独，教师能够以亲人般的爱关心他们，从而可以填补他们心灵中的空白。总之，爱是一把金钥匙，能够打开学生的心灵之门；爱是一份宽容，相信有缺点的学生是会进步的；爱是一种尊重，教学相长，谁爱学生，谁就会被学生爱戴。对此我有切身的感受，在数十年的教育生涯中，我为学生倾注了我的全部心血，而我也获得了无数学生的爱戴。吴志远是我校1978级经济学系学生，他在毕业时赠送给我一个64开本的笔记本，上面写道"天下良师皆父母，满园桃李亦儿女"。这句话我记忆了40年，我也不断打听他的下落，心中一直惦记这个学生。今年11月24日上午，吴志远与经济学系教授黄宪突然来到我的家中，他们向我赠送了一份礼物，是一个镶嵌精致的相框，是我与他们在毕业时的合影，上面写着"德以世重，寿以人尊"，落款是经济学系78级全体同学敬贺刘道玉校长85华诞。目睹这份礼物，我的眼眶润湿了，他们就是我用爱心浇灌出来的才俊，"良师"与"儿女"就是对爱的教育最好的诠释！

其次，爱心造就出的和谐的人才，既不是知识的储存器，也不是有心理障碍的人。古往今来，关注和讨论教育问题的人，多得无以计数，这是完全可以理解的，因为教育关系到每一个人。但是，人们往往忽视了一个现象，那就是一些学术大师们对教育的观点，对现今学校的教育都是不认可的，其中包括20世纪最伟大的科学家爱因斯坦。爱因斯坦晚年对教育有许多论述，集中反映在《论教育》一书中。他深刻地指出："我更认为应该反对把个人当作无生命的工具一样对待，学校应该永远以人为目标，学生离开学校时是一个和谐的人，而不是一个专家。"进而他对什么是教育给出了更为精辟的定义，他说："如果一个人忘掉了他在学校学到的每一样东西，那么剩下的就是教育。"⑥

和谐是一个哲学名词，是辩证唯物主义的一个基本观点，是处理人与人或人与物关系的重要原则。和谐的反义词是矛盾、对抗、紊乱、失调等。从词义上说，和谐是指对立的事物在一定条件下，具体的、动态的、辩证的统一，是不同的人或事物之间相辅相成、相反相成、相互合作、相互补充和共同发展的关系。就教育而言，和谐包括的内容很广泛，如和谐的课堂、和谐的校园、和谐的师生关系、和谐的同学关系，等等。可以肯定的是，只有在和谐的环境下，学习才是最有效的，学生也方能够成为俊才。

然而，应试教育就不是和谐的教育，所以必须叫停应试教育。那些"超级高考工厂"就是极端的应试教育，是"考试机器"的符号。他们完全违背了爱的教育原则。教师与学生的关系是对立的，就如学生们所说：两眼一睁，学到关灯；两眼一睁，开始竞争。他们过的是"起得比鸡早、睡得比狗晚"的生活，这样的学校哪还有一丁点儿的爱心呢？我们可以断定，从这种地方熬出来的学生，他们将来在心理、智力、人文素质和身体上，都会带有创伤。

再次，爱心能够启迪智慧，放飞理想。这样的例子在教育上多得不胜枚举，每一个杰出的俊才，在他们的背后都有母爱、父爱或师爱。理想和智慧是相伴而生的，理想是人生的目标，理想的人能够激发出智慧，而智慧是实现理想必备的最重要的素质。如欧拉的父亲希望他将来成为一名牧师，遂送儿子进入教会学校读书，但欧拉却一心想当数学家。父亲并没有强迫儿子遵照自己的意志，他以爱心保护了欧拉的兴趣，从而成就了一位伟大的数学家。爱迪生只上了三个月小学，是母亲南希保护了他的好奇心，并亲自陪同儿子一道学习，一步一步地引导他走上发明创造之路，从而使他成为世界获得发明专利（1093项）最多的人。

卡尔·威特（Karl Witte，1767—1845）是德国乡村牧师，他是世界儿童教育的鼻祖，第一次用实证方法证明了早期教育对儿童成长的重要性，从而开创了影响东西方几个世纪的全能教育法。他认为："孩子是天才还是庸才，不是由天赋和遗传决定的，而是由出生后的早期教育决定的。对儿童的教育必须与儿童智力曙光出现的同时开始，尽可能早、尽可能多、尽可能正确地早期开发孩子的智力，这样的孩子就可能成为天才。"①

  他的实验首先从他的儿子开始，这既是实验也是爱心的付出，这个实验从儿子出生后就开始了。用他的话来说，儿子并不是天赋异禀，反而有点木讷。但是，他抓住了早期教育，卡尔·威特在很小的时候就通晓法语、意大利语，9岁开始读《荷马史诗》，10岁上大学，14岁获得哲学博士学位，16岁又获得法学博士学位，23岁在哈雷大学当教授，同时被聘为柏林大学教授。但是，他没有马上履职，而是到意大利旅游。在旅游中，当他读到但丁的《神曲》时，他发现许多评论家写的评论大多观点狭隘、浅薄，有的甚至有明显错误。于是，他暗下决心，要掀起正确了解但丁的运动。经过5年的努力，他实现了自己的夙愿，用德文撰写了《对但丁的误解》这一学术专著，被视为19世纪最重要的文学评论之一，从而成为欧洲研究但丁的学术权威。

（三）

  如果说没有爱就没有成功的教育，那么教育一旦失去了爱心，就意味着教育失去了灵魂，必将酿成不该发生的悲剧。纵观我国教育现状，素养不高的为人父母者，极端应试教育的学校，广大农村留守儿童和高考超级工厂等，都是发生悲剧频率最高的地方。本来是一批天真可爱的少儿，在正确的教育思想指导下，他们都有可能成为国家的栋梁之材，可是在愚昧教育的压迫下，那些正在绽开的蓓蕾瞬间凋谢了，稚嫩的生命陨灭了，这该是多么大的损失呀！

  由于家庭教育不当，或者丧失了爱的环境导致的悲剧屡屡发生，既有儿子拔刀弑母，也有儿子用铁锤弑父者。这些悲剧的发生引起了社会强烈的震撼，然而究竟是谁的责任呢？人之初，性本善，孩子生下来本是一张白纸，心灵也很纯净，是什么原因使他们走上了犯罪的道路呢？原因当然是多方面的，既有父母管教失当，也有孩子逆反心理所致。但是，无论哪种原因，家庭没有和谐的环境，父母与子女之间没有感情的交流应是主要原因。

  在河南门襟县中学，发生了一起女学生跳渠自杀事件，让她成了无爱教育的牺牲品。事发的原因是因为学生打架，这事本可以爱心来疏导，可是教师采取了不当做法，造成不可挽回的悲剧。班主任组织全班同学，以投票的方式，处罚该女生停课一周，该女生想不通而跳渠。很显然，班主任错误地运用了民主表决的方法，而且学生的任务是学习，怎么能以停课来剥夺每个学生学习的权利。然而，在处理这件不幸事件时，学校却没有问责班主任，这也不利于教师总结教训，借以改进教育方法。

更有甚者，学校时常发生教师打骂学生的事件，这种恶劣的做法是师道尊严的权威思想作祟。十多年以前，在云南省曲靖市金泽县中学初一的班上，晚上学生都在上晚自习，历史教师聂朝宽像往常一样检查学生的历史作业。当他发现学生张波及另外两个学生没有完成作业时，将三名学生叫到黑板前罚站，一个多小时后，好动的张波站不住了，便与坐在下面的学生用粉笔头打闹。聂朝宽发现后火冒三丈，认为是对自己尊严的冒犯，遂冲上去揪住张波连扇了10个耳光，把16岁的张波打倒在地，口吐白沫，昏迷不醒。然而，这个老师仍然不放过张波，认为他是"装死耍赖"，又抓住张波的头发再补了两个耳光，过了几分钟不见张波醒来，聂朝宽才慌了神，连忙叫学生把张波送到医院，晚上9时张波死亡，原因是呕吐物进入气管窒息死亡。事发后，聂朝宽虽然被法院判处10年有期徒刑，但其教训并没有被吸取，此类事件仍偶有发生。

大量事件表明，无爱教育让人们寒心，严峻的教育环境不得不让人们呼吁爱心教育，悲剧不能再重演了。有一则报道让人们反思，一个初三学生被无爱教育撵出了校门，但慈爱的父母担负起了教育女儿的责任，引导她走上了成功的自学之路。原来这个女孩既喜欢数学又喜欢电子琴，于是父母在征得学校的同意下，半天到学校上学，半天在家学电子琴。但是，大多数人对他们不理解，充斥着冷眼和歧视，而父母也经历过无数的内心挣扎。孩子的问题出自数学老师，孩子反感老师烦琐的教学方法，公然说他不是好老师。这下可不得了，他认为师道尊严被冒犯，遂用上千道习题惩罚这个女生，女生忍无可忍，被迫退学。退学以后，她的妈妈陪着她看了《成长的烦恼》等四部电影，以此治疗孩子心灵的创伤。最后她通过自学，被中国科技大学数学系录取，从而实现了她的数学梦想。[8]

在惩罚教育中，既有体罚又有心罚，而心罚比体罚的伤害更为严重。在传统的教育中，体罚是最常见的惩罚，这是愚昧无知的表现。现在，学校的体罚受到越来越多的指责，同时家长的文化程度越来越高，动辄大打出手体罚孩子的事件越来越少了，然而取而代之的是心罚。所谓的心罚就是以语言挖苦、讽刺或奚落学生，或冷眼相待，这些做法已经成为家庭和学校伤害孩子的主要

"杀手"。早在80多年以前，人民教育家陶行知先生就严厉批评说[9]："你这糊涂的先生！你的教鞭下有瓦特，你的冷眼里有牛顿，你的讥笑中有爱迪生……"陶行知先生说的教鞭是体罚，他说的冷眼和讥笑是心罚，它们都是无爱教育所使用的手段，也都是应该坚决摒弃的。

作为教育者，无论是学校的教师或是家长，他们都是直接或间接肩负着教育学生的职责。作为家长要树立一个观点，接受不完美的孩子，这是做父母的必修课；作为教师，要善待有缺点的学生，这是检验一个教师是否有爱心的试金石。爱心和教育艺术，是教育好学生的两件法宝，但它们都不是天生的，必须要刻苦修炼和钻研教育学，方能够称得上为人之师。对于惩罚教育，虽然屡加挞伐，但为什么屡禁不绝呢？归根到底，还是由于应试教育的影响根深蒂固，它以功能性为目的，从而颠倒了教育理念，误导了人们的教育价值观，扭曲了人们的心态。因此，要从根本上扭转应试教育，必须进行彻底的教育改革，从政策上取消重点（或示范）学校，严格选聘和考核教师，这既有利于实现教育公平，又能够革除应试教育的弊端，这应当成为教育界的共识，我们必须为此而进行不懈的努力！

（本文发表于《教师教育论坛》2019年第4期）

注释：

① 许慎著：《说文解字》，中国华侨出版社，2014年2月第1版，第142页。

② 盛玉雷：爱是教育的灵魂，《人民日报》，2018年9月26日。

③ ［意］德·亚米契斯著，夏丏尊译，译林出版社，2015年5月第1版，序第3页。

④ 老子著：《道德经》，线装书局出版，2007年9月第1版，第6页。

⑤ 鲁成文著：《德意志灵魂》（上册），海南出版社2015年9月第1版序言。

⑥ 爱因斯坦著，方在庆译，《爱因斯坦晚年文集》，北京大学出版社，2008年1月。

⑦ 《卡尔·威特的全能教育法》，武汉大学出版社，2014年11月版，第5—14页。

⑧ 樊未晨：无爱让人心冷，应试教育逼出孤独自学路，《中国青年报》，2010年5月13日。

⑨ 陶行知著：《陶行知全集》（卷2），湖南教育出版社，1985年1月，第243页。

论大学教师的素质与魅力

早在 30 多年以前,联合国教科文组织就指出:"教学内容和教学方法几乎在全世界都受到指责。"教师是教学内容和教学方法的设计者和执行者,也就是说大学的教师们应当对这些指责承担责任。为什么他们的教学不受欢迎呢?因为教学内容陈旧,教学方法呆板,既脱离了学生的需要,也远远滞后于时代的精神。说到底,这是由于教师的素质不高引起的,虽然论述教师素质的文章非常多,据百度学术搜索就有 64 万多篇,可谓汗牛充栋。但是,有多少人真正践行了这些对教师素质的要求,又有多少人堪称富有魅力的教师呢?这是我们应当深刻反思的,并且需要采取切实措施的。

孔子曰:"君子欲讷于言而敏于行。"朱熹引谢良佐注曰:"放言易,故欲讷;力行难,故欲敏。"其实,论述与践行教师素质的要求,也是一个"放言易而笃行难"的问题,与其坐而论道,不如起而行。我曾经设想,假若我们的教师有半数甚至三分之一是高素质和有魅力的名师,兴许大学的教学将是另一番景象。可惜,这近乎幻想。但只要幻想还存在,要建设一支少而精的高素质、有魅力的教师队伍仍然是有希望的。

魅力是教师的灵魂

何谓魅力?《辞源》对"魅"的解释是:"魅,鬼怪。荀子解蔽:'明月而宵行,伏见其影,以为伏鬼也。'"我们的祖先在造字时,"魅"字用了一个鬼的偏旁,如果它与力结合在一起,就是魅力。在古代,对魅力的理解不免带有迷信的色彩,如山神、水怪和魑魅魍魉之类的传说。而在现代,对魅力的理解几乎都是正面的意思,常常被冠以人物、艺术和时尚产品等。因此,人的魅力就像是一个巨大的"磁场",个人或是群体都会被吸引,并产生正能量的磁场效应。

魅力的英文是 glamour，它与 glamor 通用，意思是魅力、魔力和神奇的力量。据雅思教育创始人刘洪波先生考证，glamour 是 grammar（语法）的苏格兰语的变体。凡学过外语的人都有体会，语法是枯燥无味的，但 grammar 怎么会有魅力（glamour）呢？原来，在古埃及的僧侣为了保住权力，把读写技能当作解读神宙的秘密，而平民百姓对这种技能怀有盲目的敬畏，于是在他们心目中就产生了一种魅力。在 16 世纪的英国学校中，有一种拉丁文法学校（grammar school）里的拉丁文法课，在目不识丁的文盲人眼里仍是神秘学。因此，在苏格兰方言中 grammar 就赋予了魅力（glamour）。

英语中另一个词 charisma，也有人把它翻译为魅力。对此，德国著名社会学家马克斯·韦伯（Max Weber，1864—1920）将其定义为："用来表示某些人的特质：某些人因具有这个特质而被认为是超凡的，禀赋着超自然以及超人的，或至少是特殊的力量或品质。这是普通人所不能具有的。他们具有神圣或至少表率的特性。某些人因为具有这些特质而被视为领袖。"

魅力是有"生命的"，它就像灵魂一样，其生命表现在它具有影响力、激活力和震撼力。无论是有魅力的人或是有魅力的雕塑、歌剧、艺术作品和音乐等，都能够起到教化人和激励人的作用。大学是最高学府，以培养高级人才为目标。大学要达到这样的目的，应当拥有有魅力的教师，他们对学生的影响是任何力量都不能替代的。十分可惜的是，无论国外或是国内，有魅力的教师始终只是极少数，这是当今大学不能造就杰出人才的主要原因。

世界最有魅力的教授、哈佛大学终身教授桑德尔（Michael J·Sandel，1953— ），出生于美国犹太人家庭，具有天生聪颖的资质。但是，他大学毕业于布兰戴斯大学，这并不是一所名校。然而以超级明星学者来形容他绝不为过。大学毕业后，他获得奖学金赴英国牛津大学深造，师从著名哲学家、西方共同体主义代表人物查尔斯·泰勒，获得哲学博士学位。回到美国后，他被聘任为哈佛大学政府学系教授政治哲学。他提出了社群主义，以批判罗尔斯的正义理论而出名。他现在是美国人文艺术与科学学院院士，美国外交关系委员会委员，曾担任过小布什总统办公室顾问，他是全世界高等教育界家喻户晓的著名学者。

他从 1980 年开始为本科生讲授通识课程《公正——该如何做是好？》，一直讲了 30 多年，获得了巨大的成功。据统计，每年有 400 到 1000 名学生选修他的课，总共有一万多名学生听过他的课程。由于听课的学生太多，以致他的课堂只能搬进到能容纳1166个座位的哈佛地标——桑德斯剧院。更令人称奇的是，2012年6月，他应邀到韩国延世大学演讲，在露天广场与14000多名听众对话，探讨市场道德的限度，热烈和精彩的场面给听众留下了难忘的印象。可想而知，如果他没有渊博的学识，没有语言的魅力，没有高超的驾驭听众的能力，是很难控制这么大的场面的。

那么，桑德尔教授的魅力究竟是什么呢？他是思辨大师，其天赋就是能够把复杂的问题变得很简单，使听众易于理解。他能够巧妙地选择一些典型例子，引导学生对他们司空见惯的问题进行思考，帮助他们在应用批判思维、在面临道德抉择时应当如何做决定。在中国讲授政治课程，往往都是枯燥无味的，听课的学生不是打瞌睡就是思想开小差。然而，桑德尔的课堂上是没有人打瞌睡的，他们都为妙趣横生的讲授而神魂颠倒。在他设置的道德两难窘境中，学生们都陷入激烈的思想斗争，从而获得极大的教益。

桑德尔教授的通识课获得了巨大成功，他被哈佛大学授予卓越教学奖，同时也被美国政治学会授予终身成就奖。他已经不仅仅属于哈佛大学，也不仅仅是哈佛的名师，而成为全球的名人。非盈利的美国公共广播公司设置了《正义》课专用网站，制作了12集的影视节目，公众都可以免费观看。从这个意义上说，桑德尔教授讲课的教室，已经超出哈佛校园，超出了美国。这些年，他已经到韩国、日本和中国大陆、中国台湾多所大学做过公开演讲，所到之地无不受到热烈欢迎。我们甚至可以这样说，桑德尔的课堂已经延伸为"全球教室"，受益的听众不计其数，这就是富有魅力的大师所具有的独特和广泛的影响力。

教师魅力的多重性

魅力作为大学教师的一个重要素质，表现在各个方面，如人格魅力、思想魅力、语言魅力、学识魅力、举止仪表的魅力等。有时候，这些魅力同时凝聚在一个人身上，但大多数的人，往往仅具有这些魅力中的某一种。下面，我不妨列举几种大学教师应当具备的最主要的魅力。

一、人格魅力，这是一个教师从事教书育人的最重要的品格，也是进行学术研究必要的前提。俄罗斯教育学家康·德·乌申斯基（K. D. Wushenski，1824—1871）曾说过："在教育中一切都以人格为基础……只有人格才能影响人格的发展和形成，只有性格才能形成性格。"可以毫不夸张地说，教育者的人格就是教育事业中的一切，它对于年轻人的心灵来说，就如阳光和雨露，教师对学生的影响，是学校中任何校规、大纲和组织都不可替代的力量。

马寅初（1882—1982）先生不仅是一位享有盛誉的经济学家，也是中国教育界最有风骨的教育家，是一位英勇不屈的民主斗士。他早年留学美国，先是在耶鲁大学学矿冶系，后转到哥伦比亚大学学习经济学，并获得经济学博士学位。回国以后，他被聘任为北京大学经济学教授，20世纪30年代前期他又被聘请为中央大学经济学系主任，蒋介石还礼贤下士聘请他担任立法院财政、经济委员会委员长，参与政府经济政策的制定。

在民族危难之际，他开始关注共产党，特别是1939年与周恩来的一次谈话，改变了他的人生轨迹，转而追随共产党。他的行迹使蒋介石恼恨万分，遂以考察的名义，把马寅初关押在江西上饶集中营。在社会各界的一片抗议声中，蒋介石被迫恢复了马寅初教授的自由。

1951年，他被任命为北京大学校长，对如何办好这所大学进行了深入思考。新中国成立后，中国人口急剧增长，这使马寅初忧心忡忡。1957年6月他把《新人口论》作为提案递交全国人大一届四次会议讨论，同年7月5日又发表在《人民日报》上，却因此遭受一系列厄运。他于1960年1月3日辞去北京大学校长职务，接着又被罢免了全国人大常委职务。但是，马寅初先生并不屈服所受到的批判。1959年秋天，他写了《我的哲学思想和经济理论》这篇长文，坚持自己的学术观点，表示："我虽年近八十，明知寡不敌众，自当单枪匹马，出来应战，直至战死为止，决不向专以力压服不以理说服的那些批判者们投降。"

实践证明，对马寅初先生的评判是完全错误的。然而，在那样的高压下，他敢于公开发表挑战书，是多么难能可贵啊！他不愧是我国最有人格魅力的知识分子的杰出代表。他集德高、学高和寿高于一身，德高是他的铮铮风骨；学高是指他著作等身，且多有创见；寿高是他享年101岁。这一切都是以他的高尚人格为支撑，使他走完了百年风雨人生路。这在我国近现代学术史上，恐怕是独一无二的享有盛誉的学术大师！

二、思想魅力，这是唯有人才具有的特殊的素质，它是人们从事劳动、研究与创造的基础。什么是思想？思想似流水，刀劈不断；思想如奔流的江河，日夜奔腾不息；思想好比"核能"，威力巨大……如果要给思想下一个定义，思想是客观外界各种信息通过人的感官反映到大脑，再经过思维的处理而得出的意识或观念，有时也称为理念、观点、想法、念头等。人们从事一切活动，无不是在一定的思想指导下进行的，因此人的全部素质都聚集在于思想，人的伟大也完全是由思想而成就的。

奥古斯特·罗丹（Auguste Rodin，1840—1917）是法国18世纪末和19世纪初杰出的现实主义雕塑家，他于1880至1900年间创作的《思想者》是其最著名的代表作之一。这尊铜铸造的思想者体现出深刻的人文主义，一个巨人般的男子弯着腰，屈着膝，右手托着下颌默视眼下发生的悲剧，表现出对人类的爱惜与同情。

如果说罗丹的《思想者》是一尊艺术品，那么活着的思想者就是有生命的人类，斯提芬·威廉·霍金是最伟大的思想者。霍金一生创造了无数奇迹，获得了无数奖章和荣誉，出版了《时间简史——从大爆炸到黑洞》《果壳中的宇宙》等多部畅销书，到许多国家演讲，成为大众明星，成为无数听众崇拜的思想魅力偶像。

童年的霍金一直很笨拙，后来考取了牛津大学物理学，继而又转入剑桥大学攻读研究生，于1965年获得博士学位，1977年被任命为剑桥大学引力物理学教授，1980年又荣获了剑桥大学卢卡斯教授席位，这是牛顿曾经担任过的教席。他是继爱因斯坦之后最伟大的理论物理学家和宇宙学家，堪与牛顿、爱因斯坦比肩的伟大科学家。在《霍金演讲录》中，他讲述了自己的童年、在牛津和剑桥的学习生活、他的病历、爱因斯坦之梦、宇宙起源和宇宙之未来等。

然而，1963年他被诊断出患了卢伽雪氏症（简称ALS，即运动神经细胞萎缩症），而医学统计表明，这种患者平均只能活5—7年，我所见到的武大两位患此病的教授，都只活了5年左右。当时为霍金诊断的医生宣布，他只有两年的生命，可是他与疾病抗争了55年，创造了这种疾病存活的世界纪录。

从1970年他的病情日益严重，先是失去了行动能力，坐上了轮椅，这一坐就是45年。后来，他又失去了语言能力、自主进食能力和呼吸能力等一切能力，而唯一保留的是他独特的思维能力，从而成就了一个伟大的思想者，也成为他的全部魅力之所在。他是一个轮椅上的勇士，只能靠眼球上下移动表达思想，再通过计算机语言合成器反映出来。这是他进行思考与研究的独特方式，也是他与外界交流唯一的途径。人们都非常奇怪，霍金靠什么战胜疾病？又靠什么做出了非凡的学术成就？他是靠思想，他无时无刻不在思考。他思考什么呢？他在思考黑洞，思考黑洞辐射，思考宇宙是怎么形成的，思考人类面临的危机，思考地球的毁灭，思考寻找外星生命，思考向外星移民，思考大学的基础研究……对于这样一位高度残疾的学者，他不仅获得了巨大的成就，而且还在继续思考人类的未来，难道我们不应当从他的思想魅力中汲取精神力量吗？

在普通人看来，高度瘫痪的霍金一定是很痛苦的，半个世纪以来他该忍受了多大的磨难呀！但是，他在接受采访时对记者说，他比患病以前更快乐，因为他找到了人生的价值所在，找到了生命的成就感，对人类的知识做出了适度的却是有意义的贡献。这是何等宽宏的胸怀呀！正是这种崇高的思想境界，支撑他克服了生活和研究中无以计数的困难，顽强地与命运抗争！

在与疾病抗争了55年以后，霍金于2018年3月14日逝世。3月31日，剑桥大学为他举行了隆重的葬礼。他的骨灰安葬在英国伦敦威斯敏斯特大教堂，与著名的物理学家艾萨克·牛顿、罗伯特·达尔文为邻，显示了人们对他献身科学伟大精神的敬仰，也是他实至名归应当享受的荣誉。

三、学术魅力，这是一个学者的最高境界。什么是学术？汉语原来没有学术一词，大约是19世纪末或20世纪初才从西方引进，它是一个专用术语。英国《牛津高级辞典》的解释是：学术是与学校、学院和学者有关的非技术与使用的系统知识，包括已知的和未知的，但仅仅专注于理论。近现代把科学分为基础科学、应用基础和应用技术。显而易见，只有专注于追求真理的基础科学方能称为学术。

近20年以来，在海峡两岸掀起了一股研究和谈论陈寅恪（1890—1969）的热潮，究其原因就是陈寅恪的学术魅力。那么，先生的学术魅力表现在哪里呢？我认为主要有三点：第一，他是学术至上主义者，在他的灵魂深处，只有学术，其他诸如政治、文凭、学位和物质享受等，他都不屑一顾。他留学十多个国家，历时12年，通晓蒙、藏、满、英、法、德、日、拉丁、梵文、巴利文等语言，但他却没有获得一个文凭，他专注于学问的研究、积累和创造。他之所以不关心文凭,认为那仅仅是"一张纸"而已。这与我国当下绝大多数人所抱的文凭至上主义,追求和满足虚荣心的需要,其思想境界是何等的天壤之别呀!

第二,先生在清华大学国学院任教时,他自定的讲课原则有四:"前人讲过的,我不讲;近人讲过的,我不讲;外国人讲过的,我不讲;我自己讲过的,也不讲,现在只讲不曾有人讲过的。"这就是陈寅恪"四不讲"的魅力,不用说"四不讲",即使是其中的一不讲,能够做得到也是难能可贵啊!这显示了他深厚的学术功底,是他豪气和底气的表现,怎么不令人叹为观止呢!

第三,陈寅恪先生从20世纪30年代到40年代中期,先后右眼和左眼失明,如他所说,"生不如死矣"。但是,一旦他走出了痛苦,仍然义无反顾地投入到学术研究中。有谁能相信,自1949到1969年的20年中,一个瞽者仅凭口述由助手整理出120万字的《再生缘》和《柳如是别传》两部书,甚至连注释也是先生凭记忆口授的,这是何等的毅力,又需要何等超人的记忆力呀!

那么,陈寅恪先生的学术魅力是怎样形成的呢?他出生于书香世家,父亲是晚清著名诗人陈三立,家中藏书极其丰富。他自幼好书如命,读书不顾性命,购书不惜血本,从而成为真正学富五车的大学问家,学贯中西的学术泰斗。他在清华大学任教时,就有"活字典"的美誉,北京大学历史学大师郑天挺说:"陈寅恪是教授的教授。"学术大师吴宓说:"他是中国最博学的人。"北大代理校长傅斯年则说:"陈寅恪先生的学问是近300年一人而已。"这些评价绝非溢美之词,而是真实地反映了陈寅恪先生的学术魅力。

四、演讲的魅力,这是教师以口才为基础的综合能力。17世纪捷克著名教育家约翰·阿姆斯·夸美纽斯(Comenius, Johann Amos, 1592—1670)曾说过,教师的嘴就是一个源泉,从这里发出知识的溪流。这说明,对于教师来说,口才是非常重要的,在一定程度上决定着教学效果的好坏。因此,一个成功的教师都应当是演说家,如果每个教师都能够具有相声演员那样的口才和诙谐的语言,这样的教学必定会受到广大学生们的欢迎。

英国伯特兰·罗素(Berrand A·W·Russell, 1872—1970)出身于贵族家庭,1890年于剑桥大学三一学院学习数学,后又以优异的成绩从哲学系毕业,继而留校任教。由于他兴趣广泛,博学多识,使他成为哲学家、数学家、逻辑学家、文学家、教育家等。他于1950年获得诺贝尔文学奖,以表彰他

"多样且重要的作品，持续不断的追求人道主义理想和思想自由"。

然而，罗素也长期遭受不幸与不公平的待遇。1914年刚过不惑之年的罗素，正赶上第一次世界大战，他主张和平，反对战争。1915年初他写了《战争恐惧之源》的反战宣传小册子，被法院判处有罪，因而遭到剑桥大学三一学院的解聘。从此，他开始了30多年的游历和漂泊的学术生涯，从而使他的演讲才能发挥到极致。英国人本来都具有绅士的派头，罗素是罗素家族第三代伯爵，他衣冠楚楚，仪表端庄，语言流畅而诙谐，平时总爱叼着一个大烟斗，这无疑为他的演讲增添巨大的魅力。

罗素一生到过许多国家的大学讲学，最早是1896年应邀到美国约翰斯·霍普金斯大学和布林·马尔大学讲学；1910年在剑桥大学讲授逻辑学和数学原理；1914年到美国哈佛大学主持"洛威尔讲座"；1938年在牛津大学讲学；1938到1944年在美国芝加哥大学、加州大学和纽约市立大学等处讲学；1940到1942年，在美国费城巴恩斯艺术基金会讲授西方哲学史；1950年到澳大利亚做巡回演讲，接着又被普林斯顿大学邀请讲学。

1920年10月，罗素应"中国讲学会"的邀请，在中国学人的期盼中来到中国。他被中国学术界称为世界级的数理哲学家。他在中国讲学10个月，到过多所大学，总共进行了近20个主题的演讲，涉及哲学、社会学、社会改造等领域。当时，听众芸芸，反映强烈。罗素的这次演讲，被称为是在华的"十大演讲"，学者们称赞为"哲学的盛宴"，在中国的学术界留下了持久震撼和影响。

罗素于1944年回到英国，终于被剑桥大学三一学院重新聘为教授，了却了一段历史的恩怨。荣誉归功于成功的学者，虽然来得迟了一些，但毕竟为罗素正名了。1949年他当选为英国皇家科学院荣誉院士，1950年被乔治六世授予英国最高荣誉"功绩勋章"，1950年还获得诺贝尔文学奖。1958年获得了联合国教科文组织颁发的卡加林奖和丹麦的索宁奖。

罗素的演讲题材广泛，内容十分丰富，思想见解深刻。他最后编辑成《变化中的世界的新希望》一书，频繁的演讲活动，使罗素的思想在许多国家传播开来，也丰富了他本人的思想。罗素一生为学术和和平事业所做的贡献，极大地提高了他的知名度，也赢得了世人普遍的尊敬！

（本文发表于《教师教育论坛》2016年第1期）

论教师的自我解放

教师是以传授知识和经验为职业的群体，他们是随着学校的诞生而出现的。那么，世界最早的学校是什么时候诞生的呢？据可查的资料，世界最早的学校出现在公元前2500年的古埃及，中国最早的学校产生于公元前1000年的商代。其实，学校的诞生也是一把双刃剑，它既有利于教育的规范化和批量化地培养人才，但又出现学校被垄断，造成教育的不公，也滋生了人们对学校的迷信和依赖，以至于形成了一个亘古不变的教条"教育等于学校"。①

我国长期以来都赞美教师是"太阳底下最光辉的职业"，是"人类灵魂工程师"。但是，人们却很少注意到："教师之职业性的习惯是因循保守。"这种保守性表现在他们"既可以阻碍才赋的发展，自然也能够促进才赋的发展"。②这种保守性是怎么形成的呢？这是因为教学活动是一种重复性的脑力劳动，重复既可以达到"温故而知新"的目的，也可能导致"故步自封"的保守思想。正如联合国教科文组织所指出的："教学活动本身，如同司法活动一样，倾向于重复过去，倾向于形式化、公式化、标准化。这种双重性的特征在迅速变革时期尤为显著。于是，教育看来既是反对社会变革的，同时又是推动社会变革的。"③

实事求是地看待教师的作用和存在的问题，这才是科学的态度。作为教师个体，我们也必须正确地对待自己，不断地学习，与时俱进。那么，怎样克服部分教师存在的保守性呢？在这方面我们是有过教训的，用1951年"思想改造"运动对待知识分子，或1958年以"学生与教师打擂台"式的方式批判教师，或是"文化大革命"中"接受工人阶级再教育"的做法，都是错误的。正确的做法是应当相信广大教师，作为教人者，他们具有自教的能力。他们可以通过学习教育学、心理学和思想修养等著作，以提高自己的思想素质，自觉地更新教育理念。紧跟时代前进的步伐，做一个符合新时代要求的合格的新型教师。

那么，教师的自我解放应当从哪里做起呢？我认为，首先应从师道尊严的权威下解放出来，以建立民主、平等、质疑和争鸣的学术风气；其次是从传统的灌输式课堂中解放出来，指导学生自学、思考和研究；第三是从迷信分数的教育价值观中解放出来，重点开启学生的悟性及隐藏在知识背后的智慧。

一

教育过程始终伴随着教育者与受教育者之间的互动，他们究竟应当构成什么关系，这直接关系到教育的有效性。"师道尊严"是一句流传了2300多年的名言，在《礼记·学记》中有云："凡学之道，严师为难。师严然后道尊，道尊然后民知敬学。"④究竟怎样看待这条教育原则，问题并不在字面上的理解，而是在执行这个原则时人们往往偏离它的主旨。实际上，两千多年以来，这条原则始终没有得到很好的贯彻，既有谋求权威的教师又有践踏教师尊严等极端的情况。

时至今日，这个问题仍然没有统一的认识，它成为一个歧义最大的教育论题。赞成者高呼："要回归师道尊严，让师道尊严永存！"反对者痛斥，师道尊严可以休矣，必须肃清其影响！其实，在这两种极端的认识之外，还有大批不温不火不偏不倚的人群，我本人就是其中的一分子。具体问题具体分析，应该是我们看问题的科学思想方法，切忌主观片面性。我们可以把师道拆开来分析，师有良师、庸师和恶师之分，凡是有真才实学，为人师表和诲人不倦的教师，都堪为良师；而有些动辄体罚和刺伤学生心灵的就是恶师，难道对后面这些教师也要敬重吗？再说到"道"，它是涵盖一切伦理、学理和方法的知识，但亦有正确与谬误之别，对于已经被实践检验的科学真理，一切来自实践的真知，我们当然要学习和尊重。但是，对于伪科学和那些剽窃与抄袭之作，我们不仅要坚决摒弃，还应无情地揭露和批判。

就我国的国情而言，我们不能不正视一个不被人们注意到的深层问题，那就是在我国学术界始终没有形成平等和自由争鸣的风气，在某种程度上窒息了我国学术界的创造性。从根本上说，其原因之一就涉及师道尊严的问题，大多数学生对老师是顶礼膜拜，对老师的"道"既不敢提出质疑，更无人有胆识向老师发起挑战，对他们不当的学术观点或学说提出批判。在这一点上，我国知识界与欧美国家是完全不同的,他们师生之间不仅直呼其名,而且能够平等地争辩任何问题,没有闪烁其词和顾及情面的问题,这是值得我国深刻反思的。

目前,我国大学教师队伍近亲繁殖现象十分严重,而且越是重点大学近亲繁殖的现象越严重。因为他们夜郎自大,对于来自非重点大学的毕业生,向来是不屑一顾的。当前,某些重点大学的教师大多是三世同堂,甚至有四世同堂的。更有甚者,在一些大学中流行"夫妻店"和"父子兵"式的课题组,甚至有儿子做老子的研究生或是博士后,他们以家族组织独占科研资源。这种科研组织不仅是利益问题,还存在严重的排他性。试问:这种家族制的研究,怎么能够建立民主和自由的学风呢?

俗话说,矫枉必过正,既然师道尊严阻碍了我国大学自由民主学风的建立,那么我们就应该反其道而行之。早在 20 多年以前,联合国教科文组织就指出:"教育能够是,而且必然是一种解放……在驯化的教育实践中,教育工作者总是受教育者的教育者。在解放的教育实践中,教育工作者作为受教育者的教育者必须'死去',以便作为受教育者的受教育者重新诞生。"[5]我国人民教育家陶行知先生曾撰写《小先生》一文,论述学生可以做先生的道理。他说:"自古以来,小孩是在教人。但正式承认小孩为小先生是一件最摩登的事……小孩的本领是无可怀疑。我们有铁打的证据保举他们做先生。"[6] 1950 年 12 月 29 日,毛泽东为湖南第一师范校训题词也写道:"要做人民的先生,先做人民的学生。"[7]这些都说明,教师与学生是相互学习的,也就是教学相长、能者为师的关系。因此,无论以何种形式维护师道尊严,或者谋求教师的特权都是不可取的,我们必须从这一道紧箍咒中解放出来,以建立新型自由平等的师生关系。

二

杨·阿姆斯·夸美纽斯(Comenius, Johann Amos, 1592—1670)是捷克著名教育家,他被称为教育学之父,也有人把他称为教育史上的"哥白尼",表明他在世界教育史上举足轻重的地位。1632 年出版的《大教学论》是他的代表作,标志着教育史上独立教育学的出现。他的主要贡献是首次提出学校工作制度、建立课程体系、编写教科书,特别是实施按班教学的制度。[8]

在17世纪出现按班授课不是偶然的，是与当时资本主义的兴起相联系的。由于工业和商业的发展，对人才的要求急剧增加，于是要求普及教育，扩大教育规模，提高教育效率。夸美纽斯看到了这种发展趋势，从理论上和操作上论证了班级教学的可行性，于是以班级教学制度代替小农经济个别教学，从而顺应了时代发展的要求，这是教育进步的表现。

又过了170多年，另一位教育学家对于推进教学制度的改革也做出了不可磨灭的贡献，他就是德国教育学家约翰·赫尔巴特（Johann Friedrich Herbart, 1776—1841）。1806年，他的《普通教育学》问世，从而奠定了他的教育理论基础。在近代教育史上，没有任何一位教育学家能够与之比肩。他曾提出："学校以课堂为中心，课堂以教师为中心，教师以书本为中心。"然而，美国实用主义教育学家约翰·杜威（Johan Dewey, 1859—1952）却批判赫尔巴特的"三中心"是传统的、守旧的，遂提出了自己的"新三中心"（以儿童、经验和活动为中心）⑨。

但是，杜威的"新三中心"并没有得到广泛的认同和推广，倒是赫尔巴特的"三中心"在全世界流行，成了统治世界各级学校的教育模式，而且固若金汤，迄今没有任何模式能够替代它。那么，究竟怎样看待赫尔巴特的"三中心"呢？早在30多年以前，联合国教科文组织就在一份调查报告中就指出："教学内容和教学方法几乎在全世界都受到指责。教学内容受到批评，因为它不符合个人的需要，阻碍了科学的进步和社会的发展，或者因为它和当前的需要脱了节。教学方法受到批评，是因为它们忽视了教学过程的复杂性，不是通过科学研究进行学习，也没有充分地对思想态度的训练做出指导。"⑩

既然教学内容和方法遭到全世界的指责，但为什么没有引起教育界人士的注意，为什么不进行改革呢？这正说明教育界的保守性，人们见怪不怪，只是去适应它，而不愿意彻底改变它。时至今日，又有不少有识之士站出来大声疾呼，如美国麻省理工学院教授、edX总裁阿南特·阿格瓦尔批评道："教育在过去500年中实际上（本质上）没有什么变化，上一次变革是印刷机和教科书。"美国X大奖创始人、奇点大学执行主席彼特·戴曼迪斯更尖锐地指出："标准化是教育规则，统一性是教育的结果。同一年龄的所有学生使用相同的教材，参加相同的考试，教学效果也按照同样的尺度评估。学校以工厂为模仿的对象；每一天被均匀地分割为若干时间段，每段时间的开始和结果都以敲钟为号。"⑪大学僵化到如此地步,大学不进行根本性的改革,怎么能够适应新形势的需要呢?

为什么说"三中心"的教育模式是过时的呢?这是因为,无论是课堂、教师或教材,都是以知识为基础,现在的课程体系已经沿用了几百年,早已陈旧过时。在20世纪末,法国一个教育家曾预言,21世纪最重要的也是最困难的任务是让教师闭上他们的嘴。叶圣陶先生是从一个中学生自学成为著名的文学家、教育家的,一生从事文学创作和教育工作,因此他对课堂教学的弊端看得最透。他在20世纪60年代就指出:"凡为教,目的在于达到不需要教。"在拨乱反正时期,他又重申:"教师教任何功课(不限于语文)'讲'都是为了达到用不着'讲',换句话说,教是为了用不着'教'。"⑫华东师范大学教育学家叶澜在一次会议上也指出:"在课堂上,教师要封住自己的嘴,让自己少说一些,留出空间给学生。"⑬这些见解都是十分开明的,也是具有前瞻性的,说明"三中心"的教学模式早已过时,必须以一种新的理念和模式取而代之。

三中心的教育模式,为什么能够沿袭数百年?这里有一个如何看待知识的问题,17世纪英国哲学家弗朗西斯·培根有一句名言:"知识就是力量。"于是知识万能论就盛极一时,尊重知识、知识改变命运等口号也都流行了起来。其实,知识并不等于力量,只有当知识被转化智慧时,它才能成为力量。因此,准确的说法应该是,智慧才是力量。这个道理已经为无数的事实所证明,包括正面和反面的事例都是屡见不鲜的。

例如,史蒂夫·乔布斯,他既没有显赫的背景,也没有高深的学历。他在私立里德学院学习了6个月就休学了,但他却是最富有智慧的人之一。在这个世界上,有两个人因苹果而改变世界,他们的故事是家喻户晓的。一是牛顿,他因苹果而发现了万有引力,这是17世纪自然科学最伟大的发现之一,从而对物理学、力学和天文学的发展起到巨大的推动作用;二是乔布斯创办了苹果公司,颠覆了电子计算机的概念,从而使个人电脑引进到千家万户,进而以"苹果"把世界玩得跟着他转。他不仅是美国而且也是世界最伟大的创新家之一,他是一个创新狂,一个永恒的颠覆者,这些素质就是他创造力的源泉。乔布斯的成功启示我们,教育必须彻底改变,智慧是超越知识的,各级学校都要把开启学生的智慧作为根本的目标。

教育的根本改变,必然伴随教师职能的转变。我们可以设想,如果学校的教师真的都闭上了嘴，那学校的教育应该怎样进行，教师们的任务又是什么呢？对于这个问题，我思考了十多年，最近才形成一个崭新的教育理念，从而颠覆了迄今为止以传授知识为主的教育理念。这个理念就是"大智慧之光"的理念[⑭]，我认为教育的真谛是解放和启蒙，亦即解放学生的头脑和双手，解放他们的个性和智慧。我国教育的主要问题是，知识灌输得太多，而智慧开启得太少，这就是不能产生杰出的创新型人才的根本原因。

如果确立了"大智慧之光"的理念，整个教育游戏规则都需要改变，即从玩"知识游戏"转向玩"思维游戏"。与此同时，教师们的职能也必须转变，他们的主要职责将由灌输知识变为开启学生的智慧，进行个性化的精英教学，指导学生的自学、反思和创造性的研究。同时，他们还将编写有利于学生自学、思考的教材，设计能够激励学生思想碰撞的课堂讨论。我们可以展望，"大智慧之光"教育时代的到来，将成为人类智慧迸发的时代。

三

我国教育界广泛流传一句顺口溜：考，考，教师的法宝；分，分，学生的命根，抄，抄，学生的绝招。这是我国教育的流行病，而且已经成为沉疴痼疾，似乎已经无人能够改变这种状况。尽管教育当局高喊实施素质教育，但是素质教育口号喊得震天响，而应试教育考场却硝烟弥漫，全国各地都有所谓的"高考工厂"或"示范学校"，它们都在各级教育行政部门的眼皮底下，不仅得不到遏制，反而为众多学生家长趋之若鹜。这些现象说明考试的功能已经异化，不仅误导了学校的教师、学生，也误导了广大的学生家长。

从本来意义上说，考试的功能是为了检查教学的效果，既帮助教师发现问题和改进教学，也督促学生努力学习。可是，现在学校的考试已经成为学生们求学路上的关卡，各种考试越来越多，诸如平时小考、期中考试、期末考试、毕业考试、中考、高考，等等。考试与评判考试的结果是密切相联系的。我国自汉代开始，评定考试成绩使用等级制，先是只有合格与不合格两级，后来又逐步细分为四级（甲、乙、丙、丁）和五级（优、良、中、可、劣）。我国科举考试沿袭了1300多年，也是以等级区别优劣的，而且一份试卷多人评阅，以多数人的评分定准，相对还是比较公平的。光绪二十八年（1902）清政府管学大臣张百熙拟定了《钦定学堂章程》，其中规定："评定分数以百分为满格，通过各科平均计算，每科得 60 分则为及格，60 分以下者为不及格。"[15]自清朝末年，我国各级学校考试都是采用百分制，期间虽有短暂更迭，但基本上一直是沿用百分制。

所谓百分制，是属于绝对评价计分，与等级制评分是相对应的。百分制是把考试成绩划分为 100 个等分（从 0 到 100）。满分为 100 分，90－100 为优秀，80－89 为良好，70－79 为中等，60－69 为及格，而 60 分以下者为不及格。在实际评判中，评分可以细化到 0.5 分。这种细化的评分办法，看起来似乎很严格，但实际上并不科学。比如 90 分属于优秀，而 89 分就只能是良好，60 分为合格，而 59 分就是不合格。这种差之毫厘，但对评价学生的好坏却产生了迥异的效果，甚至决定了他们的命运，怎么能说是公平的呢？

1951 年我国提出"一边倒向苏联"，在教育上也"全盘苏化"，不仅教学大纲、教学计划和教材全部使用苏联的，而且也以"五级计分制"代替百分制。所谓五级计分，就是以 5、4、3、2、1 五个等级来评价学生的学习成绩。我上大学时，正是全盘苏化时期，教师还是以百分阅评试卷，然后再换算成五分，换算的办法是：5 分相当 90－100，4 分相当 80－89，3 分相当 70－79，2 分相当 60－69，1 分相当于 60 分以下者。实际上是换汤不换药，在中国近现代史上，百分制在国人的思想上根深蒂固，这是与中国人教育价值观偏离相联系的。

由于中苏关系恶化，从 20 世纪 60 年代中期，我国各类学校又恢复了百分制，而且一直沿用至今。既然分数代表了学习好坏的区别，于是分数就成了学生们追求的唯一目标，甚至成了他们学习唯一的价值观。中国的学生家长们都有"望子成龙"的情结，于是自己孩子考试的优异成绩，也就成了他们所希望得到的回报。因此，考试与分数就成了束缚学生和家长们的紧箍咒，使得教育的功能和真正的价值发生了异化。

一般来说，中国学生有三个"心结"，即满分、状元和名校，他们成了绝大多数学生和家长们的追求，这是与欧美国家受教育者们的价值观完全不同的。"状元"本是一个被遗忘的历史名词，在清末废除科举以后，"状元"一词也基本上消踪匿迹了。可是，自 20 世纪 90 年代初以后，这个历史名词又复活了，连篇累牍地出现在各种媒体上，什么文理科状元、高考招生争抢状元，培养状元的秘籍、状元经验报告会、状元谢师宴……值得指出的是，这些现象在新中国成立前没有，新中国成立初期没有，20世纪80年代也没有，而偏偏出现在90年代这个时期。为什么？我认为，90年代初是我国教育史上的一个拐点，由于大学合并、升格和扩招，从而掀起了一股大跃进的歪风，并导致狂躁病、浮肿病和虚脱病。应当说，状元的复活，就是这几病态的综合反映。近20年，全国新办了许多城市小报，它们出于猎奇的需要，在掀起状元热方面，起到了推波助澜的恶劣作用。

从根本上说，追求状元、高分和名校，都是偏离了教育的真正价值观。其实，状元、满分和名校，都与成才没有线性关系，实际上都是虚荣心的反映。要使教育回归到正确的轨道，必须把广大学生及家长从分数的奴隶下解放出来。谁都知道，分数并不代表一个人的真才实学，高分低能的现象比比皆是。分数只是一个符号，十多年前一个获得高考状元的学生道出了状元的心境，他说状元不代表什么，如果重新再考一次，可能状元就会易人了。这是实事求是的态度，说明考试无常，每个人在不同的地点、不同的时间、不同的试题和不同的身心状况下，都会有不同的发挥，而获得的分数也有很大的差异。因此，一定要淡化分数，重点培育学生的自学能力，开启他们的悟性，进而引导他们获得决定一个人成功所需要的最重要的智慧。

但是，解放学生先要解放教师，只有教师不再以分数论英雄，学生才会放弃分数至上主义；只有教师不把考试当法宝，学生才不会视分数为命根，也才会从源头杜绝抄袭和舞弊的行为。分数是枯燥的数字，教师评判学生的优劣，不能仅仅凭分数，而应当凭智慧，在动态中客观和公平地考核学生。教育学上有两句约定俗成的名言：能够深入浅出的教师是可怕的教师；能够浅出深入的学生是可怕的学生。因此，我希望每一个教师都要成为开明的老师，从师道尊严、课堂和分数的束缚中解放出来，做一个智慧型的教师，以培养出真正创新型人才为骄傲！

（本文发表于《教师教育论坛》2015年第7期，《新华文摘》转载）

注释：

①联合国教科文组织编：《学会生存》，上海译文出版社1979年10月第1版。124页。

②贾馥茗著：《英才教育》，台湾开明书店印行，1976年3月初版，第96页。

③《学会生存》第 5 页。

④黄立平主编：《四书五经》，中国友谊出版公司，1993 年 8 月第 1 版，第 283 页。

⑤《学会生存》，第 191 页。

⑥华中师范大学教育科学研究所主编：《陶行知全集》（卷 2），湖南教育出版社，1985 年 1 月，第 638 页。

⑦苏晓洲：新华网 2011 年 6 月 11 日。

⑧刘传德著：《外国教育家评传竞选》，北京师范大学出版社，1993 年 7 月第 1 版，第 38 页。

⑨杜复平：教育理论价值构建取向，《教学与管理》，2012 年第 4 期。

⑩《学会生存》第 98 页。

⑪《华夏时报》2014 年 5 月 24 日。

⑫《叶圣陶语文教育文集》，科学教育出版社，1980 年 10 月版，吕叔湘序文，第 717 页。

⑬1999 年 8 月 25 日，在新基础学校第一次教学研讨会上的发言。

⑭刘道玉：《南方周末》，2015 年 4 月 23 日第 19 版。

⑮舒新城编：《中国近代教育史资料》（上册）人民教育出版社，1983 年 8 月第 8 次印刷，第 212 页。

教师的真功夫在于"导"

教师是随着学校或教育机构的诞生而出现的，世界最早的教育机构出现在奴隶社会，与此相应地也就出现了以传授知识或技能为职业的教师。据可查的资料，学校诞生于公元前2500年的埃及，中国的学校出现在公元前1000年的商代，然而，在20世纪30年代，法国的考古学家安德烈·帕洛特，在两河流域上游名城马里发掘出一所房舍，被认为是世界最早的学校，它叫作埃杜巴[①]（也叫泥板书屋）。这所学校建造于公元前3500年以前，是人类最早的学校，比埃及的宫廷学校早了1000年。无论是古巴比伦的埃杜巴，或是古埃及的宫廷学校，或是我国商代的官学，它们都诞生于古埃及、古巴比伦和古代中国，这与世界四大古国文明的出现是交相辉映的。

欧洲的学校大概创建于公元前七八世纪，比中国、埃及和巴比伦的学校要晚几百年甚至一千多年。但是，世界文明的发展是相互影响和促进的，由于受到政治、经济和文化等因素的影响，文明也是不断转移的。到了欧洲的中世纪，欧洲近代文明已经萌芽，于1088年诞生在意大利北部的博洛尼亚大学就是文明的曙光，是所谓的"黑暗中世纪"给人类带来的光明，这是智慧之光。博洛尼亚大学既是欧洲"大学之母"，亦是世界大学的鼻祖[②]。此后，大学从意大利传播到法国、英国、德国、捷克等国家。在17世纪初，随着英国"五月花号船"等移民抵达北美洲，他们将宗主国英国的大学也带到美洲，最早创建了哈佛学院，它是在美国建国前140年创办的，是当今世界最为著名的大学。在随后的几个世纪里，大学的模式传遍到了世界各国。中国最早的大学诞生于19世纪末，相对于欧美国家而言，晚了近800年，这也是我国高等教育落后的原因之一。

各级学校出现以后，到底如何传授知识呢？最早的学校都是靠智者即教师的讲授，教师讲、学生听，也就成了亘古不变的教学方式。17世纪捷克著名教育家夸美纽斯曾经说过："教师的口，就是一个源泉，从那里可以发出知识的溪流。"③中国也有一句流行久远的口头禅："一年胳膊，三年腿，十年磨炼一张嘴。"强调口才锻炼对于教学的重要性。这些经典的名言，既说明讲授是唯一的教学方式，又说明讲授的口才决定了教学的效果。但是，这毕竟是几百年以前的传统教学法，随着时代的进步，完全依靠口授的教学方法受到了质疑。法国一位哲学家说，21世纪教育改革最重要和最困难的是，要让教师闭上嘴，也就是说要改革满堂灌的传统教学方法。我国文学大师叶圣陶先生也说过，讲是为了不讲。由此可见，传统的讲说章句的方法必须改革，因为这种单向的传授方法，不利于师生双向交流，也很难启迪和开发学生的智慧。

一般地说，教师的讲授是以教师为主，他们是有准备的教学活动，只要认真做好了备课，都会取得良好的效果。一个教师如果把一门课讲授三轮以上，他们都会得心应手地驾驭所讲授的课程。因此，教师有一个诨名叫"教书匠"，匠者也，就是反复打磨之意。重复就能够熟能生巧，经年累月下去，也一定会成为一个有经验的教师。但是，这样的教师，常常会满足已有的经验，日趋守旧，难于超越自己，也会阻碍自己的进步。常言道，学无止境，同样教也是无止境的，一个优秀的教师必须顺应时代的要求，必须适时地转变自己的角色。

我们不妨做一个假设，一旦教师真的闭上了口，他们将怎么发挥其作用呢？我认为就是转变角色，由"教"向"导"转变，这二字的含义有着天壤之别。在汉语中，教育是由教与育组成的，它们分别包含着两层意思，按照《说文解字》的释义，教，上所施下所效也；育，养子使作善也④。显而易见，教是指教师的作用，由外向内的过程，学生是处于被动的状态，它们只能服从、依从、接受；而育则是指发育、养育、生长之意。我们再对照中文与英文字义的蕴意，"教"的英文是instruction，是由外向内的，而育的英文是education是由内向外的过程。总之，无论是中文或是英文，教与育的意思都是迥异的。这就是为什么我们要提倡教师的作用由"教"向"导"转变的原因。

从字义上说，包含"导"的词汇有先导、辅导、引导、领导、劝导、疏导、指导、导师、导读、导源……虽然这些词汇与教育都有某些联系，但是在教学过程中最重要的是辅导、引导和指导这三种形式，一个高水平的教师，就必须在这三个"导"上下功夫。唯有如此，我们才能够迎接新时代和新形势对我们提出的挑战，也才能够培养出富有智慧的杰出人才。

首先是辅导，从字面上来理解，辅导就是给学生以帮助，给学生解答课程中的疑难问题，也就是解惑的意思。在大学中往往是教授主讲重点课程，由助教担任辅导课。其实，这种分工并不完全合理，辅导课并非是次要的，因为主讲教授是有准备的，而辅导教师是无准备的，而且是面对许多学生的提问，如果没有丰富的知识储备，则无法为学生解疑。20世纪50年代初，武汉大学水利学院有一名叫俞忽的教授，是为数不多的一级教授之一，他发明了一个数学计算定理，但是他从来不能把自己的发明向学生讲清楚，倒是他的助教能够深入浅出地把他发明的定理讲解得一清二楚。这就说明辅导课有学问，也有讲授的技巧，这些是做一位优秀教师的必备条件。

其次的引导，所谓的"引"包含有牵引、引路之意。一个优秀的教师对学生应当负有引路的作用。教师怎样起到引路的作用呢？孟子曾有言"君子引而不发"，其意思是，善于引导的教师，不是越俎代庖，自己先做结论，而是给学生留有消化、理解和发挥的巨大空间，重在传授方法，以激发学生学习的主动性、积极性和创造性。一个善于引导的教师，首先是以身作则，身教胜过言教。古人有一句名言，经师易得，而人师难求，所谓的经师是指以精湛的专业知识传授给他人，而以渊博的学识和高尚的人格修养教诲他人则称为人师。可是，现在的学校，无论是学生或是教师，都是只重视经师，而忽视了人师的作用，教师满足于传授专业知识，而学生也仅仅只局限于受业于专业老师。然而，一个一心向学的学生，最重要的不是经师而是寻觅到对自己终身受益的人师。

我们现在的教育最大的问题是，专业知识灌输太多，而心灵修炼和"授人以渔"的方法则几乎被忽略了。人民教育家陶行知先生曾经说过："千教万教教人求真，千学万学学做真人"⑤，我们现在的学校有这样的教育内容吗？有这样的教育目标吗？坦率地说没有！难怪现在有的学生道德沦丧，培养出来的几乎都是眼高手低的人。又如，现在的学生们，大多数人不知道如何自学，不知道如何正确地对待专业学习，不知道如何选择自己的志趣，更不知道如何树立自己的人生理想。这些不能不说是我们学校教育的失误，也是我们教师职责的缺失，我们的教师必须要补上这一课，以适应新形势的需要。

再次是指导，重点是指导学生进行科学研究。教学与研究是走着两种完全不同的路径，教学是认识和接受已有的知识，走模仿前人的路；而研究则是走没有路标的路，是探索未知的领域。在传统的教育中，是把教学与研究截然分成前后隔开的两个阶段，大学中的 7 个学期是教学，只有最后一个学期是做毕业论文，这种划分已经不合时宜了。现在美国大学的教授们，纷纷把本科生组织到自己的研究团队里来，充分发挥他们在科学研究中的作用，有许多科学发明都有学生参与，这就是在研究中学习，是培养杰出人才重要的步骤。

那么，中学生能否参加科学研究呢？也许，这是一个颇有争议的问题，虽然中学生与大学生是有区别的，但在培养他们的独立分析和解决问题的能力方面，应该是没有区别的，应当把科学研究贯彻在教学的全过程之中。我们只要看看美国少年发明家群体的崛起，就应当打破对科学研究的神秘观点了。例如，美国 14 岁的泰勒·威尔逊发明了一座核聚变反应堆装置，并因此获得英特尔国际科学与工程大奖，受到奥巴马总统的接见。15 岁的杰克·安德鲁卡发明了检测胰腺癌的纳米试纸，他的方法比普通方法快 158 倍，灵敏度高 400 倍，而价格便宜 26000 倍。[6]这些少年发明家的出现，得益于他们没有应试教育的压力，也与美国创新文化有关。因此，我们不能再抱着传统的教育观点不放了，应当提倡在研究中学习的理念，把广大青少年中蕴藏的好奇心和超级想象力迸发出来，这既是培养杰出人才的需要，也是建设创新型国家的必经之路，我们广大的教师要尽快地实现由"教"向"导"的转变，以承担起时代赋予我们的伟大使命。

（本文发表于《教师博览》2019 年第 6 期）

注释：

[1]李海峰、祝晓香：《阿拉伯世界》，2003 年第 6 期。

[2]宋文红著：《欧洲中世纪大学的演进》，商务印书馆，2010 年 6 月第一版，附录第 346 页。

[3]［捷克］夸美纽斯著：《大教学论》，译者傅任敢，教育科学出版，1996。

[4]黄国昌等著：《现代教育功能》，幼狮书店，1979 年 8 月，第 51 页。

[5]陶行知著：《陶行知全集》（卷 3），湖南教育出版社，1985 年 7 月第 1 版，扉页题词。

[6]刘燕燕：科学家发明测癌试纸，《参考消息》，2014 年 3 月 1 日。

什么样的人可以称为大师

近年来,"大师"一词在媒体上频频出现,各个领域冠以大师的"名人"越来越多。面对众多的大师,我深感困惑:究竟什么人才可称为大师呢?

这些人能称为大师吗

两年以前,某市举办一个经济论坛,声称有5个管理大师将要发表演讲。出于好奇,我看了这5个人的介绍,其中1人曾留学国外,1人在外资企业工作,另外3人无任何显赫的经历与业绩可言。又据报道,某刊物评选出了中国2005和2006两个年度各十个管理大师(两年有重复)。看后不免令我十分惊讶。据我所知,目前国际上公认的管理大师,包括美国、英国和加拿大在内也只有十位管理大师,如美国的彼得·德鲁克、迈克尔·波特、汤姆·彼得斯,英国的加里·哈默尔,加拿大的亨利·明茨伯格等。管理学作为一门学科,是在20世纪70年代末才介绍到我国的,以前我国大学基本上没有培养管理学人才。那么,在20多年的时间里,我国怎么可能快速成长出十个管理大师来呢?

一则消息报道说,四川南充有一个叫周秀珍的女人,被媒体宣传为"女徐霞客",仅仅因为她给学生做过几次报告,就被称为"励志大师"。可是,经过刑事侦查发现,她竟是四起绑架案的主谋。台湾一个中年作家,仅以自己儿子为对象写了几本干巴巴的小书,也被国内媒体封为"宏志大师"。

2006年,某报纸以整版篇幅报道了几位去世的名人,其中用了两个醒目的大标题:"告别大师的年代"和"大师远行",显然把这些人都列入了大师的行列。在这些人中,有美国经济学家米尔顿·弗里德曼(Milton Friedman,1912—2006),还有我国两位科学家、香港商人、相声演员。依我看,除了弗里德曼和王选堪称大师以外,其他人尽管有的是著名科学家,有的财富连城,但他们都不能冠以大师的桂冠。这是对大师的滥用,是对大师本意的亵渎。

仅从这几个例子就可以看出目前媒体和某些人对"大师"的理解是多么的浅薄，其宣传又是多么不负责任，竟然荒唐到了如此地步！

什么人才能称为大师

每每看到媒体对大师的宣传，我心中就感到一种苦涩的隐痛。于是，我就对大师产生了种种困惑：大师应该怎样界定？何为大师？

从词源来看，大师一词最早出自于佛教。梵文 Statr，是大师范、大导师之意，佛教徒称佛为大师。例如，释迦牟尼被尊称为"三界大师"，在佛、法、僧三界别无二人享有如此崇高的威望。后来，大师只是被用来追赠死去的高僧的谥号，如天台宗的创始人智顗被赠为智者大师，慧思为南岳大师，吉藏为嘉祥大师等。1992 年，台湾把活着的星云和尚尊称为星云大师，他是迄今为止唯一被封为大师的活着的和尚，而其他年长的和尚被称为长老。

大师被用于学术领域，最早出现在汉代，《史记·伏生传》中曾记述道："学者由是颇能言《尚书》，诸山东大师无不涉《尚书》以教矣。"《辞海》中的解释是：大师是"指有巨大成就而为人所宗仰的学者或艺术家"。这里的两个条件是必不可少的，一是"巨大成就"，这显然不是指一两项发明或几本著作而言，非"著作等身"或"学富五车"的学者是绝不可能企及的；二是学术成就经得起历史的检验，经久不衰，为人所宗仰，不是被一部分人而是被一代又一代的人所景仰。

我国古代确实有过许多大师，如孔子、孟子、朱熹、李白、杜甫、黄宗羲、王夫之……为什么古代涌现出那么多大师呢？那是因为那时有安贫乐道做学问的学者和滋生大师的土壤。可是，现在没有这两个条件，所以现在除了少数几个德劭学高且健在的大师外，几乎没有人能够称得上大师的。

2007 年，季羡林先生发表谈话，坚决要求摘掉他头上的三项桂冠：大师、泰斗和国宝。他说，自己不是研究国学的，充其量只是个国学小师，所以这些称谓对他都是不实事求是的。读后，许多人都赞赏他高尚的品格，不愧为真正的君子之风。也许，季羡林先生对炒作"大师"实在是看不惯了，所以才表明要摘掉人们给他戴上的三项桂冠。这使我想起了民间流传久远的一个谚语——"半瓶子醋"。人们都知道，装满醋的瓶子是不响的，而半瓶子醋总是晃荡的。

这个谚语形容的是，饱学之士总是谦虚谨慎的，反而是那些一知半解或知之不多的人喜欢吹嘘和表现自己，甚至为了争名夺利不惜弄虚作假。这就是为什么真正的大师要摘帽，而不够大师资格的人却拼命地去抢着要的道理。

大师是怎样培养出来的呢？在一次教育座谈会上，有一位负责人曾经诘问道："为什么我们的大学培养不出大师来？"看来，人们对于大师的成长似乎还存在误解。从一些大师成长的经历来看，虽然与其所受的教育有关，但大师却不是直接从大学培养出来的。例如，堪为大师的华罗庚、梁漱溟、启功、钱穆等，都只有中学学历。因此，大师是自身成长的，而不是培养出来的。大师的成长，除了个人的天资和主观努力外，需要有民主、自由的学术环境，要有宽松、宽容和宽厚的学术政策，要有开明的伯乐当人梯。作为个人，最重要的是要远离媒体，如证明困扰数学家300多年的数学猜想费马大定理的安德鲁·怀尔斯（Adrew John Wiles，1953— ）那样，为了做高深的学问，甘心做一个"隐身人"。

大师要具备四个条件

至于如何才能成为大师，既有一定的范围又有很严格的条件，不是任何行业都可以评大师，也不是什么人都可以冠以大师桂冠的。国学大师钱穆先生曾说过："大师者，仍是通方之学，超乎各部专门之上而会通其全部之大义者是也。一个部门学术之有大师，如网之在纲，裘之有领，一提挈而全体举。"从范围看，还是应该回归到大师的本源上来，即只限于佛教界和学术界。至于在其他各个领域，可以产生著名的专家、艺术家、歌唱家甚至是功勋艺术家，但就是不能冠以大师的头衔。

具体来说，一个大师至少要具备以下四个条件：

第一，学术上博大精深，博古通今，是学术多面手，重要学术著作丰硕。例如钱学森先生，他通晓力学、空气动力学、火箭、控制论、系统科学、脑科学、方法论等，他出版了7本专著，发表了300多篇论文，是名副其实的科学大师，是两弹一星的元勋。

第二，要做出创造性的贡献，其成果对科学技术发展具有革命性的作用。例如，王选先生先后发明的汉字激光照排和电子出版系统，跨越了日本光机式二代机和欧美阴极射线管式三代机,从而在文字、图形、图像处理领域里产生了连锁式的革命,甚至被称为中国的第五大发明,它的意义怎样估计也不过分。

第三,必须是一个学派的首领,桃李满天下,拥有众多的拥戴者。例如经济学大师弥尔顿·弗里德曼,他的贡献涉及宏观经济学、微观经济学、货币理论、统计学、消费分析、经济学史等领域,1976年获得诺贝尔经济学奖。他创立了芝加哥大学经济学学派,先后有22人获得了诺贝尔经济学奖,这是任何人都无法望其项背的。难怪人们担心:弗里德曼之后是否还会有经济学大师?

第四,作为大师不仅学问高深,而且道德、人品也应堪为人师,对后人具有楷模的作用。巴金是跨世纪的老人,是鲁迅之后最著名的文学家,是名副其实的文学大师。古人说,学高为师、身正为范,巴金先生就是集学高、身正和寿高为一身的大师。他用7年时间写出的40万字《随想录》,被称为中国版的卢梭《忏悔录》,真实地记录了他严以解剖自己和勇于说真话的宽广心怀,这是当今没有几个人能够做得到的。有人说巴金是金,即指他的学问和人格的含金量,他敢于说真话、严于解剖自己,具有社会批判意识、博大的爱心、淡泊名利、安贫乐道等品格,深深地影响着当代广大青少年。

按照以上标准,我国当代没有几个人能够称得上大师。一些人明明不是大师,为什么要故意炒作呢?说到底,是大师在人们心中的分量,是许多人对大师的情结。为什么中国人对大师情有独钟呢?这种心态是怎样形成的呢?依我看,主要是两个思想造成的,一是"好大狂",二是"好为人师",把前者中的"大"与后者中的"师"组合就成了"大师"。其实,这两种思想都是国人的通病,是一种保守的思维方法。阿尔温·托夫勒在《第三次浪潮》中指出:"第二次浪潮的'好大狂'正在淘汰,小就是美。"然而,我国国民仍然抱着"好大狂"的思想不放,而且这种情结渗透到一切领域。例如,朝代要加上大汉、大唐、大宋、大明、大清、大中华;城市要喊大上海、大武汉、大都市、大西北;街道要叫大街、大道;楼房要叫大楼、大厦;专科学校、学院不过瘾,非要升格为大学不可;江河要叫大海、大江、大河;山川要叫大山、大川;整风运动要叫"大鸣大放";革故鼎新要叫"大破大立";智谋出众的人叫大智大勇;近年时兴讲坛,于是百家大讲坛、世纪大讲坛、健康大讲坛都出现了;会议要叫大会;礼品、保健品的包装越来越大;甚至连图书和杂志的开本也越来越大……总之，我国国民还是抱着"大就是好"的观念，尽管我国经济越来越发展，但其思维方法依然停留在小农经济的时代，这是多么的不合时宜呀！

中国人好为人师，这似乎是大多数人的通病，特别是在知识分子中尤为突出。亚圣孟子在两千多年以前就指出："人之患在好为人师。"那么，为什么好为人师成为"人之患"呢？一个人如果有了好为人师的思想，就会以教者自居，自以为是、自我炫耀、故步自封，只愿当先生而不肯当学生，这是与"虚心使人进步、骄傲使人落后"的传统美德根本相悖的。

据我的回忆，关于职称的炒作大体经过了教授、博士生导师和院士几个阶段，80年代教授吃香，甚至连某些官员、搞开发的商人和个体户也要挂个教授头衔。后来，教授多了，贬值了，又炒作起博导和院士来。我真不知道，往后又该炒作什么，是否要炒作"泰斗""宗师""至圣大师"和"祖师"了呢？

炒作大师何时休？我真诚地希望国民浮躁的心态冷静下来，媒体对大师的炒作应当就此打住了。一个国家和学者的科学水平，绝对不能靠炒作，这对国家和个人都没有任何好处。

从根本上遏制对大师的炒作，关键在媒体，要提高记者的人文素质，领导要严格把关，保持新闻的严肃性和真实性。同时，学术单位和学者自己也要洁身自爱，要像季羡林先生那样，不仅不应当去争要名不副实的衔职，而且还要理直气壮地拒绝一切不实的吹捧。只有这样，我国的科学学风才能回归到实事求是的正道上来，也才能对我国科学研究起到促进作用。

（本文发表于《同舟共进》2008年第3期）

呼吁复兴古代书院教育模式

中国书院教育模式有着悠久的历史，它始于唐朝开元六年（726）在洛阳创办的丽正书院，兴盛于宋、元两个朝代。在北宋庆历新政之后，书院盛极一时，出现了宋代的四大书院，它们是位于湖南长沙的岳麓书院，位于江西庐山的白鹿洞书院，位于河南登封的嵩阳书院，位于河南商丘的应天书院。自明朝以后，书院逐渐受到限制，直到光绪二十七年（1901），清政府颁布《兴学诏书》，废书院建新学堂，至此书院完全瓦解。[①]在我国悠久的历史发展中，曾经有过许多教育组织的形式，如太学、官学堂、私塾、科举制、国子监、新式学堂等。经过审慎反思，我国古代的书院不是没有存在的价值，而是我国古代教育的精髓，非常有必要开展一次书院的复兴运动，这是否定之否定规律辩证的发展必然过程。

那么，在书院传承的长达1293年的历史中，前后总共有多少书院，史书上并没有精确的统计。根据推算，估计前后有数千所以上，因为仅福建省就有750个，四川有394个，湖北有243个书院，当然这些书院的规模与水平相差悬殊。北宋时全国共有书院89所，南宋拥有500余所，而江西高居全国之首。两宋时代是我国书院的巅峰时期，不仅数量之多，而且还创建了中国历史上四大著名的书院。为什么两宋时代书院兴旺发达呢？宋朝是我国历史上经济最繁荣、科技最发达、文化最昌盛和人民生活水平最富裕的时代。经济是发展教育的基础，因而两宋书院繁荣昌盛就不是偶然的了。

那么，中国千年书院究竟做出了哪些贡献呢？书院是我国古代教育一朵绚丽的奇葩，这些赫赫有名的书院实际上就是当时的高等教育机构，他们肩负着培养人才、从事高深学问研究和孕育学派三大功能。

首先是培养人才。湖南岳麓山书院号称千年书院，就其规模而论，它堪称中国第一书院。书院大门上的横匾写着"岳麓书院"四个大字，这是由宋真宗皇帝颁书赐额，两边对联是"惟楚有才，于斯为盛"，讲堂正中是清朝乾隆皇帝御书"道南正脉"。千年古刹，浓厚的文化氛围，学术大师云集，令人们肃穆起敬和神往，岳麓书院因此而闻名于天下。只要看看这个书院著名的山长和培养出来的杰出人才，就不难看出复兴书院的意义之所在了。据可靠的史料，前后主持这个书院的山长共有55位，他们大多是学派首领、著名的学者和教育家，如第一任山长周式，以及继任者张栻等。这个书院总共培养出了17000人，其中杰出人才不胜枚举，如彭龟年、游九言、游九功、王夫之、魏源、曾国藩、左宗棠、郭嵩焘、蔡锷、唐才常、范源廉、蔡和森、邓中夏、杨树达、谢觉哉、陈潜等，他们被称为"岳麓巨子"。他们的成功，再次说明书院是最佳的育人摇篮。[2]

应天书院创建于公元1009年，就创立的时间而言，堪称中国书院之首。曾经有一篇报道称"一个人和一座千年书院"[3]，这个人就是中国历史上的大儒范仲淹，如果论对书院的贡献，他是当之无愧的第一人。他幼年丧父，于1011年入读应天书院，五年寒窗后中进士，被任命为广德军习理参军，后来官至参知政事、枢密副使。1026年母亲病故，他为母丁忧又回到商丘，应知府晏殊之邀，做了应天书院的主持人（相当于校长）。他明确匡扶"道统"的书院教育宗旨，确立了以培养"以天下为己任"的人才为目标，明确了学术大师在书院的地位，从而使书院名声大振，从书院走出了大批精英人才。如张载就是地地道道应天书院的学子，后来成为北宋的思想家、文学家、教育家，是理学的创始人之一，他与周敦颐、邵雍、程颢、程颐并称"北宋五子"。富弼也是范仲淹的学生，他极为欣赏富弼的才华，当富弼17岁时，范仲淹就评价他是"辅佐帝王之才"，后来他果然辅佐了三位皇帝并三封国公，成为宋代名相。名儒景冬就读于嵩阳书院，中进士以后，曾九任御史。

其次是致力于高深学问之研究，撰写出许多传世经典名著。嵩阳书院位于河南登封的峻极峰下，嵩山之阳，在历史上以理学而著称，四方生徒摩肩接踵来此求学，使之成为北宋影响最大的书院之一。古代儒生们都喜欢在山村幽静之地聚众讲学，到嵩阳书院讲学的有范仲淹、朱熹、程颢、程颐、司马光、范纯仁、杨时、李纲等24人，而二程在此讲学10年。在那个时代，交通极为不便，但学术交流如此之频繁，可见那时学风多么的浓厚。司马光承千年的经典名著的《资治通鉴》第9至21卷，就是在嵩阳书院完成的。

在书院的历史上，朱熹是继范仲淹之后，对书院贡献最大的一位大儒。朱熹祖籍江西婺源，出生于福建龙溪县。他14岁到武夷山落户，享年71岁，除了7年在外做官以外，60多年都是在闽北的书院中度过的。他以教育为己任，竭力推行书院教育，全国70多所书院与他都有联系。他亲自创办了四所书院，即云谷书院（寒泉精舍）、武夷书院（武夷精舍）、紫阳书院、考亭书院（竹林精舍），他的许多名著都是在这几所书院完成的。如《太极图说解》《大学章句》《论语精义》《易学启蒙》《孟子要略》《周易参同契考异》等传世经典名著都是在闽北几个书院完成的。复旦大学历史系教授蔡尚思对朱熹有极高的评价，他说："东周有孔丘，南宋有朱熹。中国古文化，泰山与武夷。"④继孔孟之后，他与明朝的王阳明被称为儒学四位大师，也是世界公认的四大文化圣人。

北宋庆历年间，范仲淹谪知邓州，受邀创办花洲书院（以百花洲而得名），期间受文韬武略的滕子京邀请，为重建的岳阳楼撰写了《岳阳楼记》，全文仅369字，可谓字字珠玑。他一生并没有到过岳阳，他不写景，直抒胸臆，留下了"先天下之忧而忧，后天下之乐而乐"的千古绝唱，也成为中国传统和现代知识分子立身的榜样。与此同时，在书院留下名联和金句的还有张载的"四为"，即"为天地立心，为生民立道，为往圣继绝学，为万世开太平"，以此作为达致太平世界的公理。明朝东林书院的顾宪成撰写的"风声雨声读书声，声声入耳；家事国事天下事，事事关心"，成了读书人经国济世的座右铭。书院已经远去百年了，可是我国再也没有出现这样的千古绝唱，这是非常值得反思的。

再次，书院诞生了众多的学派，使之成为学派的温床。什么是学派？纵览科学发展史，在一个天才人物的周围，往往会诞生一个学派，这个天才人物就是学派的首领，围绕着一个学说，聚集着众多的拥戴者。对照这些标准，我国古代书院就是诞生学派的温床。我们可以肯定地说，继春秋诸子百家蜂起之后，宋、明年代是学派最兴盛的时期。宋代的程朱理学是影响最大的，在理学的统帅之下，又衍生出了洛学学派（二程是洛阳人），朱熹创立的考亭学派（熹父朱松居住地），张载创立的关学学派（以张载在关中地区讲学而得名），周敦颐创立的濂学学派（以家乡水名濂溪得名），等等。周敦颐一向被认为是程朱理学的"开山祖师"，清代黄百家在《宋元学案》中说："孔孟之后，汉儒止有传经之学，性道微言久矣。元公（周敦颐）崛起，二程嗣之，又复横梁（张载）诸大儒辈出，圣学大昌。"⑤

在明朝时代，书院发展受到极大的限制，主要原因是书院官学化，书院逐渐成了科举制的附庸。但是王阳明却是一个例外，他因反对宦官刘瑾被贬谪到贵州荒蛮之地龙岗驿。他在被遣送至贵州的途中，途经长沙专门游访了岳麓书院，赋长诗《游岳麓书院事》，表达了对朱熹、张栻两位学术大师的敬佩。他经过千辛万苦到达贵州龙岗之后，立即创办了龙岗书院，这里不仅是他第一次从事书院教学实践之地，也是他悟道创立心学之所。王阳明的一生，是心学的产生、传播和学派发展的一生。他先后到敷文书院等地讲学。王阳明的心学学派分布很广，他的有名有姓的弟子就有410多人，唯有朱子学派才能与之媲美。[6]但是，明朝中叶以后，随着程朱理学日益失去控制人心的作用，王阳明的学术思想才逐步左右思想界。在教育领域，程朱理学派窒息了思想自由，而阳明学派的出现，要求人们摆脱程朱学派章句语录的桎梏，"反求诸心"，追求自己的智慧，这在当时的学术界起到了解放思想的作用。

纵观学术史发现，学派是在由创立元学说和发扬元学说的思想家的感召下，自觉传承先师学术旨趣的学者群体。任何学派的诞生，都是以特定的学术传播为前提的，而学说的传播需要借助一定的传播途径。以书院为中心的讲学是王阳明心学传播的主要形式，王门弟子纷纷创办书院，仅江西省就多达80余所，占该省书院总数的三分之一。这一盛况说明，明朝正德和嘉靖年间，在中国历史上开启了自南宋以来第二个书院和学术的巅峰时代，这与南宋书院和程朱理学发展的情况是一致的，书院包容文化具有强大的创造生命力。

在我国古代历史上，书院之所以长盛不衰，沿袭了一千多年，是因为这种教育模式具有不可替代的优势。概括起来，我认为古代书院有五大特点：

第一，名家办学，独立自主。历来出任书院山长的人，都是学坛巨子，学有专长，不少人自成学派。在元宋代以前，书院都是私立的，管理机构精干，基本上没有脱离教学的冗杂人员，官府干预较少，保持了书院独立自主的特点。

第二，实施精英教育，以培养学术巨子为己任。本来，书院是源于"精舍""精庐"和"学馆"，无论从规模还是从培养的目标来看，都是地地道道的精英教育。这些大师级的学者，常年在书院深居简出，把他们所思所想及精辟见解传授给学生，这绝非是照本宣科所能比拟的。

第三，实施教学与学术研究相结合的原则，也就是当代流行的美国研究型大学的模式。然而，我国书院的这一教育理念，较德国威廉·洪堡创办的以教学与科研相结合为特点的柏林大学却早了200多年啊。当今美国拥有最多的研究型大学，他们大多是形成于19世纪末，我国书院比他们也早了100多年。

第四，开放式的办学，书院讲学不啻本院的学者，不同学派的人可以同时出现在一个讲坛上。学生听讲不受书院或地域的限制，学生也可以中途易师，这种开明的办学宗旨，仍然是我国当代大学无法企及的。

第五，教学方法不拘一格，实行自学、讲座、辩说、问难辩论、相互切磋等多种形式。⑦其中，讲座十分频繁，大大活跃了学术思想。例如，公元1181年，白鹿洞书院邀请陆九渊做讲座，讲题是《论语》中"君子喻于义，小人喻于利"，演讲非常成功，竟然让听众泪崩，他自己回忆时也说当时他讲得酣畅淋漓。一位听讲者说："一听之下竟然七日难眠。"⑧

当然，中国古代书院也有着先天的缺陷，那就是仅仅限于儒学、理学、心学这些传统的学科，对于其他人文和社会学科，尤其是自然科学丝毫没有涉及。其实，在宋代，我国科学技术已经高度发达了，但并没有诞生传授自然科学理论和知识的书院，这是非常可惜的。英国科学史学家李约瑟曾经有一个诘问：为什么中国古代有众多的发明，而近代科学却没有诞生在中国？然而，瑕不掩瑜，这些缺失丝毫不影响我们对古代书院模式的借鉴。

古代书院已经远离我们一千多年了，但是学者和民间呼吁继承和发扬光大书院的声音从来也没有中断过。人类的历史发展是依照螺旋式上升进行的，有时一种好的制度、模式或是学术观点被否定，然而在另一个时期，又将会以复兴的形式出现。胡适先生是我国近代著名的哲学家、思想家和教育家，他在20世纪20年代就指出："一千年以来，书院实在占教育上一个重要位置。所可惜的，就是光绪变政，把一千年来书院制完全推翻，而以形式一律的学堂代替教育。要知道我国书院的程度，足可以媲美外国大学的研究院……书院之废，实在是吾中国一大不幸事，一千年以来学者自动的研究精神，将不复现于今日了。"⑨

目睹我国书院的现状，着实让人忧心忡忡，绝大多数书院经过重修成为旅游景点，以吸引观光者而敛财。在民间，虽然也有一些民办教育机构开办了所谓的书院，但他们也是为了招揽学生，以营利为目的。在教育界，一些大学恢复了古代书院的名称，如湖南大学于20世纪70年代末正式接管了岳麓书院，并于 2005 年设立了隶属湖南大学的岳麓书院，2009 年正式招收本科生与硕士和博士研究生。从规模看，虽然设立了中国哲学研究所、历史研究所、中国思想文化研究所、中国书院研究中心、中国软实力研究中心等。但是，此书院非彼书院也，舍弃了古代书院的精髓，在大一统教育体制的领导下，按照计划经济思维办学，是难于再现昔日书院的辉煌的。白鹿洞书院与地方所属的九江学院合作，虽然设立了《白鹿洞文化论坛》，却也是有些不伦不类。在其他大学，如复旦大学和苏州大学，也设立了许多书院，要么是为了纪念名人而设，要么是作为一种管理机构而设，虽然宣传着墨很浓，但只图形式而不重视学术，也难于达到培育出巨子和形成学派的目的。

在我国教育史上，书院与科举基本上是同时兴起和同时被废除的两大教育制度，但它们恰好是一正一反的典型。书院被彻底废除，而科举制的思想影响至深，其流毒渗透到当今的应试教育，成为我国教育解不开的死结，这确实使人感到费解。我们现行的各级教育制度，基本上都是西方教育的翻版，少有创新的特点。然而，书院是真正属于我国教育的国粹，它的整套办学理念超前世界研究型大学至少 200 多年。我们必须把这块丢弃的瑰宝重新拾起来，把它擦洗得锃亮，让它在新时代再现耀眼光辉！

那么，我倡导复兴书院模式的目的又是什么呢？坦率地说，书院就是我心目中的理想大学，我倡导复兴书院的目的就是弥补我国高等精英教育的空白，致力于精英人才的培养，从事传承千百年高深学问的研究，再造我国新时代科学学派。那么，我国复兴书院的方向是什么呢？

首先是实施精英教育。什么是精英教育？精英教育就是培养社会精英的教育，它们应当是小而精和小而特的一对一的教育，决不能追求高大全，这是与我国现行的公立大学相区别的。社会精英只能是极少数，他们应当是最富有理想的人，树立以学术为终身事业。他们应当具有"你生前悠悠千载已逝，未来还有千年沉寂的期待"的情怀，没有这种迷狂的人便不适合做学术，他们也不应当再做下去了。⑩

根据我国现行高等教育的布局，新型的书院只限于人文社会科学和纯数理学科，重点是文学、史学、哲学、神学、社会学、心理学、教育学、数学、理论与天体物理学等。复兴书院要因地制宜，每个书院各有侧重，既不相互攀比，也绝不雷同，以小规模为宜。这些学科是我国当今大学中的薄弱环节，更适合在象牙塔内安贫乐道地求索。毫无疑问，自然和工程技术学科是非常重要的，但现行公立大学已经很强大了，而且要耗费巨额资金，所以新型书院要扬长避短，做现行功利性大学不愿或做不了的学问，这样才能获得巨大的突破。

其次必须定格为私立性质，保持书院的独立性。什么是独立？法国著名哲学家雅克·德里达说："大学的独立自由到什么程度？大学不仅相对于国家是独立的，而且对于市场、公民社会、国家的或国际的市场也是独立的。"因此，大学的独立是无条件的，以任何借口剥夺大学独立权，都是对书院精神的否定，都不是真心实意地复兴书院模式。

再次是教学与研究相结合，育人与著述并行不悖，书院的教学绝非是灌输知识，而是提倡自学和独立钻研，因材施教。书院的研究，也绝非是模仿或尾随外国人的研究，而是研究纯科学，也就是看似无用的基础科学。然而，看似无用的纯科学却是科学之母，它是穷究万事万物的本质，一旦基础科学获得巨大突破，那将会导致科学技术领域里的哥白尼式革命。早在1883年，美国著名物理学家、美国物理学会第一任会长亨利·奥古斯特·罗兰就发出了《为纯科学呼吁》的演讲[1]，对美国科学技术的发展曾起到巨大的推动作用。我国当今与那时候美国的情况极为相似，研究中的急功近利、浮躁、造假等行为极其盛行。因此，新型书院必须肩负起纯科学的研究重任，为创立科学学派，营造滋生学术大师的沃土和出版传世经典名著做出贡献。

我国书院的复兴任重而道远，既需要有远见卓识的决策者，又需要有慷慨捐赠的企业家。我国现有各种球类俱乐部数十家，每年耗资上千亿，难道就不值得捐资办几十所新型书院吗？在具备这两个先决条件的前提下，还需要有献身于复兴书院模式的一批教育家及众多有理想的孜孜以求的青年学子。这是一项使中华民族立于世界科学先进之林的千秋大业，唯有各方面的人士携手共进，方可达到复兴书院模式的目的。这正是：路曼曼其修远兮，吾将上下而求索。

（本文发表于《大学教育科学研究》2019年第5期）

注释：

[1] 陈元晖等编著：《中国古代的书院制度》，上海教育出版社，1981年12月第1版。
[2] 岳麓书院名人名师，凤凰网文化，2014年7月12日。

③一个人和一座书院,《河南日报》,2016年9月2日。

④吴翠云采写:揭秘朱熹与泉州的不解之缘,《泉州晚报》,2016年9月25日。

⑤陈金生:《宋元学案》——四百年儒学沉浮史,《文史知识》,2017年第11期。

⑥徐永文:王阳明与书院关系考论,《教育史研究》,2006年第3期。

⑦杨忠:中国古代书院流风余韵,《中华读书报》,2018年11月11日。

⑧胡发贵:陆九渊如何开讲座,《光明日报》,2019年4月13日。

⑨胡适著:《胡适全集》,第30卷《书院的教育》,安徽教育出版社,2003年版。

⑩马克斯·韦伯著:《学术与政治》,读书生活新知三联书店出版,2007年11月,第5次印刷,第24页。

⑪〔美〕罗兰著,王丹红译,《为纯科学呼吁》,《科学新闻》,2005年第5期。

中国急需构建精英教育体系

"精英"一词在我国古来有之,最早在三国魏·刘劭《人物志》和唐·杜牧《阿房宫赋》中都有记载。但是,比较接近现代意义上的精英一词,还是宋·苏轼在《乞校正奏议札子》中所写的:"如赟之论,开卷了然,聚古今之精英,实治乱之龟鉴。"在西方国家,精英(elite)一词最早出现于17世纪的法国,最初是用来形容精美的商品,后来才被延用于表示地位优越的社会集团或人物。另外,据《牛津英语词典》的解释,"精英"一词在英语中出现始于1823年,当时该词已经被用来表示社会集团,但直到19世纪后期和20世纪30年代,这个词才广泛出现于英美的有关的著作中。

一、精英理论

关于精英思想,早在古希腊柏拉图时代就萌芽了,他在《理想国》一书中,主张"哲学王"来治理国家,他所说的哲学王无疑就是精英人才。事实上,精英人才在各个时代都是存在的,正是从实践中不断总结精英人才的发现、鉴别和使用的规律,遂形成了精英理论。精英理论有萌芽期、早期和当代之分,萌芽期是指中世纪,意大利的马基雅维利(N·Machiavelli,1469—1527),于1513年出版了《君主论》一书,被美国《纽约时报》评为千百年以来具有永恒价值的三本智慧书之一,是一本阐述精英理论最早的著作,它详细地阐述了精英统治者权力的获得和统治技巧,这本书也成为马基雅维利最重要的思想遗产[①]。

在学术界,人们把早期精英理论的起源认定在19世纪20至50年代,初步确定了精英理论的本质、框架和方法。这个时期的代表人物有三个,他们是:意大利的社会家维尔弗雷多·帕累托(Vilfredo Pareto,1848—1923),其代表作是《思想与社会》,他给"精英下了一个一般的定义:我们假定在人类行为的所有领域中,每个人都有一个作为他的能力标志的指数……我们把那些在各自活动领域获得最高指数的人确定为一个阶级,并将其命名为精英阶级。"[②]他进一步完善了"精英流动理论",认为精英的兴衰和精英与非精英之间的流动是必然的,这种流动是保持社会平衡的基本因素,没有正常的流动,就会造成政治和社会的不稳定。加塔诺·莫斯卡(Gaetano Mosca,1959—1941),是意大利另一位社会家,他的代表作是《统治阶级》,他认为一切社会都存在统治阶级与被统治阶级,社会文明随精英的变动而变动,并着重研究了政治精英的本质、地位和获得权力的方式。罗伯特·米契尔斯(Robert Michels)是德裔意大利籍社会学家,他的代表作是《政党论》,其独到见解是提出了"寡头政治铁律,认为政党或人类其他一切组织,都避免不了寡头政治的倾向"。

20世纪50年代以后,当代精英理论在美国发展起来,主要代表人物有美国芝加哥大学政治学家拉斯韦尔(H. D. Lasswell,1902—1977),社会学家米尔斯(C. W. Mills,1916—1962)和经济学家熊彼特(J. A. Schupere,1883—1950)。当代精英理论的主要观点与早期精英理论基本是一致的,但他们既重视政治精英也关注其他社会精英,既可以产生于上层,也能够从下层产生[③]。显而易见,当代精英理论较之于早期精英理论更为开明,走出了早期专注政治精英的局限。

英国托马斯·巴特摩尔(Tomas Bottomore,1920—1992)是马克思主义社会学家,他的代表作是于1964年出版的《精英与社会》(Elite and Society),我国于2004年出版了中文译本,译者将书名翻译为《平等还是精英》[④],但学术界并不赞成这个译名。在书中,他系统地论述了每一个社会都必然存在精英群体,认为精英阶层包括三个部分:知识分子、官僚和管理者,而知识分子是产生精英的主要来源,因为他们始终是社会改革和发展的先导。一个国家正确的政策不是消灭精英,而是要为精英的成长营造更宽松的环境。一个国家的科学、教育、文化的兴旺,需要大智大勇的精英人才。为此,必须发展各级精英教育,而精英理论正是实施精英教育的理论基础。我们应当继续清除教育领域中的"左"倾思想,不能把精英与平等对立起来,也不能以大众代替精英,他们是推动经济社会发展不可缺少的两种力量。

二、古今精英教育的概况

何谓精英教育？英国德·朗特里主编的《西方教育词典》的解释是："精英教育（elitist education），是针对社会中极少数人集团，通常称为尖子集团，应该得到与他们人数极不相称的庞大教育经费——既因为他们具有更大的内在价值，又因为通过对这些特殊的尖子的培养领导和探索创新，能期望他们对社会做出更大的贡献。"⑤

人的智力是有差异的，因此智力超常的儿童或成人中的精英是客观存在的。根据心理学家们的测试与统计，智力超常的儿童在儿童群体中大约占1%—3%，仅北京市就有1.88万智力超常儿童。⑥我们承认人的智力差别，这正是实施精英教育的基础。在我国古代，汉代的官学就是精英教育，是为极少数统治集团服务的。到了春秋时代，孔子开创了办私学之先河，他是倡导"有教无类"的，但从中也培养出了不少的精英人才，所谓的弟子三千贤人七十二，这七十二人就是精英人才，他们只占2.4%。在古希腊时代，由柏拉图创办的"柏拉图学园"就是一所精英教育学校，学园门口有一条告示："不懂几何不得入内。"这就是他的办学理念，以培养治国的"哲学王"为目的，这些都体现了他实施的是精英教育。在办学的900年间，这所学校培养出了发现日心说的伟大天文学家哥白尼、古希腊先哲亚里士多德和几何之父、大数学家欧几里得。他们不是一般的精英，而是影响了一代又一代的百科全书式的伟大科学家。

英国的精英教育有着悠久的历史，于597年创办的肯特伯雷国王公学（King's School，Canterbury），是世界真正的第一所中学，被誉为精英的摇篮。英国亨利六世于1440年创办的伊顿公学（Eton College），是一所古老的私立贵族学校，以精英教育、绅士文化和骑士精神为特色，声誉和水平排名世界第一。每年只招收250名学生，这个学校的毕业生中出现了20位英国首相，还有著名的诗人雪莱和经济学泰斗凯恩斯，他们对英国文化和科学发展产生了重大的影响。

从人才的成长来看，精英教育是贯彻于从蒙育到大学的全过程，这个体系在英国早已形成了。牛津大学和剑桥大学被称为英国高等精英教育"双子星"，仅以牛津大学为例，自 1167 年创建至今的 851 年中，为 8 个国家培养了 12 个国王（其中英国 6 位），输送了 27 个英国首相，64 个诺贝尔奖获得者，为 19 个国家培养了 53 位总统（或首相），12 位圣人、86 位大主教、18 位红衣主教，此外，还培养出了大批科学巨匠、思想家和艺术大师等。由此看出，精英教育是多么重要，它有力地推动了英国的思想、学术、艺术的发展，在文艺复兴、宗教改革和工业革命中都产生了不可估量的作用。

　　法国巴黎的高等师范学校，在追求"高大全"的中国人眼里，简直是不值一提。在 20 世纪 70 年代末，这所师范学校来到中国寻求建立姊妹学校，当时北京一所知名大学不客气地告诉对方："你们是一所专科学校，最好还是找一所与你们级别相当的学校建立合作关系。"由此闹出了"坐井观天"的大笑话。巴黎高等师范学校（Ecile Normale Superieure）创建于 1794 年，几乎与法兰西共和国同龄，是一所规模小的精英学校，每年只招收 200 名学生，是诞生政治和学术精英的摇篮。迄今为止，该校有 11 位诺贝尔奖获得者，10 位数学菲尔兹奖（相当数学界的诺贝尔奖）获得者，4 个沃尔夫奖和 1 个阿尔贝奖获得者。面对这些骄人的成就，我国那些热衷于升格为大学的师范专科学校不感到羞愧吗？我们应当深刻反省自己的虚荣心，重新回归到实事求是的办学理念上来。

　　美国是教育大国，也是教育强国，他们拥有世界最多和最好的顶尖研究型的大学。美国教育的最大特点就是多元化，既有巨型大学；又有微型大学；既有精英学校，又有大众化的大学；既有公益型大学，也有盈利型的大学。美国精英阶层有一个共识：留给子女的不是金钱，而是接受精英教育。因此，美国上流社会人士，纷纷送子女到私立精英学校上学，进而接受高等精英教育。美国已经形成了完整的精英教育体系，既有精英中小学，又有精英大学；既有培养领袖人物的短期培训的奇点大学，又有颠覆传统教育模式的密涅瓦大学。

　　在精英基础教育方面，美国常春藤精英教育（IEE, Ivy Elite Education）集团独领风骚，它是最大的精英教育集团，旗下创办了 180 所私立中学，使之成为精英教育的典范。常春藤大学联盟（IVY League）的 8 所私立大学，就是属于精英型的大学，最典型的是普林斯顿大学，它是一所规模小、学科不全的精英大学。此外，还有新常春藤联盟（New Ivies）和小常春藤联盟（Little I-vies）。在美国西海岸，私立斯坦福大学、私立加州理工学院和公立的加州大学柏克利分校，并称为西部学术重镇，也是精英人才荟萃之地。正因为美国拥有最多的精英教育资源，所以精英人才源源不断地涌现，这是美国成为科学技术大国、经济大国和军事大国的基础，其经验值得借鉴。

我国在古代有精英教育，民国时期也有精英教育，然而进入到现当代的中国却没有了精英教育，这的确是令人不解的问题。这究竟是什么原因呢？依我之见，主要是两个问题：首先是唯意识形态思想造成的，在相当长的阶级斗争年代里，我国总是以无产阶级和资产阶级的观点来判断问题的是非，错误地把精英教育（天才教育）和贵族教育混为一谈，似乎精英教育是不符合大众的利益，因而是必须反对的。虽然十一届三中全会以后，实现了"以阶级斗争为纲"到以经济建设为中心的历史性转变，但是清除"左"倾思想并非一朝一夕的事，我们依然对精英教育讳莫如深。

其次是对高等教育大众化的理解有偏差性。马丁·特罗（Martin Trow，1926—2007）是美国教育社会学家，他于 1973 年 6 月在巴黎一次教育讨论会上，发表了《从精英向大众高等教育转变的问题》一文⑦，首次提出了高等教育发展的三阶段：精英（Elite）阶段，大学生毛入学率在 15% 以下；大众化（Public），大学生毛入学率达到 50%；超过 50% 即进入到普及（Popularization）阶段。对马丁的分类，在国际教育界获得了共识，并依此制定各个国家的教育发展规划。

马丁关于高等教育发展的"三段论"，仅仅是从数量上来划分的，并没有涉及高等学校的形态和功能。所谓大学的功能，是指大学有各种类型，既有大众化的大学，也有精英类型的大学，他们各有各的功能定位，各司其职，既不能相互代替，也不能彼此串位。在实现高等教育大众化和普及化时，即使是精英型的大学，它们也承担了大众化或普及化的份额，做出了自己应有的贡献。必须强调的是，即使是在高等教育极大的普及以后，精英型的大学依然是存在的，它们依然肩负了为各个国家输送领袖级和学术大师级精英人才的重任。

但是，我国高等教育一直处于落后状态，20 世纪 70—80 年代大学入学率一直很低，大学毛入学率大约只有 5% 以下。到 90 年代后期，我国进入到高等教育大扩招时期，急于要实现大众化，结果导致了冒进的结果。同时，在扩招时又犯了一刀切的错误，无论是负责提高或是普及的大学一律大扩招，包括重中之重的北京大学和清华大学。这就说明，在我国教育领导当局的眼里没有精英教育的概念。唯一的例外是中国科技大学，在朱清时任校长的十年扩招期，每年招生的人数是 1860 人，坚持不扩招一个学生，他们坚持了精英大学的范儿，这正是朱校长备受人们尊敬的原因之一。

三、精英教育的模式

无论是基础精英教育或是高等精英教育，都必须坚持"小而精"的模式，也就是说，以小为特，以质取胜。这个模式就是：小规模，精心培养，"一对一"的教学，精心指导，宁缺毋滥，这是世界各国精英教育的基本范式。英国的坎特伯雷国王公学和伊顿公学，都是很小的规模，所以他们培养出了许多精英人才。在高等教育方面也是如此，如巴黎高等师范学校，美国的普林斯顿大学、洛克菲勒大学、加州理工学院、奇点大学和小常春藤的文理学院等，都是规模很小的精英大学，这是造就精英人才的重要原因之一。

我国自 20 世纪 90 年代末大扩招以后，几乎所有的大学规模都达到万人以上，像四川大学和吉林大学的规模已经达到 6 万人以上，而研究生的数量也在万人以上。像这样大的规模，不要说教师不认识本科生，甚至指导教师连研究生也不认识，根本不可能实施"因材施教"的原则，学生完全变成流水线上规格相同的"产品"，虽然有时也能够出现一些成绩优异的学生，但他们并不是精英人才。

华裔美国物理学家李政道和杨振宁先生，于 1957 年因发现在弱作用下宇称不守恒定律而获得诺贝尔物理学奖，无疑他们堪为精英人才。李政道先生曾经指出："我一直认为，要培养出善于创新的人才，需要'一对一'的精英教育。"[⑧] 钱学森先生当年在美国留学时，就经常接受他的老师冯·卡门教授"一对一"的教育。我所说的"一对一"，并不是一个老师只教一个学生，一个老师可以教多个学生，但必须抽出时间进行"一对一"的教育。

我为什么说民国时期有精英教育，原因是民国时大学规模都非常之小，有时一个系只有几个最多几十个学生，往往数学系与物理系的学生合班上课，或者学生在教授家里上课，耳濡目染。教授对学生了如指掌，不仅教授知识，而且还言传身教；不仅释疑，而且还指导选择专业。例如，武汉大学在四川乐山时期，有一个叫齐邦媛的东北女生，她考取了哲学系，朱光潜先生是教务长兼英文系主任。他十分关注齐邦媛的学习，查看了她的考试卷子，找到齐邦媛说:"我查看了你的国文考试,你多愁善感,不适合学习哲学,再说现在抗战时期,有些哲学课程开不出来。因此,我建议你转到英文系来,我可以指导你的学习。"齐邦媛接受了朱光潜先生的建议,转到英文系学习,她如鱼得水,学习成绩十分优秀。她毕业后到美国留学,后被聘为台湾大学文学系教授,是将西方文学介绍到台湾的第一人,也是把台湾文学介绍到西方的第一人。

又如,张资珙教授本是武汉大学化学系的教授,他曾经获得美国霍普金斯大学化学博士学位。新中国成立前,他在厦门大学任教,讲授普通化学,当时数学系学生卢嘉锡选修他的普通化学。张先生了解了卢嘉锡的学习情况后对他说:"你不是不可学数学,但我认为你学化学今后更有前途,我建议你转到化学系来。"卢嘉锡接受了张教授的建议,转到化学系学习,后来获得了英国伦敦大学物理化学博士学位。他于1972年创建了我国第一个物质结构研究所,率先开展生物固氮结构的研究,提出福州网兜Ⅰ和Ⅱ模型,受到国际学术界的重视和认同。他曾担任中国科学院院长、全国政协副主席和多个国家的外籍院士,获得众多的荣誉,是一位备受崇敬的科学家、教育家和社会活动家。显然,如果没有当初张资珙先生慧眼识才,兴许就没卢嘉锡先生后来的成就,这就是精英教育的结果。

在分析了我国古代、民国时期和西方国家的精英教育之后,我们不得不承认,我国当今缺失各级精英教育这个事实。中国科技大学少年班是根据李政道先生的建议创办的,已经走过了近40年的历程,虽然培养了大批优秀的人才,但它不是精英教育,充其量是培养少年大学生的模式,让一批聪明的少年提前上大学而已。在我国民间,也有一些教育机构打出来精英教育的牌子,其初衷是值得肯定的。但坦率地说,他们既没有雄厚的资源,也没有高水平的教师和资金,所以在公立教育独霸的一统天下的体制中,他们是很难立足的,即使能够立足,也很难长大,即使长大了,也没有政策保证让它们走得更远。

因此,唯有国家教育当局端正对精英教育的认识,严肃认真地整顿各级教育,对初级和高级精英学校给予准确的功能定位,才能构建我国各级精英教育体系。为国家长远计,必须把精英教育纳入国家教育事业的规划,给以人力、财力和政策的保障,让本来存在的精英人才茁壮成长,充分发挥它们在我国各个事业领域里的先导作用。实现中华民族伟大复兴,是华夏儿女们祖祖辈辈的梦想,我们一定要站在这个高度来看待精英教育,否则我们将会犯历史性的错误，切不可以捡了芝麻而丢了西瓜呀！

（本文发表于《大学教育科学》2018年第2期）

注释：

①聂文聪："马基雅维利的思想智慧"，《光明日报》2011年2月27日。

②［意］维尔弗雷多·帕累托著：《精英的兴衰》上海人民出版社，2003年版，地41页。

③［美］H.D.拉斯韦尔著：《政治学：谁得到什么，何时和怎样得到》，商务印书馆，1992年版，第2页。

④［英］托马斯·巴特摩尔著：《平等还是精英》，辽宁人民出版社，2004年4月。

⑤［英］德·朗德里编：《西方教育词典》，上海译文出版社，1988年3月第1版，第85页。

⑥《北京日报》2009年6月3日。

⑦［美］马丁·特罗："从精英到大众高等教育转变中的问题"，《外国高等教育资料》，1999年第1期。

⑧李政道谈精英教育，《人民日报》，2014年8月5日。

以"智慧"超越"知识"
——云时代，大学需要崭新的教育理念

教育是文化的重要组成部分，而教育理念又是教育文化的精髓。世界大学已有近千年的历史，在其发展过程中，逐渐形成了各种有代表性的教育理念。概括起来，主要有英国约翰·纽曼的理性大学理念、德国威廉·洪堡的文化大学理念和美国克拉克·克尔的多元化巨型大学理念。

中国近代大学是从欧美模式克隆过来的，民国时期的大学在借鉴西方教育经验的基础上，也形成了独具特色的大学理念。1949年后，在相当长的时期内，大学理念是缺失的。近一二十年，一些大学也不断在提出各自的办学理念，但基本上没触及教育的本质。绝大多数大学的校训，都是流于形式的对偶排比句。现在看来，非常有必要设计一种崭新的教育理念，以应对"云时代"的需要。

大智慧与学历无关

人类发展历史上，推动社会变革和前进的都是最富有智慧的人物，是他们以"大智慧"创出一个又一个奇迹。例如，在政治社会领域，先后发生的英国资产阶级大革命、法国大革命和美国的《独立宣言》等，都是一些大智慧人物的杰作。托马斯·杰斐逊是美国《独立宣言》5个起草人之一，而且是执笔人，他先后担任过弗吉尼亚州议员、州长、国务卿、副总统和总统，被认为是美国历史上最有智慧的总统之一。但是，他在自己的墓碑上仅仅写了《独立宣言》起草人，弗吉尼亚《自由宗教法案》起草人和弗吉尼亚大学创建人，只字没提他担任过的诸多领导职务，这说明大智慧人物对行政官职都是不屑一顾的。

在科学技术领域，哥白尼的"日心说"，不仅证伪了托勒密的"地心说"，而且改变了人们的宇宙观。对达尔文进化论的质疑声音虽然一直不断，但宇宙

中万事万物无不处于变化或进化之中,应该是符合古希腊哲学家赫拉克利特"除却变化,别无永恒之物"的至理名言的。爱因斯坦相对论的创立,本身就是大智慧的体现,它极大地改变了人类对宇宙和自然的"常态性"的观念。正如一位法国物理学家对他的评论:"在我们这一代的物理学家中,爱因斯坦将位于最前列,他现在是,将来也还是人类宇宙中最光辉的巨星之一。"

14世纪,意大利开始了文艺复兴运动,伟大的思想光芒辐射到全欧洲。这是智慧的光芒,这次运动孕育出了意大利的文坛三杰:但丁、比特拉克和薄伽丘。在艺术领域,也出现了美术"三巨匠":达·芬奇、米开朗琪罗和拉斐尔。他们的艺术成就达到了光辉灿烂的巅峰。达·芬奇被称为地球上最后一位通才,他不仅是绘画的巨匠,而且在物理学、天文学、建筑学、水利、机械、地质学等领域都有重大建树。他设计了第一张汽车图纸,第一架直升机,甚至设计出了初级的机器人。他留下了7000多页科学发明手稿,如果他的发明都得以实现,本可以使人类的文明至少提前100多年。

其实,达·芬奇只受过初等教育,并没有高学历,他的学问都是自学而来。他的诸多绘画杰作和科技发明是怎么完成的?这就是他的大智慧成就的伟业。这说明智慧基本上与学历、学位无关,甚至也与知识的多寡也无关。有知识的人不一定有智慧,没学历而有智慧的人,可以有效地获取知识,甚至创造出新知识。智慧是知识后的内心顿悟或领悟,只有当头脑、心灵和身体真正和谐时,智慧才存在。

应当说,生理发育正常的人,都有潜在的智慧,但智慧需要通过反复的创造活动方可获得,这是人们获得智慧的唯一途径。因此,智慧是不能教授的,而只能是在无焦虑、无恐惧和无贪婪的心境中,通过精神灵性的修炼而获得。遗憾的是,中国人绝大多数不懂精神灵性,也不鼓励冒险的品质,而执迷于物质的索取,这些都是中国人缺乏创造力的重要原因。

质疑"以知识为中心"

人们惊奇地发现,自20世纪后半叶以来,最具智慧的大师级人物和流芳百世的巨著越来越少了,不仅不能与天才的17世纪相比,也远远逊色于19世纪。原因何在?我们不能不从教育上去深究根源,正是教育的保守性窒息了受教育者的智慧。

美国edX总裁Anant Agarwal评论道："教育在过去500年中，实际上（本质上）没有什么变化，上一次变革，是印刷机和教科书。"中国近代大学的历史与欧洲中世纪诞生的大学相比，晚了800多年，迄今为止只有120多年的历史。要说保守性，我们的大学堪为世界之最，除了沿袭欧美大学的老框框以外，还渗进了传统上那些保守、集权和功利的因素，泯灭了许多人的智慧。正如英国剧作家、诺贝尔文学奖获得者乔治·萧伯纳所说："我生下时很聪明的——教育把我给毁了。"

美国X大奖创始人、奇点大学执行主席彼特·戴曼迪斯更尖锐地指出："标准化是教育规则，统一性是教育预期结果。同一年龄的所有学生使用相同教材，参加相同的考试，教学效果也按同样的考核尺度评估。学校以工厂为效仿对象；每一天都被均匀地分割为若干时间段，每段时间的开始和结果都以敲钟为号。"大学僵化到如此地步，难怪世界各国的有识之士发出呼吁，大学到了彻底改革的时候了，甚至有人无奈地喊出了要"杀死学校"。

我们应该洞见到，当今全球的大学已经远远落后于时代的精神，它们的保守性主要表现在教育的"游戏规则"错了。大学数百年以来的游戏规则都是玩的"知识游戏"，一切以"知识为中心"，课堂上传授的是知识，考试是背诵知识，评价人才优劣也是以考试成绩高低来衡量。因此，我们必须以一种新"游戏规则"代替"知识游戏"。我经过长期的思考，提出"大智慧之光"（light of great wisdom）的教育理念。众所周知，灯塔是轮船航行的路标，没有灯塔亮光的指示，船只就会迷失方向。同样的，人类前行也需要亮光指引，这个亮光就是人类的智慧，特别是大智慧。

古希腊是一个充满创造的鼎盛时期，哲学、天文、数学、艺术、雕塑等领域的成就曾深刻地影响了欧洲，成为欧洲文明的源头。

按照亚里士多德的说法，古希腊的创造黄金时代取决于三个因素：惊异、自由、闲暇。实际上这也是哲学产生和发展的三个条件。哲学的英文词汇是philosophy，它是由希腊文的philia和sophia二字合成的，是"爱智—爱好智慧"之意。所以，哲学就是智慧科学，而教育则是传播智慧的学科，二者是天生的姊妹学科。西方最著名的教育家都是哲学家，如柏拉图、亚里士多德、康德、洛克、斯宾塞、罗素和杜威等。然而，中国当代的哲学家是不研究教育学的，更不参与教育改革的实践，而研究教育学的人又没有深厚的哲学功底，所以中国没有世界级著名的教育家就不足为奇了。

创造智慧型大学

大学怎样才能成为传播智慧的中心呢？英国著名教育家、哲学家和神学家约翰·纽曼曾深刻地指出："探寻真理需要离群索居，心无二用，这是人类的常识。最伟大的思想家对自己思考的对象极为专心致志，不许别人打断。他们行为怪癖，或多或少对课堂及公共学校退避三舍。'大希腊之光'毕达哥拉斯曾一度居住在洞穴里。'伊奥尼亚之光'泰勒斯终身未娶，隐居一生，并多次拒绝王公贵族的邀请……"无论是"大希腊之光""伊奥尼亚之光""法国思想启蒙之光"，或是"意大利文艺复兴之光"等，实际上都是智慧之光。有鉴于此，大学应当成为一座"智慧的灯塔"，成为孕育大智慧人才的摇篮。

《智慧之光》是缅甸大禅师帕奥·西亚多的著作，在佛陀看来，佛眼能够看到智慧的光明。但在我们普通人看来，智慧之光是个比喻，表示智慧照亮人生之路，智慧能够成就伟业。一般说来，出家人大多文化程度不高，有的甚至目不识丁，但通过修行，不少人都成为佛学大师。例如，星云（李国深）大师，他12岁出家，只读了4年私塾，但他经过潜心修行，却成为拥有100多部著作的佛学大师，独创了一笔字书法，他做的善事无数，获得的荣誉无数，这一切都是他超人的智慧所成就的。他法号"悟彻"，是彻底的觉悟者。正如他所说："我们的智慧是修来的。佛是智慧具足，多修多得，少修少得，不修不得。"

其实，教育培养人才与出家人修行是一个道理，教育应当从佛教顿悟中得到启示。当今，教育的失败就在于背离了做学问所需要的"清静、淡泊和无欲"的境界，大学变得越来越功利和浮躁，越来越行政化和官僚化。我国世界级的艺术大师齐白石曾说："画家的心是出家的僧。学画其实走的是一条艰辛的路。"广而言之，任何成功人士的心，又何尝不是出家的僧呢？如果没有出家人执着、淡泊和无欲的精神，任何人都是不能获得成功的。

当今，我们面临的是大数据时代的挑战，电子化的教学已汹涌澎湃地袭来，诸如智能手机、谷歌眼镜、定位手环、智能手表等，甚至"谷歌大脑"

"尤金"等机器人也参与到人们的学习与生活之中。面对这种形势，以"传授知识"为中心的教育已经完全不能适应了，必须进行彻底变革。变革的核心即确立"大智慧之光"的教育理念。在这种理念的指导下，营造"阅读、静思、顿悟"的学习境界，设计"智慧教室"，培训"智慧型的教师"，编写智慧教材，开展智慧性的课题讨论，等等。

所有这些措施，都是为了培育具有大智慧的人才。以"大智慧之光"的理念，引导我国大学走出盲目追求高分数、高学历、高学位、高职称、高待遇的误区。如果不摒弃"唯知识论"的僵化教育理念，像华罗庚、梁漱溟、钱穆、叶圣陶、启功、贾兰坡、陈寅恪、罗家伦、朱自清、钱锺书、陈景润等有智慧的人，统统都会被扼杀。这绝非危言耸听，我们应该深刻反省了！

实事求是地说，在人类历史的各个时期，富有大智慧的人始终是极少数，其他人不是不能成为有智慧的人，而是他们缺少了成为大智慧人所必需的理想和执着精神。同时也应认识到，一个国家既不需要也不可能把大批人培育成为大智慧的人，必须摒弃一刀切的平均主义思想。一个人有接受教育的权利，也有放弃教育的权利，教育的悲剧就是在对不愿意或不适合学习的人施加压力后而造成的。一个人成为什么样的人，是每个人的自由选择，是万万不能强制的。但是，一个民族必须在各学术领域滋养出一些大智慧的人物，以他们和他们的智慧著作，引领和提升全民族的智慧。这是穷究终极真理的需要，也是人类自我救赎的需要，理想大学应义不容辞地承担这个使命。

天才的理论物理学家史提芬·霍金和牛津大学人类未来研究所的科学家们，先后不断发出警告，人类生存处在危险之中。这绝非危言耸听，我们必须采取切实的措施，以免遭遇不测。在我看来，最重要的措施，就是确立"大智慧之光"教育理念，孕育出大智慧的人才，方可化解人类当前面临的诸多危机，也才能从根本上拯救人类的未来。

(本文发表于《南方周末》2015年4月23日)

大学生怎样觅得自己的志趣

我毕生热爱教育，经常接待大学生们的来访，也时常与他们通信，这既是我了解当代大学生情况的渠道，也是我保持思想不至于僵化最好的办法。在与他们的交往中，有些同学对我说："我们不知道自己的兴趣怎么办？"也有的学生问道："我们不知道怎么寻找自己的兴趣？"这些问题虽然已经过去很久了，但是我并没有忘记他们的提问，并一直在琢磨解决这些问题，如果我能够提出一些有益的建议，帮助那些为寻觅志趣而困惑的学生，那将是一件有意义的事。

情趣、兴趣、志趣，虽然他们有相近的意思，但它们并不完全是相同的概念。情趣形容性格，兴趣形容嗜好，志趣形容志向。兴趣与爱好都是指自己喜欢做的事，兴趣是爱好的基础，而爱好是兴趣的必然表现，它们都是在学习、工作和休闲中逐步培养起来的，而且有时又因为环境的改变，个人兴趣会发生改变，但爱好一旦形成后会具有相对的稳定性。我们须认识和分清这些概念，以便从实践中寻觅自己的志趣，因为志趣是决定一个人成功的关键。

一、有理想才有志趣

青年人的特点是朝气蓬勃，对新事物敏感，富有进取精神，总是站在时代潮流的前端。但是当代青年也有明显的弱点，那就是懒惰、怕辛苦；缺乏责任心和奉献精神；依赖父母，贪图享受；受功利化思想影响严重；得过且过，没有远大的理想等。苏联著名教育家苏霍林姆斯基说过："一个精神贫乏的人，其兴趣也是贫乏的。"[1]因此，一个人要形成自己的志趣，必须要有丰富的精神生活，时时刻刻加强精神灵性的修炼。

志趣形成的时间，每个人都不相同，有的人在幼儿时期就形成了自己的志向，但大多数人是在青少年时形成的，也有的人是在壮年以后。总之，有志不在年高，关键是在确立了志向以后，要始终不渝地去实现自己的理想。

欧拉（Euler Leohald，1707—1783）是瑞士的天才数学家，父亲希望他成为传教士，他被送到教会学校，但因不循规蹈矩的表现，被学校开除了。他因祸得福，从此痴迷于数学，好在父亲并没有强迫欧拉接受他的意愿，任其按照自己的兴趣进行学习。他不满10岁，开始自学代数，13岁上大学，仅用两年时间就获得巴塞尔大学的学士学位，17岁获得硕士学位，18岁开始发表论文，19岁以论船桅的文章获得巴黎科学院的奖金，此后几乎年年获得各种奖励。

欧拉聪颖过人，是18世纪的天才数学家、物理学家和天文学家，其成就无与伦比。在数学领域，他的成就几乎涵盖各个数学分支，如代数、分析、数论、几何、三角、拓扑等，几乎就是一个数学全才。科学无国界，他虽然是瑞士人，但只在瑞士生活了20年。由于他声名远播，在俄罗斯圣彼得堡科学院当了31年院士，在德国柏林科学院当了25年院士，三国学术界都以他为骄傲，他是真正的数学英雄。

对于一个痴迷数学的人来说，学术就是他的生命。为了计算彗星的轨道，他连续工作了三天三夜，于1735年导致左眼失明，这时他才28岁。非常不幸的是，1766年他的右眼也失明，从此在黑暗中研究数学17年。有谁能够想象，在双目失明的情况下，他凭口述完成了几本书和400篇左右的论文。他一生出版了886本书（论文），这是一个天文数字的成就，是以生命换得的学术成就。他逝世以后，俄罗斯圣彼得堡科学院整理他的著作就用了47年，这该是多么丰富的学术宝藏啊！

人们把欧拉与阿基米德、牛顿、高斯并称为世界数学界的"四杰"，而高斯则称赞他说："研究欧拉的著作，永远是了解数学最好的方法。"正因为如此，所以他获得了"所有人的老师"的赞誉，他的成就，他的理想，他的献身科学的精神，永远是我们学习的榜样。

二、好奇心是志趣之源

俗话说，水有源、树有根，那么志趣的源头在哪里呢？我认为是好奇心，有了好奇心就会对某个事物产生兴趣，继而形成自己的志向，并执着地去追求它。

众所周知,爱迪生(Thomas Alva Edison,1847—1931)是美国著名发明家,是"世界发明大王",但是,他只在小学读了三个月,因为向老师提出了"为什么1+1=2"的问题,被老师认为愚笨不堪而被撵出了学校。那么,这位文化程度极低而贡献又极大的人,其成功的秘诀是什么呢?概括地说,就是有一颗好奇心,以及一个保护他的慈爱的母亲。

爱迪生被学校开除以后,他的妈妈南希承担了教育他的全部责任,她相信儿子是可以教育好的,并暗下决心要把儿子培养成才。她从启发儿子自学开始,使他养成了自学的良好习惯。南希发现儿子喜欢物理和化学,于是她就购买了当时很有名的《派克科学读本》,这是一本科普启蒙读物,既深入浅出地阐述科学知识,又有科学小实验。南希自豪地说:"我骄傲,我有一个充满好奇心的儿子。"[2]

爱迪生7岁时,一天夜晚他妈妈突然腹部激烈疼痛,他爸爸请来医生,医生诊断为阑尾炎,但当时没有电灯,光线太暗不能施行手术。这时爱迪生拿着一面大镜子,点燃了几盏煤油灯,并用镜子把光反射到床上,并戏谑地说:"今晚我要造一个'小太阳'"。他的创意让医生顺利地给妈妈做完了阑尾炎手术,妈妈的疼痛解除了。从这个故事展现了爱迪生的智慧,他根本没有学过光学知识,不知道光线反射的原理,这是他急中生智的顿悟。

一个失学儿童,经历了比常人更多的磨难,他在火车上卖过报,卖过水果,挨过打,遭受过白眼。但是,这一切都没有泯灭他的好奇心和从事发明的意志。1868年,他获得了第一个发明专利,1876年创办了他的"发明工厂",1879年创办了爱迪生照明公司,1880年他发明的白炽灯上市。他一生除发明留声机、电灯、电报、电影等产品外,还在矿业、建筑业、化工等领域发明了许多成果,总共获得1600多项专利,是世界发明成果最多的人,获得世界"发明大王"的称号。我们可以斩钉截铁地说,他的每一个发明成果,都是由一个好奇心引发出来的。

1912年,瑞典诺贝尔评奖委员会将当年的诺贝尔物理学奖颁发给爱迪生与另一个塞尔维亚裔美国发明家特斯拉(Nikola Tesla,1856—1943)。可是,两人因为直流电与交流电的争论,都拒绝与对手共同获奖,于是当年的物理学奖颁发给了瑞典的物理学家、发明家达伦。但是,瑕不掩瑜,爱迪生虽然没有获得诺贝尔奖,并不能抹灭他的发明贡献,人们依然感谢他给人类带来光明,尤其是他发明的留声机、电话和电报，被视为人类感官功能的一次革命。

另一个充满好奇心的发明家当属埃隆·马斯克（Elon Musk，1971— ），他被称为科技狂人、梦想家、冒险家、野心家、火星人、钢铁侠等，普遍认为他将是乔布斯之后能够改变世界的人。马斯克出生于南非，童年过得并不幸福，17岁独自一人移民到加拿大，后来在美国宾夕法尼亚大学获得物理学和经济学双学位。那么，他是怎样成为一位百科全书式疯狂的发明家的呢？这要源于他广泛地阅读，他阅读的速度和数量惊人，他每天要读两本不同学科的书，例如科幻小说、哲学、宗教、编程、名人传记、物理学、经济学、工程学、产品设计、商业、能源、未来学……他不仅博览群书，而且能够融会贯通，举一反三，从中发现好奇的思想，诱发出一些颠覆性的创意，从此走上了不归的、疯狂的创造之路。

难能可贵的是，他一次又一次地冒险，在被认为"不可能"的质疑声中，用惊人的成就让反对者刮目相看。他涉足多个顶尖技术领域，如互联网支付宝（Paypal）、能源（Slarcity）、汽车（Tesla）、火车（Hyperloop）、航空（Space X）、太空（火星移民）等。尤其让人赞叹的是，2018年2月7日，马斯克的公司将一枚重型猎鹰火箭发射成功，猎鹰的体量是：高70米，宽是12.2米，重量为1420.8吨，这次发射成功的风头甚至盖过了美国国家航天局。

美国南加州大学教授格莱葛评论道："这家私营公司的表现比任何政府都要好。"情况的确如此，世界绝大多数国家都不能发射火箭，而美国一个私营公司居然把迄今最重的超级火箭发射到太空，再次显示了美国民间高尖技术的惊人实力。在这枚重型火箭上，还搭载了一辆特斯拉跑车，6个月以后，它将进入火星轨道，绕太阳飞行10亿年，它可能成为人类最后的纪念物。

马斯克的巨大成功，源于他具有的特质：宏伟的视野，极端的好奇心，疯狂的梦想，破釜沉舟的勇气，坚持不懈的毅力，此外他还有一条"独门秘籍"，即著名的"第一性原理"。马斯克是当今稀世之才，美国《滚石》杂志曾评论道："推动历史巨轮前行的人形杠杆，每百年只会出现几个。"[③]

三、寻觅志趣的途径

俗话说，世上无难事，只怕有心人。人们志趣的形成，也贵在"有心"，只要人们专注，任何情况下，都能够寻觅到自己的志趣，执着地追求和实践自己的志趣，就可能成就一番伟大的事业。概括地说，我认为以下途径，将有助于形成个人的志趣。

第一，热爱是志趣之母。仁心无涯，仁心无敌，爱的力量是巨大的，它可以教育人，改造人。由此，热爱是最好的老师，是志趣之母。一个人应该有仁爱之心、爱惜生命，热爱生活，热爱大自然，热爱一切美好的事物，同时它也是从事发明创造的原动力。

众所周知，胰腺癌的可怕性是因为两点：一是没有早期诊断，一发现就是晚期；二是没有特效药物，因此死亡率非常之高。不幸罹难此症而逝世的名人有电脑天才乔布斯，意大利男高音之王帕瓦罗蒂，台湾歌星潘安邦，著名免疫医学家斯坦曼等。因此，发明快捷早期诊断胰腺癌的方法，是拯救这类病人的希望。有谁能相信，发明这种方法的竟然是美国一名在读高中生，他就是美国马里兰州克兰韦尔市年仅15岁的杰克·安德拉卡（Jack Andraka）。

他的发明动机是源于爱心，因为叔叔患了胰腺癌，他想要拯救叔叔的生命。他对一种巴基管（Bucky tube）十分感兴趣，这是一种碳纳米管，它具有高强度和高导热性。一天他突发奇想，把巴基管材料和间皮素的抗体涂在滤纸上，制成了检测血液中间皮素含量的试纸。如果血液中间皮素越多，电子信号就会越弱，就如化学PH试纸一样，检测癌症的准确率高达90%，耗时仅需要5分钟，速度比旧方法快了158倍，成本便宜了2667倍，已经达到了开发使用的阶段。于是他不准备上大学，决心要把"神奇的试纸"推向市场，造福广大患者。

但是，安德拉卡从事这项发明也不是一帆风顺的。在研究中，需要扫描电子显微镜检测涂层，他发出了197份寻求合作的信函，都被拒绝了。欣喜的是，约翰斯·霍普金斯大学肿瘤学教授尼尔班·迈特拉慧眼识才，允许安德拉卡在自己的实验室做研究，终于使他获得了成功。这位教授评论道："杰克就是今天的爱迪生，走着瞧吧，他将给这个世界带来更多的发明和惊喜！"他也因此获得了2012年英特尔科技竞赛大奖，受到了奥巴马总统的接见，成为全世界瞩目的天才少年。

第二，广泛阅读觅志趣。阅读使人充实，进而反思，使人能够获得知识背后的智慧，这已是一个获得共识的规律。在18、19世纪产生过不少全才式的科学家，但现在这种人物却成稀有元素了。究其原因，不能不归结于现今大学狭窄的专业化教育，我真心希望当今的有识者改变这种专业化的教育，大胆实行全才教育，以造就当今的全知天才。

詹姆斯·马奇（James G. March，1928—2018）是多个学科领域的大师，他是商学院、教育学院、政治学院、社会学学院的教授，在人文社会科学领域几乎是无所不知，被称为全知教授（professor of everything）。2003年，《哈佛商业评论》评出"大师中的大师"，彼得·德鲁克排名第一，詹姆斯·马奇排名第二，第三名是赫伯特·西蒙（诺贝尔经济学奖获得者），第四名是约瑟夫·熊彼特（创新理论的创立者）。

那么，马奇是怎样成为"大师中的大师"的呢？这与他的工作阅历和广泛阅读有关，只有广泛的阅读才能通晓多种学科知识，方可成为全知教授。他于1953年获得耶鲁大学博士学位，然后相继在卡内基工业学院、加州大学任教，自1970年后一直在斯坦福大学任教。他阅读的书籍非常广泛，喜爱看电影和小说，从中获得灵感。他的代表作是《马奇论管理——真理、美、正义和学问》，它虽然不是一部畅销书，但绝对是一本管理学的经典，阅读之后涤荡心灵，发人深思，回味无穷，这就是经典名著带给我们的智慧和乐趣。

第三，随机而捕获志趣。《红楼梦》第四回秦可卿房间中有一幅《燃藜图》，其左右配有一副对联："世事洞明皆学问，人情练达即文章。"所谓洞明也就是随时随地留心，人们的志趣的形成也需要事事留心，这样才可能捕获到自己的志趣。亚当·施特尔茨纳（Adam Steltzner）是美国航天局喷气推进实验室的工程师，担任好奇号火星探测器进入、下降和着陆阶段的首席工程师，他为这项工程立下了汗马功劳。那么，他的志趣来自哪里呢？原来，儿童时期他在旧金山海湾玩摇滚乐时，就注意到星空会随时间的流失而发生变化，这让他对宇宙产生了浓厚的兴趣。10年以后，他如愿以偿地进入喷气推进实验室工作，实现了儿时的理想。他说："我喜欢学习，喜欢智力上的挑战，而且在内心我是一个探索者。"④

我一生中先后两次形成过我的志趣，年轻时想做一名诺贝尔式的发明家，中年时被推向大学校长的位置。这时明知再想做发明家已不可能，于是我立即转变思维，选择研究教育学作为自己毕生的追求。这也是随机的选择，眼看不可能实现的理想，如果再痴迷地等待下去，只能枉费心机。当大学校长与研究教育学是符合逻辑的决定，这既有利于校长按照教育规律办学，又有了自己的学术追求，可谓一举两得。

实践使我认识到，教育是值得为之献身的伟大事业，为此我舍弃了曾经挚爱的金属有机化学研究。热爱教育是许多人挂在嘴边的口头禅，但是要真正做到并不是一件简单的事。我的体会是，要把教育当作宗教信仰，当作情人去拥抱，当作生命去呵护。不谦虚地说，我做到了。无论是身处囹圄或是遭受病痛，我都不改初衷。正是在这种精神的驱动下，我40年如一日地研究教育，总共出版了教育书籍25本，发表教育文章500余篇。

我十分欣赏宋朝王令的诗句："子归夜半欲啼血，不信东风唤不回。"我真心地励志教育改革，一直不停地呼唤教育改革。在任职期间我是一头躬耕牛，勤奋地进行教育改革实践；被免职以后，我变成了一只杜鹃鸟，不停地呼唤教育改革，希望唤回教育改革的春天，期盼颠覆中国保守的传统教育！

注释：

①[苏]苏霍林姆斯基著：《关于人的思考》，湖南教育出版社，1985年10月版，第123页。

②陈济众编著：《中外名人传记丛书——爱迪生（1847－1031）》，江苏文艺出版社，1999年版。

③郭爽：《新华电讯报》，2018年2月6日。

④黄永明：好奇号的7分钟，《南方周末》2012年8月9日。

学生学习优劣的区别在哪里

"学习"一词是个老生常谈的问题,无论男女老幼都有过学习的经历,也体验过全然迥异的学习况味。可是,对于学习的起源、本质和目的究竟是什么,我敢说包括教育工作者在内的绝大多数人,都不甚了了。近年来,围绕着学习我思考了一系列问题,如教育等于学校吗?学习必须在学校学吗?我国的学校教育为什么备受诟病?同龄人进入同一学校,为什么学习成绩差异如此之大?学习优劣的区别究竟在哪里?知识的背后隐藏着什么?有没有普世的学习方法?激励学习的有效机制又是什么?

现在,我们面临的是学习化社会,如果不认清学习的情境、本质和目的,我们的学习可能是难见成效的,在某种程度上将阻碍杰出人才的成长。对待学习的问题犹如古罗马神学家圣·奥古斯丁追问时间一样,他问时间是什么,如果不问我大概还知道它是什么,如果真的追问我时间是什么,我却不知道时间是什么了。同样的,学习究竟是什么,我们许多经历过学习的人,或是从事教育工作的人,恐怕都不知道学习的真谛。因此,我们有必要从理论上弄清学习的本质,这对青少年的学习和一切学习者都是有积极作用的。

"学习"一词最早出现在《论语》首篇首句,子曰:"学而时习之。不亦说乎。"他的意思是说,学了,经常温习,是很高兴的事。从字义而言,孔子是把"学"与"习"作为两个词使用的,分别代表两层意思。"学习"作为一个词最早出现在西汉,《礼记·月令》中说:"鹰乃学习。"意思是说每年夏初,刚孵化出的雏鹰,模仿老鹰的飞行,一次一次地反复试飞,终究学会了独立飞行,这就是最早称为的学习。顾名思义,学乃模仿,习是复习或温习之意。那么,学习优劣的区别是什么呢?应当说,学习者的智商、学习态度、学习方法对学习都有着重要影响,但我认为学习者对学习的本质和目的的认识,以及学习情境对学习的影响,这些才是决定学习优劣的最根本的原因。

那么,学习的本质究竟是什么呢?我从网络搜索发现,居然有一本《学习的本质》的著作，作者是法国人安德烈·焦尔当。他既是一个当年被认定的"差生"，又是当今公认的国际著名生物学家和认知科学家，曾是瑞士日内瓦大学的教授，国际生物科学协会教育委员会主席。我喜出望外，立刻网购了这本我急需参考的书，我用了三天多的时间看完了这本篇幅不太长的书。应当说，这是我迄今看到论述学习最好的一本书，对我的确有很多启发。其中，焦尔当在"学习是什么？"一节中说："学习在日常生活中是一个混合词，在不同的情况下，它既可指理解、认识、记忆、发现、经验获得，又可以指调动已有的知识。"从事物属性来看，所谓本质是指事物的本来、根本或原本的性质，至于进一步追问为什么？这是属于论证其属性的问题。

经过反复思索，我终于对学习的情境、本质与目的有了新的认识，正是愚者千虑终有一得。从元认识层面上说，我认为学习的本质就是六个字：感知、复习和记忆，尽管还可以多用一些词来表述，但我认为这六个字已经足够了，多了没有必要，少了也是不可以的。这六个字包括三层意思，它们环环相扣，互为因果关系。有关学习的理论，认知主义是重要的学派，但我却没有采用"认知"这个概念。我认为，感知与认知的区别在于，感知明确地指出一切知识无不是通过感官（即视觉、听觉、嗅觉、味觉和触觉）而获得，包括直接知识和间接知识。例如，听教师讲授，要靠听觉；看书自学要靠视觉，学习视频资料需要视觉和听觉的配合，做科学实验要靠触觉为主的多种感官。我之所以用感知代替认知，是因为认知的"认"反映不出感官在学习中的作用。复习也就是重复的意思，对于加深理解、廓清概念、破解疑点和梳理知识系统，都是重要的步骤。正如孔子所云："温故而知新，可以为师矣。"记忆与学习的关系是密不可分的，按照学习的机制来说，先有感知而后有记忆，如果没有记忆，学习也就失去了意义。

人的学习是从感性开始的，根据我的观察与思考，认为学习有三种境界：感性、理性和悟性，三个不同的境界导致的学习效果也是完全不同的。在感性认识阶段，获得的是"知"，即知道的意思，知道并不一定是真正理解了，也不一定是靠得住的东西。在理性阶段，认识的主体把感性认识获得的材料，经过去粗取精，去伪存真，由此及彼、由表及里的思维加工，人的认识获得了概念和理论系统，这时获得的是"真"，即更全面和更深刻的反映事物的本质和规律。但是，人的认识到这里并没有结束，有待进入到悟性阶段，这是学习的最高境界，在这个阶段获得的是"通"，我们常常说博古通今、触类旁通、融会贯通和心有灵犀一点通、一通百通等，都说明了"通"是学习的最高追求。

那么，学习的目的究竟是什么呢？这个问题论者不计其数，众说纷纭，但都没有触及核心问题，在很大程度上不免带有功利主义的影响。对于学习的目的，东西方有两个约定俗成的语词，中国教育界普遍提倡"学以致用"，然而欧美国家更主张"学以致知"，虽然"学以致用"包括有积极的内容，但它们却是两个认识的高度。用与知的区别在于，前者关注的是"这有什么用？"而后者追问的却是"这是什么？""这是为什么？"长期以来，正是由于"学以致用"在我国学术界占据主导地位，所以我国不重视基础科学研究，导致科学理论落后，这也是近代科学没有诞生在中国的主要原因。我不揣冒昧，尝试超越这两个口号，提出"学以致慧"（或学以增慧）的概念，智慧才是学习应当追求的根本目的。也许，普通学习者与大师级的人才区别也就在这里。

学习境界对实现学习目标非常重要，正如国学大师王国维所言："古今成大事业、大学问者，必须经过三种之境界：昨夜西风凋碧树，独上高楼，望尽天涯路，此第一境界也。衣带渐宽终不悔，为伊消得人憔悴，此第二境界也。众里寻他千百度，蓦然回首，那人却在，灯火阑珊处，此第三境界也。"他所谓的高楼，亦即做学问的象牙之塔，这是静思和顿悟的最佳处所，知识背后隐藏的智慧大都是在这种环境下产生的。因此，任何轻浮和狂躁对于学习都是有害的，正如老子所云："轻则失根。噪则失君。"

纵观中外一切杰出的人物，无论是自觉或不自觉，他们都进入到读书学习的悟性境界，进而使其从事的学问或事业达到一通百通的地步。例如国学大师钱穆，他并没有上过大学，仅仅是从一个中学生成为史无争议的国学大师，他对中国的古代文史都有精辟的见解。同样是自学成才的齐白石，他是集诗词、绘画、书法和金石为一身的世界级艺术泰斗，可以说他的艺术水平达到了通天彻地的地步。美国的史蒂夫·乔布斯被称为创新魔术师，他不仅是一个私生子，而且是一个在里德学院只读了一个学期的辍学生，原因是他怀疑上大学的价值。他笃信佛教，参禅打坐，从而获得了悟性，毅然走上了创业的道路。他引领了世界信息技术革命，对创新甚至到了出神入化的地步。以上这些人物，他们都有很高的悟性，在其所从事的学术领域，都达到了"通"的境界。

我国现在有大、中、小学3212万所，在学的人数近2.5亿人，是世界上拥有最多学习者的国家。按理说，我们应该是人才大国和强国，就数量而言，我国拥有人才资源1.2亿人，堪为人才资源大国。但就质量而言，我国绝非人才强国。例如，在科学领域，由我国科学家首先开创的研究领域和领军的科学学派，依然还是空白；国际公认的学术大师也基本没有，印度已经成为计算机软件、医生和CEO出口大国，而我国却相形见绌。这一切都应当引起我们深刻的反思，我国的教育究竟出了什么问题？依我看，问题之一就是在对待学习问题上，各级学校仅仅囿于传统的教学法，满足于知识的讲授，而从不指导学生如何学习，致使绝大多数学生成了"考试机器"，他们也就沦为流水线上的"产品"。

学校的任务应当是指导学生学会学习，要让学生知道方法比知识重要，智慧比文凭重要，汗水比灵感重要。我认为，学生学习优劣的区别主要是后天的，就大多数学习者而言，他们仅停留在感性认识的阶段，仅仅是知其然，只会重复背记书本知识；只有少部分学习者，他们能够进入到理性阶段，不仅知其然，而且知其所以然，所以他们成为学习的佼佼者。古今中外，仅仅只有极少数的学习者能够进入到悟性阶段，不仅知其所以然，而且知其超然。这是一个全新的境界，超然于物外，达到超然自得的地步。在这个阶段获得的是智慧，是汗水滋润的灵感。

在拟定本文题目时，我没有使用学习成绩优劣的区别这个词句，因为学习的优劣并不能以考试成绩高低来区分，而是以智慧获得的多寡做分野。每个学习者都是自己命运的主宰者，如果我们的学校教育对所有的学习者给予正确的指导，使他们进入最佳学习境界，至少能够让更多的学习者从知其然转入知其所以然，进而达到知其超然的境界。到了这个阶段，就会是人才辈出的时代，也只有这样的大智慧的人物，才能应对人类社会面临的各种危机，为人类自我救赎开拓出新的途径！

（本文发表于《光明日报》2011年10月11日）

我们怎样觅得创新创业的灵感

自2015年以来,"双创"一词走红大江南北,所谓"双创"是指大众创业和万众创新。2015年6月11日,国务院以国发〔2015〕32号文件,颁发了《关于大力推进大众创业万众创新政策实施意见》。接着,2016年9月27日,国家发改委又发出了《关于做好大众创业万众创新活动的通知》。霎时间,各种创业公司、创客空间、孵化器等,如雨后春笋般冒了出来,一股"双创"浪潮席卷全国。应当说,这种现象是值得称道的,对于我国从制造大国向创造大国转变,对于推动经济持续发展都是有重大意义的。但是,"双创浪潮"仅凭一时的热情是不够的,也是不能持久的。因此,我们必须从感性上升到理性认识,廓清大众与万众的异同,深刻理解创业与创新内在的关系,才能把"双创"活动深入和持久地开展下去。

一般说来,大众是指现代社会一种未组织化的群体,是大众社会的主体,他们数量巨大,具有高度的分散性和异质性。万众是千千万万人群的简称,也包含广大群众之意,但往往具有专门的指称,如万众一心、万众欢腾、万众同庆、万众翘首等。其实"双创"一词包括的大众和万众,它们具有相近的意思,具有重复和加强语气的作用,无非是指参与创业与创新活动的人数之多和规模之大。

那么,创业与创新的含义是什么,他们之间的关系又是什么?一般来说,创业有广义和狭义之分,从广义上说是指普及意义上的活动,如建个厂、开个店、摆个摊都是创业,不仅能够自谋生计,而且还能够解决他人的就业,为国家增加税收,造福于社稷。从狭义上说,创业专指创建新的产业,尤其是高新技术产业。那么,何谓创新呢?"创新"一词最早出现在1912年,首创人是奥地利裔美国经济学家约瑟夫·熊彼特,他在《经济发展理论》中说:"创新的通义是要建立一个新的生产函数,也就是把一种从来没有的生产要素和生产条件的新组合,引进到生产中去。"因此,我们可以看出,创新的根本特征

"新",它是从旧到新和从无到有的过程。

从创新与侠义上的创业关系来看,创新是创业的前提,没有创新何以有新产品、新技术和新方法的诞生呢?纵观一切发明创造成果的取得,最初都是源于一个新创意或称为灵感,而且是一个人的灵感,然后依靠集体的力量把新创意付诸实践,创建一个规模和经济效益可观的高新技术产业,这几乎是一个普遍的规律。因此,寻觅创新的灵感,就是创业至关重要的因素。

什么是灵感,它有哪些特征?一般来说,灵感是指在文学、艺术和科技活动中瞬间产生的、富有创造性的意念,也称为灵感思维。它是人的大脑一种特殊的机能,是思维发展到高级阶段的产物,是人的高级感知能力,是从事发明创造的必要前提。从灵感的属性来看,它有以下特点:一是突发性的,是在不经意状态下瞬间产生的;二是新颖性的,如新思想、新观点、新点子、新方案、新见解等;三是非逻辑性的,它不是按计划、循常规而出现的;四是稍纵即逝,它是一位不速之客,也是一位骄傲的客人,请之不易,而遁之又无影无踪;五是公平性,灵感不需要投资,对所有的人都是公平的,任何人都有获得灵感的权利。

灵感与普通感知是不同的,前者不是通过人的五官(视觉、听觉、嗅觉、味觉和触觉)而获得的,它是通过精神交流,或是由五官综合作用而获得的,我们通常把它称为"远隔思维"。那么,灵感究竟产生于何处呢?科学家们通过研究发现,启动人的灵感部位叫"扣带前回",它位于靠近脑门的地方,也叫作布罗德曼叶区,这是一块风水宝地,正是产生灵感之源。脑门位于眉毛的上方,在大脑额叶的内测,一个靠近脑勾的地方。俗话说:"眉头一皱,计上心来。"这是因为皱眉头刺激了"扣带前回",激发了灵感的产生。

人的灵感无处不在,无论何时何地,也无论从事何种活动,都有可能闪现出灵感。问题是,人们是否有一个"准备的头脑",能够及时捕获到稍纵即逝的珍贵灵感?其实,灵感既稀缺又浪费极大,几乎每个人都有过灵感闪现的经历,只是他们没有觉察到,并在不经意中让灵感丢失了。因此,每一个有志于发明创造的人,都要时刻准备着,把瞬间闪现的灵感紧紧地抓住。有不少作家、作曲家和发明家,他们习惯在床头放一个笔记本,或者随身带着笔记本,将瞬间闪现的灵感记录下来,他们都是对待灵感的有心人。

为了说明灵感无处不在,无论从事何种活动都有产生灵感的可能,我不妨略举数例，以启迪和开阔人们的思路。

途径之一，看电影联想，发明了第一款手机。在当今人们的生活、工作、社交、通讯和娱乐中，手机已是不可须臾缺少的工具，一部智能手机可以集打电话、发微信、接发邮件、拍照、听音乐、看视频等功能于一身。但是，马丁·库柏于1973年发明的第一款手机却非常笨拙，那时叫蜂窝电话，也称为"大哥大"，重量1公斤，只有单一通话功能，充电10个小时只能用35分钟。别瞧不起这个"笨老大"，它的发明却开创了无线电通信的新纪元。那么，库柏的发明的灵感来自哪里？原来，库柏在观看电影《星际迷航》时，当他看到考克船长用一部无线电话打电话时，他的大脑立即"触了电"，于是大声尖叫起来："这就是我需要的！"经过3个月的潜心研究，他发明的移动电话成功了。当年4月3日，他在纽约大街上给贝尔实验室的竞争对手恩格尔打电话，宣布他的发明成功了，也宣告无线电通信新时代的到来！

途径之二，通过观察，创作了风靡全世界的《圆舞曲》（Waltz）。F·肖邦是波兰19世纪伟大的作曲家，也是世界上备受欢迎的作曲家。他一生创作了21首《圆舞曲》，而《瞬间圆舞曲》（也称《小狗圆舞曲》或《一分钟圆舞曲》）是他一生之中最后的作品。他创作的灵感是来自于对小狗的观察，一次他去探望朋友、情人乔治·桑，在客厅看到一只小狗咬着自己的尾巴团团转，这情景激发了肖邦的创作灵感，马上走到钢琴边坐下，立即谱出了《瞬间圆舞曲》。这首乐曲篇幅短小，速度极快，淋漓尽致地表现了调皮小狗旋转可爱的姿态。

途径之三，在轻松和惬意的玩耍和游戏中，常常伴随着灵感闪现，不要错过捕获那些稍纵即逝的灵感的机会。1816年9月13日，是法国医生雷奈克（Rene laennec，1781—1926）发明"听诊器"的日子。这个重大的发明居然是从儿童做游戏中获得的灵感。有一天，他到卢浮宫广场散步，看到几个儿童在玩耍，一个孩子在一根长圆木的一端刻画密码，而另一个孩子在木头的另一端能够听到声音。于是，他马上来了灵感，用纸筒做出了最早的听诊器，起初叫"医学小喇叭""独奏器"，几经改进最后定名为"听诊器"。这个发明不仅使雷奈克名声大振，而且造福亿万人民，真是功德无量！

途径之四，逆境励志，苦难也能产生灵感。明朝正德元年（1506），王阳明因反对宦官刘瑾而遭厄运，被廷杖四十大板后被贬谪到贵州荒僻之地龙场。王阳明沿途遭到刽子手一路追杀，九死一生到达龙场，处于极度的困顿和痛苦之中。他每日静坐思索，心力交瘁，几乎到了崩溃的边缘。一天夜晚，他突然从梦中惊醒，如魔鬼附身一样尖叫了起来："啊，是了，是了，圣人之道，吾心自足，向之求理于事物外误也。"这就是著名的"龙场悟道"，也是"心学"的开端，是中华文明史上一颗璀璨的奇葩！做圣贤是王阳明自幼立下的志向，他因心学的创立而实现了自己的夙愿，成为我国古代继孔子、孟子、朱熹之后的第四位圣贤！

途径之五，爱心的滋润，是灵感产生的沃土。由爱心激发出灵感的例子很多，如1996年诞生的克隆绵羊多莉。发明者之一基思·坎贝尔的父亲患了糖尿病，双目几近失明，他研究克隆技术，就是希望能够利用克隆技术制造新药，以拯救父亲的生命。同样的，检验胰腺癌的纳米试纸的发明，也是出于爱心。美国16岁的杰克·安德鲁卡因为叔叔患了胰腺癌十分悲痛。胰腺癌没有早期检测方法，一旦发现就是晚期，也就等于宣布死亡。于是，他决心要研究快捷的检测方法。在有关专家的帮助下，他用了一年多的时间，发明了用涂覆间皮素的纳米试纸。检验一次仅仅5分钟，花费3美金，准确率达到90%以上。他放弃了上大学，决心把这项发明推向市场，以造福广大的患者。

当然，获得灵感的途径绝非仅仅限于上面几种途径，我只是举例说明而已。可以毫不夸张地说，在一切场所和活动中，都有可能出现灵感，如读书、旅游、散步、冲浪、洗漱、睡梦等，都是触发灵感的客体。我们更需要知道的是，灵感是怎样通过客体而激发出来的？激发灵感的中介又是什么？这个中介就是好奇心和联想，好奇心是洞察灵感的"心灵捕手"，而联想则是全部思维活动的机制。美国发明家爱迪生一生获得1300多项发明专利，成为世界获得发明专利最多的人。他的成功令他的母亲南希非常自豪，她感慨地说："我骄傲，我有一个充满好奇心的儿子。"

在当今创业的大潮中，有不少青年人跃跃欲试，争当一回弄潮儿，这是应该称赞和支持的。我们应该相信，只有创业者多了，求职者才会少，这是缓解大学毕业生就业难的根本之道。但是，作为一个创业者，必须具备三个素质：一是始终保持一颗好奇心，这是创新和创业的前提，没有好奇心的大脑就像是一座干枯的水坝，任凭它多么巨无霸，终究是发不出电来的。二是一定要有一副"有准备的头脑"，否则即使灵感闪现了，也不被你所察觉和捕获。三是一定要有勤快的手脚，有创业点子的人不少，但成功的创业者并不是很多，其区别就在于能否把灵感付诸实践,创建一份巨大的、有经济效益的实业。

　　有一句古谚说:"世上无难事,只怕有心人。"一个创业的有心人就是指决心、恒心、爱心、心灵、心计和心眼儿。我们与成功的创业者的区别在于,他们比我们多了几个心眼儿,所以他们成为创业的佼佼者。每一个创业者既要海阔天空和百无禁忌地想,又要勤勤恳恳和脚踏实地地干,如此,每一个创业者便都能够拥抱成功和喜悦!

(本文发表于《光明日报》2017 年 6 月 14 日)

怎样培植教师的爱心

爱心在教育中的作用，是人们公认的，但能够自觉践行爱心教育的教师并不是多数。这究竟是什么原因呢？19世纪法国现实主义雕塑家罗丹说过，现代人最大的缺点，是对自己的职业缺乏爱心。现在已是21世纪了，对一个没有宗教信仰的中国，道德沦丧，功利主义膨胀，物欲纵横，爱心更是成为人们心灵中的稀有元素了。因此，为了办好人们所满意的教育，培养出杰出的人才，必须花大力气培植教师的爱心。

爱心到底是先天的还是后天的？这个问题涉及人性善恶，有了善和慷慨，自然就有了爱心。关于人性善恶的问题，在中国辩论了2500多年，但至今仍然莫衷一是。孟子是主张性本善，而荀子是主张性本恶，二人同为先秦儒学大师，为何关于善恶的观点截然相反呢？其实，他们都认为性不是不可以改变，也不是决定一切的，只是二人逻辑论证不同而已。

南宋学者王应麟所著《三字经》，在我国家喻户晓，也是私塾蒙育的教材之一。其中第一句话就是："人之初，性本善，性相近，习相远。"我认为，问题就在于对"人之初"的理解上。什么是人之初？我把人分为"自然人"和"社会人"，婴儿诞生直到大脑还没有发育健全之前，他们当属"自然人"，他们是纯洁的，应该说是性善的。但是，一旦他们有了思维能力，分清"我的"与"你的"之后，慢慢地他们就有善与恶之分了。随着年龄的增大，这种社会属性日益严重，人心变得越来越贪婪，如果不加以遏制，就会堕落成为罪人。那么，究竟怎样做才能培植人们的爱心呢？根据我切身的体会、观察与研究，我认为通过以下的途径，都能够修炼出强大的爱心。

一、挚爱教育才能获得爱心

喜爱、热爱和挚爱，这些虽然都含有爱的内涵，但却是不同层次的爱，它们反映的范畴也各不相同。喜爱一般是指对某个人和某事有好感，但这种喜欢是随时会变化的。热爱相比喜爱而言又前进了一步，但一旦自己的兴趣获得满足，或者又爱上了另一件东西，那么他的热爱就会降温甚至发生转移。挚爱的爱是一个高境界，指执着地去爱一个人和一种职业，无论情况发生怎样的变化，他仍然不改初衷，一往情深地追求下去。这个时候，他已经把这个职业或是事业融入血液中，成为他生命的一部分。我认为，爱教育就需要有这种挚爱的精神，我们应当培植这种爱心。

2012年2月9日，《南方周末》以"一个中学老师的教育家梦"为题[①]，长篇报道了马小平老师挚爱教育的先进事迹。马小平于1982年从湖南师范学院毕业，29岁走上中学教师的岗位，先后在家乡湘潭一中、东莞中学和深圳中学各工作了10年，直到2012年1月16日病逝。他是从一个中学语文教师成为教育家的典型，也是一位挚爱教育的优秀教师的楷模。

那么，马小平是怎样成为教育家的呢？他的教育理念又是什么呢？这要追溯到他大学时的阅读。大学时，他阅读了大量苏联教育家苏霍姆林斯基的著作，这位教育家成为他的偶像，书中"和谐发展"和"没有差生"的理念被他奉为圭臬。同时，他极为崇拜英国历史学家汤因比"与灾难赛跑的教育理念"，教育是人类自我救赎的唯一途径。

马小平的教育生涯仅仅只有30年，他付出得太多，积劳成疾，2012年1月16日，带着他独特的教育理念和赤诚之心，马小平离开了他挚爱的教育事业，享年59岁，是真正的英年早逝。在30年中，他跨越了三道坎，实现了三大愿望。1962年，他大学刚毕业走上教师岗位时，提出了"怎样成为一个好老师？"的问题。在后来的实践中，他以实际行动回答了这个问题，他不仅仅是一个好老师，还是名副其实的教育家。1992年，他来到改革开放的沿海城市东莞，又提出"一个普通的中学教师究竟能够走多远？"的问题。为了获得更加宽松的环境，他又做了一次尝试，来到改革开放特区的深圳中学，利用高考前的高一、高二进行课外广泛的阅读，提高学生的人文素质。他甚至合上课本，在课堂上看电影、听音乐、朗诵诗歌，以提高学生的人文素质。

在他被检查出患了头部胶质瘤时，他又提出："在应试教育的大框架里，我能够改变什么？在生命最后的时间里，又将留下什么？"在医院治疗期间，他从不问医生关于自己的病情，而是争分夺秒地阅读，他从逾千册经典中选出

130篇文章，分门别类编辑成《人文素质读本》，并且在深圳中学首开了这门选修课，他要为患了"人文素质缺乏症""公民素质缺乏症"的学生注入一剂强生营养素，让他们健康、和谐、全面地成长。他的学生评价说："老师，你永远是年轻的，你有一颗燃烧的心。"马小平对学生说："你也有一颗燃烧的心，但我和你不一样，你是自己燃烧，我燃烧自己还要燃烧学生。"[2]

对于马小平老师的早逝，人们非常惋惜，同事和学生们都无比怀念他。北京大学著名文学家、教育家钱理群先生一直支持他的大胆改革，在马小平逝世后，钱先生曾经写了《我们为什么纪念马小平？》一文[3]，钱先生说："我从一开始就感觉到这个老师的特别之处，他的生命与学生交织在一起，我甚至感到他与学生形成了一个生命的共同体。他站得高，具有世界的眼光。"这是一个极高的评价，连接这个生命共同体的就是爱心。

二、有信仰才会产生爱

中国汉语的词，绝大多数是由两个汉字组成，一般每个字都有单独的含义，所以双字组成的词也往往含有双重的意思。例如，教育、学习、诚信、信仰，等等。所谓信仰，就包含相信和仰慕两层含义。《汉语大词典》对信仰的解释是：对某事、某人或某个学说极度的尊敬。因此，信仰是多方面的，既有物质的，又有精神的，信仰宗教无疑是精神信仰最集中的表现。

世界上的宗教多种多样，但主流的宗教依创立先后分别是佛教、基督教和伊斯兰教。每个宗教都有创始人，佛教创始人是释迦牟尼，基督教创始人是耶稣，伊斯兰教创始人是穆罕默德。同时，每个宗教都有供教徒诵读和遵循的经文，佛教有佛经，基督教有《圣经》，伊斯兰教有《古兰经》等。每个宗教的主流宗旨，都是倡导爱人如己的爱心，教人从善、救苦救难、普度众生，这些都反映在他们制定的戒律之中。虽然戒律的条款多少不等，但都有不杀生、不偷盗、不邪淫、不饮酒、不妄语、不做假证等。

特蕾莎修女（Mother Teresa of Calcutta，1910—1997）是一位"活圣人"，她是虔诚的天主教徒，除了爱她一无所有。她出生于南斯拉夫境内一个阿尔巴尼亚族农家，从小就思索人生，12岁感悟到自己的天职是帮助穷人，17岁时发了初愿，到爱尔兰的劳莱德修女院学习，后到印度大吉岭受训，27岁发终身愿成为修女。此后，她就在印度加尔各答、孟买等地，开始了"在爱中行走"慈善活动。④她认为，孤儿、流浪汉、乞丐、瘦骨嶙峋的病人、麻风病人、艾滋病人，都是不能漠视的，她要想尽一切办法去帮助他们。于是，她退出了劳莱德修女会，创办了自己的仁爱修女教会，以募集来的善款，创办了露天学校、麻风病收容所、艾滋病收容所，经过精心治疗，使得麻风病治愈率达到100%。她的仁爱修女会已有100多个国家7000多名修女，有资产4亿多美元，她成了世界上那些绝望人们的救星。

特蕾莎是一位真正伟大的修女，鉴于她的杰出贡献，1979年她从56名候选人中胜出，被诺贝尔评选委员会授予和平奖。她在致答词时说："这个奖项，我个人不配领受，今天，我来接受这项奖金，是代表世界上的穷人、病人和一切可怜的人。"她请求取消颁奖晚宴的传统，委员会答应了她的要求，将7000美元的晚宴费，以及她获得的20万美元的奖金，一并给了仁爱修女会。这则消息公布后，在挪威和世界引起了强烈的反响，企业、社会团体和个人又纷纷捐款，使仁爱修女会的基金暴增。

此外，她还获得了"印度伟大女儿奖"、美国总统自由勋章、美国卡内基奖、史怀泽奖。世界80多个国家的元首，都向她颁发过各种奖章和奖金。但是，在她看来，这些荣誉都是为穷人颁发的，而属于她的就是一年四季三套衣服和没有袜子的凉鞋。但是，她赢得的不仅是穷人的爱戴，在她逝世后的葬礼上，不论是什么教派，也不论是官员或是商业大贾，都纷纷走上街头为她举哀。

这是对爱的敬畏，是对爱的奖赏，是爱把所有人连接起来了。

我认为，一个人信教或不信宗教，是完全自由的。一个人可以不信教，但不能不信仰真善美，不能没有真诚、怜悯和慷慨之心，这些也能够滋润我们的爱心。

三、在传播爱中学会爱

在1981年，我就与李绍昆教授相识，他是美国爱丁堡大学哲学系心理学教授，国际著名的心理治疗专家。他写信向我建议，希望召开一次软科学学术讨论会，由武汉大学承担这次会议筹备工作，我校打算捐赠两万元作为会议经费。这次会议虽然得到了钱学森、于光远先生等人的大力支持，但没有获得国家教育部的批准，原因是李绍昆曾经是天主教的神父。

转眼30多年过去了，绍昆先生退休后偕夫人到武汉定居，于2012年创立了武汉爱心教育咨询中心。他还特地聘请华中师范大学章开源校长、武汉大学哲学系朱传棨教授以及我为中心的顾问。这个中心的宗旨是："我们要向未婚的男女指导性和爱的关怀；我们要帮助已婚的父母改善亲子关系；我们要向学校倡导全人教育，而非填鸭式的，更非是单一的知识。我们更要与社会合作，推动爱的社交活动，并且要向弱势社区提供爱的服务。"

李绍昆教授著作颇丰，其中《李氏心理治疗文化基础》就是其代表作，它奠定了三种世界传统文化新的诠释与应用，它们是老子的天道，墨子的天志和耶稣的博爱。他们希望把这些爱的精神传遍世界，传播给每一个需要爱抚的人们，让爱心把不同国籍、不同肤色的人连接在一起。

在多年的爱的教育宣传中，他们组织了各种以爱为主题的讲座，如《精神的成熟——人生四季》《我们的父亲》《一代智者——墨子》《祝福母亲》《献给儿童和成人内心的儿童》《生死与临终关怀》等。每次前来听讲座的人络绎不绝，前来咨询的人更是不计其数。爱的语言和箴言，都会在他们心中播下爱的种子，也一定会开花、结果，把爱播撒到每一个角落，让爱给他们带来成功和幸福！

四、学会感恩回报爱

爱产生于感情，施爱是发自于同情和怜悯，所以感恩与爱心是相互联系的，它们就犹如一枚硬币的正反面。一个人既要有爱心，也必须有感恩之心，它们都是人性之美的表现。

众所周知，感恩节是美国人独创的一个饱含爱心的节日，它起源于美国建国前早期的殖民地。一群来自英国本土的清教徒，为避免英国教会的迫害远渡重洋，九死一生来到马萨诸塞州的普利茅斯。1620年的冬天，当他们到达美洲大陆时，饥寒交迫使他们陷入绝境，102名移民几乎死了一半。这时，当地的土著人给他们送来了生活必需品，后来又教会他们狩猎、捕鱼和耕种农业技术。于是，他们与当地部落订立了盟约，友好相处。在印第安人的帮助下，第二年秋天，他们的农业获得了丰收。

为了感谢和赞美上帝，1621年11月下旬星期四，这些移民与印第安人代表欢聚一堂，庆祝历史上第一个感恩节，这一天美国人合家欢聚，分享美餐，共叙亲情和友谊。1863年第16任总统亚伯拉罕·林肯宣布感恩节为美国全国性节日，1941年美国国会正式确定每年11月第四个星期四为感恩节，假期一直延续到星期日。加拿大是美国的邻邦，也基本上是由世界各地移民组成的国家，因此于1879年也开始建立感恩节，时间是每年10月第二个星期一。目前，世界只有这两个国家有感恩节，这与移民有关，也是信仰和赞美上帝之美的表现，他们为人们学会感恩做出了表率。

感恩节的意义不仅在于团聚，更重要的是告诉人们人性的美好，而爱和感恩就是美好人性的最集中的呈现。人是以群分的，无论地位的高低，财富的多寡，能力的强弱，朋友的多少，一个人在他生命的每一次成长和进步中，都不可避免地接受过他人的恩惠。因此，借感恩节之际，向父母、师长、朋友表示感谢，同时要向那些需要帮助的人们施予援手，都是感恩的表现。

感恩节只是一种仪式，世界绝大多数国家没有这个节日，这并不等于不需要感恩。人类永远需要爱，也永远需要感恩。因此，我们要学会感恩，学会宽容，学会珍惜，学会慷慨。最重要的是学会如何去爱，要爱得深切，感恩要真诚。我在回望自己成长的经历时曾经说过："树高万丈，落叶归根；才高八斗，蒙育有师。"我已近鲐背之年，虽然不能做到落叶归根，但故土的哺育之恩，我是永远不会忘记的。余亦非八斗之才，但我的每一个成长和进步，都离不开老师们的帮助，对于蒙师们的教诲是终身铭记的。

五、抛弃应试教育回归爱

古希腊把教育当作一种休闲，他们认为劳作和军事训练，都是很辛苦的，因此把教育当作休闲时的一种娱乐。在古希腊，教育都是自然的，轻松愉快的，也充满了爱心的滋润。然而，随着学校的出现，功利主义、金钱主义、强制性和惩罚现象不断地渗透到教育中，使得教育走向爱的反面，这在我国表现得尤为突出。

应试教育与素质教育是中国教育独有的概念，它们是相对立的两种完全不同的教育制度，前者是要坚决摒弃的，而后者则是应当大力提倡的。应试教育在我国有着久远的历史，它是从科举制演变而来的，是一切为了考试和高升学率的需要而产生的。20世纪60年代初，高中分文理科班教学，大学按照文理科不同分数线录取，更进一步强化了应试教育。我记得素质教育是80年代初提倡的，是为了遏制应试教育的一种对策。可是，改革应试教育和推行素质教育的口号，已经喊了30多年，而应试教育固若金汤，素质教育却寸步难行。

20世纪90年代初期，我国出现了一批所谓的"超级高考工厂"，河北衡水中学、安徽六安市毛坦厂中学和湖北黄冈中学，被称为三个"高考超级工厂"。他们之所以获得这个恶名，是因为升学率高，考取北大清华的人数多。他们本来就是教育的怪胎，不仅没有被制止，反而让人们趋之若鹜。他们到底凭什么"法宝"获得如此"佳绩"呢？他们自己介绍经验说，其一是"封闭式的寄宿制""无缝对接""无死角的管理"，从早上5点30分到晚上10点30分，每天学习12个小时。其二是背和考，分是学生的命根，考是教师的法宝。一个女生保留了3年考试的试卷，摞起来就有1.41米高。学生累得发昏，教师累得吐血。学生们称，他们的学校就是"人间地狱"，他们就是"囚徒"。但是，这些明明违背教育规律的学校，为什么没有人出来制止呢？这是因为自身的利益和虚荣心把他们连接在一起，学生换得的是高分，而教师换得的是高额的薪水和奖金，当地政府获得的是好名声。因此，他们都成了应试教育的卫道士。

17世纪捷克著名教育家杨·阿姆斯·夸美纽斯说："学校是儿童心灵的屠宰场。"[5]，这是非常恰当的比喻，而我国的中小学教育更是如此。然而，这些完全违背教育规律的学校却大行其道。这些学生教师和家长们不曾思考过，一个受伤的鸟儿，它能够飞高、飞得远吗？应试教育对学生心灵的伤害，是深层的、持久的，甚至是终身的。

因此，必须坚决摒弃应试教育，让教育回归到本源上来。教育的本源就是启蒙，开启蒙昧，启迪智慧。教育是解放，解放学生的个性，激发学生的想象力和创造力。学生犹如稚嫩的幼苗，他们在爱的阳光庇护下，从各个方面发育成长，才能根深叶茂，枝壮果硕，成为国家建设的栋梁之材。

六、爱心要从小培养

在教育学上，有一个"白板理论"（theory of tabula rasa），意指儿童大脑尚没有完全发育时，其大脑犹如一块白板，任人在上面书写或是绘画，注入最早的思维元素。这个理论的创始人是英国的洛克（John Locke，1632－1704），他是著名的唯物主义哲学家、思想家和教育家。他认为："人心中没有天赋的原则，人心如同一块白板，理性与知识都是从经验而来。"⑥其实，最早提出"白板说"的是古希腊哲学家亚里士多德，在他看来，在有感觉之前，人们的灵魂犹如一张白纸，上面什么也没有。人的认识是由于受到外物刺激，是由于感官接受了事物的可感觉的形式。

我国古谚也有不少关于早教的箴言，如"三岁看老""三岁之貌，百岁之才""三岁看八十""三岁看老相，七岁定终身"等。这是因为，从1到3岁，是幼儿发育非常迅速的时期，抓住了关键时期的教育，对一个人的个性、爱好、爱心、想象力、诚信的养成，都是非常重要的。关于这一点，国外的科学家们，通过大量地观察，也证实了"三岁看老"是有科学根据的。美国《国家科学院刊》发表了一项研究成果，它是由美国、英国和新西兰的科学家联合研究的。他们得出的结论是，3岁孩子如果自控能力差，到了32岁以后，就可能出现智力、健康和财务方面的问题。

儿童是天真无邪的，他们的思想犹如纯洁雪白的丝巾，而环境则是一个大染缸，好的环境，染出来的是五彩斑斓的色彩；坏的环境就是一个酱缸，会污染了洁白的丝巾。无论是"白板理论"或是"三岁看老"，都说明培养人的爱心，要从儿童抓起，这是关系到一个人一生品德养成的大事。

对于这一点，我是有亲身体验的。我之所以关爱和保护学生，都是由于我在孩提时受到爱心的教育。我的父母都是农民，父亲识字，会使用算盘算账。母亲虽然不识字，但她能够背诵《三字经》和《千字文》中的不少名句。她不是佛教徒，但她吃斋，笃信佛教的教义。因此，母亲对我的影响最大，从小她教我不杀生、不偷盗、不扯谎、不饮酒。走路时如果遇到蚁群，一定要绕道走，不得踩死蚂蚁，不能爬树捡鸟窝里的鸟蛋，因为每一个蛋就是一个生命。她常常告诫我要善待乞丐，虽然我们也食不果腹，但我们还没有沦为乞丐。因此，即使我不吃或少吃，也要把饭送给乞丐。所有这些教诲，都在我幼小的心灵里播下了爱的种子。这些种子，在我担任校长时，都发芽、成长起来了。我感恩母亲的教诲，可惜父母早在我工作之前都去世了，我为没能尽孝父母而感到悔恨，这是我终生的遗憾。

以上是我理解的培植教师爱心的六种途径，当然培植爱心的方法远不止这些。但是，如果我们践行了其中任何一种或几种，都能有助于爱心的修炼。一个教师如果有了爱心，不仅能够施爱予学生，助他们成为事业有成的人。而且，我们自己也能够享受到爱的幸福，让爱永不止息！

注释：

①曾鸣："一个中学老师的教育家梦"，《南方周末》2012年2月9日。

②刘晓梅、邓康延编导："寻找马小平"，纪录片《盗火者》（第八集），深圳越众影视公司出品。

③钱理群："点灯者"，华东师范大学出版社博客；http：//blog－5ff831f，2015－09－02。

④华姿：《德兰修女传：在爱中行走》（修订版），重庆出版社，2010年1月1日。

⑤［捷克］夸美纽斯：《大教学论》，教育科学出版社，1999年版，第46页。

⑥［英］洛克：《人类理解论》，辽宁人民出版社，2017年6月版。

怎样办好"少年班"

李政道先生是美籍华裔著名物理学家、诺贝尔物理学奖获得者，他是中国"少年班"最早的倡导人，少年班的成立源于他1974年的一次归国访问。这年5月中旬，他偕夫人第二次归国访问，首先参观了上海芭蕾舞学校，受到该校从少年中选拔苗子进行培养的启发。随后，他又参观了复旦大学，并写了《参观复旦大学感想》，他建议从十三四岁的少年中选拔优秀学生进行培养，到19岁就能够达到独立进行科研工作的水平。继而，他到北京又就此建议征求科学界一些朋友的意见，获得支持。最后，他把这份建议呈递周恩来并请转呈毛泽东主席，尽管遭到江青的反对，但周总理和毛泽东主席都表示同意实验。1978年3月，中国第一个少年班在中国科技大学诞生。

一、"少年班"是改革的产物

1978年3月8日，中国科技大学在合肥举行了"少年班"第一期开学典礼，这一期总共招收了宁铂等21位少年大学生。消息一传出，引起海内外的广泛关注。对于刚刚结束十年浩劫，曾经一度被"读书无用"误导，急盼快出人才和多出人才的国人来说，以破格方式将一批少年招进大学培养，无疑是破天荒的大事。

为什么是中国科技大学举办"少年班"？这无疑带有点偶然性，事情得从宁铂的发现说起。1977年10月末，江西冶金学院教师倪霖给国务院副总理兼科学院院长方毅写了长达10页的信，推荐他的朋友宁恩渐的儿子宁铂，反映他在语文、数学、围棋等方面智慧超人。11月3日，方毅副总理立即批示："如果属实，应破格收入大学学习。"这个批示转到了中国科技大学。大约10多天以后，中国科技大学的两名老师到达宁铂所在的赣州八中对他进行考试和面试，对宁铂和另外两名少年进行了数学考试，宁铂考了67分，另外两人一人考了80分，一人考了64分。经过考试和面试，他们准备录取宁铂等人。紧接着，又发现和录取了全国多名智力超前的少年，组建了中国科技大学第一个"少年班"，总共21人。那时，宁铂已经14岁，年龄最小的谢彦波只有11岁。

教育是"文化大革命"破坏的重灾区，十年停止招生，人才青黄不接，各条战线盼才若渴。"少年班"就是诞生于那个特殊年代，因此它一横空出世，就犹如一颗耀眼明星格外引人关注。自中科大第一个"少年班"诞生后，其他各校纷纷效仿，全国一下又创办了12个"少年班"，如北京大学、清华大学、复旦大学、南京大学、武汉大学、吉林大学、中山大学、西安交通大学、华中科技大学等。与此同时，教育部还指定了一批重点中学与"少年班"相配套，积极为"少年班"物色和推荐优秀的少年，如北京八中、人民大学附中、天津耀华中学、沈阳育才中学、无锡天一中学、湖北黄冈中学等。后来，选拔的触角延伸到某些小学，一个物色、推荐"神童"的体系似乎已经形成了。

但是，好景不长，大概到了20世纪80年代中后期，不少大学的少年班纷纷停办了。个中原因不言自明，一是现实中并没有那么多"神童"，二是对"少年班"的质疑声音从来就没有停止过，什么"揠苗助长""违背教育规律""变相的放卫星"，等等。由于这些原因，到了80年代后期，大多数大学中的"少年班"都停止招生了，最后只剩下中国科技大学和西安交通大学的"少年班"了。今年是"少年班"诞生40周年，应当说这两所大学坚持不懈的精神是值得赞扬的，教育改革需要实验，而他们的可贵之处就在于体现了这种实验的精神。

为什么"少年班"诞生于1978年？这是与那个特殊的时代密切相连的，可以肯定地说，没有经过拨乱反正，不清除极左思潮，离开了思想解放的大前提，就不可能创办"少年班"。人们记忆犹新，在极左年代，神童、权威、博士、专家都是禁忌，不仅不能提倡，而且都是要受到批判的。

1976年10月6日，祸国殃民的"四人帮"被粉碎，十一届三中全会做出了历史性的决议，从以阶级斗争为纲转移到"四个现代化"建设上来。在这一思想指导下，提出了"快出人才、多出人才和出好人才"的口号，各条战线都十分重视延揽人才。1977年7月19日，邓小平同志复出，恢复了他在党政军的各个领导职务，而他自告奋勇提出要亲自抓教育和科学两个重灾区。这一年8月4日—6日，他亲自主持召开了科学教育座谈会，就是在这次会议上他提出了推翻"四人帮"炮制的"十六字"招生方针,恢复全国统一高考。1978年5月11日,《光明日报》发表了《实践是检验真理的唯一标准》的评论员文章,从而掀起了解放思想的全国大讨论。这一切,都为"少年班"的创办扫清了障碍,所以说"少年班"是改革的产物是恰如其分的。

二、"少年班"的成绩有目共睹

中国科技大学"少年班"迄今已经走过了40年的风雨征程,今年没有举行大规模的庆祝活动,而是以"恰同学少年"为题举行征文活动,准备结集出版,我很欣赏这种务实的做法,其意义远比庆祝活动更为深远。

2008年3月8日,是"少年班"三十而立的生日,中国科技大学于3月20日至22日,举行庆祝"少年班"30周年的庆典,同时举办"高等教育改革与少年班实践"研讨会,邀请国际和国内教育专家就"少年班"实践与创新人才培养举行研讨。为了集思广益,科大领导还专门邀请激烈反对"少年班"的人士与会。其中,最激烈的反对者是全国政协委员、中南大学博士导师蔡自兴,他通过"两会"四次提出提案,要求封杀和废止"少年班"。中国科大领导对此则表示,自20世纪90年代以来,不接受媒体的采访,对于反对意见保持沉默。这无疑是十分开明的做法,兼听则明,有利于"少年班"日臻完善。①

值此"少年班"30周年庆典,李政道先生兴致勃勃题词表示祝贺,他写道:

> 人才代出,
> 创作当少年。
> 桃李天下,
> 教育数科大。

与此同时,李政道先生还为《少年班三十年》一书作序和题写了书名,他在序言中写道:"借此机会,很想表达我对少年班的衷心祝愿,希望少年班在未来的年月里获得新的成功,希望少年班的同学们能和其他同学互相学习、互相促进、出色地完成自己的学业,成长为建设祖国的栋梁之材。"②

在汉语中，30年为"一世"，"世"的异体字"丗"是由三个"十"字组成的，所以世与代是相同的意思，一代人平均的年龄也是30年。纵观人类发展历史，无论是对国家或是个人，30年都是成就事业的黄金年轮。例如，从洋务运动到甲午战争是30年，从甲午战争到卢沟桥事变是30年，从五四运动到新中国成立是30年，大多数新兴国家从建立到获得第一个诺贝尔奖是30年，从分离出基因到解析出基因图谱是31年，等等。同样的，中国科大"少年班"创办的30年中，由于科大和"少年班"同学们的共同努力，也取得了瞩目的成就，具体表现在三个方面：一是人才，二是经验，三是社会效应。

首先是人才，这是"少年班"创办的最主要目的。据统计，30年以来，"少年班"共招收31届计1220人，已毕业1027人，其中935人考取博士研究生，占91%。又据统计，前16届毕业生共590人，64%获得博士学位，26.9%获得硕士学位。他们之中的20%选择学术作为自己的终身职业，大多数的人都获得了教授、副教授和国外终身教授的职务。

在这些杰出的毕业生的名单中，诸如张亚勤、高峰、郭元林、骆利群、庄小威、尹希……他们无疑都是"少年班"的佼佼者，也是中科大的骄傲。例如，张亚勤是首届"少年班"的学生，23岁以满分获得美国乔治·华盛顿大学的博士学位，31岁获得美国电气和电子工程协会的会士，是该会百年历史上最年轻的会士。1999年担任微软中国研究院首席科学家，2014年担任中国百度的总裁。庄小威是"少年班"87级的学生，1997年获得加州大学伯克利分校的博士学位，2001年30岁时被聘为哈佛大学助理教授，2005年被哈佛大学聘请为物理和化学双科教授，并且建立了以自己名字命名的单分子生物物理实验室，从事跨学科领域的顶尖研究。她于2012年当选美国科学院院士，是华裔美国科学家第一个女院士。尹希是96级"少年班"学生，2006年获得哈佛大学博士学位，2015年晋升为哈佛大学最年轻的正教授。他研究弦理论，由于取得了重大成果，从而获得2017年科学突破奖·物理学新视野奖，为被世界物理学界寄予厚望的青年物理学家之一。

在这一连串的杰出人物名单中，并没有当时被称为中国当代"第一神童"的宁铂，他既没有出国留学，也没有获得研究生学位，这究竟是什么原因呢？首先媒体有一定责任。40年以来，"宁铂"二字是被媒体报道频率最高的，过度的报道给一个少年造成了巨大的心理压力，使他承受着烦恼与痛苦，正如他自己所说，自己为名声所累，为什么不能做一个普通的人？其次，科大是一所理科大学，受到学科的限制，也正如他自己所说："科大的系没有我喜欢的。"班主任本建议调他去南京大学学天文学，但学校回复说："既来之，则安之。"于是，他被迫学习他不喜欢的理论物理，以至于对学业彻底失去兴趣，并导致他于2002前往五台山出家。

教育是科学，除了纯科学以外，凡科学均需要实验。英国《自然》发表了封面标题《大学实验》，认为"大学要生存下去，与科学研究一样，必须通过实验，才能最终知道究竟哪一种方式适合自己的学校。"③依此而论，"少年班"也是一种实验，既然是实验就应当允许失败。现在，我们对宁铂做结论为时尚早，还有待对他进一步地观察。即使宁铂不成功，也并不能证明"少年班"的失败，瑕不掩瑜，"少年班"的成就有目共睹，绝不能因为个别人的问题而否定"少年班"的方向。

其次是经验，"少年班"做了许多教育改革的尝试，其经验是有价值的。中科大"少年班"从一开始就是实行独立自主招生，到1986年基本形成了高考初试，复试录取的模式，这对普遍推行自主招生改革是有参考价值的。在培养模式上，"少年班"贯彻"以人为本""以学生为主体"的指导思想，进行贯穿大学全过程的，将课程学习与科技创新活动有机结合的自主化学习与研究的培养过程。对于少数专业意愿十分明确的学生，从入学起就进入主修专业，按照相关专业培养计划学习。对于大部分学生，实行两段式（2+2）模式，即前两年完成基础课学习，后两年在导师指导下举行个性化的专业学习。

与此同时，科大仿效"少年班"还创办了教学改革试点班（简称试点班或称为零零班），这两个实验班互相借鉴，相互促进，有力地推动了全校的教学改革。根据学生的兴趣，与有关学院还创办了"华罗庚班""严济慈班""物质科学班"，以对学生的能力进行强化培养。

再次是社会效应，"少年班"对学校和社会风气有积极的引导作用。在中国教育界，"少年班"可能是最响亮的大学品牌，家长的关注率特别高，因为他们都有"望子成龙"的心结，希望自己的孩子成为杰出人才。对于幼儿和小学生，也会起到激励他们努力学习的作用，使他们爱学习、爱科学，使得当科学家重新成为他们的人生理想。总之，"少年班"的影响充满正能量，我们应当充分借助它的影响力，树立良好的社会风尚。

三、"少年班"的问题与改革方向

我是"少年班"的坚定支持者,在我任武汉大学校长时,曾经效仿科大也创办了"少年班",并且成立教学改革实验科,专门抓"少年班"和插班生这两个新生事物。在试招了三届以后,由于我被免职而停办,非常可惜。

在我看来,"少年班"存在的问题是前进中的问题,是锦上添花的问题。希望擦亮这个品牌,在更高层次上办好"少年班"。那么,存在的问题是什么呢?我认为主要是以下三个问题:

首先是不规范,应当按照学术规范提高"少年班"的水准。我在本文中,凡用到"少年班"都是打引号的,说明我并不赞成这个名称。本来"少年班"就是一个口头语或习惯用语,而不是教育专业术语,也不是学科名称。所谓"少年班"就是指同一届大学生中,年龄比较小的一批学生,或叫小大学生,其指导思想就是让一些少年提前上大学和提前毕业。由于这个名称定格了,所以40年以来,"少年班"一直停留在培养小大学生的层面,而未能实现跨越。大约是在21世纪初,全国各大学的系都升格为学院,这在国外是从来没有过的。遗憾的是,中科大也未能免俗,借"少年班"30周年庆典时,将系级"少年班"升格为"少年班"学院,这让学术界感到十分费解。

那么,应当如何规范呢?从教育规范来说,"少年班"中的一部分是属于智力超前的少儿,教育心理学认定,在少年儿童中确实存在智力超前的少儿,大约占这个人群的3%。因此,我建议将"少年班"学院改名为智力超前教育学院,或精英教育学院,甚至可以使用特殊教育学院,但绝不能叫"少年班"学院,否则以行政机构作为学院的名称,让人们贻笑大方。

其次是目标定得太低,应当按照精英人才来培养智力超前的儿童。坦率地说,现在"少年班"取得的成就,仅仅停留在培养了多少博士、教授和院士,以及IT和金融行业有多少CEO。但是,这些并不足以显示"少年班"的成就,因为这些成就其他大学也能够达到,就以院士来说,"少年班"也就出了两三个院士,而北京大学等校培养的院士甚至比"少年班"还要多。

因此,科大"少年班"必须实现跨越,以实施精英教育为己任。我们应当坦承,中国现在还没有精英教育,如果中科大愿意这样做,将填补我国精英教育的空白点，把从少儿到大学的精英教育衔接起来，其意义非常深远。精英理论认为，在人类任何历史阶段，都存在极少数的精英人才，他们在性格、智力、能力、创造力等方面，都要超过其他大多数的人，他们往往引领社会、经济、科学、文化和艺术的发展。精英教育必须按照"少而精"的原则进行培养，宁缺毋滥；必须实行个性化的教学，因材施教，让每一个智力超常的幼儿的智慧最充分地发挥出来，再现牛顿、笛卡儿、达·芬奇、高斯等这样的全才式的科学家。

中国科技大学是一所以自然科学为主的理科大学，既无人文社会科学，也没有工程技术，这是该校实施精英教育的先天缺陷。当然，科大也没有必要再追求"大而全"的办学模式，通过校际之间的合作也可以弥补自己的不足。

再次是理论落后于实践。毛泽东主席曾经指出："理性认识依赖于感性认识，而感性认识有待于发展到理性认识，这就是辩证唯物论的认识论。"[4]40年以来，科大"少年班"的办学经验是丰富的，但我觉得这种办学经验既缺少教育理论的指导，又没有将实践经验上升到理论的高度，仅仅停留在行政管理的层面上而已。这一点从"少年班"的不规范做法就可以证明。因此，我建议中国科技大学应当成立精英教育研究室或研究所，隶属精英教育学院，聘请若干教育学专职研究人员从事精英教育学研究，做到以任务带动研究，以研究促进教育改革，希望在精英人才培养和精英教育理论及实践方面都取得丰硕的成果，是为至盼。

（本文发表于《南方周末》2018年5月17日）

注释：

[1]屈风雨：《合肥晚报》，2008年3月21日。

[2]辛厚文主编：《少年班三十年》，中国科技大学出版社出版，2008年3月1日。

[3]胡钰维：教育也需要实验，《光明日报》，2014年11月30日。

[4]毛泽东：《毛泽东著作选读》（上卷），人民出版社出版，1986年8月第1版，第130页。

恢复高考 40 年：回顾与展望
——恢复高考的关键的座谈会

2017 年是恢复全国统一高考 40 周年，在纪念这个重要日子的时候，我们不能忘记那个改变很多人命运的重要决定。1977 年，邓小平复出后主动向中央请缨，希望亲自抓教育和科技工作，以整顿和治理被"文革"破坏的重灾区。

根据他的建议，1977 年 8 月 4 日至 8 日，在北京召开了科学与教育工作座谈会，科学院选派了 17 名科学家，教育部选派了 16 名，总共 33 人参加会议。此外，副总理方毅，科学院副院长李昌，教育部部长刘西尧和常务副部长雍文涛，以及各有关方面负责人，总共 70 多人参加了会议。科学院的吴明瑜和我共同担任了会议的秘书长，我不仅亲自提出了教育系统参加座谈会的代表名单，参加和见证了这次会议的全过程，还亲自策划了恢复高考的提议，这段经历给我留下了难忘的记忆。

根据会议代表建议，邓小平同志拍板恢复"文化大革命"前实行的全国统一高考制度，从而推翻了"自愿报名、群众推荐、领导批准、学校复审"的"十六字"招生方针，这是由"四人帮"骨干分子迟群等人在清华大学炮制出来的。本来，当年的招生工作会议已于 6 月 29 日至 7 月 15 日在太原开过了，根据恢复高考的精神，后又鲜有地于 8 月 13 日至 9 月 25 日在北京重新召开当年的招生工作会议。

由于对恢复高考的争论非常激烈，会期延长到 44 天。在会议争执不下的关键时刻，邓小平又亲自召集教育部长刘西尧、常务副部长雍文涛和副部长李琦谈话，他指出："教育部要争取主动，你们还没有取得主动，至少说明你们胆子小，怕又跟着我犯'错误'……你们要放手去抓，大胆去抓，要独立思考，不要东看看，西看看。"这等于是邓小平二度拍板恢复高考，也大大遏制了反对恢复高考的声浪。

恢复全国统一高考，在"拨乱反正"的特殊时刻，意义十分巨大。在我看来，它的意义主要表现在三个方面：

首先是极大地推动了"拨乱反正"，可以说是推翻"两个凡是"的前哨战役。众所周知，教育战线上曾有"两个基本估计"，既然统一高考恢复了，也就意味着否定了"两个基本估计"。那么，人们也就有理由质疑"两个凡是"。果然不出所料，时隔9个月，即1978年5月11日，《光明日报》便刊发了评论员文章《实践是检验真理的唯一标准》，掀起了思想解放的大讨论。直到1978年12月18日，十一届三中全会正式决定推翻"两个凡是"。

其次是解放了千千万万的知识青年，尤其是所谓"可以教育好"而招工无望的知青，恢复高考使他们获得了上大学的机会。后来他们中也确实涌现出了大批杰出人才，成为社会各条战线上的中坚力量。

再次是极大地扭转了学校和社会的风气。由于"文化大革命"的破坏，曾经一度流行"读书无用"和"教书倒霉"的歪风。高考的恢复使人们看到，读书仍是改变青少年命运的重要途径，他们读书的炽热之情被重新点燃了，尊重知识和尊重人才也成为社会的新风尚。

恢复高考前20年的实践与问题

高考恢复后的前20年，人们基本上适应了这种制度，也很少有人质疑这种"一考定终身"的做法。可是，由于我国是一个人口众多的大国，各省、市、自治区的教育、文化和经济发展水平差距悬殊，于是这种大一统的高考本身存在的问题也在发展中逐步暴露出来。总的来说，存在的主要问题有：

1. "一考定终身"是最突出的问题，不少人因此失去了二次选择的机会，不免留下终身遗憾。2. 统一高考仍是按照分数高低来录取，助长了唯分数至上的思想，强化了应试教育，忽视了对学生全面素质的培养，某种程度上窒息了他们的想象力和创造力。3. 忽视了地区教育水平的差距，由于各地区考生录取分数线差距悬殊，出现了"高考移民"现象，间接助长了腐败。4. 各种巧立名目的加分乱象丛生，成为"权分交易"的温床。5. 学生负担重，"赤膊班""吊瓶班"越来越常见，考生身心受到伤害。6. 用统一试卷考核学生，不利于高水平的大学鉴别和录取优异人才。7. 重点大学在各省、市的招生名额由教育部分配，造成考生录取中的"马太效应"，即重点大学越多的省市录取分数越低。8. 大学招生的自主权不能充分兑现，谁有自主权和有多大自主权，完全由教育部控制，不利于选拔人才。

鉴于全国统一高考存在诸多问题，对统一高考质疑之声越来越多，要求改革高考的呼声也越来越高。自 1998 年开始，又揭开了持续了近 20 年的各种高考改革的尝试，首先推出的是"3＋2"方案，后又演化为"3＋X"方案，取得了一些局部经验，但总体上说仍是添枝加叶式的改良。

2009 年，北京大学推出"中学校长实名推荐制"方案，不仅没有成效，反而导致大学和各高中之间的不公。清华大学在扩大招生自主权的名义下，于 2010 年 11 月推出七校自主招生联盟，被称为"华约"联盟，迅速激起了全国大学结盟的涟漪。翌日，北京大学也立即成立了七校联盟与之抗衡，被称为"北约"联盟，后来发展到 13 所大学。其他大学担心被边缘化，于是各种联盟陆续出现，例如上海同济大学拉起"卓越"联盟，还有"京都"联盟……霎时间，家长、考生，甚至媒体都不知所措。

这些联盟刚一出现，我就表态："不要看他们今日闹得欢，必将以失败而告终。"不出所料，2015 年教育部下令，一举解散了各个招生联盟，因为它们的方案不是改革，而是为了"占山为王"和"掐尖"。

总之，这一轮近 20 年的高考改革，有过各种尝试，但基本上未取得成功。究其原因，主要是指导思想不端正，具体表现是：其一，在扩大自主权的名义下，各地和各校各自为政，中心多了即无中心，方案多了必将导致混乱。其二，所有方案都没有摆脱考核知识这一窠臼，按分数高低录取学生成了天经地义的"铁律"，因为这是最省心的，不必动脑筋去辨别和选拔各类特殊人才的"便捷"方式。其三，没有明白优秀的人才不是考出来的，每个考生都是一个活生生的个体，需要对他们进行人性化的个体分析，不仅看分数，而且要看他们的潜质。招生人员应该凭借智慧把最优秀、次优秀和一般的考生区别开来，录取符合自己大学培养目标所需要的人才。现在，不少大学仍陷入选状元或"掐尖"的误区，还未明白大学选拔人才的重点不是考，而在于录。

展望，改革路在何方

那么，大学招生改革的路在何方呢？恢复全国统一高考已经 40 年了，根据正反两方面的经验与教训，现在应该下定决心制定全国高考改革的新方案了，不能再等待，也不能再各行其是了。大学需要安定，以便专心致志地做学问和培育人才。

我认为制定新的高考改革方案，需要遵循以下原则：

一、40年的经验证明，全国统一高考方案相对来说是比较公平合理的，也是高考成本最低的，应当坚持这种高考形式。为避免"一考定终身"，可以实行每年两次高考，春季于3月上旬，夏季于6月上旬，两次考试的成绩具有同等效力。此外，任何联考、社会考试、学术水平考试都不能替代高考，要维护全国统一高考的严肃性、公正性和权威性。

二、全国高中取消文、理科分班教学，高考取消文、理科考试。中学文、理科分班教学，高考实行文、理科分卷考试始于20世纪60年代前后，目的是为了单纯追求升学率，多年来其弊端已日益显现。青少年必须坚持全面发展，文理兼备，须知科盲是不能成为哲学家的，而没有一定的人文素质也培养不出合格的科学家。

三、考试科目为语文、数学、英语和综合素质。语、数、英是我国实行了几十年的考试科目，不能轻易取消英语考试。有人建议采用社会化的考试代替，这是极不严肃的，也是没有权威性的。我坚决反对取消考试英语是基于以下三点：一是中国人的英语普及水平是世界最低的国家之一，考与不考反映在学习英语的重视程度上有很大区别。二是学习英语不仅仅是掌握语言的问题，而且有利于转变我国青年人的思维方法。众所周知，汉语起源于象形文字，这是导致国人长于模仿思维，而短于创造思维的原因之一。因此，牢固地、熟练地应用英语阅读、思考、写作和辩论，能有效提高我国大学毕业生在国际人才市场上的竞争力。

四、大学招生中的不公平一直备受诟病，必须下决心解决这个问题。招生录取中的不公平主要反映在两个问题上，一是"985"大学在各省、市分配的指标不公平，重点大学越多的省、市录取分数越低。这种现象在北京表现得最明显，这里的"985"大学有8所之多，而全国还有13个省、市、自治区内没有"985"大学，这必将造成人才流动上的恶性循环。解决的办法有，把"985"大学所在地的招生名额控制在20%，而其余80%的指标分配给外省、市，按照各省、市应届高中毕业生总数分配招生指标。二是城乡考生在录取分数上存在不公，农村在重点大学就读的学生比例偏低。对此，各985大学可以拿出一定的招生指标面向农村定向招生，行使各大学的招生自主权。

五、不能把高考作为学生学习的指挥棒，学习要由他们自己的志趣和教师精彩的讲授来引导；不能以提高考试科目的分值来指挥，分值高低仅有相对的意义，也只能满足心理上的需要。一个人如果掌握了学好语文、数学和英语的学习能力，其他各门课程也是能够学好的。大量事实证明，一些具备高小文化程度的人，日后都能自学成才。纵观国外的高考，都是比较简单的，当代高考也宜简不宜繁。优秀的人才不是考出来的，而是自己努力学习和钻研出来的。

从招考体制上说，我建议高考与录取实行三种权力分立的体制，各司其职，各尽其责，相互制约和相互促进。

首先是考试权。国家成立独立的考试院，作为面向全国的非营利公益机构。招聘教学经验丰富、秉公办事和有敬业精神的职业考试官，保持相对稳定。其职责是负责调查研究，科学设计高考试题，建立试题库，组织每年两次考试，并阅卷和评分。此外，他们一方面要向所有考生颁发考试成绩证书；同时又要向教育部通报全部考生的情况，向各省、市通报对应的考试情况，向各重点大学通报有关考生的成绩等。

其次是录取权，这是各大学应当享有的权利，不再受教育部名额和指标的限制。各大学根据自己招生的人数，划定本校的录取标准。每个大学应当组建一支训练有素的招生队伍，他们要有识别人才的智慧，铁面无私，不徇私情，敢于抵制考试和招生中的任何不正之风。招生工作人员要相对稳定，负责收集和设计面试题目，亲自主持面试，做好录取通知工作，而且还要做好落选考生的思想疏导工作。

再次是对考试与录取的监督和稽查权，这是教育部应义不容辞地去履行的权力。过去，教育主管部门过于集权，但都是微观上的管理，而疏于宏观的掌控，这是丢了西瓜捡芝麻。教育部与国家监督部联合组成稽查委员会，对高考和招生中的不良现象和违法行为，进行全面和严格的监督。制定最严格的惩处条例，不管任何人，一旦发现舞弊，坚决做到"一次见光死"的惩处。

马克思曾说："一步实际行动比一打纲领更重要。"过去，在"拨乱反正"时恢复高考，曾极大地扭转了社会风气。我相信，在执行新的高考改革方案时，严惩徇私枉法的行为，也将带动社会风气的继续好转，因为涉及教育的人口占我国人口近1/6，学校风气好了，自然也将带动社会风气的好转，如果这个愿望得以实现，将功莫大焉！

我们必须看到，现在制订新的高考改革方案时机已经成熟，试图追求完美无缺的高考方案是不现实的，任何合理、公平和公正的方案都是相对的。我们应该当机立断，由国家教育部组织一个专门的班子，邀请教育专家、教育改革家、高考研究专家和有关代表参加，经过认真调查与研究，听取各方意见，集思广益，拟订高考改革新方案。经过反复修改，最后以立法的形式固定下来，不能再朝令夕改。这是社会所期盼的，切不可等闲视之。

（本文发表于《同舟共进》2017年第8期）

珞珈子规啼

学术研究可以慢下来

学术研究贵在创造，轻浮和狂躁是学术研究的大敌。学术奇迹只青睐有心人，他们应当是那些清心寡欲和安贫乐道的学人，只有持之以恒，耐得住寂寞，学术奇迹才会光顾你。

当我提出这个命题时，似乎是不合时宜的，因为在新的技术革命时代，随着市场竞争的加剧，人们都是以追求高速度、高效率和快节奏为时尚。我之所以提出这个问题，是从国际慢城联盟的宗旨中得到的启示。自信息革命以来，随着经济和文化的全球化，人们的生活节奏越来越快，这不仅没有给人们带来美好的生活，反而使城市人口的发病率和死亡率不断攀升。于是，1999年10月在意大利奥尔维耶托市诞生了国际慢城联盟，它的宗旨是"以人为本，实现人居终极理想"。慢城联盟如今方兴未艾，已有24个国家的135个城市加入，似有席卷全球之势。应该说慢城联盟诞生绝非偶然，是对一切求快的反叛，这也应验了物极必反的规律。如果说人们生活和公共社会节奏要慢下来，那么鉴于学术研究的特殊性，学术研究更需要慢下来，唯有在"冷环境"中，才能穷究宇宙的终极真理。

学与术之别

什么是学术？"学术"一词，含义甚广，早在司马迁的《史记》中就有多处提及。如果专指学问和学识的话，南朝梁何逊在《赠族人秣陵兄弟》诗中有："小子无学术，丁宁困负薪。"北宋苏轼在《十八阿罗汉颂》中也有诗句："梵相奇古，学术渊博。"通常，人们都是把学术当作一个词语来理解和使用，权威的《现代汉语词典》的诠释是："有系统的、较专门的学问。如学术界、学术思想、学术团体、钻研学术。"

其实，"学术"一词是由"学"与"术"二字组成的，它们分别指称两种与学识有关的不同概念。梁启超是清末思想启蒙的代表人物，他于1911年在《学与术》一文中首次对它们做出了明确的界定，他写道："学也者，观察事物而发明真理者也；术也者，取发明真理而致诸用者也。""学者术之体，术者学之用。"著名翻译家严复也认为："盖学与术异，学者考自然之理，立必然之例；术者据已知之理求可成之功。学主知，术主行。"两位学术大师对学术的释义是完全一致的，仅就学而言，与牛津高级辞典的注释也是一致的，它的释义是："学术是与学校、学院有关的，学者式的、非技术或实用的，仅仅注重理论。"

以知识为基础的科学是分类的，现代通常把科学分为三类，即基础科学、应用科学和开发技术。既然科学是分类的，那么承担科学研究的部门也应该是有分工的，一般地说，科学院和少数研究型大学是承担基础科学研究，工业技术部门是从事应用技术研究，而技术学院和企业则是从事技术开发研究的。这一模式基本上得到国际共识。以德国为例，该国有两个最大的学术团体，一是马克斯·普朗克学会，下属70个研究所，它们更重视基础研究；二是夫郎禾费协会，下属38个研究所，主要从事应用科学研究。它们的区别是什么呢？对此，德国马克斯·普朗克学会主席彼得·格鲁斯给出了科学简明的回答，他说前者是创造作为研究的知识平台，而后者是在现有知识平台上进行研究。简单地说，基础科学研究是回答：这是什么？这是为什么？而应用技术研究是回答：这有什么用？这有什么效益？

但是，纵观我国科学研究的情况，各部门的分工并没有这样清晰，以至于各大学相互错位。例如，某些研究型的大学，却提出要上经济主战场，花费极大精力从事应用技术研究，结果"捡了芝麻，却丢了西瓜"。然而，另一些非重点大学，出于虚荣心的需要，拼命地向研究型大学里挤，自不量力地拼凑博士点，搞基础科学研究，结果劳而不获。我国基础科学研究落后，这已经是不争的事实，其主要原因是实用主义在科学研究中占据了主导地位，我们必须充分认识基础研究的重要性，以便赶上发达国家的学术水平。

浮夸是学术研究之大忌

20世纪90年代初，是我国经济发展史上一个拐点，其标志就是追求GDP

的指标。在高等教育领域，大学合并，学院更名，专科学院升格，大跃进式的扩招，一浪高过一浪，一直持续了近20年。大学中的科学研究，无论是论文还是专利，求多不求新，求量不求质，抄袭、剽窃屡禁不绝，身陷其中的既有校长、院长，也有院士、博士生导师，严重地玷污了大学这片圣洁的领地。一个好的学风，需要几代人培育，而一旦学风遭到破坏，又将殃及几代人。

中国是世界人口第一大国，但是这个第一说明不了什么问题，最根本的是人均占比。例如，中国科技研发人员8114万人，雄踞世界第一；科技论文连续6年世界第二，专利申请数量连续5年世界第一。其实，这些第一并不能证明一个国家真实的科学水平，更反映不出一个国家的创新能力。一个鲜明的对比是日本，人口尚不到中国的十分之一，迄今却已有22人获得了诺贝尔奖，涵盖物理、化学、医学和文学等多个领域，尤为突出的是最近14年中几乎每年都有一人获奖，就获奖的速度已经超过美国。中国就相形见绌了，在科学领域只有一项生理或医学奖。

就发明专利而言，虽然中国发明专利连续5年雄踞世界第一，但是含金量究竟有多高？发明专利包括新产品、新方法，对产品的形状、包装及外观设计等，我们在后者居然占了60%以上。中国的一些大公司每年申请专利多达数万件，这是商人们保护自己利益的作为，算不上有什么实质性的创新。据介绍，美国许多企业的主要盈利来自知识产权，产权交易每件是37万美元，而中国产权交易的收入可以忽略不计，这就是我国专利的硬伤。

在文学创作中，一味地追求短、平、快，一部电影三天杀青，一周写出几十万字的"大部头"，有些剧团一个月就抛出一部"鸿篇巨制"。我国电影年产量为六七百部，电视剧年产量为两万多集，每年出版长篇小说四五千部，但销量如何呢？有不少作品，还没有进入市场，转身就进了仓库。莫言是我国第一位诺贝尔文学奖得主，他的获奖作品《蛙》也仅仅印了20万册，这与那些世界名著动辄发行几千万甚至上亿册相比，简直是小巫见大巫。

2016年6月，在上海召开了电影票房论坛，有人提出中国电影票房即将超过美国。对此，两次获得奥斯卡最佳导演奖的李安是最有发言权的，他认为："中国电影工业刚刚起步，慢慢来。我希望它是开始，而不是高峰，不要让年轻人浮躁，电影工业不是一蹴而就的。"

我们必须冷静地看到，在我国学术研究、文学创作、专利申请、出版行业、电影制作等领域，不同程度地存在浮夸现象，其恶果就是粗制滥造。老子在《道德经》中有言："轻则失根，躁则失君。"这说明轻浮和狂躁是学术研究的大敌，学术研究只能在冷环境中求索，应当治一治"虚火"太旺的病症。我们应当看到，热环境或群众运动式的研究，只能导致浮夸和粗制滥造。学术研究要慢下来，首先是我们科学家、作家、发明家和出版人的心态要静下来，倡导"板凳一坐十年冷"和"十年磨一剑"的精神，唯有如此，才能诞生传世经典。

学术奇迹需要漫长等待

纵观人类科学发现和发明的历史，一切重大的学术奇迹，都不是一蹴而就的。什么是学术奇迹？我认为，能够称得上奇迹的，应当包括：科学领域的诺贝尔奖，各类一级学科世界大奖，创立颠覆传统理论的科学学派，旷古绝伦的重大发现和发明，传承百年甚至千年的学术经典著作等。显而易见，这些成就的取得，绝非毕其功于一役而为，需要百折不回的持久求索。

就拿诺贝尔奖来说，据统计，在114年中，共有889人获得这一殊荣，其中美国人占了四成。在这些获奖的成果中，除了极少数是偶然幸运者以外，绝大多数都是皓首穷经的结果。例如，美国物理学家雷蒙德·戴维斯，对宇宙中微子的研究长达40年，于2002年才获得诺贝尔物理学奖；2003年诺贝尔物理学奖的获得者，又是3位美国人，他们的研究耗时10年，而且经过30年的考验；2004年诺贝尔化学奖的获得者是两位以色列化学家，他们的研究经历了长达35年的漫长过程。又如，英国剑桥大学生理学教授罗伯特·爱德华兹被称为"试管婴儿"之父，他用20年的时间，经过反复试验，终于培养出了首个试管婴儿路易斯·布朗，但他于85岁才获得诺贝尔生理或医学奖，滞后了32年。

最近，媒体报道了世界耗时最长的5个科学实验，其中之一是沥青滴漏实验，这是由澳大利亚物理学家托马斯·帕内尔等人进行的。他们耗时85年，观察到看似固体的沥青也能够流动。每6到20年会有一滴沥青滴落，迄今只滴出了8滴，其间只发表了一篇论文。此项实验的意义在于，物质的固态和液态是相对的，也是可以转化的，问题是要找到它们的临界点。这项研究获得了

2005年搞笑诺贝尔物理学奖,它的意义不在于科学贡献,而在于对历史文化的影响。实验者们还计算出了沥青的黏度,它是水的黏度的2300亿倍,这个比值真堪为天文级别的数字,仅此一点,就可以流芳百世。

在文学创作方面,也能体现"慢工出细活"的规律,急功近利只能出劣质品。例如,曹雪芹的《红楼梦》写作10年,审阅10载,增删5次;司马迁写《史记》15年;李时珍撰写《本草纲目》27年;徐霞客写作《徐霞客游记》历时34年;托尔斯泰创作《战争与和平》历时37年;歌德毕其一生之精力,用60年创作了鸿篇巨制《浮士德》,等等。这类例子是不胜枚举的,与当今中国文学界某些急就章的作品相比,简直是天壤之别,应当引起人们深刻的反省。

上述的事例都充分证明,学术研究贵在创造,而创造是从无到有的过程,是做出第一的、率先的和旷古绝伦的学术成果。因此学术奇迹只青睐有心人,他们应当是那些清心寡欲和安贫乐道的学人,只有持之以恒,耐得住寂寞,学术奇迹才会光顾你。如果有谁不愿意付出,那他就休想有收获;如果没有踽踽独行的毅力,也休想有机会品尝学术奇迹的人生况味!

(本文发表于《光明日报》2017年3月28日)

教育需要乌托邦的想象力

"乌托邦"一词最早出现在1516年，语出英国空想社会主义家托马斯·莫尔的《乌托邦》一书。今年是《乌托邦》一书出版500周年，世界各国的乌托邦研究者、理想主义者、经济学家、政治学家纷纷发表纪念文章，有关的学术组织还准备召开《乌托邦》出版500周年纪念大会。托拜厄斯·琼斯是英国乌托邦研究者，他在考察英国和意大利乌托邦社区的基础上，撰写了《乌托邦梦》一书。今年2月，他又在英国《卫报》撰写了纪念文章，追问西方乌托邦想象今何在？该文对西方历史上的各种乌托邦进行了考察和梳理，既列举了一些乌托邦主义的陷阱，又展示了某些乌托邦的新魅力，对人们全面和正确认识乌托邦具有一定的现实意义。

什么是乌托邦

托马斯·莫尔早年毕业于牛津大学，是一位才华横溢的人文主义学者，曾经当过律师、大法官、国会下议院议长。于1516年受亨利八世国王的派遣，出使荷兰法兰德斯商务代表，他的这次出使构成了他创作《乌托邦》一书的背景，而此书的出版，使他成为欧洲最早的空想社会主义的创立者，乌托邦主义的祖师爷，也使他成为英国名垂千古的圣人。

《乌托邦》实际上是一部政治性的幻想小说，它的全名是《关于最完美国家制度和乌托邦新岛的既有利益又有趣的金书》。他采用了人文主义时代常用的叙述方式，应用了游记体小说的表现形式。他将自己对现实的思考与对理想未来的思考，假借水手拉斐尔·希斯拉德之口讲了出来。乌托邦是莫尔虚构的一个岛屿，被他视为拥有最完美社会制度和最适合生活的地方。《乌托邦》是莫尔用拉丁文写成的，直到1551年才被翻译成为英文，此时他已经殉难16年，他是因反对亨利八世与皇后闹离婚而与罗马教皇断绝关系被送上断头台的。莫尔从希腊文的 ou（没有）和 topus（地方），自创了一个词语 utopia，意思是"没有的地方"或"乌有之乡"。19 世纪末，我国翻译大家严复，采用音译与意译相结合的原则，把莫尔的这本名著翻译为中文的书名《乌托邦》，既贴切又形象，一直沿用至今。

该书共分为两部分，在第一部分中，他借拉斐尔之口对当时英国社会的种种弊端，统治阶级的专权残暴、厚颜无耻，以及广大下层民众的悲惨处境予以辛辣的讽刺和揭露。在第二部分中，莫尔把自己对人类美好的国家制度的憧憬投射到他所假想的乌托邦岛上。在这部分中，他用了 8 个不太引人注意的标题，系统地为我们描绘出理想社会乌托邦的政治、经济、科学文化、宗教、社会生活和对外关系等方面的特征。乌托邦的政治制度是民主，强调乌托邦人当家做主，一切权力归乌托邦全岛大会和议事会。

从本质上来说，莫尔假想的乌托邦岛是实行社会主义制度，最大的特点是财产公有。乌托邦岛上物质和财富非常丰富，但为全岛所公有，无论是什么产品，包括吃的、用的，都汇集到每个城市几个指定的市场，家家户户到市场上领取所需要的物品，不付钱，也不付任何代价，也不受数量的限制。总之，乌托邦岛实行财产公有制，乌托邦人都参与公益劳动，为了增加社会财富，各尽其能，按需分派。莫尔提这些设想充满了幻想，在他的心目中，乌托邦岛就是一个共产主义大家庭。

莫尔的《乌托邦》出版后，在欧洲引起了巨大反响，迅速被翻译成各国文字，伴随兴起了研究乌托邦的热潮，并陆续出现了多种乌托邦文学作品，如意大利进步思想家托马斯·康柏内拉的《太阳城》（1623），被认为是《乌托邦》的姊妹篇；德国思想家约翰·凡·安德里亚的《基督城》（1619），被认为是空想社会主义的第三颗明珠；英国 17 世纪哲学家弗朗西斯·培根的《新大西岛》（1627）；英国詹姆斯·哈林顿的《大洋国》（1656）；威廉·莫里斯的《乌有乡消息》（1890）等。与此同时，反乌托邦的文学作品也不断推出，如杰克·伦敦的《铁蹄》（1902）；奥尔德斯·赫胥黎的《新世界》（1932）；威廉·戈尔丁的《蝇王》（1954）；约翰·维斯汉姆的《蝶蛹》（1955）；威廉·吉布森的《神经漫游者》（1984）；玛格丽特·阿特伍德的《世纪末的女仆》（1985），等等。

我们可以这样说，自从莫尔的《乌托邦》问世之后，反乌托邦的思想和著作也随之出现。这绝非偶然，任何新思想的出现，也必然会出现反对的思潮。

问题争论的焦点是,乌托邦的理想到底能否实现?为了说明这个问题,我不妨引用美国耶鲁大学历史学著名教授莫里斯·迈斯姆的一段话,他说:"历史的动力不是乌托邦的实现,而是对它的追求,可以说,没有了乌托邦就没有人类的历史。"美国一个学者也说:每一个时代的大师对人类的影响不过300年,而莫尔的乌托邦已经是500年了,柏拉图的《理想国》已经影响了2300多年,而且其影响尚没有停止。这就是理想主义的力量!

乌托邦实验进行时

进行时是英语语法的一种时态,包含现在进行时、过去进行时和将来完成进行时。按时间而论,可能是一年、三年、五年、十年甚至一百年或更长。我借来表示乌托邦的实验,无论在过去、现在和将来都是在进行中,不管遇到何种困难,人类追求乌托邦或乌托邦式的理想从来都没有停止过。从文化层面上看,对美好社会的向往,一直是人类想象的动力。从柏拉图的《理想国》到莫尔的《乌托邦》都充满着理想主义的色彩。我们不能要求每一个理想都能够实现,因为那样会限制人们的想象力。

最早的乌托邦实验,应当是古希腊的哲圣柏拉图,他于公元前380年左右出版了饮誉世界的巨著《理想国》,该书内容十分丰富,其中有一个核心观点就是"哲学王"。他认为教育的最高目的就是培养国家的最高统治者——哲学王。公元前387年,几乎是与《理想国》出版的同时,在朋友的资助下,他创办了柏拉图学园,亲自执教40余年,而学园持续存在了900年的时间。应该说这个学园是他实现《理想国》的实验田,虽然他没有能够实现"哲学王"成为国家最高的统治者,但柏拉图学园培养出了大名鼎鼎的哲学王亚里士多德,推翻"地心说"的著名天文学家哥白尼,与牛顿和高斯齐名的著名数学家欧几里得,他们的业绩与声誉足以流芳百世。

罗伯特·欧文既是英国企业家、慈善家,又是一个空想社会主义者。他在自己的工厂搞改革,提高工人的工资和福利,新办幼儿园、小学,缩短工人劳动时间等。但是,他还不满足,时隔300多年以后,他想把莫尔的乌托邦付诸实践。他分析了各国的情况,还是觉得美国最宽容,于是他不远万里,来到美国荒漠的中部,花巨款购买了3万英亩的土地,尝试建立共产村。1825年4

月，他的共产村建设在美国印第安纳州，还有一批牧师和知识分子来兴办教育，开创了美国历史上的一次知识大迁徙。欧文甚至宣称："我们的原则将会从一个社区到一个社区，从一个国家到一个国家，从一个大洲到一个大洲传布开来，直到这些原则和制度覆盖整个地球……"

可是，欧文在美国建立的共产村，并没有坚持下来，大约只坚持了 3 年，到 1830 年以后，各个共产村陆续消失了。究其原因，主要是人性良莠不齐，要在短时间里改造人性是不可能的。当人们感觉工作不是为了自己，还可以享受他人劳动的果实，那谁还会努力工作呢？人们不努力工作，物质怎么会丰富起来呢？虽然欧文的乌托邦失败了，但在美国弗吉尼亚州还有一个橡树合作社，于 1987 年创办，它拥有 450 多英亩土地，百来十个人口，财产共有，奉行平等主义，至今已经快 30 年了。

在亚洲，乌托邦主义相对于欧洲没有那么流行，但是印度却创办了一个"曙光村"（也叫作世界村、地球村），被称为是印度的乌托邦实验。创办人是来自法国的一个女艺术家，大家都称她为妈妈（mother），在她的号召下，来自 124 个国家的 5000 多人入住了曙光村，每个人都带来了家乡的泥土，放在村子地理中心的一个大瓮中，象征着人类合一。曙光村的创建得到印度政府的支持，拨给了土地，联合国教科文组织也表示了肯定和支持。

曙光村创办于 1968 年 4 月 28 日，创办人发表了宣言，制定了曙光村宪章。创办这个世界村是起源于印度圣哲奥罗宾多的梦想。他早年留学英国，回国后从事反英国殖民主义，争取民族独立。他是先知、诗人，精通多种文字，创立了"精神进化"学说，主张人们超越政治、主义、宗教，从而拥有进步、和谐、安宁的生活。这个小型的乌托邦至今已经坚持了近半个世纪，这种追求理想生活的精神和经验值得人们进行总结和反思，其实，在中国河南的南街村、江苏的华西村，它们或多或少的也带有乌托邦的色彩，这是我非常乐意看到的。

教育需要乌托邦的想象力

莫尔创作《乌托邦》是凭借想象力，一系列乌托邦文学著作也是靠想象力，各式各样的乌托邦实验也是建立在丰富的想象力之上的。因此，可以说没有想象力就没有乌托邦，想象力是构成乌托邦的核心。同时，想象力也是创造之源，世上千奇百怪的发明成果，也都是依靠人的想象力而实现的。

什么是想象力？所谓的想象力就是凭借人的思维能力，在人的大脑中构想出一个新的念头、新的理念、新的数学猜想、新的方案或图像的能力。想象力是人的最本质特征，是人与其他动物最本质的区别，是人与生俱有的能力。但是，人与人的想象力是有差别的，想象力产生必须具备四个条件：一是要有丰富的知识和生活经验；二是善于观察周围的事物，要保持和发展自己的好奇心；三是留心世事，善于捕捉新颖的、奇异的、反常的现象或事物，并经过思维的加工，使之获得新的、有价值的成果；四是营造宽松的文化环境，提倡海阔天空的想、百无禁忌的想和异想天开的想，这样才会产生想象力。

根据对人类史发展的研究和推理，人类最早的想象力是源于火。我们的祖先最早也是过着与动物一样的生活，居住洞穴，茹毛饮血，生吃冷食。在原始社会，一次闪电造成了森林大火，大部分动物和先人都被烧死，一部分逃跑出来的先人，饥饿难忍，他们只能寻觅烧死的动物来充饥。他们偶然发现烧死的动物比生食要好吃。这就引起了先人们学会吃熟食的想象力。他们用火把生食物煮熟，既容易消化又有营养。其他动物都怕火，唯有人能够控制火，并学会了摩擦生火、保存火苗，并应用火制造工具，进而凭着想象力发明语言、文字和一系列科技发明成果，一步一步地使人类进入到现代文明时代。

从教育的角度看，人的想象力培养主要在幼儿和少年时期，在这个年龄段他们的思维尚没有定势，应该让他们的天性自由地发展。然而，我国小学生想象力低下，确实让我们万分忧虑。据教育促进国际评估组织调查，在世界21个国家中，中国小学生的计算能力排名第一，然而想象力却排名倒数第一。这个鲜明的对比，应当引起对我国教育的反思。我国少儿想象力低下，是长期推行标准化的应试教育和虚伪的追求高分造成的。少儿时期想象力被窒息，必然导致成年以后创造能力低下，这是我国经济和科学技术发展中，习惯于模仿而缺少重大原创性成果的最主要原因。

纵观全球，20世纪是排斥乌托邦的世纪，相对于天才辈出的17世纪和发明成果丰硕的19世纪，显然20世纪要逊色得多，这也许与想象力贫乏有关。21世纪将是以创造为特征的世纪，为此必须迎回和拥抱乌托邦，以应对人类危机四伏的困境。教育是一种超前的事业，是理想主义者的事业，以培养追求真理和对人类终极关怀的富有智慧的人才为己任。从这个意义上来说，教育理应是乌托邦的事业，应当成为乌托邦的故乡。为此，必须大力推进教育改革，更新教育观念，改革僵化的教育制度，构建新的人才理念，营造自由民主的育人环境，让富有乌托邦想象力的人才不断地涌现出来。

（本文发表于《同舟共进》2016年第11期）

如何走出中国出版恶性循环的怪圈

当我们提起畅销书，不免令人想起《道德经》《论语》《资治通鉴》《红楼梦》《三国演义》等中国古代的经典名著，它们分别是思想、政论和文学领域历久弥新的畅销书。可是，自从我国进入现当代以后却鲜有畅销书出现，这究竟是什么原因呢？为了回答这个问题，我们需要弄清什么是畅销书，畅销书的营销策略，以及怎样才能创作出畅销书？

顾名思义，畅销书是指发行量大，受大众欢迎的书，是读者自愿花钱消费、在权威排行榜上有名的书。但是，要给畅销书下一个定义，又是一件极不容易的事。实际上，畅销书既是分层次的，又有数量的规定。一般来说，畅销书生成可以分为五个层次，即超级畅销书、比较畅销书、一般畅销书、潜质畅销书和畅销选题。从发行数量上来说，中国年销售5万册的是畅销书，20万册以上是比较畅销书，100万是超级畅销书，而100万册以上可算是当前出版的奇迹了。中国的畅销书，不仅数量少，而且周期短，国外是6—7年，而中国只有1—2年。据统计我国畅销书只占发行总数的6.7%。美国的情况大致是，精装10万册、平装100万册是属于超级畅销书。迄今为止，美国无疑是文化大国和强国，拥有最多畅销书的作家，畅销书的发行量也最大，动辄码洋达到几亿甚至几十亿美元，这常常令我国出版界叹为观止！

但是，我们必须分清发行量大与畅销书之间的界限，有些书籍发行量非常之大，但它们并不属于畅销书之列。例如，《毛主席语录》《新华字典》《成人考试辅导资料》《考研辅导资料》《家常菜谱大全》《人体保健手册》《幼儿读物》等。又如，1978年一套《高考自学丛书》发行了7395万册，这是特殊时期和特殊群体的需要造成的。然而，畅销书不仅有量的要求，还必须有质的限定。美国学者迈克尔·科达对畅销书给出了一个另类的定义，他说："好书的标准是，希望重温初次读到某书时心中的悸动。"这就说明，畅销书自然是好书，而读好书是令人兴奋和激动不已的，这也是为什么"好书不厌百回读"

（苏轼名句）的原因了。因此，我们可以毫不夸张地说，畅销书是衡量一个国家公民文化素质的标尺，是社会学的试验场，是大众心理的晴雨表。

当然，对于畅销书的看法，也是见仁见智，不同人群的见解也大相径庭。但在我看来，所谓畅销书，应当具备如下条件：

首先是最富有智慧的书，它们常常启迪人们的思想，净化心灵，终身受用。美国《纽约时报》是评比畅销书的权威媒体，自1942年开始，它们就首创了畅销书的评选活动，并且每月都发布畅销书排行榜。这家媒体评论说："欧洲学者们坚信，千百年以来，人类写过具有永恒价值的处世智慧书，一是意大利的尼克罗·马基雅维利的《君主论》；二是中国孙武著的《孙子兵法》；三是西班牙巴尔塔萨·格拉西安著的《智慧书》。"

其次是传世经典名著，这些书不是属于一个时代，它们历经不同的朝代，仍然被人们津津乐道，如我国的四大名著《红楼梦》《三国演义》《西游记》和《水浒传》，至今已300多年了。

再次是非功利化的和具有普世价值的书，这些书并非是为某个特别的利益集团服务，也不是为满足某些特殊人群的需要。例如，在思想和教育方面的名著，像古希腊柏拉图的《理想国》和法国17世纪启蒙思想家卢梭的《爱弥儿》，前者已经流传近2500多年，后者也有300多年。至今它们仍然享有至高无上的地位，正如卢梭大言不惭地宣称："只要柏拉图的《理想国》和卢梭的《爱弥儿》留存在世，纵令其他教育著作被毁，教育园地也是馥郁芳香的。"

从上述可以看到，我国古代确实诞生了不少畅销书，无论是在哲学、军事或是文学领域，这些名著丝毫不逊色于世界任何其他民族的作品，而且就其智慧的深刻性来说，都处于其他民族或国家之上。例如，老子的《道德经》，撰写于春秋时期，至今近2700年了，这是一本只有5000多字的经典名著，真正是言简意赅，字字珠玑，奥妙无穷。该书内容涵盖了宇宙观、人生观、认识论、方法论、为人处世、治国、修身等各个方面。根据西方学者的统计，《道德经》被翻译成世界各种文字，其发行量仅次于《圣经》。值得指出的是，《圣经》是宗教读物，大量免费赠送，教堂和旅馆到处都可以自己索取；而《道德经》是哲学著作，既不受任何宗教的影响，也不被各种利益集团所驱使，能够达到如此广泛的影响，实在是出版史上的奇迹。

畅销书的销售，既与名人效应有关，也受营销策划的影响。但是，归根到底还是由畅销书的质量所决定的，让读者感到物有所值，他们的认可是最好的宣传。"口碑效应"虽然是传统的宣传，但这种传播的速度之快、影响之大，往往是难以想象的。

自从进入到现当代以来，我国出版的畅销书却日益式微，似乎再难以看到受大众热捧的畅销书了。这究竟是什么原因呢？依我之见，主要是三个原因：

首先是创作缺乏创意。按照美国的标准，畅销书分为两类，一是虚构的（fiction），二是非虚构的（non fiction），无论是虚构或是非虚构的作品，都是创意地表达，贵在一个"创"字。创造是从无到有的表达过程，没有灵感的大脑犹如一座干枯的水坝，是无论如何也发不出电来的。作家、画家、音乐家都应该是最富有灵感的人，否则是创作不出引人入胜的畅销书的。

众所周知，《百年孤独》是哥伦比亚作家加西亚·马尔克斯的长篇小说，曾经获得1982年诺贝尔文学奖，风靡了60多年，在全球销售了5000万册以上。这本巨著是他的创作灵感的体现，源于他1965年驱车前往墨西哥滨海旅游城市卡普尔科，但在路上他突发灵感，于是他立即调转车头回家。他把自己锁在房间里闭门不出，每天与6包香烟为伴，耗时18个月写出了这部长篇小说，并一举成名。中国的作家们之所以写不出畅销书，原因就在于缺乏创造性的灵感，这种虚构的想象力，是21世纪世界最强大的力量。可惜的是，不仅作家，其他各个领域里也都缺乏创造性，所以山寨货、淘宝村和抄袭、剽窃才大行其道，这已是人们不得不承认的事实。

其次是急功近利的创作指导思想。我们必须认识到，无论是在文学创作或是学术研究中，都渗透了急功近利的思想。这是功利化思想的表现，是学术研究者们浮躁心态的反映。美国畅销书作者托夫勒是自学成才的典型，是世界未来学大师。他7岁就立志成为一名作家，他虽然进到了大学，但他对学分和毕业典礼不感兴趣，先后当过工人、编辑、记者，最后成为社会学和未来学家。他用30年写了3本畅销书，是真正的"十年磨一剑"。这三本书是《未来的冲击》（1970），《第三次浪潮》（1980）和《力量转移》（1990），构成了他的未来学三部曲。其中，他准确地预见到未来社会的变革，以及相应的生产方式和思维方式的改变。这三本书被翻译成各国文字，销售了几亿册，至今仍在热销之中。

《红楼梦》是清代曹雪芹的名著，他在贫病交加的境遇下，隐居在北京西山的乡村，历时十年、五次修改，倾注了毕生心血。正如他在自评诗中写道："字字看来皆是血，十年辛苦不寻常。"但是，他只完成了前80回，在受到丧子之痛的打击下，竟然一病不起，当人们欢天喜地迎接新年之时，他在除夕时含着悲愤离开了人世。在《红楼梦》第一回中，他以五言绝句道出了写作时的心情："满纸荒唐言，一把辛酸泪，都说作者痴，谁解其中味？"他所说的"其中味"正是几百年以来人们研究的对象，并且形成了"红学"不同的学派。从本质上来说，《红楼梦》就是一部旧社会的百科全书，他也为我国文学史上矗立了一座丰碑。可是，我国现在还有这样皓首穷经和安贫乐道的学者吗？既然没有，那就不可能撰写出传世经典畅销书了。

再次是不读书和不买书，使得我国畅销书的出版发行步入一个恶性循环的怪圈。这个怪圈是：图书贵、不买书、稿酬低、无好书、不读书、发行少、每个环节都是互相联系和相互制约的。我国号称世界第一出版大国，现有出版社500多家，有大学出版社近120家，每年出版图书三四十万种，比美国多一倍。同时，我国又是一个图书库存量大国，有不少图书从出版社到书店转了一圈又回到仓库。我国出版社年值大约是500－600亿，平均每个出版社不到一个亿，全国出版社比不上欧洲国家一家出版社的规模。有两组数字颇能够说明问题，一组是根据2011年的统计，全年出版图书37万种，增长了12.5%，库存图书是900亿，增长了22.1%，出版发行额度为185.132亿，下降了20.5%。这些数字显示：该减的又增了，而该增的又减了。另一组数字是根据全国第十二次阅读调查，国民阅读纸质图书为4.56本，电子阅读为3.2本，而以色列是64本，俄罗斯是55本，美国是50本，德国是47本，日本是45本……这两组数字说明，我国存在严重的出版与读书的危机，我们无论如何不能再掉以轻心了！

那么，我国如何走出这个出版发行的怪圈呢？

首先，是提高我国作家队伍的创造性素质，这是产生畅销书的关键。就整体而言，我国作家队伍的素质是不高的，很多作品是快速催生出来的，所以鲜有创作出畅销书的。1985年，我在武汉大学创办作家班，目的就是培养学者化的大作家，期冀创作出畅销书。《廊桥遗梦》是我国广大读者熟悉的作品，它是美国作家罗伯特·詹姆斯·沃勒的名著，曾经被搬上荧幕，翻译成40多种文字，发行了5000多万册。究其原因，就是因为沃勒是一位高素质作家，他多才多艺。除了创作小说以外，他还是音乐家、摄影家，在艾奥瓦大学，他还教授数学、经济学和管理学，正是这些多学科的素质，激励出了他的创作灵感。

其次，是提高著述的稿酬，调动创作人员的积极性和创造性。我国的稿酬低下是明显的，一般版税是8%—12%，如果按字数付酬，最低的是每千字20元，一般是80—100元，最高的是300—500元。我国自古就有"著书都为稻粱谋"（清朝龚自珍诗句）的说法，按照当今稿酬的标准，如果这些文人没有兼职的话，稿酬肯定是不能养家糊口的。可以断定，贫穷是诱发不出虚幻的想象力，也绝对诞生不了经典畅销书的。

再次，要整顿我国出版发行机构，注销一批低劣的出版社，杜绝买卖书号的投机行为。总的来说，我国出版社太多。就国家而言，应当有商业性和学术性两类出版社，他们彼此明确分工，绝不能串位。在"文化大革命"以前，我国只有一家大学出版社，而现在一下膨胀到近120家，许多大学出版社都成了"同人"出版机构，为了追求利益，不惜出版许多低俗和劣质的图书。这与美国大学出版社形成了鲜明对比，像哈佛大学、芝加哥大学和加州大学的出版社，是全美最著名的三家大学出版社，但他们每年出版的著作不足30种，这从一个侧面暴露了我国大学学术功利化和泡沫化的歪风，如果不予纠正，便无法建成世界一流的大学。

纵观事物发展的规律，无不遵循着循环式发展的轨迹，不过循环有螺旋式的循环和恶性循环。既然我国畅销书出版发行陷入了恶性循环，那么我们就应该采取积极措施，尽快使之进入到良性循环之中。依我之见，就是"高稿酬、出精品、导读书、促发行、创畅销。"我相信，经过持久不懈的努力，我国一定能够诞生一批传世的畅销书，再现我国古代灿烂文化的辉煌！

（本文发表于《同舟共进》2017年第2期）

教育不能被虚荣心所绑架

在《红楼梦》第一回中，曹雪芹写了一首《好了歌》，首句就是："世人都晓神仙好，惟有功名忘不了。"所谓功名是指功绩和名声，语出《史记·管晏列传》，之所以人们忘不了，是因为它具有极大的诱惑力和功利性。因此，正确的功名观应当是，把为国建功立业与实现人生最大价值结合在一起，这样的功名观对社会往往具有推动作用。但是，如果不是以正确的观点看待功名，那就如《唐摭言》中所云："缙绅虽位极人臣，不由进士者，终不为美。"这是一种虚荣的功名情结，这也正如当今报考公务员必须具有博士学位一样，只图表面而不考察实际的水平与能力。

顾名思义，虚荣就是虚假的荣誉，是靠捧抬而树立起来的名声，因此它们是不真实的，或者是以不正当的手段攫取的功名。追求这种虚假功名的心态，就是虚荣心，而爱面子、好虚荣是攀比心理的伴生物。中国是一个爱面子的民族，甚至有人根据长期调查得出结论认为，中国人的第一特征就是爱面子。我国有一句俗话说，"死爱面子活受罪"，就是这种文化劣根性的集中反映。从心理学上说，爱面子、好虚荣的思想和行为，是一种预期性的焦虑，是一种病态心理，把不真实的或者虚幻的目标当作理想追求。

在中国的教育中，虚荣心的表现比比皆是，它渗透到教育的一切领域。无论是办学者或是求学者，无论是学生的家长还是教育行政领导部门，都存在着严重的虚荣心。众所周知，高分低能已经是被无数事实证明了的现象，但是在我国的基础教育中，却仍然把追求高分作为目标，凡是考满分或前三甲者，总是备受表扬。杭州天长小学班主任周武通过 10 年跟踪调查，得出了"前十名现象"的规律，这是值得重视的。他指出，凡是考前三名者，在日后的学习与事业中，都没有突出的成就，反而是位列第十名左右的学生，在日后的学业和事业中都有突出的贡献。这就说明，考高分或是名列前茅，都只能满足虚荣心的需要，于己于国都没有实际的意义。

每年一度的高考，总是会出现一批被称为"状元"的考生，状元的家长们获得了回报感，培养出状元的中学获得了荣誉感，而各大学以录取到状元而获得了自豪感。可是，状元是什么？他们只是此时此刻考试的一份记录，反映的是考生对试题的适应性和应试能力。如果重新再考一次，状元肯定会易人，这就说明考试具有很大的随机性。本来，科举考试已经废除一百多年了，"状元"一词也被扫进到垃圾桶。可是，在虚荣心恶性膨胀时，学校和媒体又把状元复活了，甚至被炒作到无以复加的地步。有人做了跟踪调查，自1977到2006年的30年中，全国涌现了1000多名状元，但没有一个是顶尖人才，他们都从事平凡的工作，过着平淡的生活。在对待状元的问题上，为何屡禁不绝？这再次反映出我国大多数人都有虚荣心。

如何对待名校和名师呢？这也是区分实事求是与虚荣心的分水岭，应当说名校和名师能够为学习者提供良好的条件，但最终能否成才，还是决定于自己。北京大学和清华大学当属我国重中之重的名校，但被录取到这两所大学的学生，并不是个个都成为优秀的人才，甚至有人讽刺说："播下的是龙种，而收获的是跳蚤。"反之，非名校甚至没有进入到大学的学习者，也有很多人成为杰出的人才。同样的，先后跟从同一名老师的学生，也不是每个人都成为杰出的人才。华罗庚先生是世界级的数学大师，先后有一百多人做他的研究生，但称得上有名气的数学家也只有五六个人，只占5％左右。所以，我一直主张要淡化名校和名师情结，决不能以虚荣心去追逐名校和名师，决定成才和事业成功的只能是自己。

在大学的合并、升格和改名问题上，最明显不过地反映出我国高等教育界的虚荣心是多么严重！我国除了部分老牌大学以外，几乎所有的大学都改名了，而且是一改再改，反正是校名越改越大，越响亮越好，甚至冠以"中国"，这是在世界任何国家都不曾有过的现象。清华大学被称为中国的麻省理工学院，于是不少学校对"华"之趋之若鹜，一下冒出了四个带"华"字的大学，即东华大学、西华大学、南华大学和北华大学，总想沾一点"华"的便宜，这是极度虚荣心的表现。美国和法国的学院甚至专科学校，几百年都不改名，并没有影响他们成为世界顶尖的大学。我国原来的专科学校，现在都升格为大学了，但我看他们一百年甚至数百年后，也达不到欧美国家学院的水平。因此，虚荣心害死人，除了满足自己的虚荣心需要以外，只能是误导学生，误导社会大众，真是贻害无穷！

　　自 20 世纪 90 年代初以来，官员和老板都拥进大学校园争戴博士帽，这也是一种虚荣心的表现。这些人完全忘记了自己创业的历史，他们成为成功的企业家，原本并没有学位，有不少人甚至根本就没有上过大学。他们用不菲的金钱换得一个博士帽，除了装饰"脸面"，对他们的企业没有任何实质性帮助。

　　我国教育问题丛生，一直走不出困境，原因就在于教育被虚荣心所绑架。因此，我们必须发扬实事求是的精神，坚持求实、求真的教育理念，坚决杜绝一切虚荣心的表现，绝不留情地揭露弄虚作假的丑恶行径。唯有如此，我国的教育才能回归到正确的轨道上来，必须秉持"板凳一坐十年冷"的治学精神，才能追求永恒的真理，做出传承百年甚至千年的学问。这才是我国重点大学应当追求的理想！

（本文发表于《南方周末》2017 年 8 月 10 日）

功利化是中国教育的病根

教育活动在人类史前就已经出现了，它有着与人类进化一样久远的历史。在教育界，关于教育起源有各种学说，比较公认的是劳动起源说，其代表人物是苏联教育学家米丁斯基。但是，笼统地说教育起源于劳动并不全面，严格地说，教育应当是产生于人们的劳动、生活和社群交往之中。只有了解了教育的起源，才能对教育的功能有正确的认识，从而自觉地抵制教育功利化的倾向。

从分类来说，教育可以划分为自发教育（自学）、社会教育和学校教育，它们彼此互相联系又相互补充。在西方国家，学校教育最早出现在古希腊，英文中school（学校）是由希腊文schoole演变而来的，而schoole在希腊语中是闲暇的意思。在古希腊人看来，从事劳作、战争和政治的人是很辛苦的，只有在闲暇时才能读书学习，享受学习的轻松与乐趣。直到现在，欧美国家的初级教育仍然秉持着这种自由教育的传统，主张教育必须顺应人的自然本性，既不要求学生背诵枯燥的知识，也不把考分作为学生奋斗的目标。

中世纪被称为欧洲的黑暗时期，但却在意大利诞生了早期的博洛尼亚大学，给人类送来了光明。大学是怎么诞生的呢？一些有真才实学的学者，一旦他发现了某个真理，就会到教堂或是大街的广场宣传自己的新发现。一些追求真理的青年聚拢来听讲，久而久之就形成了演讲者与听众群体。有时遇到下雨天，演讲就迁移到室内，慢慢就有了固定的教室和学生，最早的大学就这样形成了。那些发现真理的学者，既不需要保密，也不用专利垄断发明。所以，那时大学是学术共同体，既没有任何功利目的，也没有任何属于物质性的校产，完全是为了追求真理。

中国教育的发展，走着与欧美国家完全不同的道路，其功利化就是我国教育最鲜明的特征。在我国奴隶社会鼎盛时期的西周，官办学校就出现了，当时流行的说法是"学在官府"。到春秋时期，孔子率先兴办私学，虽然积累了某些先进的教学方法，但"学而优则仕"仍是他教育观的集中体现，也带有鲜明的功利性。自隋朝开始实行科举制，更是把孔子的"学而优则仕"制度化、普及化了。物极必反是事物发展的一条规律，鉴于科举制种种弊端，清末维新派喊出了"废科举，兴学堂"的口号，使之成为洋务教育改革的重要方针之一。

洋务运动代表人物之一张之洞，在《劝学篇》中全面诠释了洋务教育的指导思想是"中学为体西学为用"。在这个思想指导下，19世纪末，自西方国家引进的各类学堂多达40余所。在语言类学堂方面，有京师同文馆（1862）、上海方言馆（1863）、广州同文馆（1864）、湖北自强学堂（1893）等。在学习西方技艺方面，如福建的马尾船政学堂（1867），上海制造局附属的机械学堂（1869），天津电报学堂（1879），天津水师学堂（1881），上海电报学堂（1882），天津军备学堂（1886），广州万木草学堂（1891），天津军医学堂（1893），湖北武备学堂（1895），南京陆军学堂（1895）等。从这一批学堂看出，它们都是技艺性的，而且都是中等专科学校，充分体现了实用主义的办学思想。在19世纪末，欧美国家的大学已经存在近800年的历史了，可那时中国居然没有引进一所人文社会科学和自然科学的大学，以至于后来一些大学把校史溯源到这些学堂，遭到人们普遍的质疑，这是违背教育求真、求实的精神的。

自进入近现代以来，我国教育的功利化不仅没有削弱，反而功利化的倾向越来越严重。最明显的是1952年的大学院系调整，这次调整的指导思想就是功利主义的。调整前我国有211所大学，大学模式是英美式的综合大学，而调整后的大学数目降低到183所，变成了苏联式的文理小综合大学和单科学院。这次调整造成了极其不良的后果，具体表现为：撤销了教会大学和私立大学，造成理工分家，社会科学遭受到重创，大学丧失了独立自主权。时隔40年以后，我国大学又经历了一股大专学校合并的浪潮。让人感到莫名的是，上一次院系调整是剥离，而这一次是拉郎配式的合并，似乎是对院系调整的一次"反动"，这不明显是对历史的嘲弄吗？这两次"运动"式的大学调整，都是按照行政命令行事的，以功利为导向，完全违背教育规律，其副作用的影响将是长远的。

在当今的中国，每年一度的高考，就是一次功利化教育的大检阅。中国的功利教育，形成了一道"陪读""陪考"和"配送"的亮丽风景线。这是古今中外从来不曾有过的怪异现象。每看到这些现象，我都感到痛心疾首，如果说一般农民、市民采取这些做法是蒙昧，那大学里的年轻博士和教授们也都在搞陪读，这就是不可理喻了。这就说明功利性具有极大的诱惑力，几乎把学校、学生、家长都裹挟进去了。我曾经不止一次地追问，为什么新中国成立前和新中国成立后的 50 年代、80 年代没有这种怪现象。那时的教育犹如平静清澈的湖水，而现在却鼓捣成了一潭污泥浊水！我思前想后得出的结论是，20 世纪 90 年代初是我国教育上的一个拐点，由大学合并、升格、改名和扩招掀起了一股形式主义、功利主义和攀比风，进而又波及教育的各个领域。更严重的是，功利化的思想已经渗透到人们的血液和骨髓中，无论是办学者、求学者和劝学者都是以功利来衡量教育的价值。

就拿劝学而言，古时有"书中自有黄金屋、书中自有颜如玉、书中自有千钟粟"的劝诫，然而当今某些中学校园出现的劝学口号更牛，如"陪读战高考""就算撞得头破血流，也要冲进一本线大学""扛得住给我扛，扛不住，给我死扛""只要学不死，就往死里学"……

教育功利化与教育产业化是孪生姊妹，对教育的破坏作用绝不可以轻估，也决不能等闲视之。功利化最大的危害是导致国人形而上思维的缺失，致使形而下的思维成为人们行事的准则。这里的"上"与"下"表示道与器或学与术，对于二者的关系，清末著名思想家和翻译家严复先生曾做过精辟的界定，他说："盖学与术异，学者考自然之理，立必然之例；术者据已知之理求可成之功。学主知，术主行。"正因为形而上思维的缺失，才导致近代科学没有在中国诞生。这是英国著名科学史学家李约瑟于 1976 年提出的"难题"，也被称为"李约瑟之问"，国内外的科学史学家都致力于回答这个问题，但至今仍然没有破解。

更为严重的是，除了中医学以外，在自然科学领域，几乎没有一个理论是由中国人创立的。在诺贝尔科学奖和自然科学一级学科领域的世界大奖都与中国人无缘，直到 2015 年，我国才实现了诺贝尔生理学或医学奖零的突破。但从本质上说这个奖项只是技术，而算不上是科学。我始终认为，一个国家如果没有先进科学理论的储备，那就不可能有颠覆性的原创重大发明，到头来我们只能尾随追赶西方发达国家。例如，我国最近十多年，在高新技术领域有很多项目都做得非常之大，如高铁、个人计算机、太阳能电池板、纳米材料、超导材料、石墨烯材料、机器人、无人飞机等，但这些顶尖的技术，没有一项是我国原创发明的，我们只是利用资金和人多势众，从数量上把它们做成世界第一而已。但是，到头来我国还只能是制造大国，而不能成为创造大国。

教育与科学是紧密联系在一起的，没有创造性的人才，哪里会有重大原创性的成果？大学要培养出具有创造性的人才，必须要铲除功利化对教育的影响。中国需要有少数几所精英大学，其中要有一批清心寡欲、心无旁骛和安贫乐道的学者，以穷究终极真理为己任。汉娜·阿伦特是德裔美国最具有原创性的哲学家，她曾经尖锐地指出："当大学决心执行经常为国家、社会利益集团服务的方针的时候，马上就背叛了学术工作和科学自身。大学如果确定了这样的目标，无疑等同于自杀。"虽然我们不能笼统地把她的观点推广到所有大学，但对于那些极少数的精英大学而言，她的观点无疑是正确的。我国那几所庇护得像宠儿的大学，也提出要上"经济主战场"，这也是功利化的表现，他们不应当从事应用技术研究，而必须肩负起基础理论研究，以颠覆传统理论和创立科学学派为目标，其成果将成为传承数百年的经典。

冰冻三尺，非一日之寒。我国功利化的教育有着根深蒂固的历史根源，要清除功利化的影响，非动大手术是不可能奏效的。众所周知，现在全国有几十家所谓的超级"高考工厂"，就是这种功利化教育的"活样板"。它们不是正常的学校，而是心灵的"屠宰场"，是在摧残青少年们的身心。这些青少年没有自己的选择权，身不由己被父母胁迫而来这些学校学习。他们有苦难言，说自己过的是"起得比鸡早、睡得比狗晚"的生活。这些所谓的"高考工厂"，公然抵制素质教育，把应试教育强化到无以复加的地步。这些学校就在有关教育行政部门的眼皮底下，为什么视而不见，不予以制止？这是典型的不作为的表现。国家教育主管部门，应当追究有关领导人的责任，整顿和改造这些学校，决不能迁就某些学生家长虚荣心和功利的思想。如果彻底整顿了，将会起到杀一儆百的作用，将有力地遏制教育其他领域的功利思想和做法。

（本文发表于《南方周末》2017年11月23日）

第二辑　瞻前顾后看教育

方法比知识更重要

——《科学研究方法学》(代序)

中国有一句俗话"一把钥匙开一把锁",是用以比喻人们认识和解决客观事物的矛盾和为解决矛盾所要采用的工具和方法。唯物辩证法认为,世上的一切事物都是可以认识的,即使现在未被认识,将来也是可以认识的,问题是要寻觅到一种有效的方法。它还认为,客观事物是千差万别的,因此认识它们的方法也因事物的性质不同而异。尽管认识事物的方法有其共性,但是企图找到一种"万能的钥匙",看来是不可能的。

现在,奉献到读者面前的也是一把"钥匙",它是打开科学殿堂大门的钥匙,是由必然王国通向自由王国的钥匙!

这里,我之所以把《科学研究方法学》一书比喻为钥匙,是因为它在人们认识客观世界的过程中起着犹如钥匙般的作用。不管人们从事何种工作,总是自觉或不自觉地采用了某种方法。凡是使用了正确方法者,就会获得成功;凡是方法不当者,就会招致失败,或事倍功半。

科学研究方法的重要性已为大多数人所共知。问题是,我们如何才能学会正确地使用科学研究方法,这又是一个方法的问题。我认为,学习的方法有两种:一种是直接法。即靠个人从实践中积累经验和师徒之间的传授,这是一种手工业式的方法;另一种是间接法,即从书本知识中获得,把培养科学研究方法的人才纳入教育的轨道,这是一种现代的科学方法。

在长期历史发展的过程中,人们通过生产实践和科学实验,积累了大量的关于科学研究方法的知识和经验。在科学史上,常常有这样的情况,一个有作为的科学家,往往在他们成就大业时,同时也创立了成功的科学研究方法。经验当然是很重要的,但是人们的认识不能永远停留在经验之上,应当实现由感性认识向理性认识的飞跃。

十分可喜的是,随着现代科学技术的发展,人们不仅对应用科学研究方法的自觉性大大地提高了，而且还对科学研究方法学也进行了大量的探索和研究。本书的作者，正是这些勇于开拓的探索者之一。他的目的是，在总结前人成果的基础上，吸收一些新学科的知识，试图创立一门新兴的学科科学研究方法学。

创造性的精神是十分可贵的。但是，创造性的劳动又是十分艰苦的，不付出极大的努力是不可能成功的。我历来崇尚创造精神，支持勇于创新的同志，并且为每一个创造性成果的诞生而感到无比高兴！正是在这种思想的指导下，我积极支持作者写作这本书。

任何一门学科的建立，都不是一件很容易的事，科学研究方法学当然也不例外。编写代表一门新学科的著作，自然也不是一蹴而就的，有时需要反复推敲与修改，甚至是需要几代人的共同努力才能完成的。

本书作者的确是很勤奋的，为编写《科学研究方法学》一书，付出了自己的心血。但是，这本书毕竟还是一种创新的尝试，加之成书时间仓促，所以在书的结构体系、材料的取舍、观点的推敲、文字的修饰等方面，还是有不少工作需要继续完善的。我把本书介绍给大家的目的，一方面是希望它对那些刚刚涉足于科学研究工作的同志，在学习与应用科学研究方法方面，能起到些积极的作用；另一方面是希望从事科学研究方法探索的同事们对本书提出意见，以便经过反复修改，使之日臻完善。

（本书由湖南科技出版社1987年出版）

自觉认识与运用高等学校管理的规律
——《高等学校管理学》（代序）

  学校的教育工作是人类社会实践活动的一个组成部分，它与其他各行各业工作一样，也有其自身的客观规律。我们常常说，办学校要按照教育规律办事。这句话包含两层意思：一是说教育工作确有客观规律，只有按照教育规律办事，教育事业才能不断地、健康地发展；二是说在过去和现在确有未按照教育规律办事的情况，只有按照教育规律办事，才能避免教育受折腾，工作受损失。

  回顾三十多年来我国教育事业所走过的道路，对于要按照教育规律办学的体会就更加深刻。新中国成立以来，尽管我国的教育事业取得了很大的成绩，但也发生过几次违背教育规律的"左"倾错误。主要原因，一是不尊重教育科学，不重视教育科学的研究，要么是不懂教育的外行瞎指挥，要么是大搞群众运动，一哄而起；二是不从实际出发，要么生搬硬套外国的一套，一边倒，一刀切，要么不顾主客观条件，追求高速度，高指标。所有这些，都是脱离了教育科学理论指导的盲目实践，因而也就不可能不违背教育规律。

  根据当代教育的新观念，高等学校已不再是单功能的传授知识的教育机构，而兼有教育、科学研究和社会服务等多种功能。高等学校的管理工作是围绕高等学校的任务而开展的。由于高等学校任务的扩展，因而其管理工作比过去任何时候都更重要，也变得更为复杂了。显然，要搞好高等学校的管理工作，单凭个人经验和手工业的管理方式已经显得不适应了，而应当运用高等教育和现代管理科学的理论去管理学校，指导学校各项管理工作的改革。

  高等学校管理学是研究高等学校管理规律的科学，它是高等教育学与管理科学相交叉而产生的一门年轻的学科。高等学校的管理，按照不同的分类方法，又可分为不同类型、不同层次的管理。例如，按照管理机制划分，可分为宏观管理和微观管理。宏观与微观是相对的，一个学校对全国而言，它是微观的；但对学校的基层而言，它又是宏观的。按照管理的对象划分，又可分为教学、科研、人员、财务和物质五大类。如果按照部门或战线划分，可分为教学、科研、研究生、人事、外事等 18 个类别，它们在本书中都将分别予以介绍。

正确地认识高等学校管理工作的特点，对认识高等学校管理规律和搞好高等学校管理工作是非常重要的。那么，高等学校管理工作有哪些特点呢？我以为有以下五点：

1. 出人才、出成果的周期长。俗话说："十年树木，百年树人。"这是一个形象的比喻，说明人才生产的周期比其他物质生产周期长得多，教育的经济效益比其他物质生产的效益要慢得多。例如，就培养一个高等专门人才而言，从大学生入校到博士生毕业，前后共需 10 多年的时间，耗资数十万元。从管理上说，评价培养一个学生质量的高低，不仅要看他在校学习的成绩，更主要应看他对实际工作的适应能力和在实际工作中的贡献大小。对教学管理来说，要评价一门基础课的效果，也至少需要经过一年的教学实践。科学研究的管理周期也是较长的。例如，完成一个中等的应用项目，从选题到成果鉴定，一般需要三至五年，对那些重大的研究项目，周期自然更长了。鉴于这一特点，高等学校管理应当有预见性，要统筹安排，分阶段实施管理。

2. 政策性比较强。高等学校的管理不仅受到党的政策的制约，而且政策也是一种重要的管理手段。例如，我们经常说，用政策调动广大教职工的积极性，这就是政策在人的管理上的作用。由于高等学校工作的特殊性，使得许多管理工作都具有鲜明的政策性。例如，关于知识分子的安排使用与管理，必须贯彻党的知识分子政策；关于学术研究与讨论，必须贯彻"百花齐放、百家争鸣"的方针；关于科研方向和规划问题，必须贯彻国家的科技方针；关于民主党派和华侨工作，必须贯彻党的统战政策，等等。正确的政策是客观规律的具体反映，执行正确的政策就是按客观规律办事，是实行有效管理的可靠保证。

3. 学术性很鲜明。如果把教育也看作生产力的话，那么学校也在生产产品，所不同的是，工厂生产的是物质产品，而学校则生产的是知识产品，例如人才、构想、理论、观念等。知识产品的生产不是以数量和成本来界定的，而是以成果和贡献大小来衡量的。在高等学校的管理中，许多工作的管理均具有鲜明的学术性。例如教学大纲和教学计划的制订、教材的编写、科研方向的制定、优秀教材和科研成果的评选、研究生学位的评审、教师职务的评审等。对这些学术性比较强的管理工作，只要尊重科学、尊重知识，坚持公平竞争的原则，也是可以管理好的。

4. 民主管理要求高。从历史发展来看，民主建设是与文化教育的水准紧密相连的，也就是说，文化教育水准越高，民主就越充分。高等学校是最高学府，是传播科学文化知识和精神文明的主要阵地，是知识分子最集中的地方。因此，高等学校的民主建设，应当走在前面，高等学校的管理，也应当尽可能地实行民主管理。在高等学校加强民主建设，不仅是管理的需要，也是造就人才和繁荣学术的需要。民主管理是科学决策的前提，民主管理不仅可以提高管理的效率，还可以杜绝官僚主义的产生。

5. 综合交叉管理多。高等学校的管理工作，很多都是互相交叉的。这一特点，对综合管理提出了更高的要求。例如，高等学校的学生管理就是一项综合性的管理工作，其中包括思想政治工作、学习管理、行政管理、奖学金与贷学金的管理等。很显然，要把学生工作做好，培养合格的人才，学校各部门必须互相配合，实行综合管理。其他诸如教师的考核、教学质量的评估、研究生的培养、重点学科建设、开放实验管理等，也都具有明显的交叉特点，只有综合管理，才能搞好这些工作。

以上各点，只是从管理工作的角度所做的归纳，远非高等学校管理工作的全部特点。在科学上，学科的划分是以研究对象所具有的特殊矛盾为依据的。我们研究高等学校管理工作的特点，是为了认识高等学校管理的特殊矛盾，把握住它与其他管理形式相区别的本质。认清了高等学校管理的特殊矛盾，就为解决这些矛盾奠定了基础，进而就可以揭示高等学校管理的规律。

近年来，在《中共中央关于教育体制改革的决定》精神的指导下，全国各高等学校从不同的角度，对高等教育与学校的管理工作进行了改革试验，积累了不少有益的经验。这些不仅对于加强和改善高等学校的管理是有益的，而且对于认识高等学校管理的规律，丰富和发展高等学校管理学科也具有重要的意义。

根据中央有关高等教育工作的方针和政策，我国高等学校的领导和管理工作者，通过实践已经摸索和总结出了关于高等学校管理工作的某些规律。依我之见，似有以下几点应当特别加以强调：

1. 出人才、出成果是高等学校管理的中心任务，必须以主要精力抓好出人才和出成果的管理。为此，首先要明确高等学校管理的任务或目标是什么，高等学校为什么要管理。关于这个问题，从理论上似乎是明确的，但在实际中却有些人不明确或不甚明确。有人认为，高等学校管理的主要目的是创造学术自由的环境，另一些人则认为是提高教育的经济效益，还有人认为是为了提高各个部门的工作效率。所有这些提法，虽然都不算错并且都包括在高等学校管理的范畴之内，但是都没有点到问题的要害上，没有道出高等学校管理的中心任务。

什么是高等学校管理的中心任务？这个问题是与高等学校的中心任务紧密相连的。高等学校的管理，不能为管理而管理，一定要围绕着学校的中心工作而展开。高等学校的主要功能是培养人才和开展科学研究，因此出人才、出成果就是中心任务，学校的改革和一切工作，也都是为其中心工作服务的。

我们讲管理，就离不开讲效益，怎样才能获得高等学校管理的最大效益呢？根据质量管理的原则，只有抓住中心工作，培养出高质量的人才和完成高水平的研究成果，才算是获得最大的管理效益。否则，如果我们抓不住中心工作，尽管在具体管理方面也做出了不小的成绩，那也只能是捡了芝麻而丢了西瓜。

既然高等学校管理的中心任务是出人才、出成果，那么我们就应当以此为标准来检验和衡量学校的各项管理工作。当然，出人才、出成果绝不仅仅是教务和科研管理部门的事，而同学校各个管理部门都有关系。因此，学校每个管理部门和全体管理人员，都必须端正业务思想，树立为中心服务的观念，只有这样，才能搞好高等学校的管理，才能办好高等学校。

2. 目标管理是高等学校管理的核心。在管理学上，实施管理的手段是很多的，如目标管理、计划管理、系统管理、成本管理和激励管理等。一般来说，这些管理手段在高等学校的管理上，也都是适用的。在诸多的管理办法中，什么是最主要的呢？近十多年来，在整个管理学界，出现了一个令人注意的发展动向，就是普遍推行目标管理或成果管理。据美国《幸福》杂志对500家最大的实业公司的调查，其中有45％实行了目标管理，事后证明都是比较成功的。

目标管理不仅适用于各行各业，而且更适宜周期长、指标不便于量化的高等学校的管理。为什么目标管理是高等学校管理的核心呢？这是因为，没有目标就没有明确的方向和考核、评估的标准，就不能制订精确的计划和有力的措施，就不能调动各类人才为实现某一目标而协同一致努力奋斗的积极性。

要办好一所大学，一定要有一个目标，如办学模式、发展规模、系科和专业设置、科研机构与规划等。每一个大学的校长，都想办好自己的学校，并且希望成为名牌大学，进而向世界先进水平的学校看齐。这就是目标管理，是校长给自己制定的目标。

目标管理是一个完整的体系。从层次上说，学校、院、系和基层单位，都应当有明确的目标。从类别来说，教学、科研、研究生、师资等，也应当有各自的目标。这种不同层次和不同类别的目标，综合起来形成了整个目标网络，总目标包括网络上的各个子目标，而各个子目标又都是为着实现总目标而服务的。

目标管理虽然是高等学校管理的核心，但它并不排斥其他管理手段的作用，相反地，还需要其他管理措施相配合。一个管理目标确定之后，如果没有与之相适应的管理计划和切实可行的措施，没有强有力的思想政治工作，不经过艰苦奋斗，那么再好的目标也是不能实现的，因而也是毫无意义的。

3. 科学决策是高等学校有效管理的关键。什么叫决策？所谓决策，通俗地理解，就是选择和决定最佳的策略、政策和方案。就每一个管理过程而言，为了决策的需要，一定要提出可供决策的几个方案。在管理中，最忌讳的是只有一种方案，因为没有比较就没有鉴别，这往往是某些领导人和管理者做出不当或错误决策的主要原因。

决策对于管理是非常重要的，它贯穿于管理的全过程，是管理工作的关键，是实现各项管理职能的基础。一个领导人和主管人员，总是把做决策看成他们的中心任务，因为他们经常要对诸如做什么、谁去做、如何做等一系列问题做出选择。对一个管理者来说，正确的决策不仅可以提高效益，而且往往导致事业的成功；而错误的决策，将导致工作的失误，甚至于失败。

我国高等教育正处在一个关键时期，无论是高等教育的发展与改革，还是高等学校的管理，都有不少问题需要研究和决策。例如：关于大学管理体制、党政分开、校长负责制、简政放权，以及教学、科研和后勤工作的责任制等，都面临着如何改的问题。如果我们能就这些问题做出正确的决策，不仅有利于高等学校的管理，而且将会大大地促进高等教育改革的深入发展。

在管理学上，正确的决策与合理性总是联系在一起的。什么叫合理性呢？所谓合理，就是合乎事物发展的客观规律，并以解决问题和获得最佳效果为标准。衡量高等教育和高等学校管理决策方案的合理与否，有两个基本标准：一个是内部规律，即高等教育和高等学校管理的规律，要有利于出人才、出成果；二是外部规律，即教育必须与经济、社会的发展相适应，必须为四化建设服务。

在高等学校管理中，决策者要做出正确的决策，应当具有多方面的素质。第一是要学习现代教育学和管理科学的理论，掌握决策的"诀窍"，充分发挥理论对决策过程的指导作用。第二是要注意积累经验，包括个人的和他人的经验，既要重视成功的经验，又要注意失败的教训。俗话说：经验是最好的老师，这话是有一定道理的。一个资望高的主管人员，凭借他的经验能够对一个复杂的问题做出判断。第三是要大量收集信息，掌握最新的科学理论和方法，并且对信息要善于加工。第四是要掌握决策的实验方法和技术。由于科学技术的发展，诸如电子计算机之类的新技术，不仅用于管理而且也参与了决策。有时为了做出一项决策，光凭逻辑推理是不够的，还需要进行某种科学实验，以实验的结果证明其决策的正确性。第五是要掌握研究和分析方法。这是一种逻辑思维能力和方法，也是科学发现的基本方法之一。管理者使用这种方法，可以对要决策的问题的限定条件和前提条件之间的关系进行比较和选择，以做出最后的正确决策。

4. 人员的管理是高等学校管理的重点。近年来，管理界的一些专家们说，他们通常要把 40% 的时间花在用人的各种工作上。这个数字说明，人员的管理在各种管理中占有重要的地位。无论从工作量或从重要性来看，人的管理始终是管理工作的重点。

对于高等学校管理来说，人员的管理比企业更重要、更复杂。这是因为，高等学校生产的产品是人才，为了生产合格的产品要依靠人，要充分调动人的积极性。总之，高等学校的每一项工作都是与人紧密联系的，只有搞好了人的管理，才能使学校的各项工作具有活力。

高等学校的人员管理范围很广，情况比较复杂。就学生管理来说，包括招生、培养、分配、思想教育、行政管理、奖励与惩处等；对教师管理而言，包括教师的选配、职务评定、聘用、考评、培养提高、梯队建设、奖惩、离退等；在职工管理方面，包括职前培训、招工（合同制）、考核、培养提高、奖惩等。总之，高等学校的人员管理，可以概括为：培养三个层次的人才，建设三支队伍。三个层次的人才是：本、专科生，硕士生和博士生；三支队伍是质量合格的教师队伍，又红又专的干部队伍和受过专门职业训练的职工队伍。要培养合格的三个层次的人才，建设好三支队伍并彼此和谐的合作共事是非常必要的。

当前，高等教育和高等学校管理的改革，正在向纵深发展。人事管理制度的改革，是高等学校管理改革的重要内容，也是难点之一。对待高等学校的人事改革，一是要积极，二是要慎重。高等学校人事管理改革，涉及的内容很多，不过我以为有两点原则是要特别强调的。对于学生的培养来说，要坚持"因材施教"的原则，让那些出类拔萃的人才脱颖而出；对于教职工来说，要做到"知人善任"，把那些有才华、有干劲、有创新精神的人才，安排到最能发挥他们作用的岗位上，以展其才。

5. 党的思想政治工作是高等学校管理的保证。当今，在世界管理界流传着三句名言：第一句是，人的知识不如人的智力；第二句是，人的智力不如人的素质；第三句是，人的素质不如人的觉悟。这说明，当代最有效的管理是充分调动人的积极性。日本是经济发达的国家，管理水平也是先进的。日本人认为，他们是从美国引进了戴明的质量管理法和中国的思想工作才创造了高效率的管理。我国是社会主义国家，党的思想政治工作是我们的优良传统，是完成党的各项任务的保证。当前，我国正在进行全面改革，加强党的思想政治工作，是端正业务思想、促进改革顺利进行的保证。

党的思想政治工作，其本身既是管理的对象，同时又是实施各项管理的保证。思想政治工作在高等学校管理中的作用，我以为主要有三点：

第一，提高人们的社会主义觉悟，建立高尚的职业道德，树立全心全意为人民服务的思想。辩证唯物论认为，物质可以变精神，精神可以变物质。其意思是说，先进的思想一旦为群众所掌握，就会变成巨大的物质力量。

第二，思想政治工作可以起到精神奖励的作用。在实施管理时，我们不能不承认激励因素的作用。什么叫激励？心理学家认为，在行为发生后给予某种刺激，并使这种刺激具有维持或增强行为倾向的效果。在管理学上，激励的办法很多，著名的胡萝卜和大棒政策就是一对相辅相成的管理办法。根据我国的国情，我们是坚持精神奖励为主、物质奖励为辅的办法。所谓精神奖励，就是用表扬模范、宣传先进事迹和授予荣誉称号等办法，充分肯定优秀者的成就，以增强他们的责任感、荣誉感和使命感。

第三，通过思想政治工作，调整人与人之间的关系，解决人们之间的矛盾，克服内耗，变消极因素为积极因素，变后进为先进。

高等学校管理的规律，远不止以上所列诸点，只不过我认为这几点比较重要而已。事实上，在高等学校管理中，除了共同规律以外，每个部门也还有自己的特殊规律。我希望高等学校的广大管理工作者，努力学习，敢于实践，大胆改革，共同探索，更加自觉地认识与运用高等学校管理规律，为实现高等学校管理的科学化、现代化而努力。

(本书由湖北人民出版社 1988 年 5 月出版)

可贵的教育探索精神
——《成才主道是家庭》（代序）

今年元宵节过后，湖北省刘道玉教育基金会转来一封信，来信者是湖南省的李建勋先生，他自称是一位由教师转为公务员的学生家长。同时，随信还附上了一本电子版的书稿，书名是《成才主道是家庭》。这书名立即引起了我的兴趣，虽然我近年视力很差，但我情不自禁地浏览了这本书稿，读后引起了我的共鸣。直觉告诉我，李建勋先生虽然已经是一位中层领导，但他依然挚爱着教育，以爱心亲自教育自己的爱女，并取得了成功。

李建勋先生邀请我为他的这本书写一篇序言，由于我们教育观点相同，故欣然同意他的请求。为了写这篇序言，我通读了这本书稿，虽然要花费不少时间，但阅读也是我学习的机会，从中受到许多启发。对于作者的个别观点，虽然我持有不同的看法，但这不影响我们的合作。在后来的面谈中，我们也推心置腹地交换了看法，并取得了共识。

《成才主道是家庭》与众多的教育类图书不同，它真实和完整地记录了父亲亲自教育女儿的全过程。难能可贵的是，他一直坚持了18年，这需要付出多少爱心和耐心呀！总的来说，我认为这是一部有学术和使用价值的参考书，故乐意向广大读者推荐，特别是学生的家长们很有必要研读这本书，从中吸取有益的经验，学习作者可贵的探索精神。

概括起来，此书有五个方面值得我们学习与借鉴。

一、为人父母者，必须担负起教育子女的神圣职责。中外教育史均表明，一个国家的人才素质和文明程度，在很大程度上取决于家庭教育的成效。一个不为人们觉察的现象是，为什么同一分数段进入到同一所名校的学生，后来他们的才智和成就却表现出了巨大的差异？这其中就有家庭教育的区别，特别是父母是否亲自指导孩子学习对孩子的未来起着重要的作用。用法国启蒙思想家、教育家卢梭的话来说，最好的教育是在个人发展的前期，也就是家庭教育，这是奠定一个人一生的基础。

《欧孟仪型》是清末吴嘉猷的一幅名画，它所展示的是欧阳修和孟轲的母亲教子的画卷。母爱的力量是巨大的，她们分别成就了中国儒学的亚圣孟子和唐宋八大家之首的大文豪欧阳修。像这样的典型例子，在西方国家也是屡见不鲜的，如大发明家爱迪生，瑞士天才思想家欧拉，英国数学家、物理学家麦克斯韦，德国19世纪天才卡尔威特，瑞士的伯努利数学家族，等等。毋庸讳言，在他们成长的背后，家庭教育都起到至关重要的作用。

可惜的是，在我国经济转型的过程中，教育发展的方向与教育产业化对学生有着明显的误导。一段时间以来，教育广告、各类教学辅导班、奥数班、高考辅导资料、高考秘籍的推销，家长学校等肆意泛滥，把教育的非市场价值统统排斥出局，这些是导致我国教育问题丛生的根本原因。许多学生家长宁可送孩子进补习班或请家庭教师，却不肯花时间研究教育，肩负起教育孩子的责任。李建勋先生是个例外，他坚持长期跟踪女儿的教育实验，并记录了全过程，其精神令人敬佩！我相信，建勋能够做到的，其他任何具有大学学历的家长也都可以做到。

二、家庭教育不是率性而为，必须自觉地以科学的教育理论和科学方法为指导。李建勋先生有着先天的有利条件，因为他是师范学院的毕业生，受过教育学和心理学的熏陶，又有6年教师工作的经历，这些都为他对女儿教育试验提供了良好的条件。不止于此，他在长期的教育实验中，还参阅了大量的教育论著，实现了理论与实践的有机结合。作者深受弗洛伊德和华生心理学的影响，也借鉴了黛尔·卡耐基励志教育的经验，所以他的试验获得了成功。

三、教育是一块伟大的试验田，最是需要躬耕的人。苏联教育家阿波瓦利阿耶夫曾说："教育是一块伟大的试验场地，发展个性、教育技术随之需要改变。"纵观世界著名的教育家，他们既是哲学家，又是教育改革的实践家，为了推行其教育理念，大多都亲自创办了实验学校。例如，古希腊哲学家柏拉图创办了柏拉图学园，夸美纽斯创办了试验中学，美国杜威创办了实验中学，洪堡创办了柏林大学，英国罗素创办了比肯山学校，苏联苏霍姆林斯基在帕夫雷斯农村中学躬耕了33年，其中任校长26年，积累了丰富的教育经验，写出大量的著作。在现代中国，除了陶行知先生创办晓庄师范学校以外，既没有开展教育试验的教育家，也没有躬耕教育实验的校长。虽然我国现在有众多的民办

（或私立）学校，但实事求是地说，他们基本上没有办学的新思路，也不是为了试验某个教育理念而创办的。正是这个原因，中国没有世界著名的教育家，这种现象与我国教育试验资源大国的地位极不相称，应该引起我国教育界深刻的反思，必须采取相应的对策。

教育试验的确是一块伟大的、广阔的试验场地，试验的对象是多种多样的，可以是一所学校，或一个班级，或一门课程，或一个学生，或一个子女。我之所以赞赏《成才主道是家庭》这本书，是因为我很佩服李建勋先生进行教育试验的精神。西方有位哲人说过："国家的命运与其说是操纵在权者的手上，不如说是掌握在父母的手里。"我真诚地希望我国的学生家长们，各级学校的领导者们，广大的教师们，以及教育学的研究者们，积极地投入到这个伟大的试验场地里来，由此而涌现出大批教育家来。

四、异见当尊重，创造最可贵。人类历史的不断发展，不是源于赞同或赞美，而是因为人们有"不从"的行为，有"不从"才会有创造，从而才会不断前进。教育的根本目的是培养自由的人，而只有对人云亦云的世俗观点、对权势人物说"不"，人才会成为自由的人。我高兴地看到，在李建勋先生的书中，多有异见或"不从"的观点，例如他提出的"外因主导内因"的观点，就与传统的内因决定论相悖。其实，外因与内因在一定的条件下是能够相互转化的。我们不难为他的观点找到佐证。例如，孟母三迁的故事；母爱使爱迪生成为伟大的发明家；荷兰凡·高在画店打工的经历激发了他对画画的兴趣，虽然27岁才开始学画，但他执着的追求使他成为世界后印象派的代表人物，这些事例，不都说明了是外因主导内因吗？

五、理论联系实际，创新是为了应用。教育既是一门理论学科，又是实践性很强的学科。创新理论的创始人约瑟夫·熊彼特在弥留之际留下遗言："行动——光有理想和理论是不够的，只有行动起来，努力改变现状，才是真正的对理论的拓荒。"《成才主道是家庭》这本书，正好体现了这个特点，具有普遍的实用性。他提出关于孩子成长中常见的17个问题的解决办法，就是非常有实用价值的，值得广大学生家长们学习和参考。

这本书的特点，远不止我以上所谈的五个方面，相信读者从中可以找到自己感兴趣的内容。更重要的是，希望更多的家长积极投入到教育伟大的试验场地中来。通过辛勤地耕耘，总结出你们自己教育子女的心得体会，以此催生出教育学园地里百花盛开的景象。

受作者嘱托，却之不恭，读书稿有感，谨以为序。

（本书由湖南科技出版社2014年6月出版）

赞颂教育实验精神
——《教育正悄悄发生一场怎样的革命》(代序)

魏忠先生是上海海事大学的教授,我们认识有两年的时间了,我非常赞赏他的教育实验精神。2014年11月,他出版了《教育正悄悄发生一场革命》一书,在教育界产生了巨大的反响。2015年11月底,他又把《教育正悄悄发生一场怎样的革命》书稿寄给我,开始有些蹊跷,还以为是《教育正悄悄发生一场革命》的修订稿。但是,核对章节与内容后发现,这是一本新书稿,与《教育正悄悄发生一场革命》可谓姊妹篇。

那么,"一场革命"与"一场怎样的革命"有什么区别呢?窃以为,前者的肯定句,有专门的指向;而后者是疑问句,包含着更深刻的含义,到底是怎样的一场革命,也许人们现在还难以预料,但我大胆地预测,可能是一场"哥白尼式"的连锁革命,将会波及教育的一切领域。

我认真地阅读了这部书稿,反复体会书名的蕴意,"正悄悄发生"说明这场革命是自发的,而非是有领导、有组织、有计划发起的革命。这场自发的革命是由于网络技术兴起而孕育的,并且它还将继续挑战传统的教育。在书稿中,魏忠教授阐述了许多惊世骇俗的教育观点,如现今IT行业许多领袖人物,都是没有受到高等教育"污染"的人等。其实,何止IT行业,在数学、哲学、国学、文学、艺术、史学等领域里,低学历的大师也是不胜枚举的,如华罗庚、钱穆、梁漱溟、叶圣陶、齐白石、金克木、沈从文、贾兰坡、启功、张舜徽……他还认为:教师已成为教育改革的助力,我是完全同意他的这个观点。也许有人不赞成,但如果抱着求实的态度,实践将证明他的观点是正确的。

英国权威杂志《自然》以刊发自然科学重大原创性的论文而闻名于世,可是2014年第10期却登出了一个非常醒目的标题:《大学实验:作为实验的校园》。同时,《自然》杂志还配发了社论:《受到挑战的大学》,认为大学想要生存下去,必须迎接挑战。应对挑战的方式虽然不同,但与科学研究一样,都需要实验，只有通过实验，才能最终知道哪一种方式适合自己的学校。魏忠教授的教育思想具有前瞻性，他所进行的各种实验，正符合《自然》杂志所倡导的实验精神。

纵览教育发展的历史，凡是有作为的著名教育家，他们在推行新的教育理念时，都创办了以教育实验为目的的学校。苏联教育学家阿·波瓦利阿耶夫认为："教育是一块伟大的实验场地，发展个性，教育技术需要随时改变。"我国拥有极为丰富的教育实验资源，现有小学 3201 万所，初中 59400 所，高中 15681 所，大学 2824 所，在校各类学生大约有 2.4 亿人，对于开展教育实验是极为有利的条件。魏忠先生是工商管理领域的专家，并非教育科班出身，但他热爱教育，特别是钟情于教育改革实验，并因此获得了众多的教育成果。既然魏忠教授能够做得到，那么许多教育科班出身的教师更能够做得到的。因此，我衷心地希望教育战线上的所有工作者，都来开展教育改革实验，以应对这场正在孕育中史无前例的教育大变革。

《朱永新教育演讲录》序言

朱永新教授是著名的教育家，他是真正的教育科班出身，既精通教育学理论又有丰富的教育实践经验。他的教育论著颇丰，在不到天命之年就出版了10卷本的《朱永新教育文集》，远远超过了许多学术前辈在这个年龄时的成就，真可谓后生可畏啊！最近，《朱永新教育演讲录》将由人民教育出版社出版，他约请我写篇序言，我却之不恭，欣然表示同意。这也是我进一步了解他的教育思想的机会，将会从中受益多多。

作为一个毕生热爱教育的工作者，我平常比较留心国内教育改革的动向，也特别关注崭露头角的年轻的教育学研究者。朱永新第一次引起我的注意，大约是20世纪80年代初，他还在大学学习期间，就开始在报刊上发表文章。后来，他一路从苏州大学教育科学研究室主任、教务处处长、教授到苏州市副市长晋升上来，显示了仕途远大的前程。朱永新第二次引起我的注意，更确切地说是令我惊讶的是，他于2002年在昆山玉峰实验学校启动的新教育实验。新教育实验是朱永新教授的理想，也是包括我在内的许多教育改革者的追求。从90年代初，我数次到海南、深圳、珠海、温州等地调查，希望在沿海一带创办一所私立新型大学，开展新教育实验。可惜，我的各种尝试都无果而终，我不得不转换角色，从当年有改革舞台的拓荒牛，变成现在为教育改革而啼叫的杜鹃鸟。

永新的新教育实验是大胆的、开放的，是史无前例的，使我看到了中国基础教育改革的希望之所在。从这个时候，我就想联系朱永新教授，希望与他交流新教育实验的心得。可是，由于我年老体衰，未能寻得他的联络方式。直到2012年初，我为了撰写《理想大学》一书，打算于当年4月下旬，在北京召开一次小型的"理想大学专题研讨会"，以请教于国内教育界的名家。刘道玉教育基金会拟定的邀请名单有顾明远、朱清时、杨福家、钱理群、杨德广、眭依凡、桑新民、刘海峰等。我诚心想邀请朱永新教授参加，通过我的学生几经辗转终于觅得朱永新教授的联系方式。我发邮件给他，说明了意图及会议的内容、日期和地点。他立即回复说："很荣幸受邀参加您的理想大学研讨会，这是我向各位前辈学习的好机会，我定准时赴会。"

永新既是一位学者，又是一个高官。作为学者，他没有学究气；作为高官，他没有官气。我深知他公务繁忙。唯恐他不能赴会，或者仅仅是象征性地签个到。令我吃惊的是，2012年4月22日，他是最早签到的几个专家之一。一般身居高位的人开会，大多迟到早退，或者做个发言就退席，这几乎成了惯例。然而，永新却一反惯例，他自始至终参加完了一天的会议，静心地听每个专家的发言，还不时在笔记本上做记录。他首先说道："刘校长的精神让我想起了精卫填海的故事，知其不能而努力行动，的确是有一些悲壮而美丽。虽然我国教育存在很多问题，但总有一些人让我们看到了希望。包括很多人，他们从没有放弃希望，这才是中国教育的未来和真正希望之所在。"

永新上午和下午分别做了两次发言，他对我提出的《理想大学》八章写作提纲，逐章逐条提出了看法，既有肯定也有补充和修改，体现了一位严肃学者的认真态度。在谈到不拘一格选人才时，他说："现在是按照名声来引导社会，而不是以能力至上来推动社会。我一直建议，公务员不应在学历上要求过高，整个社会对人才的高浪费，实际上是把大学的方向引错了。"他讲得太好了，我与坐在一旁的顾明远先生交换了眼色，均表示赞成永新的意见，因为他对学界和官场的情况都了解，所以能够讲出真知灼见。与会代表发言和讨论十分热烈，会议结束时已经很晚了，他与我告别时说："刘校长，这是我们第一次见面，今后有任何事情请吩咐，永新当全力支持您所开展的各项活动。"我对永新表示了感谢，并说希望今后加强联系。

自此次会议以后，我们之间的联系真的多了起来，彼此互相问候，交流教育改革的信息，相互赠送书刊。今年5月13日，永新发来邮件说："从网上得知先生的《珞珈野火集》已经出版，我们都是野火的传人，希望惠赠一本学习和留念。"既然我们是同行和朋友，我立刻以快递给他寄去了两本书，除了《珞珈野火集》以外，我把两年以前出版的《刘道玉演讲录》也一并奉赠。5月30日，他托人给我带来了多份《新教育》《教育》《时代教育——教育家》等报刊，并约请我为《新教育》撰写文章。我们之间的联系越来越频繁，我与永新似乎有了心灵感应，如今他的《朱永新教育演讲录》也很快就要出版了，我期待通过阅读他的演讲录，进一步了解他的教育思想与实践。

演讲录体裁古已有之，近年以来，国内外出版界陆续出版了各种名人演讲录，各学科的演讲录，各大学也纷纷珍藏演讲录等，极大地丰富了文化典籍。从体裁上来说，演讲录是一种特殊的文体，具有边缘性的特点。从本质上说，演讲是一种具有公共交往性质的议论文，演讲者往往以激情和幽默的语言达到说理、说服和感化的目的，而这些特点在《朱永新教育演讲录》中都体现得淋漓尽致。我一直认为，演讲录与学术论著的不同之处在于，在激情之下的即席演讲，常常有连珠的妙语，也时有闪光的灵感冒出，这些都是出版演讲录的价值所在。

我虽然还没有看到这部教育演讲录的文稿，但我认真阅读了永新发给我的大纲，并根据大纲做了分类和统计。《朱永新教育演讲录》共辑录了62篇演讲稿，它们包括了新教育实验、教育改革、未来教育、成功教育、人文教育、艺术教育、家庭教育、理想的教师和读书与书香社会等内容。他的演讲录内容广泛，行走了全国20个城市，足迹踏进了大中小学，受益的师生不计其数。这本演讲录是他从事教育实践活动的真实记录，体现了他热爱教育、研究教育和宣传教育的赤诚之心。

在《朱永新教育演讲录》出版之际，我希望借助对我们交往过程的回忆，表达对他倡导和践行的新教育实验的崇敬之情，也妄议了对演讲录的认识。是以为序。

（本书由人民教育出版社于 2016 年 9 月出版）

教材改革有益的探索
——《教材研究导论》序言

今年春节期间,王郢来给我拜年,她告诉我正在写作教材研究方面的一本书,将由人民出版社出版。我说人民出版社可是我国学术界权威出版社,你一定要用心写作,确保质量。她说:"我一定会尽力的,宁缺毋滥。"同时,她希望我为她的新书写一篇序言,我当即答应了。

我与王郢是未曾授业的师生关系,认识她既是工作需要,也是一种缘分。我一生钟情于教育,尤其是教育改革,它甚至成了我生命的一部分。2011年7月,湖北省刘道玉教育基金会召开了一次座谈会,许多杰出的校友都参加了,如著名经济学家汤敏、陈浩武,电影《女大学生宿舍》作者喻杉,著名的企业家艾路明等。他们极为关切地问道:"刘校长,您一辈子献身教育改革事业,现在您年龄逐渐衰老,您未来还有什么打算,我们都愿意为支持您的事业尽一分力量。"我说:"是的,我年近八旬,未来还有两个愿望:一是在武汉大学面向本科生设立创造学习奖,以促进教学改革,鼓励创造性人才成长;二是我准备写作《理想大学》一书,既剖析当前大学教育的种种问题,又尝试回答人们心目中的理想大学究竟应当是什么样的。"

对这本书的写作,我是比较重视的,我将竭尽全力,甚至将其作为我的收官之作。但是,我毕竟年近八旬,事事自己动手,已感力不从心。朋友们建议我聘请一名兼职学术助手,帮助收集资料,或做一些录音、笔录和抄写之类的工作。我接受了他们的好意。并请武汉大学教育学院黄明东副院长推荐一名年轻的教育学博士,英文比较好,学风严谨。明东向我推荐了他们学院的青年教师王郢博士,我们面晤以后,双方同意进行合作。

从年龄上讲,我们是师生关系,但在学术上,王郢是教育学科班出身,而我只有一些教育实际工作经验,我们恰好可以互补。我们的合作是认真和愉快的。我们约定,每周六上午会面,或者我向她提出需要收集的资料,或者她向我汇报其工作进展，或者我们开展学术问题的讨论，甚至争论各持己见的问题。例如，我的写作大纲中有论述教育方针的篇章，王郢不同意使用教育方针一语，她认为教育方针是行政化了的语言，而非教育术语，只能提教育宗旨。我认为她的意见是正确的，于是完全接受了她的意见。又如，我认为中国高等教育基本上是从国外舶来的，新中国成立前是欧美的，新中国成立后又全盘苏化，现在又强调学习西方的教育模式。我国教育落后，是因为教育理论落后，基本上没有形成本土的教育理论。王郢不同意我说中国没有教育理论的说法，她认为《学记》就是最早的一部教育理论著作。后来，她又认真查阅了有关资料，表示同意我的观点，《学记》犹如《论语》一样，虽然包括有劝学和教学方法等多个领域的智慧论述，但却不能界定为教育理论著作。

我与王郢的正式合作整整两年时间，即使她不再做我的兼职学术助手以后，如果我有什么问题需要她帮助的话，她从来都是满口答应。从与她的实际接触中，我感觉到她勤奋好学，教育学理论功底厚实，治学态度严谨，学术思想活跃，既敢于坚持真理又勇于修正错误。她的这些学术操守，奠定了她将来必定成为一名著名的教育学研究学者，也一定能够做出重要的学术成果。

"十年磨一剑，霜刃未曾试"，我借用贾岛在《剑客》中的这句诗来形容王郢的《教材研究导论》，似乎是很贴切的。2004年王郢毕业于东北师范大学教育学系，同年保送到该校攻读硕士，论文研究题目是"我国中小学教科书评估初探"。2006年考入西南师范大学教育学院。攻读教育学博士学位，师从著名学者、西师大校长宋乃庆教授，他是全国唯一担任8套中小学教材主编的人。王郢教育学博士论文题目是"中小学教科书审查制度研究"，于2009年以优异的成绩获得了教育学博士学位，随后，她转入博士后研究，研究课题是《我国中小学教科书多样化研究》，于2010年顺利出站，并被武汉大学公开招聘为教育学院的教师，2013年晋升为副教授。此外，她在武汉大学工作期间，还几次申报了关于中小学教材研究课题，多次到基层中小学调查研究，开展教材改革的实验，坚持理论与实践相结合，积累了丰富的第一手资料。这些正是她写作《教材研究导论》坚实的基础，完全可以称为她的一部代表作。

总之，王郢博士是一位优秀的教育学青年研究者，她对中小学教材的研究是非常专注的，而《教材研究导论》正是她执着研究的一份成果。学术著作重在研究，而学术研究贵在持之以恒，任何急功近利和轻浮的态度都是有害的。

正如老子所言："轻者失根，噪者失君。"窃以为，用"十年磨一剑"来形容她的这部著作是贴切的。我深信，王郢博士这部著作的出版，对于推动我国中小学教材的改革与建设，会起到一定的积极作用，是为至盼。

借王郢的《教材研究导论》出版之机，回忆我们师生关系的形成，对她治学态度的印象，以及对她撰写《教材研究导论》书稿的初步认识。兹忝为序。

（本书由人民出版社 2016 年 12 月出版）

文化能够影响和改变世界
——《盛隆文化读本》（代序）

在市场经济激烈竞争的当下，业内流行一句行话：有实力才有竞争力，有实力才有尊严。实力分为硬实力和软实力，硬实力包括资金、土地、资源、设备、人才和技术等；软实力笼统地说就是文化力。前者是有形的，看得见摸得着，常常被人们所重视；而软实力是只见其影不见其形的，所以总是被人们所忽视。其实，相比较而言，软实力的作用更大，其影响力是根本的和长远的。

什么是文化？从根本意义上说，文化是人类认识和改造世界的总成就，是人类物质文明、精神文明、政治文明和社会文明的总概括，是人类全部思想和行为的总记录。这样说未免太抽象，具体地说，一切文学、艺术、观念、灵感、意思、学风、校训、制度等都属于文化范畴。文化之所以被称为文化，是因为它像阳光、空气、雨露一样，无时无刻不在影响和改变人们的命运和生活。人类正面临资源匮乏的危机，各种资源终有一天是会枯竭的，但文化资源是永远不会枯竭的，只要地球不招致毁灭，它们将伴随着人类的始终。

对于创业者来说，为什么要学习文化读本？本文标题已经给出了答案，那就是因为文化能够影响和改变世界。是危言耸听吗？非也，这是无数事实证明了的真理，只是人们没有发现它的伟大力量而已。古希腊哲学家赫拉克莱塔斯说："除却变化，别无永恒之物。"按照进化论的观点，变化有巨变和微观的变化，前者是能够观察到的，而后者是凭着肉眼看不到的，但这种变化却是无时无刻不在进行着，正是这些变化才导致五彩缤纷的大千世界。

瑞士达沃斯论坛已是家喻户晓，它创立于1970年，是一个非政府组织的国际经济活动，可是少有人看到它的文化影响力。这个论坛的创始人是日内瓦大学教授克劳斯·施瓦布，他是教授商业政策的，创立这个论坛的灵感是源自一本书。法国经济学家薛利伯撰写了一本书《美国的挑战》，其中分析欧洲落后不是因为资源和技术，而是因为管理。这个观点引起了施瓦布的共鸣，一个创意在 32 岁的施瓦布脑中涌现了："我要为欧洲商业领袖构建一个平台，让他们更好地了解企业管理。"于是，1970 年他创办了"欧洲管理论坛"，1987 年更名为"世界经济论坛"（简称"达沃斯论坛"）。谁也未曾想到这个论坛的影响力如此之大，雷打不动每年 1 月举办一次年会，迄今已经召开了 47 届年会。每年的年会，都有来自世界各国的总统、总理、王室成员、世界富豪等人物赴会，讨论世界经济形势、金融政策，研究对付金融危机的对策等，其影响力确实不可低估。

文化改变世界的一个典型例子，也是发生在达沃斯论坛上。1988 年希腊与土耳其关于爱琴海岛屿的争端达到白热化的程度，双方开战在即。这时正值达沃斯论坛开会，施瓦布灵机一动，把两个首脑邀请到达沃斯小山上，根据论坛对话而不对抗的精神，两国首脑坦诚对话，结果消除了敌意，签订了《达沃斯和平宣言》，从而避免了一场可怕的战争。

文化改变世界的例子可谓比比皆是，影响最大的莫过于美国硅谷文化，它从纵深两个方面影响和改变着世界。硅谷位于旧金山南部狭长的圣塔克拉拉谷地，这里星罗棋布地建成了 40 余座大小城镇，居住着 260 万人，十分之一的人从事 IT 行业。虽然硅谷的人口只占全美的 1%，但 GDP 却占全美的 5%，人均产值 8.3 万美元。硅谷文化几乎是与硅谷的创建相伴而生的，在近半个世纪中，一批又一批的硅谷人营造了硅谷文化。概括地说，硅谷文化是求新求异的文化，是人性、个性、自由发展的文化。极客（geek）本是美国俚语，意为性格古怪的计算机癖，是一批把疯狂想法变成现实的人。极客文化是一种反主流的文化，以做出令人惊异的产品、音乐、电影等为时尚，引领世界新潮流。

硅谷的成功，引起美国和世界各地纷纷效仿硅谷，但几乎没有成功的先例。这究竟是什么原因呢？为此，学术界和企业界提出了各种假设，如加州气候好，有斯坦福大学做依靠，风险投资有保障，知识产权有保护等。应当说，这些因素对硅谷的发展和营造硅谷文化都起到一定的作用。但是，我认为归根到底还是在于人的因素，这里聚集了一批最聪明、最敢于冒险的人，正是他们营造了硅谷文化，而硅谷文化又助力他们登上创业的高峰。

武汉盛隆电气公司创建于 1979 年，它的前身是一家乡镇小企业，经过 30 多年的打拼，实现了多次跨越，成为湖北省 100 强企业。同样的，在它的发展过程中，盛隆人也营造了盛隆文化，包括盛隆理念、盛隆伦理、盛隆哲学等。

在 30 多年中，我参加了许多盛隆公司的活动，对盛隆文化氛围有一些亲身的感受。我认为，盛隆的成就和盛隆文化的建设始终离不开一个人，他就是公司董事长谢元德先生，他是一位勤学爱思的企业家，是一位有理想和务实的企业家。我曾经说过，盛隆成功的经验就是"梦想不息、创新不止"，实际上这八个字就是对谢元德董事长的概括，所以正是他营造了盛隆的文化，希望把盛隆文化一代一代地传承下去。并不断发扬光大！

借《盛隆文化读本》出版之际，特写了以上赘言。兹忝为序。

（本书由北京知识产权出版社于 2017 年 12 月出版）

一个被耽误了的文学家
——《岁月流沙》（代序）

人生充满了诡谲，有时你本打算爬上这座山，但却阴差阳错地上了另一座山；她本喜欢文学，可命运偏偏安排她学化学；你本可以径直到达某地，但你却兜了一个大圈子；他和她本来是青梅竹马，但最终不能成为眷属……

我与毕业于武汉大学化学系的刘建萍相见，就是非常滑稽的。我们同校、同系、同专业，但我们相见却是在她毕业35年以后，通过《珞珈野火集》的责任编辑春晓女士牵线。建萍与春晓相识，也纯属偶然。2017年4月初，"第一届海外文轩文学大会"在上海召开，一个是文学图书编辑，一个是文学爱好者和作者，她们从相隔万里的异地来到上海并惺惺相惜，这就引出了"她们与刘道玉的故事"。这真是有缘千里来相会，也验证了"相知无远近"这句箴言。

春晓女士在会上动情地介绍了她责编《珞珈野火集》这本书的体会，她说在编辑这本书时，与作者书信频繁往来，遂与刘道玉老校长成了忘年交，他们逢年过节都互相问候。春晓有一个9岁的女儿，刘道玉便经常发一些教育少年儿童的资料供春晓参考。他们通信已经4年多了却没有见过面，春晓一直有一个心愿，一定要到武汉亲自探望刘道玉校长。今年清明节，春晓一家专程来汉登门探望老校长。这一天，刘道玉显得格外高兴，尽管他已经老迈了，仍不辞劳苦陪同春晓一家浏览武大校园，与他们拍照留念，作为他们忘年交的见证。

春晓在上海会上关于《珞珈野火集》这本书的发言，引起了建萍的注意，真是言者无心，而听者有意啊。建萍回忆说，这是她第一次听到一个专业编辑的心声，开始只是很好奇。春晓的发言是真情流露，让她很感动，也让她对编辑的艰辛和敬业精神有了新的认识。会后，建萍回武汉省亲，她托亲戚从网上买了一本《珞珈野火集》，心想趁机去拜访老校长，并请他签名留念。于是，她通过春晓联系我，我是一个来者不拒的人，何况建萍又是我地地道道的学生呢！

于是，我们约定4月17日下午4点，她与同班同学郑建华一起来访，师生相见自然十分高兴。郑建华是中国地质大学化学教授，以前曾经见过几次面，她的毕业论文还是我指导的。我在建萍自己购买的书上签名，盖上了一枚"金鸡报晓"的闲章，今年是我的本命年，也许有特别的纪念意义。我们彼此谈论了许多，建萍谈到她既是恢复高考的幸运者，又是武大试行学分制的受益者。我说："这是因为你们赶上了改革开放的好时代，但归根到底，还是你们自己改变了你们的命运，是你们抓住了那个机遇，你们是幸运者。"我们谈话以后，建萍还写了一篇杂文《珞珈野火烧不尽》，情真意切，让我十分感动。

如果说我与建萍的见面有点戏剧性，那么建萍的人生道路更是诡谲的。最近，她来信请我为她即将出版的《岁月流沙》一书写篇序言，为此我与她通过几封信，当我了解了她的身世与坎坷跌宕的经历后，真是感慨万千。她出生在武汉，3岁被过继到河北农村大姨家，6岁又回到亲生父母身边。她见证了饥荒，亲眼看到饿死人的现象，经历了"文化大革命"，因言获罪被打成了"反革命"，下乡当过知青……

我能感受到，她是一个有个性和坚强的女性。她受过苦但又是幸运的，她赶上了恢复高考的头班车，虽然她没有被录取到心仪的文学专业，但她毕竟从农村进入到武汉大学学习。后来，她又到美国内布拉斯加大学获得化学硕士学位，现在美国施贵宝医药公司做研究工作。现在，她终于可以无所顾忌地自由写作，以了却幼年的夙愿。

我使用了"被耽误的文学家"，而没有用"被扼杀的文学家"，是因为建萍并没有放弃写作，这是明智的选择。我国大学的专业设置和高考填写志愿，是与计划经济体制相适应的，教育改革就是要改变这种不尊重学生志趣的教育体制。1982年，武汉大学打破这个禁区，允许学生在校内自由转到自己喜欢的系或专业学习，甚至还接受了来自北京大学、中国科技大学、上海同济大学转来的学生。这项改革源于生物系学生田真见给我的一封信，他在信中写道："校长，我自幼喜爱文学，立志要做一个作家。可是，乔太守乱点鸳鸯谱，把我录取到生物系。我每次做解剖实验时，感觉自己就像是一只任人宰割的小白鼠。校长，请您救救我吧！"收到这封信的那一刻，我的心都快要碎了，难道我们的教育制度就这样残忍吗？于是，学校批准田真见转到中文系，他现在是一名著名的儿童文学家。我心想，如果我早几年实行转学制，或者建萍再晚3年上大学，她就可以转到中文系学习，就能够成全她的少年文学梦，成为一名有建树的职业文学家。

据我对建萍的观察，即使是现在，她仍然有成为一个文学家的必备条件。首先是她酷爱读书，这是她自幼养成的良好习惯。在农村姨妈家，虽然没有钱买书，但两分钱的《中国少年报》她翻来覆去地读。回到武汉以后，市少年图书馆就在她家附近，每天放学后就冲进去阅读。她母亲是医生，被下放到硚口商场，那里有一个图书室，她每天央求妈妈带她去读书。她读的书很多，像《羊村的理发店》《欧阳海之歌》《平原枪声》《暴风骤雨》《红楼梦》等，甚至范文澜四卷本的《中国通史》和《鲁迅文集》她都反复阅读，情不自禁地读，读书使她兴奋，阅读成了她生活的一部分。其次，她有丰富的想象力，这是从事文学创作的基础。就拿她的笔名春阳和书名《岁月流沙》来说，都是极有创意的名字。再次，她掌握的词汇极为丰富、思维敏捷、抒情流畅，这一切都是她从事文学创作的基础。她已经创作了许多作品，继《岁月流沙》之后，她还将出版中短篇小说集和长篇小说。

宋朝诗人梅尧臣有两句诗是："莫恨终埋没，文章自可传。"建萍的人生虽有遗憾，但她没有抱怨，而她的才华最终也没有被埋没，她一直在创作的道路上勤奋地耕耘，相信她的文章能够传播于后世，成为我国文学宝库中的一朵奇葩。

建萍是我未曾授业的学生，她请我作序。却之不恭，特写了以上的赘言。兹忝为序。

（本书由美国南方出版社2017年9月出版）

教育实验的播火者
——《极目新教育》（代序）

一

新教育实验的核心和全部要旨在于新。什么是新？据《新说文解字》注："取木也。取木者，新之本意。引申之为凡始基之称。"所谓始即开始，始与新含有相同的意思，泛指第一次出现的行为或事物，如岁之首为新年，始出之月为新月，第一次报道的消息称新闻，第一次出嫁之女为新娘，等等。又据甲骨文释义，新乃薪之本字，左边是木，右边是斧子，用斧子砍伐木材之意。对此，国学大师章炳麟先生解释说："衣之始裁谓之初""木之始伐谓之新"。至此，对新字一字的含义已经十分清楚，凡是第一次发生（或出现）的事物，观点、见解、发现和发明，我们可以称之为新事物、新观点、新见解、新发现和新发明。

在《周易·大畜》中有"刚健笃实，辉光日新"的名句（简称"刚健日新"），著名古文字家高亨注释："天之道刚健，山之道厚实，天光山色相映成辉，日日有新气象。"商汤的《盘铭》说，"苟日新，日日新，又日新。"宋朝理学代表人物之一朱熹，对此言有详细解释，大意是，修身之德也要像洗澡一样，每天都要清洗思想上的污垢之物，这样就每天都会有所进步。思想上这样吐故纳新是要时时刻刻坚持不懈。在汉语中，由"新"字衍生出许多含有"新"字的成语，如温故知新、破旧立新、新陈代谢、革故鼎新、弃旧图新、日新月异等。这说明求新的思想，体现了中华民族文化的精髓，使我国成为世界四大古文明唯一香火不断的伟大民族！

一个民族的语言文字，蕴含着这个民族思维的全部奥秘。本来我国文字源于象形文字，这是构成中国人意象思维的基础。从理论上讲，一个长于象形思维的民族，其想象力丰富，更应该富有创造精神。可惜的是，这种象形思维却走向了仅仅追求表面的形式主义。最明显的例子是我国大学合并、升格、改名等，从而导致大学问题频仍。自进入近现代以来，我国国民的创造精神日益式微，主要原因是长期小农经济、专制制度和经学文化三位一体的束缚，从而窒息了我国民众的创造精神，以至于我国民众长期习惯于模仿，如"三来一补"、山寨货、淘宝村等，都是典型的模仿甚至剽窃。模仿思维是创造和创新的大敌，我国必须进行一次思维方式的变革，方可将我国建设成为创新型的国家。

二

新与旧是相对应的，老子在《道德经》中说："敝则新。"意思是唯有除敝才能立新。改革、创新需要进行实验，无论是自然科学或是社会科学概莫能外。遥想过往，我国古代的曲阜杏坛、岳麓书院，古希腊的柏拉图学园和美国的芝加哥实验学校，它们都是进行教育实验的尝试，是最早的新教育实验的典范。笔者曾在《光明日报》发表了《教育改革必须以实验来推动》一文，目的在于呼吁教育工作者们走出研究教育纸上谈兵的窠臼，正如创新之父约瑟夫·熊彼特在弥留之际的遗言："行动——光有理想和理论是不够的，只有行动起来，努力改变现状才是真正对理论的拓荒。"

苏联教育家阿·波利阿耶夫曾说："教育领域是一块伟大的实验场地。"唯有教育实验才能推动教育改革前行，这已是被无数事实证明过的一条铁的教育规律。我国是一个人口众多的大国，根据2014年的统计数据，在校就读的各类学生约2.5亿，其中高校在校学生3559万人。照理说，我国拥有无与伦比的教育实验资源，应该产生更多杰出的教育家。可惜的是，我国并没有产生世界上有影响的著名教育家，也没有撰写出在世界上有影响的教育经典著作，这与缺乏有远见的教育实验家不无关系。

这也是笔者非常关注朱永新先生的新教育实验的原因。

三

在中国近代史上，首开教育实验之先河非陶行知先生莫属，他于1927年创办了南京晓庄试验师范学校，致力于大众化教育。可惜学校被国民党军政府查封，他本人遭到通缉，晓庄师范学校被迫停办。虽然这个学校仅存在了3年，但仍然培养出了200多名抗日战争骨干分子，为中国抗日战争的胜利做出贡献。自20世纪80年代开始，中国民间出现了民办教育的热潮，但就高等教育而言，他们并没有提出明确的教育改革实验宗旨与目的，而是亦步亦趋地模仿公立大学的模式，并没有为我国高等教育多样化提供任何经验。

但是，自21世纪初，由朱永新先生所倡导的新教育实验，却是一个非常可喜的教育现象，给我国沉闷的教育改革吹入了一股清新之风。在我看来，朱永新先生是中国当代新教育实验的播火者，他要把新教育实验之火种播撒到大江南北，让星星之火燎原神州大地。朱永新先生致力于推动一项被认为是草根性的教育改革，他这个灵感是怎样产生的呢？他告诉我说："1999年，我在阅读《管理学大师德鲁克》时，其中一段话震撼了我。熊彼特说：'到了我这样的年龄，我知道仅仅凭自己的著作流芳百世是不够的，除非我能够改变和影响人们的生活。'"朱永新猛烈地感到，这些年他虽然写了许多著作，其实并没有走近教育生活，更谈不上影响和改变我们教师的生活。于是，他决定改变话语的方式，改变行走的方式，真正走近教师，走近我们的教育生活。一切创造都是源于灵感，而朱永新的这个灵感，不仅改变了他研究教育的方式，而且导致了一场规模浩大的新教育实验运动，真有势不可当之势！

四

朱永新先生的新教育实验，目前暂时限于小学阶段，在实践中逐步明确了新教育实验的目的。他们的核心理念包括："过一种完整幸福的教育生活；给学生一生有用的东西；重视精神状态；倡导成功体验；强调个性的发展；注重特色教育；让师生与人类崇高的精神对话。"目前，全国已经有67个实验区，3000多所学校，320万名师生参与新教育实验，分享新教育实验给他们带来的无穷乐趣。这场新教育实验，已然形成新浪潮，既是对中国应试教育的冲击，也是对现在公立小学教育缺失的弥补。新教育实验尚在如火如荼地进行中，其前景尚无法估量，但是其缨所向，已经形成破旧立新的改革新风，对我国沉闷的教育改革也一定会带来促进作用。

从有关新教育实验的报道得知，朱永新倡导的新教育实验，是目前中国规模最大、参与人数最多、效果最为显著的一次民间教育科研实验。在新教育实验富有成效的成就之中，极大程度上解决了职业教育倦怠、理论实践脱节、应试教育与素质教育矛盾等问题，取得了完美教室、卓越课程、理想课堂等一系列扎扎实实的成果。朱永新因此也成了自陶行知以后知行统一的著名教育家。

五

为什么朱永新的新教育实验具有这么大的影响力？为什么朱永新的新教育实验有如此蓬勃的生机？为什么朱永新的新教育实验获得了如此多的成果？笔者带着这些问题，阅读了原辽宁铁岭市教委副主任、教育文学家傅东缨先生的新著《极目新教育——兼论朱永新先生的教育生涯》，被感动之余，感到对于笔者的上述提问，此书已经给出了完整答案。

极目一词，自有至小无内，至大无外的广袤视野。此书名为"极目"，或立于人类思维的穹顶，鸟瞰新教育十数年的来龙去脉；或入于新教育的每个情景、每个人物之上，凝神捕捉细致微妙的变化。全书50余万字，洋洋洒洒，极骋眼目，心骛八极，写出新教育轰轰烈烈的发展历史。

细观而视，书中既描述了新教育的十余年实践，在历史时空中细腻还原，精致雕塑出其崛起壮大背后的精神实质；作品详细点评了新教育团队，捕捉其闪光点，进而形成了一幅波澜壮阔的奋斗画卷；作者还品评了新教育发展之路，表达出对中国教育的深邃洞察，梳理出新教育的蓬勃走势，对其历史定位进行了睿智分析。

纵观而视，书中采用了同步分析方法，与其民国新教育的对照，与欧美新教育的类比，表达出新教育方兴未艾的张力，展现出朱永新新教育的创新魅力，分析出朱永新新教育科研的伟力。

远观而视，全书将朱永新的新教育置于中国教育史的历史时空之中，世界新教育发展史的链条之上，以详尽的思考、科学的分析、精细的鉴赏，对朱永新倡导的新教育实验进行了历史性的定性、定位。

观古鉴今，继往开来，画意绵绵，诗意汩汩，天眼慧眼，思义断然，理事无碍，事理交融，此书自有"新教育之史记"的风范。

值得一提的是，《极目新教育》一书，既开辟了朱永新新教育的蒸蒸日上之境，也透露出作者对新教育乃至更广泛教育背景的极目之境。

东缨先生是我多年的好朋友，也是被称为中国大教育文学第一人的知名教育文学家。近半个世纪，他一直奋斗在教育文学的最前沿，曾经采访过数千位中国教育工作者，写作出数百万字的教育专著。既有纸上得到的理论深度，更有事必躬身体验的细致调查，对中国教育有着深中肯綮的思考。

尤其是近二十年来，东缨先生臻入学术佳境，写作艺境，对中国教育有着细致连贯的思考，出版了《泛舟海海》《圣园之魂》《播种辉煌》中国教育三部曲，《教育大境界》《教育大乾坤》《教育大求索》（待出）大教育三部曲和《中国教育的顿悟》《从教师到教育家》《极目新教育》教育珍奇三部曲等佳作，卷帙浩繁，卮言处处，早已成为中国教育文学的经典之作。尤其是东缨先生提出了理想课堂三力和谐论、教育十大境界论、名师成长"二三三素质结构论"、中国教育发展基因说等思想，与朱永新的新教育思想既有相互映照之处，又有相互抵砥之妙，可见东缨写作此书，正是知音听音的妙处。

在《极目新教育》一书之中，东缨先生观察四年，查阅新教育各类资料；采访三年，纵行万里追踪新教育行踪；写作两载，反复增删以求精致书写，以古稀之年，铁杵研磨，最终形成的《极目新教育》一书，方有跃然纸上的灵动，穿破历史的眼光，积蓄能量的突破，画龙点睛的经典。

实际上，傅东缨先生也是新教育实验的播火者，他为了写作《极目新教育》一书，可以说达到了废寝忘食和皓首穷经的地步。他之所以不辞劳苦写作《极目新教育》一书，是希望把从新教育实验田中收获的果实再播撒到祖国大地，甚至远播到异国他乡，让新教育实验的做法、经验惠及更多人，让广大少年儿童沿着成才的康庄大道茁壮成长！

我读过傅东缨先生不少教育文学著作，他思想深邃，文字优美，情节生动，读来是一种享受。因而，我特写了以上赘言，谨将此书推荐给广大的教师、学生和家长们。兹忝为序。

（本书由人民文学出版社 2018 年 7 月出版）

为有源头活水来

——《新闻采访写作案例教程》(代序)

《光明日报》是我国三大纸质媒体之一,它以宣传、报道和推动教育、科技为宗旨,是联络广大知识分子的重要纽带。我作为知识分子队伍中的一员,自然十分喜爱我们自己的这份报纸,我既是它的忠实读者又是它的勤勉作者。作为读者,学校宣传部为退休的领导免费各增订了一份《光明日报》,这使我有机会天天读到这份报纸;作为作者,每年我大约为该报写3到5篇左右的文章,虽然不敢说自己是"语不惊人誓不休",但我力求做到文无新意不发表。2014年12月,我被《光明日报》社聘为教育专家委员会专家。由于这些方面的原因,我与《光明日报》建立了密切的联系。

在20世纪70年代末,为了适应拨乱反正和改革开放的需要,光明日报开始在各省设立记者站,而湖北省是率先建立记者站的省份之一,首任记者是丁炳昌和樊云芳夫妇。1981年7月,我被中央任命为武汉大学校长,时值三伏盛夏,全国各报纸以火辣的调子报道了这条消息,介绍我是新中国自己培育出来的第一位大学校长,也是全国重点大学中最年轻的校长。我被逼上了梁山,心想既然年轻就应该发挥年轻人的朝气,锐意改革,努力创新,不辱使命。

我赶上了改革开放的大好时代,在胡耀邦总书记提出的改革总方针的指引下,我义无反顾地投入到教育改革的大潮中。武汉大学独辟蹊径,走了一条与其他高校完全不同的改革路子。我们从教学制度改革入手,率先在全国试行了一系列崭新的教学制度,着力营造宽松、民主、自由的校园文化,从而培养了一大批后来成为著名学者、作家和企业家的优秀人才。

在武大的教育改革浪潮中,光明日报湖北记者站的樊云芳和丁炳昌二人,深入武大教学改革第一线,采访了大量改革中涌现的先进人物,总结出不少教学改革的经验,特别是关于插班生制度的报道,在全国引起了巨大反响。他们在调查中发现,教育改革并不是一帆风顺的,阻挠和干扰改革的主要障碍是

"左"倾思想，在个别领导和教师中都有。根据群众的揭发，学校有个别领导利用职权为儿子考研有组织地舞弊，而这个人就是坚持"左"倾思想的人，这说明"左"倾思想和不正之风都是阻挠和破坏教育改革的，他们还专门写了内参向中央反映，为武大教学改革顺利进行扫清道路。

夏静等人是《光明日报》驻湖北省第二任记者，他们都是武汉大学的校友，自然与我交往密切。夏静是自学成才，她17岁就当上了农村中学的代课教师，但她非常勤奋，喜爱文学与写作，这就为她成为一名合格的记者奠定了基础。1993年通过正式招聘考试，她被录取到《光明日报》工作，先后当过发行员、广告员，于2001年正式担任记者。为了提高自己的理论水平，她于2005年又通过全国统考，被录取到武大新闻与传播学院研究生班深造，顺利完成了学业。从2011年开始，她晋升为湖北记者站站长，经过十多年的磨炼，她已经成为一名资深记者，具有较高的知名度。2016年8月5日，《光明日报》召开年中工作总结大会，夏静作为全国各记者站的代表介绍工作经验，她归纳出站长的工作就是当好"三员"，即当好《光明日报》的宣传员，报纸发行的推销员和读者的服务员，这个概括既精当又十分形象。

我国南宋著名思想家、大理学家朱熹在《观书有感》中有两句名言："问渠那得清如许，为有源头活水来。"我借用后一句作为本序言的标题，目的是想说明事物的存在与发展都有其源头，只有从源头上认识和解决问题，才是真正的治本之道。那么，新闻的源头在哪里呢？我认为其源头就在人民群众之中，在生产实践、科学研究、改革和创新的实践活动之中，只有深入这些活动中，才能获得鲜活的和有价值的新闻材料。一个高水平的记者，必须具有"敏""行"和"真"三个特有的素质，而夏静取得的成就也都得益于这三点。

首先是敏，即敏感的头脑，敏锐的洞察力。无论是在汉语或是英语中，新闻（news）一词都是很形象的，使人望词生意。所谓新闻，就是没有或者没有听说过的东西，这些东西方可称为新闻。法国著名雕塑家罗丹曾说："所谓的大师，就是这样的人，他们用自己的眼睛去看别人司空见惯的东西，从中能够发现出美来。"作为一个高水平的记者，也要能从人们司空见惯的事物中发现有价值的新闻来，而夏静就是这样的记者。在她的采访生涯中，凭着她敏锐的洞察力，捕捉到许多栩栩如生的典型人物，例如90后大学生刘普林帮妈妈扫大街，感动了第八、九届全国政协主席李瑞环。他请记者将3万元捐赠给刘普林，帮助他完成了大学学业。被夏静发现的先进典型还有大别山的"师魂"汪金权，潜江市代课教师秦开美，在面临歹徒劫持学生时，她奋不顾身保护学生，因而被评选为全国最美的乡村教师。

其次是行，新闻不是通过闭门造车或守株待兔而获得的。鲜活的新闻只能在深入群众中获得。所谓的走访，是在走动中寻觅有价值的材料，决不能坐享其成。夏静在这方面表现非常突出。在她任记者的10多年时间里，她走访了湖北省70多个市县，深入一万多个单位调查和采访，写出了200多万字的报道，而《新闻采访写作案例教程》，就是从这些大量的资料中精选辑录出来的。

再次是真，只有真实的报道才是有价值的新闻，也才能够起到宣传和激励人民群众的作用。周恩来总理于20世纪50年代末，在对《人民日报》的一个批示中写道："只有忠于事实，才能忠于真理。"这是对所有新闻工作者提出的要求，这既是文风问题，也是新闻工作者的职业操守，必须贯彻于新闻工作的始终。纵观夏静全部的报道与专访，都是真实可靠的，所有才能产生广泛的影响。

我与夏静既是师生又是忘年交的朋友，她请我写序，我却之不恭，特写了以上一段文字，借以向读者推荐《新闻采访写作案例教程》一书。

兹忝为序。

（本书于2017年7月由武汉大学出版社出版）

家书抵万金
——《枫叶家书》（代序）

武汉枫叶国际学校准备编辑和出版《枫叶家书》，这是一个非常有创意的举措，我表示积极支持，并希望将这项活动长期开展下去。我也衷心希望各类学校要借鉴武汉枫叶国际学校的经验，充分运用家书这种方式，建立家长与学生和家长与学校的交流渠道，发挥家书在教育学生中的巨大作用。

信是什么？汉代许慎的《说文解字》释曰："信，诚也。从人，从言，会意。"翻译成白话文就是：信，真诚，以人和言为偏旁，延伸的意思是信是真实可靠的，不欺诈，不狂言，是真实感情的流露，是人生经历的记录。书信的别名也称为尺牍、手札、信札、飞鸿、双鲤，等等。通俗地说，它们都是指信件，或称信函，是不同时代被赋予不同蕴意的信件。从总体上来说，信件是文化的一个组成部分，是集文字、文学、美学、书法、礼仪、教育、亲情、道德等多文化因素为一体的综合记载。

书信早在我国周朝就出现了，但那时仅仅限于官府，因为教育被官府所垄断，只有帝王将相和士大夫才会识字和写信。到了秦朝，书信开始流传到民间，曾经出现了"士兵家书"，而家书的巅峰时代则是在明清时期。我国的文人学士，不仅常常用书信交流思想、感情，切磋学问，而且还有收录和保存家书的传统。例如，明朝戏剧大师汤显祖的《玉茗堂尺牍》，清朝郑板桥的《郑板桥家书》，曾国藩的《曾国藩家书》和袁牧的《小仓山房尺牍》等，都是非常有阅读价值的家书。

杜甫和李白是我国唐朝齐名的诗圣和诗仙，他们大量脍炙人口的诗句流传了一代又一代，在推动我国诗词发展、砥砺思想和教育人民方面都起到巨大作用。杜甫在《春望》中有"家书抵万金"的名句，反映了诗人热爱国家、眷恋家人的美好情操。因而，这首诗流传了1200多年，一直脍炙人口，历久不衰。"家书抵万金"说明家书的珍贵，那么它们珍贵在什么地方呢？

首先，家书是浓郁亲情的凝聚。什么是亲情？亲情就是父母与子女之间的爱，甚至隔代祖孙之间的爱，这种爱是血缘凝结的，它是一种伟大的教育力量，能够激励人、教化人、化解误会与矛盾，并且能够将家族的优良传统传递下去。其次，家书承载着"传道、授业、解惑"的重任，因为家庭是幼儿的第一所学校，父母是孩子最早的老师，人们不是常说"一个好妈妈胜过好老师嘛！"再次，书信都是有感而发，具有鲜明的个性化特点，既不打草稿也没有提纲，而是激情和创意陡然地闪现。它与反复推敲和打磨的文章不同，后者往往把灵感都磨平了。因此，信件在研究历史、人的成长和学术风格时，更具有珍贵的价值。

我是一个爱写信和爱读信的人，这是基于我对信件价值的认同。无论是在担任大学校长期间，或是被免职以后的岁月里，我都以"来信必回"为信条。我至今保存了大约 6000 多封纸质信件，既有与诺贝尔经济学奖候选人杨小凯生前的通信，也有与农妇为教育儿子的信件；既有向农民致富咨询的信件，也有与小学生探讨教育改革的信件。这些信件凝聚了我对所有来信者的厚爱，它们也是我的一笔珍贵财富，今后我将以《书信选集》的方式奉献给广大读者。

在 20 世纪 90 年代电话普及以前，书信几乎是人们异地间传递信息的唯一方式，回忆那时捧读信件，"见字如面"的炙热之情油然而生。现在是一个网络时代，以电子邮件、短信、微信等快捷的联络方式替代了传统的书信，甚至可能导致信札的消失。但我相信，消失的仅仅是形式，书信文化则不会消失，我们应当继续发挥书信在沟通感情、教育人民和传递信息中的巨大作用！

借《枫叶家书》出版之际，我抒发了对书信的认识，并向读者推荐这本凝聚亲情的书。兹忝为序。

（本书由华中师范大学出版社 2018 年 10 月出版）

一个特殊人才的成长之路

——《一袭香黛：航宇旗袍诗集》（代序）

今年8月底，我收到了武汉大学出版社责任编辑郭静转给我的一本书，是由经济科学出版社出版的《穿旗袍的女人》，作者是龚航宇。现在，作者又进一步做了修订，准备以《一袭香黛：航宇旗袍诗集》为书名，由武汉大学出版社重新出版。我浏览了这本诗影并茂的书，发现作者原来是武汉大学96届的毕业生，是一位著名的服装设计师，是香黛宫品牌的创始人。读完这本书后，留给我的第一印象是，她是一个特殊的人才，《穿旗袍的女人》是一本特别的书。

我是一个有求必应的人，尤其是武汉大学的学生，甚至是外校的大学生，凡是有求于我的人，只要我能够做得到，我一般都是不会拒绝他们的。但是，我面对的是一个陌生的作者，而旗袍文化又是一个陌生的领域。为了写好这篇序言，我需要了解作者和她写作的情况。于是，我通过责任编辑郭静联系上了龚航宇，我对她说："我同意为你的书写序言，但希望你提供个人的背景材料，我将把你作为一个人才的个案进行研究，以便总结你的成才经验。"她同意了，先后把她写的《我与香黛宫》《生命的颜色与线条》等文章，以及有关对她的报道和专访发给我。这使我对她有了一些初步的感性认识，但我还需要从理性上分析，她究竟是怎样走上热爱和开发旗袍文化的道路的？

1992年夏季，龚航宇以优异的成绩被武汉大学所录取，她选择的是政治思想教育专业。该专业的培养目标是：具有在党政机关、企事业单位、高等学校和社会服务机构工作的能力，从事马克思主义理论和思想政治学科的教学、科研和思想宣传工作。很显然，龚航宇现在从事的职业与该专业的培养目标，是风马牛不相及的。

在新生入学后的一个晚会上，同学们举荐她表演文艺节目，她急中生智，临时根据理查德·克莱德曼的钢琴曲，自编自演钢琴舞《雨丝》，以雨丝寓意飘逸、轻盈和恣意的长发。她的表演获得了成功，同学们簇拥过来向她表示祝贺，而学校负责文艺活动的老师却发现了一个文艺骨干，把她吸收到学校文艺队，准备彩排迎接校庆100周年的文艺演出。为此，她利用晚上时间，自费到武汉音乐学院学习舞蹈，虽然经历了一段极为艰辛的磨砺，但在她的心田里却播下了艺术美的种子，只在等待来年发芽、生长、开花和结果。

1996年夏天，龚航宇顺利完成了学业，获得了武汉大学毕业文凭和学士学位。武汉电视台对她非常赏识，意欲聘请她为节目主持人，这本是众多毕业生梦寐以求的职位。可是，龚航宇却婉言谢绝了，她选择了到韩国学习服装设计，在3年时间里，她先学习服装设计，后又学习做服装。没有比较就没有鉴别，于是自2000年到2002年，她又到法国学习服装设计。每一个女人都有一个巴黎梦，而龚航宇到法国留学也是为了寻觅自己的梦。

此后，她先后考察了欧美40多个国家，目的依然还是寻求美和自己的梦。什么是美？美感起源于直觉，我国美学大师朱光潜先生认为："美不完全在物外，也不完全在人心，它是心物婚媾后所产生的婴儿。"龚航宇通过考察发现，韩国女性是优雅的美，法国女性是浪漫风情的美，美国女性是舒适加个性的美。她出出进进考察了那么多国家，以为自己很国际化了。其实，跟着大牌名家学风格是没有根的，到头来唯独没有自己的风格。她经过对比、反思，认识到外求与内求的关系，这就犹如王阳明"龙场悟道"一样。王阳明因反对宦官刘瑾，被谪贬至贵州边缘荒芜之地龙场。他追问怎样才能成为圣贤，不断叩问尧舜、孔孟："圣人之道何也？"一个疾风暴雨的夜晚，他从梦中惊醒，突然意识到："圣人之道，吾性自足，而求之于事物外者误也。"最后，王阳明被称为心学的创始人，也是继孔子、孟子、朱熹之后的第四位圣人。

王阳明悟的是道，而龚航宇悟的是美，他们的共同点是寻觅到了自己追求的理想。自从龚航宇顿悟到寻美的内求哲理以后，她的思想境界升华到一个新的高度，她把目标聚焦到中国的女服旗袍，而且一头扎进去就出不来了。她认识到，从西方形式的美到东方意念美和境界美，是美的升华，旗袍文化博、深、韵，它体现的是东方女性的委婉多情、含蓄内秀，或藏或露，或曲或直，尽显不同女性的美艳之中。龚航宇认为："女人没有丑的，只有丑陋的心态和懒惰的心。"这个观点与爱因斯坦认为"每个人都是天才"如出一辙，问题就在于我们如何设计和实现自我，是否把我们的潜质发挥到极致，如果每个人做到这一点，那么他们都不会再是一个俗人了。

龚航宇的美是骨子里的美，她找到了美，也找到了自己的事业。在最近的4年中，她创造了无数的奇迹，一人包揽塑造三大顶级国际选美机构的冠军形象，创立了"香黛宫"品牌，营造了特色的香黛文化，开办全球首家旗袍剧场，被评选为中国十杰设计师，文化素养讲师，旗袍文化国际交流大使，新西兰王室华服设计师，出版了《散文女人花》《穿旗袍的女人》等畅销著作。龚航宇开发的以旗袍为主的时尚服装产业，正处于如日中天的时期，她正在进一步策划，寻找合伙人，进行资金链接，准备把她的香黛宫文化公司扩大到上海、苏杭、萧山、武汉等地，相信她的事业越来越红火。

那么，一个学习政教专业的女生，是怎么成为中国当代时尚旗袍文化的创始人的呢？我说她是一个特殊人才，也就是从这个意义上而言。她的成才与所学专业无关，与通常成才的道路也大相径庭。我是研究创造教育学的，从创造的角度说，我以为她成才的主要经验可归结为三点：

首先，兴趣是成才的关键。每个人都是自己命运的设计者和实践者，而兴趣是成才的出发点。龚航宇自幼喜欢歌舞、绘画，老师也鼓励她学文艺，可是父母却认为读书和掌握专业知识才有出路，于是航宇从小学到高中都远离文艺演出。我始终认为，在选择专业问题上，由父母或者老师越俎代庖是不可取的，正确的方法应当是顺应孩子的天性发展，尊重他们的志趣。我还认为，一个人成才与否，与所学专业没有绝对的关系，学什么、做什么和成就什么，也不是铁定的规律。所幸的是，航宇到大学毕业时，她回归了自我，正确地设计了自我，选择了时尚服装设计为自己的毕生事业。

其次，梦想不息，寻梦不止。她大学毕业以后，大约用了10年的时间，到韩国、法国和欧美40多个国家留学和考察，义无反顾地踏上了寻梦之旅，也是她寻觅美的人生历程。对于一个刚刚毕业的女孩来说，如果没有执着的精神，是不可能坚持到底的。她的寻梦并非一帆风顺，在法国她遭遇绑架，在欧洲她露宿过公园，在加拿大魁北克遭遇到冷眼。但是，正如《警世贤文》所说："梅花香自苦寒来，宝剑锋从磨砺出。"古人说"十年磨一剑"，航宇做到了这一点，历经十年的寻觅和顿悟，寻找到中国时尚服饰文化的根，先后四次访问多伦多，从 Chantel Gong 翻译过来香黛宫这个品牌。

再次，灵感是创造之源。武汉大学汪伯安教授等，于 2016 年编辑和出版了《武汉大学校园歌曲30周年精选集》，他多次来访请我为该书题词，在没有准备的情况下，我信手题写了8个字："唯有创造才有艺术"。我想说明，艺术与创造是如影随形的东西，没有灵感也就没有创造。龚航宇是诗人、时装设计师、时尚文化开拓者，灵感对于这些职业是须臾不可少的。时尚之所以流行，就是因为它具有新颖性，如果没有创意，那就不再是时尚，而成为过时、落伍和土气，自然就将被淘汰。从龚航宇的经历来看，她是一个富有灵感的人，无论写诗或是时装设计，都需要灵感。例如，她即兴表演的钢琴舞《雨丝》，香黛宫品牌的创意，十二香黛文化，旗袍剧场等都是灵感诱发出的创意。灵感并不神秘，它无时无刻都存在于我们的周围，问题是我们要有一个"有准备的头脑"，随时随地捕捉稍纵即逝的灵感。我衷心希望她的灵感迸发，站在时尚文化潮流的涛头，开拓中国文化时尚的未来！

  龚航宇是我未曾授业的学生，也没有获得由我签发的毕业证书，但我们却因书而结缘，因爱美而相识。这是一份迟到的师生情谊，她恳请我为其书作序，我为她追求美的执着精神所感动，故特写了以上一段文字。兹忝为序。

（本书于由武汉大学出版社2018年1月出版）

珞珈子规啼

教育家既要有"见"又要有"行"

——《问家长——一个教育局长的反思》（代序）

在国人的心目中，对"家"一字情有独钟，其实在西方拼音文字中，"家"与"者"是没有区别的。例如，科学家与科学工作者的英文都是 Scientist，其他诸如数学家（Mathematician）、物理学家（Physicist）、化学家（Chemist）、生物学家（Biologist）、心理学家（Psychologist）、哲学家（Philosopher）、教育学家（Educator）、作家（Writer），等等。无论是在我国古代，或是新中国成立以前，甚至在当今的西方国家，专家的称谓并不流行，那么，国人对专家顶礼膜拜是怎么形成的呢？据我考证，20世纪50年代初我国提出"一边倒向苏联"以后，苏联向我国各个领域派出了大批专家，他们居住在专门为其建造的豪华专家公寓，配备当时极为稀有的轿车，领取相当于我国普通知识分子10多倍的工资，技术工作中享有一言九鼎绝对的权威，于是专家也就成了人们崇拜的偶像。

当然，问题并不在于专家这个名称上，既然专家称谓流行起来，这也不值得大惊小怪。既然科学家、理论家、作家、画家等都已经成为人们职业的象征，那么教育领域也应当有自己的教育家，因为与教育有关的人口，几乎要占全国人口的四分之一。问题是在我国，教育家既神秘而又稀缺，难怪日本人说中国只有两个半教育家，这当然是十分偏颇的。应当说，无论我国古代或是现代，都有数量众多的教育家。但享有世界声誉的教育家，以及在世界上有影响的教育论著，我国却几乎没有。

什么是教育家？权威的《西方教育词典》释义是：教育家与教育者是同义词，是"指教育领域中知名的研究者或理论家，和具有比教师威信更高的人（他们可能不再当教师，或甚至从未当过教师）。陶行知先生是公认的人民教育家，他曾经说过："我们常见的教育家有三种：一种是政客教育家，他只会运动，把握，说官话；一种是书生教育家，他只会读书，教书，写文章；一种是经验教育家，只会盲行，盲动，闷起头来，办办办。"由此我们不难看出，政客教育家，当然不能称为教育家，他们既没有"见"也没有"行"；书生教育家，他们也许有"见"但没有"行"，也算不得是真正的教育家；经验的教育家也许有些实际经验，但他们不懂教育理论，也没有对教育进行专深的研究，自然也不是真正的教育家。

我认为真正的教育家，必须是既有"见"又有"行"，所谓的"见"是见解、远见、卓见、创见和独立的见解；所谓的"行"是躬行、笃行，进行教育试验和教育改革试点等。古希腊著名哲学家柏拉图，为了进行教育实验而创办了柏拉图学园，历经900余年，培养出了哲圣亚里士多德，发现日心说的天文学家尼古拉·哥白尼和几何之父欧几里得，其中任何一人都是旷古绝伦的。美国约翰·杜威创办了实验中学，以推行他的"生活即教育"的理念，历时10年。英国哲学家白兰特·罗素与妻子共同创办了比肯山学校，以自己和朋友的孩子为对象，推行自由教育。苏联的安·谢·马卡连柯和瓦·阿·苏霍姆林斯基都是从小学教师做起，坚持不懈地进行教学改革实验，最终他们都成为伟大的教育家，其教育论著在世界有很大的影响。

教育是一块伟大的实验场地，教育改革必须进行实验，教育创新也需要实验。我国是一个人口众多的大国，拥有任何国家无与伦比的教育实验资源，如果我国的教育学者、哲学家、各类学校的教师和各级教育行政部门的管理者都参与到教育的实验中来，必将产生无以计数的教育家，从而推动我国的教育改革，创立我国本土的教育学理论，甚至是教育学学派。

其实，教育家并不神秘，他们既不需要哪一级政府批准，也不需要申报和评审，就像科学家、作家、画家一样，只要自己在本职工作中做出了卓越的成绩，获得了同行的认同，就可以称为教育家。具体来说，我认为具备以下条件者都可以称为教育家：首先是挚爱教育，把教育当作宗教来信仰，当作生命来呵护，教育已经成为其生命的重要组成部分；其次是把全部的智慧和精力贡献给教育事业，无论是从事教学或是教育管理，都要做到殚精竭虑，励志于教育改革，在实际教育工作中做出重大建树；再次是刻苦学习和研究教育理论，特别是世界教育经典名著，以理论指导教育实际工作，再把实际工作经验上升为理论，发表或出版具有独特见解的教育论著。

按照这些条件，我认为天门市教育局前局长黄延平先生，应当是一位既有

"见"又有"行"的教育家。他出生于教育世家，既受到家庭教育的熏陶，又接受了纯正的师范教育，这是他成为教育家的有利条件。天门是人杰地灵之地，是著名的侨乡，也是传统的教育强市，这使他大有英雄用武之地。他拥有丰富的从事教育工作的阅历，曾经当过小学教师、小学校长、中学教师、市教育局局长、职业学院的党委书记等，这些岗位是他成为教育家的丰腴沃土。他在这片沃土上耕耘了40多年，果然结出了丰硕的果实。他不是一个典型的官员，倒是像一位学者化的教育行政领导人。他先后发表了300多篇教育学术论文、调研报告和文学作品。例如，在《中国教师报》发表《老传统焕发新魅力》；在《青少年研究》发表《百校万家携手创新教育生态》等，其中都有他对这些问题的真知灼见。

最近，他的《问家长——一个教育局长的反思》一书，将由武汉大学出版社出版，我有幸被邀请为该书作序。由于这个缘故，我先睹为快，使我从中看到他对教育的大爱，领略了他在教育上的睿智，这是他成为教育家的又一证明。人们认识客观事物，不仅决定于思维方法，观察问题的角度也同样是重要。当我看到这个书名时，不免有些好奇，为什么一个教育局局长不问自己，不问学校校长，不问教师，而偏偏要问家长呢？当我浏览了书稿以后，我释然了。

在我国教育的历史上，家长参与或者说干预学校的教育，从来没有像现在这样严重。直到20世纪80年代，我国教育领域还是一片清澈平静的清泉，90年代初是我国教育史上的一个拐点，从此教育领域就不安静了，圣洁的教育土壤遭到污染。究其原因，就是教育改革倒退，家长们被功利化所裹挟。黄延平先生洞察到这个趋势，所以他既是以前后的"当局人"，更要站在"中间人"或者中立的立场，来反思我国基础教育中的种种问题，于是就催生出《问家长》这本书。本来，我国为人父母者，都有一个望子成龙或望女成凤的心愿，其情是可以理解的。但是，在一个以功利为导向和极度浮躁的当下，家长们期望孩子成才急不可耐，恨不得孩子"一日成名"，"一夜蹿红"，于是就出现了全国性的陪读、陪考、陪送的热潮，甚至连大学里年轻的博士、教授们也加入到"三陪"的行列，真是愚不可及。试问：古今中外大师级的人才，有哪一个是由陪读陪出来的？

《问家长》一书，的确与其他教育类著作不一样，视角独特，新意连连，是作者根据自己实践、观察、体验和思考而得出的真知灼见。这是一部既有"见"又有"行"的教育论著。例如，作者对于快与慢、优与劣、贫与富、名校名师等，都有辩证的分析，恰当地估量了它们在孩子成才过程的作用。我特别欣赏他对德育与美育的见解，作者摒弃了传统的说教，认为德育的功能是塑造人灵魂的高贵，而美育是塑造人灵魂的丰满，这样德育就不再是假大空的说教，而是可触可摸有客观评估的标准。一个人的灵魂是否高贵，品德是否高尚，一眼就能够判断出来，丝毫是不能掩饰的。

作者并非停留在坐而论道，他深知只有行动才是对理想最好的拓荒，除了例行的考察以外，他十分注意开展教育实验，积极推广教育改革成功的经验。例如，他在任职期间，先后开展过"高效课堂"系列实验，"师生双向选择"的试点，"师生互评"的试点与推广。在这些实验中，尤其是综合性的"家校携手共成长"集中试验的两年中，全市有1万名教师和20万学生参与实验。这项教育实验的主要内容有：万名教师访万家，万名家长进校园，开展书香万家读书大奖赛，等等。实践证明，这项教育实验获得了良好的效果，增强了家校之间的互相了解，增强了教师的责任感，提高了家长和教师尊重教育规律和学生成才规律的认识，营造了家校共育的教育生态，等等。

上述教育实验所取得的成就，显示了一个教育家的远见卓识和改革的魄力，改革的灿烂之花，必然结出丰硕的教育之果——《问家长——一个教育局长的反思》。本书不是秘书代笔，也不是官腔讲话的汇编，而是作者亲力亲为亲笔撰写的纪实。全书文字优美，笔调轻松，读来如亲临其境之感，也会使家长获得教育的启蒙。借作序之际，我愿向广大的学生、家长、教师和教育管理者推荐此书，相信你们将从中会受到启迪。同时，我也借机呼吁更多的教育行政管理者，努力学习教育理论，投身到教育实验中来，使自己成为有所作为的教育家；希望家长们端正教育价值观，去掉教育的功利性，回归到教育的启蒙和解放的功能上，放飞你们的孩子吧！

此忝为序。

（本书由武汉大学出版社2018年8月出版）

珞珈诗派的大旗高高地擎起来

——《珞珈诗派丛书》（代序）

我第一次听到"珞珈诗派"的名字感到十分新鲜，2017年11月24日清早，校友吴晓从惠州赶到广州，我们在广州市长大厦短暂见面。他拿出一本《珞珈诗派》请我题词，由于我右手早在10年以前就不能写字了，故只能用左手在扉页上书写了"珞珈诗派"几个字。后来，我又几次见到珞珈诗派的余仲廉、吴晓等诗人，他们向我赠送了近年出版的《珞珈诗派》。这套诗集最早是由著名诗人李少君与吴晓于2015年12月在深圳会面时策划的，之后，他们又开展了多方面的有益的学术活动。经过他们充分酝酿，2017年11月19日，武汉珞珈诗派研究会正式注册成立，这标志着珞珈诗派的大旗正式树立起来了。

珞珈诗派的诞生，源于武大20世纪80年代中期，85级新闻学系学生李少君和中文系陈勇喊出了"珞珈诗派"的豪言壮语，今天正式以一个学术流派登上我国学术舞台，成为武汉大学一张靓丽的文化名片。应当说，珞珈诗派的诞生，是80年代思想解放的产物，是那时"樱花诗社""浪淘石文学社""珞珈山诗社""倾城诗社""77诗社"等学生社团自然延续的必然结果，也是老一辈文学家、诗人播下的种子发芽、生长和结出的果实。

1928年闻一多先生担任武汉大学文学院首任院长，他觉得"罗家"二字太俗，于是他把"罗家"改了"珞珈"。这是先生深邃的创意，蕴含着玉簪和诗意的美妙。此后，"珞珈山"就成为一拨又一拨武大学子们心中的圣殿，也是许多有心求学的青少年们的向往之地。孔子有言："智者乐水，仁者乐山。"武汉大学依山傍水，是滋润智者和仁者的灵性之地。正如诗人李少君所说："珞珈山是一座现代诗山，珞珈山诗意源源不断，诗情绵绵不绝，诗人层出不穷。"

早在新文化运动时期，黄侃、闻一多、朱光潜、叶圣陶、沈从文等文学大师曾在武汉大学执教，他们既是学者、文学家又是诗人。在新中国成立前，武汉大学文学院就有"五老八中"的美誉，他们是刘博平、刘永济、席鲁思、陈登恪、黄焯，而八中之中就有程千帆和沈祖棻夫妇，他们是才子佳人配。沈祖棻是著名的诗人、词学家，是格律体新诗的先驱者之一，她的主要著作有《别》《赠孝感》《妥协》《早早诗》等。她在旧体诗上有极高的造诣，对中国格律新诗的创建有着重要的影响。沈祖棻先生有江南才女之称，也被称作中国当代的李清照，也有"昔日赵李今日程沈"之说。这是一个很高的评价。请问：我国现代有几人能够与"赵李"并称？因此，我们应珍惜武汉大学的优秀传统，把她的学术思想和学术成就发扬光大。

20世纪80年代，在解放思想的感召下，武汉大学的师生意气风发，奋力改革，从而开创了校史上的黄金时代。尤其是大学生们，他们大有舍我其谁的超级自信。当时，中文系的学生是最活跃的，他们创建了许多颇有创意的社团，从他们之中涌现出了王家新、高伐林、方方、林白、野夫、张永舟、喻杉、陈应松、陈松叶等青年诗人和作家。80年代中后期，武汉大学诗歌创作依然弦歌不绝，又涌现出了李少君、陈勇、洪烛、单子杰、黄斌、孔令军、张静等青年诗人，并正式形成了我国诗坛上的一个流派——珞珈诗派。

珞珈诗派也就是诗词学的学派。一所高水平的大学，应当拥有众多的学派，一个没有学派的大学绝对不能成为世界著名的大学。什么是学派？纵观学术发展的历史，一个学派就是围绕着一个原创学术理论或学说而聚集起来的精英群体。学派的特点有着鲜明的师承效应，其任务是将本学派创始人的学术传承下去，古代学派传承的主要渠道是通过书院的途径。当今，学派传播的形式是多种多样的，如发表论著，召开学术研讨会，在大学举办学术讲座等。

珞珈诗派的旗帜已经举起来了，在国内学术界获得了广泛认可，这是值得肯定和高兴的事。但是，实事求是地说，珞珈诗派还刚刚起步，要真正形成一个有特色和有创新的学术派别，未来的道路还很漫长。依我之见，珞珈诗派现在还是只有诗而无论，只有群而无心，只有形而无灵。我的意思是说，一个诗派不仅仅只是写诗和出版诗集，还应当研究诗的理论和开展评论，以建立自己诗派的特色。一个学术派别，不仅要有众多的成员和拥戴者，还应当有一个核心，这个核心不是行政领导人，也不是会长，而是学派的学术领袖。一个学派的活动和成果都只是形，没有灵魂的学派是不能持久的。什么是学派的灵魂呢？诗的灵魂又是什么？诗的灵魂就是自由和创造，没有自由就没有诗，没有创造性就写不出那些千古绝唱。

唐朝诗人白居易，在 16 岁时带着自己的诗词到达长安，谁也没有把这个小诗人看在眼里。可是，他凭着《赋得古草原送别》震惊了京城，这首诗迅速地传唱开来，竟让世人惊叹了千年。其中的点睛之句是："野火烧不尽，春风吹又生。"那么，诗魔的魔力是什么呢？就是创造性的灵感。古人赋诗，既有信手拈来的生花妙笔，但更多的是精雕细刻，反复推敲。正如古代诗人们所言："吟成五字句，用破一生心"（唐·方干语）；"两句三年得，一吟双泪流"（唐·贾岛语）；"一诗千改心始安"（唐·袁牧语）。有人说，为什么唐宋以后再没有好诗了，回答是"好诗被唐朝的诗人们写完了"。这当然是个戏言，只是后人写诗的功夫达不到唐朝诗人们的境界。

借写这篇序言的机会，我希望珞珈诗派的诗人们要下苦功夫修炼自己的心灵，提高自己的悟性，深入丰富多彩的生活，写出更多的好诗来。

我所说的把珞珈诗派的大旗高高地擎起，不是指举旗用的力度，也不是指把旗帜举起的高度，而是指要下苦功夫写出具有与武汉大学名声相符的诗歌，写出真正具有珞珈诗派特色的诗歌。我衷心地希望从珞珈诗派中诞生出传世的经典名诗，涌现出一批学术界公认的著名诗人。只有到了那个时候，我们才有资格说，我们是真正的诗词学领域的学派，也才能够成为武汉大学真正的名片！

读《珞珈诗派》诗集有感，特写了以上的赘言，兹忝为序。

开创社区教育的新天地

——《社区学习共同体》(代序)

一

在学术界,以文会友是通常的交际方式,我与杭州市成人教育研究室主任汪国新的相识,就是这种机缘促成的。我毕生从事教育工作,也时常发表一些教育文章,我的某些学术观点,十分荣幸地获得国新的赞同。于是,他有心联系我,希望我为他的新著《社区学习共同体》写篇序言。为此,他给我写了一封信,并请山东省教育科学研究院徐明华研究员写了一封推荐信。大约今年8月23日,华中师范大学《成人教育》杂志主编余惠先女士联系我,说明将转交汪国新先生给我的信。本来他可以把信直接邮寄给我,但他却请人专门递送,这不仅反映出他对长者的尊重,也体现了他严谨治学的学风。

这一天是处暑,但并没有走出酷暑,仍然炎热难耐。于是,我对余惠先女士说:"由于天气太热,请将信件邮寄给我,你就不必亲自送来。"但惠先说:"受人之托,当尽心尽责,而且也想趁机会见到仰慕已久的刘校长。"既然如此,我没有再推却,我们于8月23日下午3时如约在寒舍见面。果然,见面时,她大汗淋漓,待她饮水和少许休息后,我们就汪国新的著作进行了有益的交谈。

二

在汉语中,原本是没有"社区"这个词汇的,在早先出版的《辞源》和《辞海》中都没有这个词条。这个词是由拉丁语community引入的,原意为团体、共同体,在中古代英语中,也含有公民的意思。国际卫生组织界定,一个社区是指人口在 10 到 30 万之间，区域面积在 5000 到 50000 平方公里的地区。

同样的，在我国学术界，原先也没有"社会学"这个词汇，这也是一个外来语。它的概念、理论、学科框架，也都是从国外引进的。关于"社会"，当初有两个对应的英文词汇，即 society 和 community，它们都被翻译为社会，似乎没有什么区别，人们也都习以为常。1933 年，美国芝加哥大学社会家罗百特·帕克应邀到燕京大学讲学，他有一句名言："Community is not society。"由此引起学生们的热烈讨论，启发大家要寻找一个新词来区分这两个英文词汇。经过一番讨论，大三学生费孝通提出："社会一词留给 society，而 community 另找词汇翻译。"在同学们的切磋中，费孝通突然想到，不妨把 community 组合为社区，这样社区更贴近 community 的原意。对于费孝通的想法，大家都表示赞同。于是，后来凡是遇到 community 都翻译为社区，用者多了、时间长了，约定俗成，燕京大学也为自己的学生创制出日后通用的社会学术语而感到自豪。

然而。社区与共同体的英文都是 community，遇到了犹如汉译 society 和 community 一样的困难。费孝通解决了汉译的困难，而社区与共同体同用一个英文单词 community 的困难，应当由英美国家的学者来解决。

根据人才学研究的结论，人的创造黄金年龄大约是 30 岁左右，而费孝通创制这个词汇时只有 23 岁，这是符合人的发明创造的规律。同时，这个规律也启示人们，大学的教学中，教师决不能满堂灌，学生也不能死读书，应当鼓励大学生在学习期间从事科学研究，以充分发挥他们的创造性，这种由大学生发明成果的实例，在科学发明史上是屡见不鲜的。

三

自近代以来，"共同体"一词在科学和教育学中运用得越来越频繁。康德（Immanuel Kant，1724—1804）是世界近代哲学第一人，也是第一个回答大学是什么的人。他说："大学是一个学术共同体（Academic community），它的品格是追求真理和学术自由。"这个解释既很形象又十分恰贴，这个共同体是由教者与学者共同组成的，以学术为连接的纽带。它既说明了大学的组成，又阐明了大学的性质，学术既是大学的生命，也是大学永恒的主题。

教育学与科学是孪生兄弟，既然大学是学术共同体，那么科学也应当以共同体来形容。1942年，英国哲学家波拉尼（M·Polanyi）在《科学的自治》一书中首次使用科学共同体（Scientific community），是指科学观念相同的科学家组成的集合体。1962年美国哲学和科学史学家库恩（Thomas Kuhn）在《科学革命的结构》一书中表示，运用科学共同体概念，借以说明科学认识过程中社会心理因素的作用，表明科学共同体在实际上和逻辑上都接近范式。所谓的范式，就是指规范化的关系模式，这是对共同体很高的评价，表明它具有非常普遍的意义。

2007年，一个新的学科名称在中国出现了，创立者是杭州市成人教育研究室主任汪国新先生。本来，社区、学习、共同体这几个词汇都是存在的，而他把三者组合在一起，却是一个创新。在创造技法学上，运用组合法而导致创新，是通常运用的方法。什么是社区学习共同体呢？汪国新给出的定义是："是生活在社区中的居民，由本质意志引导，因共同学习而结成的能实现生命成长和建立守望互助关系的群体。"

四

按照创造学的理论，一切发明创造都源于灵感，那么汪国新创立这个新的学术术语的灵感来自于哪里呢？灵感的迸发，既有偶然又有必然的因素，但偶然寓于必然之中。据他说，他的灵感来自三个方面：

首先是浙江省教育厅鲍学军副厅长的期待，这位领导对他说："社区教育开展多年，但并不受老百姓的欢迎，你是否从微观的角度研究一下，如何将社区教育建成让老百姓喜欢的社区教育。"其次是来自他的调查研究，他发现两种截然不同的现象，一方面是官方办学者花费很大力气，克服重重困难，但老百姓不买账，没有成就感，因此他们一脸愁容；另一方面，民间自发组织的学习团队，其成员人人兴高采烈，容光焕发。这引起了汪国新的思考，原因在于官办的社区学习教非所需，教非所愿。于是，愁容与笑脸在他的思想不停地盘旋，并且催生出了他的社区学习共同体的理念。再次是他从长期教育实际工作中发现，学生们反映对学校教学活动和老师印象不深，但学校兴趣小组的活动，却给他们留下美好和深刻的印象。

这些灵感催生出他的社区学习共同体的理念，归纳为四个核心要素：本质意志，亦即学习的初心；共同学习，即自主的学习，而不是课堂上学生被动学习；生命的成长，即学习是为了完善自我，而不是被功利所裹挟；守望相助，这是社区学习共同体的根本目的。这四个核心要素既是独立的又是互相联系的，它们互为条件，共同构成社区学习共同体架构，共同展现社区学习共同体的本质内涵和成长规律。社区学习共同体的理念强调自由、自觉、自主、自治，机制的核心是一个"自"，即自觉（关于学习的动机）—自主（关于学习的方式）—自给（关于学习资源）—自评（关于学习的评估）。

五

汪国新先生本是学习化学专业的，长期从事中学教学和领导工作，先后在湖北黄石市和浙江杭州市工作 24 年，工作业绩有口皆碑。照理说，他完全可以在自己得心应手的教育领域一直工作到退休。可是，他没有坐享其成，而是步入到一个他并不熟悉的教育领域——成人教育。这里涉及选择的问题，我认为人生就是不断地选择，不断地迎接挑战，不断地超越自我。人们常说，性格决定命运，而汪国新就是这样一个具有鲜明性格的人，他不断挑战自我，超越自我。迄今为止，他已经实现了人生的三次跨越，第一次是 2000 年参加杭州市公开选聘重点中学校长，他从近 130 个应试者中胜出，是从外省选聘的 3 人之一，被任命为浙江大学附属中学副校长，后任该校总支副书记。第二次跨越是 2007 年，他选择离开工作 24 年的基础教育，担任杭州市成人教育研究室党总支书记兼主任，这个跨度不可谓不小。第三次是从成人教育又转向研究社区教育，从而开创了一个学术研究的新天地。

那么，他为什么做出似乎违背常理的选择呢？汪国新认："许多人在开路搭桥，成效卓著，显而易见。我选择挖一口井，一口在边缘地带边缘上的方井，一点也不起眼，一点也不被人瞧得上。但我仍固执地、孜孜不倦地用整个生命来挖这口井。"实际上，这正是汪国新的高明之处，他意识到边缘是最容易诞生新理论的地方。这正如控制论创始人诺伯特·维纳（Norbert Wiener）所指出的："在科学发现上，可以得到收获最大的领域，是各种已经建立起来的各部门之间被忽视的无人区。"维纳本是一位天才和全才，他 3 岁能够读写，

14岁大学毕业,他的学术研究横跨哲学、数学、物理学、工程学和生物学,而控制论的创立,正是在这些学科交叉和渗透的结晶。

六

在数学发展的历史上,曾经出现了许许多多的难题,或者叫猜想,曾经影响了一代又一代的数学家,正是他们在求证这些猜想的过程中不断地推动着数学的发展。同样的,在教育与科学史上也提出了三大难题,李约瑟的难题:为什么近代科学没有在中国诞生?钱学森是两弹一星功勋科学家,他于2005年7月提出了一个被称为"钱学森之问"的难题:"为什么中国冒不出杰出的人才?"史蒂夫·乔布斯是苹果公司的创始人,被认为是创新狂人,他在逝世前也提出了一个"乔布斯之问":"为什么计算机几乎颠覆了所有的行业,而唯独对教育的影响却小到忽略不计的程度?"无论是科学或教育,都需要猜想,通过求解难题以推动科学的不断前进。

从心理学上说,冲动(或躁动)是创造的内驱力,正如英国著名哲学家伯兰特·罗素所说:"冲动分为两类:一是占有的冲动,一是创造的冲动,有意义的生活大多是建立在创造性的冲动上。"汪国新有一颗躁动不安的心灵,他时时刻刻都走在挑战和创新的路上。37岁时,他敢于参加杭州市重点中学校长的竞聘,从130人参考者中脱颖而出。44岁时,他再次迎接挑战,从成人教育转向社区教育领域。这些都充分说明,他具有创造性的素质,敢于迎接挑战,敢于步入被忽视的无人区,敢于超越自我,从而成为全国社区学习共同体理论的带头人。

七

奥古斯特·罗丹是法国著名的雕塑家,是19和20世纪现实主义雕塑艺术学派代表人物。他曾经说过:"所谓大师,就是这样的人,他们用自己的眼睛去看别人见过的东西,在别人司空见惯的东西上能够发现出美来。"这里的美泛指一切被发现的新事物、新现象、新真理。创新者与守旧者的区别,就在于创新者始终怀着一颗好奇的心,所以能够从司空见惯的事物中发现新的规律。

汪国新在《社区学习共同体》一书中首次提出了一个重要观点，即"人生无自己，教育无初心，城市无社区"。本来，人生、教育和城市都是人们司空见惯的事情，似乎很少人去思考它们之中究竟存在什么问题。但是，汪国新却发现了其中的问题，而且是几个非常有针对性、新颖性和挑战性的问题。它们构成了一个地地道道的中国式的问题，也是一个中国的世纪难题。他执着地研究社区学习共同体，目的就是力求破解这个难题。

人生无自己，是指有些人并不认识自己。本来，每个人都是独特的个体，有不同的秉性和使命。每个人都要学其所爱，做其所想，做最好的自己。然而，绝大多数的人，对自己也不甚了了，以至于懵懵懂懂地度过一生。那些极少数的成功人士，他们大多能够正确地认识自己，把握住自己的人生，所以他们获得了幸福的人生。所谓初心亦即本心、真心、仁心、善心等，教育的真谛是解放个性，启蒙智慧，但我国教育完全被功利化所裹挟，从而使我国教育失去了真正的意义，这就是我国不能产生天才、全才和大师的根本原因。社区是一个国际通用的词汇，也是一个居民生活管理的基本单元组织，具有非常广泛和深刻的蕴义。可是，我国国民基本上没有社区的概念，往往以街道办事处和小区或花园小区等代替社区组织。

因此，开展社区学习共同体的研究，从根本上破解中国的世纪难题，具有十分重要的意义。但是，破解这个难题的困难是非常之大的，这正像破解"钱学森之问"一样，这个问题已经提出13年了，而至今仍然没获得回答。但是，攀登科学高峰有险阻，我们应当不畏艰险，锲而不舍地探索下去，相信最终一定会有收获。

八

著名学者王国维先生在《人间词话》中写道："古今之成大事业、大学问者，必经过三种之境界：昨夜西风凋碧树，独上高楼，望断天涯路，此第一境界也。衣带渐宽终不悔，为人消得人憔悴，此第二境界也。众里寻他千百度，蓦然回首，那人却在，灯火阑珊处，此第三境界也。"王国维的高明之处，是他从宋朝三位诗人晏殊、柳永和辛弃疾的诗句中，撷取了三个佳句，遂创立了他的境界学说。我国唐朝诗人贾岛在《剑客》一诗中，有两句脍炙人口的诗句："十年磨一剑，霜刃未曾试。"通常人们用"十年磨一剑"来比喻下功夫至深，蓄事之久，厚积薄发的意思。古今中外一切成功的大学问家，无一例外地都必须经过这三种境界和十年磨一剑的修炼，绝无捷径可图，否则是不可能获得成功的。

汪国新先生在社区学习共同体的研究上，已经执着地探索了12年，他的宝剑锋刃也磨得像霜雪一样明亮。我们高兴地看到，汪国新在社区教育领域的耕耘，已经获得了丰硕的成果。自2014年起，他主持国家社科基金项目《社区学习共同体生命价值与成长机理》；还先后主持并完成全国教育科学"十一五"规划教育部重点课题一项，省社科重点课题和省教育规划重点课题共5项。出版了《社区学习共同体的四大支柱》《资源的合建与共享：成人教育共同体建设研究》《成人双证制教育：提高人均受教育年限新路径》《中国社区教育30年》（名家访谈）等5部。在上海《教育发展研究》等中文核心刊物上，发表社区教育论文50余篇，其中《成员即资源：社区学习共同体内生发展规律》《社区学习共同体探幽》等12篇文章被中国人民大学书报资料中心《成人教育学刊》全文转载。

按照学科的划分，一门学科应当有明确的研究对象，有系统知识构成的框架，有准确的定义。根据鄙人陋见，社区学像城市学一样，应当是一门学科学，社区教育像职业教育一样是属于教育学的二级学科，而社区学习共同体则是社区教育学的一个学术理论，汪国新先生是这个学术理论的创始人和学术带头人。我衷心地希望在他的率领下，组建一个高水平的团队，知难而进，为开创社区学习共同体理论的发展，为建设以社区为基础的小康社会做出贡献。

人与人的相识、相知、相近、相亲、相爱，完全是由他们的性格和价值观所决定的。从年龄上来说，我与汪国新先生是两代人，由于我们都有说真话的秉性，故相识恨晚。我有幸研读他的《社区学习共同体》大纲和有关资料，先睹为快，故而特抒发了以上的感言，谨向广大读者予以推荐。

兹忝为序。

（本书由浙江大学出版社于2019年7月出版）

知行统一的新教育实验潮
——傅东缨《探路者——新教育实验流金岁月》(代序)

一

渺渺人类长河,浩浩教育历史。人类思想的起承转合,社会进步的翻转拓进,思想文化的取精用宏,无不以教育为先导。

作为中国当代教育工作者,面对着三千年一遇的时代巨变:上承悠悠华夏的浩大文脉,下继中华民族复兴的壮阔命题,内担社会跃进的多重需求,外接与世界文化交融的恢宏大势。中国教育屡屡让人不满,引人诟病,并不在于我辈教育人的懈怠,而实在因为教育负荷的千年之重,蹈而不可失的当下之机。中国当代教育之光荣、之挑战、之沉重、之昂扬、之深刻之处尽在于此。

千年思潮剧变,世纪主题交响,中国教育自有百家争鸣之相,然而在这黄钟轰鸣的时代之中,总有一种现象让你无法回避,总有一群人让你油然尊敬,总有一股教育浪潮让人怦然心动,总有一场教育变革塑造未来。

这就是始于21世纪之初,朱永新先生倡导发起的新教育实验运动。它起于青萍之末,数年间成就汪洋之势;它命题于新教育,酝酿成中国最大规模的草根实验;它发端于书斋理想,演变为教育整条战线上的行动嬗变;它针对当代中国教育的种种积弊,主动接引欧美和民国时的新教育精华良方;它着重学生能力素养训练,旨在改造整个中国人的文化基因。

二

回首中国近代史,首开教育实验先河者非陶行知先生莫属,他于1927年创办了南京晓庄试验乡村师范学校,致力于大众化教育。可惜,学校被国民党政府查封，他本人遭到通缉，晓庄师范学校被迫停办。虽然这所学校仅存在了三年的时间，但仍然培养出了两百多名抗日战争的骨干分子，为中国抗日战争的胜利做出了贡献。

由朱永新先生所倡导的新教育实验，上承陶行知先生的理念智慧、笃行作风，是一个非常可喜的教育现象，给我国沉闷的教育改革吹入了一股清新之风。在我看来，朱永新先生是中国当代新教育实验的播火者，他要把新教育实验之火种播撒到大江南北，让星星之火燎原神州大地。

朱永新先生致力于推动一项被认为是草根性的教育改革，他的这个灵感是怎样产生的呢？他告诉我说："1999年，我在阅读《管理大师德鲁克》时，其中一段话震撼了我。熊彼特说：'我现在已经到了这样的年龄，知道仅仅凭借自己的书和理论而流芳百世是不够的。除非能改变人们的生活，否则就没有任何重大的意义。'"朱永新先生猛烈地感到，这些年自己虽然写了许多书，其实并没有走进教育生活，更谈不上影响和改变教师的生活。于是，他决定改变话语方式，改变行走的方式，真正地走近教师，走进我们的教育生活。一切创造都是源于灵感，而朱永新的这个灵感，不仅改变了他研究教育的方式，而且开启了一场规模浩大的新教育实验运动。

三

朱永新先生发起的新教育实验，目前更多地体现于中小学阶段，在实践中逐步明确了新教育实验的目的。他们的核心理念包括：过一种幸福完整的教育生活；给学生一生有用的东西；重视精神状态；倡导成功体验；强调个性的发展；注重特色教育；让师生与人类崇高的精神对话。目前，全国已经有5216所学校、560多万名师生参与新教育实验，分享新教育实验给他们带来的无穷乐趣。这场新教育实验，已然形成新浪潮，既是对中国应试教育的冲击，也是对现在的公立中小学教育缺失的弥补。新教育实验尚在如火如荼地进行中，其前景尚无法完全估量，但是其缨所向，已经形成破旧立新的改革新风，对我国的教育改革也一定会带来促进作用。

从有关新教育实验的报道得知，朱永新倡导的新教育实验，是目前中国规模最大、参与人数最多、效果最为显著的一次民间教育科研实验。新教育实验富有成效之处，在于极大程度上解决了教育职业倦怠、理论实践脱节、应试教育与素质教育矛盾等问题，形成了完美教室、卓越课程、理想课堂等一系列扎扎实实的成果。朱永新因此也成了自陶行知以后知行统一的著名教育家。

四

为什么朱永新倡导的新教育实验具有这么大的影响力？为什么新教育实验有如此蓬勃的生机？为什么新教育实验获得了如此多的成果？笔者带着这些问题，阅读了原辽宁铁岭市教委副主任、教育文学家傅东缨先生等人的新著《探路者——新教育实验流金岁月》，感动之余，发现对于笔者的上述提问，此书已经给出了较为完整的答案。

全书分为上中下卷三个篇章。

上卷，笔者可姑且命之为"历史篇"。作者观察新教育发展20年的来龙去脉，重返新教育爬坡过坎的重要历史现场，感受新教育人的汗水与笑声，观照他们在筚路蓝缕中砥砺前行，在争议困苦中昂扬出发，由此形成了且歌且行、有哲有思、如诗如画的20年奋斗史，可称为新教育的信史。

中卷，笔者可姑且命之为"圣园篇"。作者深入到新教育的学校中，细看何为新教育人"幸福完整的教育生活"，倾听琅琅书声，考察师生们的成长脉络，品味其校园魅力，提炼其校园文化，可称为新教育的实践书。

下卷，笔者可姑且命之为"行知篇"。作者以知行合一的角度鸟瞰新教育的宏观走向，深入新教育学派的思维路径，梳理其发展脉络，探究其精神、理念，阐扬其文化真髓，聚焦其精英人物，品研其成长理路，可称为新教育的哲思书。

此书名为《探路者——新教育实验流金岁月》，立题于教育发展的全球视野，观当代教育改革走势。此书或立于近现代教育的思维穹顶，纵览新教育20年的来龙去脉；或凝眸新教育的典型情境、代表性人物，捕捉细致微妙的变化。洋洋洒洒20多万字，极骋眼目，心骛八极，写出新教育轰轰烈烈的发展历史。

细观而视，书中描述了新教育的20年实践，在历史时空中细腻还原，精致雕塑出其崛起、壮大背后的精神实质；作品详细点评了新教育团队，捕捉其闪光点，进而形成了一幅波澜壮阔的奋斗画卷。

中观而视，书中采用了同步分析的方法，与民国新教育的对照，与欧美新教育的类比，表达出新教育方兴未艾的张力，展现出新教育实验的创新魅力，分析出新教育科研的雄壮之力。

远观而视，全书将朱永新的新教育团队置于中国教育史的历史时空之中，世界新教育发展史的链条之上，以详尽的思考、科学的分析、精细的鉴赏，对朱永新倡导的新教育实验进行了历史性的定性、定位，对新教育实验的"探路者"价值予以深入剖析。

观古鉴今，继往开来，画意绵绵，诗意泪泪，天眼慧眼，思义断然，理事无碍，事理交融，此书自有"新教育之史记"的风范。

五

东缨先生是我熟悉多年的好朋友，也是被称为中国大教育文学第一人的知名教育文学家。近半个世纪，他一直奋斗在教育文学的最前沿，曾经采访过数千位中国教育工作者，写出数百万字的教育专著，既有纸上得到的理论深度，更有事必躬身体验的细致调查，对中国教育有着深入肯綮的思考。

尤其是近 20 年来，东缨先生臻入学术佳境、写作艺境，对中国教育有着细致连贯的思考，出版中国教育三部曲《泛舟沧海》《圣园之魂》《播种辉煌》，大教育三部曲《教育大境界》《教育大乾坤》《教育大求索》和教育览胜三部曲《中国教育的顿悟》《从教师到教育家》《极目新教育》等佳作，卷帙浩渺，箴言处处，成为中国教育文学的经典之作。尤其是东缨先生提出了理想课堂三力和谐论、教育十大境界论、名师成长"二三三素质"结构论、中国教育发展基因说等思想，与朱永新的新教育思想既有相互映照之处，又有相互砥砺之效，可见东缨写作此书，正有知音听音的妙处。

在《探路者——新教育实验流金岁月》成书过程中，东缨先生观察四年，查阅新教育各类资料；采访五年，纵行万里追踪新教育行踪；写作三载，反复字斟句酌增删五次，精益求精，以古稀之年，铁杵研磨，最终形成《探路者——新教育实验流金岁月》一书，方有跃然纸上的灵动，穿透历史的眼光，积蓄能量的突破，画龙点睛的经典。

实际上，傅东缨先生也是新教育实验的一位播火者。他为了写作《探路者——新教育实验流金岁月》一书，可以说达到了废寝忘食和皓首穷经的地步。他之所以不辞劳苦地写作此书，是希望把从新教育实验田中收获的果实再播撒到祖国大地，甚至远播到异国他乡，让新教育实验的做法、经验惠及更多的人，让广大青少年沿着成才的康庄大道顺利行进！

我读过傅东缨先生不少教育文学著作，思想深邃，文字优美，情节生动，读来是一种享受。因而，我特写了以上赘言，谨将此书推荐给广大的教师、学生和家长们。兹忝为序。

刘道玉　谨识

2020 年 4 月 20 日于珞珈山寒宬斋

民国教育的本相
——李明杰、徐鸿《暮雨弦歌——西德尼·D·甘博镜头下的民国教育》(代序)

今年8月中旬,美国杜克大学中国昆山分校图书馆馆长徐鸿博士来信说,她与武汉大学信息管理学院的李明杰教授,根据杜克大学图书馆收藏的西德尼·甘博家族捐赠的照片,准备编撰一本民国教育的照片集。我没想到时隔一个多月,她又来信告诉我说:"该书的中文平装版已经写好了,将由武汉大学出版社出版。我非常想请您给该书写篇序言。其实,您很忙,手又不便打字,我内心非常纠结。如果换作其他领域的著作,我一定不会来打扰您,可这是一本与教育有关的书,所以就开口了,哪怕写一段简短的文字都行。"

我历来是遵循"有求必应"的信条,从来不会让有求于我的人失望,何况这是一本有关教育的书,因为教育就是我的挚爱。于是,我同意来写这篇序言,让我有机会了解我国民国时期的教育状况,从中吸取有益的经验,以推动我国目前步履艰难的教育改革。

这本书的主人翁当是西德尼·甘博(Sidney·D·Gamble,1890—1968),他是美国传教士、社会经济学家,出版过多部关于中国社会调查的著作,如《北京社会调查》等;同时也是一位卓有成就的摄影爱好者。自1908年到1932年,他先后四次来到中国,一边从事北京市和华北农村的社会调查,一边用照相机镜头记录下中国社会真实的场景,拍摄了近6000张照片。这些珍贵照片的发现,倒是有点偶然性,甘博于1968年在美国纽约逝世,但他并没有把这些照片向家人交代,所以他的部分照片一直未被发现。直到1984年,他的女儿凯瑟琳在一个鞋盒中发现了甘博摄影的胶卷,杜克大学图书馆有关人员得知信息后,主动联系凯瑟琳,收藏了这些照片,并以数字化扫描所有的照片,这些珍贵的照片才有机会与读者见面。

到了1989年,甘博的这些照片首次在美国19个城市展出,反映强烈。自20世纪末到21世纪初,他的摄影作品在中国27个城市展出。他的摄影作品与他的学术著作一样，体现了他严谨治学的态度，敏锐的历史眼光，深厚的艺术修养，以及对异国民族的善良和友好的品格。近年以来，随着学术界对民国时期问题研究的开展，甘博的照片也异常火爆，先后在中国大陆和台湾出版过多个版本的甘博摄影集。但是，李明杰与徐鸿博士的《暮雨弦歌——西德尼·甘博镜头下的民国教育》却与众不同，他们从近6000张照片中特别留意了300张与教育有关的照片，最后再从中挑选了182张收入本书。

坦率地说，我非常喜欢这本书，特别是书名开头的"暮雨弦歌"的引语，更是令人陶醉。在那细雨蒙蒙的黄昏伴着弦琴而歌，该是何等惬意啊！这本书是我迄今看到的唯一的民国时期教育的照片集，为了让读者了解照片的内涵，作者还实地考察了部分照片的原址，或者借助文献资料撰写了详尽和生动的文字说明，真可谓一部图文并茂的文化史奇迹！

我虽然出生于民国时期，但孩提乃至少年时代，足迹没有离开过落后的农村故土，所以对民国时期的教育，我也不甚了了。因而，这本书又把我带回到那遥远的年代，使我有机会了解到更多民国时期教育的情况。民国与共和国是前后两个朝代，由于制度和意识形态不同，所以生活在共和国时代的人们，很少知道民国教育的本相，而甘博的这部民国教育影集正好再现了那个时期教育的原貌。所谓本相就是指事物或重大事件原来真实的形态，既没有裹上艳丽的华衮，也没有因人的爱恨而增添或删除或篡改，保持了民国时期教育的原始状态。至于说到再现本相的手段，当然也是各式各样的，如照相机拍摄、手工临摹、文字写真、泥模雕塑等，如果是生命体的话，甚至还可以用克隆技术复制。但是，就景物而言，照相机拍摄无疑是最能够再现事物本相的手段。

那么，甘博镜头下的民国教育集，又再现了哪些民国教育的本相呢？我要特别指出的是，甘博拍摄照片的时间是自1917年到1932年期间，这是一个烽火遍地的年代，又是新思想风起云涌的时代，可谓中国几千年历史上思想碰撞最为激烈的时期。然而，甘博既不避风险又不怕旅途劳顿，怀着对东方文化的好奇和博爱情怀来到中国，从北到南，由东到西，断断续续地历时15年，足迹遍布大半个中国，记录下了具有珍贵价值的民国教育照片。

我们从甘博的有关教育照片可以看出，那个时代中国还是非常落后的，校舍简陋，学校规模也很小，人民生活贫苦，能够接受教育的儿童是极其有限的。同时，那个时候，教会学校在中国得到迅速的发展，从幼儿园、小学、中学到大学。据统计，在本书中收入的照片，教会办学机构 84 幅，占比高达 60.9%；公立教育机构 38 幅，占比为 27.5%；私人教育机构 16 幅，占比为 11.6%。虽然这个占比带有一定的随机性，但也从一个侧面反映出教会学校在民国教育中占有重要的地位，尤其是高等教育。在新中国成立以前，公立大学、教会大学和私立大学几乎是三足鼎立，这是一个结构合理的办学模式。可是，1951 年院系调整时，撤销了教会大学和私立大学，从而使公立大学独霸天下。没有比较就没有鉴别，也不会有竞争，导致我国高校"千校一面"的局面。

在本书中，第十三章是异彩纷呈的大学建筑，所介绍的 8 所大学，除清华学校外，其他全都是教会办的大学。19 世纪末和 20 世纪初，在我国各地创办了近 30 多所教会大学，而于 1916 年创办的燕京大学更是后来居上，成为众多教会大学中的一朵奇葩。燕京大学创校者、首任校长为约翰·司徒雷登（John Leighton Stuart，1876~1962），他四处奔波为大学募集资金，呕心沥血管理这所大学，无论是选择校址或是树立办学理念，或聘请教师，他都是追求卓越，以达到至善至美。在短短的 12 年中使燕京大学成为世界一流水平的大学，令我国的国立大学或其他私立大学刮目相看。

这样评价燕京大学，并非杜撰，而是以翔实的资料做出的评估。据研究者的结论，1928 年是燕京大学成为世界一流大学的标志年，其标准有三：一是大师云集，如冯友兰、吴文藻、钱穆、陈垣、郭少虞、朱自清、侯仁之、周作人、顾颉刚、许地山、沈君默、容庚、冰心，等等。在 33 年中，共培养了近万名学生，平均每年 330 人左右，从中涌现出了 57 名两院院士。1945 年 9 月 2 日，日本在美国战列舰"密苏里"号上举行签投降书仪式，与会的三个中国记者全都是燕京大学毕业生。二是根据美国加州的大学对亚洲高等学校学术水平调查，认为燕京大学是亚洲最好的两所基督教大学之一，其毕业生可以直接进入美国大学研究院攻读学位研究生。1936 年民国政府教育部部长王世杰向司徒雷登先生颁发奖状，以奖励他创办燕京大学的功绩。三是 1928 年 1 月 4 日，美国哈佛大学与燕京大学合作，共同创建哈佛燕京学社，促进中国学术研究成果的出版，这被认为是一流大学标志性的事件。

读《暮雨弦歌——西德尼·D·甘博镜头下的民国教育》有感，特抒发了以上的感言。

兹忝为序。

（本书由武汉大学出版社 2019 年 7 月出版）

校友是母校的一座"金矿"

——广东省武汉大学校友会《羊城珞珈情》（代序）

"校友"一词来源于拉丁语 Alumni，根据权威的《西方教育词典》的诠释："一所学校、学院或大学毕业的学生，尤其是那些继续确认自己和原来学校有关系，并且把学校称为他们的母校（Alma mater）的学生。"世界最早的大学是意大利北部的博洛尼亚大学，它是欧洲大学之母，但是当大学走出最初的草创阶段，自 1636 年哈佛学院诞生以后，大学迅速在美国得到大力地发展，到 19 世纪初美国已经成为世界教育大国和强国。与此同时，世界第一个校友会也在美国诞生，它就是于 1821 年成立的威廉姆斯学院校友会。

我国近代大学是在洋务运动的影响下，从西方国家舶来的。上海圣约翰大学是 1879 年创办的私立大学之一，而 1906 年成立的圣约翰大学校友会也是我国最早的校友会，接着是 1928 年成立的南开大学出校同学会，次年又改为校友会。一般地说，新中国成立以前我国大学不仅数量不多，而且大学规模也都很小，各校校友会的活动也没有什么影响。新中国成立以后，长期处于"左"倾政治运动之中，大学毕业生成立校友会是被禁止的。

中央十一届三中全会后，全国提出了思想解放的号召，实行改革开放方针，从而迎来了我国科学和教育的春天。1983 年是我校建校 70 周年，为了庆祝这个重要的日子，我校于 1983 年 5 月在北京率先成立了武汉大学北京校友会，这是当代全国第一个校友会。继北京之后，我们又成立了广州、长沙、成都和河南省校友会，为当年举行 70 周年校庆做了必要的准备。

武汉大学 80 年代初成立的校友会，在全国起到了带头作用，继而各大学在各地的校友会便蓬勃地发展起来了。这是我国高等教育发展到一定阶段必然出现的现象，也是改革开放必然的结果，这与高等教育的发展是相辅相成的。

大学与校友是密切相连的，没有大学何以有校友，如果没有广大校友的支持，又怎么能够办好大学？我在任校长时，大力支持各地校友活动，在离任校长以后的 30 年里，仍然与不少校友保持着联系，这是一股"珞珈情"把我们联系在一起的。每年春秋两季，都会有各院系的毕业生回母校聚会，有 20 世纪 10、20、30、40、50 年代的，有的甚至到了耄耋之年，虽然行动十分艰难，但他们依然没有忘记"珞珈情"，还是要"回珈"看看，想再一次目睹排云殿式古典建筑，翘望屹立在珞珈山上的劲松，再一次地欣赏晨曦东湖碧波上的日出。

我住在珞珈山 65 年了，不管是升迁或是身陷囹圄，甚至继任的极左领导人企图把我赶走，但我都坚决不下山，我算是一个死守珞珈山的"顽固派"。由于这个原因，凡是收到回校聚会校友们的邀请，我都会欣然同意参加，使我有机会置身于莘莘学子之中，享受到一种为师的无限幸福。我切身体会到，校友是大学得天独厚的资源，甚至可以说是母校的一座"金矿"，需要由母校和校友共同来开发，使之为大学的建设和提高学术水平服务。根据我的体会，这座大"金矿"的价值主要表现在：

首先是人才资源，要集校友中的英才而用之。一所大学尤其是老大学，毕业的校友数量众多，学科齐全。武汉大学现在在校本科生和研究生已达到 6 万之众，已经毕业的校友大约有 30 万。经过历久的磨炼，从他们之中已经涌现出了一批院士、著名学者和杰出的企业家，他们是母校的骄傲，而母校也以他们为荣耀。母校应当从他们之中聘请一些功成名就的校友做兼职教授，也可以聘请一些企业家担任大学生创业导师。我始终认为，杰出的校友是大学的名片，应当充分发挥他们在治学和创业方面的榜样作用。

其次是信息资源，借助他们的信息促进母校的教育改革。过去说，时间是金钱，而现在流行一句话，信息就是金钱。信息包括十分广泛，如科技信息，人才信息，就业信息，市场信息等。母校是信息网络的中心，而每一个校友就是信息网络的终端。母校应当有专门机构管理和处理这些信息，充分发挥这些信息在学校建设中的作用。

我们应当敏锐地看到，现在大学的教育改革是一潭死水，校友在促进母校教学改革方面是大有作为的。例如，明知在校所学的课程，毕业后到社会上大都是用不上的，但又不知从何处改革起。我们可以发动校友讨论，大学课程设置如何改革，如何贯彻理论联系实际，如何改革陈旧的教学方法，如何科学地评价学生学习的优劣？应当说，长期在实践创业的校友们是最有发言权的。母校的领导人,应当深入到各地校友中进行调查,或召开教学改革座谈会,听取他们有益的建议,借以推动学校的教学改革,以再现武汉大学20世纪80年代教育改革的辉煌时期。

再次是财富资源,借助校友的捐款用于提高学术水平。鉴于校友数量众多,校友的捐款是大学的重要资金来源。美国不仅拥有世界最多的大学,而且世界水平最高的大学,也基本上都在美国。美国人具有浓厚的捐赠文化意识,据统计,美国大学校友捐赠率一般是30%—40%。普林斯顿大学校友捐赠率高达61%,而中国大学校友捐赠率只有5%,差距实在是太大,同时也说明我国大学校友捐赠的潜力是很大的。对于大学来说,校友捐赠是凝聚力的表现,而校友的捐赠是他们爱校公益意识的表达,只有二者彼此发生"化学"作用,才能产生最有效的捐赠。

在中国校友的捐赠中,我认为有两个倾向是需要注意的,一是重物不重人,二是傍大款而忽视众捐。前者是指捐赠者都愿意捐建楼房,刻名留存青史,他们的意愿是应当得到尊重的。但是,固定资产并不能变成学术成果,况且现在各大学房产普遍过剩,存在喜新厌旧的倾向。因此,应当向捐赠的校友宣传,引导他们把捐款用以支持重点科研项目,或用于改善教授待遇,唯有最大限度地调动人的积极性和创造性,才能催生出重大的发明创造成果。

从我接触到的情况看,武汉大学校友分布十分不均匀,而各地校友活动开展得也极不平衡。诸如广州、北京、上海、长沙等地,校友机构健全,开展活动也比较频繁和有效。据我观察,一个地区校友活动开展得好坏,与每一届有号召力的理事长和精明能干、务实及任劳任怨的秘书长关系非常密切,而广州校友会就是做得最好的校友会之一,他们开展了许多富有成效的活动。有些地方校友虽然众多,但校友会工作并没有起色,对母校的建设也没有做出任何奉献。因此,我建议学校校友总会应当深入各地区,帮助整顿和建设好当地校友会,以最大限度地调动全国各地校友会的积极性,充分挖掘这座"金矿",迅速地把母校建设成世界高学术水平的大学。

2016年11月7日,在"大潮涌珠江伟业同开创"的主题下,武汉大学泛珠江三角企业家联谊会在广州成立,联谊会将团结该地区8万名校友共同开创产业。2017年7月1日,武汉大学健康产业大联盟在上海成立,首批募集到10亿资金,准备建设长三角、珠三角、长江中游、京津冀、北美、欧洲和日本等

7个健康产业平台,这是 21 世纪比房地产更大的产业。2017 年 8 月 24 日,由著名企业家陈东升率领 600 名校友智资回汉,带回 1500 亿资金,优先支持校友创业。以上这些活动,极大地调动了广大校友创业的积极性,不仅推动了学校事业的发展,而且也有力地促进了地方经济的腾飞。

当我看到这些激动人心的校友活动,感到非常欣慰和自豪。作为一名挚爱母校的武大人,借广州校友会编撰的《羊城珞珈情》(2018 年版)出版之际,我就校友会的作用发表了一点感想。兹忝为序

(本书由《南方日报》出版社 2018 年 10 月出版,漓江出版社收入《2018 年度随笔》)

余仲廉的博学创业和慈善之路
——余仲廉《博学风韵》（代序）

余仲廉1963年出生于湖北省石首县，13岁初中毕业即失学。那么，一个初中毕业生是怎样走上博学创业和慈善之路的呢？宋朝民间小说《隋唐传奇》中有一首诗，其中有几句是这样写的："未曾清贫难成人，不经打击老天真。自古英雄出炼狱，从来富贵入凡尘。"这两句诗既是对历史现象的总结，又是余仲廉的人生写照。

余仲廉的少年是在动荡时代度过的，贫穷是他挥之不去的痛楚，多个亲人身患绝症，他唯一的选择就是回乡劳动，虽然这于事无补，但至少不需要再支付一笔数额不小的学费。他在建筑工地劳动了3年，然而幸运之神忽然降临到他的身上，1979年16岁时他被招工到石首化肥厂当工人，这成为改变他命运的起点。

余仲廉非常珍惜这份工作，他拼命干活，积极进取，17岁就担任了车间副主任，18岁晋升为车间主任。1983年，石首化肥厂转产为湖北汽车车身厂，他调任该厂驻武汉办事处副主任、主任。后来他又调任石首市燃料公司业务科副科长、科长、副总经理等职。接着，他的工作又有频繁的调动，先后担任过石首市长江经济开发总公司总经理兼任石首市人民政府驻郑州办事处主任，转而又从河南经济协作办公室派往驻武汉办事处主任等。

虽然他在业务第一线奔波，而且又频繁地调动，但他一刻也没有停止学习，他要弥补因失学而造成的遗憾。初中毕业后，他一边在建筑工地干一边学习，即使在这样艰苦的环境下，他至少阅读了几十本人物传记。参加工作以后，他又大量阅读唐宋诗词，而且把它们抄下来，独自一人坐在长江岸畔吟诵，背诵了千余首古诗词。他的高中学历是在市总工会夜校完成的，接着他获得了湖北大学函授中文写作大专文凭，继而又读了清华大学首届总裁培训班。

余仲廉的学习永远在路上，他心中一直有一个"武大梦"。这源于1978年石首化肥厂有一个推荐到武汉大学化学系的名额，是属于定向培养，由于要求学习的人太多，于是厂长决定举行考试，获得第一名的去武大学习。这次考试，余仲廉获得了第一名，但厂长最后决定放弃这个名额。若干年以后，厂长向他道歉，解释说他之所以决定放弃这个名额，是因为当时有几个领导的孩子要争这个名额，所以只能以这种方式来解决考分与权力之间的矛盾。余仲廉理解老厂长的良苦用心，他没有抱怨，但这事促使他下决心要成为武汉大学一名学生的志向。他的学习以博见长，广泛涉及文学、写作、历史、经济管理、哲学和美学，迄今为止，他已经是一位企业家、作家、诗人和慈善家，这是他坚持博学必然得到的收获。

1995 年，余仲廉辞职下海来到武汉，他没有忘记初心，只要有空，他就到武汉大学历史学院、文学院、哲学学院听课，他坚持走博学的道路。2012 年，他考取了著名哲学家彭富春教授的博士研究生，但在报到时因为他没有正规学历，因而不能办理入学手续。他一下如坠深渊，但他既不灰心也不准备放弃，而是补读了武汉大学经济学院的 EMBA，这样就弥补了学历不全的缺憾，于是顺理成章地被录取为彭富春教授的博士生。他的博士论文题目是《中国书法"复古"问题的美学研究》，已经发表了《论中国书法美学中的"自然"》等 3 篇哲学美学论文，而涉及哲理思维的文章发表了上百篇，预计今年 11 月份将进行论文答辩，获得学术界并不多见的书法美学博士学位。

今年，余仲廉已经年过半百，他为什么还要孜孜不倦地学习呢？我认为读书和学习有三种境界：一是为了获得学历文凭，借以装饰"门面"，显然余仲廉不是属于这一类；二是为了谋求职业的需要，而功成名就的他也不需要；第三是为了完善自我和审美的需要，也就是我所说的博学之路，这是一个学人最高的学习境界。

一个人无论是成才还是创业，既要认清自我又要认清时局，正如《晏子春秋》上所说："识时务者为俊杰，通机变者为豪杰。"我认为，余仲廉就是一位既识时务又善通变的人，所以他成功了。照理说，他参加工作以后，一直是顺风顺水的，他的工作颇得领导的赏识，不断得到升迁。可是，他刚过而立之年（32 岁）便下海了，创办了湖北博发实业有限公司。他的高明之处在于，一是看清了市场经济不可逆转的发展趋势，1992 年在陈东升等人的带领下，掀起了一股下海潮（被称为"92 派"），大约有 10 余万人，可以认为余仲廉是受到这股潮流的影响；二是看清了自己的优势，他参加工作后绝大多数时间是从事经济和贸易，既锻炼了他的经济头脑，又建立了必要的信息网络。果然，他下海以后就一炮打响，他的公司得到迅速发展，使他成为成功的创业者。

一个人成功了怎么办？一个人富有了怎么办？众所周知，比尔·盖茨和沃伦·巴菲特不仅是成功的企业家，也是世界上最慷慨的慈善家，到2015年止，盖茨已经捐赠了370亿美元，而巴菲特也捐赠了310亿美元。他们的理念是，做慈善是让别人快乐，自己也快乐。为了宣传他们的理念，他俩于2010年9月29日开展了一次中国慈善行，他们只是想与中国同行们做一次交流，并没有任何劝捐的意图。但是，他们预计邀请的著名企业家却有一半缺席，甚至出现了"挺宴派"和"拒宴派"，真是让人不可思议。让人意想不到的是，有些人还说风凉话，如"不需要洋人来说教"，"现在时机还不到，我们需要赚更多的钱"；还有人说，"我不捐是为国家保存金钱"，等等。当然，做慈善完全是自愿的，但从一个侧面也反映出我国国民公益意识薄弱，一些富豪极度的奢侈和浪费，却从不愿做慈善事业，让人唏嘘不已！

据我所知，美国大学资金的主要来源是校友的捐赠。一所大学能否获得捐赠，是学校凝聚力的表现，而校友是否捐赠则是他们爱校的体现，二者相辅相成。又如，以色列大学之所以强大，就是因为他们拥有充足的经费，也拥有源源不断的社会捐款。这个国家没有做任何宣传，也没有法律和行政规定，但是无论商家大贾或小商小贩，都能自觉地把获利的10%捐赠出来，所以以色列的教育、科技、医院和慈善从来都不缺钱。据胡润全球富豪榜显示，中国的亿万富豪已经超过美国居世界第一，而奢侈品消费也居世界第一。我国国民公益意识薄弱是不争的事实，这是非常值得深思的问题。

在我国众多的成功企业家中，有不少人也做了大量的慈善事业，武汉大学校友慷慨捐赠，一直居于全国高校前列，甚是引人瞩目。余仲廉就是这些捐赠者之一，他于2006年创建了湖北博昊济学基金会，专门资助贫困学生，先后资助过贫困生共1590人，直接资助到学生的金额超过一个亿。相比起那些大款，余仲廉只是小巫见大巫而已。但是他却乐善好施，乐此不疲，这究竟是什么原因呢？

我认为主要是两个原因：一是他对贫困生感同身受，贫困意味着失学，意味着理想的破灭。因此，他要竭尽一己之力，尽可能地帮助贫困生，让他们的人生不再有遗憾，希望他们都能够成为国家的栋梁之材。二是他对财富和慈善事业有着极高的思想境界，他认为："财富是社会的，既是属于和你有血缘关系的人，也是属于一个民族、一个国家的，甚至是无国界的……这些财富只是暂存你处，而不能改变它属于社会和他人的公共性质。"对于做慈善他也有自己独到的见解，他认为："行善是很快乐的事，因为具有行善品德的人，将自己的德、品、学、物和财施予他人时，是在体现人性的高尚和美德，是在不断提升自己的人格和心灵，一切都应是无私的。"

余仲廉于1995年下海时，刚过而立之年，他设计了自己未来人生的计划：第一步，他准备用20年时间创业，为实现自己的人生理想奠定经济基础；第二步，全身心地投入到慈善事业中，追求人生理想，感恩社会，感恩教育，感恩上苍对他的厚爱。应当说，他下海时制订的计划已经初步实现了。但是，学无止境，创业无止境，做慈善事业也是无止境的。其实，余仲廉刚过天命之年，他还处于人生的前半场，我希望他的人生下半场更加精彩，无论是在学术、创业或是做慈善事业方面，都做出更大的贡献。

我有幸两次与余仲廉当面就"珞珈诗派"和济学问题进行过交谈，随后又通过邮件和微信进行了多次交流，使我对他有了更多的了解。他的人生颇有一点传奇，因而兴之所至，我抒发了一点感言。

兹添为序。

（本书由武汉大学出版社2018年10月出版）

大学生成才需要回答三个问题
——伍阳《中国教育问题探究》（代序）

伍阳同学是中南大学商学院国际贸易专业大三学生，他通过湖北省刘道玉教育基金会联系上我。经约定我们于 2019 年 9 月 22 日上午在我家见面，就教育问题我们交谈了两个多小时。通过交谈，我了解到他并不喜欢现在所学的专业，尽管国际贸易是个热门专业，他喜欢的是教育学和哲学、文学和音乐（作曲）。他本想放弃学习，用一年的时间践行他的"访贤之旅"计划。在此基础上，他准备撰写三本教育著作，它们是：《中国教育问题探究》《中国教育理性反思》和《中国教育改革方略》。

我尊重他的志趣，支持他在校内外选修教育学等课程，但劝他不要辍学，暂缓启动访贤计划，应当坚持完成学业。他接受了我的建议，在大量选修他喜爱的课程的同时，他撰写出了《中国教育问题探究》书稿，并反复修改了 6 遍，可谓仔细推敲和精心打磨的结果，这是做学问必备的严谨学风。按照年龄，我们应当是爷孙辈分关系，他希望我为这本书写一篇序言，我应允了，以示对他挚爱和研究教育诚心的支持。

在我了解伍阳的学习与研究经历以后，认为他是一个有个性、有主见、有智慧、有自学能力和判断是非能力的学生。我认为，一个大学生要想获得学业和日后事业上的成功，非常需要去思考大学究竟应该怎样上？这个似乎不成问题的问题，在我看来却是一个大问题。为此，我认为每一个在校学习的学生，都需要认真回答这三个问题。我以此标题写这篇序言，是想借题发挥，这既是对伍阳学习经验的肯定，又是对当今在校就读的千千万万大学生们的期望。据我个人大量的观察，大学生的学业成功与否，大体上反映在对待这三个问题的态度和把握上。

教育是教者与学者组成的共同体，教学内容与教学方法在全世界都饱受批评，其原因就是因为教育向来是从教者的意图出发，而完全不考虑学者的需要。法国17世纪著名画家西蒙·夏尔丹曾经说："观察事物是重要的，而观察事物的角度同样是重要的。"过去，撰写教育著作都是大学的教授和专事教育学的研究者，而《中国教育问题探究》竟然出自一名在校大学生之手，所以它是一本特别的书。该书是从一个学习者的角度，记叙了他在长达14年的学习中，以切身的感受对教育提出的问题，值得人们关注。如果说实践是检验真理的标准，那么检验教育成效的依据应当是学习者。也许，从这一点上来看，此书对于推进教育改革是有参考价值的。

人们无论是学习还是从事某项事业，都有一个境界的问题，境界的高度决定了学业和事业成就的高度。我所说的三个问题，都有一个由低到高境界不断提升的问题，它们不可能是一蹴而就的，需要通过不断反思、修炼和顿悟而方可获得。

第一个问题，如何进入学习的高境界？我不能不遗憾地指出，我对现在的大学教育非常失望，它们既没有对学生进行哲学思维的训练，也没有对学生选择志趣和学习方法的指导，致使他们仍然陷入在满堂灌的窠臼之中。一个想要获得学业成功的学生，必须明白学习的三个境界和三个目的。这三个境界是：感性阶段，知其然而不知其所以然；理性阶段，知其然又知其所以然；悟性阶段，既知其然又知其所以然，进而知其超然，超然于物外，超然自得。学习的三个目的是：在感性阶段是知，在理性阶段是懂，而在悟性阶段则是通，即融会贯通、触类旁通、博古通今、心有灵犀一点通。当今，绝大多数的学生都只停留在知的层面上，只有部分学生达到了懂的地步，只有极少数的学生才能够达到通的境界，这些人日后就能够成为学术大师级的人物。

第二个问题，是否觅得自己的志趣？选择自己的喜爱，这是每个人不可剥夺的权利，大学必须保护和尊重每个学生的选择权。但是，爱好也是分境界的，喜欢、兴趣和志趣，它们也是由低到高逐渐升华的。喜欢是初级的，兴趣又进了一步，但志趣是高境界的，是需要用一生精力去追求的。如果一个人选择专业是为了获得丰厚的待遇，或是为了赚钱，那是停留在初级阶段；如果是把专业当事业去追求，那就又进了一步；如果把所选择的专业当作使命去追求，那就进入到高境界了。

第三个问题，怎样学会做科学研究？科学研究并不神秘，过去大学把教学与研究划分为截然不同的两个阶段是不合时宜的，现在越来越多的大学生参与到教授们的研究团队中,做出令人刮目相看的成果。例如美国化学家莱纳斯·鲍林因发明共振论而获诺贝尔化学奖,他的这项研究就是在大学读书时期萌发的。天才数学家约翰·纳什在普林斯顿大学数学系攻读博士期间,发明了博弈论,时年尚不到 19 岁,这类事例多得不胜枚举。然而,科学研究也是有境界高低之分的,低层次的是赶时髦、追浪潮,中层次是尾随赶超(即跟班式),而高境界的是迎头赶上,做他人未做或做不到的事。一个在读的大学生,应该积极参与到科学研究中去,并不断提高自己从事科学研究的境界,这样才能够做到有所发现、有所发明,也才能在成功的道路上走得更远,沿着悬崖峭壁攀登得更高。

伍阳同学虽然现在还是大三学生,但他已经初步学会了自学,已经觅得了自己的志趣,并且创作出了处女作——《中国教育问题探究》。我认为,只要假以时日,他一定能够逐步进入到学习、研究和事业的高境界。借写这篇序言之际,我也衷心希望在校的大学生们要学会自己设计自我,不断地实现自我和超越自我,从而开创你们成功的人生!是为至盼。

课程改革大胆创新的尝试

——高泽金《专创融合及其方法论》（代序）

近代大学的专业化教育，大体上始于英国的工业革命，随着各类机器的发明与广泛应用于生产上，工厂就产生了专业分工。与此同时，大学的教育也相应地划分为不同的专业，这既是生产的需要，也是科学发展的必然。在1951年我国高等学校院系调整时，国家提出"一边倒向苏联"的口号之后，我国高等教育也全盘苏化，致使专业化教育越分越细，一个系分若干专业，每个专业又划分若干专门化。但是，即使是在计划经济时代，专业对口培养人才也是难实现的，更遑论是市场经济时代，专业教育更是不适宜千变万化的市场需要了。然而，专业化的教育并没有与时俱进，自它诞生300多年以来，基本上没有任何变革，以至于专业化的教育饱受病诟。

当今，对大学专业教育抨击最为激烈的莫过于美国edX总裁阿南特·阿卡沃尔，他批评说："教育在过去500年中，实际上（本质上）没有什么变化，上一次变革，是印刷机和教科书。"美国X大奖创始人和奇点大学执行主席彼得·戴曼迪斯也尖锐地指出："标准化是教育的规则，统一性是教育预期的结果，同一年级的所有学生使用相同的教材，参加相同的考试，教学效果也按同样的考核尺度评估。学校以工厂为效仿的对象，每一天都被均匀地分割为若干时间段，每段时间的开始和结果都以敲钟为号。"

其实，对大学教育保守性的批评，早在40多年以前，联合国教科文组织就指出："教育内容和教育方法几乎在全世界都受到指责，教育内容受到批评，因为它不符合个人的需要，因为它阻碍了科学进步和社会发展，或者因为它和当前的问题脱了节。教育方法受到批评，是因为它忽视了教育过程的复杂性，不是通过科学研究进行学习，也没有充分的对思想和态度的训练做出指导。"可是，对教育中专业化教育的弊端，人们似乎是司空见惯，也见怪不怪，明知大学所开设的课程毕业后大都是用不上的，但人们仍然循规蹈矩地学习，几乎少有人敢于做一个叛逆者，更鲜有尝试去改变这些不合理的课程体系的实践者了。

我是一个虔诚的教育改革者，总是期望尝试新的教育模式。多年来，我一直在关注我国大学课程体系的改革，可是我彻底失望了。在等待20多年以后，我终于惊喜地看到《专创融合及其方法论》一书的大纲，作者是武汉大学校友高泽金教授。他在给我的信中写道："我写这本书，是出自对我自己的人生反思，也是基于自己工作生涯的思考。本书的大概逻辑是这样展开的，因为专业教育有积弊待解，因此必须寻求改革方案。但近年来教育系统的各种折腾，实在没能触及问题的根源。"

那么，教育问题的根源究竟是什么呢？泽金教授认为，其根源就是教育与市场、行业、社会的脱节。具体表现为：其一是传统专业教育缺乏场景支撑，在专业教育中，设置了看上去丰富完整的课程体系，但仅仅只限于专业课程本身，对学生成长成才是十分不利的。其二是传统专业化教育有功利化倾向，从而将教育目的物化、功利化，认为教育是为了谋生而不是为了生活，忽视了教育本身，转移了学生的兴趣。其三是传统专业教育在一定程度上，限制了知识的整合性，削弱了人文科目的影响力，也不利于跨学科的对话和专业实践的训练。其四是传统专业教育存在阻碍人的全面发展的现象。专业教育修习的科目过多，但都是蜻蜓点水，仅仅知道一点皮毛，而缺乏分析和解决实际问题的能力。

问题找到了，那么解决的办法自然就迎刃而解——那就是必须改革单纯专业教育的弊端，将专业教育与创业教育结合起来，这就是《专创融合及其方法论》诞生的原因。纵观学科发展的历史，一门新的学科的诞生，必须具有明确的研究对象，需要具备基本理论框架，以及认识论和方法论的基础。应当说，《专创融合及其方法论》是符合这些要求的，独自成为一门新型的课程也就顺理成章了。

我认为，泽金教授独创性地撰写出《专创融合及其方法论》绝非偶然，这与他的创新精神及创业经历密切相连。他大学毕业以后，围绕着大学生创业进行了系统地研究。他先后创办了几家企业，现在是武汉市广播电视大学创业学院院长，华中科技大学MBA导师，担任新三板投融协会副会长，武汉天使投资人协会会员，在多个领域里都取得了巨大的成就。

大学中课程体系的改革，是一个广阔的领域，是大有作为的。我衷心地希望，大学的教授们以泽金教授为榜样，从实际出发，根据创业的需要，对大学中已经过时的陈旧课程进行改革。同时，他也希望把《专创融合及其方法论》引入到大学课堂，使大学生们学到真正有用的创业知识与技能，让更多在校大学生们受益，促使他们走上创业之路。著名经济学家、两次诺贝尔经济学奖提名者杨小凯院士在20世纪90年代曾经说过："只有创业者多了，求职者才会少。"这是世界发达国家解决大学毕业生就业困难的主要经验，而泽金教授《专创融合及其方法论》一书的主要意义也在于此。从这个意义说，泽金教授功不可没，受他的邀请，特写了以上赘言。是以为序。

《珞珈之子文库》总序

在 20 世纪 80 年代，借助解放思想的强大动力，武汉大学率先揭开了教学制度改革的序幕。为了营造自由民主的学风，我们首创了一系列新的教学制度，充分调动了广大学生学习的主动性、积极性和创造性，因而从他们之中涌现出了大批各学科领域的杰出人才。

十五年前，我写过一本书，名叫《大学的名片——我的人才理念与实践》。我认为，一所名牌大学，固然不能光有名楼，但光有名师也不够。归根结底，最终还得培养出一批优秀学生，成为国家栋梁、社会精英。这样的学生，也可以叫作名生。所以名师、名生、名楼，是一所名牌大学的三宝。

武汉大学自创建以来，名师云集，名生辈出，名楼日兴，可谓集三宝于一身。尤其是新中国成立以后，自 20 世纪 50 年代以来，武汉大学培养的人才，遍布祖国各地，各行各业，为国家的建设和发展做出了不可估量的贡献。改革开放四十多年来，更因为锐意革新，砥砺精进，而使学校的发展和人才培养上了一个新的台阶。我担任副校长和校长的十五年间，正是武汉大学革故鼎新、励精图治的蜕变时期。我倡导和主持的各项改革措施，集中到一点，就是既出人才又出成果，着力把武汉大学建成既是教学中心又是科学研究中心，二者是相辅相成的辩证关系。

归根到底，人才兴校是至关重要的，没有高水平的人才，何以有高水平的科研成果呢？同理，如果学生只是死读书，而不善于从科学研究中学习，那也绝对不可能成为杰出的人才。因此，我在任职期间，秉持"不拘一格降人才"的思想，把发现人才，选拔人才，培育人才，保护人才作为学校改革和发展的一项战略措施来抓。所幸的是，我们的这些努力都没有白费。如今，我们培养的这些人才中，有蜚声海内外的著名哲学家、经济学家、文学家、艺术家、科学家、发明家，同时也涌现出了诸如田源、陈东升、毛振华、雷军、阎志、艾路明等享誉全球的著名企业家群体。在 2020 年武汉遭遇新冠肺炎的肆虐中，他们挺身而出，一人捐建十所医院者有，竞相捐赠亿万之资者有，武大企业家联谊会从韩国购买一百八十一吨防疫用品和医疗设备，租用四架专机运抵武汉，捐给武汉抗疫指挥部，充分体现了他们的赤子之心和奉献精神。

同样，在这次罕见的疫情中，毕业于武大医学院的学子挺身而出，其中有最早发出疫情预警的艾芬、李文亮，第一个确诊新冠肺炎并报告院领导的张继先；更有多位医生献出了宝贵的生命，他们是李文亮、刘智明、肖俊、黄文军、徐友明……毕业于武大新闻与传播学院的学子或直逼现场，实情播报，或联袂发声，建言献策；毕业于武大其他院系的学子无论身在海内外，万众一心，英勇无畏，纷纷在自己的专业、专长和岗位上倾心尽力。

大学是思想启蒙之地，是一个人的人格和精神的养成之所，是一个社会的智识和思想的孵化器。大学培养的人才，不光要有高深的专业知识，还要有高尚的人格，深邃的智慧。武汉大学培养的人才，不是那种书呆子式的人才，而是要有求异、求变和求新的创新精神，在人格方面有道义担当，在思想方面有独立思考。从武汉大学毕业的学生，走出校门以后，在各自的专业领域戛戛独造，在经济社会发展的重要领域都有独特建树。他们都在各自的星座上闪烁着耀眼的光亮。他们都是武大一张张亮丽的名片，是武大的光荣和骄傲！

编撰"珞珈之子文库"，目的在于以文字的形式反映这些杰出校友们的成就。这套文库是一项巨大的文字工程，其编撰的指导思想是要有真实性、思想性和前瞻性，为后人留下一笔思想财富。文库收入的范围，主要集中展示自20世纪50年代以来，七十年间武大优秀毕业生的人生经历，精神旅程和事业成就。"珞珈之子文库"由这些优秀毕业生"夫子自道"，或随笔精品，或选辑佳作，或记录人生感悟，或接受采访，或自述经历，或总结经验，或集合演讲，总之都是他们人生全部的直接展示。

"珞珈之子文库"将分为五辑，即"哲学·教育""文学·艺术""史学·法律""经济·企业""科学·技术"。鉴于出版、发行和读者的面向，这套文库暂时不包括专深的科学与技术学术论著或论文集，此类学术成果，将会以其他形式奉献给读者，也一定要载入武汉大学的史册。

长江后浪推前浪，一代新人胜旧人。时代在前进，科学教育日新月异，相信武汉大学未来将会培养出更多的杰出人才。因此，"珞珈之子文库"是一项滚动计划，希望一代又一代地传承下去，使它成为母校的一个品牌。将历届毕业的优秀珞珈学子的成就收入这套文库，通过这种直接的展示，我们不但能得见其人，而且能得闻其事，能领略其思想人格和精神风貌，实在是一件功德无量的大好事。

也许，五十年甚至一百年以后，当我们再回望它的意义时，它将会是一部记录人才成长的史料库，一部表现独立思考的思想库，一部具有前瞻性的信息库，充分展现"珞珈之子"的精神风采，它将成为一座熠熠生辉的文字丰碑。

我的学生野莽是从中文系首届插班生走出的著名作家，迄今他已著作等身，现在正处于创作的黄金年龄。去年秋天，他和几位作家倡导准备编撰"珞珈之子文库"，拟邀请我担任总主编，我已垂垂老矣，还要照顾病重的老伴，自知力不从心。但鉴于我们都经历了那个改革的黄金时代，于情于理又都不能拒绝，故只能勉力为之。

是为序。

（本书由北京言实出版社 2020 年 7 月 1 日陆续出版）

《大学的名片》（第二版）自序

新华社于 1981 年 8 月 21 日，曾向全国发出过一条十分引人注目的通稿：48 岁的刘道玉被国务院任命为武汉大学校长，这是新中国成立后自己培养的大学生中第一位担任重点大学校长的人，也是我国高等院校中最年轻的一位校长。

时值三伏酷暑，这则消息就像炎热的盛夏一样，显得有些火辣辣的味道。无疑，我被逼到了火炉上烧烤，虽然我不愿意做官，但我已没有退路了。尽管我对这个任命采取了十分的低姿态，但说实话，当初我心里还是有点胆怯的。论年龄尚不到"知天命之年"，论职称我仅仅是个讲师，月薪只有 65 元。在教授林立、藏龙卧虎的重点老校，这无疑是一种"倒置型"的领导结构。我内心里思忖着：我能领导好这所重点老校吗？我清楚自己不利的条件，但是光想这些不利因素又有何用呢？于是，我换了一种思维方式，不如想想自己的长处，兴许还能鼓舞自己的勇气。我出生在农村，不怕吃苦，能像牛一样没日没夜地干活；我不想做官，不怕丢掉乌纱帽，对自己认定的事敢作敢为；我崇尚创新，励志改革，敢于走新路；我在教育部担任过高教司司长，比较熟悉高等教育学、教育政策和教育规律。于是，我增强了信心，怀着振兴武汉大学的抱负开始履行一个大学校长的职责。

我心里十分清楚，虽说我只是一个讲师，但是一个校长的威信和成功与否，是靠他的领导、组织和管理能力，是靠他的决策和创新能力，是靠他独特的办学理念，而不是他的职称、学衔和专业知识。所以，从履行校长职务之始，我就钻研古今中外教育名著，学习借鉴西方发达国家大学办学经验，深入教学与科研第一线，勇于改革探索，总结广大教师和学生在教育改革中的首创经验，亲自抓典型，以点代面，指导全校教育改革一环扣一环地深入发展。

从大量的教育改革实践中，我逐步总结出了自己的教育观、人才观和学生工作观。我的教育观是：教育是国家的一项公益事业，他的任务是向社会输送高质量的公共产品——合格人才,为未来社会发展储备新理论、新思想。教学、科学研究和服务社会是大学的三项基本任务,教学领域的改革始终是学校各项改革的中心环节,实施创造教育是大学的最高目标,并按此要求全面改革不适应的教学制度、教学内容、教学方法,提高教师的素质,以适应新形势的要求。我的人才观是:尊重学生的志趣,维护学生的选择权,保护学生的个性,坚持德、智、技、群、体、美六育并重,培养多功能性的创造性人才;育才不"愚"才,爱才不"碍"才,求才不"囚"才,敢于保护有争议的人才。我的学生工作观是:学生是学校的主体,是学校的名片,学校的一切工作都必须以学生成才为出发点,他们既是学校的服务对象又是依靠对象,既是学生又是先生,既是教学改革的参与者又是教学改革效果的实践检验者。

既然学生是大学的名片,那么作为一校之长,就要十分珍惜这张"名片",千方百计精心制作这张"名片"。为此,在我任副校长和校长长达15年的期间,围绕着学生的成才这个中心,我花费了许多心血。我热爱学生,关心学生,参加他们组织的各种活动,与他们通信、对话,与他们交朋友。我认为,这样做是使我的思想不至于僵化的主要原因,是激励我改革、开拓和创新的动力。

为了保持我与学生之间交流渠道的畅通,我曾对校长办公室约法三章:凡是学生写给我的信件或建议,不得扣压;凡是学生提出的要求,只要是合理的,必须件件落实;凡是学生要求见校长的,不得挡驾,尽可能做出安排,因为接待学生始终是一个校长的应尽之责。除了在办公室、家里会见学生以外,任何一位希望向我倾诉的学生,都可以在我上班的路上等候我,我会认真地边走边听取他们的意见或者另外约定时间解答他们提出的各种问题。

那时有一句时髦的词汇叫"代沟",即不同年龄段的人与人之间存在的思想观念差异。我感到十分高兴,我和大学生们不仅没有代沟,而且我们还成了朋友,甚至他们之中的许多人至今仍然是我的忘年交朋友。在我任职期间,虽然我在学生成才方面花费了很多精力,但围绕着爱才、育才、发现人才、不拘一格选人才、保护有才华的学生等方面,也留下了许多动人的故事。这是我教育生涯中最主要的内容,是我人才理念的反映,也是我的一笔精神财富。

自从1992年,我就有意总结这方面所经历的事情,并建立了一个"十年树木、百年树人"卷宗,以收集部分学生在校学习经验和走上社会后与我的通信及他们的成功事迹。这是一件十分细致的工作，由于许多学生工作经常变动，通信也几度中断，后来又由于我的身体原因，所以一晃十多年过去了，我的夙愿未能实现。

近年以来，教育界的一些朋友，也包括我的不少学生也向我提出建议，希望我把过去改革中的一些经验总结出来，这是很有价值的，即使在今天对于我国大学的教育改革仍然具有重要的指导作用。

基于这些因素，我于2004年3月开始着手这本书的撰写，所幸的是得到了许多学生们的关心与支持。关于这本书名问题，曾经提出过许多名字，并且与包括易中天教授在内的不少学生进行了讨论，但都觉得不满意。一次我在散步时，突然想到"大学的名片"这个名字，我感到很兴奋，它既形象又揭示了问题的本质。我马上用电子邮件发给易中天教授征求他的意见，他立即回复说："好，就是这个名字。"当我征求其他校友的意见时，他们也认同了这个名字，认为富有创意，于是书名就这样确定了。

在《大学的名片》中，围绕着我的人才理念与实践，总共写了28个故事。从体裁上，基本上是一事一议，一个故事反映出我的一个人才理念与实践。为什么恰巧是28个呢？总的来说是受到篇幅的限制，当然也不是说不可以多几个或则少几个，只是我对28这个数字情有独钟，这是因为我国古代把天空分为三垣和28宿。所以，28个故事就是天空中的28宿星，这个比拟无疑是很有象征意义的。

在我主政武汉大学期间，毕业的各类学生计有数万人，其中优秀的学生是不计其数。由于我接触有限，或者缺乏资料，或者失去联系，或者有些人的特殊身份不便撰写，所以收入到本书的杰出人才只是凤毛麟角，对于未能写入本书的那些成功人士，我谨表示歉意！即使本书没有写到的那些杰出的人才，他们依然是武汉大学的"名片"，是母校的光荣，他们都会载入校史的！

在写作过程中，我本着实事求是的态度，力求恢复历史的原貌。为了准确无误，我请有关的当事人帮助我回忆当时具体事件的细节，或提供了背景资料，稿子写好后，我又将文稿用电子邮件或信函发给他们审查和修改，尊重他们应享有的权利。

当我着手写作这本书的时候，也有少数学生主动赐稿，回忆我们师生之间的情谊，其情可嘉。为了保持他们的文章风格和尊重他们的知识产权，在征得他们的同意后，特把他们的文章或诗歌作为附录一并出版。所以，本书实际上是包括两部分：一是我写的28篇文章，约20万字；另一部分是附录，是由11个学生写的12篇文章或诗歌，计3万多字。

为了阅读方便，我把28篇文章分为三个部分：第一篇"人才难得"，第二篇"改革创新"，第三篇"情义无价"。需要说明的是，这个划分只是相对的，实际上人才、改革创新和以爱心为基础的情意是贯穿于各篇文章之中的。我之所以做如此划分，只是想突出每篇文章的重点，同时也是为了让读者一目了然，为他们选择阅读提供方便。在每篇文章中，插排了部分历史的或现在的照片，使读者对我们师生增加一些形象的了解。

本书虽然是叙述往事，但往事并不如烟。即使是在今天，它仍然可以使人们从中受到启迪。如是也，这本是我的初衷，也是作者感到的最大欣慰了。

（本书由湖南教育出版社于2010年出版）

《中国高等教育改革论》自序

这是一本论文集，是从过去 30 年间发表的教育论文中挑选出来的，但前 15 年（1985—1999）仅仅只挑选了 7 篇文章，而后 15 年（2000—2015）入选的文章竟有 77 篇之多。这既不是疏忽，也不是偏爱，而是与我国每个时期高等教育改革与发展的形势息息相关，绝大多数的文章都是有感而发的。文集的主旨是改革，因而书名定为《高等教育改革论》，就是顺理成章的选择了。其中，既有针砭时弊，又有积极整改建言，可谓"破字当头，立在其中"。

当初，写这些文章都是从单个问题出发的，并不是按照一本书的框架设计的，但当我编辑这本书稿时，却惊人地发现它就是一本书的完整架构。本书总共八章，选入的文章共 86 篇，计 69 万多字。本书涉及面广泛，从宏观到微观，从领导到教师，从大学精神到学风，从教学到科研，从本科生到研究生，都逐一涉及，好像就是事先设计的。这究竟是什么原因呢？我想大概是因为我从事高等教育研究已年深月久，似乎一个大学的重大问题，都已经刻画在我的脑海里，只不过是它们通过某种机会发挥出来罢了。

当文集辑成准备交稿之际，我觉得有几点需要做一点说明：首先是，这些文章曾是分别发表在学术性的刊物和通俗报刊上，由于这两种报刊的要求不同，前者是附有参考文献的，而后者是没有注释的。现在，既然作为著作正式出版，我将尽可能为这部分没有参考文献的文章补上注释，因为这是统一书稿的要求，也有利于读者查找。其次，有些文章在发表时，编辑对我的标题做了修改，但我并不认同，因此在收入本书时，仍然用了我原来的标题。再次，由于这些文章写成于不同的时间，文章中记叙的时间和统计数字都是当时的，我一般没有进行大的修改，好在观点并没有过时，对当前仍然具有指导意义。

武汉大学出版社对本书的出版十分关心，社长何建庆和总编辑刘爱松亲自过问，并指定柴艺作本书的责任编辑。她是一位资深、业务水平高和治学严谨的编辑，对拙稿进行了认真的审查和订正，给本书增色不少。当本书付梓之际，特向他们表示最衷心的感谢！

由于本人学术水平有限，书中的谬误和疏漏在所难免，如蒙得到方家和广大读者指正，我将不胜感谢！

（本书由武汉大学出版社 2019 年 12 月出版）

《教育问题探津》自序与跋语

自序

我毕生从事教育工作，前后总共 60 余年，可以说将自己的一生贡献给了我国的教育事业。从大学管理的实践中，我逐步爱上了教育，深切体会到教育是值得为之献身一辈子的事业。我学习和研究教育学大致经历了三个阶段：启蒙阶段、学以致用阶段和理论研究阶段。

1981 年 7 月，我被推到武汉大学校长的岗位上。我深知要领导好一所大学，不能靠自己原先学得的化学专业知识，而是要运用教育理论指导自己的教育改革实践。于是，从这个时候开始，我如饥似渴地学习教育学的知识，主要是国外教育家们的名著，对于我来说这也是进行教育的启蒙。我先后学习的世界教育名著大约有 20 多部，如柏拉图的《理想国》、卢梭的《爱弥儿》、夸美纽斯的《大教学论》、赫尔巴特的《普通教育学》、纽曼的《大学的理念》、怀特海的《教育的目的》、福禄倍尔的《大学之理念》和《人的教育》、赫胥黎的《自由教育理论》、杜威的《学校与社会·明日之学校》、哈欣斯的《乌托邦的大学》、麦克法兰的《启蒙之所智识之源》、韦伯的《学术与政治》等。

我学习这些名著，的确受益匪浅，对于我后来在武汉大学进行教育改革起到了重要作用。我之所以推行一系列教学制度的改革，都是从这些名著中吸取了养料，如自由教育，民主独立的精神，博爱教育，尊重学生的志趣，保证学生们的选择权等，从而开创了武汉大学 80 年代改革的黄金时代。这使我尝到了甜头，也使我更加自觉地学习与研究教育学。

在进入到耄耋之年以后，我一方面继续关注和呼吁教育改革，另一方面开始思考教育上一些深层问题，不自觉地进入到教育哲学的研究领域，如教育是什么，学习是什么，大学的真谛是什么，等等。这些都是人们司空见惯的问题，似乎是不言而喻的，但是其实人们并不明白它们的真谛。我记得法国雕塑大师罗丹说过一名名言："所谓的大师应当是这样的人，他们能够从司空见惯的事物中发现美来。"2017年诺贝尔生理或医学奖获得者是三位美国科学家，他们因为发现了"控制昼夜节律的分子机制"而获奖。他们共同的体会是："科学的本质就是研究我们日常生活中习以为常的事。"

同样的，在教育领域里也有许多"习以为常"的事，只是人们见怪不怪而已，因而忽略了对这些问题的深入思考。最近五年以来，我开始关注人们身边这些教育中"习以为常"的事，并对这些问题进行追根溯源地思考，果然获得了某些新的认识。收入到本书中总共有36个问题，我把它们分为上、下两篇，上篇有18个问题，它们着重回答"什么是"，如什么是教育，什么是学习，什么是大学的真谛，什么是真正的素质教育，什么是教育家，什么是理想大学，等等；下篇也有18个问题，着重回答"怎么样"，如怎么样走出选择专业的烦恼，怎么样觅得自己的志趣，怎么样进行有效的自学，怎么样做一名开明的教师，怎么样觅得创新的灵感，等等。前者着重回答"这是什么"，而后者则着重回答"怎么办"。其实，这个划分仅仅是相对的，在"什么是"中也有解决问题的办法，而在"怎么办"中也有追究问题的本源。

本书最初撰写的时候，我初步拟定的书名是《教育十问》，但一旦进入写作状态后，似乎觉得问题越来越多，故以《教育十问》做书名就名不符实了。后来，又拟定了一个书名叫《珞珞如石》，取自老子的《道德经》，虽然颇有蕴意，但不能破题，于是又要加上一个副标题"教育若干问题探讨"。再细想一下，觉得托着一个副标题的尾巴太累赘。于是，最终就选择了《教育问题探津》，既简明又点破了主题，我比较满意这个书名。

《说文解字》曰："津，水渡也。"毛泽东同志曾经说过："我们的任务是过河，但是没有桥和没有船就不能过。不解决桥或船的问题，过河就是一句空话。"渡口是停泊船只的地方，凡有渡口的地方，必定就有船，找到了渡口，过河的问题也就解决了。我之所以取"教育探津"作为书名，也是意在找到解决教育问题的渡口。

收入本书中的36篇文章，有的是在学术刊物上发表过，按照学术刊物的要求，文章中是附有参考文献的；有的文章是发表在非学术报刊上的，其中没有注释。在集结成书稿时，为了方便读者查询的需要，对于部分没有注释的文章，特意增补了部分重要的参考文献，最后只有 3 篇文章没有给出注释。同时，为了紧扣本书的主题，对于收入本书的部分文章的标题和内容做了适当的修改，特予以说明。

做学术研究，贵在标新立异，忌讳人云亦云。我是力求按照这个标准来要求自己的。在本书中，我不揣冒昧提出了个人对许多问题的见解，我不敢自诩自己的那些看法一定是正确的，但我愿意抛砖引玉。如果有人对我的陋见而提出新的见解，只要是问题得到解决，我将十分高兴，并乐于服从真理，这是做学问必须秉持的实事求是的态度。

跋语

我有一个习惯，喜欢与大学生们通信，也常常接待他们的来访，无论是本校还是外校的学生都是同等对待。即使我到了耄耋之年，依然保持这个习惯，兴许这是我保持思想不至于僵化的重要原因之一。

王远哲是北京大学中国语言文学专业的学生，在学习期间他在搜狐网站做兼职采访记者，这是很有益的社会实践。他通过刘道玉教育基金会联系上我，希望对我进行一次教育与思想访谈，可惜那时我因为身体欠佳，未能满足他采访的要求。可是，远哲是一个有心人，他保留了我的联系方式。转眼间，他于 2016 年从北京大学毕业了，受聘于北京出版集团人文社科部做编辑工作。他于 2017 年 1 月 18 日来信写道："北京出版集团从 2002 年开始，编辑'大家小书'系列，立意是大家写给大家看的书，目前已涵盖人文社科 100 多个品类的图书……学生想做一本谈教育的书，还是觉得您来谈教育是最为合适的。"随后，他给我寄来了梁启超、鲁迅、梁思成、竺可桢、顾颉刚和罗庸等人的六部样书，阅读之后，让我受益匪浅。

我回信给远哲，表示愿意撰写这样一本"小书"，但我绝非大家，仅仅是热爱教育而已。在过去的五年中，我在报刊已经发表了大约 10 多篇文章，但是要集结成为一部书，显然太单薄了。于是，我又拟定了一批题目，它们也都是我很想写的问题，借机把它们写出来一并集结成为一本"小书"。经过大约一年的时间，终于完成了这本书稿，总算没有食言。

我深知，从一本书稿到出版一部成品书籍，其间还要经过多个程序，如责任编辑的审改、美编的封面设计、板式的设计、文字校对和总编辑的终审等。这些程序是一环扣一环的,任何一个环节对保证书籍的质量都是十分重要的。因此,趁向出版社交稿之际,我要向远哲编辑和北京出版集团有关人士表达我真诚的谢意!

书稿集结仓促,加之作者水平所限,书中遗漏和错误肯定不少,敬请学界同人和读者不吝指正为盼!

(本书由北京出版集团公司 2019 年 1 月出版)

《论爱的教育》自序与后记

自序

自 1958 年开始，我就开始从事大学的教育工作，其中有 22 年担任高等教育的领导工作，包括担任武汉大学副教务长、副校长、校长和教育部党组成员兼高等教育司司长，前后从事高等教育工作已 60 年有余了。在繁忙的行政工作之余，我一边从事金属有机化学研究工作，一边从事教育改革的理论与实践研究，这既是兴之所至，又是受着使命的驱使。即使到了退休之后，我对教育改革依然有割舍不掉的情结，仍然在不停地研究教育，呼唤教育改革，期望创办新式的理想教育。

从长期的教育实践中，逐步形成了我的三大教育理念，即创造教育、爱的教育和自由教育，而教育改革则是贯穿于这三大教育理念之中。我深知，不改革传统的应试教育、功利化的教育和集权式的教育体制，就不可能实现这三大教育理念。其实，我的三大教育理念是相互联系的，爱心既是创造的动因和润滑剂，又是教育改革的原动力。无可讳言的是，唯有热爱教育，营造自由的教育环境，方可批判和改革传统的僵化教育，这也是爱之深和责之严的道理。

当我正值年富力强之时，于 54 岁被免除武大校长职务，致使我的教育改革规划半途而废，这也是我平生最大的遗憾。但是，对于改革者而言，虽然失去了教育改革的舞台，但他们不会被困难所阻挠，也没有人能够阻挡他们改革的步伐，我会为自己搭建一个进行教育改革实验的平台。

1996 年我应一位民营企业家邀请，创办了私立武汉新世纪外国语学校，它就是武汉大学教育改革的延续。人各有志、各有所求，有的人办学是为了名，有的是为了利，而我创办私立武汉外国语学校是为了进行教育改革的实验。可以毫不谦虚地说，对于这所新办的寄宿制中小学，我真是做到了殚精竭虑。在办学之初，我亲自拟定了校训，设计了校徽，制定了教育方针和成长之家的原则。在办学的 5 年中，除了亲自讲授《创造思维方法》课以外，我几乎把每个教师和学生当作研究对象，希望改革陈旧的教学方法，总结人才成长的规律。在此基础上，才诞生了《爱的学校》和《新世纪的曙光》两本书，这些是在这块试验田里收获的学术成果。它们分别于 1996 年 11 月和 1999 年 1 月由湖北人民出版社出版，前者获得了武汉市"九五"教育科研规划成果一等奖。

但是，《爱的学校》一书，仅仅只限于一所中小学 5 年的实验，尚不能涵盖我关于爱的教育的全部理念与实践。于是，我打算在《爱的学校》一书框架的基础上，增补我担任武汉大学近 8 年期间有关爱的教育的内容。于是，就辑成了《爱的教育理论与实践》的初稿，但明眼人一看就会发现，这种组合带有明显加楔的弊病，不免让人感到有些芜杂。

我的学生李昕是武汉大学中文系 78 级的学生，他先后在人民文学出版社、香港三联书店、北京三联书店等单位工作，并且担任过副主编、主编和总经理等职务，是著名的出版专家。他把我的《爱的教育：我的理论思考与实践》书稿推荐给上海三联书店黄韬总编辑，幸蒙他的关照，并指定资深编辑匡志宏女士担任拙著的策划与编审。

自今年 3 月 26 日，我开始与匡志宏女士取得联系，她在审阅了初稿后给我来信写道："在您的鼓励下，我斗胆对您的书稿又做了一些调整，包括书名、章节名、文章排列等，并删减了一些与主题相关度不高的内容。"我在回信中写道："十分荣幸你作为拙著的编审，如果把这本书稿比喻为一个襁褓中的婴儿，我就诚请你给她哺育和打扮，就像你自己的孩子一样。"她当即回复写道："如果说现在这本书还是襁褓中的婴儿，那它已经有了优秀的基因，我所能做的是让它更加眉清目秀，更加人见人爱罢了。"

在近两个月中，我们先后互通邮件 12 封，经过反复磋商，我们取得满意的共识。为了使得这本的内容更充实，我又在五一节前后新写就了 5 篇文稿，之所以这么快地写出这些文章，是因为文成于思，我早已有了腹稿。与此同时，我又从过往的文稿中找出了 10 篇与本书主题密切相关的文稿，总共约 6 万字。这是在志宏编辑的激励下催生出来的。对此，她给予了充分肯定，说我真正地过了一个劳动节。

最后，这本书的书名定为《爱的教育：我的理论思考与实践》，包括教育即解放、学校是成长之家、呼唤爱的教育、做有爱心的校长和家庭是人才的摇篮等五章。窃以为，以这个书名来概括我的爱的教育理念是名实相符的。仅就爱的教育理论而言，如关于爱的本质、幼儿智力发展的萌动期、智力超常教育、论爱在教育中的灵魂作用、论教师的自我解放和怎样培植教师的爱心等，都是言他人之未言，具有独创性的特点。至于爱的教育实践，基本上贯彻在我的全部教育活动之中，可谓比比皆是，此不赘言。

为了与本书的内容相呼应，在本书的最后增加了附录，在征得作者的同意后，收入了5篇对我的专访。它们是《从大学校长到小学校长》（作者谢湘），《刘道玉——永远的校长》（作者陈俊、张真宇），《注视着那个最亮的火炬》（作者石熙和），《刘道玉：一位超前的教育改革家》（作者方可成）和《梦魂萦绕系教育——记著名教育家刘道玉的人生追求》（作者杨小岩）等。这些专访都是出自报刊的领导、教授、博士和资深记者之手，具有相当高的水平，它们既反映了我执着热爱教育的真情，又为本书增色不少。对他们撰写专访所付出的辛劳，谨致以真诚地感谢！

爱是一个美妙的字眼，正如意大利著名诗人但丁所说，"爱是美德的种子"，凡是有爱的地方，生命便欣欣向荣。可是，要真正成为一个有博爱情怀的人，并不是一件容易的事。到了耄耋之年，我反躬自问，我是怎样将爱倾注到教育中的？那就是，要像信仰宗教一样虔诚地对待教育，要像拥抱情人一样拥抱教育，要像呵护生命一样呵护教育。如果不谦虚地说，我做到了这一切！不敢坦承这一点，那就不是实事求是的态度。

现在，我已是高龄、高残之人，但我热爱教育仍然不能释怀。目前，凡是想与我讨论教育改革问题的人，或是向我咨询如何选择专业、怎样自学和成才的青少年，我都会一一回复，绝不会让有求于我的人们失望。我将以唐代诗人李商隐的诗句"春蚕到死丝方尽"来勉励自己，直至生命终止。

谨以此序与广大读者互勉！

后记

2018年是武汉大学78级入校40周年，各院系的校友纷纷举行聚会活动，我也轮番地被邀请参加。但是，中文系78级的校友，他们没有举行大型的聚会活动，而是由李昕、李军、方方、杨胜群、乔以钢五位校友相约，于10月3日下午来寒舍探望。他们要么是著名的作家、著名学者、出版专家，要么是高官，令我十分感动，让我切身地体会到："为师的最大幸福是培养出值得自己崇拜的学生"（陶行知语）。

李昕于1952年出生于北京清华园，1978年他以初中毕业生的知青身份考入武汉大学中文系，毕业后先在人民文学出版社任编辑、编辑室主任和社长助理。1996年被派往香港，先后任香港三联书店副总编辑和总编辑。2005年奉调回北京，先后任北京三联书店副主编兼副总经理，后任总编辑。他是著名的出版专家，享受国务院特殊津贴，曾被南开大学等多所大学聘请为兼职教授。出于职业的原因和师生之情，他表示在退休以前，最想做的一件事情，就是想为我编辑出版一部著作。之后，我与李昕有多次的联系与交流，这就是我整理、编辑和写作《爱的教育：我的理论思考与实践》一书的缘起。

这本书稿辑成于特别的时期，大体上用了三个月时间，于2019年12月下旬辑成了《爱的教育：我的理论思考与实践》书稿，于12月29日将书稿发给了李昕，他立即推荐给上海三联书店黄韬总编辑，而黄总十分慷慨地表示愿意出版拙著，并很快完成了申报选题并寄来了出版合同。

不料，12月30日夫人重病复发，不得不住进武大人民医院光谷分院，我也一同陪伴住院。更不幸的是，我于2020年1月10日发高烧，体温达到39.5℃。按照当初的说法，武汉已有关于新冠肺炎疫情流行的传言，也有人担心我是否会被感染这种病毒。幸好是住在医院，各种检查十分方便，经过血检证明是患了甲型流感，经过3天注射头孢抗菌素，体温迅速恢复了正常，又经过一周的巩固与恢复，我们夫妇于1月17日出院。这时关于武汉流行新冠肺炎疫情已被证实，我们自知是高危被传染的人群，出院后我们也只能居家自我隔离。

这次新冠肺炎疫情传播极为迅速，武汉是疫情暴发的中心，在紧急情况下，于1月23日宣布封城，企图以限制人员的流动切断传播链。随后，全国各省市的医院纷纷施援武汉抗疫。与此同时，全国各地也都采取了各种措施，救治被感染的危重病人，尽力遏制疫情的蔓延。全国上下同心协力，经过3个月奋战，全国疫情基本得到遏制，部分地区陆续开始恢复工作。3月24日，黄韬总编辑来信称："今天我们社全面复工。我已安排我社资深编辑匡志宏负责您的大作的出版工作，她会跟您联系。祝您安康！"

上海三联书店是一家久负盛名的老店，以严谨、务实、高质和高效而著称，因而拙著得以顺利出版。在此，我谨向黄韬总编辑，资深编辑、策划人匡志宏，责任编辑李巧媚以及所有为本书做出贡献的美编、勘校等各位同志表示真诚的感谢。李昕校友兑现了他的诺言，我借机对他的推荐表示谢意！

本书出版于特殊时期，我谨以此书献给为全国抗疫做出贡献的医务人员、军人、警察、建筑工人、环卫工人和物资供应部门的广大员工，尤其是那些为抗疫而献身的英雄们！同时，我以沉痛的心情，借机凭吊在疫情中遇难的全国同胞们！

（本书由三联书店2020年10月出版）

珞珈子规啼

《其命维新》自序与跋语

自序

在汉字中，"世"的异体字是"丗"，它是由三个十字加一条底线而组成的，意思是指三十年为一世，也就是一代人。我国至圣先师孔子有言"三十而立"，他本意是指立于礼，但广义上说，也包括立志、立德、立业，也就是确立人生的远大志向。因此，无论对于国家或是个人，三十年都是成就一番事业的重要的时间区段，每个人应当把握好人生的头 30 年，进行好第二个 30 年，谁做到了这一点，那么他就会是一个成功的人。

我 30 岁的时候，正在苏联科学院元素有机化学研究所攻读副博士研究生，师从苏联科学院院士伊凡·柳德维奇·克努杨茨院士，因为他的研究与国防有关，所以他也拥有苏联技术中将军衔，是世界三大有机氟化学权威之一。在这样优越的研究条件下，我的志向就是成为一名有机氟化学家，同时实现我少年时立下的成为一个"诺贝尔式"的化学发明家的夙愿。

可是，由于国际政治风云突变，由于我作为中国留苏学生会主席参与了抗议苏联的大国沙文主义，我与其他 4 名外交人员被宣布为不受欢迎的人，限 48 小时离境。我被迫中断了"黄金般"的学业。回国以后，仅仅开始了一年多的化学研究，就遇上了"四清"运动，接着又是"文化大革命"。接下来，我先后被任命为武汉大学副教务长、党委副书记、教育部党组成员兼高等教育司司长，又一次中断了我的学术研究。从教育部辞职回校以后，本准备重操旧业，专心致志地从事有机氟化学研究。然而，事不遂愿，我又先后被任命为武汉大学党委常务副书记、常务副校长、校长。这一系列任命，我都被蒙在鼓里，事前没有任何人给我打招呼或征求我的意见，这似乎有点不同寻常。

1981 年 8 月 22 日新华社电："国务院最近任命刘道玉为武汉大学校长。现年48岁的刘道玉1958年毕业于武汉大学化学系。这次任命前，他是武汉大学党委副书记、副校长。他积极拥护党的十一届三中全会以来的路线、方针和政策，作风正派，工作勤奋，联系群众。这次任职后，他是新中国成立后自己培养的大学生中第一位担任大学校长的人，也是我国高等院校中最年轻的一位校长。有关部门认为，任命48岁的刘道玉担任全国重点大学武汉大学的校长，这对于在人才济济的高等学校中打破论资排辈现象，大胆提拔优秀中青年干部到主要领导岗位上来，将会产生积极的影响。"

新华社的任命公布后，湖北省文教办史子荣主任才找我谈话，说武汉大学长期不稳定，学术地位在全国下滑很厉害，要选拔一个年轻有为的校长，要求我服从组织的决定，这是办好武汉大学的需要。他还表示："省委和省政府将大力支持你的工作，希望你解放思想，奋发努力，不辱使命。"我表示事前没有任何思想准备，太突然了，我本意是想从事学术研究，但事已至此，我将尽力而为，不辜负组织和群众的期望。

自古华山一条路，狭路相逢勇者胜。我没有退路，也不能抱着退却的侥幸心理。于是，我就用换位思维方法自我开导：是自己做一名发明家还是培养出更多发明家的贡献更大？这么一想，我的思想也就豁然开朗了，于是就勇敢地承担起一个校长的职责，决心振兴武汉大学，以培养出大批创造性的人才。在履任校长时，我只是一个讲师，行政级别是21级（工资每月65元）。我知道做一名合格的校长，并不是依靠自己的专业知识和衔职，而是要依据先进的教育理论指导办学，按照教育规律办事。于是，我就边工作边阅读世界教育经典名著，包括柏拉图、夸美纽斯、卢梭、赫尔巴特、福禄贝尔、洪堡、纽曼、康德、杜威、洛克、罗素、怀特海、马卡连柯、苏霍姆林斯基等，这使我逐渐地进入了教育领域的角色，并开始爱上这一值得为之献身的事业。

一个人一旦爱上了一项职业，他就会义无反顾地把它作为志业去追求，并愿意为它贡献出自己的全部力量，甚至他的生命。我从担任副教务长到校长，前后总共22年，本书主要记叙的是任校长的近八年中的所作所为。本书由十章构成，第一章是改革引论，阐述了影响教育改革的一些重要观念和措施，以作为改革的铺垫，从第二章到第八章，全面记叙了武汉大学改革中的做法和经验。我是研究创造教育学的，求异、求变、求新是我的性格，我没有把创新停留在口头上，而是身先士卒，敢为天下先，践行自己的创造教育理念。因此，创新精神贯彻在教学改革的全过程，本书的书名《其命维新》，就是我所敬仰的一句古训，也是我的座右铭。

在本书中，第二、三、四、五、七、八等章是重点，它们是由许多小故事构成的，具有真实性、趣味性和可读性。在叙述改革故事的同时，也有议论，如改革引论、识才要旨、创新文化等，这些都有较大的参考性。时间虽然已经过去35年了，但往事并不如烟，昔日改革的场面和人物依然活灵活现地浮现在我的脑海。我虽然已经十分老迈，而且听力不济、视力极为低下，右手早已不能写字了。所幸的是，我的思维异常清晰，记忆力尤佳，往事依然能够记忆起来，这是我得以完成这部书稿写作的重要基础。

第九章，是我准备在武汉大学实施改革的第二个五年规划的设想。可惜的是，我突然被免职，使得这些规划中的改革举措戛然而止，以至于留下了我平生最大的遗憾。

2013年3月，武汉大学新任党委书记韩进同志来家看望我，他听说我在免职前还有一个改革规划，便问我能否披露一下改革规划的内容？我说当然可以，于是向他做了简单的介绍。他听后评价说："道玉校长，如果你的那些改革措施实现了，其影响不仅仅是在国内，而是具有世界性的影响。"有鉴于此，我觉得有必要披露那些拟议中的改革方案，它们至今仍然没有被人们所了解，也没有见到哪一所大学在实施这些改革措施。因此，第九章具有承前启后的作用，它既是我在武大改革延续的设想，又勾画出了武汉大学未来的美好愿景。从某种意义上说，这一章体现了一个励志改革者的精神境界：创新无止境！

本书的书名是《其命维新》，语出周公旦著《诗经·大雅·文王》，蕴意非常深刻，是周武王以创新振兴周朝的方略。窃以为，改革者必定是创新者，创新是目的，而改革是手段。非常幸运的是，我赶上了那个改革开放的大好时代，在解放思想的感召下，团结领导班子成员，依靠广大师生员工，在教学改革方面做了许多大胆的实验尝试，而且基本上都获得了成功，积累了某些有益的经验，并在全国得到普遍的推广。我撰写本书的目的是，希望人们在这些改革的经验基础上再接再厉，把20世纪80年代的教育改革经验发扬光大，将我国高等教育改革持久、深入地进行下去，以实际行动回答钱学森先生早在15年以前提出的"为什么老是冒不出杰出人才"的问题。如是也，那我将感到莫大的欣慰，吾心足矣！

（本书由华中科技大学出版社2021年7月出版）

跋语

  大约在四年以前，周宏宇先生就托人约我提供一本口述历史，但我迟迟没有应允。我不习惯口述历史这种叙述的方式，认为口述这种方式不适合我，因为我是一个事必躬亲和思考型的人，而且喜欢细细地琢磨，有时对一个观点或一个词，我会反复思考几十遍，改了又改，这非是一次口述可以定型的，这就是我迟迟没有答应接受这本书的真实原因。

  2019年10月3日，华中科技大学出版社分社社长周海涛、副社长周晓方应约来访问我，并赠送了他们已经出版的几本《口述历史》的样书。在交谈中，我一再表示自己不适宜口述历史这种体裁。他们解释说："并不全是口述的，也有自己撰写的，如前湖南师范大学校长张楚廷、北京大学副校长王义遒等，就是他们自己撰写的。"经过他们的解释，我才得以释然，并同意接受他们的约稿。

  从去年10月初，我开始拟定写作提纲，并开始写作。但是，写作刚进行了两个多月，我的夫人重病复发，不得不去住院，我也陪同她一起住到医院，虽然有保姆护理，但我仍然需要陪伴在她的身边，使她得到慰藉。今年1月7日，我到医院附近的超市去给她买水果，三天以后我突然发高烧，体温达到39.5℃。还好是在医院，便于检查与治疗。当时，网上已经有关于新冠病毒流行的传言，我自己也担心是否感染这种病毒。所幸的是，经过血液化验，证明是患了甲型流感，经过连续5天注射头孢抗菌素，体温恢复正常，又经过一周的恢复，血检甲流病毒已由阳转阴，我与夫人于1月17日出院了。

  可是，这时关于武汉流行新冠肺炎疫情的传言被证实了，疫情非常严重，传播之快令人们惊慌失措。在紧迫的情况下，武汉市人民政府抗疫指挥部宣布于1月23日封城。就在当天，照顾夫人的护工也回湖北安陆市了。从这时开始，护理夫人的重任就落到儿子和媳妇及我的身上。在长达三个多月的时间里，面对严重的疫情，只能照顾夫人和维持生计，完全没有心情和精力写作。到了3月初，疫情有所缓解，心情也日趋于平静，于是又恢复艰难地写作。

  我曾经说过，本书是我人生的一个点，重点是叙述我任校长近八年期间的改革故事，其中涉及许多人和事。因此，在写作过程中需要查找和核对不少事实，这非一个年老体衰的老人所能做的事。所幸的是，在写作过程中，我得到了许多人的帮助，其中有伍新木教授、何克清教授、杨代常教授、傅杰教授、宋时磊主任，有校友胡树祥、谢湘、胡发云、艾路明、张桦、弓克、何五元、陈勇、陈悦、龚万幸等人，他们分别为我提供了所需要的背景资料。同时，武汉大学图书馆的李云华，为我检索到附录中一部分新闻报道和专访的题录。武汉大学档案馆的冯琳博士，帮助我查阅学籍档案有关资料，提供了不少有用的材料。由于我的视力很差，武汉大学教育学院副教授王郢博士帮助我审读书稿、检查和订正错别字和遗漏字，统一书稿中的文字符号。在此一并向上述的老师、校友和学生们表示衷心的感谢！

本书中有许多故事，也穿插了不少诗词、信函和讲话摘录，它们都是在教育改革中产生的，是由当时学校的领导、同事、教师和学士们共同编撰而成的。因此，当本书杀青之时，我要对当时的党委书记庄果、副书记黄训腾、郑永庭，副校长高尚荫、吴于廑、童懋林、傅建民等表示衷心的感谢和深切的怀念！

尤其要向当时的教务长吴贻谷、教务处处长刘花元、副处长娄延长等表示衷心的谢意。他们既是我的参谋长，又是执行改革各项政策和方案的践行者，功不可没。还有党办主任张清明、副主任陈广胜，校办主任牛太臣、丁荣、任珍良、唐永炳等，都为学校的改革做出了巨大贡献。还有外事处、科研处、财务处和总务处等部门的领导人，以及广大教师和员工们，都给予了我极大的支持，我都铭记在心，并感谢他们所给予的各种帮助！可以肯定地说，没有他们的奉献和支持，就没有武汉大学改革所取得的一切成果。

今年元月初，武汉暴发了新冠肺炎疫情流行病，疫情传播异常凶猛，人们都处于惊恐的状态。在封城和居住区隔离期间，武汉大学企业家联谊会秘书长蹇宏、胡潇等，对我们十分关心，提供了许多帮助。武汉大学居民委员会和志愿者们，冒着风险帮助我购物和递送物品，对他们无私的奉献精神，谨表敬意和真诚的谢意！

在封城期间，我的小儿子刘维东和儿媳夏敏玲非常辛苦，他们既要承担护理身患重病的妈妈的重任，又要网购和储备食物，保证我们一日三餐。因为他们对我的身体、起居与生活的关心，才能让我静下心来写作。这是他们孝心的表现，我也要对他们说一声：谢谢，孩子们！

翱翔在草原的"火凤凰"
——傅东缨《草原教育诗——屈惠华和她的圣园传奇》代序

一

在世界古代文明中,流传着许多寄托人类美好理想的神话,其中关于火凤凰亦即"不死鸟"是最美丽动人的神话。它的英文名字是菲尼克斯(phoenix)或不死鸟(the secular bird)。最早提到不死鸟的是公元前9世纪古希腊诗人、《神谱》的作者赫西奥德,最早记述"不死鸟"的是古希腊历史学家希罗多德。但是,最完整又形象地描绘"不死鸟"的是意大利传教士艾儒略(Julins Aleni),他于天启三年(1623)来到中国传教,在《职方外传》中写道:"传闻有鸟,名菲尼克斯,其寿四五百岁,自觉将终,则聚干香木一推,立其上,待天热,摇尾燃火自焚矣。骨肉遗灰,变成一虫,虫又变为鸟,故天下不止有一鸟而已。"

"不死鸟"的神话流传很广,不同的民族或国家都有类似的神话。在欧洲把"不死鸟"称为菲尼克斯(phoenix),亦即凤凰或火凤凰;在俄罗斯叫作火鸟(fire bird),在埃及叫作"太阳鸟"(benu),在美洲叫叶尔(yel),在阿拉伯叫作安卡(anka)。所有这些鸟都有一个共同的特征,即寿命很长,大约都在500年、千年甚至万年以上。人类需要理想,这是他们对美好未来的期许,人们以鸟喻人,反映他们对永生的渴望。

著名教育文学家傅东缨先生的新著《草原教育诗》已经杀青,他托付我为该书写一篇序言,我先睹为快。当我扼要地浏览了部分篇章之后,对书中主人公屈惠华校长的动人事迹感佩不已。她先后两次罹患癌症,尤其是1992年患了极为罕见的卵巢癌,而且癌细胞已经转移。她从呼和浩特转到最好的北京协和医院治疗,该院有史以来只接受过9例同症病人,8例死亡,一例虽然保住了生命，但一直躺在病榻度日如年。

屈惠华在北京协和医院治疗期间，忍受了化疗的痛苦，一度转入ICU病房（重症监护室），医院一度发出病危通知，请家属做好后事安排。

但是，屈惠华没有绝望，积极与医疗专家配合，凭借着强大的精神力量，终于战胜了癌魔。出院以后，她更拼命地工作，心力全开，智慧迸发，从一个普通生物课教师晋升为百年老校的校长。她锐意改革，使一所百年老校焕发出青春。她不仅创造了生命的奇迹，也创造了教育改革的奇迹。

她就是"不死鸟"！就是翱翔在草原上的"火凤凰"！

二

敕勒川，阴山下。天似穹庐，笼盖四野。北国风光美丽如画。

已无据可考，屈惠华的父辈可能祖祖辈辈生活在这里，是土生土长在内蒙古的汉族人。她从小生活在这辽阔的草原，有着宽广的胸怀，受着牧民彪悍和豪放性格的熏陶，她身上也有着不屈不挠的精神。

在内蒙古大草原上，素来不缺乏豪放优美、传唱久远的诗文。而前日，好友东缨寄来《草原教育诗——屈惠华和她的圣园传奇》书稿后，我想这大概是最新的一篇诗文吧。

一座学校的深度，常常在它的领袖——校长；一个地区的教育高度，常常在于它的领头雁。在内蒙古呼和浩特市，一位教育家式的校长——屈惠华、一个颇能引起中国基础教育界侧目的学府，并且衍生出多所分校——校长与学校互相成就，互为品牌，共同造就英才，树立了一个令人惊讶、值得回味、一体两面的教育样板。

正如东缨在书中所说，当下，中国教育最缺两种人：一种是钱学森那样提出"大成智慧学"的大思想家、运筹家、策略家，这是仰望星空的人——这种人以其超越时空的目光和睿智，提出高深的问题和宏大的设想，牵引着社会持续向前；一种是袁隆平那样孜孜矻矻、勤勤恳恳的践行家，这是脚踏实地的人——这种人把宏观的设想和亟待解决的问题付诸点点滴滴的行动中，并一步步取得进展，最终完成重大突破。

仰望星空作为一种精神气质，是憧憬更是专注，只有拥有想象力的翅膀，方可鸟瞰大千世界的万事万物；而脚踏实地作为仰望星空的对称方，又极具实实在在的践行内涵，只有与地气相接奋楫笃行，才能走出梦的云山雾谷，奔向霞光万道的远方，乃至飞向美丽的星空。

中国当代教育之光荣、之挑战、之沉重、之昂扬、之深刻之处尽在于此。屈惠华在呼市教育改革的实验，恰恰生动地体现了这两种性格——用鲜活的教育理念、成功的教育成果、让人惊喜的成长案例，让一场教育创新方兴未艾。这些极具价值的探索，对于西部教育、民族教育乃至全国基础教育的若干母题，都提供了令人顿悟的思考。

三

苏联苏霍姆林斯基的"教育诗"，写就帕夫雷什中学的深邃大美。如今这部"草原教育诗"，则尽现呼市一座实验学校之博大精深。

这部作品，聚焦一位对教育怀有大爱的校长，透析一个崛起中的教育改革的成果。在我看来，更是切入这一中国当代基础教育难得范例的根脉，刻画其四重壮美涅槃——

第一重是屈惠华校长教育人生的涅槃。屈惠华校长经历过两次癌症，生命屡经大提炼、大升扬、大淘漉，她诠释了一个从命运低谷抵达生命巅峰的传奇，而在一轮轮的反思中，她粹炼出"释爱启真·立美育人"等一系列教育主张，并投入全部身心践行于斯，以成功无我的教育大境界，引领着一方教育改革。

第二重是实验中学教育管理的涅槃。屈惠华以改革为钥匙打开管理之门，形成专家治校的"自治"新模式，以及教师良性竞争的发展格局，破解了困扰中国乃至世界教育的"教师倦怠"问题，经过时间的沉淀，实验中学的品牌历久弥新。

第三重是呼市教育改革对外拓展的涅槃。从一所实验中学到更多学校的实验，不仅规模越办越大，质量也越办越好。在主校区的辐射、引领、示范下，实验中学发展为拥有 8 个校区、师生过万的大型教育规模，成为呼和浩特市基础教育的标杆。各校区位于城市的四面八方，都是当地百姓首选的优质学校。更可贵的是，各校区彼此联结，良性互动，资源共享，构建出布局合理、开放融通的和谐教育生态,实现了优质基础教育资源的拓展流动,有效地缓解了呼市的"择校热"。

第四重是百年校园文脉的涅槃。呼和浩特实验中学的校址,是一处神奇的圣园——两所高校、一所国家级重点中等职业学校在此起步,一所全国知名的中学也加入到这一改革的行列中,这在中国教育史上也极为罕见。

教育改革实验自觉承接城市的百年文脉,激发了生生不息的教育潜能,优化每座校区的成长空间;更直面各分校不同的困境,寻找最佳路径——根治城中村的教学顽疾,破解城乡接合部的办学难,在业余体育学校打出"体教融合"的组合拳……打破城乡隔膜,填平教育洼地,去除教育均衡化障碍,每一次开辟分校,也是在助力城市消弭发展之痛。

集其香木,燃烧再生。这四次涅槃,每一次都是冲破常规、成就新局的亮丽超越,每一次都喷薄出巨大能量、高度智慧,每一次都让当事者热血澎湃,令学习者凝神沉思。

内蒙古在中国教育的版图上一直是滞后追随的印象,砝码不重,声音很弱。而屈惠华校长历经呕心沥血的十多年苦斗,却将内蒙古的中学教育在全国刷出了"存在感",呼市教育改革实验颠覆了人们固有的北疆教育落后的印象,吸引了一批又一批全国同人前来参观学习。

四

当下中国,教育工作者承担着改革传统教育的重任。我国基层教育担负着多元化发展、创造面向世界人才的光荣与艰巨的使命。我们欣慰地看到,屈惠华与同人们主动承担起这样的探索使命,形成了特色明显的教育理念,获得了卓著的成效。

数次的奇迹,发生在一个人的身上,实践在一个学校里,释放在一个集体当中,惠及一座城市,堪称难能可贵。愿屈惠华和她的同人们守住初心,坚持创新精神,让教育改革实验成为这所百年名校的瑰宝。

五

中国人是忌讳死亡的，人明明是死了，但却说是"走"了。人的生老病死乃自然规律，无论是帝王将相或是圣贤豪杰，都不可抗拒这条铁律。窃以为，只有忘记死和不怕死的人才能长寿，只有不怕亡国的国君才能享受昌盛不衰的国运。这是符合唯物辩证法的，因为不怕，他就会有万全之对策。

曲惠华能够从"死亡"中走出来，就是这种"不怕"精神最好的佐证。医学科学家已经证明，人体就是一个庞大的细胞网络，占绝对优势的是健康细胞，但也有癌细胞或坏死的细胞。因此，即使健康的人也是"带癌生存、与癌共处"的，通常情况下，人有免疫系统的保护机制，能够识别并且杀死癌细胞。其实，癌细胞这种东西，也欺软怕硬的，如果你惧怕它，它就会向你进攻，甚至会把你吞噬掉；如果你蔑视它，敢与它抗争，它就退却，以至于逃匿得无影无踪。

美国大卫·卫斯理是南佛罗里达大学健康科学研究中心主任，他因发现了癌症自愈机制而闻名于世。这一重大发现带有偶然性，他在研究心脏血液循环时，观察到心脏除了供血以外，还能够分泌出一种神奇的荷尔蒙，它能够杀死95％的癌细胞。为什么患同一种癌症的人，其治疗效果迥异？这是因为每个人的身体和心理素质不同，因而药效和自愈机制也各不相同。这一点在曲惠华校长的身上也得到了验证，要不然为什么协和医院总共接受医治的9个人中，只有她创造了生命的奇迹呢！

灵魂不灭，精神不死。最后，我真诚地希望在中国涌现出更多的屈惠华式的教育改革家。时势造英雄，英雄造时势，这是辩证的关系。我相信这股源出青城、出自草原的教育原创之力，将以其生生不息之相，滔滔不绝之势，汩汩不停的灵气，爱意拳拳的情怀，不断地传播下去，并不断发扬光大！

兹忝为序。

（本序收入傅东缨著《草原教育诗》，由辽宁大学出版社2021年7月出版）

珞珈子规啼

转变教学观念　培育学生的创造力
—— 《转变多种角色　决胜化学课堂》（代序）

今年 3 月 20 日，武汉晨康科技有限公司总经理皮勇建到楚园来探视，谈话结束后他转交给我一部厚厚的打印书稿，说是受朋友的托付请我为该书写一篇序言。该书主编是张莉波老师，她是湖北省水果湖高级中学化学特级教师，这是集 22 人的智慧共同完成的一部化学教学参考书，也是由张莉波老师领衔的"武汉市黄鹤英才"化学课程改革的一项成果。初步浏览之后，我为他们教学改革的精神所感动，故而我不能不为他们的作品作序。

世界是物质的，物质是无穷无尽的，而且无时无地不处于运动之中。化学起源是在古代炼金术的基础上逐步发展起来的，近代化学诞生于 17 世纪，以英国科学家罗佰特·波义尔把严格的实验方法引入到化学中为标志。科学门类的划分，是以其研究的对象来界定的。以此而论，化学学科是在分子、原子层次上研究物质的组成、性质、结构与变化规律。迄今为止，人类发现与合成的物质有 3700 万种，而且每年还在以 10 万种以上的速度增加。每一种新物质的发现，都代表着人类物质文明的进步。

化学学科是现代教育的一项主要内容，自初中到高中都开设由浅入深的化学课程，其目的是普及化学学科的常识，以及初步了解化学物质的形态、性质、结构及在各个领域的应用。到大学以后，化学作为自然科学的一级学科，承担着培育专业教学与科研以及应用部门人才的重任。从我几十年从事化学科学研究中体会到，化学与其他学科相比较而言，更有利于培育学生的思维方法和创造力，这也使我终身受益。

勒内·笛卡儿（Rene Descartes，1596—1650）是法国著名的数学家、哲学家、物理学家、现代解析几何的奠基人。他在《谈谈方法》一书中指出："最有价值的知识是方法知识。"这是因为知识是具体的、零碎的、死的，而方法已经上升到认识论的高度，是知识背后的智慧，它是认识、理解客观事物的途径，是从事科学研究和通向发现真理彼岸的桥梁。

学习化学课程，不仅使我们获得各门化学知识，而且透过化学知识，还能够使我们掌握诸多认识客观事物的科学方法。一个化学教师，只要是一个有心人，会发现这些科学方法比比皆是。例如，学习化学符号和化学反应式，可以学到抽象思维方法；学习门捷列耶夫周期表可以学会排列组合思维方法；学习化合与分解、氧化与还原、原子裂变与聚变，可以掌握辩证思维方法；学习可逆反应能够有利于我们掌握逆向思维方法；学习结构化学和晶体结构化学，有利于我们学会建模思维方法；学习有机化学置换反应，有利于我们学习替换思维方法，学习分析化学比色分析有助于训练类比思维方法，等等。

在 2500 多年以前，古希腊哲学家赫拉克利特（Herakleitus，前 544－前 483）曾经说过："除却变化，别无永恒之物。"这一特点在化学学科中反映得尤为突出，正是因为化学反应千变万化，所以化学学科又被称为"变化的学科"。我研究创造教育 40 多年，逐步形成了一个观点，认为"变"是创造之源。何谓创造？创造一词的英文是 creation，它是从无到有的过程，是第一、首次、率先、旷古绝伦的行为。我国许多人分不清创造与创新的异同，导致不少人创造观念的缺失。创新（inovation）是从旧到新的过程，泛指改进、改良、革新和刷新等。例如，剧作家将小说家的作品改编为电影剧本，这是创新而不是创造，第一款手机尽管它非常笨重且功能单一，但它是创造，因为它开创了无线电通信的新时代。现在的智能手机几乎是无所不能，但它也只是第一款手机的创新或再创新，而不是创造。

化学学科既是"变化"的学科，又是创造性的学科，可以毫不夸张地说，没有哪一门学科能够比得上化学学科创造出如此丰富多彩的物质。迄今为止，已经人工合成了 9 种化学元素，不仅丰富了化学元素的多样性，而且证实了元素周期表发现人门捷列耶夫深邃的遇见性。在高分子化学领域里的三大材料（塑料、橡胶、纤维），大都是通过人工合成创造出来的，它们在工业、农业、国防、宇航等部门都具有不可替代的作用。

因此，化学学科的教学必须转变教学观念，从"以课堂为中心、以教师为中心、以课本为中心"的传统观念中解放出来。"三中心"的教学模式是德国教育家约翰·弗里德里希·赫尔巴特于 18 世纪末提出的，迄今已经 200 多年了，它已经过时了，尤其严重的是，它不再适应网络时代信息社会的需要，必须以新的模式代替传统的模式。根据信息时代的需要，应当建立以"线上线下学习为平台，以学生为中心，以培育学生创造力为中心"的教学模式。

为了实现这个新时代教学模式，教师必须转变角色，即从满堂灌到引导，从师道尊严到教学相长，从反复做习题到指导学生思考和研究，从重视考分到重视学生的创造力的培育。现在许多教师都高谈立足核心素养，什么是核心素养呢？看来许多人并没有弄明白，其实核心素养就是培育学生的创造力，这也是他们终身最有用的素养。因此，一个高明的化学教师，应当根据化学学科的特点，因势利导地对学生加以引导，在学得化学知识的同时，更要掌握科学方法。

纵观科学发明的历史，实现发明创造的路径是：好奇、观察、质疑、实验、证明（或证伪）。令我们感到欣慰的是，化学学科具备了从事发明创造各种有利的条件，每一个优秀的化学教师，要义不容辞地肩负起培育创造性人才的重任，为实现我国由制造大国向创造大国转变贡献我们的全部智慧！

读《转变多种角色　决胜化学课堂》书稿有感，特写了以上一段赘言。

此忝为序。

第三辑　人生修炼大境界

怎样读懂"我"字

人老了，怀旧之情不禁油然而生，有必要反思自己走过的道路，正如古希腊哲学鼻祖苏格拉底所说："未经过反省的人生是不值得过的"[1]。所谓反省，就是检讨自己的思想和行为，实事求是地评价自己的对错和得失，并从人类社会撷取精华，矫正自己的人生，充实自己的人生，这样才能获得有意义的人生。

怎样反思自己？自己是谁，自己就是"我"。我对于"我"字十分好奇，为什么古代先贤要把第一人称造成"我"的形状？许慎《说文解字》的解释是："双戈向背，兵器也。"另一解释为："我倾斜也，由戈由禾会意。"[2]它们的意思是说，"我"用于自己身上，自己称自己。北宋著名文字学家徐锴在《说文解字系传》中解释："取戈，自持也。"戈就是兵器，氏族社会时代要持戈战斗。但那时都与"禾"的财产联系在一起，表示要以武力保护私有财产。对于他们的释义，我仍然不解，为什么第二人称的"你"和第三人称的"他"，都用单立人做偏旁，而唯独"我"字以戈为偏旁？又为什么以"武器"来蕴意"我"字呢？我带着这些问题请教武大文学院资深教授宗福邦先生，他解释说，人类历史发展是先有语言而后有文字，之所以用武器寓意"我"字，大概是"武"与"我"同音或近音的缘故。又据甲骨文专家的解释，古人以戈作"我"的偏旁，表示以戈自卫、自傲和自豪之意；同时古时口语"我"与"戈"发音相近。

在英语中，古代英语第一人称是用"Ic"来表示的，后来逐渐演变为用一个字母"I"，并且无论是在句首或是句子中，它都一定大写。于是，有人说这是英国个人至上主义的表现。其实，情况并不是这样的，因为在句子中，小写的 i 字，容易与前后的字母联拼在一起，从而失去了第一人称独立的意义。在俄语的 33 个字母中，是以最后一个单字母 я 表示第一人称，其蕴意是表示谦让，个人的利益永远放在最后。对比英语和俄语的第一人称都是单字母，又引起我对汉字"我"的狐疑。"我"字有着诸多的不便,如在查找字典时,"我"的偏旁是什么,撇、横、竖、点、捺等都不是,偏旁并不十分明显,初学者也颇感头疼。过去,乡村私塾的秀才教学生认字读半边,而"我"字的半边是什么?这也难倒了白字秀才。在百思不解的情况下,我自解其惑,这大概是造字的先贤有意把"我"字复杂化,意味着读懂"我"并不是一件容易的事。

袁枚是清代的大才子,他与赵翼、蒋士铨合称乾隆时代"诗人三大家"。他曾经说,知人难,知己更难。一个人活一辈子,学一辈子,知天知地,最难的是知自己。就算天赋过人,勤勉不已,可能到最后才能明白自己是什么人。为什么知己难,为什么读懂"我"不容易呢?

根据我的理解,主要有两个原因:首先是不能严于解剖自我,更难以无情地忏悔自己。我国文学大师鲁迅先生,曾经提出要"更无情地解剖自己",正因为如此,他具有无私无畏的勇气,不仅著作等身,而且敢于无情地鞭挞腐败的政府。勇于解剖自我,就是不仅能看到自己的优点,更能敢于揭露自我的缺点,尤其是见不得人的阴暗之处。17世纪法国思想启蒙家卢梭,曾经出版了《忏悔录》一书,这是他解剖自己的自传,把自己丑恶的灵魂赤裸裸地暴露在世人面前,例如他偷过东西,勾引过女人,与大他12岁的华伦夫人私通,玩弄性施虐癖,等等。卢梭热爱自由,他宁肯拒绝国王提供的丰厚年金也不为国王所用。同时他认为"真"才是第一重要的,离开了真,善和美也都是虚伪的。

世界上美与丑并存,而人也是一样,金无足赤,人无完人。据我所知,世界上还有两本《忏悔录》,一是罗马神学家圣·奥古斯丁所著,二是俄国列夫·托尔斯泰所著,他们都不愧为率真的伟大人物。然而,大千世界芸芸众生,为什么只有三本《忏悔录》呢?因为绝大多数的人都有扬善隐恶的本性,喜欢赞美之词,听不得半点批评的声音,所以这些人就不能真正地认识和暴露自我。

其次是人有两个"我",平时展示的是角色的我,而隐匿了自主角色的"我"。美国有一个特立独行的学者,他叫乔治·赫伯·米特。在某些方面,他有点像中国的孔子,虽然学问渊博,但终生没有著书立说。他像孔子一样,死后由学生们根据他讲课的记录,整理出版了好几本著作。他有一个最具影响的观点:即人的自身是由"我(英文Me)和自我(I)"这两部分组成。[3]也就是说，每个人都是由他自身的角色（独立行为）和扮演的角色（角色行为）所组成。我们可以拿演员来比喻，一个演员所扮演的角色，是根据剧本和导演的要求来展示，无论他扮演的是正面或反面人物，都只是"角色的我"，而不是他的本我。人们之所以很难认识"我"，就是因为他们常常展示的是"角色行为"的我，从而掩盖了真实的自我。例如，时下流行的说套话、假话，就是"角色行为"的典型表现，可惜的是，这些人并没有回归本我。认识到说套话和假话是可耻的，也是要付出代价的。

"认识你自己"——这是镌刻在希腊圣城德尔菲圣殿上的一句箴言，希腊的哲学家们常常用这句话来规劝世人。泰勒斯是古希腊七贤之首，他也是世界第一个哲学家、科学家和天文学家，有人问他："什么是最困难的事？"他回答说："认识你自己。"读懂"我"字与"认识你自己"，这是从不同的角度提出的同一个问题。既然这个问题既重要又如此难以回答，那我们究竟如何才能认识或者是读懂"我"字呢？

首先是实事求是，正确的评价自我，科学的设计自我，成功的实现自我。古希腊三大哲圣之一的柏拉图曾经说："最先和最后的胜利是征服自我。只有科学的认识自我，正确的设计自我，严格的管理自我，才能站在历史的潮头开创崭新的人生。"[④]一个人能否正确地设计自我，关键看能否实事求是地回答：我究竟是一个什么样的人，我有什么长处和短处，我能够成就什么样的事业？一个人如果正确地回答了这些问题，那就算是认识了自己，就能够取得事业上的成功。

例如，艾萨克·阿西莫夫是俄裔美国著名科幻小说家，他与法国儒勒·凡尔纳和英国赫伯特·威尔斯并称世界科幻小说史上的三巨头。他于1948年获得美国哥伦比亚大学生物化学博士学位，并于1951年被聘为波士顿大学医学院生化助理教授，专事生物化学的研究。但是，他并没有被眼前职务所陶醉，他对自己做了冷静客观地分析，并得出结论：我不大可能成为一流的科学家，但我可能成为一流的科幻小说家。他读懂了"我"字，于是他义无反顾地离开了生物化学实验室，回到家中专事科幻小说创作。他一生创作了500部科幻和科普小说，7次获得雨果奖，3次获得星云奖，2次获得轨迹奖，它们都是美国为激励科幻小说创作而设立的。[⑤]在人生的选择中，舍弃是痛苦的，如果当舍而不舍，就可能招致终身的痛苦。令人欣慰的是，阿西莫夫做了聪明的舍弃，从而造就了一位世界最负盛名的科幻小说大师，这也是世界读者的幸运。

其次是要从社会的角度认识自己，因为人是社会的人，任何人都不能脱离社会而存在，也不可能离开他人的帮助而成功。众所周知，埃隆·马斯克是当今最著名和最疯狂的发明家，迄今为止，他创办了 PayPal、Tesla、SpaceX 和 Solar City 等企业，价值分别都超过 10 亿美元。从发明创造的历史来看，任何一个发明的成果，最先都是来自个人的创意，但实现其创意则必须要善于依靠团队的力量。例如，今年 2 月 5 日，美国私营太空探索技术公司把 63.8 吨的猎鹰重型火箭发射成功，这令世界所有的太空技术公司刮目相看[6]。同时，这也意味着登陆和移民火星已不再是遥远的梦想。这么一项巨大的工程，绝非马斯克个人力所能完成。为了完成这项艰巨的任务，马斯克在加州霍桑镇创办了拥有 1500 名工程师的 SpaceX 工厂，他们为猎鹰重型火箭发射成功做出了贡献。

马斯克没有满足已有的成功，正如他所说的："别让任何事阻挠你前进，去创造奇迹！"这不，他又创立了一家新的公司——神经识网，其目的是将人的思维直接输入到计算机里。他的这个创意是来自于输入与输出的不对等。于是，他要把人的思维直接载到计算机中，彻底淘汰键盘、鼠标和控制板等配件，这样就可以实现思维与计算机同步了。马斯克一个又一个的奇思妙想是怎么来的呢？从他创业轨迹来看，他是遵循了"第一性原理"的思维方法。简单地说，第一性原理就是用物理的眼光思考世界，抛弃已有的成见，一层一层剥开表象，直接从本质出发思考问题。马斯克算是真正地认识了自己，所以他总结出的第一性原理，值得每一个创业者借鉴，以便更好地认识和设计自我。

再次认识自己，不仅要有鸿鹄之志的理想，还要有实践理想的能力和毅力。这二者缺一不可，约瑟夫·熊彼特是奥地利裔美国经济学家，他 29 岁时创立了创新理论，一举成为世界著名的经济学大师。1950 年 1 月 8 日逝世，在弥留之际留下让人深思的遗言："行动——光有理想和理论是不够的，只有行动起来，努力改变现状，才是真正对理想的拓荒。"[7]

纵观人类的创业历史，我们发现一个值得注意的现象，创建伟业的人始终只是极少数。这究竟是什么原因呢？我认为是理想与实践不能做到统一。也就是说，有些人空想连篇，但没有实际能力；也有些人踏踏实实地工作，但又没有远大的理想，所以他们都不能成就伟业。然而，那些能够创建伟业的人，无疑就是实践了熊彼特遗言所说的，光有理想和理论是不够的，只有行动起来，将理想和理论付诸实践，那你才能真正地认识自我。

罗丹是法国 19 世纪最伟大的雕塑家，是欧洲雕塑艺术的创立者。但是，他年轻时三次报考巴黎艺术学院，都被拒之门外。然而他没有灰心丧气，而是用一把雕刀砥砺前行，功夫不负有心人，他最终成为世界级的雕塑大师。他从 40 岁开始，接受了制作《地狱之门》的艰巨任务，耗时 37 年，虽然塑造了 186 个不同类型的人物形象，但终究没有完成《地狱之门》这幅巨著。尽管如此，其中的《思想者》《吻》和《爱娃》等都是独立的佳作，足以使他名垂青史。⑧

那么，罗丹是怎么获得巨大成就的呢？这不能不归结于他正确地认识了自我。他知道从事雕塑要靠能窥见美的眼光和精妙的雕刻技术，他把二者巧妙地结合起来了。当他获得成功之后，有人问他从什么地方学来的雕塑？他说："在森林里看树，在路上看云，在雕塑室里研究模型。我到处学，只是不在学校里学。"⑨这并不是他对学校的偏见，而是说明学院式的教条，不仅无助于创造，反而会窒息人们的创造灵感。

从罗丹的回答可以看出，他像许多低学历的大师一样，如莎士比亚、达·芬奇、富兰克林、爱迪生、华罗庚、齐白石、钱穆、陈寅恪等，他们都是正确地认识了自我，也认清了他们所从事职业的特点。他们没有被追求高学历和高学位的虚荣心所裹挟，也没有被功利化的利益所诱惑，因而他们读懂了"我"，进而开创了自己辉煌的人生，这是非常值人们借鉴的宝贵经验。

（本文发表于《阅读时代》2018 年第 8 期）

注释：

①傅佩荣著：《哲学与人生》，上海三联书店，2011 年 3 月第二次印刷，第 101-105 页。

②许慎著：《说文解字》，中国华侨出版社出版，2014 年 2 月第 1 版，第 349 页。

③［美］黄全愈著：《素质教育在美国》，广东教育出版社，1999 年 12 月第 1 版，第 38 页。

④王长沛、陈爱苾编著：《怎样进入 21 世纪——21 世纪的教育》，科学技术文献出版社，1995 年 2 月第 1 版，第 96 页。

⑤［美］阿西莫夫著：《人生舞台》，上海科学教育出版社，2000 年 12 月第 1 版。

⑥郭爽："疯狂"的科技推动者埃隆·马斯克，《新华每日电讯》，2018 年 2 月 6 日。

⑦﹝美﹞杰克·贝蒂著：《管理大师德鲁克》上海交通大学出版社，1999年底1版，底153页。

⑧沈大力：从"地狱之门"进入到艺术天堂，《光明日报》，2017年2月5日。

⑨朱光潜著：《谈美》，安徽教育出版社，1997年2月第1版，第140页。

修身养性三题

在世界四大文明古国中,中国是唯一香火延绵不断的国家,这令我们华夏儿女感到无比自豪和骄傲。从总体上来说,我国传统文化是各种文化和学派碰撞与交融的产物,是数千年历史文化沉淀的积累。其中,有三种文化对中国的历史和文化发展影响最大,它们就是儒、道、佛,这三种文化都非常重视修身养性。中国人的思想修养、心智和人生价值或多或少都受到这三种文化的影响。

"修身"一词,最早出现在《礼记·大学》中,其中说道:"自天子以至于庶人,壹世以修身为本。"这就说明,无论什么人都需要修身养性,只不过有人是自发的,有人是自觉的。自周初士大夫出现以后,他们都怀有报效皇恩的思想,于是从政就是他们的第一要务,而修身养性就成了他们的必修课。同时,他们又是富有文化素养的人,也就成了我国哲学、军事、文化、诗词、绘画、书法的传承者和创造者。于是,"修(身)齐(家)治(国)平(天下)"的口号也就成了他们的毕生追求,虽然并不是每一个知识分子都能够达到这个境界,但毕竟对他们起到了激励的作用。

我作为现代知识分子中的一员,多多少少也受到士大夫精神的某些影响,时刻没有忘记修身养性的告诫。所谓修身养性就是指,使身体更健康,使心智不受伤害,通过自我反省和体察,使身心达到完美的境界。对于每个人来说,修身养性的内容是全面的,是贯彻在人的一生之中的。也就是说,活到老,学到老,修炼到老,直到生命的最后。

岁月如梭,我已到了耄耋之年,但我仍然牢记曾子"吾日三省吾身"的教诲。当然,曾子说的"三省"是一个形象的说法,也有特定的指向。其实,反省自己是时时进行的,不一定限于"三省"。反省与反思具有相近的意思。前者是专指反省错误,而反思是指对某一问题反复地思考和揣摩,修身养性既需要反省又需要反思,唯有如此才能使修身养性达到理想的程度。根据我一生的反思和体察，认识到修身养性需要围绕三个课题来进行。

首先，要把生活习惯调整到最符合健康标准的要求。坦率地说，到了老年我才明白，人们的疾病与健康，除了极少的天灾人祸以外，大多数都是自己酿成的。我国著名心血管专家何大一教授认为，如果一个人活不到90岁，都是自己的错。我认同他的观点，那错在什么地方呢？错就错在，要么是有不良嗜好，要么是饮食、起居有不良的习惯，或者缺乏必要的、科学的运动锻炼。

我自幼的身体健康情况并不是很好，既有先天不足又有后天失调的原因。但是，我非常注意修身，并制定了自律六条：淡名利、忌烟酒、节饮食、常运动、不忧愁、戒暴怒。我的生活起居极其有规律，甚至精确到以分秒、斤两、次数和步数来计算。每日早上5点起床，醒后绝不恋床，晚上9时睡觉，头贴枕即眠。上海昆剧表演艺术俞振飞说"走百练之首"，说明走路是最好的运动，既不需要运动器械，也不受场地限制。但是，走路也是有讲究的，我悟出了散步的"三原则"：一是沿着没有机动车的路线走；二是在林木花草茂盛的地方走；三是冬天在阳光地带走，夏天在树荫底下走，这些都是符合健康要求的。

吃饭、说话和走路三个功能，是人的生命诞生后，依次最先学会的动作。但是，怎样吃才能吃得文明与健康，怎样走才能走得安全与优雅，怎样说才能说得悦耳与幽默，这是需要修炼一辈子的。现在城市的人基本上都是居住楼房，上下楼是每日的必修动作。但是，许多人都不知道上下楼也是有讲究的。及至老年我才知道，上楼是健身，而下楼是伤身，主要是伤在膝盖上，因为全身百多斤的重量下楼时全落在膝盖上。所以，下楼时最好是屈身轻轻移动脚步，不要急速咯噔地往下踏，这样才不至于伤害膝盖骨。

从古稀之年开始，我每日早晚两次做自我保健按摩。早上仰卧在床上做按摩，依次做10个穴部位，大约10分钟；晚上端坐在椅子上，依次做36个穴部位的按摩（或动作），大约45分钟。这些穴部位涉及腰颈肩、四肢、五官、五脏六腑，从头做到脚。其中，有些按摩动作吸取了美国、日本和韩国的健身方法，它们具有预防感冒、高血压、肠胃病、健肝脾、治口腔溃疡和老年痴呆症等作用。

其次，把性格和心智塑造到最完美的状态。性格可以塑造，心智需要靠修炼，二者是紧密相连的，性格是心智外在的形，而心智是性格内在的灵。修身养性需要有良好的心理，我常常说人是会生病的，但心态不能有病；人是会衰老的，但心态不能衰老。要相信心理的力量是强大的，我们虽然不能使年轮倒转，也不能完全避免疾病染身，但我们能够修炼出强大的心态，它可以使我们走出病痛，能够达到延年益寿。我虽然八十有五，但我经常对朋友和来访的记者们说：我是85岁的年龄，60岁的身体，50岁的记忆力，30岁的理想，15岁的好奇心。这是一种什么心态？这就是年轻的心态，它是我至今能够做到学而不厌、诲人不倦、笔耕不辍的精神力量的源泉。

现在，我每日必须做三件事：一是读书，一日不读书脑海变枯海；二是写作，一日不写作脑袋如濯濯（荒山秃岭之意）；三是走路，一日不走路两腿成麻木。自60岁开始，我坚持：每日必读读得新知，每日必思思有新意，每日必写写有新见。这些是求新思想的表现，新与旧是对应的，不断获得新知可以防止思想老化，这是一种健康心智的表现。人们在生活中有不少烦心的事，绝对不能庸人自扰，要通过心智的修炼来化解与排除。心智的修炼需要从心做起，心安理得是一句成语，它是说明只有心安，才能悟得道理。

人上一百形形色色，这是说人们的性格有很大的差异，有的人脾气不好，有的人爱虚荣、好攀比，还有的人自卑，这些都是心智不成熟的表现，通过心智的修炼，是能够得到纠正的。随遇而安是一种最好的心境，但一个人能否做到随遇而安，这是衡量他们心智成熟的标志。不谦虚地说，我现在不仅能够做到随遇而安，而且还能够做到随遇而学，随遇而写，随遇而眠，即使是有不速之客，也不能打断我的思路，待他们走后，我又立即进入最佳的阅读或写作的境界。我曾经开玩笑地说，我是学化学的，我心理平衡常数极大，瞬间就能达到心理平衡。

再次是，要把学术操守（学风）修炼到最理想的境界。我本是学化学的，自从履任大学校长以后，我又开始研究教育理论和创造教育学。在化学方面，我在国内外学术刊物发表近百篇论文，在教育学方面，出版了22本著作和发表300多篇文章。我所说的学术操守，就是指在从事这些学术研究方面所需要的素质和品质。我从实践中不断修炼这些素质。我认为，做学问最重要的是要敢于标新立异。例如，什么叫启蒙？我国学术界都引用德国哲学家康德的定义，他在《道德形而上学基础》一书中说："启蒙就是人类对他们自己招致不成熟状态的摆脱。"这话当然是正确的，但他只说出了真理的一半。于是，我就提出了启蒙真理的另一半，那就是"人们要挣脱外力强加于他们的不自由的状态"。就其重要性来说，后一半则更重要，它才是启蒙运动的真正目的。

为了做到标新立异，必须摒弃人云亦云的趋同思维。2010年11月，清华大学在改革统一招生的名义下，率先拉起了7校招生联盟（群众戏称华约），时隔一天北京大学也建立了7校联盟（戏称北约），随后又成立了"卓越联盟""理工联盟"等。霎时间，全国议论纷纷，不仅没有一所大学出面抵制。反而是纷纷选边站队。但是，这股歪风一出现，我就通过媒体指出，这不是改革，而是拉山头、抢生源。由于他们对改革的理解错误，所以这些联盟必然以失败而告终，最后果然被我所言中。

"实事求是"的学风是做学术研究的根本原则，而"文责自负"就是这一原则的体现。在从事教育学的研究中，我坚持不与人合作写文章和出版书籍，因为这样做不能兑现文责自负。我事必躬亲，过去以校长名义发表的各种讲话，也都是我自己起草，不请人捉刀代笔。2013年9月，《刘道玉演讲录》正式出版，这是过去30年间各种场合讲话的集结，总共85篇演讲计50万字，没有一篇文章是由人代写的。我认为，把他人代写的文章据为己有，是侵犯他人的知识产权，也是不道德的行为。

在修身养性三题中，我用了最符合健康的标准、最完美的心智状态和最理想学风的境界，并不是说我已经达到了这些标准，它们只是我追求终极真理的目标。我认为，一个人给自己设定的目标越高，就能够调动最大的潜能，激励人们向着终极目标逼近。可以肯定的是，只有不断地修炼和完善自己，才能够成为一个高尚和纯粹的人，也才能够成为一个有利于人民和社会的人。

（本文发表于《枣阳人》2017年第2期）

我的后脑有反骨

在芸芸众生的大千世界里，正如没有完全相同的两片树叶一样，也找不出长相和特征完全相同的两个人。我们再缩小到一个人的头部结构，也是极不相同的，这不仅指外形，而且也指脑颅的内部结构，这可能就决定着每个人的智商、智力，甚至将会影响到他们的成才和事业成功与否。

人头部的后面统称为后脑勺，有的人后脑勺的骨头特别凸出，它被称为反骨，也叫作枕骨或后山骨，算命先生称为奇骨。具体位置是在柱骨颈之上和两侧玉枕骨之间。古人说，头有反骨，万中无一。算命师也说，五百年出一个，他日必成大器。其实，在我看来，每个人都有反骨，只是高低各不同而已，就如身体高矮、腿的长短和眼睛大小一样，这些都是由于自身的发育和受外界环境的影响而造成的。由于后脑勺特别凸出的人更容易引起人们的注意，所以往往与某种特异的个性和才华联系在一起。

在《三国演义》第五十三回中，记叙了关羽攻打长沙时，因为黄忠没有用"百步穿杨"射杀他，被太守韩玄推下问斩，在紧急关头帐内闪出一员猛将魏延，手起刀落斩杀了韩玄，从而保住了老将黄忠的性命。然而，关羽引魏延归来，孔明却要推下斩之。刘备问："何故？"诸葛亮说："吾观魏延有反骨，日后必反，故而斩之。"魏延虽然保住了性命，但一直没有被重用，诸葛亮死后，魏延的确反了。小说安排这个情节，是要说明诸葛亮神机妙算，他拥有"识人先识骨"的本领。其实，这是一桩冤案，魏延并没有反意。但是，也有读者查证，"反骨"一词最早在汉代就出现了，据说名将卫青出征前查找匈奴奸细时，发现一士兵后脑有反骨，断定他是匈奴的奸细，即所谓的"反汉之骨"。

按照科学的解释，"反骨"应该有两种：一是物质性的，特指人后脑的后山骨，有的人这块骨头比较凸出，大多数人并不明显，它仅仅就是一个物质的存在而已；二是指精神性的，是把反骨概念化而衍生出来的精神现象，如叛逆精神、质疑精神、批判精神、独立精神、创造精神，等等。怎么看待反骨所蕴含的这些精神，古今有着完全相反的标准。古代是君主制，士大夫阶级大多都有忠君思想，"三纲五常"是他们行事的准则。因此，古时候把叛逆精神视为异端，被斥之为不忠不义的人。但是，这个标准是靠不住的，往往带有封建迷信的色彩。

在教育和科学研究中，反骨精神尤为重要，这一点在日本京都大学表现得十分突出。迄今为止，日本共有20人获得各科的诺贝尔奖，其中京都大学就占7人，如汤川秀树（物理）、福井谦一（化学）、朝勇振一郎（物理）、江崎玲于奈（物理）、利根川进（生理或医学）、野依良治（化学）、赤崎勇（物理）。有记者询问道："为何大多数诺奖获得者都是京都大学毕业的？"诺贝尔化学奖获得者野依良治回答说："这可能归因于京都大学的两大传统：重视基础和反骨精神，即尊重学术研究的自主性和思想的独立性。"

讲到京都大学的反骨精神，我们不能不回顾于1933年发生的陇川事件，它充分反映了京都大学的自由之思想和独立之精神。那时，正是日本军国主义猖狂时期，对外侵略扩张，对内控制思想自由。京都大学法学部教授泷川幸辰在其著作中对通奸罪只用于妻子一方提出质疑，他因此而遭到攻击，被认为是主张共产主义学说。文部省要求京都大学将泷川教授免职，校长不服从，法学部全体教授提出辞职抗议，学生抗议声援，这就是著名的"泷川事件"。20年以后，泷川幸辰教授成为京都大学第十五任校长，进一步发扬了反骨精神。2008年，京都大学专门设计了研究生毕业纪念肩带，上面用唐朝颜真卿字体书写："守正不阿，威武不屈"，以此彰显京都大学的传统信念和反骨精神。

反骨与叛逆精神之间是否有因果关系，似乎没有人对此进行过专门的研究，也没有见到对此有关的科学结论。依我看，把反骨与反叛精神联系在一起，可能就是因为两个"反"字的偶合。医学骨科专家认为，人的头骨的形状和骨块的数量是相同的，没有谁比谁多一块或者少一块。有人查过骨相学，也没有找到任何文字的解释。从已知历史记载，政治人物比较喜欢使用"反骨"一词，他们是以此打击持不同意见者。也许，尚有没有反骨而富有叛逆精神者，或者有反骨而又没有敢于放言者，这些都是有可能的。反骨只是一个物质的存在，它并不会衍生出反骨精神，反骨精神的养成是从一个人的学习、生活和工作的复杂经历中逐渐形成的，也取决于每个人的信念和价值观。

在过去很长的时间里，我并不知道自己的后脑有反骨。大约是2003年，我在撰写自己的传记《一个大学校长的自白》，实际上是总结自己一生的经历，认识自己到底是一个什么样的人。这一年我年届70岁，是孔子所说的"随心所欲，不逾矩"。我认为，在中国现实社会的情况下，孔子的这两句话是矛盾的，你要想随心所欲，就可能逾矩，若要不逾矩，就不能随心所欲。这时我突发奇想，我是否有反骨呢？我好奇地摸摸自己的后脑勺，令我十分吃惊，我的后脑勺凸出得很高，就像是儿童玩的木制陀螺的尖头一样，这时才发现我原来也是一个有反骨的人。

在自传中，我写道："最能代表我秉性的有以下几条：说话明明白白，不留有余地，办事勇往直前，不留后路；思若大海，行如天马；不违心、不唯上、不当工具、不做奴隶；案不留牍，文不过夜，来者不拒，有求必应。"我生性率直，这是从小形成的，这种个性在现实社会中是会吃亏的，一些好心的朋友劝告我说："好汉不吃眼前亏，大丈夫能伸能屈，该检讨要检讨。"而我对他们说，大丈夫有两种：一种是能伸能屈，另一种是宁折不屈，而我崇尚后一种。也许是因为我的名字中有一个"玉"字，所以我很欣赏玉的品格，宁为玉碎而不瓦全。我有自知之明，这些个性是不适合当官的，所以我誓不为官。

我从事教育工作前后有60多年了，毫不隐晦地说，我是中国教育史上的一个异见者。所谓异见者，是指在对待国家教育部的规划和政策上，我与他们的意见几乎都是相左的。我经常能够能言他人之不敢言，言我之所想言。仅就20年以来，我就发出了诸多不同声音，对教育界一些现象提出质疑和批评。

在我的个性中，还有点"抗上"的精神，崇尚"生不愿封万户侯，生不屈膝拜君王"的信条。1988年2月10日，正当我在基层调查研究，准备制订武汉大学第二个五年改革规划时，教育部和湖北省委，不顾绝大多数教职工和学生们的意愿，以传真电报的方式免除我校长职务。我并不留恋这个职务，但他们完全违反民主程序，事先已与接替校长者谈了话，而我却被蒙在鼓里。我被免职3个月以后，湖北省委办公厅通知我："关广富书记想请你来省里谈谈话。"我回复说："时过境迁，谈话已无必要。"此后，办公厅又两次来电话约我去谈话，我毫不客气地说："免职以前，关广富与我是上下级关系，他约我谈话，我不得不去。可是免职以后，我们已不再是上下级关系了，他要想谈话可以，但必须按照礼贤下士的规矩，他应当来寒舍拜见，而且必须是步行来见，坐专车来，拒不接待。"来电话者气得把电话挂断了。

我当校长只想按照自己的理念办学，不想听从任何官员的说教，因为他们都不懂教育。我热爱教育，真是爱之深、责之切呀。对教育中的不良现象总像是如鲠在喉，不吐不快。在 80 年代担任过大学领导工作的人中，仍然在研究教育，呼吁教育改革，撰写教育文章者，我可能是唯一的一个人了。如今我已八十有五，右耳失聪，两眼视力低下，右手不能写字，是一个高度的残疾人。所幸的是，我的思维非常清晰，记忆力尤佳，这是我得以继续学习、思考和写作的基础。我将继续扮演一个教育异见者的角色，希望看到中国的教育颠覆性的改革，把被应试教育压抑太久的青少年的智慧解放出来，再现我中华古老书香文明之邦的辉煌！

（本文发表于《枣阳人》2018 年第 1 期）

怎样做好自己清醒的梦

在数万计的汉字中,"梦"字无疑是最神秘的汉字之一,能引起人们无限的遐想。同时,由"梦"字又衍生出了许多美丽的传说和故事,而且梦想也一直在激励着华夏民族不断地奋进。那么,什么是梦,又如何实现我们的梦想?汉字源于象形文字,从字面上看,"梦"字上面是一片林子,夕阳下沉到树林的地平线之下,意味着夜幕将至,人们也将入寝,爱做梦的人即将进入梦乡。这是我望字生意对"梦"的解释,当然这只是戏说而已。

权威的解释应当是许慎的《说文解字》,其中对"梦"字的解释是:"梦,不明也。从夕,瞢省声。"它的意思是说,梦是不明不白之意。字形采用"夕"做偏旁。以省去了目的"瞢"做声旁。继而,"莫忠切。又亡切",他又进一步说明,梦中的事物没有哪一种是符合实际的,就犹如向帝王奉献供品,梦醒后供品也就不见了。总之,梦是虚幻的,是一种潜意识的心理活动。

究竟什么是梦,怎样解释梦?数千年以来,许多科学家、哲学家、心理学家们,耗费了毕生的精力,力求揭开"梦"的神秘面纱,但人们的见解依然是众说纷纭,莫衷一是。奥地利精神病科医生弗洛伊德是精神分析学派创始人,他不仅发现了人做梦的现象,还于1895年撰写了《梦的解析》一书,精辟地阐明了梦的本质:"梦,并不是无中生有的,它们并非是毫无意义的、荒谬的。相反,它们是绝对有意义的精神现象——欲望的表达。"他认为做梦的机制是:"梦程序的一个最明显的特征就是某种思想或某些意欲的思想都物象化了,且以某种情景来表现,好像是亲身体验过似的。"[1]

早在100多年以前,做清醒的梦就被人们发现,并且一直在探索其原因。2010年7月,美国电影《盗梦空间》在北美上演,这是一部悬疑心理学电影,该故事游走于梦境和现实之间。它讲述了一个造梦师带领一个特工团队,潜入他人的梦境,企图盗窃机密,并且重塑他人梦境的故事。这部电影公演以后,在世界引起了轰动,它一举获得了第83届奥斯卡金像奖等多个国际大奖。

在《盗梦空间》中，盗梦、造梦和清醒梦这些词汇极大地吸引了科学家、心理学家们，促进了他们对清醒梦的研究。美国林肯大学高级讲师帕特里克·伯克对68名18—25岁的做梦者进行了观察，他们发现有的人根本没有做过清醒的梦，而有的人一个月做好几次。研究者要求受测试者回答30道考察洞察力的试题，结果爱做清醒梦者多答对了25%的试题。由此，他们认定爱做清醒梦者的洞察力更强，智力和创造力也比较强。美国佐治亚理工学院的心理学副教授埃里克·舒马赫，用核磁共振对100多名受试者进行观察，他发现那些在白天工作中思想爱走神的人，是白日做梦者，他们的智力和创造力也比较高，因为他们思考能力过剩，所以在从事简单工作时往往思想走神。[②]

怎么界定是清醒的梦或不清醒的梦呢？伯克博士认为，那些呼呼大睡的人，醒来仍然能够记得自己做过梦，并且能够记得梦的大部分情节，这就是清醒的梦；而那些醒来完全不知道自己做过梦的人，就是不清醒的梦。

我是一个爱做梦的人，而且大多做的是清醒的梦。出于好奇，我按照阿拉伯民间故事《一千零一夜》的套路，用了一年两个月又28天的时间，记录了395天的梦，总共1001个梦。其中，有19天夜晚是无梦的，有51个晚上做的是不清醒的梦，而清醒的梦多达950个，占整个梦的94.9%，这充分证明了：我是一个清醒的做梦者，这恐怕是迄今极其罕见的现象。在众多的梦中，既有噩梦也有爱情梦，但更多的是关于教育改革、学术活动和与师生们一起参加的活动，这是符合我的爱好、职业与经历的。我之所以能够记录下这些梦，前提条件是我非常会睡觉，梦醒后做记录，随后我立刻进入梦乡。一般每个晚上会做两三个梦，最多的是一个夜晚做六个梦，甚至曾经做过睡醒前后间断的连环梦。

我初步分析了这些梦的内容，它们是我熟悉或不熟悉的环境，我认识的人或不认识的人，我经历过或没有经历过的事件的无序组合。它们大多是以视像而显现出来的，这与弗洛伊德的研究结论是符合的。这些视像是真假混杂的，真中有假，假中亦有真。我自认为洞察力、联想力和记忆力很强，及至到了耄耋之年以后，我仍然具有惊人的记忆力，这是我至今能够学而不厌、诲人不倦、笔耕不辍的精神能量的基础。初步分析，我的这些特点与美国帕特里克·伯克的研究结论也很符合，今后我还将继续对我《似水追梦》的三本记录资料进行分析和研究，以期发现更多的规律。

俗话说：白日做梦，痴心妄想，所以人们常常把白日做梦当作一个贬义词。其实，白日梦与清醒梦既有关但又不是一回事。白日梦当然是清醒的梦，但夜晚的清醒梦并不等于白日的清醒梦。现在，我们所说的白日梦的意义已经发生了转移，它是指人们在思想清醒的状态下都应当有梦想，从自己的实际情况出发，设计自己的理想人生，怎样做一个高尚的人，有利于社会的人。

我国改革开放30多年以来，已经涌现出大批成功人士，他们既创建了自己庞大的企业，又为国家建设做出了巨大的贡献。纵观他们成功的道路，我们发现他们都是有理想的人，是善于白日做梦者。20世纪80年代，是武汉大学教育改革的黄金年代，在解放思想的导向下，那时的大学生们都怀着美好的梦想，立志要成为杰出的人才。

哲学系78级学生艾路明是一个敢于吃螃蟹者，在没有任何保护措施的情况下，他只身从武汉下水漂流长江到上海，全程1125公里，堪称一个奇迹。他还组建了一个多学科讨论会，给它起了一个昵称叫快乐学院。这个快乐学院就是一个梦想剧场，参加这个社团的学生，个个都是超级自信者，他们都要成为"九头鸟"（意为最聪明的人）。他们都是梦想的真正实践者，至今有的成了著名的企业家，有的成了中国科学院的外籍院士，有的成了国内外的著名学者，也有的成了各级政府的高官。他们没有让人们失望，实践了当初的诺言，他们因梦想而成功，因成功而感到自豪。

在武汉大学社团蓬勃发展时期，经济系79级学生陈东升和毛振华居然组建了一个蟾蜍（癞蛤蟆）社，表明他们立志敢闯月宫要吃天鹅肉的大无畏精神。这种敢为天下先的精神，一直支撑着他们的梦想。他们年轻有为，本来仕途亨通，但却于1992年毅然辞职下海，成为"92派"的领头羊。他们分别同时创建了中国嘉德国际拍卖公司、中国泰康人寿保险公司和中诚信国际评估公司，事业如日中天，他们都成了全国有影响的企业家领袖。

雷军是由武汉大学走出的另一个著名的企业家，他的成功也是源于他的白日梦。在大学一年级时，他在学校图书馆偶然读到《硅谷之火》这本书，他的大脑就像是触了电一样兴奋，使得他几个夜晚都不能入睡。他绕着学校大操场一圈又一圈地溜达，立志要创建一个像苹果公司那样的世界著名公司。这是硅谷之火的灵感点燃了他胸中创业的火种。这是他18岁的梦想，并一直在他胸中不停地躁动。大学毕业前后，他曾经在珞喻路电子一条街闯荡，在北京中关村科技一条街闯荡，他辞去航天部某研究所的职务，加盟过香港金山软件公司，并且把濒临困境的金山公司打理成为上市公司。但这一切成就，都没有使他淡忘18岁的初心——创建一个像苹果公司那样的著名公司。2010年4月6日，雷军于40岁时创办了小米公司，并且一炮打响，迅速成为我国互联网手机业界的领袖。他提出要以智能化改造制造业，人们已经感受到小米公司来势汹汹，一个以智能化制造的时代已经来临！

无数的实例都证明，你想要成功吗？那就要有梦想，要学会做白日梦。怎样才能做好自己清醒的梦呢？一切成功人士的经验都可以借鉴，但绝不能模仿，因为模仿只能亦步亦趋地跟在别人的后头，而不能成为一个成功的创业者。依我之见，一个清醒的梦想者必须做到以下三点：

第一，要正确地设计自我，树立既是宏伟的又是切实可行的理想。要做到正确设计自己的理想人生，必须认认真真地回答：我是一个什么样的人，我的真正兴趣是什么，我有哪些优势与不足，我将成为一个怎样的人？在自我设计时，切忌随波逐流，贵在标新立异，敢闯前人无人涉足的疆域，千万不要委屈自己，成为你自己最想成为的那个人。

第二，要实现自己清醒的梦，必须找到创业的"三点"。这三个点就是空白点、发展点和支点。空白点也是起点，这是被称为"日本的爱迪生"的盛田昭夫提出的[3]，他形象地说，画两个不等半径的圆，使他们交叉，一定在交叉处形成一个空白地带，这就是创业的起点。创业不能仅仅停留在起点，还必须找到发展点，使企业迅速地壮大，起到支柱的作用。支点是创业三部曲中最重要的一个点，古希腊伟大数学家阿基米德说："给我一个支点，我可以撬动地球。"这就说明，创业中最难的是找到支点，这样才能够把你的事业做得无与伦比，也才能使自己立于不败之地。

第三，要有强大的心理素质，相信毅力和坚持是力量。创业是有风险的，不仅需要创造性的灵感，而且还需要笃行不移地坚持。纵观30多年的创业者，他们就像是大浪淘沙，有的被大浪冲走了，没有再爬起来，有的是呛了几口水，最后站立起来了，成为笑到最后的胜利者。

在五彩缤纷的大千世界中，人们的理想是多种多样的，不可能都成为企业家，也不可能都成为高官。因此，人们的人生设计也应当是多种多样的，但成功的人生设计离不开清醒的梦。应该说，每个人只要正确地设计了自我，竭力践行了自己的梦想，成为自己希望成就的那个人，那么他们的人生就是无憾的人生，也是幸福、快乐的人生！

（本文发表于《学习月刊》2018年第3期）

注释

① ［奥］弗洛伊德·西格蒙德著：《梦的解析》，作家出版社，1986年版，第426页。

② 《参考消息》2014年9月17日；2017年10月26日。

③ ［日］盛田昭夫著：《日本的爱迪生盛田昭夫》，中国经济出版社1992年版，第136页。

怎样做一个会读书的人

纵览古今中外，自文字和印刷术发明以后，只要不是十足的文盲，人们都有过阅读的经历。但是，人们读书的境界，读书的多少和收效是完全不同的。随着各级教育的普及，读过书的人越来越多，但是读过书、读书人和真正会读书的人是不同的，他们的区别简直判若霄壤。毫无疑问，那些杰出人才，一定是爱书、爱读书和会读书的人。

什么是读书人呢？民国时期杨玉清先生在《论读书》一文中写道："以读书混文凭的人，不是读书人；以读书为混官做的人，不是读书人；以读书为时髦、为装饰品的人，更不是读书人。"他在文中使用了一个"混"字，指出了某些人读书不纯的动机。从 90 年代初开始，我国官场上的官员和商场上的老板，利用权钱交易从大学获取硕士或博士学位，以混文凭作装饰品的心态，亵渎了研究生学位的真正学术价值。我们还应当看到，虽然我国已经实现了高等教育的大众化，有些地区甚至达到了大学普及化的程度。但是，通过各种途径进入大学混文凭的人，其数量也是不可低估的。

那么，何为真正会读书的人呢？从整体而论，读书有会读与不会读之分，不会读书的人居多，而会读书的人可能只是少数。不言而喻，那些读书时心不在焉，囫囵吞枣，食而不化，知其然而不知所依然，书读完以后便抛之九霄云外的人，当属不会读书人之列。凡是会读书的人，他们深知读书是一种心灵活动，必须营造一种恬适娴静的心境，唯有此时方可进入书籍的浩瀚世界。他们通过读书，以达到开茅塞、除陋习、得新知、长见识、养灵性、增智慧的目的。如果每一个人都能够达到如此的心境，通过读书达到增智慧的目的，那无疑就是会读书的人了。

清朝文学家张潮在《幽梦影》中写道："少年读书如隙中窥月，中年读书如庭中望月，老年读书如台上玩月，皆以阅历之浅深，为所得之浅深耳。"他以"窥""望"和"玩"三字形容读书的态度，也恰好反映了不同年龄的人的读书心境。我已是一个耄耋之年的老人了，一生都在与书打交道，读书、教书和写书成了我全部的精神寄托。依照张潮的论点，现在我也到了"台上玩月"的阶段了，因为读书的功利性对我已经没有任何诱惑了。什么叫作"台上玩月"？我理解所谓的"玩月"，就是完全摆脱读书的功利性目的，以超然的态度，欣赏知识的美，品味知识的真正价值，以及隐藏在知识背后的智慧。

我虽然是一个年老的读书人，但绝不敢自诩是一个真正会读书的人。至今，我仍然还在苦苦地求索，可谓愚者千虑终有一得，愿意与广大青少年们交流读书的心得。我的体会主要有两点：

首先，读书贵在于精，包括精选、精读和精思，这是每一个名家读书的共同心得。宋朝欧阳修四岁丧父，因家境贫寒既无钱上学，也买不起书，由母亲向四邻借书，他完全靠自学而成为唐宋八大家之首。因而，他最懂得读书和做学问的真谛。他说："读书趋简要，言说去杂冗。"这是一句至理名言，既指明了读书贵在于精的道理，又阐明了著书立说必须言简意赅。

可是，在"好大狂"的思潮影响下，现在图书的开本越来越大，字数也越来越多，20世纪80年代初期的小开本图书已经难再寻觅。现在无论是学术著作或小说，动辄数十万言，有的甚至百万字以上。目前，连研究生的论文多数都是10万字以上，有的甚至多达20万字。可是，在民国时期和国外的学者，他们最富有创造性的著作都是少而精的。例如，民国时期国学大师王国维的《校注人间词话》，其中曾经创立了"境界说"，但仅有小32开本70页，只不过4万字。曹聚仁先生的《中国近百年史话》，叙述百年历史仅有5.5万字，如果由现在的大学教授们来撰写，可能至少要写上百万字。

又如，詹姆斯·沃森和弗朗西斯·克拉克发现DNA双螺旋结构的论文，发表在1953年4月25日的英国权威杂志《自然》上，该文仅有960多个字，但却获得了1962年诺贝尔生理或医学奖。约翰·纳什在22岁时，以仅27页的论文获得普林斯顿大学博士学位，其中发现了"纳什均衡"的博弈论。他30岁时突然患了妄想型精神分裂症，但30多年后竟奇迹般地康复了，并获得1994年诺贝尔经济学奖。美国罗伯特·哈钦斯曾任芝加哥大学校长21年，被称为永恒主义教育家，他撰写的《乌托邦大学》为32开，86页，是一本十足的小书，但却蕴含着教育的大智慧。

显然，要想读小而精的书，必须改变我国当前学术界追求多而杂的著书风气，只有著作者提供精致的作品，读者才能读到精品图书。我国当前的学术状况是，许多学者著书而不立说，时兴主编或合作编书，这是快捷出成果的诀窍。试问：古今中外的传世经典著作，有哪一本是合作编写出来的？一本极有创意的著作，其核心观点及其论证，充其量几千至多几万字足矣。然而，现在大部头的著作，多数是故弄玄虚，或者是为了赚取稿酬，不仅对读者毫无启迪作用，而且令读者感到厌烦，这也是导致当今不少人不愿购书和读书的重要原因之一。

其次，读书的目的不仅仅是读懂，更需要读"通"。通常，学校的老师问学生："书你读懂了没有？你们学会了没有？"其实，读懂只是限于被认知的某个学术理论或观点，这只是浅层意思上的理解，学习不能仅仅停留在这个认识阶段。从认识论上说，人的认识有三性，即感性、理性和悟性，它们是不同层次的认识能力。人们通过五官对外部世界进行感触，获得对客观事物的初步认识，这是感性认识阶段。感性认识的目的是"知"，也就是知道了感触到的事物是个什么东西。人的认识有待进一步深化，进入到理性阶段，它不再需要再经过五官，而是通过思维加工，把观察到的事物彼此进行比较、判断、抽象，经过去伪存真，以便得到理性的认识。因此，理性认识的目的是"真"，也就是更深刻、更完全、更正确地反映自然的本质。

但是，到此阶段人的认识仍然没有结束，还需要深化到"通"的阶段。为什么说"通"是读书的最高境界呢？这是因为"懂"仅仅限于某个事物本身，而"通"则已超出事物本身，把不同的事物联系起来了，所以"通"比"懂"为更高的层次。在汉语词汇中，有通达、通彻、通晓等语汇，都是指对某一事物透彻的了解之意。我们常常所说的"触类旁通""融会贯通""博古通今""心有灵犀一点通"和"一通百通"等，都阐明了"通"字的深刻蕴意。

那么，怎么才能达到"通"的境界呢？这就要靠"悟"，悟是通向智慧的唯一途径。古人说，学必悟，悟而生慧，因此悟性之有无是区别读书人优劣的主要分野。悟性是能够学会的，但却是不可以教授的。一般来说，悟性的获得是在娴静的冷环境中，通过自己反复揣摩，不断地内省、反思、渐悟、顿悟，从而获取智慧。渐悟与顿悟都是获得智慧的途径，不同的渐悟是逐渐的，而顿悟是突发的灵感，像创造性的灵光一闪念就是顿悟。窃以为，读书人只有获得悟性，才能达到"通"的境界，方算得上是一个真正会读书的人。

（本文发表于《阅读时代》2018年第8期）

我恪守的两个信条

我是一个非常普通的人,既没有超人的智慧,也没有显赫的能力。实事求是地说,我的本事不大也不多,倒是真情不淡也不少。我之所以能够走到今天,在学术与工作上取得些微的成绩,全靠"勤"和"俭"二字,它们是我毕生恪守的两个信条,是我不懈前进的动力。

"勤"自然是勤奋、勤勉和勤劳之意。宋朝邵雍在《弄笔吟》中,有"将勤补拙总轮勤"的名句,后来遂成"勤能补拙"的成语。我出生在贫穷落后的农村,是在农村私塾接受的启蒙教育,识字以后背诵的头一篇唐诗就是李绅的《悯农》,他情真意切地写道:"锄禾日当午,汗滴禾下土,谁知盘中餐,粒粒皆辛苦。"我是经历过"劳其筋骨"和"饿其体肤"的人,深知农民的艰辛,粮食的匮乏。环境的艰难,使我从小养成了勤劳和俭朴的习惯。这些朴素的素质,对我日后的学习起到了很大作用。实际上,我的全部求学之路,就是贯穿由苦学到巧学再到博学的过程,这些都是建立在勤奋的基础上。

俭是俭朴、俭省、俭约之谓也。俭是一个人重要的品德之一,诸葛亮在《诫子书》中有"俭以养德"的名句,这说明俭朴不仅仅只是生活上的问题,还是关乎人们德行修养的大事。同样的,由于从小经历了太多苦难,自然养成了节约的习惯。在参加工作以后,即使经济和生活条件有了极大的改善,我依然严格要求自己,一把简易塑料剃须刀使用了 40 年,一件衬衫穿了 30 年,一支圆珠笔杆也使用 10 年。在日常生活中,自觉做到不浪费一瓢水和一粒米。我认为,即使是一个亿万富翁,他也没有权力浪费生产和生活资料,因为人类的资源越来越匮乏,保护和节约物资资源是人类共同的责任与美德。

参加工作以后,我被派往苏联留学,回国以后从一个普通教师一步一步地走上了大学校长的位置。一个人地位变了,但思想作风不能变,我依然恪守"勤"和"俭"的传统。我被任命校长以后,学校总务处给我家中送来一对沙发,说在家接待客人需要,但我把它退还给了学校。学校说要给我配专车,我说不需要，坚持走路上下班，到省政府开会我骑自行车往返。我之所以坚持这样做，是为了联系群众，在上下班的路上，教师和学生随时可以拦住我反映意见，这就不会产生官僚主义。

在20世纪80年代，教授们的住房都很狭窄，即使好不容易新建几栋三室一厅的教授楼，人们都眼巴巴地等待分配。为此，我三次把分配给我的三室一厅的住房让给其他教授，我坚持全校比我年纪大的教授没有住上三室一厅，我就不住教授楼。在工作中，我坚持事必躬亲，所有发言稿不让人捉刀，坚持面对面地领导，尽可能地到基层解决问题。凡是教授有事找我，不能要他们劳步，我亲自去家访，当面解决他们的问题。

解放思想和改革开放，是80年代的主旋律，我真诚地拥护改革，身体力行地投入到改革的大潮中去。我亲自到基层调查研究，在学校开座谈会，支持教师与学生们改革的建议，大力倡导自由民主的校园文化，实行了学分制、插班生制等一系列崭新的教学制度。当时，武汉大学的改革在全国引起了强烈反响，媒体称珞珈山（学校所在地）是"解放区"，武汉大学是中国高等教育战线上的"深圳"。

俗话说，树大招风，由于武大教育改革的影响太大，引起了前国家教育部主要负责人的不快。他利用手中的权力，在1988年春节前夕，以突然袭击的方式免除了我的校长职务，并剥夺了校长应当享受的待遇。消息传出，北京几家媒体准备组织南下"声援团"，武大的干部和教师也准备组织北上"请愿团"，但在官本位的国度里，这一切都是无济于事的。

但是，教师们有权对一个改革者表达他们的敬意。这年春节期间，几位教师自费给我赠送了一幅玻璃镶嵌的字画。它是由一副对联和一方墨水劲竹画组成的，以行书写的对联是："清风细雨见高洁，朝曦夕照得春晖"；几枝劲竹中间写有"高风亮节"四个字。这是一份珍贵的纪念品，是对我勤政亲民和励志改革的认可与奖赏。尽管我因免职失去了很多，但有这一份珍物，我已足矣。这份赠品，我已经保存30多年了，作为文物还将永远保存着！上海《生活月刊》得知这份珍品，派专人来拍照，将这幅珍品与我的信条刊发出来，以飨读者。

（本文发表于上海《生活月刊》2013年第5期）

珞珈子规啼

我不能写这封推荐信

2017年4月19日下午,我突然接到一个电话,对方自称是我的学生。由于我的听力不济,我请当时在我家的研究生孙会平接听,她请对方把要求以短信发到她的手机上。对方写道:"我是刘校长的学生,他于2013年8月给我的书《恩师浩瀚》写了序言,我终生难忘。现在湘潭大学准备推荐这本书,申请吴玉章人文社会科学优秀成果奖,恳请刘校长写一封推荐信。"孙会平问我:"你写不写这封推荐信?"我说:"我不能写。"她又问:"你为什么不写?"我说:"我有自己的学术原则,绝不推荐不符合标准的著作,不能坏了自己的名声。"她又问:"那我怎么回复他?"我说:"你就直言相告,他的著作不符合评选的范围,也不符合评选的标准。"

吴玉章是革命家,跨世纪老人,与董必武、徐特立、谢觉哉、林伯渠并称为"延安五老",他是中国人民大学创始人和首任校长。为了纪念这位功勋卓著的教育家,中国人民大学于1983年成立了吴玉章奖金基金,2002年又更名为吴玉章基金。吴玉章基金由基金委员会管理,下设吴玉章人文社会科学奖(2010年开始)和吴玉章人文社会科学终身成就奖(2012年开始)。这两个奖项涵盖了马克思主义、哲学、教育学、经济学、法学、史学、新闻学和中国语言文学等八个领域。人文社会科学奖分为特等(奖金8万元)、一等(5万元)优秀(2万元)和青年奖(1万元),而终身成就奖的奖金高达100万元,是中国高校奖金最高的,堪与国家最高科学成就奖相媲美。

很显然,以《恩师浩瀚》申请吴玉章人文社会科学奖是不明智的,也是自不量力的。这本书内容究竟是什么呢?它是作者退休以后,以口述的方式,由一个中学教师记录,另一个教师整理的一本回忆录,内容包括父母、小学、初中和高中老师的教诲,记录了作者对老师的感恩之情。这本书总字数有24.1万字,文字叙述一般。从尊师重教的角度,这本书有其特点,也是有宣传意义的。我之所以为该书写序,是因为作者是武汉大学的校友,我历来信奉"有求必应"的箴言，一般不让有求于我的人失望。

但是，写序言与写评奖推荐信是完全不同的两回事，后者必须符合评奖的条例和标准。《恩师浩瀚》这本书，从学科归类来看，很难归属到吴玉章人文社会科学奖的八个学科的范畴，如果勉强划分的话，只能把它以自传体裁归属到文学类。但是，无论是从这本书的体量或质量来评判，它绝不能算是一本上乘之作，也难获得任何级别的奖励。在回绝写推荐信的那一刻，我甚至怀疑该书是付出版费出版的。经过我向出版社求证，果真作者付了两万元的出版费，从严格意义上说，该书并不能算是一本正式的学术著作。令我吃惊的是，作者所在的大学，也极力鼓动作者申报吴玉章人文社会科学成果奖，这简直是不可理喻，学校管理部门不仅不把关，而且把这样买书号出版的作品申报成果奖，完全丧失了学术规范。

这件事使我看到学术界之乱象，尤其是高校大发展后带来的恶果。现在，正如有人形容的，教授扒堆，出版社满天飞，论文都是胡吹。但是，学术质量又如何呢？为什么现代没有学术大师？为什么没有传世的经典著作？这是因为人们心态浮躁，追求虚荣心，真是不乏叶公好龙者。据我了解，不少人没有把心思用在扎扎实实地做学问上，而是沽名钓誉，把拉关系、找路子当作获取功名的手段。这真是，此一教授而非彼一教授，此一大学而非彼一大学也。

我对境界的认识与修炼

"境界"一词在我国古来有之,最早出现在《诗经·大雅·江汉》中。但是,境界最早的含义是指地域之意,佛教自两汉传入中国以后,抽象意义上的境界遂流行起来。尤其是著名学者王国维先生创立"境界说",对于境界的研究与应用越来越多,并且反映在各个领域。他在《人间词话》中写道:"古今成大事业者、大学问者,必先经过三种境界:昨夜西风凋碧树,独上高楼,望断天涯路,此第一境界也;衣带渐宽终不悔,为伊消得人憔悴,此第二境界也;众里寻他千百度,蓦然回首,那人却在,灯火阑珊处,此第三境界也。"王国维的绝妙之处在于,他从宋代诗人柳永、晏殊和辛弃疾的三首词中,各撷取一个佳句,巧妙地组成"境界说",这是他"磅礴万物"智慧的体现。

众多的评论认为,这是王国维先生关于诗的三种境界,但我认为这是狭隘的。为什么这么说呢?因为王国维先生明明白白地说,古今成大事业者、大学问者,必须经过三种境界,所以我认为这也是创业的境界,尤其是做学问的境界,自然包括诗的创作。

继王国维先生之后,我国现代哲学大师冯友兰先生,于1942年在《新原人》中也提出了境界说。他认为,人生境界可以分为四种:即自然境界、功利境界、道德境界、天地境界。前两种境界,可以说是生而俱有的,不需要接受教育,是人生存本能的反应。道德境界是需要修炼才能形成的,认识到自己是社会的一分子,应当为社会尽自己的一份责任,遵循社会的公德。天地境界是一种高境界,是通过进一步修炼,逐步提升精神灵性,凡是穷究天地万物终极真理的人,皆属于这样的圣贤或学术泰斗。

我常常思考这样一些问题,自春秋战国以来的两千多年中,为什么再没有出现过老子、孔子、孟子这样的大圣人,甚至像屈原、朱熹、王阳明、纪晓岚这样的大学问家也未曾出现过。这既有社会的问题,又有教育的问题,二者又是互相联系的。从社会层面上看,现代社会越来越功利化、商业化和世俗化,从而破坏了教育赖以生存的圣洁的净土。从教育方面来看，整个教育价值观和评价教育及教师的导向都错了。现在的大学，除了灌输知识以外，既不对学生开设如何进行思维、如何启迪智慧的哲学课程，也从不引导学生如何进行心灵的修炼。我不无遗憾地说，古人的散淡、恬静、辞让，古人的安贫乐道，古人耐得住寂寞的心境，而今都消失得无影无踪，所以也就不可能再现古代的大圣贤，或是创始学派的领袖级的人物。

境界与心灵的联系是最为密切的，境界是一种心灵的力量，而这种力量是只能意会不可言传的。人们做任何事情，无论是读书也好，创业也好，每一步都有不同的境界，而境界的高度将决定你是否能够成才，决定你创业成就的大小。我认为，对于大学生来说，其学习境界有三种：即感性境界、理性境界和悟性境界。在感性阶段，只知其然而不知其所以然，获得的仅仅是知，即知道但不一定理解了。在理性境界，不仅知其然而且知其所以然，达到懂的程度，即真正的理解了。在悟性境界，应能达到知其超然，即超然于物外、超然于自我，达到通的目的。悟与通是密切联系的，只有悟才能通，这是学习最高的目的，所谓融会贯通、触类旁通、博古通今、一通百通，心有灵犀一点通，就是这个意思。纵观学术发展的历史，只有那些大师级的人物才能达到这种通的境界。

境界既是分类的，又是分层次的。就人生而言，有三种境界：第一要看得远，才能览物于胸；第二要看得透，才能洞若观火；第三要看得淡，才能超然物外。对于读书人来说，其三境界是：第一境界是不为读书而读书，第二境界是为读书而读书，第三境界是读书就是读书。这是逐渐升华的，前者是枉为读书人，后者是读有所得，最后才是真正的读书人，读书就是其生命的一部分了。社会中的每一个人，都应当承担一份工作，既是自己的寄托，又是为社会贡献一分力量。但是，工作也是有境界高低之分的，它们的区别是：第一境界是把工作当作谋生或赚钱的手段；第二境界是把工作当作事业；第三境界是把工作当作使命追求。大凡成功的科学家、发明家和企业家，他们的成功与其境界有关，他们都是有担当和使命感的人。

在我的人生经历中，既不断地从先贤、大师们的思想中汲取智慧，又注意时时修炼自己的心灵，提高自己治学和行事的境界。概括说来，我的人生境界经历了随遇而安、随遇而眠、随遇而思和随遇而写的过程，它们既是互相联系又是逐级升华的。人生境界包括的内容十分广泛，我不可能一一涉及，这几种境界，主要反映了我生存、生活的态度和治学的精神。

首先是随遇而安，主要反映在我对待环境的适应能力方面。我国佛教界领袖人物赵朴初先生，可以说是一个功德修炼圆满的人，他在92岁时写了一首《宽心谣》："……每月领取养老钱，多也喜欢，少也喜欢。少荤多素日三餐，粗也香甜，细也香甜。新衣旧衣不挑拣，好也御寒，赖也御寒……"这就是他随遇而安的境界，是一生修炼的结果。一个人能否做到随遇而安，关键在于一个"淡"，也就是要做到淡泊功名利禄、仕途升迁、财富的多寡、挫折与灾难，以及生老病死，等等。在佛教的《涅槃经》中有"四个第一"的经文：即无病第一利，知足第一富，善友第一亲，涅槃第一乐。我相信佛教的教义，也非常敬仰四个第一的境界，如果我们以它作为修行的目标，把它们变成我们生活的内容，那么我们就容易进入到自由自在的生活状态，就会实现随遇而安的生活目标。

第二是随遇而眠，即能够做到在任何环境下都安眠的状态。在人的一生中，睡眠几乎占了1/3的时间，其重要性不言而喻。人的睡眠是一种生理活动，是大脑神经活动的一部分，是大脑皮质内神经细胞继续兴奋之后产生拟制的效果。当拟制作用在大脑皮质内占优势的时候，人就要睡觉。但是，睡觉是有规律的生理现象，会受外部环境的影响，尤其受到生物钟的控制。2017年诺贝尔生理或医学奖获得者是三位美国科学家，他们证明了"晚上不睡白天崩溃"的机制。原来，人体的生物钟帮助我们调节和控制激素水平、睡眠、体温和新陈代谢等，一旦生物钟的运行遭到外部干扰，就会出现失眠现象。因此，我们必须遵循睡觉的规律，千万不要扰乱生物钟的运行。

什么是睡觉的规律呢？简单地说，就是该睡的时候就一定要睡，不该睡的时候就不要睡，要做到睡好觉，关键就是一个"静"字。睡觉时，必须心无杂念，有些人在睡觉前看小说，听收音机或看电视，借以诱导睡眠，但是这些方法都不是积极的措施，有时甚至适得其反。我的夫人曾经给我总结出"三个结合"，一是笔与稿纸结合（天天伏案写作），二是屁股与板凳结合（整天不是坐着就是看书和写作）。三是头与枕头结合（即头一落枕就睡着了）。夫人在住院期间，我陪伴她，我曾经试验过躺在靠背椅上也能够睡着。我之所以能够做到随遇而眠，就在于我能够静下心来，心里不再想其他任何心烦的事，专心致志地睡觉。

第三是随遇而思，即随时随地都在思考教育问题。人在清醒的时候，思想活动是不会停止的，不同之处只在于你是在思考有意义的事，还是杂乱无章的事，甚至是穷极无聊的事。怎样做到思考你所专注的事呢？我记得我国国画大师齐白石先生说过一句刻骨铭心的话，他说："画家的心出家的僧，学绘画走的是一条艰辛之路。"其实，何止是绘画家，从事一切学问的研究，都必须具有出家人那样的执着，否者是不可能成就伟大的事业。

古人有教言："立志要如山，行道要如水。"唯有如山，才能坚定不移，唯有如水，才能曲达。大凡一个对某事执着的人，他一定非常执着地喜爱他所追求的事业，把它当作使命去追求。我与教育结下不解之缘，是因为我认为教育是值得为之献身的伟大事业，是关系到一个民族和国家兴衰的战略任务。我对教育的境界，已经是把它当作宗教来信仰，把它当作情人来拥抱，当作生命来呵护。这是挚爱教育的极境，只有到了这个境界，才能够对教育随时随地地思考，既毫不留情地揭露教育的问题，又力求提出救赎中国教育的方法。作为个人，显然势单力薄，无力撼动大一统的僵化教育体制，但从局部是可以提出有益的建设性意见，并将它们付诸实践。这是一条自下而上的改革道路，经过持久地努力，兴许能够闯出教育改革的一条生路。

第四是随遇而写，这是学术研究的高境界。写作是从小学、中学到大学都要开设的课程，但是要练就一手高水平的写作能力，却需要毕生不停地修炼。在汉语中，关于形容写作的词语可以说不胜枚举。什么是随遇而写呢？笔底生花、下笔成篇、随心所欲、挥洒自如、出口成篇、得心应手和文不加点等都算随意而写的境界，如果达到这些境界，那就是随遇而写了。

怎么才能达到这种境界呢？这就要不断地修炼，不断地积累、不断地反思，关键就是一个"通"字，即贯通各科知识。我到了80岁以后，才体会到厚积薄发的意思，所谓厚积是指做学问要注意长期积累资料，大量地积累，广泛地收集，多多益善；所谓薄发是指少量的、慢慢地释放出来，尤其是指加工成为精品。总之，前者是指的量，而后者强调的是质，这就是从量变到质变的辩证关系。

不谦虚地说，到了耄耋之年以后，我对教育问题的研究似乎进入到了得心应手的地步，写作教育方面的文章也达到了随遇而写的境界。这是因为我有长达 40 年的积累，其中包括"教育问题汇集"、几十本"读书与思考"笔记和近 300 个拟写作的题目。我曾经把写文章与妇女怀孕相比较，女性怀孕首先是从获得一个受孕的胚胎开始，然后不断地给胎儿输送营养，使胎儿逐渐发育成长，十月怀胎一朝分娩，一个新的生命诞生了。写文章也是一样，首先也是要形成一个有创意的学术观点，然后不断地为论证这个观点积累资料，一旦观点获得充分地论证，那么一篇学术论文也就诞生了。

正是在这样认识的基础上，在耄耋之年后，我进入到随遇而写的境界。一般情况下，写一篇万字文章，既不需要草拟提纲，也无须打草稿，基本上是一气呵成，只需要调整一下顺序或改正某些错别字就成型了。甚至不需要出书房，我都能够把文章的注释一一注明，我能够记得它们是在那一本书或是哪一个笔记本中，这些得益于我的超强记忆力。提起记忆力，也许有人认为它是天生的，事实上它是后天磨炼成的。即使到现在我仍然没有放弃加强记忆力的锻炼，如果某一个人或某一件事，我记不起来了，我一定要通过各种方法把它回忆起来，并且要反复多次把它记住。现在我已经八十又七了，但我仍然不准备放弃学习、思考和写作，我争取做到：每日必思，思有所得；每日必写，写有新意，直至到生命的最后一刻为止。

第四辑　丹青难写是精神

虔诚的教育圣徒
——纪念贫民教育家武训先生逝世126周年

我从小时候就知道武训乞讨办义塾的事迹，对他崇敬有加。在过去贫穷落后的农村，他就是每一个贫苦孩子渴望上学读书的大救星。所幸的是，我的父母节衣缩食，让我读了三年私塾，后来转入国民小学，没有遭受到武训不识字的痛楚。我对武训既同情又崇敬，他也是我惜时如金、勤奋好学的原动力。

武训于1838年12月5日出生于山东唐邑县柳林镇武店。他原本有姓无名，父亲武宗禹，母亲崔氏，大哥武谦、五哥武让，还有四个姐姐，他排行第七，因而得名武七。正当他到了入学接受蒙育的时候，父亲去世，真是雪上加霜，家贫如水洗。在无路可走的情况下，母亲不得不带着年幼的武七离乡背井去乞讨，帮人推磨维持生计。他从14岁到21岁，先后在几个地主家做短工或长工，包括在其亲戚家也做过短工，但都没有受到公平的对待，反而受到欺凌。尤其是，雇主以假账欺凌他，赖掉应当发给武七的工钱。虽然他据理抗争，但却遭到家丁的毒打。残酷的现实使他深深认识到不识字遭人欺凌的苦楚。

在20岁那一年，他萌生了办义塾的想法，把它作为自己毕生的目标。对于一个乞丐来说，要办义塾谈何容易呀！但是，有志者事竟成，他风雨兼程，使尽了十八般的手段，包括乞讨、卖艺、纺线、推磨、放债，等等。他不顾贵贱与劳累，一切都是为了积攒资金办义塾。

他不识字，也不会记账，为了管好乞讨来的资金，需要找一个有文化的人。他四处寻访，认为杨树坊举人为人正直，于是他想请杨先生帮助他保存那一笔款子。开始杨先生不答应，于是武七就在杨府门前跪了两天两夜，不吃不喝。他这种变相的"程门立雪"精神，深深感动了杨举人，答应为他保存那一笔款子，这时他才放心离开。

光绪十二年（1886年），武七已经49岁，他乞讨已有30年了，拥有230亩田地，所积攒的资金已达3800余吊钱。杨举人劝他先结婚，但他表示不娶妻，不要子，只想实现办义塾的初心。光绪十四年（1888），已到天命之年的武七，花了4000余吊钱，在家乡唐邑县柳林镇东门外，创办了第一所义学堂，取名为崇贤义塾，招收了50名穷苦家庭的孩子来上学。武七办事有一个法宝，就是下跪，请教师他跪求，请学生来读书，他也是跪求，一个跪字了得！

后来，武训又创办了两所义塾，一所叫杨二庄义塾，另一所叫御史巷义塾。义塾办学成就斐然，仅崇贤义塾，于1890至1893年间就有22人考取秀才，后两所义塾也出了多名官员。虽然历尽沧桑，但这三所义塾弦歌不绝。现在崇贤义塾被命名为武训小学，杨二庄义塾命名为武训完小，而御史巷义塾成为武训实验小学，它们继承了武训的精神，继续为当地的教育做贡献。

武训作为贫民教育家是实至名归的，有的教育家是用理念和教育理论诠释的，而武训则是用行动证明的。孔子被封为圣人，是至圣先师，是创办私学的先驱，而武训则是以行乞办义学的先行者。从这个意义上说，他应该是孔子的圣徒。武训可能不知道耶稣和《圣经》，但他的行动证明了他已经具有为信仰而殉道的精神。

武七办义塾的举动惊动了官府，山东巡抚张曜特地在官府召见了这个乞丐，宣布免除他的田赋和徭役，并捐出200两银子支持其办学。为了嘉奖他办义塾的功绩，清政府题词"垂训于世"奖励他，并以"训"赐名给他，这就是武训这个名字的来历。巡抚张曜又上奏光绪皇帝，奏请嘉奖武训。光绪皇帝为其颁发"乐善好施"匾额以资鼓励。同时，还授予他"义学正"的名号，御赐了黄马褂。同时，民间以"义丐""圣丐""千古一丐""贫民教育家"等称呼也纷至沓来，这一切都是名至实归，也使武训名满天下！

武训于1896年4月23日病逝，享年59岁。为了表彰武训兴学的义举，1899年其家乡柳林镇为他建立武训祠，包括武训墓和祠堂，墙外有一条河叫"武河"。1939年重新修缮。但是，在"文化大革命"中被当地红卫兵破坏，他们砸开武训墓，掘出其尸体抬到街上示众，然后焚烧成灰抛弃。1989年又重新修建了武训祠，正式对外开放。

每一个有良知的人，无不对武训办义塾的奉献精神所感动。教育界和文学艺术界，也以不同的方式反映和宣传武训的事迹。人民教育家陶行知先生在武训诞生107周年时，于重庆写了《武训颂》，现抄录于下：

《武训颂》
朝朝暮暮，快快乐乐。
一生到老，四处奔波。
为了苦孩，甘为骆驼。
与人有利，牛马也做。
公无背靠，朋友无多。
未受教育，状元盖过。
当众跪下，顽石转舵。
不置家产，不娶老婆。
为着一件大事来，兴学，兴学，兴学！

1944年上海作者吴凑春创作了剧本《武训传》，1948年导演孙瑜开始执导电影《武训传》的拍制，由赵丹饰演武训，黄宗英饰演女教师。该片1948年7月开始拍制，到1950年10月完成，历时两年零三个月。1950年底开始公演，据《人民日报》统计，影片公演后的三个月内，北京、上海、天津就发表了40多篇赞扬的文章。1951年2月，《武训传》在中南海放映，多位中央领导人观看，纷纷给予好评。

可是，1951年5月20日，《人民日报》发表了《应当重视电影〈武训传〉的讨论》（此文经过毛泽东主席审定）。文章指出："《武训传》承认或容忍这种歌颂，就是承认或污蔑农民革命斗争，污蔑中国的历史，污蔑中国民族的反动宣传……"文章号召对《武训传》及其有关武训的著作、论文进行批判。在批判中，40多人受到株连，给武训扣上了大地主、大债主、大流氓的帽子，简直到了黑白与是非不分的昏愚程度。与此同时，批判的矛头直指人民教育家陶行知先生。醉翁之意不在酒，这场批判运动是为随后大规模的知识分子思想改造运动做铺垫，致使民国时期留下的一大批杰出人才遭到灭顶之灾。

不言而喻，在对《武训传》的批判中，导演孙瑜及其演员都受到株连。孙瑜先生不得不于1951年7月23日，在《人民日报》刊发了他的违心检讨。众所周知，乞丐的社会地位十分低下，是最弱势群体。人们始终不明白，为什么要与这个行乞兴学做好事的人过不去？

时隔30多年以后，胡乔木同志在《人民日报》上撰文，指出："对电影

《武训传》的批判是非常片面的、极端的和粗暴的。"这被认为是为《武训传》平反的转折点。2000年,在上海虹口公园图书馆,放映了《武训传》的录像带。2005年纪念赵丹诞辰90周年之际,赵丹之女赵青在获得相关领导人批准后,从中国电影资料馆拷贝了《武训传》,在上海影城公开放映。2012年,《武训传》正版DVD由广东大圣文化传播有限公司制作发行。这就意味着,一桩冤案彻底平反了,而《武训传》被打入冷宫50多年后也重见天日!

在批判《武训传》时,我正好读高中一年级,尽管批判得热火朝天,但并没有因为批判而改变我对武训的崇敬。在任武汉大学校长期间,我之所以秉持布衣作风,亲近学生,踽踽独行在荆棘丛生的教育改革路上,在某种程度上都是受到武训精神的感染。我突然被免职后,并没有沮丧,曾经创办过私立学校,经过武汉人民银行、武汉市教委和市民政局批准,还成立了刘道玉教育基金会。我是全国率先研究创造教育的人之一,为了推行创造教育,培育创造性人才,我在武汉大学和几所中学设立了创造学习奖。为了给学生颁发奖金,除了把自己的稿酬捐出外,也不得不到处化缘。我的所作所为,也是受了武训精神的感染,虽然我已经十分老迈,能力有限,但我将不遗余力地继续倡导创造教育,为我国教育振兴贡献绵薄之力!

实事求是，坚持真理

——纪念李达校长九十五周年诞辰

今年十月二日，是李达同志诞辰九十五周年纪念日。我们纪念这位在"文化大革命"中被迫害致死的老校长，正是为了给他恢复名誉，为了宣传和继承他的未竟事业。

李达同志是我国老一辈无产阶级革命家，马克思主义理论家，是一位著名的身体力行的无产阶级教育家。他在宣传和研究马克思主义理论方面的光辉业绩和精湛学术造诣是尽人皆知的，他不仅对马克思主义哲学、政治经济学和科学社会主义都有深入的研究，而且在法学、货币学、史学理论领域也做了重要的开拓性工作。他在无产阶级教育事业中所建树的功勋，他在武汉大学担任校长期间（1953—1966年）为武汉大学的发展，为中国社会主义改造和社会主义建设事业培养人才所做出的卓越贡献，更使我们永生不忘。

我和李达同志是上下辈关系。李达同志是1953年调任武汉大学任校长的，我也正是在李达同志任武汉大学校长之际考上武汉大学的。在这段时间内我虽然和李达同志没有直接的接触，但我和广大同学一样，对自己的校长怀有崇敬之情。我虽没有直接受教于他，但也直接和间接地受到他思想的影响。

毕业留校工作后，我和李达同志有过几次直接交往，给我印象最深的是我们在北京的一次会见。那是1963年8月中旬一个炎热的上午。当时，我刚从苏联回到北京。他知道我回来了，想见见我，听我谈谈苏联的情况；我也想看望老校长，汇报我在苏联的学习情况，同时了解一下学校的情况。当时，他通过秘书曾勉之同志约我去见面。我记得我们见面的地点是在颐和园的排云殿，那时这里是国务院的招待所。师生无拘无束地谈了很长时间。中午他还设宴款待了我。

在谈话中，他向我询问了苏联国内的情况。他说，苏联背信弃义、反华排华是不得人心的，想对我国搞关卡压，要我们做他们的附庸国，这也是办不到的。李达同志对我本人也很关心。当时，周总理要留我在北京工作，李达同志劝我还是回武大工作。他说，要办好武大，要有一批年轻有为的人。当时，他讲到武大内部的两派斗争。他说，学校情况复杂，对 1958 年的问题争论不休，伤透了脑筋，不能再那么搞了。再那样搞，武大的水平还要下降。李达同志对 1958 年的"左"倾路线是坚决反对的。不幸的是，李达同志的正确意见不仅没有被接受，反而受到了排挤和批判。

"文化大革命"一开始，他就被强加了三项帽子（地主、叛徒和反革命修正主义分子），并对他进行了声势浩大的示威、批判斗争，直至迫害致死。历史已经充分证明，"李达三家村"完全是一桩冤案、假案和错案，李达同志是坚持正确路线的。我们必须为李达同志彻底平反，为一切受株连的同志平反。

李达同志毕生从事教育事业，担任教学和教育行政领导工作长达四十年之久。他早年创办外语学校、平民学校，担任过毛泽东同志创办的湖南自修大学的校长，后来又在各大学长期任教。新中国成立后，他先后担任湖南大学校长和武汉大学校长。李达同志勤勤恳恳，扎扎实实，全心全意为党和人民办教育，培养了大批优秀人才，为发展我国的教育事业做出了重大贡献。他在长期的教育工作实践中，逐步形成了一套办学经验和丰富的教育思想，这正是我们应当学习和继承的宝贵财富。

几年前，我接任了武汉大学校长的职务，在一定程度上说，我是接替了李达同志的未竟事业。我在文章的标题中写到要"实事求是，坚持真理"，李达同志是当之无愧为坚持真理而奋斗的前贤。那么，我们如何在教育方面继承并发扬他的革命风范呢？

首先，要学习和继承李达同志的爱才之心。作为一个教育家，作为一个大学的校长，不爱才，就是不称职，就不能办好学校。李达同志是十分重视人才的，在武汉大学工作期间，他就经常讲，一个学校，一个系办得好不好的标志，就是看有没有一批知名的教授、学者。又说，大学是最高学府，教师要有最高学术水平才行；教师的教学水平和马克思列宁主义的科学水平，是反映学校水平的重要标志之一，是出成品，出人才的最基本条件。还说，科学上没有长足进步，建设社会主义共产主义绝不可能。他殷切希望学校在八至十年之内，涌现一批名教授，培养一批人才出来。为此，李达同志含辛茹苦，呕心沥血，不知操劳了多少个日日夜夜。

举一个例子。曾昭抡教授是著名的化学家、学部委员、高等教育部副部长，被错划为右派之后，别人都不敢用他。李达校长知道这一消息后，便大胆地聘请曾昭抡教授来武汉大学任教。这在当时是要有很大的胆略和远大的战略眼光才能办成的。而这种胆略和战略眼光当然首先来自他为了办好教育事业的爱才之心。曾昭抡教授是戴着"右派帽子"来武汉大学任教的。他来之后，担任化学系元素有机教研室主任。当时的化学系很不景气，有人说它是"老牛拉破车"。教师科研风气不盛，学术地位不高。曾先生来了之后，首先倡导创办元素有机新专业，招收研究生，给青年教师开提高课，并主持编写《元素有机化学》丛书。曾先生言传身教，辛勤耕耘，以实际行动改变了武汉大学化学系沉闷的空气，一大批中青年学术骨干脱颖而出，硕果累累，名声大振，至今在化学系还留下了极深的影响。

这些成果当然是与曾先生的辛勤耕耘分不开的，但与李达同志慧眼识才、爱才、不拘一格用才的思想也有重大关系。李达同志确实十分爱惜人才，并且到处招贤纳士。如今哲学系一大批著名的教授如陈修斋、刘纲纪等就是他从北京大学聘请来的。陈修斋教授清楚地记得：李达同志当时带着病痛到他家中拜访，和他交谈自己重办武大哲学系的意义和打算，并表示了邀请他回武大一道办好哲学系的诚意，使陈修斋教授感动不已。李达同志这种尊重人才、爱惜人才的精神始终是贯彻在他的教育实践过程之中。

第二，我们要学习和继承李达同志一切从实际出发，坚持按照教育规律办学的实事求是的科学精神。教育也是一门科学。办学校不研究教育科学不行，不按教育规律办事不行。过去我们在教育战线上之所以犯这样或那样的错误，归根结底，就是因为违反了教育规律，没有坚持一切从实际出发，实事求是的这一马克思主义的思想路线。

李达同志的革命风范中最重要最核心的内容恰恰就是这种实事求是的原则精神。李达同志从不说违心话，办违心事。他在理论上始终保持坚定的原则性。他对自己认真研究、确信其正确的观点，决不因为听到什么"风"就轻易改变。当林彪鼓吹学习马克思主义要走"捷径"时，他根本不予理睬，而是埋头写他的书。他反复地对他的助手说，写教科书要注意系统性、逻辑性、科学性，联系实际不能生拉硬扯。他强调说，论述毛泽东同志对马克思主义哲学的发展时要实事求是。对1958年出现的"共产风""浮夸风""瞎指挥风"，李达同志也是坚决反对的。他公开表明自己的观点，不止一次地说过：像这样搞下去，共产主义会变成破产主义，大跃进会变成大后退，人民公社会变成人民空社。

对于1958年的教育革命，李达同志更是反对的，他一再公开地提出批评。1958年，哲学系师生下乡劳动时间太长，影响了专业学习，他非常不满。他说："学生尽搞劳动，大学还能称其为大学吗？"他一再指示系里负责同志催促师生赶快返校。他认为当时"拔白旗、插红旗"，师生"打擂台"，让学生"编讲义""放卫星"这样的"革命"是"胡闹"，是错误的。有人当时提出要打倒牛顿和爱因斯坦，他说："科学的权威是打不倒的。"

历史证明，在武汉大学执行"左"倾路线时期中，李达同志始终是坚决抵制的。他是站在正确路线一边的。为什么李达同志对当时的"左"倾路线能坚决抵制呢？除了李达同志具有高度的马克思主义理论水平和思想觉悟外，还在于他敢于坚持实事求是的原则精神。当时那些"左"的口号，哪一条不是违反了实事求是的原则精神的呢？破牛顿三大力学定律，破爱因斯坦的相对论，不是否定科学是什么！至于学生超过老师，也不能作形而上学的理解。虽然青出于蓝胜于蓝是一条客观规律，但那是从整个历史时期，一代一代的人才而言的。我们绝不能由此而认为，学生可以与老师打擂台，可以批斗老师。

"文化大革命"期间，林彪鼓吹的"顶峰论"喧嚣一时，李达同志看到当时《羊城晚报》发表鼓吹"顶峰论"的文章时，不畏权势，挺身而出，理直气壮地进行驳斥说："是'顶峰'就不发展了吗？"有人当场提醒他，那是林彪讲的，他毫不犹豫地说："我知道是他说的，不管哪个说的，不合乎辩证法，我不同意！"正因为这样，李达同志遭到林彪、"四人帮"极左路线的残酷迫害，被诬陷为"反毛泽东思想的最凶恶的敌人"，他身心受到严重迫害，于1966年8月24日含冤去世。

回顾李达同志光辉的一生，他的这种不畏权势、不怕强暴、敢于坚持真理、敢于实事求是的精神是值得我们永远学习的。

第三，我们还要学习和继承李达同志勤奋刻苦、严谨治学的优良学风。马克思说过："在科学上没有平坦大道，只有不畏劳苦沿着陡峭的山路攀登的人，才有希望达到光辉的顶点。"在这里，最重要的就在于勤奋刻苦，严谨不苟。凡是在李达同志身边工作过的同志都清楚地记得，李达同志是一个非常勤奋、非常刻苦的学者。他一生著作等身，影响和培养了一代又一代学者，这些著作都是他一生的心血，是他一丝不苟严谨治学、辛勤耕耘的结果。1961年，李达同志开始主编《马克思主义哲学大纲》时，已经年逾古稀，又身患多种疾病，一拿笔手就发抖，但他仍然顽强地学习和写作，只有晚饭后休息片刻，听听新闻广播，和助手们聊一下。即使后来遭受迫害，他的助手们统统被赶走的时候，他还表示要一个人把书写下去，哪怕一天写五百字，也要把书写完。李达同志自己学风踏实、严谨、实事求是，对助手和别人也要求严格，一丝不苟。他反对人云亦云，因循守旧，要求要有自己的看法，自己的创见。有一次，他的一位助手写了篇文章给他看，他看后觉得没有什么新意，便批了几个字："唯陈言之务去。"要求这位助手重写，使这位同志受到一次深刻的严谨治学的学风教育。

李达同志是学术上造诣精深、声望极高的专家、学者，但他却非常谦虚。他同助手、教师乃至学生讨论问题，总是采取平易近人的态度，坚持真理面前人人平等。他有时和大家进行激烈地辩论，可以争得面红耳赤，没有任何不屑于与青年讨论问题的态度。哲学史教研室的同志曾和李达同志在封建社会分期问题上发生过争论，李达同志主张西周封建说，他们却主张战国封建说，各不相让，但是争执之后，李达同志毫不介意，并不强求别人接受他的观点。

李达同志这种勤奋刻苦、严谨治学的学风不仅反映在他个人做学问上，也充分反映在他的治校过程中，我校的优良学风正是包括了李达同志在内的许多老前辈和著名学者共同培育的。我们要重视学风建设，把"诚实朴素、勤奋刻苦、严谨治学、勇于创新"的优良学风不断发扬光大。

全国教育工作会议制定的并经过中央通过的《中共中央关于教育体制改革的决定》，是同经济体制改革的决定和科技体制改革的决定配套的纲领性文件。它不仅是为了满足当前社会主义现代建设的需要，而且为20世纪和21世纪初我国经济和社会的发展做了充分准备。《决定》公布以后，我国教育战线正在进行深入广泛的教育改革实践，形势一派大好。我们学校和全国一样，也正在积极地进行改革的实验，形势也是喜人的。在当前这种锐意改革的大好形势下，我们学习和继承前贤的革命风范，就一定要发扬改革的精神，努力创新，不断前进，为在我国创造出一个崭新的教育体制，为促进社会主义四化建设贡献自己的力量！

（本文曾发表于《武汉大学学报》（社会科学版），1985年第6期）

中国近代化学的开山鼻祖

——纪念恩师曾昭抡先生诞辰 120 周年

曾昭抡先生于 1899 年 5 月 25 日出生在湖南长沙外祖母家，祖籍是湖南湘乡荷叶乡万益堂，是曾国藩二弟曾国潢的曾孙。他是中国化学界的元老，是中国近代化学的奠基者之一。他最早倡导成立中国化学学会，第一个倡导成立化学名词编辑委员会，第一个创办《中国化学季刊》（后改为《化学学报》），并自掏腰包编辑和出版这份杂志。在老一辈化学家中，比他年长的虽然还有多位，但无论是他的天资、学历、勤奋、学术成就或是对我国近代化学和高等教育的贡献等，都是无人能够与其比肩的，是名副其实的开山鼻祖。开山鼻祖本是一个佛教用语，指最先在某座名山创立寺院者，后来泛指一个学术派别的开创者。

出生书香世家，麻省博士闳才

曾国藩是我国古代和近代历史上的十大名相之一，也是晚晴四大名臣之一，是湖南曾氏家族中集学、术、政、军、教的集大成者。曾氏家族中的男女老幼，要么是精英之才，要么是名媛翘楚。曾昭抡就出生在这个充满书香气息的家族中，自幼受到浓厚的家风和学风的熏陶，助他一步一步走上成功之路。

曾昭抡字隽奇，号叔伟，排行第三。他的父亲曾广祚是前清举人，曾任江苏后补道台。母亲陈季瑛出身书香门第，知书达理，擅长琴棋书画。她思想开明，有远见卓识，以伟大的母爱精心培育子女。她总共生育 13 个子女，存活的有三男四女，个个都不是等闲之辈，其中有经济学博士、化学博士、医学博士、博物家、金石家、工矿公司总经理、生物学家等。

曾先生自幼平和淡雅、好学笃行，五岁读家塾，在私塾先生的指导下开始读古文、儒学、十三经、二十四史，从而奠定了他坚实的古文和历史等多门学科知识的基础。13岁他离家到长沙雅各学校读书，半年后又转入美国雅礼协会创办的长沙雅礼大学堂预科（雅礼中学的前身）。在该校就读两年半，1915年，未等到毕业又考入北京清华学校（清华大学的前身）。这是一所用美国退回的庚子赔款创建的八年制学校，学生毕业后全部留学美国。在这所学校，曾昭抡如鱼得水，他只用五年的时间就完成了八年的课程。

1920年夏季，曾昭抡于清华学校高等科毕业后，旋即赴美国著名的麻省理工学院学习，开始他攻读化学工程，由于他聪颖过人，三年就完成了四年的课程，于1923年获得麻省理工学院的学士学位。为了扩大知识面，他又转入该院化学系学习，继续深造。期间，他完成了高质量学术论文《有选择性的衍生物在醇类、酚类、胺类及硫醇鉴定中的应用》，在那时获得这样的成果并不多见。他的论文深受导师萨·莫里肯和主课教授阿·诺伊斯的称赞。他们非常希望曾昭抡留校工作，但他却谢绝了导师的好意，并说："我很热爱母校，但更热爱我的祖国。"1926年，他义无反顾地踏上了归国的旅途。他有一颗热爱祖国的赤子之心，建设强大的祖国更是他一腔热血的理想。

积极抗日，步行昆明建联大

回国以后，曾昭抡于1927年6月与俞大絪在上海结婚，俞是民国政府国防部长俞大维的胞妹。之后，曾昭抡受邀到南京东南大学（后改名为中央大学）化学系任教，并升任化学系主任。朱家骅在担任中央大学校长时，有一次召开系主任会议，曾昭抡前往赴会，朱家骅不认得他，便问他是哪个系的？他说是化学系的，朱家骅见他穿着破烂，遂命他去把系主任找来开会。曾昭抡没有回答他，扭头走了出去，回到宿舍卷起铺盖就离开了，随后被北京大学校长蒋梦麟邀请到北京大学担任化学系主任。

在抗日战争爆发以后，中国广大知识分子和民族精英表现出了极大的爱国热诚。1937年7月7日，卢沟桥事变发生后，全国抗日战争由此开始。平津沦陷以后，奉国民政府教育部之命，北京大学、清华大学和南开大学组成联合大学，准备迁到湖南长沙，以求暂避烽烟，承续书香一脉。然而，战事继续恶化，战火延续到南方诸省，联大校方不得不再做出决议，西迁至云南省会昆明。1938年2月20日，200多名师生组成了步行团，其中学生244人，教授

11人，包括闻一多、曾昭抡、黄子坚、李继侗、袁复礼、许维遹、李嘉言、王仲山、毛应斗、郭海峰、吴徵镒等。步行团跨越湘、黔、滇三省，历时68天，全程1671公里（其中步行1300公里），于4月28日下午胜利抵达昆明。

在步行团中，沉默寡言的北京大学化学系曾昭抡教授，与闻一多慷慨激昂的性格和诗人气质形成了鲜明对比。他本是留学美国的洋博士，但他与那些留洋的学人大不相同。在穿着上，总是穿蓝布大褂，一双蓝色或黑色的布鞋，头发不梳理，常常被步行团中的学生们当作笑料。在外人看来，他衣服总是皱巴巴的，衣扣总是错扣，显出十足的乡村塾师的"书生"气。但是，无心打理衣着的他却一心扑在做学问上面，严谨治学一丝不苟。他细心观察山川和奇特的风土人情，写出了翔实的日记，成为难得的史料。在西南联大期间，他主讲过多门课程，如高等有机化学、有机工业化学、国防化学等，颇受学生们的欢迎。

制造原子弹的三巨头

在第二次世界大战中，中国与美国是同盟国，共同为二战的最后胜利做出了贡献。有鉴于此，1945年秋，美国学者透露，他们愿意帮助中国制造原子弹。蒋介石听到这个消息后非常高兴，他下令组成了由军政部长陈诚和次长俞大维牵头的11人委员会，秘密制订了一项重大的国防科学技术规划。在这11人中，包括著名数学家华罗庚，著名物理学家吴大猷和著名化学家曾昭抡，他们被认为是能够领衔制造原子弹的科学家三巨头。

曾昭抡先生认为，有人才有弹，他通过姻兄俞大维争取到一批经费，由华罗庚、吴大猷和他领衔，从西南联大的数学系、物理系及化学系的青年教师和学生中，各挑选两名助手到美国去学习制造原子弹技术。华罗庚先生挑选了孙本旺，到美国后又挑选了正在美国学习的徐贤修；吴大猷先生挑选了青年教师朱光亚和大二学生李政道，曾昭抡先生挑选了唐敖庆和王瑞駪，其中年龄最小的是李政道，他当年只有19岁，朱光亚也只有21岁。

1946年9月，华罗庚先生率领这批学生踏上赴美国的征程，与早先到达美国的曾昭抡先生会合。经过他们反复地了解，美国军方认为这是保密技术，无意将制造原子弹的技术教授给中国人。他们几个人也颇感无奈，曾昭抡先生摆摆手说道:"美国人是不会帮助我国制造原子弹的,看来我们只能各奔东西了!"经过他的推荐,唐敖庆到哥伦比亚大学攻读博士学位,而王瑞䭀到芝加哥的西北大学攻读博士学位。这次赴美学习制造原子弹技术虽然没有如愿,但曾昭抡先生却有了另一个收获,撰写出原子能书籍三册,对于什么是原子能曾经起到了启蒙作用。

曾昭抡先生回国后,旋即收到英国文化委员会的邀请,于是偕夫人俞大絪于1947年9月至12月赴英国访问和讲学,并实地考察战后的西欧。1948年初,他当选中央研究院院士。1948年1月23日,他们夫妇由英国抵达香港,因交通阻隔,暂时滞留香港。1949年1月北京和平解放,他们的亲属多人都到了台湾,而他们夫妇却毅然回到祖国。3月19日,他乘船由香港到天津,3月27日到达北京。1950年夫人俞大絪也由香港回到北京,在燕京大学教授英文,1951年燕大合并为北京大学,她改任北京大学西语系教授。这再一次显示了他们夫妇热爱祖国的赤诚之心,可是他们万万没有想到,这一次选择却最终给他们带来了灾难。

真知灼见的教育纲领

在新中国成立以后的初中期,曾昭抡先生表现出了极大的政治热情和事业心,决心为新中国的建设贡献自己的才华。曾昭抡回到北京大学任教,讲授基础化学、分析化学,并兼任北京大学教务长和校务委员会。同时,他倡导成立了化学名词审查委员会,担任召集人,审定了《化学名词草案》。1950年,他当选中华全国自然科学专门委员会副主席,1951年被任命为教育部副部长兼高等教育司司长。1952年国家分设教育部和高教部,曾昭抡又被任命为高教部副部长,直至1957年划为右派分子后被撤职为止。

1957年5月2日,《人民日报》发表了经毛泽东审阅的社论"为什么要整风?"各民主党派负责人和大学中的高级知识分子纷纷响应中央整风的号召,就我国科学、教育和领导干部的工作作风等提出了批评和建言。可是,孰能料到,形势很快发生了急剧变化,一场疾风暴雨式的反右斗争揭开了序幕,灾难降落到几百万知识分子的头上。

曾昭抡先生是一介书生,衣着不修边幅,但做事却一丝不苟。1957年6月初，他和民盟中央的黄药眠分别召开民盟两个小组的讨论会，草拟了《对我国科学体制问题的几点意见》和《我们对高等学校领导制度的建议》（草案初稿），前者正式发表在当年6月9日的《光明日报》上。这两份建议联署签名的是曾昭抡、费孝通、黄药眠、陶大墉、钱伟长、吴景超等。可是，他们哪里知道，他们的建议正好是反击右派的把柄。这六位教授都被打成大右派，并给这两份文件扣上"章（伯钧）罗（隆基）联盟"的反动纲领。

其实，这些批判是完全的莫须有，是混淆黑白、颠倒是非。在第一个建议中，主要谈到科学与教学问题，如何把重点大学建设为既是教学中心又是科学中心，正是我们今天强调建设一流大学的方向。其次，还谈到保证科学家科研时间问题、选拔助手问题、赠加研究经费问题、充实图书资料问题、专业人员归队等问题。因此，给这份建言扣上反党纲领完全是欲加之罪，何患无辞。历史已经证明，反右斗争是错误的，六教授是受冤屈的。1980年4月2日，民盟中央根据中共常委会第二次会议的决定：恢复六教授民盟中央委员和候补委员资格，恢复他们的一切职务，并纠正了对他们起草的两份文件的错误批判。

根据中央的精神，1981年3月3日，教育部在八宝山为曾昭抡先生举行了追悼会。追悼会由教育部长蒋南翔主持，民盟中央副主席楚图南致悼词，我也亲自前往北京参加了追悼会，向我尊敬的导师深深地三鞠躬，表达我的敬意与怀念。1999年4月16日，北京大学化学学院召开了纪念曾昭抡先生诞生100周年座谈会；5月22日，原西南联大和北京大学化学系20多位校友在北大化学楼原址聚会，表达对曾先生的怀念。5月25日，武汉大学在逸夫楼大会议厅举行曾先生诞生百年大会，我在会上作了"怀念与教益"的发言；6月10日民盟中央和中国化学学会联合举行曾先生诞生100周年纪念会；教育部、民盟中央、北京大学、中国科学院化学所、武汉大学、中国化学学会和湖南省湘乡市委等七单位联合，于1999年12月11日在北京大学联合举行曾昭抡诞生100周年纪念大会，各有关领导和著名科学家参加了大会。

为什么这么多单位和名人都参加他的纪念大会？这表达了人们对曾先生无私奉献的科学精神的敬仰。正如著名社会学家、社会活动家费孝通先生所评论的："他从来不修边幅，但在心里有个东西比什么都重要，那就是'匹夫不可夺志'的志。知识分子心里总要有个着落，有个寄托。曾昭抡把一生的精力放在化学里边，没有这样的人在拼命，一个科学是不可能搞出来的。"

在武汉大学纪念曾昭抡先生诞生百年大会上，我曾经献上了三首诗，现附录于后：

怀念曾昭抡先生

（一）

书香门第受启蒙，
麻省理工一博闳。
近代化学开山祖，
先师风范昭苍穹。

（二）

六君上书坦诤言，
忠心被污放毒箭。
有口难辩是与非，
进步教授遭屈冤。

（三）

负重只身来珞珈，
时年已是花白发。
老骥志在开新域，
元素有机冠中华。

因祸得福，开拓创新业

在新中国成立前，武汉大学与北京大学、清华大学、中央大学（南京）和浙江大学并称为五所国立著名大学。但是，新中国成立以后徐懋庸执掌武汉大学，他实行了一条极左路线，弄得广大知识分子风声鹤唳，无人再敢从事科学研究。因此，教授不做研究，述而不作，成为武汉大学衰落的主要原因。

曾昭抡是一个典型的书生，不问政治，更不是那种随波逐流的政客。他一心向学，对于当官没有丝毫兴趣，始终抱着科学救国这一理想。他被划为大右派以后，既不能教书亦不能做化学研究了，不免有一种失落感。但是，他是著名的化学家，名声远播，国内外无人不知。机会终于来了，这要得益于武汉大学校长李达的卓越胆识。李达校长一心想振兴已经衰败的武汉大学，他找到国家高教部部长杨秀峰，提出要把曾昭抡教授调到武汉大学任教。这一请求得到国家高层的同意，于是曾先生于1958年3月只身来武汉大学赴任。本来学校也想将他的夫人俞大絪教授调入，以加强我校英语系的力量。可是，俞大絪教授不愿南下，她安排好曾先生的生活起居后，又回北大任教。

几乎是与曾昭抡到武汉大学的同时，刘仰峤被中央任命为武汉大学党委第一书记兼常务副校长。他对曾昭抡到武汉大学任教表示欢迎，并提出了对待曾先生的三条原则："政治思想上帮助，学术上大胆使用，生活上予以关心。"李达校长也是大学者，与曾昭抡先生是老乡，彼此情投意合，曾经多次设家宴款待这位学术大师。领导的态度充分调动了曾先生对工作的积极性。

在外人看来，曾昭抡到武汉大学任教，似乎有被"流放"或贬谪之意。但是，曾先生并不介意，他此生钟情于化学，只要能够让他重操旧业，就是他最高的理想。在我们这些化学系的青年教师看来，他的到来使我们获得名师的指导，真是天赐良机。根据国内外有机化学发展的动向和趋势，曾先生建议创建新的元素有机化学专业，他被任命为教研室主任，这是全国综合大学中独一无二的新专业。同时，他倡导成立了有机硼科研祖、有机氟科研祖、有机硅科研祖、有机磷科研祖和金属有机科研组，并分别给他配备了5名科研助手，我被他指定为有机氟科研组组长。

与此同时，他又开始招收研究生和进修教师，亲自主讲元素有机化学，查阅了1500多篇文献资料，编写了140多万字的《元素有机化学》讲义，受到各大学和科学研究单位的高度评价。中国科学出版社闻讯赶到珞珈山找到曾先生，要求他编撰《元素有机化学》大型参考书，总共6册，由他的6位助手分别承担，计划写出200多万字。他亲自撰写了《元素有机化学导论》，分精装和平装两个版本。可惜的是，由于"文化大革命"而被迫终止。为了加强学术交流，活跃学术风气，他建议在武汉召开了全国高等学校第一届元素有机学术研讨会，他亲自主持这次大会，收到了极好的效果和极大的反响。

曾昭抡先生惜时如金，每天拼命奔波在从家中到图书室或实验室的路上，中午不回家，自带碗筷，到附近餐馆吃一碗面条。他眼睛高度近视，晚上回家经常碰到树上或摔倒在路边水沟里。由于劳累过度，1961年暑假回京休假，夫人俞大纲关心他的健康，安排他住进北京阜外医院检查，结果发现他患了淋巴癌，夫人心如刀绞，一边通过医院进行化学疗法控制癌细胞发展，一边严格对外保密，不要让曾先生有思想负担。在医生精心治疗下，一个月后病情得到了基本控制。暑假后，曾昭抡先生又回到武汉大学教学岗位，仍然专心致志地从事他挚爱的学术研究。

1964年，他在给学校的思想汇报中写道："我虽年老有病，但精神未老，自信在学校的领导下，还能继续为人们工作一二十年，或者更长的时间，争取为国家做出更多的贡献。"可是，命运之神并不能遂他之愿，随着"文化大革命"的爆发，他的夫人俞大纲不堪受辱，在1966年2月"文化大革命"开始就自缢身亡，而曾先生甚至不能回京与爱妻做最后的告别。"文化大革命"彻底粉碎了他心中的理想，不仅不能实现科学救国，甚至连自家性命也朝不保夕。

在那怀疑一切、打倒一切和横扫一切牛鬼蛇神的疯狂年代，身患绝症的曾昭抡先生受到造反派的百般批斗和羞辱，或棍棒毒打，或皮鞭抽击，曾经多次昏死过去。我们这些他当年的助手，要么是被打成走资派，要么就是资产阶级的孝子贤孙，而我被当作苏修特务和炮打中央"文革"的黑炮手被隔离审查，也失去了人身自由。在身边无人照顾的情况下，曾昭抡先生在狭小的卧室，在精神痛苦和病魔的双重打击下，于1967年12月8日含冤而逝，终年68岁。

一代宗师，中国近代化学泰斗，就这样惨无人道地被折磨致死。著名作家岳南撰写了三大卷《南渡北归》，翔实地记录了众多学术大师的悲惨命运，其中有一节专门写"曾昭抡之死"，其惨情令人无比悲痛。他在书的封面上，以显赫的标题写着"大师远去再无大师！"这是非常值得人们深思的。

法学泰斗韩德培晶核再生

——纪念韩德培先生诞辰110周年

我是于1953年考入武汉大学化学系的,从我入校的第一天起,就对这所依山傍水的美丽校园产生了爱慕之情,这就是我梦寐以求学习的理想之地。作为一个学生,自然对母校的历史和学术成就十分感兴趣。当时的校务委员会主任(相当于校长)邬保良教授是著名的化学家、教育家。其中,在武大任教的有许多学术大师,例如辜鸿铭、竺可桢、查谦、桂质廷、叶雅各、李四光、闻一多、黄侃、郁达夫、沈从文、朱光潜、刘颐、刘永济、叶圣陶、杨端六、李剑农等。1948年,英国牛津大学致函中国国民政府教育部,确认武汉大学文理学士毕业生成绩在80分以上者,享有牛津大学"高级生的地位",这是一个很高的评价,令武汉大学声名鹊起。

武汉大学的法科是学校早期六大类学科之一,它创办于1908年,是该校最早创建的学科之一。在创办法科的历史上,曾经大师云集,如曾担任校长的王世杰(法国巴黎大学法学博士);国民政府首席大法官、武大法律系主任燕树棠(美国耶鲁大学法学博士);曾经代表中国参加远东法庭审判甲级战犯的梅汝璈(美国芝加哥大学法学博士);新中国成立前曾担任武汉大学校长的周鲠生(英国爱丁堡大学和法国巴黎大学法学博士);曾担任周恩来总理国际法顾问的李浩培(英国伦敦经济政治学院法学博士)。武汉大学的"哈佛三剑客",是流传许久的真实故事,他们是法学泰斗韩德培,中国世界史奠基人吴于廑,中国发展经济学的创始人张培刚。看了这份名单,人们不能不对武汉大学法律系刮目相看,也不难看出它是武大的金字招牌,是熠熠生辉的一块硕大的水晶晶体。

可是,在1957年的右派运动中,法律系成了重灾区,被校方认为是"烂掉了的系",燕树棠被划定为历史反革命分子,韩德培被打成大右派分子,该系的姚梅镇、马克昌、杨鸿年、何华辉、张泉林、曹流瀛等,几乎是一锅端。

1958年是决定武汉大学法律系命运的关键,当时湖北省委无端决定撤销武大法律系,将它合并到省属湖北大学。该系的青年教师、大学生和图书资料一并合并到湖北大学法律系,从而导致了"蛇吞象"的反常现象。然而,武大法律系的8名右派分子或历史反革命分子,湖北大学却拒绝接受,还美其名曰是自己消化,就地改造。这也意味着,武汉大学法律系的金字招牌被摘掉了,法律系这块水晶也被砸得粉碎。从此,留在武大原法律系的右派分子,像韩德培,因有一技之长被安排到外语系教授英语,燕树棠、马克昌安排到图书馆当资料员,其他的右派分子有的在食堂当出纳卖餐票,有的在校办农场放牛等。

1961年,全国给部分右派分子摘帽,武大原法律系的右派分子也获得纠正的机会。可是,时隔不久又爆发"文化大革命",那些已被摘帽的右派分子又重新被造反派揪斗,又被遣送到沙洋农场劳动改造,厄运一次又一次地降临到他们身上,身心都受到极大摧残。

粉碎"四人帮"后,"文化大革命"终于结束了。在胡耀邦同志主政期间,他力挽狂澜,开展真理标准的大讨论,为全国50多万右派分子平反了冤假错案,落实了他们的政策。在拨乱反正的关键时刻,我被借调到教育部筹备全国教育工作会议,这是全国广大教育工作者的期盼。出乎意外的是,中央组织部任命我为教育部党组成员兼高等教育司司长。我本意不想为官,但出于对教育战线拨乱反正的责任心,我赴任了。在基本完成了全国教育工作会议召开之后,我义无反顾地辞职回到武大。我本想归队从事化学学术研究,但教育部马上发文任命我为武汉大学党委常务副书记兼常务副校长。

在推却不果的情况下,我勉为其难地履行了自己的职责。我真心拥护改革开放,并意识到一个依法治国的新时代即将来临。几乎就在一刹那间,一个昔日法律系金字招牌立即涌现在我的脑际。我认为,要振兴武汉大学,必须重铸昔日的法律系金牌,同时还要再创各个学科领域和各个工作部门的金牌。对,主意一定,我建议尽快把恢复武大法律系提交到党委常委会议上讨论。

1979年5月初,党委书记纪辉同志召开党委常委会议,专题研究我提出的恢复法律系的提议。让我始料不及的是,对于恢复法律系的争论异常激烈,有人说:1957年法律系是右派窝子,教训是深刻的,多一事不如少一事;有人说,恢复法律系人才从哪里来,就凭那几个老右派能够恢复法律系吗?还有人说,恢复法律系也有一个政治方向问题,究竟依靠谁,为哪个阶级培养人才的问题。

当时党委常委有8人，如果要付表决，反对者或中立者居然有六人。纪辉书记是一位原则性很强的老革命，他根据情况没有提出付表决，而是以一把手身份总结说："我认为道玉同志建议恢复法律系的建议是正确的，大家争论得很激烈，我看这个问题就不要付表决了，我作为班长就表个态，支持恢复法律系，大家不要再争论了。如果今后证明恢复法律系是错误的，我负完全的责任。"纪辉书记既然拍板了，常委们也不再坚持了，恢复法律系就算是党委的决定。

事不宜迟，会后受纪辉书记的委托，我主持了恢复法律系的筹备工作会议，参加筹备会议的有韩德培、姚梅镇、马克昌、陈明义（拟担任党总支书记）。此外，还有教务处、人事处、科研处等单位。在会议上，我传达了学校党委关于恢复法律系的决定以及纪辉书记的讲话精神。我说武大法律系曾经是武汉大学的一块金牌，实践证明撤销武大法律系是错误的，是自己砸了自己的金牌。万幸的是，晶体虽然被砸碎了，但晶核尚存。这晶核就是德高望重的韩德培先生。只要他登高一呼，全国法学界的精英之才，都会聚集到他的旗帜下，用不了多久，就会在韩德培这块晶核的周围生长出一块硕大的水晶来。

武汉大学真是因祸得福，当年没有人要的右派分子，却成了我们恢复法律系的学术带头人和骨干。我当时合计了一下，即使在不新调进人的情况下，7个右派完全能够开出法律系的全部课程，如韩德培的《国际法》，马克昌的《刑法》，何华辉的《宪法》，张泉林的《法学理论》，杨鸿年的《法制史》。曹流瀛的《民商法》等，这真是天作之合。

当时，学校用房与经费都十分困难，我们在新四栋学生宿舍选了两间用房，拨了两万元作为筹备经费。法律系没有实验室，因此资料室就成为头等重要的事，我提出通过购买、捐赠和复印等多种途径尽快把资料室建起来。选调教师是重中之重，只要符合条件，要以最快的速度调入。我与筹备会约法三章，恢复法律系是重中之重，要特事特办，办不通的事可以直接找我，不许从中梗阻。由于采取了这些措施，筹备组组长韩德培先生信心十足，他表示筹备组马上改名，正式挂出法律系的牌子。同时他提出两步合成一步走，1980年同时招收本科生和硕士研究生，要把过去耽误的时间抢回来。于是，三个月以后，法律系筹备组更名为法律系，任命韩德培为首任法律系主任，马克昌为副主任，陈明义任总支书记。

果然不出所料，1980年招生时，在韩德培先生周围就聚集了30多位教师，保证了1980年秋季顺利开学。新招收的学生也非常自豪，他们戏称自己是武大法律系的"黄埔一期"，这种荣誉感和使命感，大大地调动了他们的学习积极性和创造性。万事贵在抢先一步，武汉大学法律系的迅速崛起，令其他大学的法学院刮目相看。

接下来是怎么进一步落实这些一度遭受打击和委屈的教授或教师的政策，解除他们的后顾之忧，让他们集中全力用于教学和研究工作。恢复法律系时韩德培先生已68岁，早已过了退休年龄。可是，他老当益壮，精神矍铄，这是他在挫折中练就的强大的心理力量。他十分珍惜这晚到的机遇，决心把自己的学术专著留给后人，以免后继无人。

韩先生有两个儿子和一个女儿，在极左年代，他们自然都只能成为"接受再教育的对象"，都是下乡的知识青年。恢复高考后，韩铁和韩健通过自己的奋斗，都考上了武汉大学，而且都子继父业，成为国际法和环境法的专家。小女儿韩敏是湖北京山县一中教师，在征得韩先生的同意后，于1980年把韩敏从京山一中调到武大图书馆工作，让她有更多的时间照顾韩先生的生活，使韩先生专心致志地领导和建设法律系。同时，我们将他的住房从居住的两室一厅调整到三室一厅，以适应他的学术研究和接待教师及学生的需要。

在一次与韩先生谈话中，我听出他对1956年教授定级颇感不满，当时只给他评定了三级教授。他认为是学校当时的领导人压制他，心中颇有不快。他既然是武大"哈佛三剑客"，那就说明他是有真才实学的，应该评他为二级教授。也就是从这一年开始，在限定所谓资产阶级法权的口号下，为了缩小工资差别，几十年教授们都不能提工资。我对韩先生说："这对你确实不公平，论你的学术水平应当评一级至少应该评二级教授。但是，这又是一个十分困难的时期，20多年各大学的教授都没有提过级。但是，我愿意向国家教育部反映，争取还你一个公平。"从此，我记住了这件事，心想如果有机会，我会尽最大努力，请求国家教育部破格晋升韩德培的工资级别。

1981年秋，我到北京开会，会后我专门约见教育部计划司司长韩放，向他反映韩德培先生工资待遇不公的情况。他听后说："已经20多年了，还没有任何学校要求给教授晋升工资的，你是第一个。对于你们的请求，本是不可以考虑的，但考虑到你的爱才之心恳切，一个校长亲自为教授的工资奔波，我也受感动。若要使问题得到解决，我给你指一条路子，你请蒋南翔部长批示一个意见，我们就好办了。"于是，我向南翔部长汇报了韩德培先生的情况，幸好蒋部长对韩德培的情况很熟悉，于是他破例批示请计划司做特殊情况办理。这样，韩德培先生的级别由三级晋升为二级，这在全国大学中是独一无二的。

鉴于韩先生回国已经30多年了，知识在不断更新，需要了解学术研究的最前沿方向。于是，学校请韩先生自己联系，准备以公费派他去国外讲学并进行学术交流。先生早年留学加拿大和美国，这些旧有的关系可以发挥作用。1982年先生利用暑假时间，准备访问美加大学3个月。这年9月中旬，我也随武汉市政府代表团访问美国，与美国匹兹堡市建立姊妹友好城市。9月下旬我们到达华盛顿时，驻美大使馆参赞解其刚是我的老朋友，他告诉我韩德培先生在美国讲学期间，曾经突发脑溢血，幸亏发现及时，经手术已无大碍。我本欲亲自到密苏里去探视，但代表团是集体行动，机票不能更改。我从华盛顿与韩先生通了电话，向他表示慰问，并祝他早日康复。韩先生嘱咐我，他出国前与夫人有约，大约10月初回到学校，由于病情尚需要进一步恢复，不能按时回国。他委托我回校后去看望他夫人，说他在美国讲学一切顺利，只是太劳累，美国朋友建议他在美国修养一段时间回国，以免夫人担心。我于9月底回到学校，第一时间去看望韩师母，把韩先生嘱咐我的话对她说了一遍。师母回复说："他毕竟年纪大了，安全就好，希望他早点回到学校。"

韩先生真的又创造了奇迹，他在美国虽然做了一次开颅手术，但没有留下任何后遗症。回国后，他又重新上课和指导研究生，又继续工作了20多年。他具有钢铁般的顽强意志，这是挫折与苦难磨炼出来的。"金牌精神"是我办学的理念之一，因此我对法律系情有独钟。1984年是法律系恢复建系5周年之际，法律系已经升格为法学院，拥有两系（法律系和国际法学系）、两所（国际法研究所和环境法研究所）和一刊（法学评论）。法学院的师资也由当初的7人增加到70多人，承担了多项国家立法的起草工作。无论是重点学科或是研究成果，都居全国前列，获得了诸多的"第一"的。在国家最高法院先后拥有万鄂湘、陶凯元和罗东川3名大法官，国家最高检察院的首席大法官张军也是武大校友。当我们看到这些成就，可以无愧地说，武汉大学重铸法学金牌的大工已经告成，韩德培这颗晶核已经再生出更硕大的美轮美奂的晶体了。

2009年1月31日（己丑年初六），武汉大学国际法研究所的教授们为韩德培老先生举办了一次别开生面的生日宴。今年应当是先生98岁生日，但按照我国习俗，给老人祝寿是按虚岁，也就是给韩先生祝99岁生日，即古人所称的"白寿"。是日风和日丽，万里无云，让人感到春意盎然的气息。"白寿宴"在洪山广场北侧湘鄂情大酒店举行，由法学院院长肖永平教授主持，至少有十几届的学生参加，最早的学生是1950年毕业的梁西教授。韩先生的儿子、女儿、孙女也都参加了。

自韩先生95岁以后，每年他的生日宴，我都被邀请参加，说明我与韩先生和法学院的感情之深。在"白寿宴"上，我被邀请讲话，我衷心祝福韩老长寿，希望在他期颐大寿时再向他表示我们的衷心祝福。接着，我吟咏了一首祝贺诗，现抄录如下：

人月圆
——祝资深教授韩德培先生白寿

春梅怒放春来早，
喜庆白寿宴。
年年此时，
举杯同欢，
人寿月圆。

珞珈山巅，
晶核烁烁，
北斗映照。
桃李芬芳，
宏论巨著，
寿高德劭。

然而天有不测风云，谁能料到，白寿宴后只隔了不到四个月，韩先生就于2009年5月29日仙逝，我感到无比的悲痛。武汉大学在宋卿体育馆设置灵堂，我冒雨去向他的遗像致哀，并献上了一个花圈。正式告别仪式于6月2日在武昌殡仪馆举行，他的学生从各地赶来为他送行，我也参加了他的遗体告别仪式。本来，我希望他再创造奇迹，准备明年参加他的期颐寿宴，遗憾的是没有能等到这一天。面对韩先生的遗像，我心中涌现出了"功德圆满"几个字，这是一句佛教用语，意指诵经、布施等都做得完美了。

　　韩先生，您集德高、学高和寿高为一身，你已经功德圆满了！请安息吧！

中国当代的亚里士多德
——沉痛悼念于光远先生逝世

今天上午 10 时，接到北京陈浩武的电话，他告知昨天凌晨 3 时，著名经济学家于光远先生不幸在北京医院逝世，享年 98 岁。随后，我接到了于光远先生治丧委员会的讣告："于光远同志遗体告别仪式定于 2013 年 9 月 30 日上午 9 时在北京医院西大门告别厅举行。"鉴于我年事已高，不便前往凭吊，特向光远先生治丧委员会发去了一副挽联以示吊唁。

> 沉痛悼念于光远先生逝世
> 一身正气读万卷书行万里路著作等身
> 两袖清风学贯中西当代的亚里士多德
> 后生学生　刘道玉哀挽

同时，我请陈浩武教授亲赴光远先生府上，转达我对于光远先生的逝世表示沉痛的悼念！向他的夫人孟苏女士转达我的亲切慰问，并帮我备置一个花圈献于他的灵堂。做完这一切，我的心情依然不能平静下来，思绪把我带入与光远先生交往的岁月，特写下这篇纪念文章，以表达我的怀念之情。

我与光远先生相识于 20 世纪 80 年代初，是改革开放把我们紧紧联系在一起的。他思想解放，一直走在改革开放的最前列，对我出任武汉大学校长表示支持，希望我真正地做一位教育改革者。论辈分，我是光远先生的学生，对他崇敬有加。我特地聘请他为武汉大学的兼职教授，邀请他给学校的教师和学生做解放思想的报告，受到大家的热烈欢迎。

他从报道中得知，武汉有一个叫小津津的智力超常的 4 岁孩子，他建议把这个孩子招收到武大来，对他进行特殊的超常培养试验。我接受了光远先生的建议，与光远先生共同对小津津进行了面试，果然他的数学、语文和英语都有超常表现，有的达到了小学三四年级的程度。于是，我们把小津津招收到学校来，但并非外界所报道的是少年大学生。我们成立了一个实验小组，制定了培养原则和"2—3—2—3"计划。所谓"2—3—2—3"计划，即用两年完成小学六年的学习任务；用三年完成初中和高中六年的学习任务，用两年完成大学本科四年的学习任务，再用三年完成硕士和博士的学业。这样，14岁就可以获得博士学位，这既是超前的又是切实可行的，而且国外已有这样的先例。我们的原则有三条：一是必须循序渐进，可以跳跃，但大的学习阶段不能缺失；二是必须回到儿童世界中去，接受智力开发的同时，一定要让孩子享受到儿童的乐趣；三是不能脱离集体，学会与同学和谐共处的能力。可是，小津津的父亲反对我们的科学实验做法，他主张派教授到家中对孩子单独教授，而他动辄以拳打脚踢强迫儿子学习。我们认为他的要求不合理，其方法也是违背教育规律的。在双方僵持了一年多后，不得不被迫终止了对小津津的试验。

1988年2月10日，我被教育部何东昌突然免职。春节过后，光远先生亲临寒舍探视，他对教育部的做法感到很愤怒，认为是对励志改革者的打击。他安抚我说："地球大也无限，小也无限，何处没有英雄用武之地呢？"接着，他告诉我准备筹备全国科学文化论坛，它是一个集多学科的学者们的园地，目的是进一步开展思想启蒙宣传，以推动我国科学和文化发展。他希望我积极参加这项活动，特别是在教育改革方面多发表意见。

光远先生是中国自然辩证法研究会的发起和创始人，我作为常务理事，参加了每次活动。光远先生是每会必到，每次会上他都有精彩的报告，使与会者受益匪浅。他倡导创办了《方法》杂志，首次提出了科学方法学、聪明学，致力于开发中国少年儿童的聪明才智。

1996年6月6日，在深圳召开了《面向21世纪的师范教育》研讨会，我应邀参加了。会后，于6月9日在深圳的优雅青春世界举办了《于光远先生从事学术研究60周年暨教育思想研讨会》，我与他的学生共50多人参加了讨论会。在会上，我以"一个经济学家的教育观"做了发言，这篇讲话后发布在6月19日的上海《文汇报》，后《中国图书商报》也做了转载。

我的自传《一个大学校长的自白》于2005年9月出版。在学生们的建议下，9月25日在北京举行了首发座谈会，在京校友和新闻界的100多人参加了会议。会后，我第一个要去看望的就是倍受尊敬的光远先生，我在学生李为与丈夫沈洪及陈浩武和小儿子刘维东的陪同下去拜访光远先生，那时他还住在史家胡同8号。我把自传亲自赠送给光远先生，真心请他教正。这次见到光远先生时，发现他明显衰老了许多，他的听力不济，坐在轮椅上谈话，我们合影作为纪念。

这是我最后一次拜访先生，以后虽然没有机会再看望他，但我无时不在关注他的情况，包括他的著作和健康情况。自从认识光远先生以后，每年都收到他的贺年信，这是一份介绍一年工作情况的信，20多年从未间断过，实属难能可贵。我也以礼回赠贺卡，衷心祝他健康长寿！我本指望在光远先生期颐大寿时再向他表示祝寿，不料他竟然以98岁高龄驾鹤西去。看来，百岁是一个关口，不少著名学者都没有闯过这道坎，如韩德培（99）、钱学森（98）、季羡林（98）、张培刚（98）、吴征镒（97）、何泽慧（97）、吴浩青（97）、梁漱溟（95）、赵朴初（93）、任继愈（93）、朱光亚（87）等。

我知道光远先生早年在清华大学是学物理学的，他是在革命的实践中成为一名知名的学者的。1955年建立中国科学院哲学社会科学学部时，他是最年轻的学部委员之一，时年仅40岁，比胡绳（37岁）大3岁。他博学多才，除了经济学以外，他在哲学、政治学、管理学、自然辩证法、教育学、科学学、思维科学等领域里都有重大建树，所以在我心目中，他是中国当代的亚里士多德——一个百科全书式的著名学者。

光远先生，您太累了，现在终于可以永远休息了！安息吧！

中国教育的一座丰碑

——纪念朱九思校长逝世5周年

《长江日报》2015年6月15日，以《一代教育家朱九思辞世，引起百余家媒体关注》为题对朱九思先生的逝世做了报道。朱九思同志治丧委员会14日发出讣告，前华中科技大学党委书记兼校长朱九思同志因病医治无效，于2015年6月13日18时09分在协和医院逝世。告别仪式定于6月17日在武昌殡仪馆举行。这位百岁老人走完了他光辉的人生之路，他被称为"华工之父"，业绩彪炳千秋！

我怀着悲痛的心情献上了一个花篮，参加了他的遗体告别仪式，对他的逝世表示沉痛的悼念，对其亲属表示亲切的慰问。在他逝世后，我曾经接受了《长江日报》记者李佳的采访，追忆了我与九思校长的友谊。我们同住过一个病房，在党的十二大会议上，我俩曾经联合提出议案，呼吁增加教育经费，认真落实知识分子政策，加快教育改革的步伐。2012年2月底，我与九思校长联合致信给教育部部长袁贵仁，建议延长重点大学校长任职年限，因为教育周期长，是"百年树人"的事业，像走马灯一样频繁地更换校长，对于治校、育人和学术研究都是极其不利的。袁贵仁部长收到信后，指示中纪委驻教育部代表、教育部党组成员王英亲自给我回电话，但实际上他们并没有采纳我们的建言。在我看来，责任不在教育部，而是中央组织部掌管了重点大学校长的任命权，而教育部也是无可奈何呀。

朱九思校长是武汉大学杰出校友，我与他是亦师亦友的关系，论辈分他是我的长辈，论学问，他是我的师长。说来我们还真有缘分，他于1953年6月，由湖南省教育厅第一副厅长调任到武汉履新，10月被政务院任命为新建的华中工学院副院长。我也于1953年9月从穷乡僻壤的湖北枣阳农村考上武汉大学，成为化学系的一名新生。从此，他在华中工学院（现为华中科技大学）辛勤耕耘了62年，而我除了两年留苏和在教育部工作两年外，在珞珈山学习和工作也恰恰是62年，我们都把毕生的心血分别贡献给了这两所犹如姐妹的大学。

从革命家到教育家

江苏扬州是古代九州之一，九思校长1916年2月20日就出生于这个人杰地灵的地方。到了读书的年龄，他先后在私塾和小学读书，打下了坚实的文化基础。他13岁考上了扬州中学，当时流传一句口头禅"北有南开、南有扬中"，这对于朱九思日后的学习具有重要的影响。在扬中读书期间，他曾经遭受到一起"无妄之灾"，起因是因为他喜欢世界语，被当地国民党县党部抓去关了三天，认为世界语协会与共产党有关。据九思校长回忆，这三天受到一次特别的教育，为他日后走上革命道路起到了促进作用。

1936年他以优异的成绩考入武汉大学哲学教育系，次年又转入外国语言文学系。这两年的学习为他日后从事大学教育的领导工作奠定了思想和文化素质基础。20世纪30年代中后期，抗日战争烽烟四起，热血沸腾的大学生纷纷参加抗日救亡运动。朱九思在中学期间就有了革命思想的萌芽，他在武汉大学读书期间就参加了共产党。1937年12月9日，朱九思在私立华中大学组织了当年的"一二·九"运动。之后，他感到自己非走不可了。1937年12月12日傍晚，他悄然离开了学校，经过千辛万苦于12月14日到达西安。他们几经周折，步行了三天，于12月20日到了革命圣地延安。

他被编入抗日军政大学第三期、第三大队学习。革命形势发展异常迅猛，于是又扩建抗大一分校和二分校，朱九思被调入二分校担任指导员，1939年二分校正式开学，校址是原阜平的晋察冀抗日军政干校。从该校成立到1942年5月，他一直在这所学校工作，从指导员到大队政治主任教员。除了工作之外，他还阅读了许多马克思主义著作，使他一步一步成为职业革命家。在部队，他逐步晋升为冀晋纵队政治部民运部副部长。不久，他先后创办《冀热辽》日报、《天津日报》和《新湖南日报》，成为一名职业办报人。

从革命家到新闻报纸领导人，再到高等教育战线，这是一个跨度较大的角色转换。从他1953年6月到武汉履新到1984年退到二线，在这31年间，他阅读教育经典著作，深入调查研究，延揽精英人才，了解每一位教授的科研方向，解决他们的困难，使得新办的华中工学院的学术地位蒸蒸日上。据国家教育部在"文革"后期调查,朱九思领导的华中工学院在全国15项指标中,居然有12个指标居全国第一位。"十年树木、百年树人",朱九思一生既爱树又爱才,在他的精心呵护下,华工科技大学成为名副其实的"森林大学",而受他呵护的人才,也一个一个成为各学术领域的"参天大树"。

朱九思是从革命家转换为有重大建树的著名教育家的。什么是教育家?陶行知先生曾经说:我们见到的教育家有三种:一种是政客教育家,他们只会运动,把持,说官话;一种是书生教育家,他们只会读书、教书、做文章;一种是经验教育家,他们只会盲行、盲动,闷起头来办……办……办。然而,九思校长却是一位有教育理念的教育家,是一位事必躬亲的教育家,是一位深受师生爱戴的教育家,所以他才被誉称"华工之父"。

在中国,九思是任期最长的大学校长之一,受到人们普遍的尊重。在长期办学的实践中,逐步形成了他的独特教育理论(或理念),比如理工结合,科研要走在教学的前面,学术自由是大学的真谛,管理也是教育,面向教师、服务教师、创新不能抱着走,等等。这在我国近现代的大学校长中是不可多见的。

从领导者到学者

无论在战争年代还是新闻战线上,朱九思都是一位卓越的领导人。自从1953年转入到高等教育战线,他就热爱上就这个值得献出毕生精力的事业。这一初心,无论是在十年浩劫的"文化大革命"中,还是在遭到批斗和下放干校领导改造中,他始终没有动摇过初心,他始终相信"臭老九"是有用的,国家现代化建设必须依靠教育。在他担任大学领导工作期间,他坚持以教育理论指导工作,坚持按照教育规律办事,所以华中工学院在他的领导下,蒸蒸日上,令全国大学同行们羡慕不已。

我国大学党政领导干部,在任期届满以后,几乎都是全身而退,要么陪伴儿孙颐养天年,要么旅游享受幸福快乐的生活。然而,朱九思却选择了一条由领导者转为教育学者的道路。这既需要有信仰的支撑,又需要有充沛的精力做后盾。武汉大学原本在20世纪80年代初就创建了高等教育研究所,主要研究教育改革和国内外比较教育学。这个研究所的领导人是卫道治教授,他是我国最早的教育名家之一。武大于1983年就开始招收教育学硕士研究生，还创办了《高等教育通讯》学术刊物。照理说，武汉大学是最有资格建立高等教育学博士学位点的。

可是，一场大学生的爱国民族运动却粉碎了我们的梦想，我被立案审查，卫道治教授受我的株连也被羁押，胁迫交代和揭发我的所谓"自由化"的问题。在审查无果的情况下，有关部门不得不把卫道治释放出来。这时，朱九思校长打算把卫道治调到华工创建高等教育博士点，但武汉大学又为难卫道治，既不重用他也不同意他去华工。但是，九思十分开明，拨款10万元，委托卫道治教授硬是把高等教育学博士点落在华工。于是，朱九思转身成为华中理工大学高等教育研究所博士点的学术带头人，成为继厦门大学之后全国第二个高等教育学博士生的培育基地。毫不夸张地说，没有朱九思就没有华中理工大学的高等教育研究所，也不可能在一个工科大学里出现一个高等教育学博士点。这得益于九思校长的事业心、识才、爱才和大胆使用人才。应当说，华中理工大学高等教育博士点的设立，武汉大学高教所的卫道治教授功不可没。

育才与著述双丰收

东汉末年时期曹操在《龟虽寿》中曰："老骥伏枥，志在千里；烈士暮年，壮心不已。"它表明，人的衰老是自然现象，但一个人的进取精神并不是以年龄来决定的，有的人虽然年纪轻轻，但却没有雄心壮志，事业无成；而有的人虽然已经老迈，但壮心未老，其事业心与改革精神依然不减当年。

朱九思校长就是这样一位具有强烈事业心的人。1984年12月退出领导岗位以后，他不甘寂寞，在原来高等教育研究室的基础上创建了高等教育研究所，后来又升格为高等教育研究院。这是他亲手创建的一个新舞台，自1985年1月到2002年，在高等教育研究所他又做了17年的学术研究。期间他领衔承担了两项国家科研项目，出版教育专著3本，发表学术论文60多篇，出版了两卷本的《朱九思全集》《朱九思评传》和《敢与谋》（朱九思口述历史）等。同时，他亲自招收研究生，先后培养了12名教育学硕士和9名博士，可谓功德圆满。

2002年，九思已年届86岁，他不再招收研究生，也正式从高等教育研究院退休。但是，他对中国教育的思考从没有停止，对他一手创建的华中理工大学一刻也没有停止关注。即使在住院期间，无论是学校领导人来探视他，或是新闻记者访问他，他都会一往情深地畅谈自己对高等教育的见解。实际上，自他1953年6月到华中工学院任职到逝世，他在华中理工大学共待了62年。前31年主要是在这所大学从事党政领导工作，把一所新组建的大学建成为国内著名大学，这是一个奇迹。1984年12月他退出大学领导岗位，又领衔创建了华中理工大学高等教育研究所，转身到高等教育学术领域进行研究。我国绝大多数大学的领导者，在位时都不研究教育学，更别提退休以后还矢志不渝地研究高等教育学。直到他于2015年6月13日辞世，又耗费了31年研究高等教育学，从而创造了他人生的第二个奇迹。

在我国近现代高等教育史上，朱九思校长是任职最长的大学校长之一，堪与任职美国哈佛大学任校长长达40年的艾略特相媲美。朱九思的经历和成就，充分验证了明朝顾炎武在《又酬傅处士次韵》（其二）中脍炙人口的诗句："苍龙日暮还行雨，老树春深更着花。"同时，他也为我国高等教育提供了诸多的启示：首先，我们究竟应当选择什么样的人当校长？校长必须热爱教育，必须是教育家，必须热爱学生，钻研教育理论，必须按照教育规律来办学。其次，无论是书记或是校长，绝不能心甘情愿的当外行，以外行领导内行而自居，必须由外行转变为内行。再次，一定要打破校长任职年限的老框框，一个大学校长，只要治校有方，治学有成，教师和学士拥护，精力充沛，就不应该受任期的限制，绝不能按照政府官员任期的办法更换校长，这是建设有特色大学的需要，也是建设我国世界高水平大学的需要。

丹青难写是精神

——纪念刘介愚校长诞辰 110 周年

范军是华中师范大学出版社社长，他于 2018 年 5 月 18 日给我发微信，他写道："刘老，我正在编辑纪念老书记刘介愚纪念文集，他在武大工作多年，您若熟悉，写篇回忆文章如何？"我回复说："介公在武汉大学工作 8 年，我有幸与他共事，向他学习诸多，应当表达我对他的崇敬之情。如果时间来得及，我将尽量写出来。"

我知道，明年将是介公 110 周年诞辰，华中师范大学编辑这本纪念文集，的确非常必要。介公是一位革命化的职业教育家，新中国成立前后在多个地区和教育单位从事教育领导工作，具有长达近 40 年的教育阅历，积累了丰富的教育经验。可是，他为人十分低调，这在一定程度上影响了人们对他教育思想和管理经验的了解。我深信，华中师范大学即将出版的纪念文集，将会起到这样的宣传作用。

"文化大革命"以前，介愚同志是华中师范学院党委书记兼院长，在他的领导下，华师成为我国 5 所重点师范学院之一。可是，"文化大革命"使我国的教育受到严重破坏，大学的领导干部都被打成了"走资本主义道路的当权派"，介愚同志也遭受到冲击，先后被批判、下放和劳动改造。他被"解放"以后，于 1972 年到武汉大学担任党委副书记、校革委会副主任。当时尚处于"文化大革命"后期，掌握主要领导权的还是工人解放军毛泽东思想宣传队，直到 1978 年以后才逐渐恢复了大学校院长的体制，介愚同志才被正式任命为武汉大学党委副书记和常务副校长。那时，武汉大学的几位领导人既不懂教育理论，也没有在大学工作的经历。显然，介愚同志的调任，是为了加强武汉大学的领导力量，以加强武汉大学教学和学术研究的领导。

说来也非常巧，我于 1973 年 3 月被上级任命为武汉大学党委副书记，这使我有机会与介愚同志共事。那时，介愚同志是二把手，协助党委书记纪辉主管全面工作，但重点是抓教学、科研和招生工作，这是他的专长，也是办好武汉大学最重要的工作部门。我是学理科出身的年轻干部，时年刚刚40岁，因此分配给我的工作也比较多，除了思想教育工作以外，还协助介愚同志抓教学、科研、生产等方面的工作。在与他共事的期间，有几件事给我留下了深刻印象。

首先是主张实事求是地评价孔子。1973年"9·13"林彪事件发生后，全国掀起了批林批孔运动，把两千多年以前的古人与现代人联系在一起批判，实在是牵强附会，是醉翁之意不在酒。在对待批判孔子的问题上，介愚同志坚持实事求是的态度，认为不能以现代的观点去要求古代人。同时，他还认为对待孔子也要一分为二，虽然他在政治上是主张复辟倒退的，但在教育方法上有许多做法是有进步意义的，如有教无类、启发式教学、因材施教、三人行必有我师等，他的这些看法，在当时那种恶劣的政治环境下的确是难能可贵的。再后来，批林批孔运动又延伸到反对"开后门"浪潮，清理极少数走后门进校的工农兵学员。

自1970年开始，北京大学和清华大学开始按照"十六字"招生方针招收工农兵大学生。实际上，这是一个各级领导利用特权开后门的方针，那时各大学都有领导子女走后门来上大学。介愚同志是主管招生工作的，他坚决主张清理和退回不符合招生手续的学生。由于武大党委领导认识一致，我们顶住了压力，坚决清退了几名副省长的子女，受到了全校教职工们的欢迎。

其次是坚持文科正确的办学方针。1978年3月，国家教育部文科教学工作会议在武昌首义路省政府第二招待所召开，150多人参会。与此同时，会议中还穿插召开了大学学报工作座谈会，提出要积极和稳妥地发展大学学报的数量。教育部高沂副部长主持会议，我作为教育部高教司长参加会议，负责会议《座谈会纪要》的起草工作，而介愚同志是代表武汉大学参加会议的。这次会议实际上是一次拨乱反正的会议，需要澄清被"文化大革命"搅乱了的许多是与非，比如文科要"以社会为工厂，以阶级斗争为主课，以大批判为学习"的主要内容。在会议期间，各单位的代表争论很激烈，有些人心有余悸，不敢表明自己的态度。然而，介愚同志作为一位教育家，秉承实事求是的态度，反对"以社会为工厂"，主张文科教学必须坚持科学性、系统性、完整性，绝不能荒废各学科的专业理论和知识的学习，否则将是误人子弟。他的观点得到绝大多数人的支持，对于开好这次会议起到了重要的推动作用。

再次是支持恢复武大法律系。1979年初，我因病托故辞去了教育部党组成员和高教司司长的职务，本意是想回到化学系从事学术研究，不料又被国家教育部任命为武汉大学党委副书记兼副校长，这使我又与介愚同志共事了一年多。这期间我们曾携手做成一件大事，即恢复法律系。党的十一届三中全会决定实行改革开发的方针，我预感到一个依法治国的形势必将到来。武汉大学的法律系本来是武大的一张王牌，1957年却遭到了灭顶之灾，以韩德培教授为首的一批知名学者几乎悉数被打成了右派分子。更不可理喻的是，1958年又将法律系剩余的教师和学生统统合并到湖北大学法律系，开创了"以弱吃强"的先例。合校时湖北大学拒不接受武大法律系的7个右派分子，美其名曰让武大自己"消化"。我校也因祸得福，这些别人不敢要的所谓右派分子，后来却成了恢复法律系的学术带头人和骨干力量。

1978年12月，为了落实知识分子政策，中央全面启动了平反冤假错案工作，武大法律系的所谓右派分子的错案都得到了纠正，也就是说，他们也是"工人阶级"的一部分，也是"四化"建设的依靠力量。据此，我大胆地提出恢复我校法律系，重振武汉大学昔日的辉煌。可是，当我的建议提到党委常委会上讨论时，参会者展开了激烈地争论。反对者说："既然法律系已经撤销了，何必再恢复，多一事不如少一事。"有人说："靠几个右派能办好法律系吗？"还有人说："即使恢复法律系，也有一个办学方向问题，依靠右派办系，他们为哪个阶级培养人才？"我据理力争说："既然右派平反了，那他们就不再是阶级敌人，而是我们的依靠力量。何况他们都是学有专长的学者，我们为什么不能使用他们呢？"

当时党委常委共有8个人，所幸的是，党委书记纪辉和刘介愚副书记表示支持我的建议。但是，反对者有四人，而赞成的只有三人。鉴于当时的形势，纪辉书记没有进行付表决，他当机立断地说："关于恢复法律系的问题，就不必再争论了，也不表决了，虽然有不同的意见，但恢复法律系的大方向是正确的。我作为一把手，在恢复法律系这个问题上，我就做主了。如果今后证明是错了，我愿意负全部责任。"接着介愚同志表态："我完全支持纪辉书记的意见，我也愿意承担责任。"

武汉大学法学院后来培养出众多法学界优秀人才。全国高等法院和高等检察院的负责人中都有武大的毕业生，还有全国大法官，有 12 所大学的法学院院长都是毕业于武汉大学法学院。当我们回忆法学院所取得的成就时，不能忘怀介愚同志的功劳，我们由衷地感谢他！

介公在武大工作时间不算太长，而且还处于非常时期，但是他的高尚品德和工作作风却给人们留下难以忘怀的印象。他谦虚谨慎，平易近人，我从来没有见到他对人发过脾气。无论是干部或是教师，大多都称他为"介公"，这是对他尊敬的表示。"公"字的称谓，在西周是一种爵位，但先秦以后就成了一个尊称，一般专指学养很深的老年学者。如武大中文系的"五老"都是以"公"尊称他们，历史系的吴于廑被称为"吴公"，唐长孺被称为"唐公"等。

当我写这篇回忆文章时，我想起了宋朝王安石《读史》中的一个名句："丹青难写是精神"。什么是精神？精神虽然看不见、摸不着，但它确实是真实存在的，是反映于人的意思、意志和心理的一种综合素质。我对介公是十分敬仰的，我总想从他的一生中吸取一些有益的精神。但是，他一生中最宝贵的精神是什么，让我颇费思量！思前想后，窃以为就是实事求是的精神，谦虚谨慎的精神，严谨治学的精神。正因为有了这种精神，所以他敢说真话，如对待批孔的问题，对待文科教学的方针问题，对待恢复法律系的问题等。事实证明，他的观点都是正确的。他当时能够坚持自己的主张，是难能可贵的。我们在纪念介公 110 周年诞辰之时，希望发扬他这种实事求是的精神，借以肃清时下不正的学风，治理高等教育领域里的狂躁病，以便使大学安静下来，专心致志地从事高深学问的研究。

他创造了奇迹
——沉痛悼念刘绪贻先生仙逝

本月 11 日，从网上得知绪贻先生不幸逝世，我的心情一下沉重了下来。去年，他还出版了一本杂文集和一本论文集，没有任何征兆，怎么来得这样突然？我立即向他的儿子刘末求证，他说消息确实，是前一天上午 10 时 50 分走的。随后，我向他的长女刘东教授打电话，对先生的逝世表示悼念，对他们家人表示深切的慰问！先生的逝世，使我失去了良师益友，中国失去一位著名的史学家、社会学家和教育家。

绪贻先生是武汉大学迄今享年最高的人，也是武大集德高、学高和寿高唯一一位令人敬仰的学者，他创造了诸多的奇迹！

先生长我整整 20 岁，我们是亦师亦友的关系，前后交往有 55 年的历史，在珞珈山上共同度过了 65 年的风风雨雨。我们师生可谓志同道合，情深谊长，有着相同的价值理念的追求。我们不趋炎附势，只说真话，绝不说假话，因而我们都是"不合时宜"的人。进入到晚年，我们的联系和学术讨论日益增加，其原因是我们都是布衣教授。他一生有 30 多部著作，中国美国史研究的奠基者，连他的徒孙都是资深教授，但他既不是博士生导师，也不是所谓的资深教授，这岂不是咄咄怪事吗？我当校长时是讲师，可能是全国大学校长中职称最低的人，正当申请博士生导师时，又说我政治条件不合格，也是 20 世纪 90 年代武汉大学唯一没有享受政府津贴的教授。1996 年 9 月，湖北人事厅编撰出版的《湖北专家大辞典》，共收录了 4321 人，绪贻先生和我都被排斥之外。因此，绪贻先生和我都是受体制排斥的人，我们多少有一点惺惺相惜吧！

湖南《书屋》刘文华先生联系我们，说我们年事已高，希望我们做一次对谈，把我们的思想留给后代。我们答应了杂志的请求，于 2012 年元月 1 日和 2 日，用两个上午做了近 6 个小时的对谈，王郢博士为我们录音，后来整理出来四篇文稿，它们是：《立学以读书为本》《国学热引起的反思》《中国知识分子应有的担当》《中国教育问题与救赎》，总共有两万多字。可惜，《书屋》杂志只刊出了前两篇，后两篇没有通过新闻出版局的审查，被弃之不用。

2012年6月初，我们的学生、著名作家胡发云偕夫人杨俊邀请绪贻先生和我到东湖水上餐厅"水云乡"小聚，作陪的有绪贻先生长女刘东教授和江汉大学文艺理论家姜弘教授。发云用心良苦，选择水上餐厅，让我们欣赏东湖美景，品赏东湖产的各种新鲜鱼类佳肴和小吃，让我们过了一个愉快的周末。在回家的路上，刘东对我说："校长，我爸爸这一生亏了，他什么也没有得到。"我说："名誉、衔职、地位都是身外之物，绪贻先生应当得到的但没有得到，这是不公平的。但是，绪贻先生得到了人心，收获了丰硕的学术成果，我国学术界无不崇敬他，他的粉丝无数，他的学术成就和高尚的品德是我国学术界的巨大财富。"

按照中国习俗，给老人祝寿是"祝九不祝十"，2012年5月13日是先生白寿，历史学院在学校工会大楼会议厅举行绪贻先生百岁庆典，有他的弟子和校外友人百余人参加，党委书记李健致贺词，并且宣读了在国外访问的李晓红校长的贺信。5月上旬，武汉天气乍暖乍寒，而先生穿着一件短袖衬衫，在致谢时声音洪亮，精神矍铄，没有丝毫老态的表现。在会上，他向来宾赠送了他的文集《野老丹心一放翁》，洋洋洒洒140多万字，以"野老"和"放翁"自居，充分反映出他的精神特质，这是他创造奇迹之源。我为该书写了一篇代序，题目是"风骨凛然的杜鹃精神"，这是我对他"野老"和"放翁"高贵品德的回应，再次说明我们师生心心相印。

2013年春节，绪贻先生在家过年，他不慎摔了一跤，头部有点出血，后住进中南医院得到及时治疗，并且完全康复了。我到医院探视，鼓励他还要积极思考，继续写作。他问我："我们呼吁还有用吗？"我说："也许，当政者听不进，但民众还是喜欢听的，我们着眼于未来，历史的潮流是不可阻挡的。"他说："好，国家兴亡，匹夫有责嘛！"绪贻先生住院期间，每年春节时，我都会去探视他，虽然以后交流逐渐少了，但我们心里都明白，我虔诚地祝福他！

先生毅力极强，在抗争多年以后，终于走完了充实和传奇的人生。绪贻先生，您创造了许多奇迹，您的人生没有遗憾，请安息吧！

敬献挽联一副：

珞珈子规啼

学富五车　著作等身　珞珈山上一瑰宝
无私无畏　刚正不阿　野老丹心一放翁

改革敢为天下先

——沉痛悼念罗征启校长

2022年4月12日清晨,惊悉深圳大学原党委书记兼校长罗征启先生不幸逝世,享年89岁。当我听到这一不幸消息,心情感到十分悲哀。我与罗校长基本上是同龄人,他年轻我一岁且毕业又早我一年。他有着丰富的阅历与工作经验,历任清华大学建筑系教师、团总支书记、校团委书记、学校党委宣传部部长、学校党委副书记。他作风民主、工作勤勉、谦虚谨慎、严于律己、克己奉公,深得群众的爱戴。

在1979年以前,深圳只是广东之南的一个边陲渔村,名叫鹤薮古村,是一个客家的村落,住着12个姓氏100多户渔民。中央十一届三中全会之后,我国准备实行改革开放,决定建立深圳特区,借助毗邻香港自由港的优势。这一重大决策,给这个渔村带来千载难逢的发展机遇。随着经济的迅猛发展,急需新建大学,为特区输送各类人才。

经广东省委研究决定,准备创办深圳大学,并请求教育部和清华大学支援大学的领导人。鉴于罗征启是广东人,又有长期在清华大学任职的丰富经验,经过协商,由清华大学副校长张维(挂名)兼任深圳大学校长,而罗征启任党委书记兼常务副校长。深圳大学于1983年筹建,从破土开建当年建成招生,创造了世界大学建设的奇迹,也体现了深圳的高速度。在这个过程中,罗校长废寝忘食,夜以继日,为建设深圳大学立下汗马功劳。

一所新的大学诞生,不仅仅只是填补深圳高等教育的空白,而是从一开始就需要走出一条崭新的办学路子。在20世纪,各大学的教育改革是八仙过海,各显神通。我与罗校长是改革的知音,我们南北互相呼应,他从政治体制改革入手,效果十分明显,精简了机构,提高了工作效率。而武汉大学的改革是从教学制度入手,实行了一系列崭新的教学制度,从而营造了自由民主的校风。

新办一所大学,教师是关键,罗校长写信请我支援教师,我满口答应。我甚至将武汉大学的人事科长戴礼浩支援给他，我说戴科长对武大教师一清二楚，只要你们认为合适的人选，我一律不阻拦，真心实意地支援深圳大学，所以深圳大学不少骨干都是由武汉大学调去的。

  我与罗校长是改革的知音，在改革中我们建立了深厚的友谊。后来，我多次到深圳，每次我们都要聚会，交流改革的经验，讨论我国高等教育的未来。因此，对于他的不幸逝世，我感到万分悲痛。据知，他昨天还在正常早餐，听家人给他播放视频时，他还会心地点了点头。不料今天他突然就安静地走了，没有痛苦，很安静地走了，永远地走了。请安息吧，罗校长！

  谨献挽联一副

深大一年建成堪奇迹

政体改革敢为天下先

改革开放的燃灯者
——沉痛悼念祖慰先生

今年 2 月 15 日,我与夫人高伟住进武大人民医院复查旧疾,经过半个月的检查,我们于 3 月 2 日下午出院了,又回到泰康之家楚园。

3 月 3 日清晨,我收到长子刘维宁自广州发来的不幸消息,并转发了梅朵的一篇悼念祖慰逝世的网文《怀念祖慰老师》。这时我仍然不敢相信他的逝世是真的,于是我又询问小儿子刘维东:"祖慰逝世是真的吗?"他说是真的。这时我才发微信给祖慰的夫人、我的学生江霞,问道:"江霞,祖慰是不是出事了?在海南还是在武汉?"她写道:"敬爱的校长,我在一夜之间永失至爱,痛彻,哀彻,不能自已。"我立即回复她,写道:"为什么是这样,为什么,这究竟是为什么?是天妒英才呀!我谨向他的逝世表示沉痛的哀悼!向你表示诚挚的慰问!"我随后发去一副挽联:

是非分明铁臂担道义

才华横溢文章唤万世

在这悲痛的时刻,与祖慰交往的情景,一幕一幕地展现在我的脑海。

我于 1981 年 7 月 22 日履任武汉大学第 22 任校长,新闻记者们向来是非常敏感的,瞬间他们蜂拥至武汉大学,争相报道我任职的消息,以及学校怎样开启教育改革。其中有《人民日报》的毕全忠、龚达发,《光明日报》的樊云芳、丁炳昌,《中国青年报》的吴苾雯,湖北人民广播电台的纪卓如,等等。

祖慰原名张祖慰,1937 年 5 月出生于上海,早年学习建筑工程专业,有军旅生活经历,是广州军区武汉空军文工团创作员,男高音歌唱家。他酷爱写作,后来成为中国作家协会一级作家、湖北省作协副主席和旅法作家协会副主席、《欧洲日报》专栏作家。

作家祖慰不愧是改革开放的先知先觉者。在我任职的头一个月，他就到武汉大学采访了我。他询问我："新官上任三把火，你打算烧哪三把火？"我回复他说："新闻社报道说我是全国重点大学中最年轻的校长，也是新中国自己培育的第一位大学校长。既然说我年轻，那就应当像一个年轻人的样子，认认真真地干一番事业，重振已经衰败的武汉大学昔日的辉煌。至于三把火，我想还是低调的为好，从调查研究入手。在此基础上，再制订学校改革与发展的规划。"他说："好，这是实事求是的态度，我赞成，并等待你的好消息。"

从那以后，在校园里随时可以看到祖慰的身影，他在食堂与大学生们共进午餐，参加学生们的樱花诗歌朗诵，参加每星期三晚上雷打不动的"多学科辩论会"（即"快乐学院"）。在此期间，他围绕着武汉大学的教育改革，写出了许多独特的报告文学，如《审丑者》，描绘哲理漫画创立者周中华（哲学系78级学生）；《快乐学院》，礼赞哲学系78级学生艾路明创办的"快乐学院"；《陈天生效应》，反映经济学系青年教师陈天生一个人承包《人与自然》杂志的故事；《刘道玉晶核》，全面介绍我"卧薪尝胆，十年雪耻"励志改革的精神，上篇是"未来"，下篇是"金牌"，全文共2万多字。《中国青年报》于1985年1月11和12日，以两个整版刊发，引起极大的反响，尤其获得广大青年们的共鸣，一时武汉大学成了他们求学的理想圣殿。

接着，他又写了一篇关于我的长篇报告文学，题目用了扬弃加乐谱中的无限延长符号。他解释说，所谓的扬弃就是指刘道玉敢于破旧立新和改革创新，而无限延长符号既表示刘道玉多愁善感的个性、又反映改革的道路是漫长而艰难的。同时，刘道玉不仅要扬弃错误的自我，而且还要扬弃成功的自我，超越自我。他在结尾时写道："他那头额上像 Ω 样的皱褶刚刚拉平，却很快像弹簧一样又弹了回去。怎么回事呢？这就是他本性难移的表现。他的本性是，总是与自己过不去，总是求变！"

祖慰的创作，并没有局限于一校一地，他的视角广泛而独特。1980年，他发表了《啊，父老兄弟》，是为一桩冤假错案的呐喊，开启了他现实主义文学创作的新天地。他创作的小说和报告文学还有：《爱神的相似定理》《智慧的密码》《朱九思的引力》《深圳的经纬》《祖国的T细胞》《他脑神游》《矮的升华》《怪话连篇》，等等。从他的文学创作中，可以发现一系列的科学技术俗语或符号，如晶核、引力、效应、T细胞、经纬度、Ω，等等。这得益于他建筑设计的学习，所以这些专业术语俯拾皆是，信手拈来，而且用得恰到好处。这说明他创作的境界已经到了文理兼通、博古通今的地步，这是文化人做学问的最高境界。

人们读了他的文学创作，不免觉得有些怪怪的，所以行家称他为"怪味作家"。怪在何处呢？怪就怪在他取材独特，语言辛辣，调侃而又不乏幽默，具有极大的刺激性和冲击力，往往给人以强烈的震撼。作为改革开放的燃灯者，他是当之无愧的。点灯者要知道什么是"灯"，"灯"在哪里，什么是点灯的最佳契机，点灯给谁照亮方向？要做到这些，必须具有敏锐的洞察力，不落俗套的创新能力和大无畏的质疑及批判精神。我与祖慰成为挚友，是因为我们性格相似，价值观念相同，我们都是改革开放的坚决拥戴者、践行者和见证者。

20 世纪 80 年代末，他去了法国。从此之后，我们相隔万里互思念，只能把真情与祝福埋藏在心中。

2005 年 9 月，我的自传《一个大学校长的自白》由长江文艺出版社出版，两个月内重印两次，达 20000 余册，却不能在当地发行。但是，深圳和广州邀请我去参加签售会。当年 12 月 2 日，我由深圳达到广州，下榻在广州市长大厦。武汉大学中文系 84 级毕业生陈明洋是《南方周末》副主编，他说 3 号晚上将到酒店看望我。我们见面时，他特意介绍说："今天我带来了一位尊贵的客人，你猜猜是谁？"我丈二和尚摸不着头脑。这时突然从另一个房间走出一个人，他就是我久别的老朋友祖慰，我们热烈地互相拥抱。原来，陈明洋是要给我一个惊喜，这也是我万万没有想到的。我们相互询问了彼此的近况，倾诉了我们心头久久积压的话语。

这时，陈明洋认真地说道："老朋友见面，自然有说不完的话题，好在来日方长，祖慰以后就不走了，你们有的是时间叙谈。《南方周末》很久就想发一篇刘校长的专访，可是一直找不到合适的人，要写出一篇关于校长的高水平专访，非祖慰莫属，这事今天就定下来了。"我恭敬不如从命，欢迎祖慰到武汉采访，这是我求之不得的机会，借此机会我俩可以好好地叙谈阔别的一切。

大约是 12 月上旬，祖慰来到了武汉，我安排他住在工学部滨湖园，我们畅谈了两个整天。他在武汉军界、文艺界和教育界有众多老朋友，自然要分别拜访的。

12 月中旬一个晚上，湖北省作协秘书长梁必文特设宴款待祖慰，出席作陪的有著名诗人叶文福、高伐林等十多人,我也在被邀请之列。整个晚宴充满着热烈、欢快的气氛。楚天广播电台主持人江霞也应邀来参加。这是一份迟到的缘分,这次见面也点燃了祖慰与江霞心中的爱火,奠定了他们结成秦晋之好的基础。原来我还担心,祖慰归国以后,将根植何处?他无家、无房、无单位、无工作、无工资,何处安身?我的顾虑是多余的,祖慰与江霞于2010年9月9日正式结婚,她不仅给予他爱情,而且为他准备好了一切,包括住房、汽车和所有的工作与生活条件。

这次武汉之行,祖慰可谓收获丰硕,包括创作和爱情两个方面。在对我采访的基础上,他很快写出了《棒喝教育——重逢教育家刘道玉》,文章发表在《南方周末》2006年1月26日,同时还刊发了一幅在楚天庐聚会的照片。这篇专访发表后引起了强烈的反响,也算是他以此文告知朋友们,他已经回国了。

2006年4月13日,他再次到武汉,先后到几所大学做演讲,受到师生们的热烈欢迎。他在武汉大学的演讲遇到一些波折。祖慰知道我有一个教育基金会,他把演讲获得的报酬全部捐赠给了刘道玉教育基金会,表示他的一点心意。

2012年1月23日是农历新年,由作家胡发云、杨俊夫妇发起,相约祖慰、江霞夫妇、银行家陈浩武、哲学家赵林教授和史学家李功真教授于初二来我家拜年,除祖慰外,其他人与我是亦师亦友的关系,真是盛情难却。拜年是其次,纵论天下事是主题。这个约定一直持续了7年,雷打不动,由于2020年武汉暴发了新冠肺炎疫情而终止。

祖慰的晚年,把主要精力转向展览展示空间设计,他兼任台湾交通大学客座教授、中央美术学院城市设计学院客座教授、上海同济大学客座教授,上海世博会城市足迹馆总设计师。此外,他还承担了贵阳城乡规划馆、武汉规划馆、浙江慈溪规划馆等大型空间设计工作。设计是他的副业,他说:我不得不为稻粱谋啊!作为作家,写作是他的主业。他晚年写作出版了《朱德群传》《超越生死的艺术对话——杨英风传》《画布上的欢乐颂——陈正雄传》等三部艺术家传记;还有《黑眼睛对着蓝眼睛》,记录他旅居巴黎17年的逸思遄飞;对世界三大宗教建筑进行超链接的《神在地上的Office》;还有暂时无法出版而留给江霞的《与自由私奔》,等等。祖慰在他生命的最后,接连发出居艺术史庙堂里的"天问",已拟出102道"天问",令人扼腕痛惜的是,他才只写到第

22问,即因脑溢血倒在了他每天工作的电脑前……对于一个身患顽疾的老人来说,他是在与生命赛跑,以只争朝夕的精神,无保留地奉献自己的全部智慧!

祖慰终于走完了人生的征途,他获得的成果无数,获得的奖证数不清,没有留下任何遗憾!唯一让人感到遗憾的是,我国失去了一位杰出的作家和设计师!祖慰,你太累了,太辛苦了,请永远地休息吧!

我是噙着泪水写完这篇悼文的。谨献给在九泉之下的挚友祖慰!

美学大师刘纲纪真善美的人生
——沉痛悼念刘纲纪先生逝世

在网络技术高度发达的今天,信息传递非常之迅速,2019年12月1日晚上7时,我从网络上得知,我国美学大师刘纲纪先生不幸逝世。我立即给他的夫人孙家兰教授去电话,核实消息是否准确。她噙着泪水说:"是的,就是在刚刚,是因为慢肺阻住院一个多月而去世的。"我的心情立即阴沉了下来,以悲痛的心情向她表示亲切的慰问!向纲纪先生的不幸逝世表示沉痛的悼念!哎,我的思绪不断地翻滚,喃喃自语道:为什么天妒英才?

我与纲纪先生同姓、同庚,但他出道要比我早,说明他天资聪慧。我们同居一栋楼,以上下楼为邻居住了8年,朝夕见面,无话不谈。韩愈在《师说》中有言:"闻道有先后,术业有专攻。"我与纲纪先生所学专业与从事的工作虽然不同,但哲学与教育的关系十分密切,二者可以说是姊妹学科。在新中国成立以前武汉大学就设置了哲学教育系,前华东师范大学校长刘佛年先生就是武大哲学教育系毕业的,前华中科技大学校长朱九思也是武大哲学教育系的肄业生。因此,我也偶尔向他请教哲学或教育方面的问题,使我受益颇多。

刘纲纪先生矢志于美学,源于他在北京大学哲学系读书期间。1956年时任武汉大学校长的李达先生,为了重建哲学系,指派肖萐夫、朱传棨到北京大学进修,同时又要求北京大学分配一名毕业生,准备做李达校长的研究生。北京大学哲学系负责毕业生分配的负责人找刘纲纪谈话,他心想能够当李达校长的研究生,自然感到很高兴,表示愿意服从分配。但是,他心中喜爱的依然是美学与艺术,他也不舍得离开北大邓以蛰、宗白华、马采诸老师,不免有一点失落感。

他虽然到武汉大学报到了,但还是向武大哲学系坦率提出了自己的想法。让他始料不及的是,他的想法被迅速反映到李达校长那里。哲学系传达校长的意见说,武大哲学系也准备开设美学课,于是同意他回北大进修美学。实际上，刘纲纪到武大才20几天，又重新回到燕园，成全了他的美学之梦。这就说明，一个人立志要如山，行道要如水，不如山不能坚定，不如水就不能曲达。在这两点上，刘纲纪先生都做到了，所以他获得了巨大成功。他在北京大学进修美学两年，奠定了坚实的美学基础，然后在武汉大学哲学与美学领域耕耘了60多年，创建了实践美学的学术派别，成为我国美学领军人物之一。

在我履任校长之初，曾与教务处和科研处共同研究，确定我校重点学科和学术带头人。经过学校集体研究决定，武汉大学重点发展学科的方向如下：在人文社会科学方面：中国3—9世纪（包括文史哲）；国际问题（包括国际法、北美经济、世界史）；美学、法国语言与文学。在理科方面：空间物理、信息科学、电化学、功能材料、病毒学和水稻杂交等。其中，由中文系胡国瑞教授与哲学系刘纲纪教授联合组建美学研究所，就是准备创建武汉大学的特色学科之一。

1983年3月的一天上午，纲纪先生给我打电话说："道玉同志，我现在下楼到你家谈点事，不耽误你太多时间。"我说："没有关系，欢迎你来谈谈，好久没有聊天了。"我给纲纪先生沏了一杯龙井茶，等待他的到来。他落座之后，开门见山地说："蒙学校错爱，让我与中文系胡国瑞教授共同组建美学研究所，这项工作值得重视，我愿意尽其所能。我知道你把易中天留校，是颇费周折的，我佩服校长的魄力。"

可是，美学所的力量还是显得薄弱了一些。后来我又看中了一个有潜质的美学研究人才，他叫彭富春，是中文系今年的毕业生。有人也许感到奇怪，哲学系有许多毕业生，甚至还有硕士、博士毕业生，为什么要从中文系选留一个本科毕业生呢？道理很简单，看人不能只看学历、学位和文凭，关键要看他的志向与潜质。我对纲纪先生说："我相信你慧眼识才，接受你的推荐，可能会有阻力，但我一定做好说服工作，支持美学所的工作。"

其实，对彭富春我并不陌生，中文系的领导曾经向我反映过他的情况。他从大二开始，一直坚持自学，不再去上课了，并且专业思想不稳定，喜欢看哲学和美学方面的书籍。对此，我曾经对中文系的领导说，自学是我们应当大力提倡的，至于专业思想稳不稳定，这并不是什么问题。每个学生都应当选择他们自己喜欢的专业或课程。彭富春甚至发出豪言壮语："我要成为中国一流的美学家。"他的信条是：要超过别人，只做第一，绝不做第二。我凭直觉判断，这个学生有个性，兴许将来能够成为一个创造性的人才。因此，我劝中文系的领导，应当以开明的态度对待学生的志趣，要保护彭富春自学的积极性。

后来的实践证明，纲纪先生对彭富春的推荐是完全正确的，是他慧眼识才的表现。他被留校以后，又以第一名的成绩考取了中国社科院哲学研究所李泽厚先生的硕士研究生，继而又远赴素有哲学之乡的德国，师从20世纪存在主义创始人马丁·海德格尔弟子的博士生。经过7年的艰苦努力，最后通过了由5人组成的答辩，以"创造性的论文""非凡的成就"的评语而获得哲学博士学位。他现在是武大哲学系的教授、博士生导师，是我国研究存在主义实力派的第一学者。

1985年5月，学校接到湖北省外办的通知，要求我校推荐一名教授参加湖北中朝友好代表团访问朝鲜，经学校领导研究，一致同意派刘纲纪先生参加。但是，当我与他谈话时，他却谦虚地说，还是请学校选派其他教授去吧。我说这是学校的决定，你就不必谦让了，这既是一项任务，也是一次考察的机会。经我这么一说，他也不再拒绝了，说恭敬不如从命吧。这次访问很顺利，回校后在有关部门还做了访朝观感的报告。

后来，我与刚纪先生分居在不同的两栋楼，相距不是太远，有时我们也会见面聊聊天。大约是2011年4月下旬，当年是清华大学100周年的校庆，我应《看历史》杂志之约，以信函的方式给清华大学校庆筹备委员会写了一封信，题目是"大学需要有反思精神"，借以对清华大学举办豪华校庆，大搞官本位的行为进行了激烈地抨击。5月初的一天早上，我在散步时偶遇纲纪先生，我向他通报了写给清华百年校庆的公开信，网络上颇多转载，问他是否看到了？他说："我看了，写得很好，非常坦诚，应当提倡说真话，我完全赞成你的观点。"

我与刚纪先生在聊天时，他谈到了反思的重要性，并引用德国哲学家黑格尔的话说，要深刻认识事物的本质，就必须进行反思。顾名思义，所谓反思就是反反复复地思考。人生价值的大小，是与其反思的程度成正比的。他进而说道："你的意见虽然是诚恳的，但我猜想清华大学的领导者是听不进去的。"对于这一点，我是清楚的，也不指望能够得到他们的回复，我是讲给大众听的，只要能够达到这一目的，我已心满意足了。

在我国当代学术史上，仅凭我个人有限的记忆，以"南北朝"来界定学者的成就，与武汉大学有关的就有三对，即法学上的南韩（德培）北李（浩培）；在美国史学方面是南刘（绪贻）北杨（生茂）；在美学方面是南刘（纲纪）北李（泽厚）。这充分说明，纲纪先生的学术成就不仅丰硕，而且自成学派。他是湖北首批荆楚名家，是集哲学、美学、绘画、书法为一身的学术大师。德国著名汉学家卜松山评价说："刘纲纪先生是中国美学领域最具影响力的学者之一。"美国著名华人学者傅伟勋评价说："刘纲纪治学之勤，功力之深，令人赞叹。"。

刘纲纪先生是中国当代生态美学研究的奠基人之一，他时刻关注着如何让中国文化焕发生命力和影响力，并且在世界上占有重要的地位。他以生态美学的研究促进"美丽的中国"的建设，发表了许多真知灼见。他认为，在历史上任何一个时代都有一个思想占主导地位，这个思想能够回答时代提出的主要问题。他主张马克思主义美学应当中国化、时代化、大众化，但不能生搬硬套，而要与中国深厚的传统文化相结合。

研究美学与喜爱艺术是有机的统一体，以美学理论指导他的艺术创作，反之又将艺术创作的实践上升到美学理论的高度。所以，他是思想家中的艺术家，是艺术家中的思想家。美是创作的源泉，其目的是表达家国情、故园情，并且享受创作的愉悦。因此，他的作品寓意深远、意境浓厚，其书法达到了自由奔放的状态，犹如用思想元素谱出的乐章。

一个哲学家、美学家，如果胸怀真理，则事事求真；如果一心向善，则事事皆善；如果心境有美，则事事皆美。真善美是人生最高的境界，更是美学家所追求的最高境界。纲纪先生一生追求真理，诚挚可亲，深受广大师生的爱戴。纲纪先生，您的人生是真善美的人生，是完美无憾的人生。您为国家和民族的学术事业做出了不朽的贡献，为此您付出了全部的心血。您太劳累了，请永远安息吧！

在他逝世后，他的夫人孙家兰教授和儿子刘春冰请我撰一墓联，与李泽厚先生的墓联镌刻在先生墓碑的两侧。我写的墓联是：

燕园哺出哲学瑰宝
珞珈修成美学大师

怀念和感恩我的老师们

按照传统的说法，花甲之年算是进入老年了。人到了老年，怀旧之情油然而生，这时我拟定了两句话作为自律：才高八斗，蒙育有师，不忘师情；树高万丈，落叶归根，不忘乡情。当然，这只是自勉而已，我并非是八斗之才，但师恩是不能忘却的。我亦非万丈之木，也做不到落叶归根，只能像王维诗句所言，"独在异乡为异客"，并将终老在异乡。

唐朝韩愈在《师说》中云："人非生而知之，孰能无惑，惑而不从师，其为惑也，终不解矣。"我从7岁开始接受蒙育，先后经历了私塾、国民小学、初中、高中、大学、留学苏联，前后共20年，直接授业于我的老师大约有35位。他们在不同的阶段从不同的领域给予我教诲，使我不断获得进步。但是，从总体上说有三个阶段的老师对我帮助最大，也使我终身难以忘怀。

首先是私塾的蒙师。我的启蒙教育是在翟家古城私塾，在这里读了三年私塾，启蒙老师是翟秀才。古城是关公斩蔡阳的地方，在《三国演义》第28回中有记载。古城离我家有12华里，我们之所以选择私塾是因为收费低廉，而且可以用粮食代替现金。在这三年中，最大的收获是先生为我起了"刘道玉"的学名，而且还赐我"叔嘉"的字号，他解释说玉乃嘉宝也，也蕴意嘉言懿行。在私塾的启蒙主要是学习《百家姓》《千字文》《增广贤文》，背诵少量的唐诗，学习珠算和练习大字，使我获得了中国传统文化的启蒙知识。令我难以忘怀的是，翟老先生教我背诵唐朝李绅的《悯农》，至今我仍然记得"其二"的诗句是："锄禾日当午，汗滴禾下土，谁知盘中餐，粒粒皆辛苦。"这是对农民辛劳地写照，我也目睹过父辈们的苦难，因而自幼养成了珍惜粮食的习惯，并且把"勤"与"俭"二字作为我毕生的座右铭。

其次是高中的老师。我是由初三上提前考入襄阳高中的，这是湖北省八个重点高中之一，因而师资配备得非常强。语文老师是罗大同毕业于私立华中大学；数学老师宋启善亦毕业于私立华中大学；物理老师刘叔远毕业于清华大学；化学老师曹云程毕业于私立金陵大学；生物老师王寿刚毕业于北京大学；俄语老师王文轩毕业于莫斯科中山大学；政治课老师兼班主任邓橄先（两弹一星功勋科学家邓稼先的胞弟）亦毕业于清华大学；体育老师李存照毕业于襄阳师专。看了这个名单，不难发现这是一支超强的师资队伍。他们身体力行、言传身教，那种"随风潜入夜，润物细无声"的教诲，使我们终身受益。他们以辛劳的汗水浇灌我们这批"禾苗"，把我们送上成才的征途。每当回忆自己的成长道路时，我总是不会忘记这些老师的恩德。

我20岁才入大学学习，主要是新中国成立后中学停办，不得不在农村劳动了两年。大学学习的内容与学习方式完全不同于中学，虽然老师的讲授很重要，但主要还是靠自学。大一的《普通化学》是化学系学生的启蒙课程，主讲老师李培森先生是武大理学院院长邬保良的高足，他学识渊博，循循善诱，深入浅出，让我们打下了坚实的化学基础，也使我们终身受益。武汉大学历来重视教学，而对科学研究重视不够，所以在学习期间，我并没有获得必要的科学研究能力的训练。

再次是学术泰斗曾昭抡教授。在我大学毕业的前夕，当时李达校长出于爱才之心，邀请在北京赋闲的曾昭抡教授来武大任教。这是一个大胆的决定，因为曾昭抡是全国著名的"六大右派"之一，当时还没有给他们平反，这无疑需要无私无畏的勇气。所幸的是，这一请求获得高教部的批准，1958年3月曾昭抡先生只身来武大赴任，而他也因祸得福，得以从事他所喜爱的化学学术研究工作。

曾昭抡先生出身于书香和官宦世家，是曾国藩的堂曾孙，曾获得美国麻省理工学院的化学博士学位。回国后，一直在中央大学、北京大学、西南联大和中国科学院化学研究所工作，是一级教授，也是新中国成立前后化学界唯一的两朝科学院的院士。他是中国化学学会、中国化学会志和中国化学名词编译委员会的创始人，是名副其实的中国化学界的学术泰斗。同时，1951年他担任教育部副部长兼高等教育司长，1953年成立高教部又担任副部长，对我国科学和教育贡献诸多。可是，1957年反右派运动中，因为一份由六教授签名的"对我国科学院体制问题的几点意见"，被打成六大右派之一，蒙受不白之冤。

我大学毕业后，适逢曾先生到武汉大学化学系任教，他在全国首创了元素有机化学新兴学科，并担任这个教研室的主任，我被安排作为他的助手之一。

在他的领导下，八位助手分别开展有机硼、有机氟、有机硅、有机磷和金属有机化学的研究，率先建立了全国首个元素有机化学专门化，招收研究生，接受进修教师，举办学术讲座等。在先生的建议下，1964年12月，在武汉召开了全国首届元素有机学术讨论会，从而把一个暮气沉沉的化学系带到了学术研究的前沿，开创了全国化学学术领域里的三个第一。

在曾先生的建议下，我赴苏联攻读副博士研究生，师从世界有机氟化学权威伊·克努杨茨院士。回国后在先生的指导下，我学会了如何选择科研课题，如何撰写学术综述评论。特别值得一提的是，先生指导我撰写《有机氟化学》一书，经过两年的努力，完成了45万字的书稿，经审查获得通过，将由科学出版社出版。可惜，"文化大革命"爆发，书稿部分遗失，终究未能出版。

先生到武大时已年过花甲，但他壮心未与年俱老，在学校近8年的时间，开创了他个人学术事业的高峰。万分可惜的是，"文化大革命"中他再次遭到厄运，他的夫人俞大絪（国民政府国防部长俞大维的胞妹）是北京大学西语系著名教授，"文化大革命"初受到残酷批斗，已先于他非正常亡故。先生本罹患癌症，在备受折磨之下，于1967年12月8日含冤而逝，享年仅68岁。我们这些他的学生，当时都在被隔离审查，没有人身自由，甚至不能去与先生作临终的告别。每思及此，我们都痛心疾首，这就犹如子对父未尽孝道一样令人揪心。

经过中央批准，1981年3月3日，国家教育部在北京八宝山公墓为曾昭抡先生举行庄重的追悼会，宣布为他平反昭雪。我参加了这个追悼会，在先生遗像前恭敬地行了三鞠躬，以抚平内心的歉疚。在先生诞生100周年时，武汉大学举行了隆重的纪念大会，我作为学生在会上作了"缅怀于教益"的发言，并赋诗三首以示怀念与感恩。

今年是曾先生逝世50周年，仅以这篇短文寄托我的哀思。先生您可知道，您当年的这批学生有的已追随您而去，有的也已是耄耋之年的老翁。可以告慰先生的是，我们一直遵循您的教诲，在学术探索的道路上，从不敢有丝毫懈怠，我们已把您的治学精神和未尽学术事业传承下去，并将不断发扬光大。

敬请先生安息吧！

（本文发表于《南方周末》2017年9月7日）

只有相思无尽处
——追忆与挚友陶文田一家相处的日子

2017年11月19日下午，我接到老同学黎心懿的电话，他悲痛地告知：与她相濡以沫的丈夫陶文田，于昨晚11时永远离开了我们。那一瞬间，我们都泣不成声，我噙着眼泪说："我晚上去你们家看望你。"我又立即通知老同学刘基万和他的夫人王静秋，以及既是教研室同事又是江西老表的秦金贵。我们一行4人，由儿媳夏敏玲开车，直奔她在豪沟的住宅。进门后，我们在陶文田的灵堂前敬献了三炷香，行了三鞠躬。老同学心懿早已哭成了泪人，我们大家纷纷安慰她，希望她无论如何要镇静、节哀和珍惜身体。

沉静片刻以后，她的悲伤心情才慢慢平静下来，扼要地介绍了文田病逝的前前后后。过去，老陶的血糖只是偏高一点，校医院的医生也只是给他开一点降糖片，从来没有给他戴上糖尿病患者的帽子。可是，2017年八九月间，他突然出现过三次全身冒冷汗，双腿发软。9月21日，在校医院做全套血常规检查，结果显示肌酐仍然偏高，而血糖严重超标。情况比较紧急，匆忙之中住进了中南医院，经过一系列的检查，再次确认血糖严重超标，但并未发现其他什么重大病症，而患者也自我感觉良好。在病房他还与同住在一个病区的武大教师谈天说地，没有任何大病的征兆。

可是，从11月7日午睡后，患者的病情发生了急剧变化，突然全身打寒战，接着高烧不止，胃肠严重感染，又吐又拉，所有药物几乎都失效。接下来的两天，又发现不能排尿，肌酐指标一直上升，并伴有肾衰和心衰现象。经过几位医生会诊，认为病情严重，不能再拖延，于11月12日深夜2点多被转入重症监护室（ICU）。得知这个情况后，我于11月14日下午3时赶到ICU病房，在医护人员的陪伴下，到病榻前看望老友文田。他已处于各种仪器的监护之下，我大声呼唤他的名字，他只是微微地睁开双眼，然后又重新闭上了。我们没有任何语言交流，只是默默地为他祈祷，衷心地期望他康复过来。

当天下午，我给中南医院干部保健处处长朱艳萍打电话，告诉她陶文田是我的同学和挚友，他14岁参加革命，是离休干部，希望她组织专家会诊，采取积极有效的治疗措施，尽最大的努力使他康复。再过了两天，听说老陶的病情有好转，从ICU转到干部病房，这显然是好转的征兆，我心里自然感到高兴。可是，就在转移到干部病房的两三天以后，患者的病情又急转直下，再次出现病危，最终救治无效而永远离开了我们。

我们的好友文田虽然离开了我们，但我始终不相信他走了，他的音容笑貌，他的高尚品格，他吃苦耐劳的精神，他严谨治学的学风，他关心朋友和乐于助人的美德……都一一对定格在我的脑海里。同时，我们昔日相处一幕一幕的景象，又都浮现在我的眼前。

我与文田是同庚，我于1933年11月24日出生，而他是1933年12月30日出生，我比他大36天。我们先后于1953年和1954年考取武汉大学化学系，后来我俩同时于1955年6月脱产参加肃反运动。一年以后，肃反运动结束，我们又分别插班到54和55级跟班学习，我俩于1958和1959年先后毕业留校任教。非常幸运的是，我俩又被房管科分配同住湖边四舍108室。然后，他于1960年与同班女同学黎心懿结婚，而我于1961年与同班女同学刘高伟结婚。婚后，我们都有了孩子，他们的女儿陶怡比我们的长子维宁大半岁。我们又先后同住一区（十八栋）1号楼（仅两层）的楼上和楼下，在二区时我们住13号，而他们住15号。在毕业后的近30年中，我们要么同居一室，要么是邻居，这不仅在化学系甚至在全校教师中也是罕见的。由此可见，我们的友谊是多么的深厚，是上苍对我们的眷顾，值得永远珍惜和回味的。

大学毕业后，我被分配到新成立的元素有机化学教研室从事有机氟化学研究，在曾昭抡教授指导下成功地研制出航空灭火剂（F-12），可以用在航空、油田和森林火灾中的灭火。这项研究仅仅在实验室完成了，但并没有进行性能试验，也未能进行扩大试验。后来，我被派往苏联留学，攻读副博士学位，而航空灭火剂的研究由研究小组的其他同事继续进行。

文田大学毕业后，被委任筹建04专业，这是武汉大学与人民解放军防化兵部合办的为国防建设服务的保密专业。筹建之初，文田是负责人，另外有一名中年教师和刚刚毕业的青年教师，同时还从防化兵部队转业了10名战士。一切从零开始，困难重重，他们克服了种种困难，使新办的04专业获得了进展。可是，因为遭遇三年自然灾害和经济困难，国家实行整顿和调整的方针，包括04专业在内的一批新建项目纷纷下马。04专业停办后，文田又被调到元素有机教研室，担任党支部书记兼教研室副主任，我俩又成为同事。

在60到70年代，中国科学院上海有机化学研究所黄耀曾先生率先开展有机氟化学研究，我曾经拜黄先生为师。然而，从80年代开始，黄先生转向金属有机化学研究，而文田于1964—1965年到上海有机化学研究所进修，师从黄耀曾院士，在砷叶立德研究方面获得了重要的成果。在结束进修回校以后，文田继续接受黄先生的指导，他是全国研究砷叶立德为数不多的金属有机化学家之一。从广义上说，我俩又都是得益于黄耀曾院士的弟子。

在工人解放军宣传队领导时期，从1970年开始，文田又受命新建9－12航空灭火剂工厂，也就是把我们有机氟科研小组研制的F－12成果实现产业化。这应当是我与文田前后接力完成的一个项目，我仅完成了实验室的研制，而他完成了扩大试验和工厂的批量生产。但是，后者比前者更艰巨，包括从性能测试、毒性鉴定、大范围灭火试验，以及生产设备和工艺流程等，都必须从头开始。文田勇于迎接挑战，他率领工程技术人员和工人，克服了无数困难，终于胜利完成了这项任务，F－12产品广泛应用于航空、油田和森林的灭火。1978年3月，在北京召开了全国科学大会，9－12航空灭火剂荣获全国科学大会特等奖，这是以文田为首的团队为国家做出的重大贡献。

在中国科学院院士黄耀曾先生的倡导下，全国金属有机化学学术会议每两年召开一次。第二次会议于1982年12月在武汉大学举行，文田是武汉大学筹备组成员之一，由于大家齐心协力，此次会议获得了圆满成功，受到与会代表的一致好评。依照惯例，每一届学术会议都要编印一本论文集。文田受会议秘书处的委托，负责编辑第二届全国金属有机学术会议论文集，他是一个认真、严谨的学者，竟然由他一个人就编辑出这次学术会议的论文集。16开本的精装，附有作者和主题索引（历届论文集都没有索引），受到黄耀曾院士及全国各大学和研究所同人们的高度赞扬。

文田长期担任化学系有机化学教研室的党政领导工作，同时他一刻也没有放松自己的学术研究。他多年主讲有机化学，指导众多的研究生，发表50多篇学术论文。此外，他参与编写大型工具书《现代化学试剂手册》，承担第五分册《金属有机试剂》的编写，耗时两年多。全书150多万字，1986年由化学工业出版社出版，受到全国化学界的教师、学生和工程技术人员的欢迎。

　　我于1988年2月被突然免除了校长职务，全校一片哗然，为我打抱不平的信电像雪花一样寄送到中央。文田和心懿知道后，立即对女儿陶怡和儿子陶焕说："刘叔叔被免职了，你们快去看看他们。"实际上，我们不仅两家大人是朋友，我们的孩子也都成了朋友。如果我们两家谁有事，孩子们就是我们的联络员和帮手，情如兄弟姐妹。文田逝世后，我们的小儿子维东也专门到黎阿姨家，大儿子从北京打电话，向黎阿姨表示了亲切的慰问。

　　在回忆文田走过的道路，在历数他的学术成就时，更加引起了我对他的怀念。这种思念使我想起了北宋江西临川藉天才诗人晏殊的佳作《木兰花》，最后两句是："天涯地角有穷时，只有思念无尽处。"文田虽然离开我们快8个月了，但我对他的离去仍然是依依不舍，这种思念是无穷无尽的。越是在夜深人静之时，这种思念越是难以释怀。我是一个爱做清醒梦的人，曾经几次梦见他和他的家人。文田老友，你先我们而去了，希望你在天堂一切都好，我们下辈子还要做邻居，做同事，做好兄弟呀！

沉痛悼念高等教育学大师潘懋元先生仙逝

厦门大学潘懋元教授治丧委员会：

从网上惊悉，我国高等教育学大师潘懋元先生仙逝，享年103岁。噩耗传来，感到无比震惊，悲痛难以自已。他的逝世，不仅厦门大学失去了一位资深教授，我个人失去了一个教育知音，而且我国教育界失去了一位学术泰斗。

1977年8月10日的北戴河综合大学及外语教学工作座谈会上，我与懋元先生相识。这是一次极其重要的会议，在解放思想的鼓舞下，与会代表畅所欲言，揭开了高等教育上的拨乱反正的序幕。懋元先生作为教育学专家参加了会议纪要的起草工作，这个纪要的主要精神一直沿用至今，懋元先生功不可没！

懋元先生是我国高等教育学的奠基人，他开创了诸多的全国第一：第一个成立了高等教育研究所，后又第一个成立了高等教育学院、第一个博士学位授予点，第一个撰写和出版了《高等教育学》（上下册）。他的弟子满天下，他的文章唤万世！

他70岁生日，我发去了贺电，此后80岁、90岁、100岁时都发去贺电，向他生日表示衷心的祝福：祝他寿比南山，福如东海！衷心希望他实现长寿之梦，他做到了，成为我国教育界最长寿的学者。他是我国所有教育界同人们的楷模。让我们把未竟之学术事业发扬光大！为推进我国教育改革竭尽全部力量！

在悲痛的时刻，谨撰写挽联一副，以表达哀思。

       德高学高寿高集一身
       八斗泰斗北斗映千秋

请治丧委员会转达向对懋元先生亲属的诚挚慰问!

武汉大学刘道玉哀挽

2022 年 12 月 8 日

于武汉严西湖

第五辑　病须爱心作良医

珞珈子规啼

生老病死是人们谈论最多的话题，也是每个人必须经历的，无论是帝王将相或是圣贤豪杰，或是亿万富豪，都是不可避免的。人的衰老和疾病是缓慢变化的，唯有生和死无二度。我曾经设想，如果人们有第二次生命，由于有了第一次的经历，相信第二次一定会比第一次活得更健康，事业更成功，生活更幸福。可惜，现在人类还无法实现这样的愿望，尽管有研究者把濒临死亡的人低温冷藏起来，希望百年以后死而复生，但现在还仅仅停留在实验阶段。

总体上来说，人的疾病分为两种类型，一是生理性的疾病，二是心理上的疾病。所谓生理上的疾病，是指身体的器官或组织有疾病。广义上来说，生理疾病包括所有的病症；所谓心理疾病是专指心理因素引起的疾病，如焦虑症、忧郁症等，它们也是在一定的生理条件下产生的。

身患疾病需要医治这是必然的，而医治病患也有医药和精神治疗之分，前者是物质性的，而后者是心理治疗。因此，爱心也是病患治疗的一种手段，这就是病须爱心作良医。这种事例多得不胜枚举，如江苏宿豫的农妇徐翠侠，用7年时间唤醒了植物人丈夫张显利。广东肇庆一位母亲林亚秀用爱心唤醒了植物人女儿。武汉大学2003级计算机学院学生黄来女背着父亲上大学，父亲先后六次住院，父女相依为命，孝女用爱心和意志挽救着父亲的生命。爱是一切美德的种子，凡是有爱的地方，生命就欣欣向荣。

我的夫人刘高伟，年轻时是一个活泼、开朗的女性，中年时期也是一位事业心很强的人。她敢于直言、不迷信权威，有担当，曾经参与教育部自然科学一等奖和三项国家发明奖的研究，享受国务院特殊津贴，被收入湖北省著名专家大辞典。在她68岁以前，身体一直很健康，基本上不看病、不吃药，也从来没有住过医院。可是，自2002年以后，她的身体出现了危机，我义不容辞地承担起关心她的职责，尽可能以爱心缓解她的病痛。

她是我的贤内助

俗话说，每一个成功的男人背后都有一位伟大的女性，虽然我并不是成功的男人，但我的背后也有这样一位伟大的女性。我的夫人刘高伟是武汉人，出身教育世家，而我是湖北枣阳县的一个乡巴佬。我们能够走到一起，这是上天赐给的福分。我们是大学同班同学，彼此相处十个寒暑，期间我们谁也没有谈过儿女情长的事，但在最后一个学期，当我向她敞开爱慕的心扉时，她似乎就在等待我的这句话，这就是瓜熟蒂落的必然结果。

高伟是湖北省三女中的高才生，这所学校的前身是私立文华中学，她能够考上这样的重点学校，可见她是出类拔萃的。1953年，她以优异的成绩考取武汉大学化学系。她的学习成绩优秀，性格开朗活泼，与同学关系友善，尤其是她突出的社会工作能力，甚受同学们的称赞。

大学毕业后，我们都一心扑在教学与研究上，直到两年以后，我们都已超过结婚的年龄，在我赴苏联留学前于1961年元旦举行了简朴的结婚仪式。我们的长子刘维宁出生时，我正在苏联攻读副博士研究生，没有在她的身旁护理、安抚，未能尽到一个丈夫的责任。回国以后，我一身扑在学术研究中，是她承担了全部家务。"文化大革命"中，我九死一生，她为我受吓惊，为我包扎伤口。我生不愿封万户侯，多次婉拒当高官，得到她的理解和完全支持，这是我们的共同价值观所决定的。

我被借调到教育部工作的两年，正值拨乱反正的关键时期，全国高教战线的广大教师们渴望正本清源。我们也有同感，出于高度的责任心，我玩命似的工作，致使我患了大叶肺炎。在这两年中，也是高伟承受重负的两年，她一面肩负教学重任，一面还抚养两个上小学和初中的儿子，她身体透支太大。我们彼此都爱莫能助，只能在精神上相互鼓励。

我辞去教育部的各项职务后，本想回到化学系重操旧业。不料又被任命为武汉大学校长，对这次任命我与她都感到意外，但她还是表示大力支持我的工作。自从我担任校长之后,她十分低调,绝没有任何夫荣妻贵的表现。恰恰相反,她宁愿让自己黯然失色,担负起了相夫教子的重任,表现出了我国传统女性的高尚美德。我曾经表示,比我年长的教授没有住进教授楼,我就不住教授楼,先后三次把分派给我的教授住房让给年长的教授。高伟对我的做法也没有怨言,宁肯一家四口挤在一间半的小屋里。我没日没夜地工作,与学生朝夕相处,没有时间顾家,她一边从事教学工作,一边承担着哺育孩子的重任,家中的柴米油盐、衣食住行都由她打理。在长达7年多的任期内,大部分春节我是与学生在一起,我们少有在一起吃团圆饭。

在任职期间,我没有陪伴她旅游,散步,游览公园,没有陪她逛商场,没有陪她看过一场电影,甚至连距离最近的江西庐山风景区、木兰湖、磨山公园也没有去过,让她忍受着孤独和寂寞。我惜时如金,不是工作就是写作,我的时间都是她给予的,我亏欠她的债实在是太多了。我们夫妻在一起,讨论最多的也是教育问题,她的原则性很强,她对教育理论问题理解的水平绝对在许多大学领导干部之上。但是,她却是一名无名英雄,最终积劳成疾,这是让我感到最愧疚的事,我将以最大的努力去偿还欠她的债。

半边天突然坍塌

早在 1955 年，毛泽东在一篇文章上批示："时代不同了，男女都一样，妇女能顶半个天。"随后这个口号迅速传遍了大江南北。对这个口号的理解，大男子主义者认为男人是顶天立地，而女权主义者认为妇女何止半边天？其实，这句口号的真正含义是不言自明的，那就是男女平等、同工同酬，无论在家庭或是社会，虽然男女有分工不同，但他们都具有不可替代的作用。因此，妇女能顶半边天，那另一半天自然就是男人了。对此，我是有切身体会的。我的夫人刘高伟就是我的半边天，她不仅承担了相夫教子的全部责任，而且全力支持我的工作，因此她也是我的智谋高参和工作中得力的贤内助。

高伟在 68 岁以前，几乎很少生病，除了生孩子两次分娩住院以外，从来没有因病住过医院。反倒是我在中年时期身体一直不好，患有植物神经官能症、萎缩性胃炎、胆结石和前列腺炎等。尤其是前列腺炎使我苦不堪言，先后在武汉同济医院、协和医院、人民医院和中南医院做过检查和治疗，并且做过 5 次手术，但仍然没有得到根治，不得不带着造瘘的引流管生活，每天用生理盐水冲洗和更换尿袋。

赵险峰是我校 73 级计算机系学生，我在教育部工作时，将他从北京市半导体厂调到教育部科技司工作，他的夫人李民众是北京医院急诊科的护士长，他们建议我到北京医院请副院长兼泌尿科主任王建业会诊。2002 年 8 月 17 日，我和高伟乘车火车到北京，8 月 19 日请王副院长会诊。随后，又请北京解放军总医院泌尿科主任张磊教授会诊，他们一致认为前列腺炎很难根治，可能需要终身带着引流袋生活。张磊甚至介绍说，一位将军带着引流管还指挥打仗。经他这么一说，我也就释然了，准备一生就带着引流袋工作与生活。

这一年 8 月，是天气最炎热的时期，我与高伟冒着盛夏于 8 月 25 日回到武汉。26 日大清早，高伟到街上去买菜和早点，她问我愿不愿意与她一起去，我说我就不去了，她一个人上街买了包子和油饼。回到家以后，她既没有与我说话也没有吃早餐，而是径直躺在了床上。我感到有些奇怪，走到床边问道："高伟，你为何不吃早餐？"她没有回答，只是摇摇头。我又问："你哪里不舒服？"她依然不语，眼眶里噙着泪水，似乎表情有点痛苦。

当时我的心情十分沉重，后悔没有陪她一起去买菜，假若她晕倒在大街上，其后果不堪设想。我预感到她的病情严重，马上叫儿子开车送到中南医院急诊，经过CT检查确诊是左脑梗塞，并立即入住神经内科接受治疗。高伟高中同学余爱萍的丈夫艾中立是中南医院的院长，他与神经内科主任黄怀均教授都十分重视，经过18天的治疗，她的脑梗症状基本上得到完全的恢复，并于9月12日出院。

可是，出院一个月以后，她又感觉不舒服，于是我们又到人民医院请神经内科主任余绍祖教授检查，他认为高伟患有高血压和高血脂病，我们问他是否可以戴高血压的帽子？他说：应该戴上高血压的帽子，并且应该服用降压药。高伟难以接受高血压这顶帽子，她抱怨说，为什么中南医院没有采取措施？为什么父亲的高血压遗传给他们三姊妹？从此，她就寡言少语，也再没有兴趣看书报和电视，经常感到心慌、头疼。到了2003年1月6日凌晨，她头昏得不能起床，心慌得难于忍受。于是，我拨通了人民医院急诊室的电话，他们立即派来了救护车，我也陪同她一起住进人民医院楚康楼老年科病房。

经过全面检查，除了原来脑梗、高血压、高血脂以外，又新添了颈椎骨质增生和焦虑症，看来她原来的许多不适病症都是由焦虑症引起的。治疗焦虑症既需要药物治疗，又必须配合心理治疗。经过3个多月的调理，终于得到了暂时的缓解，于是我们于4月5日清明节那一天出院了。遵照医嘱，即使出院了，也还必须坚持服用抗焦虑症的药物。在此后的12年间，虽然她的病情有几次反复，但绝不是不能够保持正常的生活，每天清早我陪她一起绕着珞珈山半山腰散步，以增强她的体质。

灾难再一次袭来

我清楚地记得2016年1月3日,高伟早上到阳台晾衣服,她突然感到腰部剧烈疼痛,而且不断加剧。我意识到她可能患了腰椎病,于是马上到中南医院看骨科专家门诊。经过田峻主任初步诊断,可能是患了腰椎骨质疏松性骨折,并收入康复科住院。经过NMR检查,确诊是腰椎骨质疏松性骨折,既然确诊了那就应该采取对症治疗措施,可是入院已经24小时,病房没有采取任何治疗措施。我和高伟心情都十分不悦,我打电话给该院干部保健处处长,在她的干预下,病房才给高伟注射了一针活血化瘀的当归,做了一次红外线理疗。

这突如其来的打击,高伟实在不能接受,并且诱发她的焦虑症再次急性发作。她昼夜焦急不安,夜不能眠,对一切事物也都失去了兴趣。那次住院,因为没有病床我也不能陪伴她的左右。我每天凌晨7时从家中带红豆粥,中午和晚上都是由她在湖医工作的侄儿子送饭,但她基本上都吃不下去。我一遍又一遍地给她讲故事,包括我们老师的故事,以及我与学生们的故事,尽可能分散她的注意力,减少她的焦虑。她每天就是不停地玩弄一条丝织围巾和一个小手电筒。每晚6点,给她洗漱、泡脚以后,我才离开医院,大约7点才能到家,就这样我一直坚持了半个月,1月15日我终于病倒,儿媳夏敏玲到医院代替我值了3天班。

在此期间,病房先后采取了一些治疗措施,如注射丹红、骨瓜提取物、血栓通粉等,并且辅以电疗和红外线热疗等。鉴于焦虑症复发,便继续服用抗焦虑症药黛力新和乌灵胶囊。1月10日,由骨科专家进行会诊,其意见是增加服用止疼药,必要时可以注射止疼针。对于是否做腰椎骨质疏松骨折的微创手术,专家们的意见并不一致,高伟表示拒绝做腰部手术。

据病房住院医生告知,病人在春节前必须出院,如果不能出院需要该院领导批准。鉴于我们对中南医院的印象不佳,我们准备春节后转到人民医院治疗。尽管高伟的病痛没有丝毫缓解,鉴于病房医生的极端不负责任,所以我们于2月2日下午，在120急救的帮助下，高伟总算回到了家。2月7日是春节，中午全家人在一起吃年饭，但高伟并没有入席，孩子们端着饮料杯到床前，祝妈妈春节快乐！盼妈妈早日康复！

  我已经年老体衰，春节期高伟的侄女梅林来和我一起照顾她，自2月10日，高伟的病情变化很大。她很少说话，情绪极其低落，而且时不时地出现幻觉。例如，她说她的脖颈与别人长得不一样，说把大便拉到床上了，听到打雷声，电视机要爆炸了，等等。其实，她说的这些都是幻觉，并不是实事，但这些情况引起了我的重视，看来需要尽快转到人民医院治疗。

我们是"十二同"夫妻

2月14日夜里,她对我说:"我不该结婚的,我的病拖累了你,真是对不起。"听后,我立即安慰她说:"高伟,我们的结合,是上帝安排的。"在我们化学系53级的130多个同学中,虽然也有几对同学夫妻,但"十二同"夫妻绝无仅有的,而且在全国也极其罕见。她听后似乎有点好奇,你说的是哪"十二同"?我解释说,这"十二同"是:同姓、同籍贯、同学、同班、同专业(高分子化学)、同事、同党(同年入党)、志同道合、同声相应、同气相求、风雨同舟、同甘共苦。她听后露出了少有的笑容,而且笑得十分开心。我说是呀,这不是天意又是什么?

50年代的大学生真是天真无邪,学风纯正,同学友爱相处。从大一到大四,大家一门心思努力学习。那时,我们年级就是一个梦幻剧场,有多少人就有多少个理想。例如,有的同学要当现代的牛顿,有的要做爱因斯坦,有的女同学要当中国的居里夫人,高伟是希望将来做一个女外交家(省三女中班主任对她的建议),而我的理想是要当诺贝尔式的发明家。正是由于同学们专心致志集中精力学习,所以同学中少有谈情说爱的,这些结果似乎都是水到渠成的。

我与高伟自1953年9月进校,我们被编在752班,她是校团委委员,我是班长。1955年,因工作需要我们又同时脱产当干部,每月还领取43元的报酬。工作结束以后,于1956年复学,跟随54级同学学习,我俩又同时被编按在852班。在长达5年的时间,虽然我们接触频繁,但谁也没有向对方敞开爱慕之情。据我知道,系内外也有慕名向她求爱者,但她始终没有做出回应,她似乎在等待一个她心仪的人到来。

1958年夏季是我们的毕业季,按照教学计划安排,第四年下学期是毕业论文或毕业实习。根据化学系的安排,我被派到中国科学院大连石油化学所[①]做毕业论文。对于这个安排我自然是十分高兴的,因为那里科研条件好,指导教师力量强，能够得到很好的科研训练。按照一般的规律，大学生毕业季是谈恋爱的高峰期，因为在计划经济年代，如果男女恋爱关系确定了，在毕业分配时可以得到照顾，或分配到同一个单位，或者同一个城市。

　　大连不仅是沿海城市，而且旅顺还是苏军的海军基地，那里的苏联人或俄罗斯侨民比较多，所以当地有穿西服的习惯。我是一个穷学生，当然买不起西服，于是到位于人民路的大连摄影社用两角钱租了一件西装上衣和领带，正儿八经地照了一张毕业照，对这张毕业照我甚为满意。我把照片寄给了高伟，背面写上了"赠亲爱的伟"，落款是"爱你的道玉"。这是我第一次试放对她爱慕的气球。让我惊喜万分的是，立即得到了她的回应，也表示了对我的爱慕。就这样，我们开始了爱情书信的频繁往来。回校以后，我们也不再回避同学们，而是经常手挽手在林间小道散步，倾诉我们对未来幸福的憧憬。

注释：

①大连石油化学所于1961年更名为中国科学院大连化学物理研究所。

自费检查排怀疑

鉴于春节期间，各医院都只有值班医生，即使去住院，也不可能得到很好的检查与治疗，所以我们只能让她在家中服药。春节假期过后，我们立即联系了武大人民医院，准备入住老年病房，高伟对那里的环境也比较适应。为了多方面地听取专家的意见，2月15日上午，我与小儿子维东、媳妇夏敏玲到同济医院请康复科尤春景和黄洁教授会诊，大儿子维宁和大媳妇韩娜也从北京赶回武汉，从高铁站直接到达同济医院。在听取了我们对高伟病情的介绍后，他们认为不宜做微创手术，最好还是以保守康复治疗为主。

病情严重，事不宜迟，2月15日下午我们住进了人民医院楚康楼705室，为了照顾她，我也住入病房，同时请了护工护理高伟。主治医生张黎君教授经验丰富，一边注射申捷、唛金呐等药物，改善微血管循环和抗骨质疏松，一边使用瑞美隆和黛力新遏制焦虑症。但是，由于高伟的病情复杂，而且患病的历程很长，加之她又有便秘和睡眠障碍，所以效果并不十分明显。从2月29日到3月1日，她出现了神志恍惚，不停地说："我要姐姐喂药，你们要治好我的病，我要回学校去上课……"

鉴于中南医院的片子不太清晰，人民医院又重新做了腰部NMR检查，病房约请该院顾客卫教授会诊，他提出还需要再做一次腰部CT检查，而CT片提示："cancer?"，这是提示椎骨可能有肿瘤。对于这次检查，我持怀疑的态度，因为NMR检查并没有任何异常发现，而NMR比CT更清晰和更准确，一般是以NMR检查来校正CT的检查，这是一个医学基本常识。我自己就有这样的亲身经历，检查结果提示有问题，但不一定就有问题；反之，检查没有问题，但并不排除有问题。因此，我常常套用一句商业上的俗话，货比三家，而疾病检查也须经过三家医院检查，然后方可定论。

从科学的态度来说，既然CT片有怀疑，那我们就应该再检查或以更精确的检查方法来排除怀疑，这才是科学的态度。小儿子维东提议做PT-CT，但当时人民医院还没有这个设备，只能到武汉陆军总院去检查。按照有关规定，这项检查费是不能报销的，需要自己全额支付。在征得高伟同意之后，3月4日我们借助120的帮助到陆军总院做PT－CT检查，由于有多人排队，所以我们等待了两个小时，高伟总算是坚持下来了。虽然我们耗费了近9000元的检测费，所幸的是，检查结果完全否定了人民医院的CT怀疑。这个检查是非常全面的，从头到脚都仔细地检查了一遍，甚至连肩周炎这种毛病都能查出来。检查费用虽然不菲，但非常值得，全家人对她的身体状况也都放心了。事后回忆，对这次检查，高伟完全没有印象，说明她当时处于神志恍惚的状态。

　　我向你发誓：我要守护你一生，保佑你一生平安！

我的眼泪哭干了

高伟这次患骨质疏松性骨折和焦虑症复发，先后在中南医院和人民医院住院总共83天。从医院的角度来看，他们采取了一切必要的措施，该用的药也都使用了，虽然病情没有得到根治，但腰椎疼痛和焦虑症都在一定程度上得到缓解。因此，我征得高伟的同意，于4月8日办了出院手续，回家继续服药，同时雇了一个全职的保姆照顾她。

在出院时，我对病房张黎君主任请求道：夫人虽然出院了，但鉴于她的病情比较重，希望您把她当作院外的病人关照，我会定期向您通报她的病情变化，并定期请您给她开药。张教授非常客气地说："关心病人是我们医生的职责，何况她在我的病房住了近两个月呢！这事就请刘校长放心好了。"

出院以后，高伟服用两类药物，抗骨质疏松的药有福善美、阿尔法骨化醇、西乐葆；抗焦虑症的药有黛力新和瑞美隆、艾司唑仑等。我每两个月到人民医院请张主任给她开药，以药物缓解和控制她的病情。可是，10月10日，她突然感到胃部不舒服，但是她又不便到医院就医，因为她不能走动。如果要去医院只能让120急救车把她护送到医院，但她不同意兴师动众，不必要惊动左邻右舍。于是，只能由我转述她胃部不适的症状，张主任是一位有丰富经验的临床医生，她判断没有大碍，可能是有点胃炎。她开了加斯清、瑞波特和达喜等药，坚持服用了两周。高伟的胃病缓解了，但食欲仍然很差。

这样的状况维持了一年多的时间，但我时刻不敢大意，生怕她复发。2018年6月18日照常服用了抗焦虑症的药物瑞美隆，药已用完，我准备于19日上午去人民医院取药，保证19日晚上用药不间断。但是，我取药回来以后，她从19日晚上就拒绝再服用任何药物，说她的病肯定是好不了了，吃药也没有什么用。停止服药的危险性我是知道的，尤其是焦虑症，一旦停药就可能复发。但是，无论我怎么劝说，甚至哭喊着请她吃药，但她就是不吃，说轻了她不理会，说多了她大发雷霆。儿子和媳妇也劝她，或者动员她去住院接受治疗，但她都一一拒绝。

我每天泪流满面，不停地劝她吃药，但她依然拒绝，我甚至请她最信任的知心朋友来劝说，仍然无济于事。我们曾经设想强迫把她送到医院，但这时她已经瘦得皮包骨，如果她不愿意，那她会拼死反抗，我们担心这样会导致意外的情况发生。从10月27日，她又出现了意识恍惚，她拿出了一大摞纸币，说是给保姆的工钱，而且这几年我们已经给她了几十万块钱。她反复地问我，为什么大口套小口叫"回"，为什么"平安"叫平安，她说她解释不清楚……

我本来是一个意志非常坚强的人，一生经历了多次大风大浪，但都没有能够把我击倒。在我备受折磨和打击的时候，甚至生死攸关的危急时刻，我也没有掉过一滴眼泪。然而，面对高伟的病痛，看到她瘦弱的身体，面对焦虑的痛苦，我不禁眼泪汪汪。有时我心想，为什么一个意志非常坚强的人，面对病妻时情感如此脆弱？本来，意志是属于精神范畴的，而情感是属于心理现象，总的说来它们是辩证统一的，但它们又是有区别的。精神是指意识、理性、伦理，一旦形成之后，它具有稳定性和持久性。然而，感情是心理活动，它是对客体的反映，有其发生、发展和消失的过程。这种区别就可以解释，意志与情感不一致是符合情理的。

在她拒绝服用抗焦虑症药物的情况下，她的焦虑症情况日趋严重，早上与晚上时间混淆，并且双手在胸前不停地做篮球裁判换人的手势。22日晚上，她不睡觉，把枕头和被子都扔到地板上。三个多月以来，我虽然磨破了嘴皮，但我仍然没有放弃劝她住院的说服工作。也许是我的爱心感动了她，11月25日凌晨4时，她终于同意去人民医院住院了。我们趁热打铁，立即打电话给人民医院急诊室，他们也以最快的速度派来了救护车、医护人员和担架，于当日上午10点30分到达人民医院光谷分院，住入神经内科病房。神经内科主任刘志超教授立即约请精神病科主任徐顺生教授会诊，当天晚上开始服用一种新的抗焦虑症药口崩奥氮平片，从半片、2/3直到一片，再辅以来士普和瑞美隆，她的病情很快得到控制。

然而不幸的是，我又病倒了。12月5日晚上，我突然发高烧，体温达到40.5℃，经CT检测确诊我是患了肺炎，这是我三个多月劳累的必然结果。刘教授对我患肺炎是非常重视的，他们立即采取消炎措施，每日注射3次头孢，以最大的剂量希望把炎症遏制下去。经过5天的治疗，我的体温恢复了正常，又巩固了一周，经过 CT 片复查，证明炎症已经消除。这时高伟的焦虑症已经得到控制，我的肺炎也已恢复，所以我们于 12 月 25 日圣诞节这天下午出院了。这次生病的经历，对高伟和我都是一次考验，所幸的是，我们都挺过来了。

拍打按摩促安眠

焦虑症的主要特点是怕光、怕热、怕风、怕坠床等，一天到晚处于恐惧之中。同时，睡眠也是患焦虑症病人最难以忍受的。近10年以来，高伟晚上都是靠安眠药缓解失眠症的，但有时仍然不能入睡，她感到十分痛苦。

我是中医的坚定信仰者，也经常用按摩穴位的方法缓解我的许多慢性病，所以我熟知许多穴位与疾病的关联性。我自己有保健按摩20年的历史，于是我就通过拍打和按摩来缓解她睡眠的障碍。而且，我在长期的按摩过程中，也熟记住了一些按摩的口诀，例如：肠胃三里溜，腰背委中求、头疼找列缺，面口合谷收；又如感冒发烧司见贯，吃药打针家常饭，肺腧拔罐按凤池，降服感冒弹指间。

实际上，人体的经络是一个大药库，如果巧用穴位按摩，就能够在不吃或者少吃药的情况下，达到奇特的催眠效果。根据我长期的摸索，也有不少穴位都有促进睡眠的作用，如按揉心自经，捋捋膻中穴，轻敲百会和凤池，拍打涌泉穴，按压神门穴等，都能起到一定的促进睡眠的作用。

根据我的经验，以拍打涌泉穴最为有效。拍打是有窍门的，在拍打时手掌的五指并拢，略呈弧形，拍打时要发出轻轻的响声，以音乐一个节拍（大约1秒）为一次。这样使接受拍打的人有乐感，就像唱摇篮曲那样，慢慢地就会进入梦乡。每天晚上洗漱完毕以后，大约8时开始拍打，先右后左，各拍打120次（相当于2分钟），在大多数情况下是有效的，也有个别的时候效果不佳，需要辅以安眠药才能够入睡。这样的拍打，我已经坚持了近20年，我戏谑地说这是爱心拍打，是爱心促进了她的睡眠。

焦虑症患者时时处于紧张状态，思想紧张、心理紧张、全身肌肉紧张。因此，放松是精神治疗的一个基本出发点，有不少心理学家和精神病科专家，经过大量临床试验，总结和撰写出了不少精神焦虑症自我救助的方法，简单且便于操作，绝大多数人都通过自我救助治好了焦虑症。我们也从图书馆借来了英国著名心理学家、精神病科医生克莱尔·威克斯的《精神焦虑症自救》一书，但是她不相信这些方法，也拒绝配合尝试。在性格上，她缺乏毅力和耐心，思想趋于保守性。2018年8月，我们还专门请了心理治疗师给她治疗，一个疗程是四次，她只做了3次就坚决不再做了，因此她始终走不出焦虑症的困扰。

根据她性格的特点，她不能自我放松，那我们只能以拍打和按摩的方式，使她身体的肌肉放松。每当她情绪急躁时，我们就给她按摩，从头到脚，借以分散她的焦虑情绪。她有喜欢洗头和洗澡的习惯，我们也顺应了她的这个习惯，的确能够转移她的注意力，也能够达到放松的目的。鉴于她的焦虑症病程长（26年）和反复多的情况，我们知道要彻底治愈她的焦虑症是不可能的，只能借助药物或调整药物量来控制其焦虑症，尽可能地减轻她的精神痛苦。

调理营养保体能

人的体能是衡量一个人是否健康的标准之一，只有具备足够的体能，才能有效地完成日常生活和工作中所需要消耗的各种能量，也方可以抵御疾病的侵袭。对于普通人来说，调理饮食、平衡营养和开展适当的运动，是提高体能必不可少的手段。

到 2018 年 4 月，高伟已经卧床整整两年了，这两年没有雇请保姆，完全由我护理。由于她不能行走，缺少活动，再加上胃口不佳，食量极少，每餐不足 1 两，且均是半流质。因此，她的体能急剧下降，已经瘦得皮包骨。每当我给她洗漱和擦身，不禁老泪纵横。从 2018 年 2 月到 8 月，她的体重只有 33.5 公斤左右，比她应具有的标准体重 46 公斤少了 12.5 公斤啦！我预感到问题的严重性，必须采取一切措施来提高她的体能。正好这年 5 月，我的学生李为博士与她的丈夫沈洪来家中探视我们，沈洪是北京解放军总医院急诊科的主任，是著名的心血管病专家。他建议食用雀巢生产的嘉宝婴儿营养米粉，用牛奶调成糊状食用，这是一种 6 个月以后婴儿食用的营养辅品，对年老体弱的老人具有增补营养的作用。我们采纳了他的建议，高伟已经食用两年了，增加营养的效果非常明显。

从 2018 年 6 月开始，我亲自配备她的食谱，早餐是一小碗婴儿营养米粉粥，一个豆沙包或肉包，三个剥皮去核的大红枣，一片蒸红薯，一个煮鸡蛋；中餐是新鲜虾或瘦肉、青菜、胡萝卜煮熟捣碎的碎饭（因为她没有牙齿）；晚餐是云吞面条（用馄饨和挂面制作）；上午 10 时吃一个捣碎和用蜂蜜调成的核桃粉，下午 3 时吃一个新西兰进口猕猴桃，或是 1/3 个越南进口的红心火龙果，或是一个新疆的香梨。总之，根据她的喜爱，不断调整她喜欢吃的水果，以保证必要的营养。

经过大半年的调理，她的体重明显增加了，截至 2020 年 6 月 14 日，她的体重已经达到 41.8 公斤，面颊红润了，胳膊和大腿上的肌肉也丰满一些了，甚至白发有部分变黑了。过去瘦弱的时候，我可以搀扶她，但现在我完全抱不起来了。她现在血压、睡眠、大小便都趋于正常，焦虑症也得到较好的控制，看到她的变化，我们都感到由衷的高兴，她自己也增强了生活的信心。

想方设法逗她玩

我与夫人都是在传统教育下成长起来的,基本上都是纯粹做科学工作类型的人,没有什么特别的业余爱好,可以说是心意索然。但是,我俩又略有不同,那就是我的胆子大一些,也不怕丢人现眼,愿意去尝试一些新的东西。特别是我热爱教育,即使到了耄耋之年,我仍然把全部精力都投入到教育改革的研究之中。这使我既获得了寄托,又给我的老年生活带来乐趣。

在退休之后,她与教研室的退休同事,每周星期三下午会相约打一次麻将,每次3个小时。此外,就是喜欢逛商场、购物,给家人挑选她喜爱的时装,这也给她带来不少的乐趣。但是,年龄再老一些之后,就没有精力去逛商场了,这不免使她感到孤独和寂寞。有些老人上老年大学,学习电脑、绘画、做插花和工艺品,但她对这些也没有丝毫兴趣。她年轻时喜欢文学,看小说,也喜欢看连续电视剧,可是患了焦虑症病以后,对这些爱好也渐渐索然寡味了。

对于一个焦虑症患者来说,分散注意力,排泄恐惧心理,对于缓解焦虑能够起到辅助的治疗效果。于是,我就建议她和我一起养花,虽然我不是种花的内行,但家中也养殖了多种植物花卉,如吊兰、剑兰、蟹爪兰、文竹、芦荟、绿萝、绿裳等。我对她说,养花的乐趣是,当你看到一棵稚嫩的幼芽破土而出的时候,这就意味着一个新生命的出现,这是你培土、施肥、浇水而获得的收获,是劳动的喜悦。我建议她从修枝、喷水开始,她同意了,但试了两次以后,她就不愿意再继续下去了。

我尝试过给她念书、讲故事,以分散她的注意力,但坚持不到三天,她也不愿再听了。为了加强对她记忆力的训练,我准备了一个小笔记本,在扉页上写着:"拒绝遗忘,赶走焦虑,享受快乐。"在笔记本上写了她高中同学、大学同学的名字,我们老师的名字、左邻右舍的名字,化学界著名学者的名字,武汉街道、公园景点、百年老店、名典小吃……她很喜爱这个小笔记本,放在她的枕头下，每天无数次拿出来看，果然对她加强记忆力有所帮助，这个习惯一直坚持了两年。

高伟最大的弱点是，对一个好的习惯不能够长期坚持，有时又缺乏耐心。因此，我必须想方设法逗她玩，让她分散焦虑，减少痛苦。2019年6月中旬，我试探性地问她："高伟，你是否想打麻将？"我一连三天探问她，但她笑而不答，心想她有这个意思。于是，我又问道："我去买一副麻将怎么样？"在征得她的同意之后，我到附近的文具店预定了一副"银杏牌"竹丝高级麻将，果然对她起到了一定的吸引作用。当时我非常高兴，认为打麻将能够缓解焦虑症，并且把这个新发现报告给了人民医院的刘志超教授，她听后也觉得值得尝试。虽然我从来没有玩过麻将，但其实这种娱乐只要看几遍，完全能够无师自通的。

于是，从6月26日开始，每天下午3时，约请她最要好的几位同事，到我们家打麻将，每次大约一个半小时，她都能够坚持下来，而且她赢牌的次数最多。我注意观察，并不是大家故意让她，其实彼此竞争是很激烈的。这说明她的记忆力和逻辑思维能力都还是正常的，这也打消了她担心患老年痴呆症的疑虑。不过，到了10月下旬，她对玩麻将又没兴趣了，无论我怎么劝说，她都表示不想再打了。我感到她的注意力是有周期性的，一段时间集中某一个问题，时隔并不久兴趣又会消失，也许这是焦虑症的又一表现。

高伟的兴趣不断地变换，我也跟着不停地想点子，以图找出新的办法，尽可能减少她的焦虑情绪。只要不停地想，办法总是会有的，我打算与她一起回忆我们美好的往事，兴许能够调动她的情绪。于是。我又翻箱倒柜找出我们过去的一些老照片，其中有初恋时的照片，有结婚照片，有眺望三峡和旅游时的照片，有在化学实验室工作的照片，也有她们姊妹、兄妹的照片，还有子孙们的嬉戏照片……我把它们分别收进两个影集中，放在她的枕边，让她时时都能够顺手拿着翻看，果然起到了预想的结果，回忆美好的过去，常常会给人带来愉快的心情。

早在24年以前，我从美国回国，在飞机上患了脑梗，但当时并没有意识到是这种病，因为我没有"三高"的病史，否则我会在旧金山下机接受治疗，在4小时的有效时间内是完全可以疏通的。回到北京以后，我立即给同济医院院长裘法祖教授打电话，他肯定地说是脑梗，要我立即回汉到同济医院住院，但已经错失了最佳治疗期,以至于留下了右手颤抖不能写字的后遗症。在不得已的情况下,我练习用左手写字,已经12年了。儿媳夏敏玲特地购买了无痕迹水写快干布,让我用右手写大字,据说这种方法能够恢复右手书写的功能。可是,我的时间贵如金,计划安排的写作任务都无法完成,哪有闲工夫练习大字呢?

  文房四宝是我国古老的书写方式,流传了几千年,可谓中华民族艺术的瑰宝。现在又发明了新文房五宝,即无痕水写快干布,以布代纸、以水代墨,既方便又节约,不失为练习写字的有效工具。因此我想,建议高伟练习写大字,兴许会引起她的兴趣。从今年5月底开始,每天午睡起床吃完水果后,我们就用轮椅推她到餐厅在餐桌上的水写布上练习写字,这真的引起了她的兴趣,每次写5到15分钟,有时按照百家姓上的字来写,有时她会写出家人或同学的名字,这种方法既练习了手劲,又加强了记忆力,收到了很好的效果。

  对待慢性病,一定要有信心,贵在坚持。病人的想法是不断变化的,我们对应的措施也必须不断地改变。我无时无刻不在观察她的病情变化,总的来说,她现在已经恢复到四年多以来最好的时期,我无数次下定决心,一定要陪伴她走完人生最后的旅程,不留下任何遗憾!

婚庆赠诗表爱心

我国传统以珠宝和金银来称谓结婚的不同时段，如 10 年叫锡婚，20 年叫瓷婚，30 年叫珍珠婚等。从结婚 30 周年开始，每隔 10 年，我都会写一首诗赠送给高伟。在珍珠婚时，我填写了《长相思》相赠，现抄录于后：

长相思
——珍珠婚赠高伟

珞珈山，君子山，山盟海誓到石烂，相伴到永远。 东湖水，湖心亭，高山流水是知音，恩爱似海深。

2001 年是我与高伟结婚 40 周年，俗称是红宝石婚，在除夕年饭之后，我心血来潮，咏出了六首诗赠送给她，以表示我们恩爱有加，现抄录于后：

四十年风雨情（六首）
——红宝石纪念赠高伟

新婚

简单仪式定终身，
惜别进京攻俄文。
相隔万里互思念，
助我学成识博闻。
中苏交恶起风云，
揭露霸权爱国忱。
外交照会驱逐令，
为我担心受吓惊。

浩劫

十年"文革"大难临，
保皇特务反革命。
钢丝皮鞭受酷刑，
为我包扎暗伤心。
白色恐怖杀气腾，
星夜携子离家门。
相忍为国心赤诚，
劫后余生到天明。

改革

一纸借令进了京，
拨乱反正挑重任。
不辞而别回故里，
誓不做官如斩丁。
八年任期尚改革，
励精图治敢创新。
理解支持堪重要，
为我牺牲付功名。

罢官

从来变法伴祸行，
多少志士遭杀身。
突然袭击罢了官，
何处能把是非分？
消息传出举世惊，
请愿电函如雪纷。
你又为我操碎心，
义正严辞鸣不平。

试验

教育改革需躬行，
创办民校育精英。
办学特色被公认，
研究成果实殷殷。
不该轻信投资人，
经济危机被关门。
终止试验殊可惜，
一场风波刺你心。

笃情

风雨人生需反省，
成败得失可为镜。
学海事业无止境，
量力而行不再拼。
长期伴我历艰辛，
从今与你长相伴。
志同道合共患难。
笃情恩爱到终生。

2000年1月31日夜

2011年元旦，是我们结婚50年（金婚）的日子，我又吟咏一首诗献给她：

自贺金婚（一首）

相敬如宾五十年，但盼花好人月圆。
生命之株并蒂莲，相许报国共策鞭。
风雨苍黄历时艰，祸福你我共承担。
桑榆虽晚微霞妍，桃李芬芳尚满天。

进入到耄耋之年以后，我仍然把精力全部倾注在教育上，是一个完全不顾家的人。这一切使她身心俱伤，近5年以来，她身患多种疾病，痛苦万分，我义不容辞要照顾好她，为她分担忧愁与痛苦。虽然家中雇了保姆照顾她，但我必须陪伴她左右，尽我所能减轻她的疼痛，使她得到安全的保障。

2019年12月30日，她的旧病又一次复发，我陪她一起住到武大人民医院东院。1月7日，到医院附近超市去给她购买水果，不料三天以后我发高烧。当时，武汉已经有关于病毒流行的传言，也有人担心我是否会感染这种病？所幸的是，由于是住在医院，检查和治疗都很方便，经过血检我患的是甲型流感，经过一周治疗完全康复，于是我们一起于1月17日出院回到家中。

自元月上旬，武汉新冠肺炎疫情传播已经十分严重，保姆已经回乡，我与儿子、媳妇承担了照顾夫人的任务，虽然很累，但这是我们责无旁贷的义务。我每日推着轮椅在家散步，每日晚上为她按摩和拍打，以减轻她的焦虑，促进她的睡眠，调节她的胃口，使她吃得合口，保证她身体所需要的营养。

3月6日夜里凌晨4点，我醒来后再也不能入睡，脑子里突然涌出了几句诗，虽然距离我们的钻石婚还有10个月，但还是想写下来，就算是我提前献给她的钻石婚礼物。

夜吟钻石婚（两首）

缘分

人生难得一个缘，
走到一起是福分。
我是你的安全阀，
你是我的能量源。

圆梦

相濡以沫六十年，
患难与共苦亦甜。
前路漫漫须坚韧，
盼到期颐把梦圆。

住进楚园颐养天年

陈东升是武汉大学经济学系 79 级学生,在读书期间就表现出了远大的理想,他与同班同学毛振华共同创办了与众不同的蟾蜍社团,显示了他们敢攀九天揽月的大无畏精神。1983 年毕业后被分配到对外贸易合作部国际贸易研究所工作,从事发达国家经济发展研究。后来,他又调到国务院经济发展研究中心,创办《管理世界》杂志,担任副主编,属于副局级干部,仕途一片光明。但是,他的理想不是做官,而是要创建使我国屹立于世界先进之林的产业。

1992 年是改变他命运关键的一年,他义无反顾辞职下海,成为 92 派下海潮的领头羊,带动了 10 余万名干部和知识分子。作为学习经济学的高才生,他有着与众不同的睿智,他提出了两个鲜明的口号:一是模仿是最好的创新,二是依葫芦画最好的瓢。这是实事求是的态度,是在我国市场经济还没有完善的情况下,在国人原创力尚没有开发的背景下创建新产业最佳的捷径。在这一思想理念的指导下,他果然出手不凡,先后创建了三大国内领先的庞大产业:一是中国嘉德拍卖有限公司,二是中国泰康人寿保险集团公司,三是中国泰康养老社区。创业的巨大成功,也使得陈东升成为我国企业家的领袖人物,他亲自创建了亚布力中国企业家论坛,并连续多年担任论坛的主席,这是众望所归。

中国是一个人口众多的大国,老年化社会已经提起前到来,我们必须采取有效措施予以应对。据 2017 年统计,我国 60 岁以上老人 2.41 亿,占人口的 17.3%,老年人养老已经成为社会最关注的问题。据反映,有些养老院一票难求,如果排队需要排 100 年以上。

陈东升敏锐地看到了创业的机遇,他引进了美国 CCRC 养老模式,2014 年创建了我国首个养老社区——燕园,大获成功。接着又创建了申园(上海)、吴园(苏州)、粤园(广州)、蜀园(成都),武汉的楚园是全国第六个建成的养老社区。2019 年 6 月他交给我一把象征性的楚园荣誉居民的金钥匙,希望我们到那里去颐养天年。

2019年12月21日上午，武汉楚园举行启航仪式，同时召开武汉大学企业家联谊会理事会，我也被邀请参加了启航仪式。在会上，我向东升表示了衷心感谢，并表示要做楚园的常住居民、模范居民和长寿居民。东升高兴地说，能够为校长服务，是我们做学生的职责，祝愿校长健康长寿！

未曾料到，庚子新春武汉暴发了新冠肺炎疫情，一直肆虐了半年之久，因此楚园也就延期开园，直到2020年7月中旬开始接受老年人入住。然而，自7月初开始，武汉一直是阴雨天气，我们选择于7月25日入住楚园。在准备去楚园的前一天，我重登珞珈山，怀着依依不舍的心情与我们居住长达67年的故地告别。由于激情所致，当即我咏出随感二首：

别珞珈（其一）
松柏香樟依然秀，
未闻鸟语与花香。
今日暂别珞珈山，
但盼它日再相逢。

去楚园（其二）
此去不再有返回，
适应环境须磨炼。
尽情享受自然美，
执子之手养天年。

7月25日早上8时，儿子维东、媳妇敏玲和他们的朋友史轶开两部车，载着我们夫妇二人及行李，驶向位于洪山区严西湖路66号的泰康养老之家——楚园。大约9时，我们到达楚园2号楼前，受到楚园总经理和管理人员的简单欢迎，在签到簿的首页上，我用左手写下了："今日入楚园　享受养天年"10个字，然后我们被安排在2617和2618号比邻的套间。这里环境优美，家具设计新颖，康复活动和餐饮都非常满意。从这一刻开始，我们夫妇就成了楚园的居民，由小家到社区大家，这是我们新生活的开始，准备与其他老年朋友友善相处。

8月12日下午，正在武汉希尔顿大酒店召开亚布力企业家论坛的陈东升董事长，率领20多位毕业于武汉大学的企业家，其中包括田源、毛振华、阎志、周旭洲等，前来楚园看望我们夫妇。在会议室，我们进行了20分钟的座谈，东升对我们夫妇入住楚园再次表示欢迎，祝愿我们健康长寿。我对东升创办泰康养老社区表示了赞赏，对他的安排表示了感谢，对各位企业家的探视也表示了感谢！

最后我说，我一生赶上了三个大好时代：50年代初上大学，那时学风、民风清纯，真正地读了几年书，奠定了我一生的文化素质的基础。第二我赶上了改革开放大好时代，真正地做了几件事情。第三赶上了东升创办的养老社区，使我有机会获得老年的幸福生活。大家对我的讲话表示赞同，最后我们在宽敞的大厅与大家合影留念，这是我们师生难得的缘分！

我们共同的遗愿

早在12年以前，我与高伟商定，趁我们头脑清醒的时候，特写下一份"提前说的话"。这份资料虽然没有经过正式的法律公证，但几乎可以认为是我们的遗嘱。鉴于现在的情况有些变化，故特就《提前说的话》进行了适当修改，以作为我们身后事处理的依据。

一个人的身后处理方式与身前的价值观念是一致的。我与夫人刘高伟都是教师，在高等教育战线耕耘了50多个春秋。共同经历了许多大风大浪，亲身体验过酸甜苦辣的人生况味。我们热爱教育，无私地把青春韶华和毕生精力都贡献给了我国的教育事业，没有留下任何遗憾。无论是在健康的时候，或是在病痛之时，我们曾经反复地商议，在我们头脑清醒的时候，应对我们遗体后事处理的问题，表达我们共同的遗愿。我俩一致同意，在生命油灯耗尽最后一滴油之后，我们将无偿地将遗体捐赠给武汉市红十字会，以我们的有用器官优先救助那些急需移植器官的青少年，尽一个教育工作者最后的奉献。

我们之所以做出这样的决定，是基于以下三点：首先是我们的机体和器官大部分是健康的，既没有遗传病也没有传染病，五脏六腑大多完好。高伟虽然患有腰椎骨质疏松性骨折和焦虑症，以及轻度高血压，但五脏六腑非常健康。尤其是她的视力和听力都非常好，她眼睛的角膜能够帮助因角膜损伤而失明的人。我的大脑有些特殊，有人说多梦的人睡眠不好，但我每夜至少会做3个清醒的梦，甚至10年以前的梦也能够记得。我既爱做梦，也很会睡觉，而且即使到了老年仍然具有过目不忘的记忆力。因此，我希望在死后将大脑捐赠给神经外科的专业医院，供医学专家们或心理学家们解剖之用，对做梦与记忆力及寿命的关系进行研究。当然，这需要经过医学专家的评估，根据需要与可能来进行。

其次是我们不赞成目前的火葬方式，认为是极不文明的，是毁灭能源、毁灭文化和毁灭人性的。众所周知，无论是天然气或是石油，都是由动植物经过千万年的腐烂、沉积或变化而形成的，如果古代都把动植物付之一炬，哪还有现代的能源？同样的，如果古代把人的尸体都火化了，那么人类就无法考古，人类究竟是怎么进化来的，就成为永远解不开的谜。而且，火化污染环境，留下一把炭黑又有什么价值呢？俗话说，死者为大、为尊，人死了以后还要处以火刑，哪还有一丁点的人性可言呢？

虽然火葬是世界各国普遍采用的方法，但在西方国家当中，人们是有自由选择权的，而我国的人是没有任何选择的余地，必须火化。任何处理遗体的方式都应该与时俱进，以更清洁和更人性化的方法处理遗体。据报道，瑞典女生物学家苏珊妮发明了一种冰葬方法，它是将尸体在液氮冷冻到零下200度，待尸体变得冰冷僵硬后，再用超声波将其粉碎成为骨粉。然后，将骨粉装入可降解的塑料盒中，埋葬在土地深层，经过半年到一年，骨粉与塑料盒完全降解与土壤融合，既不占用耕地，也不污染环境，真正又回归到大自然。

再次是现在还有众多的医学未解之谜，需要捐赠更多的遗体供解剖之用。但是，由于人们传统观念根深蒂固，自愿捐赠者极少。因此，我们希望以自己的行动能够带动更多的人参与到捐赠遗体的行列中来，以揭开尚未被人们认识的医学之谜。

同时，我们还决定，死后不张贴讣告，不举行遗体告别仪式，不接受任何丧葬礼品，不建立墓碑。我们希望以湖北省刘道玉教育基金会的名义发一则非常简单的死讯，不做任何评价。野夫（郑世平）是著名作家，是武汉大学中文系的插班生，他得知我们这个遗愿后，表示尊重，并打算到时候他会写一篇没有墓碑的碑铭。他的这种深厚情谊令我十分感动，我对他说："那就是我对你的性命之托了。"

我们这些意愿是经过深思熟虑的，不料一个慷慨的捐赠又使我们颇感为难。陈东升的胞弟陈平先生准备把咸宁仙鹤湖畔风景最好的一块地捐给我们日后做墓地。对他们兄弟俩的好意我们十分感动，但这又与我们以上的遗言有悖。而且，我与夫人又非咸宁籍人士，与叶落归根和魂归故土的习俗不符。怎么办呢？我与夫人又反复商量，对陈平兄弟俩的好意不能婉绝，只能修改我们早先的遗嘱。考虑到各种因素，我们最后的遗愿是，在捐赠了遗体和摘取有用的器官以后，将剩下的尸体火化，其骨灰分为两半，一半安葬在咸宁仙鹤湖畔，另一半安葬在我的家乡枣阳，以实现落叶归根之愿，而野夫的碑铭也分别镌刻在两处的墓碑上。

我们二人都是学化学的，可能是由于常年被腐蚀的气体侵蚀，从中年开始，我们的牙齿就开始脱落。我保持了自然脱落或牙科医生拔牙取出的残牙根，同时还将我们各自的头发留下了一绺，寓意为"结发夫妻、没齿不忘"。我们希望请首饰店或铜器商店制作一个小铜盒，将这件并非贵重但寓意深刻的遗物装在小铜盒中密封，随骨灰一起安葬在家乡墓地的地下深层。

以上是经过修订的《提前说的话》，仅仅是我们身后遗体处理的遗言，今后由遗嘱的执行人长子刘维宁、长媳韩娜和次子刘维东、次媳夏敏玲遵照执行。

谨此嘱托。

刘道玉、刘高伟提前留言
2010 年 2 月 15 日第一次留言
2022 年 3 月 12 日修改

跋　语

　　人是习惯性的动物，一个习惯养成以后，它就会如影随形地伴随一生。习惯有好坏之分，一个好的习惯能够成就他的伟业，一个坏的习惯可能会使他堕落，甚至毁掉自己的一生。从本质上说，教育就是培育习惯的养成，如爱读书的习惯，学会自学的习惯，爱质疑的习惯，爱思考的习惯等。从花甲之年以后，我逐渐养成了爱思考的习惯，每日必思，思有所得，每日必写，写有新意。基于这个习惯，在我退休以后的近30年时间内，总共写作了30部教育论著和500多篇文章。

　　自2019年12月开始，我准备辑录《珞珈子规啼》书稿。始料不及的是，庚子新春武汉暴发了新冠肺炎疫情，一直肆虐了半年之久。这期间，夫人又患骨质疏松性骨折，先后几次住院治疗，我也义不容辞担负起陪伴和照料她的责任。去年7月25日我与夫人住进了泰康养老之家——楚园，这是一个五星级的养老社区，环境优美，衣食住行无忧，没有访客的打扰，使我能够集中精力修改和增补这本书稿。可是，2021年6月中旬，我自己又病倒了，不得不住院半个月，出院以后血压和体温一直都不正常，我难于割舍地停止了写作和辑录书稿的工作，一直夏蛰了3个多月。

　　自9月中旬开始，我的身体基本上得到了恢复，大约用了一个月完成了书稿的编辑工作。当本书杀青之时，我要衷心感谢夫人给予我的理解和精神上的支持，感谢我的大儿子刘维宁和媳妇韩娜，以及小儿子刘维东及儿媳夏敏玲，他们对我们无微不至的关心，给予我精神和物质上的支撑。最后，我还感谢泰康保险集团公司董事长陈东升的关心，感谢泰康（同济）医院为我们体检，感谢武汉楚园的领导为我提供了便利的写作条件，感谢医护人员对我身体、生活与起居的照顾。

　　我编辑这本文集的目的，是希望它与5年前由四川人民出版社出版的《珞珈野火集》成为姊妹篇。辑录的指导思想是，要体现真实性、思想性和前瞻性，笔者是力求践行这些原则的，希望给后人留下一份有价值的文字。但是，笔者也有力不从心之感，颇感成文仓促，难免有疏漏、错误之处，希望读者指正为盼。

作者谨识

2021 年 9 月 25 日

于严西湖泰康之家·楚园